INKA LOREEN MINDEN

Nicolas

Beast Lovers 3

AF187954

Gestaltwandler Romance

Bibliografische Information der Deutschen Nationalbibliothek
Die Deutsche Nationalbibliothek verzeichnet diese Publikation in der
Deutschen Nationalbibliografie; detaillierte bibliografische Daten sind im
Internet über
http://dnb.d-nb.de abrufbar.

Nicolas

- Fantasy Romance -

©opyright Inka Loreen Minden 2018
www.inka-loreen-minden.de
Monika Dennerlein

E-Mail: lucy-palmer@inka-loreen-minden.de

All rights reserved
Copyrighted Material

Deutsche Erstausgabe März 2018
CoverArt: © M. Hanke
Mann: © Sternberg – fotolia.com
Lektorat: PetRa

Herstellung und Verlag: BoD – Books on Demand, Norderstedt
ISBN-13: 978-3-7460-8910-2

Alle Rechte vorbehalten. Ein Nachdruck oder eine andere
Verwertung ist nur mit schriftlicher Genehmigung der Autorin
gestattet.

**Im gewöhnlichen Taschenbuchformat hätte dieser
Roman 460 Seiten.**

Sich als Wolfswandlerin in Brooklyn aufzuhalten – vor allem um Mitternacht –, kam beinahe einem Todesurteil gleich. Das hier war Vampirgebiet. Das Territorium ihrer Erzfeinde! Aber Shannon hatte keine Wahl, sie musste ins Revival.

Vor Nervosität und … ja … Angst, wie sie sich zähneknirschend eingestand, schlug ihr das Herz bis zum Hals. Sollte auch nur ein Blutsauger ihre wahre Natur erkennen, wäre sie so gut wie erledigt. Doch sie war nicht etwa verrückt oder lebensmüde, weil sie sich in diese für sie verbotene Zone wagte, sondern befand sich auf einer Mission.

Auf dem Gehweg kamen ihr lachende Pärchen – darunter auch einige Wesen, wie sie riechen konnte – oder betrunkene Menschen entgegen, deren Atem in der kalten Luft kristallisierte. Schnee, der wie Puderzucker Wege, Autos, Häuser und Sträucher bedeckte, dämpfte alle Geräusche und knirschte unter Shannons Stiefeln.

Samstags herrschte um diese Zeit noch reges Treiben auf den Straßen. Menschen und andere Geschöpfe frönten dem Nachtleben, auch oder vor allem im Dezember. New York schien niemals zu schlafen. An jeder Ecke gab es Weihnachtsstände oder Wintermärkte, auf denen Apfelpunsch ausgeschenkt wurde, Eisbahnen luden zum Schlittschuhlaufen ein, und die Stadt war festlich geschmückt.

Mehr Menschen auf den nächtlichen Straßen bedeuteten für die Vampire: mehr potentielle Nahrung.

Shannon vergrub die Hände tief in den Taschen ihres Mantels und umklammerte den Griff ihrer Pistole. Die kleine Schusswaffe begleitete sie ständig auf ihren Einsätzen. Normalerweise trug sie die Glock an einem Holster am Körper oder am Gürtel ihrer Hose. Doch in dieser Gegend wollte sie die Waffe sofort zur Hand haben. Zwar würde sie einen Vampir damit nicht töten, ihn aber immerhin verletzen oder verlangsamen und somit Zeit gewinnen können. Wirklich zuverlässige Arten, einem Vampir endgültig den Garaus zu machen, gab es nur zwei: wenn sie in der Sonne geröstet wurden oder jemand ihnen den Kopf abtrennte. Das Blut von Wandlerkindern oder sehr alten Wölfen war nicht immer giftig für diese Zecken. Das von Shannon wahrscheinlich schon, schließlich stand sie in der Blüte ihres Lebens. Bereits ein Tropfen ihres Blutes könnte einen Vampir in Flammen aufgehen lassen.

Shannon verließ die Hauptstraße und bog zwischen zwei eng beieinander stehenden Hochhäusern ab. Leider musste sie diesen düsteren Weg durch die schmale Gasse nehmen, die sie hinter die großen Gebäude führen und somit ihrem Ziel, dem Vampirklub, näherbringen würde. Pärchen lehnten trotz Kälte an den Wänden und küssten sich. Wahrscheinlich waren sie auf dem Weg ins Revival oder kamen bereits von dort.

Auf den ersten Blick war nicht immer zu erkennen, bei welchen der Personen es sich um einen Vampir handelte. Auch unter ihnen gab es solche, die atmeten und deren Herzen schlugen. Shannon hatte erst Sicherheit, wenn sie nah genug herankam, um einen zu riechen. Und sie roch hier eine Menge Blutsauger.

Sie unterdrückte den unbändigen Wunsch, sich zu verwandeln und wegzulaufen, stattdessen marschierte sie mit erhobenem Kopf weiter, wobei sie den Schal fester vor Mund und Nase zog. Befände sie sich jetzt in ihrer Wolfsgestalt, würden sich alarmiert ihre Nackenhaare aufstellen. Alle paar Meter witterte sie Vampire und den metallischen Duft, den sie verströmten – eine Mischung aus Eisen und Kupfer –, weil sie mehrmals im Monat Blut zu sich nehmen mussten. Menschenblut.

Das leise klackende Geräusch ihrer Stiefelabsätze hallte von den Wänden der düsteren Gasse, die direkt auf das Revival zuführte, und ein paar Gesichter wandten sich ihr zu. Shannon vermied es konsequent, jemandem in die Augen zu sehen. Sie durfte bloß nicht auffallen!

Vor dem Hintereingang eines Backsteinbaus hatte sich vor einer schwarzen – wahrscheinlich schalldichten – Tür eine Menschenschlange gebildet. Zum Glück war sie nicht sehr lang und Shannon reihte sich ein, wobei sie versuchte, den Türsteher einzuschätzen. Der bestimmt zwei Meter große und schrankbreite Kerl trug einen teuren Maßanzug, glänzende Schuhe und … eine Sonnenbrille. Deshalb konnte sie seine Augen nicht sehen, trotzdem fühlte sie seine prüfenden Blicke, die er jedem Besucher schenkte und diese … abtastete. Fuck!

Der Griff um ihre Waffe zog sich zu. Sie musste sich etwas einfallen lassen!

Schnell ließ sie die Glock los und knöpfte ihren Mantel auf, sodass die kniehohen Stiefel, ihre langen Beine und der extrakurze knallrote Minirock sichtbar wurden, der ihr knapp über die Pobacken reichte. Vampire liebten sexy gekleidete Frauen. Sie würde mit ihren naturgegebenen Reizen spielen, um ihn abzulenken. Er durfte weder bemerken, dass sie seine Feindin war, noch ihre Waffe entdecken. Und sollten sie ihre weiblichen Reize nicht in den Klub bringen, dann hoffentlich ihre Dienstmarke. Offiziell existierte die Einrichtung, für die sie arbeitete, nicht – zumindest war sie den meisten Menschen nicht bekannt – und Shannon trat in der Öffentlichkeit als »Detektiv West« vom NYPD auf. Ihre Dienstmarke trug sie deshalb immer bei sich. Außerdem war ihre Tarnidentität nicht ganz geschwindelt, schließlich hatte sie tatsächlich die Polizeiausbildung absolviert und ein paar Jahre als Cop gearbeitet, bevor das Department of Paranormal Investigations – kurz: DPI – auf sie aufmerksam geworden war und ihr einen Job angeboten hatte. Shannon liebte ihren Beruf, auch wenn er sie oft an den Rand des Belastbaren trieb, so wie jetzt. Sie beschäftigte sich überwiegend mit Verbrechen, die von Wesen alias »nicht menschlichen Personen« verübt wurden.

Okay, du schaffst auch das, machte sie sich Mut und sah sich weiterhin unauffällig um, während sie in der Schlange langsam vorrückte.

Von außen sah das Revival aus wie zahlreiche andere Klubs in

New York oder eine der »Menschenbars«. Bei dem letzten Gedanken verzog Shannon missbilligend das Gesicht unter ihrem Schal.

Menschenbar … Der Name würde besser zu diesem Etablissement passen als »Revival – Erweckung«.

Es gab eine Menge Menschen, die freiwillig in die Vampirklubs kamen, um sich beißen zu lassen. Das Gefühl sollte berauschend sein. Der Vampirspeichel sorgte außerdem dafür, dass sich die Wunde schnell wieder schloss, und wer ein paar Scheinchen extra hinlegte, durfte seinerseits Vampirblut kosten. Es stärkte das Immunsystem, verlängerte angeblich das Leben, sorgte für eine straffere Haut und wirkte wie eine Droge, die lange high machte. Einige ließen deswegen halbe Vermögen in diesen Klubs.

Natürlich ließen die Blutsauger die Menschen nach dem Trinken vergessen, denn die meisten dieser Normalsterblichen hatten keine Ahnung von ihrer Welt. Doch ein unstillbares Verlangen trieb sie immer wieder an diesen Ort. Die Besucher glaubten, es gäbe hier eine ganz besondere Droge.

Es gab aber auch dumme, skrupellose, geldgeile oder verzweifelte andere Wesen, die versuchten, Vampire wegen ihres ganz besonderen Lebenssaftes zu jagen. Das mochten die Blutsauger natürlich gar nicht, und die meisten waren stark genug, um nicht selbst zur Beute zu werden. Einige machten sogar ein Geschäft daraus und handelten mehr oder weniger offen mit ihrem Blut. Das galt allerdings als unehrenhaft. Außerdem wirkte es am besten frisch aus der »Quelle«. Im abgefüllten Zustand verlor sich der Effekt innerhalb weniger Stunden.

Als nur noch ein junges Pärchen und eine Frau vor Shannon standen, versuchte sie, ihren aufgeregten Puls zu beruhigen, indem sie tief die kalte Nachtluft einsog. Was würde sie dort drin erwarten? Sie hatte im Laufe der Zeit die schauerlichsten Geschichten gehört; von wilden Sexorgien war die Rede gewesen oder blutüberströmten Jungfrauen mit zahlreichen Bisswunden. Angeblich sollte ihr Lebenssaft am süßesten sein. Außerdem schmückten Köpfe toter Wandler die Wände der Klubs, hieß es.

Shannon erschauderte und schwor sich: *Wenn ich das hier überlebe, werde ich vom DPI eine fette Gehaltserhöhung einfordern!*

Zwar verdiente sie als Ermittlerin beim Department of Paranormal Investigations nicht schlecht, aber ihr Einkommen stand in keiner Relation zu den Gefahren, denen sie sich oft aussetzen musste. Erst letzten Monat hatte sie ein bösartiger Dunkelelf attackiert, der aus dem Wesen-Gefängnis ausgebrochen war. Shannon hatte den wild gewordenen Mann aufspüren und einfangen können. Doch der Mistkerl hatte sich mit Zähnen und Klauen gewehrt. Zum Glück waren die Wunden bereits verheilt – ein Vorteil von Wandlern. Ihre Selbstheilungskräfte funktionierten viel besser als bei Menschen. Bloß Vampire konnten sich noch schneller regenerieren. Sie könnten quasi ewig existieren, während ein Wandlerleben so lange dauerte wie das eines Normalsterblichen.

Verdammt, wenn sie sicher wüsste, dass sie sich nicht irrte und sich keiner unnötigen Gefahr aussetzte! Doch sie würde die Wahrheit niemals herausfinden, wenn sie den Vampiren keine Fragen stellte.

Vor ein paar Tagen hatte sie Minister Frank von Homeland Security von ihrer Theorie erzählt, dass eine Verschwörung gegen ihre Rasse im Gange war, weil ihr kaum ein Kollege und nicht einmal Mitchell, ihr Vorgesetzter beim DPI, richtig zuhörte. Das »Ministerium für Innere Sicherheit der Vereinigten Staaten« gab dem DPI eine Woche, um den brisanten Fall, der seit einer Weile die Welt der Wolfswandler in Atem hielt, zu lösen. Das Department sollte den Beweis für die Unschuld der Wölfe heranschaffen. Aber wie sollte das gelingen, wenn dort keiner davon überzeugt war, dass es diese Beweise überhaupt gab, und sie mit ihrer »Verschwörungstheorie« – wie es ihr Vorgesetzter nannte – allein dastand! Also musste Shannon die Sache selbst in die Hand nehmen.

Bisher sprach vieles gegen die Wandler, doch dem Gerichtsmediziner Percy waren Ungereimtheiten bei der Obduktion aufgefallen. Allem Anschein nach wollte jemand bewusst die Vampire und die menschlichen Behörden gegen die Wolfswandler aufbringen. Bloß warum?

Die Wölfe waren gewiss nicht so dumm, absichtlich den Zorn der Vampire auf sich zu ziehen und diese zu zerfleischen – und die Leichen dann auch noch an Orten liegen zu lassen, wo sie jeder fand! Auch nach achtzig Jahren war die ewig währende Sklaverei noch nicht vergessen, und keiner der Wölfe wollte die kostbare Freiheit gefährden oder die alte Feindschaft neu aufflackern lassen. Es musste ein Vampir hinter dieser Sache stecken! Einer, der sich die Vorherrschaft seiner Rasse zurückwünschte. Und der mächtigste von allen sollte sich laut Shannons Informanten heute Nacht im berühmt-berüchtigten Vampirklub »Revival« aufhalten: der New Yorker Vampirfürst Jules Leroy.

Shannon schluckte schwer und hoffte, dass nicht Leroy hinter der von ihr vermuteten Verschwörung steckte. Sie musste den Fürsten, der über diesen Teil von New York herrschte, unbedingt sprechen. Das war verdammt wichtig.

Nein, nicht bloß wichtig. Überlebenswichtig! Nicht nur für ihre Rasse, auch für Shannon. Denn sollte sie sich irren, wäre sie ihren heißgeliebten Job los. Ihr Vorgesetzter war ziemlich sauer auf sie, weil sie im Alleingang Homeland Security informiert hatte.

Die Wölfin in ihr drängte erneut an die Oberfläche, und Shannon versuchte verbissen, ihr inneres Tier zurückzuhalten. Solange sie wie ein Mensch aussah, war sie relativ sicher vor einer Entdeckung. Sie hatte sich gründlich geduscht, um den animalischen Duft, der ihr nach einer Verwandlung anhaftete, loszuwerden. Nur beißen durfte sie niemand. Ihr Blut war schließlich für Vampire giftig. Dann würde sie sofort auffliegen und müsste sich vielleicht sogar für einen Mord verantworten! Falls sie nicht vorher von einem Blutsauger zerfleischt würde.

Aber was zählte ihr Leben, wenn es galt, einen Krieg zu verhindern?

Ihre Gedanken rotierten immer mehr, je näher sie dem Türsteher kam. Er inspizierte gerade die ältere Frau, die vor ihr stand, und klopfte sie ab. Danach war Shannon an der Reihe. Was sollte sie nur mit der Waffe machen?

Wenn ihr Bruder Shane – der Alpha des Manhattan Rudels – wüsste, wo sie sich aufhielt, würde er ausrasten, sein Rudel mobilisieren und sie hier wegzerren. Er war ohnehin gerade nicht gut auf sie zu sprechen, weil sie sich immer noch keinen Gefährten gesucht hatte, um den »Fortbestand ihrer Art zu sichern«, wie er es nannte. Ja, sie war schon über dreißig Jahre alt und ihre biologische Uhr tickte genau wie bei einem Menschen, aber sie war doch keine Gebärmaschine! In Shanes Anwesenheit kam sie sich wie ein Artikel vor, den er an den Meistbietenden verschachern wollte – Alpha hin oder her. Außerdem fühlte sie sich nicht bereit für Kinder. Zumindest noch nicht – vielleicht mochte sich das irgendwann ändern. Sie liebte ihren Job, ihre Freiheiten und wollte – sollte sie endlich den Einen finden, der ihr Herz eroberte – zuerst die Zweisamkeit mit dem Partner genießen. Aber jemanden, der es mit ihr aushielt, gab es ohnehin nicht. Dazu war ihr Freiheitsdrang einfach zu groß und das Leben im Rudel engte sie ein.

Bereits als Kind hatte sie den Wunsch verspürt, entweder ihr eigenes Rudel anzuführen – weshalb sie es mit ihrem älteren Bruder aufnehmen müsste, was sie nicht konnte und wollte – oder ganz weit wegzulaufen. Da war ihr die Stelle beim DPI gerade recht gekommen. Jeder dort wusste, wer oder was sie war, sie musste sich nicht verstecken und hatte wahnsinnig tolle Kollegen. Shannon bestand lediglich darauf, im Außendienst ohne einen zweiten Ermittler unterwegs zu sein, weil das niemals gutgehen würde. Sie hatte einen extremen Dickschädel, war stur wie ein Esel und wusste alles besser. Wahrscheinlich besaß sie zu viele Alphagene. Aber hey, immerhin kannte sie ihre Schwächen und konnte daran arbeiten.

Wenn Percy sie zu den Tatorten begleitete, hatte sie allerdings nichts dagegen. Denn mit dem schwulen Inkubus, der im Keller des DPI arbeitete, verstand sie sich ausgezeichnet. Der

Gerichtsmediziner war auch ihr einziger Verbündeter bei der ganzen Sache.

»Herein, Mylady«, sagte der Türsteher zu der älteren Frau vor Shannon und winkte diese vorbei.

Oh Gott, nun war sie an der Reihe! Der Schrank im Maßanzug schenkte ihr ein anzügliches Lächeln und schob seine Sonnenbrille ins Haar. Danach glitt sein glühender Blick verlangend über ihre langen Beine nach oben über den extrakurzen Minirock zu ihrem nackten Bauch und dem knappen Top, das sich über ihre Brüste spannte.

Shannon setzte ihr verführerischstes Lächeln auf – darin war sie geübt! – und schloss mit der Hand die Dienstmarke ein, die sich in der linken Manteltasche befand, rechts hielt sie weiterhin ihre kleine Pistole umklammert. Anschließend ließ sie den Mantel über ihre Schultern rutschen, wobei ihre Hände samt Utensilien in den weiten Ärmeln verschwanden.

»Nicht so ungeduldig, Süße. Du musst dich nicht gleich für mich ausziehen«, raunte der Vampir und schaute zuerst in ihre kleine Handtasche, die sie unter dem Mantel trug. Darin würde er außer ein paar Dollar, einem Schlüsselbund, ihrer Kreditkarte und einem Lippenstift nicht viel finden. Falls sie es in den Klub schaffte, wollte sie ihre Waffe darin verstauen.

Anschließend steckte er schnell die Hände in ihre – nun leeren – Manteltaschen, wobei sein Blick stets auf das Tal zwischen ihren Brüsten gerichtet war. Danach tastete er sie ab.

»Sorry, mein Großer«, schnurrte sie. »Ist mein erstes Mal hier und ich bin deshalb etwas nervös.«

»Ein heißes Gerät wie du braucht nicht nervös zu sein.« Anzüglich grinsend wich er zurück und zog die Tür auf. »Viel Spaß. Du wirst es nicht bereuen. Vielleicht bist du ja in zwei Stunden noch da, wenn meine Schicht zu Ende ist.« Lasziv leckte er sich über die Lippen. »Würde mich freuen.«

Nachdem sie Dienstmarke und Waffe wieder in den Taschen verschwinden hatte lassen, tippte sie ihm frech ans Kinn und raunte: »Ich warte an der Bar auf dich.« Danach stolzierte sie hüftschwingend an ihm vorbei durch die Tür. Kaum fiel diese hinter ihr zu, stieß sie die Luft aus und ihr Lächeln erstarb. Puh, das war ja einfacher gegangen, als gedacht. Die erste Hürde war genommen.

Kapitel 2 – Nicolas – Außer Kontrolle

Nick stand auf dem Balkon der obersten Etage des Revival, verborgen in den Schatten, und beobachtete das Treiben im Erdgeschoss. Violettes Licht sorgte für eine angenehme Atmosphäre, denn grelle Scheinwerfer oder Stroboskopgeräte waren für Vampiraugen unerträglich. Gedämpfte Musik – eine Mischung aus modernen Beats und moderateren Klängen – überdeckte schwach das lustvolle Stöhnen, das aus dem hinteren Bereich des Ladens an seine Ohren drang. Mondsichelförmig gebogene weiße Ledergarnituren reihten sich an der Wand auf, getrennt durch schwarze Samtvorhänge. In diesen Nischen ließen sich menschliche Frauen und Männer von Nicks Artgenossen »anknabbern«. Dabei stöhnten Vampire und Sterbliche gleichermaßen vor Lust, denn es gab nichts Besseres als warmen Lebenssaft direkt aus einer menschlichen Kehle. Nicht selten kam es dabei zu sexuellen Handlungen in der Öffentlichkeit, doch die regten Nick längst nicht mehr an – genau wie die Orgien in den abgetrennten Bereichen der ersten Etage, die er über diverse Spiegel, die an den hohen Decken hingen, von seiner Position aus beobachten konnte.

Nick nahm sich alle paar Tage ein paar Schlucke von einem vorbeiziehenden Gast, egal ob männlich oder weiblich, stillte seinen Hunger, ließ seine Nahrungsquelle den Biss vergessen und machte sich weiter an die Arbeit. Dabei könnte er fleischlichen Gelüsten durchaus nachgehen. Sein Herz schlug und pumpte Blut durch seinen Körper, weshalb sein Schwanz nicht nur ein nutzloses Anhängsel war wie bei unerweckten Vampiren. Im

Gegensatz zu diesen war er durchaus zu beachtlichen Erektionen in der Lage. Seit Carinas Tod vor über hundert Jahren hatte er jedoch keine wahre Leidenschaft mehr erfahren, weshalb er sich nur ab und zu einen schnellen, anonymen Fick genehmigte, um seine Triebe zu befriedigen. Doch nicht heute und schon gar nicht, wenn er Carina – seinen Glücksbringer – bei sich hatte.

Nick zog ein ovales, goldenes Medaillon unter seinem Anzughemd hervor, das er an einer dicken Kette um den Hals trug, und öffnete es. In dem Anhänger befanden sich zwei Schwarz-Weiß-Bilder, auf jeder Hälfte des Schmuckstückes eines. Das rechte zeigte eine wunderschöne Frau mit Hochsteckfrisur und zierlichem Gesicht gleich einer Porzellanpuppe: seine Carina. Links war Nicks Kopf zu sehen, wobei sein kurzes braunes Haar auf dem alten Foto fast schwarz wirkte.

Carina, mia amore. Wie sehr er sie vermisste. Könnte er ihren Mörder noch einmal töten, würde er es tun.

Schnell klappte er das Medaillon zu und verstaute es wieder an seinem Stammplatz. Er sollte es in Zukunft besser zu Hause lassen, oder er würde Carina nie vergessen. Doch er legte es nur selten ab. Wenn er es nicht über seinem Herzen spürte, fehlte ihm etwas.

Nick seufzte schwerfällig, dann schweifte sein Blick in die Nähe der verspiegelten Bar, an der die Trinkgelüste der Sterblichen gestillt werden konnten. Sie saßen an schwarzen Tischen aus edlem Mahagoni, um Drinks in sich zu schütten. Einige Vampire liebten es, von alkoholisierten Menschen zu kosten, weil sie das angeblich noch mehr berauschte. Nick hatte nicht wirklich einen Unterschied bemerkt, bloß schmeckte das Blut bitterer. Er stand aber mehr auf süße Snacks – und so einer stolzierte gerade über den schwarzweiß gefliesten Boden des Klubs.

Wow, woher kam diese heiße Brünette plötzlich?

Als sie an der hell beleuchteten Bar vorbeischlenderte, betrachtete Nick sie genauer. Ihre knallroten Lippen besaßen dieselbe Farbe wie ihr Minirock und das dazu passende Top. Die engen Stiefel reichten ihr bis zu den Knien und betonten ihre langen Beine; ihre braunen Haare schwangen um ihr perfekt geschnittenes Gesicht, während sie sich im Klub umsah. Intelligenz funkelte in ihren Augen, das erkannte Nick selbst von hier oben. Er hatte diese Frau hier noch nie gesehen, an sie könnte er sich erinnern. Bei diesem Feger handelte es sich um eine natürliche Schönheit, keine aufgespritzte Botox-Queen mit Plastikhupen.

Che figa ... Was für ein geiles Mädchen!

Hatte sie eine Verabredung mit einem Vampir? Oder war sie vielleicht selbst eine von ihnen auf der Suche nach Zerstreuung und einem Happen?

Nein, dazu besaß ihr Gesicht zu viel gesunde Bräune. Soweit er es von seinem Standort aus beurteilen konnte, hatte sie außer dem knallroten Lippenstift kein Make-up aufgetragen.

Mühsam riss er den Blick von der Schönheit los, schließlich durfte er sich nicht ablenken lassen, und widmete seine Aufmerksamkeit anderen Vergnügungsbereichen. Doch da dort aktuell keine besonderen Vorkommnisse zu verzeichnen waren, richtete er sein Augenmerk wieder auf die Frau. Gerade schlenderte sie über die Tanzfläche, vorbei an Paaren, die sich zur sanften Musik wiegten, und blieb plötzlich stehen, um lasziv ihre Hüften kreisen zu lassen. Sie warf ihr Haar zurück und leckte sich über die Lippen. Danach sah er nur noch ihre Rückansicht, ihre schmale Taille, das weiblich geformte Becken und den verdammt scharfen Knackarsch.

Nick schluckte hart. Die Frau konnte sich bewegen! Außerdem strahlte sie pure Sinnlichkeit aus. Doch sie war nicht hier, um zu tanzen, denn sie beobachtete die Leute um sich herum. Dabei hielt sie ihre kleine Handtasche fest an die Brust gedrückt, als hätte sie Angst, jemand könnte sie ihr entreißen.

Als ob sie seine intensiven Blicke spürte, drehte sie sich abrupt um und wandte ihm das Gesicht zu.

Nick hielt die Luft an, wobei er die Finger um das Geländer klammerte. Falls sie ein Mensch war, würde sie ihn nicht sehen können, und auch für andere Spezies wäre er nur schwer auszumachen. Die Scheinwerfer, die das lila Licht spendeten, hingen vor ihm von der Decke und strahlten genau nach unten auf die Tanzfläche. Die sexy Brünette kniff leicht die Lider zusammen und schlenderte weiter. Nick war gespannt, ob sie sich mit jemandem traf. Vielleicht suchte sie eine bestimmte Person und sah sich deswegen ständig um?

Ins Revival kamen überwiegend erweckte Vampire. Das waren solche, die ihren Gefährten für die Ewigkeit gefunden hatten. Denn nur die wahre Liebe erweckte das tote Herz eines Vampirs oder einer Vampirin, was dazu führte, sexuell aktiv werden zu können und ... dass man wieder auf die Toilette gehen musste und noch weitere menschliche Bedürfnisse verspürte.

Doch wenn ein Gefährte starb – oder wahrscheinlicher: umgebracht wurde –, schlug das Herz des anderen manchmal weiter und dieser durchlebte dann die Hölle auf Erden. Nichts war schlimmer, als seine große Liebe zu verlieren, und genau solche Vampire suchten ihre Ersatzbefriedigung hier. Denn wer seine fleischliche Lust stillen wollte, konnte dies im Revival mit der lebensnotwendigen Nahrungsaufnahme verbinden. Mit der eindeutig sinnlich-erotisch angehauchten Atmosphäre hob sich der Klub deutlich von anderen Vampirbars ab.

Nicks Erweckung war Fluch und Segen zugleich. Einerseits war er eine Spur menschlicher geworden und fiel »da draußen« weniger auf, andererseits war er selbst nach so langer Zeit immer noch nicht völlig über Carina hinweggekommen.

Um sich abzulenken, suchte er abermals nach der heißen Braut, die sich nun verdächtig nah an der Treppe herumtrieb. Ja, sie führte definitiv etwas im Schilde!

Als rechte Hand von Jules Leroy musste Nick darauf achten, dass den Fürsten keine ungebetenen Gäste störten. Dabei machte es keinen Unterschied, ob es sich um ein Fangirl handelte oder ihm jemand an die Gurgel gehen wollte. Nick musste seinem Boss diese Leute vom Hals halten – vor allem heute, denn der Fürst feierte mit seiner Gefährtin und ein paar heißen »Snacks« ihren Gefährten-Jahrestag. Hinter ihm, an der Tür zum VIP-Bereich, wachte sein schwarzhaariger Kollege Tony, und unter ihm sicherte der blonde Hüne Brock die Treppe nach oben ab. Beides waren Vampire, denen Jules vertraute, doch Nick war dessen Leibwächter Nummer eins und Mann für alles Wichtige, seit er vor etwa einem Jahrhundert in Jules' Dienste getreten war. Sein Dasein als Bodyguard lenkte Nick ab, aber der Job erfüllte ihn nicht. Eine Alternative war aktuell jedoch nicht in greifbarer Nähe. Also nahm er sich hin und wieder einige Annehmlichkeiten heraus, die ihm hier zur freien Auswahl standen, und machte das Beste aus seiner Situation. Schließlich hätte es ihn wesentlich schlimmer treffen kö... Was hatte Belladonna denn nun vor?

Sie schlich dicht vor Brock auf und ab und mischte sich kurz unter die Tanzenden. Dort machte sie irgendetwas mit ihren Händen an den Hintern zweier Männer, die Rücken an Rücken standen, und tauchte zwischen den Leuten unter. Im selben Moment zuckten die Männer zusammen und drehten sich mit wutverzerrtem Gesicht um.

Clever. Sie hatte einen Tumult provoziert, sodass Brock einschreiten und die Streithähne trennen musste. Den Augenblick der Ablenkung nutzte die Frau, um sich schnell unter dem Absperrband hindurch zu ducken und die Treppen nach oben zu huschen. Dieses Luder!

Nick bewunderte sie für ihre Raffinesse und verfluchte Brock für seine Unachtsamkeit. Mal sehen, was die heiße Braut hier oben wollte. Wahrscheinlich den Boss vögeln, wie die meisten, weil sie sich dadurch Vorteile erhofften. Schließlich besaß Jules einflussreiche Verbindungen. Dessen Gefährtin Amylee hatte nichts dagegen, wenn sich ihr Mann mit anderen Frauen vergnügte, im Gegenteil: Sie mischte fleißig mit und holte sich hin und wieder auch einen Liebhaber ins Bett. Jules und Amylee verstanden es einfach, sich zu amüsieren, wenn auch auf eine Art, die Nick nicht wirklich zusagte. Aber jeder so, wie er wollte. Er hätte nie die Hände eines anderen Mannes an seiner Gefährtin geduldet!

Schnell verdrängte er den Gedanken an Carina, der ihn auch nach so vielen Jahren noch einen schmerzhaften Stich in seinem schlagenden Herzen zufügte, und konzentrierte sich auf die einfallsreiche Schönheit. Sie war beinahe in der obersten Etage angelangt. Er musste unbedingt herausfinden, was sie wirklich vom Boss wollte. Falls sie eine Einladung hatte, wüsste er es. Diese Frau stand nicht auf der Liste.

Kaum setzte sie den ersten Fuß auf die oberste Stufe, huschte er in Vampirgeschwindigkeit zu ihr, sodass ihn menschliche Augen höchstens als Schatten wahrnahmen. Überrascht schrie sie auf, als er abrupt vor ihr stehen blieb. Sie wäre die Treppe hinunter gefallen, wenn Nick nicht blitzschnell einen Arm um ihre Taille gelegt hätte.

Wieder ein Beweis, dass sie keine Vampirin war. Die hätte er mit seiner übernatürlichen, schnellen Annäherung nicht überrumpeln können.

»Was suchst du in diesem Bereich?«, fragte er, und seine Stimme klang ungewohnt rau in seinen Ohren. Immer noch hielt er die heiße Braut in seinem Arm, wobei sich ihr warmer, fester Körper an ihn schmiegte.

»I-ich muss den Fürsten sprechen«, stotterte sie und blickte zu ihm hoch, da sie fast einen Kopf kleiner war als er. Nick spürte ihr wild schlagendes Herz an seiner Brust.

Er konnte sie nur anstarren. Nicht nur ihr wunderschönes Äußeres machte ihn an. Es war der Blick aus diesen braunen Augen, dem er kaum widerstehen konnte. Sie strahlten Intelligenz, Neugier und auch Angst aus – eine Mischung, die ihn faszinierte. Die Süße war kein naives Dummchen, auch wenn sie wie ein Flittchen gekleidet war. Bestimmt war sie nicht bloß eine gewöhnliche Besucherin des Klubs. Sie plante etwas.

»Ich muss zum Fürsten«, wiederholte sie, diesmal kräftiger, und versuchte, sich von ihm loszumachen. »Nehmen Sie die Hände von mir!«

Sie war stark, das musste er ihr lassen, doch er war stärker. Sein Arm lag wie eine Stahlmanschette um ihren perfekten Körper. »Damit du ihn mit dem, was du in deiner Tasche versteckst, umbringen kannst?«

»Was? Ich will ihn nicht töten!« Nun wirkte sie ehrlich überrascht. Oder war sie eine verdammt überzeugende Schauspielerin?

Er nahm einen tiefen Atemzug von ihrem blumigen Parfüm, von dem sie sich viel zu viel aufgetragen hatte, um darunter ihr eigenes Aroma aufzuspüren. Es roch nach Wald, Erde und … Wolfswandlerin!

Sofort versteifte er sich. *Oh mio dio*, war sie lebensmüde? Sie musste doch wissen, was es für sie bedeutete, hierher zu kommen! Es gab Gesetze, die ihre Art kannte und an die sie sich halten musste. Wenn ein Wolf Vampirgebiet betrat, war er quasi Freiwild! Zumindest früher … Noch vor achtzig Jahren hätte Nick sie auf der Stelle töten oder versklaven dürfen, ohne belangt zu werden. Heute durfte er sie nur noch aus seinem Teil der Stadt verweisen und sie musste mit einer hohen Geldstrafe rechnen. Allerdings gab es noch mehr als genug Vampire da draußen, die ihr ohne mit der Wimper zu zucken ein Leid antun würden, um ihr einen ordentlichen Denkzettel zu verpassen. Nick verspürte große Lust, ihr ebenfalls eine Lehre zu erteilen – nur auf seine Art.

»Wir haben eine Abmachung, Wölfin«, knurrte er. »Ihr bleibt auf eurer Seite und wir auf unserer.« Der East River teilte New York in zwei Bereiche. In den nördlichen Bezirken Manhattan und der Bronx lebten die Wolfswandler, in den unteren Teilen Brooklyn und Queens die Vampire.

»Ich will den Fürsten sprechen«, sagte sie erneut, diesmal lauter.

»Du bist ganz schön mutig. Oder total bescheuert.« Schnaubend schüttelte er den Kopf. Eine Wolfswandlerin im Revival – das würde dem Boss wohl nicht gefallen. Nur gut, dass Nick ein besonderes Näschen für diese Spezies hatte. Auch deshalb hatte der Fürst ihn zu seinem engsten Vertrauten erwählt: Nick war einer der wenigen Vampire, der einen Wolf zuverlässig wittern konnte. Es sollte Rudelführer geben, die Jules Leroy tot sehen wollten. Deswegen herrschte für diese Wesenart absolutes Hausverbot!

Dachten die Pelzschnauzen, es würde ein besserer Herrscher

nachkommen, sobald Jules nicht mehr hier wäre? Sie hatten Glück, dass der Fürst damals gemeinsam mit den zehn mächtigsten Rudelführern jenseits des Flusses das Friedensabkommen unterschrieben hatte, ansonsten wären die Wolfswandler immer noch Sklaven.

Überhebliche Vierbeiner!

»Mitkommen«, befahl Nick, riss ihr die Tasche von der Schulter und packte sie am Handgelenk. Daran zerrte er sie an Tony vorbei zu einer Tür, auf der »Privat« stand.

Kurz nickte er seinem Kollegen zu, um ihm zu verstehen zu geben, dass sich Nick um diese Frau kümmern und Tony nun ein Auge auf den Klub und den Eingang zu Jules' Vergnügungsoase haben musste. Danach öffnete er mittels Zahlencode das düstere, fensterlose Hinterzimmer, das als Ruhebereich für die Security diente. Neben einem Fernseher, einer großen Couch und einer Kühltruhe mit Vampir-Spezialdrinks, stand ihnen hier auch ein Kleiderständer mit neuen Anzügen zur Verfügung, damit Jules' Männer immer bestens gekleidet waren und sich im Falle eines »Malheurs« umziehen konnten. Schließlich floss hin und wieder Blut, wenn ein ungebetener Gast nach draußen dirigiert wurde. In dem Zimmer führte bloß noch ein weiterer Durchgang zu einem Waschraum, doch auch dort drin gab es kein Fenster.

Nachdem Nick die Tür wieder verriegelt hatte, hielt er Abstand von der Wandlerin und durchsuchte ihre Tasche. Ohne den Zahlencode würde sie hier nicht rauskommen.

»Hey!« Sie wollte ihm die Tasche entreißen, aber er wich ihr immer blitzschnell aus und huschte wie ein fliegender Schatten von einer Seite zur anderen.

»Ich hasse es, wenn ihr das macht!«, rief sie und verschränkte die Arme vor der Brust.

»Du hast hier oben nichts verloren«, sagte Nick zu seiner Rechtfertigung und zog den Reißverschluss auf. »Es sei denn, du hast eine Einladung vom Boss. Das ist ein privater Bereich, und deshalb darf ich dich durchsuchen, *cara mia*.«

»Ich muss einfach nur mit eurem Fürsten sprechen.« Sie drückte sich mit dem Rücken gegen die Tür, verschränkte die Arme vor der Brust und schaute sich im Raum um.

Anstatt in die Tasche zu sehen, hatte Nick bloß Augen für die sanften Rundungen ihrer Brüste, die sich über dem tiefen Ausschnitt ihres Tops zeigten. »Der Boss hat jetzt keine Zeit für dich, Mädchen, außer du bist hier, um auf seinem Schoß zu tanzen.« Was Nick ganz und gar nicht gefallen würde.

Sie kniff die Lider zusammen und musterte ihn ungehalten. »Es geht um eine Angelegenheit von höchster Dringlichkeit!«

Ja, das sagten sie alle.

»Wirklich?«, fragte er gelangweilt. »Um welche denn?«

»Das muss ich dem Fürsten persönlich mitteilen.«

Nick wollte etwas Schnippisches erwidern, doch er widmete sich nun lieber dem Inhalt ihrer Handtasche, weil er zu neugierig auf diese Frau war.

Porca vacca, die Wandlerin hatte eine kleine Pistole dabei! Als er außerdem eine Polizeimarke entdeckte, entspannte er sich leicht und hörte auf, im Raum hin und her zu flitzen. »Du bist ein Cop?« Eine Kreditkarte fand er außerdem. »Shannon West.«

Shannon … Was für ein sinnlicher Name. Er passte ausgezeichnet zu dieser geschmeidigen Wölfin.

Sie stieß sich von der Tür ab und streckte einen Arm aus. »Ich bin nicht von der Polizei, sondern vom DPI. Und jetzt gib mir meine Sachen zurück!«

Er wühlte weiter in ihrer Tasche, fand aber sonst nichts von Interesse. Deshalb nahm er das Magazin aus der Pistole, überprüfte, ob nicht noch eine Kugel im Lauf steckte, und schob die Waffe wieder in die Handtasche. Das Magazin ließ er in seiner Anzughose verschwinden.

»Hey! Das kannst du nicht machen!«, rief sie, blieb aber auf Abstand.

»Die Munition bekommst du erst zurück, wenn du den Klub verlassen hast.« Er reichte ihr die Tasche, die sie sich sofort umhängte, bevor sie sich der Tür zuwandte. »Und jetzt lass mich raus!«

»Moment«, raunte er dunkel und stellte sich hinter sie. »Ich war noch nicht fertig.«

Shannon wirbelte herum und sah aus, als ob sie ihn verprügeln wollte. Sie hatte die Hände zu Fäusten geballt und fauchte leise; ihre Eckzähne hatten sich verlängert.

Santo cielo, war das sexy!

»Ich habe keine Zeit für deine Spielchen«, knurrte sie. »Lass mich endlich zum Fürsten!«

»Erst muss ich dich noch durchsuchen.«

Sie schnaubte. »Wo, bitte, soll ich eine weitere Waffe verstecken?«

»Du könntest mehrere Messer in deinen hübschen Stiefelchen haben.«

»Hab ich aber nicht«, zischte sie und: »Brauche ich auch nicht.« Sie hielt ihm eine Hand vors Gesicht und fuhr ihre Krallen aus. Damit hatte sie wohl auch die beiden Männer auf der Tanzfläche gepikt und sie gegeneinander aufgebracht. Shannon besaß wirklich jede Menge Mumm. Sie hätte auffliegen können! Womöglich sagte sie doch die Wahrheit und wollte den Fürsten einfach nur sprechen? Langsam wurde er selbst neugierig, was sie dazu trieb, solch ein Risiko einzugehen und persönlich hier zu erscheinen. Umso wichtiger war es, dass er sie wirklich gründlich durchsuchte.

Erstaunlicherweise gewährte sie es ihm, dass er vor ihr in die Hocke ging und seine Hände über das glatte Material ihrer Schuhe gleiten ließ. Nick spürte die Hitze ihrer Haut durch das Leder.

In aller Ruhe fuhr er an einem Bein nach oben, sich nur allzu bewusst, dass sich sein Gesicht genau auf Höhe ihres Unterleibs befand ... dass sie nur ihr Knie nach oben schnellen lassen müsste, um ihm einen ordentlichen Kinnhaken zu verpassen. Sicher wollte sie jetzt genau das am liebsten tun, denn ihre Muskeln zuckten. Dumm nur, dass sie ohne seinen Zahlencode hier drin eingesperrt war.

Was sie wohl für einen Slip unter diesem knappen Rock trug?

Bestimmt einen schwarzen String-Tanga.

Shannons Atmung beschleunigte sich – aus Wut oder vor Erregung? –, während er genüsslich ihre festen Schenkel befühlte und daran immer höher glitt.

Gott, diese himmlischen Beine würden sich fantastisch anfühlen, wenn sie ihn damit umschlingen würde!

Ein weiteres Knurren vibrierte in ihrer Kehle und ihre Krallen hatte sie immer noch ausgefahren. Es behagte ihr wohl nicht, dass er sie berührte, weil es sie tatsächlich erregte! Er – ein Vampir – stimulierte eine Wolfswandlerin! Nun konnte er den lieblich-weiblichen Duft wahrnehmen, den ihr Schoß verströmte.

Nick stöhnte innerlich, als sich sein Schwanz zuckend gegen den Stoff seiner Hose drückte. Ihm gefiel es sehr, wie Shannon auf ihn reagierte. Er liebte es, sie zu ärgern, und zum ersten Mal seit Jahrzehnten pulsierte sein Herz wieder aus heftiger Leidenschaft. Das war ihm seit dem Tod von Carina nicht mehr passiert. Plötzlich wollte er diese Wandlerin, diese Frau!, ficken, denn sie berührte all seine Sinne und hauchte seinem halbtoten Körper Leben ein.

Er widerstand der Versuchung, die Finger bis unter ihren Rock zu schieben, und erhob sich. Dann legte er einfach die Hände auf ihre Brüste und wurde sich erst danach bewusst, was er getan hatte.

Stupido, schalt er sich. Jetzt würde sie ihn umbringen.

Wie erstarrt blickte er die Wandlerin an, während sie scharf Luft holte, die Lider ein Stück zusammenkniff und erneut die Fänge fletschte. Aber sie schlug seine Hände nicht weg.

Unfähig, sie von ihr zu nehmen, drückte er leicht zu, um die Beschaffenheit ihrer Brüste zu befühlen.

Santo cielo, diese perfekten Formen waren tatsächlich echt! Und sie trug keinen BH unter dem Top!

Weil sie sich nicht wehrte, tastete er sie weiterhin ab. Mit beiden Daumen strich er über ihre steinharten Nippel, die sich durch den Stoff pressten, und beobachtete Shannons Reaktionen. Sie schloss die Augen, biss sich auf die Unterlippe und stöhnte leise. Sein Herz pulsierte wild, genau wie das Blut in seinem Schwanz. Wie schön und voller Leidenschaft sie war!

Von Natur aus verfügten Wolfwandler über eine ausgeprägte Libido und waren sehr leicht erregbare Wesen. Doch dass sie sich auf einen Vampir einließ, hätte er nie gedacht!

»Gesicht zur Tür!«, befahl er rau, nahm schwer atmend die Hände von ihren Brüsten und drehte Shannon an den Hüften herum.

Erneut fügte sie sich, woraufhin ihr die Handtasche von den Schultern glitt und zu Boden fiel. Shannon beachtete sie nicht weiter, sondern stützte sich mit beiden Händen an der Tür ab, öffnete die Beine ein wenig und ... streckte ihren drallen Hintern heraus.

Dio mio, das war fast zu viel für ihn!

Er räusperte sich hart, legte beide Hände an die nackte Haut ihrer Taille und fuhr schließlich über ihren Knackarsch, über den sich fest der rote Stoff ihres Minirockes spannte.

Während Shannon stöhnte und sich ihre Krallen in die Holztür gruben, drückte sich Nicks Schwanz weiterhin gegen die Hose und verlangte nach Freiheit. Fuck, er wollte dieses Miststück am liebsten bis zur Besinnungslosigkeit durchrammeln!

»Für dich ist es bestimmt einfach, einen Kerl zu finden, mit dem du für ein paar Stunden unverbindlichen Spaß haben kannst«, knurrte er, weil ihm dieser Gedanke plötzlich gar nicht gefiel.

»Siehst du doch«, erwiderte sie genauso knurrend und streckte ihm ihren Hintern noch weiter entgegen, sodass ihr knapper Rock nach oben rutschte. Ihre wohlgeformten Arschbacken wurden sichtbar und ... *gesù santa maria* ... Sie trug keinen Slip darunter! Zwischen ihren rasierten Schamlippen glitzerte es feucht und ihr Hintertürchen präsentierte sich ihm schutzlos.

Wild peitschte das Blut durch seine Adern und beinahe sah er nur noch rot. Dunkle Flecken tanzten vor seinen Augen, Speichel sammelte sich in seinem Mund und sein ungeduldiger, steinharter Schwanz tropfte seine Shorts voll! Seine Fänge juckten, weil er den Drang verspürte, die Wandlerin zu beißen. Ob sie das vielleicht sogar wollte? Auch wenn sie ihn wirklich in Versuchung führte, würde er ihr diesen Gefallen sicher nicht tun –

Geilheit hin oder her.

Nick richtete sich auf und packte Shannon am Becken, um seine Erektion an ihren Hintern zu pressen. Dann schob er eine Hand vorbei an ihrer Taille bis zwischen ihre Schenkel und tauchte mit einem Finger zwischen ihre seidenweichen, erhitzten Schamlippen.

Jetzt konnte auch er ein Stöhnen nicht mehr unterdrücken. Fuck, sie war klitschnass! Und so heiß!

Er schmiegte sich an sie, massierte mit der einen Hand ihre Brüste, mit der anderen fuhr er in ihrer feuchten Spalte auf und ab. Ihr weiblicher Duft erfüllte bereits den kleinen Raum und vernebelte weiterhin Nicks Sinne.

Schnell strich er ihr das Haar zur Seite, um ihren Hals freizulegen, und leckte seitlich darüber, dort wo ihre Ader kräftig schlug. Wäre ihr Blut für ihn nicht giftig, hätte er längst zugebissen.

»Dauergeiles Biest«, raunte er und saugte an ihrer weichen Haut, während er mit dem Zeigefinger ihre Klit bearbeitete. »Du bist also vom Department of Paranormal Investigations. Wo ist dann deine Spezialgenehmigung, dass du dich in Vampirgebiet aufhalten darfst? Ich dachte, beim DPI dürfen nur Vampire, Menschen oder alle andere Wesen, außer Wolfswandler, auf unserer Seite des Flusses ermitteln?«

Sie stöhnte auf, als er sie leicht in die Klit zwickte. »So ist es auch, aber …«

Nick drückte fester zu. »Du hast keine Spezialgenehmigung, Wandlerin.«

»Nein«, hauchte sie, wobei sich ein Schwall ihrer lieblichen Creme über seine Finger ergoss. Sofort verteilte er sie auf ihren Schamlippen.

Shannons hingebungsvolle Leidenschaft brachte ihn bald um den Verstand. Womöglich wollte sie genau das, um ihn aus dem Verkehr zu ziehen. Er traute den Wölfen alles zu, diesen listigen Geschöpfen! Nick wollte die Wandlerin nur noch bestrafen – auf brutal-lustvolle Art.

Er stellte sich vor, sie über die breite Lehne der Couch zu werfen, sodass ihm ihr nackter Arsch entgegen ragte, und von hinten in sie einzudringen. Schließlich musste er nachsehen, ob sie nichts in ihrer feuchten Pussy versteckte, und sein Schwanz war länger als sein Finger. Und wenn er dort nichts fand, würde er auch ihr rosarotes Rosettchen erforschen …

Seine Erektion zuckte heftig und die Haut um seinen Schaft spannte fast schon schmerzhaft. Beinahe hätte er sich ergossen! Er musste hart bleiben … standhaft, unbeugsam, eisern!

Das bin ich bereits, dachte er verzweifelt und knurrte vor unterdrückter Lust. Diese Wandlerin machte ihn fertig.

Kapitel 3 – Shannon – Heißes Verlangen

Dieser manipulative Verführer! Was hatte er bloß mit ihr angestellt? Normalerweise konnten die Blutsauger keine Wandler bezirzen. Was war dann nur mit ihr los?

Hilflos trieb Shannon die Krallen in die Tür, weil ihre Knie butterweich waren, und ließ sich von diesem Vampir, von dem sie nicht einmal den Namen kannte, befriedigen! Während er sich von hinten an sie drückte und ihren Hals küsste, bearbeitete er mit zwei Fingern ihre Klitoris, genau wie sie es mochte. Seine Erektion presste sich an ihren nackten Hintern, lediglich die Hose hinderte ihn noch daran, zuzustoßen. Er war also ein erweckter Vampir, sonst könnte er keine Latte bekommen!

Oh Gott, und er war gut, so gut!

Shannon stöhnte ungehemmt und drängte ihren Po an seinen Schwanz. Wann packte er ihn endlich aus? Sie wollte ihn in sich spüren!

Kurz erschrak sie über ihre Gedanken, denn dieser Kerl besaß eine Macht über sie, die sie sich keinesfalls erklären konnte. Das lag doch nicht allein an seinem Aussehen?

Okay, er war genau ihr Typ: groß, schlank, mit Muskeln an

den richtigen Stellen – sofern sie das durch seinen teuren Anzug beurteilen konnte, und kurzen braunen Haaren. Sein leichter italienischer Akzent, der immer stärker durchkam, je mehr sie ihn anturnte, machte sie zusätzlich wuschig! Dazu dieses männliche, sehr attraktive Gesicht mit dem leicht störrischen Kinn, den grünen Augen und der einen Tick zu großen Nase ... Er war ein Gott! Ein verdammter Vampirgott!

Wahrscheinlich erregte sie die Mischung aus Angst und Lust. Schon lange hatte sie nicht mehr solch ein Verlangen gespürt und noch nie hatte sie sich einem Mann derart schamlos angeboten. Normalerweise war sie es, die die Kerle unter sich warf und sich holte, was sie brauchte. Aber bei diesem Blutsauger erkannte sie sich nicht wieder, ließ sich gehen und konnte nur mit Mühe ein Winseln unterdrücken. Er sollte sie endlich ficken!

Stattdessen fingerte er sie lediglich und schabte mit seinen Fangzähnen an ihrem Nacken entlang. Er würde sie doch nicht beißen?

»Nicht«, wisperte sie hilflos vor Erregung. Ihr Verlangen nach diesem Vampir wuchs mit jeder Sekunde, die er sie berührte. Das durfte nicht wahr sein! Aber sie konnte nichts daran ändern.

»Keine Sorge«, murmelte er halb stöhnend, halb knurrend an ihrem Ohr. »Ich weiß, dass mir dein Blut nicht bekommt, *Lupetta*.«

Plötzlich zerrte er sie von der Tür weg, riss sich das Sakko von den Schultern, um es achtlos über einen Stuhl zu werfen, und drückte ihren Oberkörper über die Lehne der Couch, sodass sich ihm ihr nackter Hintern scham- und schutzlos präsentierte.

Jetzt würde er sie nehmen, gewiss! Ihr Inneres kontrahierte, ihre Klit pochte wild. Shannon spürte, wie noch mehr ihres Lustsaftes an ihren Innenschenkeln hinunterfloss, und machte sich bereit auf einen harten Stoß.

Stattdessen glitt der Vampir mit den Fingerspitzen zart über ihren Po und raunte: »Als ihr noch unsere Sklaven wart ...«

»Sind wir aber nicht mehr!«, fauchte Shannon, und plötzlich legte sich in ihrem Kopf ein Schalter um, der sie wieder halbwegs zur Vernunft brachte.

Hilfe, wie hatte sie es nur so weit kommen lassen? Sie sprang auf und wirbelte herum, um ihm eine saftige Ohrfeige zu verpassen.

Doch dazu kam es nicht, denn er packte pfeilgeschwind ihre Handgelenke und presste ihr die Arme fest an den Körper. Dabei lachte er dunkel an ihrer Schläfe und fuhr mit den Lippen darüber. »Bist du dir sicher, dass du nicht meine Sklavin sein willst, Kitty?«

Kitty? Sie war doch keine Katze! Seine Beleidigung machte sie noch zorniger. Allem Anschein nach hatte er nur mit ihr gespielt. Oh, das würde er bereuen!

Während sie versuchte, sich aus seinem eisernen Griff zu befreien, hielt er sie noch fester und blickte sie düster an.

»Nur leider hast du einen Fehler gemacht, *lupa pazza*«, knurrte er, und diesmal schwang auch Wut in seiner Stimme mit. »Nachts in unser Gebiet zu kommen, bedeutet, dass du dich uns freiwillig anbietest. Und da ich der Erste bin, der herausgefunden hat, was du bist, gehörst du jetzt mir.« Blitzschnell ließ er ihre Handgelenke los, um Shannon jetzt zu umarmen, und schabte mit seinen spitzen Zähnen erneut über ihren Nacken. Danach leckte er mit der Zunge über die Kratzer, die er ihr zugefügt hatte.

Hatte dieser verdammte Schmarotzer sie soeben markiert? Schade, dass die Kratzer nicht bluteten!

Seine besitzergreifende Geste sollte sie eigentlich abstoßen, stattdessen spürte Shannon verblüfft, wie erneut eine kleine Sicherung in ihrem Gehirn durchbrannte, sodass sie automatisch den Kopf zurückwarf und sich abermals in seinem Bann befand.

Shannon zitterte vor Lust, aber auch Zorn. Er tat es schon wieder! Manipulierte sie irgendwie.

Leider wusste er genau, welche Knöpfe er bei ihr drücken musste. Zu lange hatte sie auf Sex verzichtet und war tatsächlich rollig wie eine Katze. Keiner ihrer menschlichen One-Night-Eroberungen hatte es bisher geschafft, ihr Herr zu werden und sie zu unterwerfen – dazu waren sie auch zu schwach. Dieser Blutsauger war jedoch sehr stark, wahrscheinlich, weil er schon seit Jahrhunderten ein Vampir war. Sie konnte es nicht mit ihm aufnehmen … oder wollte es vielleicht auch nicht – für den Moment.

Rasch drehte er sie herum und griff ihr von hinten mit einer Hand an die Kehle, doch er drückte nicht so fest zu, dass sie keine Luft mehr bekam. Mit der anderen fuhr er erneut zwischen ihre Beine.

Blitze schienen von seinen Fingern auszugehen, als er diese in ihren Schamhügel krallte, denn ihr Schoß stand unter Strom. Sie hielt ihn nicht zurück, als er mit einem Finger in ihre Spalte glitt, um ihren empfindsamen Nerv erneut lustvoll zu malträtieren.

Shannon schmolz dahin. Das war der beste Sex ihres Lebens!

»Sind Wolfswandlermuschis immer so feucht?«, raunte er direkt an ihrem Ohr, sodass neue Lustschauer über ihren Körper prickelten.

Wehre dich gegen seinen Einfluss!, schrie eine Stimme ganz weit hinten in ihrem Kopf verzweifelt, und Shannon fauchte halbherzig. »Lass mich los.«

Der Vampir ließ von ihrer Kehle ab und griff in ihr Haar, um ihr Gesicht zu sich zu drehen. Dann fauchte er ebenfalls und zeigte seine verlängerten Eckzähne – was unglaublich sexy aussah. Anschließend beugte er sich nah zu ihr, als wollte er sie küssen.

Verflucht, sie wollte im Moment genau das!

Was war mit ihr los?

Diese Frage rotierte ununterbrochen in ihrem Kopf. Nicht mal im Rudel hatte sie dieses Verlangen gespürt, vielleicht auch deshalb nicht, weil sie die Schwester des Alphas war – also in sexueller Hinsicht Tabu für ihren Bruder. Außerdem beobachtete Shane sie ständig, wenn sie ihn besuchte, sodass sie keine Lust verspürte, mit anderen Rudelmitgliedern herumzumachen. Shane hatte damit keine Probleme. Er nutzte seine Stellung aus, wo er konnte, denn nur er allein durfte jede ungebundene Frau des Rudels ficken, wann es ihm beliebte. Einmal hatte Shannon ihn erwischt, wie er im Büro seine Sekretärin flachgelegt und nicht einmal aufgehört hatte, als sie in den Raum gekommen war.

Shane hatte schon immer ohne Rücksicht auf Verluste seine Triebe befriedigt, nur Shannon war immer leer ausgegangen. Kaum hatte sie den Job beim DPI angetreten und war Shanes Einfluss entkommen, hatte sie sich mit Percy einen Spaß daraus gemacht, nach Dienstende in Bars Männer aufzureißen und sich gegenseitig Partner für eine Nacht auszusuchen, um ihre Libido im Zaum zu halten. Nachdem sie sich ausgetobt hatte, ließ bei ihr das unbändige Verlangen nach. Ein paar Jahre lang hatte sie fast in Askese gelebt, doch jetzt war diese ungezügelte Lust wieder voll da.

Warum ausgerechnet mit einem Vampir? Sie musste endlich zu Verstand kommen!

Als er raunte: »Du gehörst mir«, und seine Lippen ihrem Mund gefährlich nah kamen, nahm Shannon all ihre Willenskraft zusammen und knurrte: »Ich gehöre niemandem! Die Zeiten sind vorbei, als ihr in New York tun und lassen konntet, was ihr wolltet.«

Erneut lachte er kehlig. »Ich glaube nicht, dass diese Zeiten vorbei sind, wie ich an deinen Reaktionen sehe.« Wieder krallte er die Finger in ihren Schamhügel und sah Shannon dabei mit solch einem lodernden Verlangen an, dass sie befürchtete, er könne gleich in Flammen aufgehen. Anstatt sie zu küssen, warf er sie auf die Couch, sodass sie mit dem Rücken auf der Sitzfläche zu liegen kam, spreizte an den Knien ihre Beine und hauchte auf ihre schutzlos geöffnete Pussy.

Shannon wurde es schwindelig vor Lust, ihr Schoß pulsierte wie verrückt und neue Creme schoss aus ihr hervor. Sie verfluchte sich, ihren verräterischen Körper und diesen Blutsauger!

»So verdammt geil«, raunte er, bevor er zwei Finger tief in sie schob und sie damit hart fickte. Zusätzlich rieb er mit dem Daumen über ihre Klit.

Oh Gott, wenn er noch eine Minute so weitermachte, würde sie zum Höhepunkt kommen!

»Ich kann dich erst zum Fürsten lassen, wenn ich mir sicher bin, dass du keine Waffe mehr an … oder *in* deinem Körper trägst.« Er nahm einen dritten Finger dazu und tastete sie ausgiebig aus, während sie fauchte und stöhnte. Shannon trieb die Krallen in den Stoff der Couch, und es war ihr egal, dass sie ihn zerfetzte. Sie musste ihre überschüssige Energie irgendwo loswerden und hoffte, bald den erlösenden Höhepunkt zu erreichen. Doch dieser vermaledeite Vampir wusste genau, wie er sie zwar erregen, aber auch hinhalten konnte.

Mit glühenden Blicken musterte er sie und leckte sich über die Lippen. »Du stehst total darauf, unterworfen zu werden, Kätzchen.«

Verflucht, da hatte er recht! Deshalb musste sie dem ein Ende setzen! Kein Vampir durfte je wieder solche Macht über einen Wandler bekommen – und genau deshalb war sie hier. Wenn sie die Verschwörung nicht aufdeckte, würden bald wieder alle Vampire mit ihnen tun und lassen können, was sie wollten!

»Ich bin keine Katze!«, stieß sie deshalb hervor und weil sie es nicht mochte, so genannt zu werden. Sie schloss die Beine, doch er schaffte es, noch einmal selbstgefällig lächelnd über ihren Schritt zu reiben.

Danach trat er zurück, wobei er seine feuchten Finger in die Höhe hielt. »Ich finde, *Kätzchen* hört sich besser an als *läufige Hündin*, oder?«

Das reichte!

Knurrend vor Zorn sprang sie auf, um ihm ihre Krallen über das Gesicht zu ziehen, doch er wich ihr in Vampirgeschwindigkeit aus, leckte sich grinsend die Finger ab und verschwand im angrenzenden Waschraum. Shannon hörte, wie er den Wasserhahn aufdrehte und hätte am liebsten vor Wut und Frust geschrien. Dieser verflixte Kerl ließ sie hier völlig atemlos und geil vor Lust zurück. Sie hatte nur noch Sekunden vor dem Orgasmus gestanden!

Leise knurrend richtete sie ihre Kleidung; danach hob sie ihre Handtasche auf und versuchte, sich zu beruhigen. Es würde ihn nur noch mehr freuen, wenn sie sich ärgerte. Diese Blutsauger hatten sich kein bisschen geändert! Sie waren immer noch genauso überheblich wie damals und führten sich auf, als wären sie Könige!

Als er wieder zu ihr kam, wobei er sie kaum beachtete, aber immer noch grinste, atmete sie tief durch. Anschließend fragte sie ihn so ruhig wie möglich, aber nicht ohne bissigen Unterton: »Was ist mit deiner Gefährtin, Vampir? Weiß sie, dass du an anderen Frauen herumspielst?«

Sein selbstgefälliges Grinsen verschwand abrupt, und er schenkte Shannon einen nachtschwarzen Blick, der sie erschaudern ließ. »Sie ist tot.«

Toter als du?, wollte sie erwidern, hielt jedoch den Mund. Sie sollte ihn vielleicht nicht unbedingt provozieren, wenn sie zum Fürsten wollte.

Plötzlich senkte er die Lider und seine Gesichtszüge verhärteten sich, als würde er Schmerzen leiden. Unterhalb des Hemdkragens griff er durch den Stoff an einen kleinen Gegenstand, den er anscheinend an dieser goldenen Kette um den Hals trug, und wirkte für einen Moment abwesend.

Dass er um seine ehemalige Gefährtin trauerte, war ihm plötzlich überdeutlich anzusehen. Shannon kannte diesen melancholischen Ausdruck in den Augen von Wandlern, die ihre Liebsten verloren hatten.

Kopfschüttelnd wandte sie sich von ihm ab, um ebenfalls den Waschraum aufzusuchen. Empfand sie etwa Mitleid mit diesem Schönling? Er war ein verdammter Vampir!

Schlagartig war sie heilfroh, nicht mit ihm geschlafen zu haben.

Himmel, es durfte nie jemand erfahren, was sich zwischen ihnen abgespielt hatte – schon gar nicht Shane! Wenn ihr Bruder sie nicht gleich umbrachte, würde er sie aus dem Rudel werfen. Nicht dass sie auf das Rudel angewiesen wäre, schließlich kam

sie prima allein klar und war schon immer so eine Art Omega-
wolf gewesen. Trotzdem war das Rudel ihre Familie und Shane
ihr einziger Blutsverwandter.

Shannon stellte sich am Waschbecken vor den Spiegel und
hielt ihre Hände unter den kalten Wasserstrahl, um ihren erhitzten Körper abzukühlen. Leider pochte ihr Schoß immer noch
und alles klebte zwischen ihren Schenkeln. Und wie ihre Haare
aussahen – sie waren total zerzaust. Verflucht!

Schnell sortierte sie mit den Fingern ihre wirren Strähnen,
legte frischen Lippenstift auf und wischte sich die gröbsten Spuren ihrer Lust mit Toilettenpapier von den Schenkeln, bevor sie
ein Taschentuch befeuchtete, um auch ihre angeschwollenen
Schamlippen zu reinigen.

Der Kerl musste sie tatsächlich bezirzt haben! Bloß ging das
bei Wandlern normalerweise nicht, nur gewöhnliche Menschen
fielen auf ihre Tricks herein. Wieso war sie dann derart heftig auf
ihn abgefahren? Sie konnte sich das wirklich nicht erklären.

Egal – darüber musste sie sich nicht ausgerechnet jetzt den
Kopf zerbrechen. Schließlich war sie nicht zur Befriedigung ih-
rer Gelüste hier, sondern um das Überleben ihrer Art zu sichern.
Und sie hatte nichts Besseres zu tun, als an Sex zu denken!

»Bring mich jetzt zum Fürsten«, befahl sie ungehalten, ja,
schon leicht panisch, als sie zu dem Vampir in den Aufenthalts-
raum zurückkehrte. »Es geht um Leben und Tod!«

»Warum hast du das nicht eher gesagt?«, fragte er gelangweilt.
Nun wirkte er nicht mehr erregt, eher reserviert, fuhr sich über
den Nacken und mied ihren Blick. Auch die Beule in seiner
Hose war verschwunden.

Tja, Blutsauger, auch du warst geil auf mich, dachte sie scha-
denfroh, *und das gefällt dir jetzt genauso wenig wie mir!*

»Ich bringe dich zu ihm, aber mach mir später keine Vorwürfe, wenn er dir den Kopf abreißt«, sagte er und gab den Zahlencode ein.

Er, der Vampir, von dem sie so gut wie nichts wusste.

Himmel, sie hatte ihn an sich herumfummeln lassen und

kannte nicht einmal seinen Namen!

Normalerweise kam sie sich nicht schäbig vor, wenn sie mit einem Mann spielte, aber dass dieser heiße Kerl, zu dem sie sich stark hingezogen fühlte, ausgerechnet ein Blutsauger sein musste, machte sie immer noch richtig wütend!

Kurz stellte sie sich vor, er wäre ein Wandler, woraufhin ihr Herz heftig vor Zuneigung klopfte. Ja, sie würde ihn sofort nehmen, wenn er einer von ihrer Art wäre.

War er aber nicht!

Shannon unterdrückte erneut ihren Zorn, denn nun brauchte sie einen kühlen Kopf für das Gespräch mit dem Fürsten. Bloß konnte sie das Oberhaupt der Vampire überhaupt nicht einschätzen, denn über Jules Leroy existierten so viele Geschichten und Gerüchte, dass sie nicht wusste, was sie glauben sollte. Was würde sie erwarten?

Ihr Herz klopfte wie verrückt, als sie ihrem blutsaugenden »Fehltritt« folgte. Er brachte sie zu der einzig anderen Tür auf dieser Etage, vor der ein schwarzhaariger Kerl stand.

»Hey, Tony, pass weiter hier auf, ich muss die Frau zum Boss bringen«, erklärte *er* dem anderen.

»Jetzt?« Tony, der allem Anschein nach auch ein Vampir war – seiner unnatürlich hellen Gesichtsfarbe nach zu urteilen –, hob seine tiefschwarzen Brauen und musterte Shannon neugierig. »Hat sie einen Termin?«

Ihr Vampir schüttelte den Kopf. »*No.*«

»Das wird dem Boss nicht gefallen.«

»Das wird ihm so was von gar nicht gefallen«, bestätigte *er*.

Shannon schnaubte ungehalten. »Mir ist klar, dass ich gerade zu einer ungünstigen Zeit komme, aber ich kann nicht warten!«

»Hörst du«, sagte *er* gedehnt, »sie kann nicht warten.«

Tony schmunzelte und trat zur Seite. »Na dann, Hals und Beinbruch, Lady!«

»*In bocca al lupo*«, murmelte ihr Vampir, bevor er auch hier einen Zahlencode eingab.

Shannon machte sich bereit für das Zusammentreffen mit Jules Leroy, jedoch war von dem Fürsten nichts zu sehen, als sie einen düsteren Raum betraten, in dem drei große, mit rotem Samt bezogene Couchgarnituren standen. Darauf lagen zwei nackte, wunderschöne Frauen, die eine blond, die andere brünett, und ein junger, schwarzhaariger Mann, ebenfalls im Adamskostüm. Sie rührten sich nicht, hatten die Augen geschlossen und waren übersät mit Bisswunden, dem typischen Mal der Vampire. Doch diese verblassten bereits.

Shannons Herz setzte einen Schlag aus, als sie erkannte, wo diese Menschen überall gebissen worden waren. Sogar an den Brüsten und zwischen den Beinen! Ihr Schoß pochte erneut, denn auch Wandler bissen ihre Liebsten an diesen Stellen, um einen Schluck zu nehmen, der ihren Bund besiegelte. Doch diese Menschen hatten lediglich als Nahrung und Sextoys gedient!

Eine zierliche, kleine Frau, die ihnen keine Beachtung schenkte und fast wie ein Mädchen aussah, huschte zwischen den leblosen Personen hin und her, sodass ihr weißes Haar wie ein Schleier hinter ihr herwehte, genau wie ihr Gewand aus Seide. Als Shannon ihre spitzen Ohren entdeckte, vermutete sie, dass es sich bei dem Mädchen um eine Elfe handelte. Sie reinigte die erschlafften Körper von Blutspuren und tupfte die Bissmale mit einer durchsichtigen Flüssigkeit aus einer Flasche ab. Darin war sicher Vampirspeichel, der förderte die Heilung.

»Was ist mit ihnen?« Shannon eilte sofort zu der brünetten Frau, die besonders viele Male aufwies. »Sind sie tot?«

»Nein, nur ein bisschen blutärmer. Sie schlafen bloß, und sobald sie wieder zu sich kommen, können sie sich an nichts mehr erinnern und werden nach unten in den Klub gebracht.«

Shannon verspürte neue Wut, die der Vampir anscheinend witterte, denn er stellte sich neben sie und sagte mit Nachdruck: »Es geht ihnen gut, und ihnen ist nichts widerfahren, worauf sie keine Lust hatten.«

Trotzdem fühlte sie am Hals der Frau den Puls und atmete auf, als sie diesen spürte. »Es würde dem DPI auch nicht gefallen, wenn ihr hier Menschen abschlachtet.«

Diese Blutsauger fielen wie die Tiere über die »Gäste« her! Doch waren die Wandler besser? Shannon fuhr mit dem Rudel hin und wieder in die Wälder, um in Wolfsgestalt ihren Jagdtrieb zu befriedigen und frisches Tierblut zu trinken.

Tierblut, nicht das von Menschen – das war ein gewaltiger Unterschied! Und die Tiere mussten auch nicht leiden, dafür sorgte ein schneller Biss in die Kehle. Shannon hatte nichts gegen ein rohes Stück Wild einzuwenden, aber Menschenfleisch? Sie hoffe, dass ihre Vorfahren das nicht wirklich gegessen hatten.

Einer sehr alten Legende nach sollten sich Wandler vor Urzeiten von Menschen ernährt und somit den Blutsaugern die Nahrungsquelle entzogen haben, weshalb angeblich ein Krieg zwischen Wölfen und Vampiren ausgebrochen und dieser Hass entstanden war. Aber das war nicht der einzige Grund, warum sich ihre Spezies gegenseitig nicht riechen konnten. Vampire hassten Wandler, weil die Sonne ihnen nichts ausmachte. Außerdem war Wandlerblut für sie hochgiftig. Zudem waren sie nicht zu körperlicher Liebe fähig, solange sie nicht erweckt wurden.

Shannons Art verachtete Vampire, weil diese unsterblich waren, sich blitzschnell bewegen konnten und vor allem uralte Blutsauger eine Stärke entwickelten, die noch ein wenig über ihre eigene hinausging. Am schlimmsten fanden sie jedoch, dass Vampire den Menschen ihren Willen aufzwingen und somit überall vordringen konnten, bis in die Chefetagen von Wirtschaft und Politik. Das machte diese Zecken so gefährlich.

Nur die Wandler auf dem Land hatten seit jeher ein relativ selbstbestimmtes, sicheres Leben geführt, weil sich Vampire bevorzugt in Großstädten beziehungsweise in der Nähe vieler Menschen aufhielten, damit ihnen stets genügend Nahrung zur Verfügung stand.

New York war seit Ende des 18. Jahrhunderts *die* Vampirhochburg in Amerika gewesen, in der die Regeln der Blutsauger gegolten hatten. Marius van de Velden, ein mächtiger Vampirfürst und Leroys Vorgänger, hatte alle anderen Wesen, insbesondere Wolfswandler, unterjocht. Zum Glück waren diese Zeiten vorbei, doch eine neue Ära der Unterdrückung könnte bevorstehen.

Unruhig lief Shannon vor den Sofas auf und ab und beobachtete die Elfe bei der Arbeit, während der Vampir mit verschränkten Armen im Raum stand und sie nicht aus den Augen ließ. Sie fühlte sich aber nicht nur von ihm kontrolliert, denn es hingen mehrere Überwachungskameras an der Decke.

»Wo ist der Fürst?«, fragte Shannon. »Ich dachte, er wäre hier?«

Dicke schwarze Vorhänge an den Wänden verrieten nicht, was sich dahinter verbarg. Bestimmt gab es eine weitere Tür, die zu Leroys Reich führte. Wenn sie sich die bewusstlosen Menschen betrachtete, musste der Fürst ausgiebig gespeist haben und ihr jetzt zur Verfügung stehen. Wahrscheinlich duschte er noch.

Der Vampir kniff die Lider zusammen. »Warte, bis er Zeit für dich hat. Sicher hat er unsere Anwesenheit längst gespürt und wird zu uns kommen, sobald er kann.«

Gespürt?

Erneut warf sie einen Blick auf die Kameras. »Wann wird das sein?«

»Vielleicht erst zum Morgengrauen.«

Keuchend blieb sie vor ihrem Verführer stehen, der, wie sie zähneknirschend zugeben musste, immer noch sehr anziehend auf sie wirkte. »Du willst mich doch wohl verarschen?«

Als eine weitere nackte Frau plötzlich durch den schwarzen Vorhang getaumelt kam, eilte die Elfe sofort zu ihr, um sie zu stützen. Auch der Vampir half ihr – und diesen Umstand nutzte Shannon, um an ihm vorbeizulaufen. Sie riss den Vorhang zur Seite und schlüpfte gerade noch durch die zufallende, mauerdicke Stahltür dahinter.

Für den Bruchteil einer Sekunde wurde sie Zeugin einer Blutorgie, bevor sie von ihrem Vampir an der Schulter zurückgerissen wurde. Der Raum, der größer war als ihre ganze Wohnung, hing voller durchscheinender Tücher, und auf dem Boden lagen überall Matratzen und Kissen herum. Künstliche Kerzen spendeten schummriges Licht und leiser Jazz, der im Hintergrund lief, übertönte kaum das Stöhnen und Schmatzen, das durch den Raum drang. Außerdem roch es nach Sex.

Ein großer muskulöser Mann, dessen Haut so schwarz wie Kaffee war, kniete nackt vor einer genauso entblößten, hellhäutigen Blondine und trieb seinen riesigen Schwanz in sie, während zwei weitere junge Frauen die Beine der Blonden spreizten und verzückt zusahen. Bei dem breitschultrigen Hünen handelte es sich unverkennbar um den New Yorker Vampirfürsten Jules Leroy. Keiner kannte sein wahres Alter, optisch mochte er Ende dreißig sein. Er wandte Shannon das Gesicht zu und fauchte in ihre Richtung, während er die Frau weiter fickte. Seine gewaltigen Fänge funkelten und Blut klebte an ihnen, genau wie an seinen fülligen Lippen.

Shannon erschrak, aber nicht wegen seiner Reißzähne, sondern wegen der Augen, die sie zum ersten Mal sah. Auf dem Bild in der Datenbank des DPI trug Leroy eine Sonnenbrille und auch sonst hatte sie ihn auf noch keinem Foto ohne gesehen. Dessen Iriden waren weißer als seine Zähne und auch die Linsen wirkten ein bisschen trüb. Dennoch schien er Shannon zu erkennen, denn er blickte ihr unverwandt in die Augen.

Am Kopfende der Beglückten kniete Leroys wunderschöne Gefährtin Amylee, eine rassige Frau mit cappuccinofarbener Haut, großen Brüsten, sinnlichen Lippen und schwarzen Haaren, die ihr über den Rücken bis auf den drallen Hintern flossen. Sie züngelte mit der Blonden und massierte ihre kleinen Brüste, bevor sie sich nach vorne beugte, um die Fänge in den Busen ihres Opfers zu treiben.

Alle drei Frauen wiesen überall Bissmale auf, wirkten aber kein bisschen verängstigt, im Gegenteil. Sie stöhnten allein vom Zusehen und streichelten sich zwischen den Beinen.

Shannon musste zugeben, dass sie diese Szene auch anturnte.

»Bist du von Sinnen?«, knurrte ihr *ihr Vampir* ins Ohr, umschloss fest ihren Oberarm und wandte sich danach an Leroy. »Entschuldige die Störung, Jules. Sie weiß sich einfach nicht zu benehmen.«

Der Fürst packte die junge Frau an den Hüften, um noch fester in sie zu stoßen, und fragte:»Überraschungsbesuch, Nicolas?«

Nicolas hieß er also, der Vampir, mit dem sie beinahe im Bett gelandet wäre ... oder auf der Couch. War Nicolas ein italienischer Name? Shannon war sich nicht sicher, aber er passte zu seinem leichten Akzent.

»Sie ist eher ein Eindringling«, erklärte er.»Ich habe sie gründlich durchgecheckt, sie kommt vom DPI.«

Während sich der Fürst von ihrer Anwesenheit nicht stören ließ, starrte Amylee unverwandt zu ihnen und schnurrte:»Für Eindringlinge bin ich immer empfänglich, Nicolas.« Dabei blickte sie ihn unter halb gesenkten Lidern an und leckte sich lasziv über die Lippen.

Shannons Magen ballte sich zusammen. Hatte ihr Vampir schon mal was mit der Gefährtin des Fürsten gehabt? Der Gedanke gefiel ihr kein bisschen.

Als die cappuccinofarbene Schönheit säuselte:»Willst du doch endlich mal mit uns speisen ... oder sogar spielen?«, atmete Shannon auf. Hörte sich nicht so an, als hätte Nicolas Interesse. Er schenkte Leroys Gefährtin auch nur ein mildes Lächeln.

Shannon hielt die Luft an, als Amylee aufstand und splitternackt zu ihnen schlenderte, um an ihr zu schnüffeln. »Ist das dein Toy, Nicolas? Eine heiße Menschenbraut vom DPI? Teilst du sie mit uns?«

Toy? Nur das waren Menschen also für diese Zecken? Spielzeuge und Sexobjekte?

Kein Wunder, dass der Vampir mit ihr umgesprungen war, als wäre sie sein Eigentum!

Sie hielt sämtliche Beschimpfungen zurück, die ihr auf der Zunge lagen, und sagte möglichst gefasst:»Ich bin nicht zu eurer Bespaßung hier.«

»Aufmüpfig, die Kleine?« Amylee musterte sie mit glühenden Augen. »Nach einem süßen Biss wird sich das schnell ändern und sie möchte nichts anderes mehr.«

Als Leroys Gefährtin den Mund aufriss, trat Nicolas blitzschnell zwischen sie und versperrte Shannon mit seinem Rücken die Sicht. »Nicht, Amylee! Sie ist eine Wölfin!«

Shannon hörte sie fauchen, danach legte sich ein eiserner Griff um ihre Kehle. Leroy hatte Nicolas zur Seite gedrückt und Shannon an die Wand gepinnt. Ihre Füße hingen ein paar Zentimeter in der Luft, und sie grub panisch ihre Krallen in Leroys Unterarm, doch der ließ sie nicht los. Nackt, bedrohlich und zornentbrannt stand er vor ihr und zeigte ihr fauchend seine messerscharfen Fänge, während sie nach Atem rang.

»Zerfetze dieses Miststück!«, rief Amylee.

»Was sucht sie hier?«, fragte Leroy halb fauchend, halb knurrend, und dennoch wesentlich ruhiger als seine Frau. Immer noch drückte er Shannon gegen die Wand.

»Sie hat sich selbst eingeladen«, antwortete Nicolas, und seine Stimme klang kein bisschen aufgebracht. Er würde ihr keine Hilfe sein.

Oh, diese vermaledeiten Vampire!

Während sie verzweifelt nach Luft schnappte und nur noch schwarze Flecken vor Augen sah, schien es nicht einmal Nicolas zu stören, dass sie gleich den Löffel abgab.

Der Typ war eiskalt!

Ihre Wut auf ihn und alle Vampire aktivierte neue Kräfte, und Shannon krallte die Klauen tiefer ins Fleisch des Fürsten – was diesen überhaupt nicht beeindruckte. Zeitgleich versuchte sie, nach ihm zu treten. Nur leider fehlte ihren Muskeln der nötige Sauerstoff; ihr Körper erschlaffte langsam.

Sie warf einen letzten, flehenden Blick auf Nicolas, aber der beachtete sie nicht.

Das tat weh.

Zum Glück musste sie diesen verräterischen Blutsauger nicht länger ertragen. Falls Leroy sie nicht umbrachte, würde sie hier raus marschieren und Nicolas nie wiedersehen.

Nick versuchte, ruhig zu bleiben, und unterdrückte ein ungehaltenes Knurren, während Jules die Wandlerin gegen die Wand presste. Ihre Augen tränten, verzweifelt rang sie nach Luft, wobei ihre Muskeln unkontrolliert zuckten. Sie verlor an Kraft; lange würde sie ohne Sauerstoff nicht mehr durchhalten. Sein Boss würde ihr jedoch keine bleibenden Schäden zufügen, er wollte sie nur einschüchtern. Dennoch gefiel es Nick nicht, dass er ihr wehtat.

Che cazzo, er durfte nicht einschreiten, so sehr alles in ihm schrie, Shannon zu helfen! Auch wenn Jules und er Freunde waren, stand es Nick nicht zu, dessen Methoden in Frage zu stellen. Nicht vor anderen. Wenn sie unter sich waren, sah die Sache anders aus, dann hielt sich Nick nicht zurück. Aber er vertraute Jules. Er würde niemals eine Wandlerin töten, schon gar nicht in seinem Klub.

»Ist sie hier, um mich umzubringen?«, knurrte Jules.

»Um mit dir zu reden«, erklärte Nick schnell. »Sie war sehr hartnäckig. Scheint dringend zu sein.«

»Was sucht eine Wandlerin vom DPI hier?«

Endlich lockerte Jules den Griff, und Shannon rutschte an der Wand hinunter. Hektisch holte sie Luft, doch Jules ließ ihren Hals nicht ganz los, sondern gab ihr nur etwas Raum, zu atmen.

»Ich hätte … schon längst … alles erklären … können, wenn ihr nicht alle so borniert wärt«, presste sie mühsam hervor, noch bevor Nick antworten konnte. »Wichtig. Geht … um Leben und Tod.«

Jules grinste ihn an. »Die Wandlerin hat Schneid, das gefällt mir, und dir gefällt sie anscheinend auch, Nicolas.« Er beugte sich vor, um kurz an ihr zu riechen. »Ihr hattet offenbar Zeit, um euch zu vergnügen. Dann kann es ja nicht wirklich wichtig sein.«

Niemand konnte Jules etwas vormachen und Nick stritt auch nichts ab. Er hatte keine Angst vor dem großen und mächtigen

Fürsten, nie gehabt, da es für ihn nichts zu verlieren gab. Deshalb sagte er ihm immer aufrecht die Meinung. Das mochte Jules an ihm. Nick kuschte nicht, doch er war auch niemals respektlos.

Shannon hielt sich zum Glück mit Kommentaren zurück. Sie rang immer noch nach Atem und wusste außerdem, dass sie den Fürsten nicht erzürnen sollte, wenn sie bei ihm Gehör finden wollte. Doch ihr Gesicht war knallrot. Lag das daran, dass Jules sie gewürgt hatte, oder war sie wütend auf sich selbst, weil sie sich ebenfalls nicht hatte zurückhalten können, genau wie Nick? Ihre gegenseitige Anziehungskraft hatte sie offenbar genauso überrascht wie ihn!

»Also ist sie jetzt dein Toy, oder nicht?« Amylee trat näher, um Shannon erneut zu mustern. »Diese Vierbeiner haben es dir wohl angetan, hm?«

Sofort traf ihn Shannons neugieriger Blick. Amylee sprach natürlich von Carina, Nicks Seelengefährtin und großer Liebe. Sie war auch eine Wandlerin gewesen, aber kein Wolf, sondern eine Füchsin. Eine wunderschöne, zierliche Rothaarige. In Carina hatte er sich damals in Venedig auf den ersten Blick verliebt. Seit dieser wunderschönen Juninacht im Jahre 1892 hatten ihn alle anderen Frauen kaltgelassen, selbst nach ihrem Tod – bis jetzt, bis Shannon durch die Tür des Klubs getreten war. Sie erhitzte sein Blut, wenn er sie nur ansah. Lag es wirklich bloß daran, dass sie eine Wandlerin war und er tatsächlich ein Faible für diese Spezies besaß?

Nick presste die Kiefer zusammen. Nach all den Jahrzehnten, die er um seine Liebste getrauert hatte, musste es ausgerechnet wieder eine Wandlerin sein, für die sein Herz schlug? Lag auf ihm ein Fluch?

Diese Wolfswandlerin hatte ihn vorhin fast um den Verstand gebracht. Was war nur in ihn gefahren? Er hatte nicht nur mit ihr herumgemacht, weil es ihm verdammt noch mal gefallen hatte, sondern auch Carina völlig vergessen! Nun hatte er ihr Andenken beschmutzt, und ihr Medaillon schien sich in seine Haut zu brennen. Zum Glück hatte er nicht mit Shannon geschlafen!

Als sie keuchend hervorbrachte: »Ich muss einen neuen Krieg verhindern«, ließ Jules sie endlich los.

»Na gut, ich höre mir an, was du zu sagen hast.« Er ging zurück zu den drei Frauen, die berauscht lächelnd zu ihnen schauten, und zog eine lange schwarze Lederhose zwischen den Kissen hervor. Nachdem er sie angezogen hatte, gab er seiner Gefährtin einen Kuss und raunte: »Du kannst dich ja solange allein vergnügen.«

Sie schenkte Shannon noch einen missbilligenden Blick und lächelte dann zuckersüß. »Ich werde die Sahneschnittchen für dich warmhalten, mein Gefährte.«

Während sie hüftschwingend zur Spielwiese zurückschlenderte, wurde sich Nick wieder einmal Jules' gewaltiger Erscheinung bewusst. Er überragte Nick um fast eine Haupteslänge, dabei war er selbst kein kleiner Mann. Amylee und Shannon wirkten gegen den Fürsten wie Kinder.

Ein ordentlicher Waschbrettbauch zeichnete sich über Jules' Bund ab, und auch die Hosenbeine spannten sich über kräftige Muskeln. Doch nicht nur diese waren überdeutlich zu erkennen: Jules' riesiger, immer noch halb erigierter Schwanz verursachte eine ordentliche Beule in dessen Schritt.

Shannon griff sich an die Kehle, um sich dort über die Haut zu reiben. Jules' Fingerabdrücke leuchteten regelrecht darauf, woraufhin Nick ein leises Knurren nicht länger unterdrücken konnte.

Der Fürst lachte dunkel und zwinkerte ihm zu. »Du hast tatsächlich eine Wölfin markiert, Nicolas? Sie muss dir ja ziemlich zu Kopf gestiegen sein.« Intensiv musterte er Shannon und hob schließlich die Brauen. »Aber mir ist klar, warum du sie haben willst. Sie ist wunderschön.«

»Keiner will hier irgendwen haben«, warf Shannon ungehalten dazwischen und blickte Nick finster an. Anscheinend hatte sie sich erholt.

Er versuchte sich an einem selbstgefälligen Grinsen, denn er würde Shannon gewiss nicht zeigen, wie sehr nicht nur sein Schwanz sie begehrte, sondern auch sein Herz. Diese Genugtuung würde er einer Wölfin bestimmt nicht geben. »Es ist nach all der langen Zeit … einfach mit mir durchgegangen, Jules.«

Der Fürst klopfte ihm freundschaftlich auf die Schulter. »Es freut mich, dass du die Trauerphase überwunden hast. Lasst uns jetzt nach nebenan gehen, um diese Angelegenheit so schnell wie möglich hinter uns zu bringen. Die Nacht ist erst halb vorbei und ich habe noch einiges vor.«

Nick stutzte. Hatte er das? Die Trauerphase überwunden?

Tatsächlich hatte er Carina für einen Moment völlig vergessen. Oder besser gesagt: Shannon hatte alles aus seinem Hirn verdrängt, sogar seinen Verstand!

Er nahm sie wieder am Arm, nur diesmal sanfter, und führte sie hinter Jules her. Sie liefen zwischen den hängenden Tüchern hindurch tiefer nach hinten und passierten eine gesicherte Tür. Dahinter begann Jules' und Amylees ganz privates Reich; hier wohnten die beiden seit vielen Jahrzehnten.

Nick war schon oft in ihrer Wohnung gewesen, aber diesen Raum kannte er am besten. Dort saß er oft mit Jules zusammen, um geschäftliche sowie private Dinge zu bereden. Der Fürst bezog ihn bei vielen Entscheidungen mit ein und wollte Nicks persönliche Meinung wissen.

Zwei gemütliche Ledersessel standen vor einem Kamin, in dem ein munteres Feuer prasselte und behagliche Wärme verbreitete. Regale voll mit alten und neuen Büchern zierten die hohen Wände, es gab einen massiven Schreibtisch aus dunklem Holz und eine Glasvitrine, in der die Originaltrompete eines berühmten Jazzmusikers lag. Nick hatte leider den Namen vergessen.

Jules verehrte Jazz genauso sehr wie seine Religion: Voodoo. Deshalb hingen Amulette, Puppen, Säckchen und Holzstäbe mit Federn überall an den Regalen. Nick hatte sich nie groß mit Voodoo beschäftigt, aber Jules praktizierte es regelmäßig – seit man ihn aus Afrika nach New Orleans verschleppt hatte.

Die Verwandlung in einen Vampir hatte ihn von seinen Ketten befreit; danach begegnete er Amylee, die als Sklavin bei einem Gutsherrn etwas außerhalb der Stadt arbeitete. Er verliebte sich unsterblich in sie und machte sie ebenfalls zu einem Vampir.

Obwohl Jules und Nick aus zwei verschiedenen Welten kamen – Afrika und Italien – und weder ähnliche Musik mochten noch an denselben Gott glaubten, verstanden sie sich ausgezeichnet. Nick bevorzugte Stille und würde sich als Atheist bezeichnen. Er glaubte nur noch an das, was er sah.

Vor einer halben Ewigkeit, in seinem Leben als Mensch, war er streng katholisch erzogen worden. Seinen tiefen Glauben hatte er jedoch verloren, als er zum Vampir wurde, aber zusammen mit Carina jedes Jahr einen großen Baum geschmückt und voller Begeisterung das schönste aller christlichen Feste gefeiert hatte: Weihnachten. Seit ihrem Tod feierte er es nicht mehr, statt Freude empfand er nur Trauer. Dabei wäre die Stimmung perfekt. Hinter dem einzigen großen Fenster im Raum tanzten ein paar Schneeflocken in der nachtschwarzen Finsternis. Carina hatte Schnee geliebt …

Shannon stand neben dem Kamin, drückte sich ihre Handtasche an die Brust und wippte ungeduldig mit den Füßen auf und ab. Sie konnte es wohl kaum mehr erwarten, endlich loszulegen.

»Mein Name ist Shannon West, Euer Hoheit. Ich bin Ermittlerin beim DPI«, sagte sie auch prompt. Nun klang sie nicht mehr ungehalten, sondern eher geschäftlich, routiniert, als würde sie mit ihrem Vorgesetzten reden. Nur dass sie die Finger in ihre Tasche krallte, zeigte ihre Nervosität. »Es tut mir wirklich leid, dass ich störe, aber mein Anliegen kann nicht warten.«

Jules deutete auf einen Ledersessel. »Ich bin gespannt, was eine Ermittlerin vom Department of Paranormal Investigations zu mir führt.«

Sie setzte sich, Nick blieb an der Tür stehen und Jules nahm im anderen Sessel Platz.

»Unser Forensiker und ich sind auf Ungereimtheiten gestoßen. Es geht dabei um die Vampirmorde, die in letzter Zeit gehäuft aufgetreten sind. Wahrscheinlich habt Ihr schon davon gehört, Hoheit.«

»Allerdings«, knurrte Jules, wobei er seine Zähne fletschte. »Sie alle wurden von Wandlern getötet. Wolfswandlern.«

»Genau das glaube ich eben nicht.« Shannon blickte Jules fest in die Augen, und Nick bewunderte erneut ihren Mut. »Die Leichen wiesen alle sehr gut versteckte Einstichstellen auf, die der Forensiker erst entdeckt hat, als er das Blut der Toten untersuchte und Gewebeproben nahm. Die Vampire hatten alle Wandlerblut in sich. Sie haben es jedoch nicht getrunken, sondern gespritzt bekommen.«

»Sie starben also durch das Blut?« Nachdenklich blickte Jules in den Kamin. »Aber dann hätten sie doch in Flammen aufgehen müssen?«

»Genau das macht uns auch stutzig, doch mein Vorgesetzter glaubt, die Vampire könnten immun gegen das Blut geworden sein.«

»Immun?« Jules schnaubte. »Das wäre mir neu.«

Nick hatte auch noch nie gehört, dass ein Vampir völlig immun gegen das Blut von Wolfswandlern war. Das Blut von sehr jungen oder alten Wölfen musste nicht tödlich sein, fügte einem Vampir dennoch immense Schmerzen zu und konnte ihn tagelang krank machen. Pillen mit konzentriertem Wandlerblut waren unter Vampiren hingegen ein beliebtes »Selbstmordmedikament«, genau wie Zyankalikapseln bei den Menschen. Die Zellen platzten regelrecht auf und der Vampir verbrannte von innen. Ein grausamer, aber schneller Tod.

Nick schüttelte sich.

»In den letzten Monaten sind viele von uns spurlos verschwunden«, erzählte Jules. »Nach und nach tauchen ein paar wieder auf, aber nur noch als Leiche.«

»Sie starben definitiv nicht wegen der anderen Verletzungen, die ihnen erst post mortem zugefügt wurden«, erklärte Shannon. »Dennoch sollte es so aussehen, als wären sie durch Wolfsangriffe umgekommen. Jemand will vertuschen, dass ihnen

Wandlerblut gespritzt wurde, und den Mord den Wölfen in die Schuhe schieben. Da passt etwas nicht zusammen, vor allem, weil das Wandlerblut sie nicht verbrannt hat *und* Anomalien aufweist.«

Nick horchte auf, und auch Jules beugte sich interessiert vor. »Anomalien?«

»Unser Forensiker Percy Simmons arbeitet noch daran. Es war zwar Wandlerblut, aber es wurde irgendwie verändert oder mit einer anderen Substanz gemischt. Mehr wissen wir leider noch nicht.« Shannon seufzte schwermütig. »Auf jeden Fall stinkt die Sache zum Himmel. Doch solange Percy noch nicht dahintergekommen ist, was mit dem Blut nicht stimmt, glaubt beim DPI und auch bei Homeland Security keiner an meine Theorie, dass hier eine Verschwörung im Gange ist.«

»Homeland Security?« Jules knurrte leise. »Die würden uns doch am liebsten alle tot sehen wollen.«

Das Heimatschutzministerium wusste als einzige Behörde der USA über Wesen Bescheid – zumindest über die meisten. Genau wie ein paar wenige andere Geheimdienste im Rest der Welt. Wesen wurden von diesen Organisationen toleriert, solange keine Menschen zu Schaden kamen. Doch Nick glaubte, genau wie Jules, dass es diese Behörden lieber hätten, wenn es keinen von ihnen geben würde. Aber es existierten zu viele Arten von Wesen, um sie alle zu töten. Sollten die Menschen das versuchen, würde sich jede Spezies gegen die Sterblichen wenden – und das wusste man bei Homeland Security.

»Ich kenne die wahren Absichten des Ministeriums nicht«, sagte Shannon und knetete ihre Tasche. »Aber sie geben mir nur eine Woche Zeit, um den Fall zu lösen. Sollte ich es nicht schaffen, stehen wir vor einem neuen Krieg!«

Nick lehnte sich mit verschränkten Armen zurück gegen die Tür und dachte über alles nach, was Shannon ihnen erzählt hatte. Falls ihre Geschichte wirklich stimmte, war hier tatsächlich etwas faul. Doch wer sollte dahinterstecken? Jules? Gewiss nicht. Der Fürst war ein Mann mit Prinzipien, er würde nie seine eigenen Leute umbringen lassen, auch nicht, wenn es einem höheren Zweck diente. Andererseits konnte man in niemanden hineinsehen, schon gar nicht in einen Vampir.

Jules schmunzelte. »Warum kommst du zuerst ausgerechnet zu mir, Wölfin?«

Shannon zögerte einen Moment, bevor sie antwortete: »Ich dachte mir, dass es Eurem Image schadet, wenn jemand denkt, Ihr steckt hinter der Verschwörung. Und das wollt Ihr bestimmt nicht.«

Nicks Kiefer mahlten. Pokerte sie bloß oder dachten wirklich einige, der Fürst würde dahinterstecken?

»Wer glaubt das?«, knurrte Jules.

Ihre Finger krallten sich noch fester in die Tasche. »Meine Informanten haben Gerüchte aufgeschnappt. Und Ihr wollt doch bestimmt, dass diese Gerüchte bald aus der Welt geschafft werden, oder?«

Nick stockte der Atem. Davon hatte er noch nie etwas gehört, und er hatte seine Augen und Ohren fast überall. Als Jules kurz zu ihm blickte, schüttelte er deshalb leicht den Kopf.

Shannon spielte verdammt gefährlich und riskierte ihr Leben!

Jules zeigte ihr seine verlängerten Fänge, wobei er bedrohlich knurrte. Als Shannon nicht einmal mit der Wimper zuckte, lachte er. »Sie gefällt mir immer besser, Nicolas. Die Wandlerin hat richtig dicke Eier zwischen ihren heißen Schenkeln.«

Shannon schlug die Beine übereinander, aber ansonsten ließ sie sich nicht aus dem Konzept bringen. »Also, was haltet Ihr von meiner Überlegung, dass uns Wölfen jemand etwas anhängen oder sogar den alten Hass wieder heraufbeschwören möchte? Meiner Meinung nach kann es sich nur um einen Vampir handeln, der das Friedensabkommen auflösen will. Und falls Ihr es nicht seid, was ich Euch auch nie unterstellen würde … Sicher habt Ihr Feinde. Jemand, der Euren Platz einnehmen möchte?«

Jules schnaubte. »Das würden sie wohl am liebsten alle.« Nachdenklich starrte er in die Flammen und fuhr sich über das Kinn, danach wandte er sich wieder an Shannon. »Was ist mit

Homeland Security? Vielleicht will das Ministerium euch Wandlern absichtlich etwas anhängen, damit wir uns gegenseitig zerfleischen? Dann müssten sie sich ein paar Sorgen weniger um ihre menschliche Bevölkerung machen.«

Resolut schüttelte Shannon den Kopf. »Daran habe ich auch schon gedacht, schließlich haben die Menschen Angst vor uns oder hätten es, sobald sie alle von unserer Existenz wüssten. Aber wir zählen aktuell nur ermordete oder verschwundene Vampire, keine Wölfe. Zumindest sind uns im selben Zeitraum in New York keine ungeklärten Vampirangriffe auf Wandler bekannt, die in diesem Zusammenhang stehen könnten. Nur in ländlicheren Gegenden gab es ein paar vermisste Wölfe, die aber wahrscheinlich nichts mit dieser Sache zu tun haben. Würde Homeland uns wirklich gegeneinander aufbringen wollen, hätten wir auch von Vampiren ermordete Wölfe finden müssen. So würde ich es zumindest machen.«

»Schlaue Wölfin.« Jules lächelte milde, dann faltete er die Hände in seinem Schoß. »Vielleicht stecke ich ja wirklich hinter den Morden, weil ich alle von euch Pelzschnauzen tot sehen will?«

Während Shannon ihn bloß entgeistert anstarrte, dachte Nick über das letzte Gespräch mit Jules nach, in dem es um ihre Verluste gegangen war. Natürlich hatten sich die Morde auch unter der Vampirbevölkerung herumgesprochen. Während die einen am liebsten sofort gegen die Wölfe in den Krieg ziehen und Jules als neuen Herrscher von ganz New York sehen wollten, waren sich andere unsicher. Eine Minderheit wollte einen Fürsten, der rigoros durchgriff und sogar Menschen versklavte. Doch Jules wusste, dass er die Behörden nicht gegen sich aufbringen durfte. Ihre Art hätte wohl keine Chance gegen die modernen UV-Waffen und die riesigen Armeen, die Homeland damit ausrüsten könnte. Im Grunde lebten sie, die Vampire, nun wie Gefangene in ihrem eigenen Königreich, weil ihnen von den Behörden unsichtbare Fesseln angelegt worden waren – so sahen das auf jeden Fall einige von ihnen. Während sie sich früher frei bewegen konnten, wurde ihnen seit dem Friedensabkommen vorgeschrieben, in welchem Stadtteil sie zu leben hatten und welche Berufe sie auf keinen Fall ausüben durften, zum Beispiel sämtliche Jobs, die mit der Regierung zu tun hatten.

Die Militärtechnik entwickelte sich rasant weiter und nun hätten Vampire und viele andere Wesen das Nachsehen. Sowohl Jules als auch Nick glaubten, dass diese Art der Unterdrückung nicht mehr lange gutgehen würde. Schon jetzt fanden fast alle von ihnen die Repressalien unerträglich und vermuteten, dass Homeland Security bald mit noch schärferen Regeln ankam. Deshalb sollten sich die Menschen nicht zu sicher fühlen. Vampire besaßen einen großen Vorteil: Sie konnten die Sterblichen bezirzen. Deshalb hockten viele Vampire längst unerkannt in der Regierung und anderen wichtigen Einrichtungen. Der einzige wirkliche Nachteil war, dass sie ihren Dienst entweder nur nachts oder in tagsüber abgeschotteten Räumen leisten konnten.

Noch schien Jules sie alle im Griff zu haben, doch die Stimmen, sich gegen die Menschen zu erheben, wurden immer lauter.

»Ich denke, Euer Hoheit«, fuhr Shannon fort und riss Nick aus seinen Gedanken, »dass Ihr einen Krieg gegen uns Wandler genauso wenig wollt wie wir. Die Zeiten haben sich geändert, wir sind keine wehrlosen Schoßhündchen mehr. Wir sind euch zahlenmäßig überlegen, und ich spreche nicht nur von den Wölfen in New York.«

»Drohst du mir, Wandlerin?«, fragte Jules süffisant.

»Nein, Euer Hoheit, ich erkläre lediglich, wie es ist. Ich sage nur: Soziale Medien. Wir sind weltweit miteinander verknüpft. Deshalb stünde uns ein noch größerer Krieg bevor, der auf beiden Seiten immense Verluste mit sich brächte. Die Wandler in den ländlichen Gegenden wurden damals nicht unterjocht, sie sind seit jeher frei, leben aber nicht mehr abgeschieden vom Rest der Welt. Es würde zu einer globalen Bewegung kommen. Über das Internet verbreiten sich Neuigkeiten heutzutage schnell, das solltet Ihr nicht unterschätzen.«

»Sie ist wirklich gewieft, Nicolas.« Jules lachte dunkel und erhob sich. »Bei der musst du aufpassen. Besser, ihr kümmert euch von jetzt an gemeinsam um die Sache.«

Nick glaubte, sich verhört zu haben, doch als Shannons Brauen nach oben schnellten, wusste er, dass dem nicht so war.

»Wie soll ich das verstehen?«, fragte sie empört und stand ebenfalls auf.

»Ich werde dafür sorgen, dass dir Nicolas als Partner zur Verfügung gestellt wird, bis der Fall gelöst ist.«

»Ich brauche keinen Partner!« Sie schaute kurz zu Nick, und als sich ihre Blicke trafen, rötete sich ihr Gesicht, wie er mit Genugtuung bemerkte.

Jules starrte sie finster an. »Nicolas ist mein allerbester Mann, ich vertraue ihm. Entweder, er kommt mit, oder du kannst versuchen, den Krieg im Alleingang abzuwenden.«

Shannons Kiefer mahlten. »Na gut. Einverstanden.«

»Braves Mädchen.« Jules ging zu Nick, und die Sorge um den Ernst der Lage stand seinem Boss deutlich ins Gesicht geschrieben. »Du fährst mit ihr zu diesem Forensiker und schaust dir die Leichen an. Sobald es etwas Neues gibt, meldest du dich sofort.«

Nicolas nickte automatisch. Er wollte nicht mit dieser Wölfin zusammenarbeiten! Nur leider war er eben wirklich der Einzige, dem Jules völlig vertraute. Schließlich verband sie eine gemeinsame Vergangenheit und sie teilten ein Geheimnis, das niemals an die Öffentlichkeit gelangen durfte. Das wäre ihr Todesurteil!

Jules herrschte hart, aber gerecht, und er hatte Nick niemals verurteilt, weil er mit einer Füchsin liiert gewesen war. Dachte sich Jules wirklich nichts dabei, ihn zum Partner einer Wölfin zu machen? Oder steckte mehr dahinter? Nick fühlte sich jetzt schon viel zu stark zu Shannon hingezogen und wusste genau, was passieren würde, wenn sie gemeinsam an dem Fall arbeiteten.

Erneut schockierte es ihn, dass er Shannon nicht nur sexuell begehrte. Dieses sehnsüchtige Reißen an seinem Herzen kannte er nur zu gut.

Verflucht! Er und eine Wandlerin ... das war schon einmal nicht gutgegangen.

Während sich Jules wieder zu Amylee und den drei Knusper-
mäuschen gesellte, befand sich Nick mit Shannon erneut im Auf-
enthaltsraum, um sich sein Sakko überzuziehen. Er hatte es dort
achtlos über einen Stuhl geworfen, als er vorhin überlegt hatte,
Shannon zu ficken.

Sie eilte an ihm vorbei in den Waschraum und schloss die
Tür. Währenddessen dachte Nick darüber nach, ob er rasch zu
sich nach Hause gehen sollte – seine Wohnung lag ganz in der
Nähe –, um sich etwas Bequemeres anzuziehen, entschied sich
jedoch dagegen. Die Nacht dauerte nur noch wenige Stunden
und das DPI befand sich nicht gerade um die Ecke. Shannon hatte ihren Wagen in der Rutland Road abgestellt, wie sie ihm gerade erzählt hatte, und bis dorthin war es ein Stück zu Fuß.

Eine Alternative wäre, eines der zwanzig Autos aus Jules' Fuhrpark zu nehmen, die ihm jederzeit zur freien Verfügung standen.
Nick fuhr gerne, hasste jedoch den Stadtverkehr. So oft es ging,
huschte er deshalb lieber im Vampirmodus von einem Ort zum
anderen, damit kam er wesentlich schneller voran.

Was trieb Shannon denn so lange im Waschraum?

Nick klopfte an die Tür. »Wir müssen los!«

Sie sollten sich beeilen, wenn er vor Sonnenaufgang in seiner
Wohnung sein wollte. Nur dort oder im Klub fühlte er sich tagsüber sicher. Sobald der Morgen graute, fuhren sich vollautomatisch Jalousien innen vor die Scheiben und ließen kein Licht
mehr hinein.

Als er Shannon fluchen hörte, klopfte er erneut an. »Ist alles
in Ordnung?«

»Nichts ist in Ordnung!« Sie riss die Tür auf und deutete auf
die Würgemale an ihrem Hals. »Zum Glück wartet unten in der
Garderobe mein Schal auf mich. So kann ich doch keinem unter
die Augen treten!«

»Ich hab etwas Besseres für dich.« Ohne groß nachzudenken,
schob er ihr Haar zur Seite und hielt es in ihrem Nacken zusam-

men. Es fühlte sich seidenweich an. Dann befahl er sanft: »Leg deinen Kopf ein bisschen zurück.«

Argwöhnisch kniff sie die Lider zusammen, wich jedoch nicht zurück. »Was hast du vor?«

Nick verspürte große Lust, von ihr zu kosten. Von Carina hatte er probiert, wann immer er wollte, aber ihr liebliches Fuchsblut hatte auch nicht seine Zellen zum Explodieren gebracht. »Ich lasse die Male verschwinden. Vertrau mir.«

»Dir vertrauen? Einem Vampir?« Kurz blickte sie ihn abschätzend an, bevor sie tatsächlich den Kopf leicht zurück legte. »Wenn du was Dummes versuchst, bist du tot.«

Er lachte leise. »Und wer hilft dir dann, die Verschwörung aufzudecken?« Sie hatte wirklich großes Glück, dass Jules sie unterstützte. Er hätte seine Hilfe auch verweigern können.

Doch die Gedanken an seinen Freund und Fürsten verblassten, als er die Lippen auf Shannons warmen, pfirsichweichen Hals legte und ihm ihr weiblicher Duft in die Nase stieg. *Santo cielo*, wie sollte er sich da nur zurückhalten können, sie nicht wirklich zu beißen?

Schnell leckte er über die Würgemale, damit sein Speichel die Blutergüsse verschwinden ließ. Es würde schneller gehen, wenn Shannon ein paar Schlucke seines Blutes zu sich nehmen würde, aber das konnte er unmöglich von ihr verlangen. Allein für den Vorschlag würde sie ihn wahrscheinlich umbringen. Dabei würde es sich bestimmt gut anfühlen, wenn sie an ihm saugte …

Fuck, er wurde schon wieder hart!

Nick beeilte sich und versuchte, an seine bevorstehende Aufgabe zu denken, um sich abzulenken, was es nicht besser machte. Denn er malte sich alle möglichen Situationen aus, an denen er mit Shannon allein sein würde. Leider entwickelte sein Körper ein Eigenleben. Während er mit einer Hand immer noch ihr Haar im Nacken zusammenhielt, fuhr er mit der anderen um Shannons Taille, um sie daran fest an seinen Körper zu ziehen.

Als sie erschauderte und knurrte: »Bist du bald fertig?«, spürte er, dass sie seine Berührungen nicht kalt ließen. Ihr Puls schlug schneller gegen seine Zunge und ihre Atmung beschleunigte sich ebenfalls. Dem Tier in Shannon gefiel es bestimmt, dass er sie leckte.

»Soll wohl keiner sehen, wie dein Fürst mit mir umgesprungen ist, oder warum bist du so fürsorglich?«, murmelte sie.

Das, und weil er es nicht ertrug, ihren sonst makellosen Körper verletzt zu sehen. Doch er raunte: »Ich kümmere mich eben um meinen Besitz.«

»Was redest du da für einen Mist, Blutsauger?«, fragte sie keuchend und schmiegte sich an ihn.

Wahrscheinlich lief sie schon wieder aus. Nick verspürte große Lust, erneut eine Hand zwischen ihre Beine zu schieben, um das zu überprüfen. Dann könnte er auch gleich das zu Ende bringen, was er vorhin begonnen hatte. Wie würde Shannon aussehen, wenn sie zum Höhepunkt kam?

Fuck, er musste sich endlich von ihr lösen, doch er schaffte es nicht! Shannon roch unglaublich gut. Er wollte sie küssen, zwischen den Beinen lecken, von ihr kosten!

Als sich sein Schwanz aufbäumte und vor Geilheit fast schon schmerzhaft pulsierte, ließ er Shannon schnell los und räusperte sich hart. »So, das müsste reichen.« Tatsächlich verblassten die Abdrücke bereits.

Sein Blick wanderte an ihrem Körper hinunter zu dem Top, das sich über ihre Brüste spannte. Sie wirkten voller als zuvor und ihre aufgerichteten Nippel zeichneten sich deutlich durch den Stoff ab.

Sieh woanders hin!, ermahnte er sich und richtete sein Augenmerk sofort wieder auf ihr Gesicht.

Shannon starrte ihm unverhohlen auf den Schritt. Auch ohne hinzusehen, wusste er, dass sich dort ein ordentliches Zelt aufspannte, denn sein Schwanz stand immer noch wie eine Eins. Die bequemen Shorts, die er ausgerechnet heute trug, hielten seine Erektion nur bedingt im Zaum.

Atemlos wich Shannon einen Schritt zurück, als würde sie sich vor ihm in Sicherheit bringen wollen, und schaute ihm in die Augen. »Was hat der Fürst vorhin gemeint, als er gesagt hat, du hast mich markiert?«

»Ich habe deine Haut angeritzt und meinen Speichel darauf verteilt. Die oberflächliche Wunde hat sich sofort wieder geheilt und meinen Duft eingeschlossen. Ich bin jetzt in dir.« Gott, er stellte sich gerade etwas ganz anderes vor! »Jeder Vampir kann mich jetzt an dir riechen.«

»Igitt!« Sofort lief sie zurück in den Waschraum, und Nick hörte das Plätschern von Wasser. »Wann geht das wieder raus?«

»Nach ein paar Tagen.«

»Verdammt!«, fluchte sie, stellte das Wasser ab und kam zu ihm zurück.

Es schmerzte ihn schon ein wenig, dass sie ihm mit so viel Abneigung begegnete. Hoffentlich war diese Ablehnung nur gespielt. Vielleicht zog es sie in Wahrheit genauso sehr zu ihm hin wie ihn zu ihr.

»Keine Angst, *Lupetta*«, knurrte er leicht ungehalten. »Jetzt bist du wenigstens vor allen anderen Vampiren sicher, weil ich meinen Anspruch auf dich erhoben habe.«

Shannon riss die Augen auf. »Du hast was?«

»Offiziell bist du nun meine Sklavin.«

Sie fuhr sich über die Stelle an ihrem Nacken, an der nichts mehr zu sehen war, und zog ihm dann blitzschnell die Handtasche über den Kopf, sodass er nicht rechtzeitig ausweichen konnte. »Diese ganze Sklavenscheiße gibt es nicht mehr!«

Da hatte sie recht, aber womöglich stand eine neue Ära bevor, und Nick hatte keine Ahnung, ob ihm das gefiel oder nicht.

Kapitel 5 – Shannon – Nächtliche Gespräche

Ts, ich und seine Sklavin, das hätte der Blutsauger so gerne!, dachte Shannon immer noch erzürnt, als sie in ihrem geräumigen Dienstwagen durch die nächtlichen Straßen von New York fuhren.

Nick saß neben ihr und mied ihren Blick. Er war tiefer in den Sitz der Limousine gerutscht und hatte seine Füße oberhalb des Handschuhfaches abgelegt. Diese Position musste mit seinen langen Beinen unbequem sein, außer, er war supergelenkig. Wahrscheinlich wollte er sie bloß reizen. Das gelang ihm leider ausgezeichnet.

»Hey«, schimpfte sie. »Der Caddy ist brandneu. Nimm deine schmutzigen Schuhe vom Armaturenbrett!«

»Cadillac CTS, oder?«, fragte er ungerührt. »Geile Kiste.«

»Ja, und sie soll noch länger geil aussehen!« Shannon hatte sich riesig gefreut, als ihr der dunkelgraue Wagen zugeteilt worden war. Man musste nicht einmal mehr einen Zündschlüssel einstecken, sondern das ultramoderne Fahrzeug startete auf Knopfdruck. Es reichte, den elektronischen Schlüssel bei sich zu tragen. Zuvor war Shannon mit einem uralten, klapprigen Zweisitzer herumgegurtet, der ständig abgestorben war.

Nicolas holte nur genervt Luft, ließ seine Füße dort, wo sie waren, und schaute aus dem Beifahrerfenster.

Oh ja, er machte das extra! Wie sollte sie denn mit so einem Kerl zusammenarbeiten? Er ging ihr jetzt schon auf die Nerven. »Flossen runter, Vampir, und schnall dich endlich an!«

Nur weil er unsterblich war, meinte er wohl, dass für ihn keine Regeln oder Manieren existierten. Wenigstens hatte er Wort gehalten und ihr die Munition zurückgegeben, nachdem sie ihren Mantel aus der Garderobe des Klubs geholt hatte.

Als er immer noch nicht reagierte und sich sein Mundwinkel spöttisch hob, warf sie einen kurzen Blick in den Rückspiegel, um sich zu vergewissern, dass niemand dicht hinter ihr fuhr, und trat ordentlich auf die Bremse. Die Reifen quietschen, und Nicolas' Oberkörper wurde nach vorne geschleudert, sodass er beinahe vom Sitz rutschte und wie ein Taschenmesser zusammenklappte.

Jupp, jetzt war sein überhebliches Grinsen verschwunden.

»Ist ja gut, *lupa pazza*, du verrückte Wölfin«, knurrte er, setzte sich richtig hin und schloss den Gurt.

Na also, ging doch. Man musste dem Herrn bloß zeigen, wer die schärferen Fänge besaß.

***

Eine halbe Stunde später fuhren sie über die Hazen Street auf die lange Brücke zu, die auf Rikers Island führte, wo sich die New Yorker Zweigstelle des DPI befand. Das Eiland – und gleichzeitig die größte Gefängnisinsel der Welt – lag im East River zwischen Vampir- und Wolfswandlergebiet. Neben den zehn Haftanstalten für »normale« Menschen gab es auch eine spezielle elfte Hochsicherheitsanlage für »Wesen aller Arten«: Dämonen, Vampire, Gestaltwandler, Licht- und Dunkelelfen … und was sonst noch dort draußen herumschwirrte. Immer wieder stieß Shannon bei ihrer Arbeit auf Geschöpfe, von denen sie noch nie etwas gehört hatte, und nicht alle waren friedlich und freundlich gesinnt.

Außer Homeland Security – dem »Ministerium für Innere Sicherheit der Vereinigten Staaten« – und dem DPI wusste niemand in diesem Land über das Wesen-Gefängnis Bescheid. Shannon fragte sich manchmal, ob der jeweilige Präsident der Vereinigten Staaten nach seiner Amtseinführung informiert wurde oder ob nicht einmal er davon erfahren sollte.

Während sie mit dem Wagen vor der Brücke an der Schranke stoppte und wartete, bis der schwer bewaffnete Sicherheitsmann aus seinem Häuschen kam, blickte sie nach rechts, zum hell erleuchteten Flughafen LaGuardia, der sich in unmittelbarer Nähe befand. Sowohl Vampire als auch Wolfswandler durften ihn benutzen, Wandler mussten jedoch das Flughafengelände mit der Fähre anfahren und verlassen, um über den East River in ihr Territorium zu gelangen. Ohne Spezialgenehmigung durften sie keinen Fuß auf Vampirgebiet setzen.

Hingegen hatten auf der Gefängnisinsel fast alle Geschöpfe Zugang. Zum einen, um die Insassen zu besuchen, zum anderen, weil hier viele verschiedene Wesen nebeneinander und miteinander arbeiteten – auch Vampire und Wolfswandler. Letztere, so wie Shannon, besaßen eine Spezialgenehmigung, dass sie mit dem Auto über Vampirgebiet zur Arbeit fahren durften, ansonsten war Rikers Island noch per Boot zu erreichen. Zwar durfte Shannon ohne spezielle Ermittler-Genehmigung nicht in Vampirgebiet herumschnüffeln, vor allem nicht nachts, aber sie konnte trotzdem gemeinsam mit Percy die Tatorte besichtigen.

Als die Security an den Caddy trat, ließ Shannon das Fenster herunter, um sich auszuweisen. Danach wurde ihr Wagen routinemäßig von dem Mann kontrolliert. Nicolas musste als Besucher der Einrichtung kurz aussteigen und sich in einen Ganzkörperscanner stellen. Der Fürst hatte bereits Bescheid gegeben – anscheinend besaß er Kontakte in die Chefetage des DPI – und die Ankunft seines Mannes angekündigt. Nicolas durfte, nachdem er den Besucherschein ausgefüllt hatte, gemeinsam mit Shannon ungehindert passieren.

Während sie in ihrem Dienstwagen über die fast eine Meile lange Brücke fuhren, sagte Shannon: »Du heißt also Nicolas«, um die Stille zu durchbrechen. Auch wenn es ihr nicht gefiel – sie sollte sich mit dem Vampir verstehen, wenn sie zusammenarbeiten wollten.

Sie erwartete erst nicht, dass er antwortete, aber nach ein paar Sekunden ließ er sich dazu herab. »Geboren wurde ich als Nicolò Mancini, aber ich habe mich schon vor Urzeiten umbenannt.«

»Warum?« Nicolò klang doch schön, vor allem wegen der besonderen, kurzen Betonung des letzten Os, wie das O im Namen Bob.

»Ist unwichtig«, murmelte er und Shannon spürte, dass er nicht darüber reden wollte.

Na gut, dann nicht, dachte sie und machte bei seinem Nachnamen weiter. »Mancini ist italienisch, oder?«

»Ich komme ja auch aus Italien.«

»Darf ich dich Nick nennen?«

»Klar. Die meisten nennen mich so, bloß Jules sagt Nicolas.«

Der Schnee fiel nun dichter, und Shannon schaltete die Scheibenwischer schneller. Die Straße ging immer nur geradeaus, in der Ferne waren grelle Lichter zu erkennen – die Scheinwerfer der Gefängnisse. »Wann bist du nach Amerika gekommen?«

»Ende des neunzehnten Jahrhunderts.«

»Und was hat dich so weit weg von Italien in unser Land gebracht?«

»Ich wollte einen Neuanfang«, antwortete er knapp.

Musste sie ihm alles aus der Nase ziehen? Dabei war sie wirklich neugierig auf ihn. »Darf man einen Vampir nach seinem Alter fragen, ohne dafür umgebracht zu werden?«

»Die weiblichen lieber nicht«, antwortete er schmunzelnd, und endlich klang wieder ein bisschen von dem Nick durch, den sie kennengelernt hatte. Außerdem spürte sie seine Blicke plötzlich auf ihren nackten Beinen. Ihre Haut prickelte angenehm, und sie dachte an den Beinahe-Sex mit ihm zurück. Weil sie nicht zum Höhepunkt gekommen war, fühlte sie sich unbefriedigt und vernachlässigt. Ob es ihm genauso ging? Hatten Vampire eine genauso stark ausgeprägte Libido wie Wandler?

Nachdem er nichts weiter sagte und auf den nachtschwarzen Fluss starrte, fragte sie: »Und wie alt bist du?«

»Einhunderteinundsechzig.« Verwegen grinste er sie an. »Oder ewige fünfunddreißig.«

Er sah ein bisschen jünger aus – was sie ihm bestimmt nicht unter die Nase reiben würde. Dieser Vampir besaß ohnehin ein viel zu großes Ego.

Erneut kam ihr in den Sinn, dass er genau ihr Typ war, aber einen entscheidenden Fehler besaß: Er gehörte zu ihren Erzfeinden!

Auch wenn Shannon alles Geschichtliche außer Acht ließ, so würden sie und Nicolas doch niemals ein Paar sein können. Sie passten einfach nicht zusammen. Er war unsterblich, sie nicht, und er würde sie auch nie beißen und zum Vampir wandeln können, weil ihr Blut seinen Tod bedeutete.

Was hast du nur für Gedanken?, schalt sie sich. *Ich will doch nicht den Rest meines Lebens mit dieser Fledermaus verbringen! Vielleicht nur einmal testen, wie ein Vampir im Bett ist …*

Shannon warf einen kurzen Blick auf ihn, als er aus dem Beifahrerfenster schaute. Wie er wohl nackt aussah? Ein bisschen hatte sie seinen Körper schon erahnen können, doch ihre Neugier wuchs – was nicht gut war!

Schnell suchte sie nach neuem Gesprächsstoff, bevor sie auf wirklich dumme Gedanken kam. »Was hat die Gefährtin des Fürsten vorhin gemeint, als sie sagte, du hast eine Vorliebe für Vierbeiner?«

»Geht dich nichts an«, murmelte er, jetzt wieder kühl, und verschränkte die Arme vor der Brust. Dann musterte er sie skeptisch. »Soll das ein Verhör werden?«

»Reg dich ab, ich war nur neugierig.« Shannon besaß sehr feine Antennen, weshalb sie die düstere Aura, die Nick aktuell umgab, regelrecht spürte. Eigentlich sah sie diese sogar, denn Shannon nahm Gerüche als Farben wahr. Das half ihr, Fährten zu verfolgen. Allerdings klappte das mit den Farben am besten, wenn sie sich in Wolfsgestalt befand, denn dann waren ihre Sinnesorgane sensibler.

Der Fürst hatte von einer Trauerphase gesprochen. Also hatte Nick tatsächlich seine Gefährtin verloren.

Moment … Vierbeiner … War sie vielleicht eine Wandlerin gewesen?

Shannon konnte sich jedoch nicht weiter den Kopf darüber zerbrechen, denn nun stellte Nick ihr eine Frage: »Hast du wirklich Gerüchte gehört, dass Jules hinter den Morden steckt, oder nur gepokert?«

»Es wird tatsächlich gemunkelt, aber keiner glaubt wirklich daran.«

Sie hörte, wie Nick aufatmete.

»Du bist ihm anscheinend treu ergeben.«

Achselzuckend antwortete er: »Jules ist der Fürst.«

Vermutlich hielt die beiden ein besonderes Band zusammen; sie hatte die Schwingungen zwischen ihnen gespürt. »Warum

hast du mir nicht geholfen, als der Fürst mich fast erwürgt hätte?«
Diese Frage brannte ihr schon die ganze Zeit auf der Seele.

Nick schaute sie überrascht an. »A, weil Jules der Boss ist und
B, weil er dich niemals umgebracht hätte.«

»Da bist du dir sicher?«

»Ganz sicher. Ich kenne ihn schon ewig.«

»Beste Freunde also«, sagte sie spöttisch. Offenbar lag sie gar
nicht so verkehrt mit ihrer Vermutung.

Nicolas schmunzelte. »Könnte man so sagen.« Nach einer kurzen Pause setzte er hinzu: »Aber hätte er tatsächlich vorgehabt,
dich zu töten, hätte ich wahrscheinlich versucht, dich zu retten.«

Ihr Herz machte einen wilden Sprung. »*Wahrscheinlich*?
Dann magst du mich wohl doch, auch wenn du es nicht zugeben willst?«

»Keine Angst, ich will nichts Ernsthaftes von dir, Lupetta, keine romantischen Dinge. Nur deinen Körper.« Er lächelte verschmitzt, aber seine Augen wirkten beinahe schwarz. Shannon
spürte abermals, dass dieser wunderschöne, arrogante Mann tief
in seinem Inneren eine verletzte Seele besaß.

Hatten Vampire überhaupt eine Seele?

»Gut«, erwiderte sie so kühl wie möglich, was ihr nicht einfach fiel, weil ihr plötzlich unglaublich heiß war. »Dann können
wir ja unverbindlichen Spaß miteinander haben, und sobald der
Fall gelöst ist, geht jeder wieder seinen eigenen Weg.«

Selbstsicher hob er die Brauen. »Du bist meine Sklavin, schon
vergessen?« Und sein verlangender Blick schien zu sagen: *Eigentlich kann ich dich nie wieder gehen lassen.*

Glühend heiße Lava schoss plötzlich durch ihre Adern und
sie überlegte, diese verflixte Anziehungskraft mit einem spöttischen Spruch zunichte zu machen, stattdessen brachte sie kein
Wort mehr hervor – als hätte er sie bezirzt! Deshalb versuchte
sie, die alte Wut auf ihn erneut heraufzubeschwören, denn die
lenkte sie noch am besten ab.

Shannon verdrehte die Augen und stieg aufs Gas, damit sie
bald auf der Insel ankamen, doch die Brücke schien nicht enden

zu wollen.

Soll er doch glauben, was er will, dachte sie mürrisch. Der Fall würde hoffentlich sehr bald gelöst sein und dann würden sie sich wahrscheinlich nie wieder sehen.

Kapitel 6 – Shannon – Banshee-Weisheiten

Um seine Macho-Sprüche nicht länger ertragen zu müssen, drehte Shannon das Radio lauter, und als sie endlich auf die Insel fuhren, lief Sinatras »Winter Wonderland«. Shannon hätte glatt in Weihnachtsstimmung geraten können, wenn Nick sie nicht andauernd auf rein sexuelle Gedanken bringen würde! Der Kerl starrte sie unentwegt an, weshalb sie sogar die Heizung zurückdrehen musste, so heiß war ihr.

Leider konnte sie nichts gegen diese unerklärliche Anziehungskraft ausrichten, was ihr bisher noch bei keinem Mann passiert war. Wäre Nick kein Vampir, könnte sie fast glauben, er wäre ihr vom Schicksal vorherbestimmter Gefährte. So etwas sollte es – Gerüchten zufolge – tatsächlich geben.

Ts, machte sie in Gedanken. So fies würde das Schicksal gewiss nicht sein. Außerdem hatte sie noch nie gehört, dass ein Vampir und ein Wolfswandler eine lebenslange Partnerschaft eingegangen waren. Wie sollte das auch funktionieren? Verbindungen zwischen Wölfen wurden durch einen Blutschwur besiegelt. Man trank gegenseitig ein paar Schlucke vom Blut des Gefährten, und das zählte mehr als eine Heiratsurkunde, zumindest unter ihresgleichen. Allerdings konnte dieser Schwur unter besonderen Voraussetzungen zurückgenommen werden, gleich einer Scheidung. Der Bund war jedoch sehr intensiv, man wusste, was der Partner dachte und fühlte. So etwas Besonderes konnte ein Wolf niemals mit einem Vampir teilen!

Ein heftiges Stechen hinter dem Brustbein raubte ihr für einen Moment den Atem. Sie spürte Sehnsucht, aber auch Enttäuschung, weil Nick der Falsche war.

»Alles okay?«, fragte er, und ein wenig Besorgnis klang in seiner Stimme mit – was sie sich bestimmt bloß einbildete. »Du wirkst angespannt.«

»Alles bestens!«, erwiderte sie eine Spur zu laut. »Der Schnee macht mich nur ein bisschen nervös.«

Die weiße Pracht bedeckte den riesigen Parkplatz der Angestellten genau wie die Dächer der Autos, und immer dickere Flocken fielen vom Himmel. Shannon musste tatsächlich langsamer fahren, weil sie kaum die Straße sah. Aber sie kannte den Weg fast im Schlaf und der Schnee machte ihr nicht wirklich etwas aus – im Gegenteil! Sie liebte ihn, und der Wagen besaß ausgezeichnete Winterreifen.

Sie erinnerte sich an das letzte Weihnachtsfest im Kreise des Rudels. Damals hatte es auch wie wild geschneit – und es war immer etwas Besonderes, wenn der Weihnachtsbaum am Rockefeller Plaza einem Wintermärchen entsprungen zu sein schien. Die jährliche Rudeltradition sah es vor, gemeinsam den berühmten Baum zu besuchen, sobald es dunkel wurde, dort heiße Schokolade und Apfelpunsch zu trinken, Gebäck zu naschen und auf der Eisbahn ein paar Runden zu drehen. Das machte immer eine Menge Spaß.

Shane lud danach alle zu sich nach Hause ein, in sein großes Angeber-Apartment im zehnten Stock, von dem aus man einen wundervollen Blick über den Central Park besaß. Auch dort gab es Weihnachtsmärkte und Eislaufplätze, auf denen Menschen wie Wandler ihre Runden drehten.

Shannon würde nie mit einem Vampir an diesen wundervollen Orten sein können …

Oh Mann, langsam wurde sie verrückt! Warum steigerte sie sich denn so sehr in die Sache mit Nick hinein? Sie hatten sich doch gerade erst kennengelernt! Na gut, seine besitzergreifende Art und sein sexy Äußeres hatten ihr ziemlich den Kopf verdreht, aber da draußen liefen noch mehr Kerle herum, und eines Tages würde Mr. Right dabei sein.

Sie hatte wohl wirklich zu lange keinen Mann mehr gehabt, weshalb Nick sie aus dem Konzept brachte. Falls sie mit ihm in der Kiste landete, würden ihre Spinnereien sicher schnell vorbei sein. Er war bestimmt auch nicht besser im Bett als andere; Shannon würde ihren Spaß haben und danach endlich wieder klar denken können.

Als Nick fragte: »Welches Gebäude ist es?«, tauchte sie aus ihrem Gedankenchaos auf.

»Wir müssen einmal quer über die Insel bis zur anderen Seite fahren. Liegt direkt an einem kleinen Hafen.«

Ein stacheldrahtumsäumter Gefängniskomplex reihte sich an den nächsten, dazwischen gab es nur Straßen und ein paar kleine Grünflächen, die jetzt ebenfalls mit Schnee bedeckt waren.

Schnell hatten sie das Ende der Insel erreicht, und Shannon parkte vor einem unscheinbaren, vierstöckigen Gebäude, das sich kaum von den anderen orange-roten Bauten unterschied. Auch stand nirgendwo angeschrieben, dass sich dort drin sowohl der Sitz des New Yorker DPI, als auch das Wesengefängnis befanden. Jedoch lagen die Büros der Ermittler und anderen Angestellten über der Erde und die streng gesicherte Haftanstalt sowie Percys Arbeitsbereich darunter. Die Wesen sahen also nie das Sonnenlicht; das war eine der Auflagen von Homeland Security. Die meisten Arten fühlten sich tief unter der Erde sowieso wohler. Für andere, wie Lichtelfen, war es die Hölle. Diese überwiegend friedlich lebende und sehr scheue Spezies traf man jedoch nur selten im Gefängnis an. In ihren Zellen gab es künstliches Sonnenlicht und Pflanzen, aus denen sie ihre Energie bezogen. Die größte Herausforderung für die Logistik waren die verschiedenen Ernährungsweisen. Von Ambrosia bis zu Seelenersatzprodukten musste die Haftanstalt alles bereitstellen.

Shannon schaltete den Motor ab und stieg aus. Ihren Mantel ließ sie im Caddy, bloß die Handtasche nahm sie mit. Aus dieser zog sie ihren Schlüsselbund, an dem ein kleiner Anhänger baumelte. Der Kunststoffteddy hing dort jedoch nicht zur Zierde, sondern enthielt einen Chip, der ihr alle Bereiche öffnete, zu denen sie Zutritt besaß.

Nick folgte ihr und hielt ihr gentlemanlike die gepanzerte Haupttür auf, nachdem sie den Teddy an ein Lesegerät gehalten hatte.

Shannon betrachtete Nick argwöhnisch. Wollte er sich bei ihr einschleimen?

Sie sagte nichts, froh, dass er sich wie ein normaler Mann und nicht wie ein arroganter Vampir verhielt, und betrat mit ihm die kleine Eingangshalle.

Elvira hatte heute Nachtschicht und saß am Empfang hinter Sicherheitsglas. Die alte Frau mit den gelockten weißen Haaren und der schwarzen Hornbrille winkte Shannon resolut zu sich. Wegen der dicken Gläser wirkten ihre leicht geröteten Augen immer riesig, sodass der Eindruck entstand, regelrecht von ihr durchleuchtet zu werden – was sie in gewisser Weise auch vermochte. Denn Elvira war kein Mensch, sondern eine Banshee. Sollten Fremde in das Gebäude dringen, konnte sie einen extrem lauten Schrei ausstoßen, der im ganzen Komplex und darüber hinaus zu hören war. Außerdem wusste sie auf den ersten Blick, welches Wesen ihr gegenüber stand, und kannte immer den neusten Klatsch und Tratsch.

»Percy will dich sehen, Shannon«, sagte sie mit ihrer leicht rauchigen Stimme. »Er hat schon die ganze Zeit versucht, dich zu erreichen.«

»Mist.« Sie hatte ihr Handy auf lautlos gestellt, bevor sie in den Klub gegangen war. Schnell zog sie es aus ihrer Handtasche und sah, dass Percy drei Mal angerufen und ihr sogar eine Nachricht geschickt hatte. »Ich wollte sowieso gerade zu ihm.« Schnell steckte sie das Telefon wieder zurück und deutete auf Nick. »Das ist Nicolas Mancini. Er gehört zu mir.«

»Ich wurde bereits informiert.« Elvira schob die Brille bis zur Nasenspitze herunter, um ihn über den Rand des Gestells zu mustern. »Allerdings hat mir niemand gesagt, dass er ein Vampir ist.«

»Ist das ein Problem, Lady?«, fragte Nick im charmanten Plauderton, wobei er ihr ein Ich-Bin-Mr.-Sexy-Lächeln zuwarf und sich lässig mit dem Ellenbogen am Tresen abstützte.

»Nicht für mich, Hübscher.« Den nächsten durchdringenden Blick schenkte Elvira Shannon und verzog die schmalen Lippen zu einem wissenden Lächeln. »Und für dich offenbar auch nicht, Sweetheart.«

Schlagartig glühte ihr Gesicht wieder. Diese verflixte Banshee!

Shannon packte Nick am Ärmel seines Anzugs und zog ihn weiter zum Fahrstuhl. »Ich muss schließlich mit ihm zusammenarbeiten«, rief sie der immer noch grinsenden Todesfee zu, »und wir haben es eilig. Ich wünsche dir eine angenehme Nacht, Elvira!«

Zum Glück öffneten sich die Aufzugtüren sofort, als Shannon auf den Knopf drückte, und sie schob Nick hinein.

Der kam aus dem Grinsen nicht mehr heraus. »Ich wusste es, du hast ein Faible für Vampire.«

»Elvira weiß auch nicht alles«, murmelte sie, ohne ihn anzuschauen, und presste den Daumen auf den untersten Knopf. Dann lehnte sie sich gegen die Wand und zog ihr Handy aus der Tasche, um Percys Nachricht zu lesen. So musste sie wenigstens Nick nicht in die Augen sehen.

»Sag mal, wie weit geht das noch nach unten?«, wollte er wissen und lehnte sich dicht neben ihr an.

»Zehn Stockwerke, bis in den Leichenkeller, wie Percy seinen Arbeitsbereich nennt. So tief unter der Erde muss sich ein Vampir doch wohlfühlen?«

Schnell las sie Percys Nachricht: *Ich habe ein paar interessante Dinge herausgefunden. Du musst sofort kommen!*

Ihr Herz vollführte einen aufgeregten Doppelschlag. »Es gibt Neuigkeiten!«

»Von Percy ... dem Forensiker«, sagte Nick gedehnt und schaute auf ihr Handy.

Der Kerl besaß keinen Anstand! Abrupt steckte sie das Telefon wieder weg und versuchte, Nick zu ignorieren.

»Du hältst sehr viel von ihm, oder?«, fragte er.

»Das tue ich«, antwortete sie überheblich. Irgendwie schaffte er es immer wieder, sie von null auf hundert zu bringen. Wobei sie aktuell nur bei lächerlichen zwanzig war. Langsam wurde sie wohl immun gegen seine Sticheleien.

»Hab ich bemerkt.« Blitzschnell drehte sich Nick herum, stellte sich genau vor sie und stützte eine Hand neben ihrem Kopf an der Wand ab. »Deine Augen haben regelrecht geleuchtet, als du von ihm erzählt hast.«

»Eifersüchtig, Blutsauger?« Oh, sie hasste es, wenn er Vampirfähigkeiten anwendete und ihr immer so nahe kam! Zum Glück hatten sie die unterste Etage erreicht und die Türen glitten auf, doch Shannon konnte sich nicht rühren.

Scharf blickte er sie an. »Was ist er für ein Wesen?«

»Ein Inkubus.«

»Ein Sexdämon! *Jetzt* bin ich eifersüchtig.« Er lehnte sich noch näher zu ihr, sodass seine Lippen beinahe ihre Wange streiften, und raunte: »Wie oft treibt ihr es miteinander?«

»Jeden Tag«, erwiderte Shannon grinsend und drückte sich an Nick vorbei, gerade als sich die Türen wieder schließen wollten.

Es machte Spaß, ihn zu necken. Wenn ihr Bruder Shane wüsste, wie gut sie sich mit einem Vampir verstand, würde er erst sie, dann Nick umbringen. Shannon hatte die Blutsauger oft als Zecken bezeichnet, genau wie es die anderen Wölfe im Rudel taten, und in ihrem Kopf waren noch abwertendere Begriffe gespeichert. Doch irgendwie fühlte es sich plötzlich falsch an, Nick so zu nennen. Sie würde zwar nicht behaupten, dass sich ihre lebenslange Abneigung gegen Vampire innerhalb einer Nacht aufgelöst hatte – aber zumindest sah sie Nicolas langsam mit anderen Augen. Er war ein ganz normales Wesen mit Sorgen, Wünschen und Träumen. Nick war auch zu Elvira nett gewesen, von der er offensichtlich weder Blut noch Sex wollte. Ein Egozentriker war er also nicht.

Auf jeden Fall umgab ihn ein düsteres Geheimnis, das womöglich etwas mit dem Tod seiner Gefährtin zu tun hatte. Vielleicht lernte Shannon Nick noch so gut kennen, dass sie hinter dieses dunkle Kapitel seines Lebens kam. Wobei sie nicht sicher wusste, ob sie das wirklich wollte. Nachher würde der positive Eindruck, den sie von ihm hatte, mit einem Mal zerstört werden.

Kapitel 7 – Shannon – Percy: Forensiker, Nerd, Inkubus

Nick folgte ihr den langen, grell beleuchteten Flur bis zur letzten Tür. Dort lag Percys Arbeitsbereich. Der Chip in Shannons Teddy-Anhänger verschaffte ihr auch hier Zugang und sie betraten ein kleines Büro, in dem sich überall Aktenberge und Papiere stapelten, selbst auf dem Boden und der Couch. Percy war ein Chaot, aber auch ein begnadeter Forensiker und Nerd. Mit einer Computertastatur in der Hand schien er zaubern zu können.

»Wo ist denn nun dein Sexgott?«, fragte Nick betont ungerührt und blickte sich um.

»Wahrscheinlich im Kühlraum.« Shannon ging auf einem schmalen Pfad zwischen den Papierbergen zur anderen Seite des Zimmers durch eine weitere Tür. Sofort schlug ihr kühlere Luft entgegen, und ihre hochhackigen Schuhe klackerten auf dem gefliesten Boden. In einem separaten Bereich, der durch eine große Scheibe sowie eine weitere Tür getrennt wurde, fanden sie Percy. Shannon winkte durch die Scheibe, doch da er ihr gerade den Rücken zugedreht hatte, bemerkte er sie nicht.

Der groß gewachsene, schlanke, schwarzhaarige Mann mit der Stachelfrisur – die er sich jeden Tag mühsam mit Gel aufstylte – beugte sich gerade über eine Leiche, die er aus einer Kühlzelle gezogen hatte. Aus den Augenwinkeln beobachtete Shannon jedoch nicht Percy, sondern Nick. Seine Eckzähne hatten sich verlängert und spitzten zwischen den Lippen hervor, außerdem kniff er argwöhnisch die Lider zusammen.

Als ob Percy seine Anwesenheit bemerken würde, streckte er

seinen kleinen aber feinen Knackarsch, über den sich der weiße Laborkittel spannte, noch ein Stück mehr heraus, und Nicks Gesicht verdüsterte sich zunehmend.

Shannon unterdrückte mühsam ein Lachen. Würde Nick dieses Imponiergehabe auch zeigen, wenn er wüsste, dass Percy nur auf Männer stand?

»Er ist heiß, oder?«, sagte sie, um ihn noch mehr zu ärgern. »Und er ist mein bester Freund.« Das war beides nicht gelogen.

Manchmal gingen Percy und sie nach Feierabend noch in eine queere Bar. Früher hatten sie sich einen Spaß daraus gemacht, sich gegenseitig einen schnucklingen Typen aufzureißen. Heute suchten sie nur noch ein neues »Opfer« für ihn. Natürlich verletzte Percy diese nie oder setzte sie einer wirklichen Gefahr aus, sonst dürfte er seinen Job nicht mehr ausüben. In der Partnerwahl war er genauso gewissenhaft wie in seinem Beruf.

Als Inkubus war er mit einer überragenden Schönheit ausgestattet, was ihm den Beutefang enorm erleichterte. Er besaß ein beinahe androgynes Gesicht, das die attraktivsten männlichen und weiblichen Eigenschaften miteinander vereinte: natürliche, dichte Wimpern, eine gerade Nase, volle, sinnliche Lippen und wahnsinnig blaue Augen. Quasi jedes Wesen wurde unweigerlich von seinem Aussehen angezogen.

Percy erhielt neue Lebensenergie, wenn er mit einem Menschen Beischlaf vollzog, und sah kein Jahr älter als fünfundzwanzig aus, auch wenn er in Wahrheit die Hundert längst überschritten hatte. In dieser Hinsicht war er ein noch recht junger Dämon. Inkubi wuchsen nur bis nach Vollendung der Pubertät wie normale Menschen, danach ging die Alterung in Zeitlupe voran. Das war beneidenswert, doch Shannon wollte nicht mit ihm tauschen. Unweigerlich verlor er geliebte Wesen, die älter wurden und starben, während er selbst ewig schön und begehrenswert blieb.

Nicht alle Unsterblichen kamen damit klar. Einige langweilten sich früher oder später und mutierten zu Monstern, die fernab aller Moralvorstellungen handelten. Diese Wesen standen auf der Liste des DPI ganz oben. Doch ihr schwuler Inkubus war einer von den Guten. Er nutzte seinen Zustand, um sich Wissen anzueignen. Aber Percy hatte ein anderes Problem: Die Menschen erinnerten sich am nächsten Morgen nicht mehr an die leidenschaftlichen Nächte, die sie mit ihm verbringen durften – was ihn frustrierte. Er sehnte sich schon ewig nach einem festen Partner. Percy bräuchte einen Gefährten, der ihm von seiner Lebensenergie etwas abgeben konnte, ohne dass es ihm schadete. Menschen schieden dabei aus – wenn er seinen Partner nicht betrügen wollte –, denn mehr als drei Mal Sex in einem Monat mit einem Inkubus konnte einen Sterblichen stark schwächen oder sogar töten. Diese Menge aber war zu gering, um Percys Überleben zu sichern.

Als er sich umdrehte und sie endlich bemerkte, riss er die Augen auf und lief sofort zur Tür, um zu ihnen in den Vorraum zu kommen. Nur er und der Chef besaßen einen Chip, der ihnen direkten Zugang zu den Leichen gewährte.

»Heaven, Shannon, da bist du ja endlich!«, rief er und begrüßte sie mit je einem Küsschen auf die Wangen. Danach zog er sich die Latexhandschuhe aus, warf sie in einen nahe gelegenen Mülleimer und drückte sich eine Hand an die Brust. Percy hatte heute seine Nägel schwarz lackiert, passend zu seiner Jeans. Gestern waren sie blau gewesen.

Er blinzelte ein paar Mal, betrachtete Nick unverhohlen und fragte frech lächelnd: »Wer ist denn der Süße hier?«

Nick entglitten sämtliche Gesichtszüge. Etwa drei Sekunden lang starrte er Percy einfach nur an, bevor Shannon sagte: »Percy, das ist Nicolas Mancini. Nick, das ist Percy Simmons, der beste Forensiker des DPI.«

»Und der einzige. Shannon übertreibt.« Percy zwinkerte. »Ich bin äußerst erfreut, Mr. Mancini.«

»Einfach nur Nicolas oder Nick.«

Percy streckte ihm die Hand hin, und Nick ergriff sie, um sie fest zu schütteln. Doch Percy war ein Dämon und deshalb ebenfalls kein Schwächling.

Für einen Moment schien es, als würden sie sich ein Wettschütteln liefern, dann ließ Nick ihn los und räusperte sich hart. »Ich wurde Shannon zur Seite gestellt, um die vermeintliche Verschwörung aufzudecken.«

»Von wegen vermeintlich! Hier ist was ganz Großes im Gange.« Percy bedeutete ihnen, ihm in den Kühlraum zu folgen. »Ich habe wahnsinnig interessante Neuigkeiten, weiß aber noch nicht, was ich von ihnen halten soll.«

»Du machst mich neugierig.« Jede Zelle in Shannons Körper prickelte vor Aufregung.

Sie versammelten sich um die Leiche, die Percy zuvor inspiziert hatte, und er schlug das Tuch bis zur Brust zurück, sodass ein nackter, etwa zwanzigjähriger Mann sichtbar wurde. Dessen Kopf saß jedoch nicht mehr auf dem Hals, die Ränder der klaffenden Wunde waren völlig ausgefranst. Kein schöner Anblick.

»Er wurde als Rick Mansfield identifiziert«, erklärte Percy. »Seit fünfzig Jahren ein Vampir, arbeitete nachts als Kranführer in einem Containerterminal am Port Jersey Boulevard und wurde dort gestern halb zerfetzt in einem Lagercontainer gefunden.« Zu Nick gewandt – weil Shannon bereits informiert war – sagte er: »Keine Eintragungen beim DPI oder der Polizei, unscheinbarer Kerl, alleinstehend, wenig Freunde, keine sonstigen Auffälligkeiten, wie die meisten anderen Opfer auch.«

»Kommt er dir bekannt vor?«, fragte Shannon vorsichtig, weil Nick nichts sagte, sondern bloß nachdenklich auf den Toten starrte.

Langsam schüttelte er den Kopf. »Nein.« Dann schaute er Percy und sie abwechselnd an. »Und wieso glaubt ihr an eine Verschwörung? Für mich sieht es eindeutig danach aus, dass ein Wolf seine Kehle zerfetzt und danach den Kopf abgerissen hat.«

»Dachten wir auch erst, aber ich habe keinerlei Wandlerspeichel oder fremde DNS an den Wunden gefunden. Dafür an jeder Leiche Spuren von Pfeifentabak und diese mysteriösen Einstiche unterhalb des Skrotums.« Als er das Tuch weiter anheben wollte, sagte Shannon schnell: »Das müssen wir nicht sehen.«

Grinsend ließ er den Stoff wieder fallen. »Die Einstiche unter dem Hodensack sollten wohl verstecken, dass ihm Wandlerblut gespritzt wurde, das ich sowohl im Körper dieses Opfers als auch der anderen nachweisen konnte.«

»Das hat uns Shannon bereits erzählt.« Nick seufzte und rieb sich über den Nacken. »Seltsamerweise sind die Opfer nicht verbrannt.«

Percy nickte. »Aber das hier wisst ihr noch nicht, vorhin erst entdeckt.« Aus seinem Laborkittel zog er einen hühnereigroßen grünen Kristall, der sofort zu leuchten begann, als er ihn an den abgetrennten Hals hielt.

»Was bedeutet das?«, fragte Nick.

»Magie …«, wisperte Shannon, die Percy schon öfter bei der Arbeit zugesehen hatte. »Der Stein – ein sogenannter Hexenkristall – fungiert als Indikator.«

»Genau.« Percy ließ den Kristall über den Körper gleiten und immer, wenn er sich Verletzungen näherte, glühte er auf. »Seht ihr, die Bisswunden wurden auf magische Weise zugefügt, und zwar erst nach seinem Tod. Deshalb habe ich auch keinen Wandlerspeichel gefunden.«

Nicks Brauen schoben sich zusammen. »Wie kann man denn auf magische Weise Bisspuren entstehen lassen?«

»Das habe ich mich auch gefragt. Da ich bisher keinen ähnlichen Fall kenne, habe ich zuerst überhaupt nicht an einen Zauber gedacht. Erst durch den fehlenden Speichel habe ich diese Möglichkeit in Betracht gezogen.« Percy schaute sie sorgenvoll an. »Höchstens ein sehr mächtiges, magiebegabtes Wesen könnte das vollbringen. Das kann nichts Gutes bedeuten.«

»Wer kann solch mächtige Zauber wirken?«, fragte Shannon. Vor Aufregung schien ihr ganzer Körper unter Strom zu stehen und wieder einmal grub sie die Finger in ihre arme Handtasche. Wahrscheinlich waren sie einer gewaltigen Sache auf der Spur.

Percy seufzte resigniert. »Ich habe leider noch keine Ahnung. Aber das hier ist auch interessant.« Er steckte den Stein weg und holte dafür eine Stablampe aus seiner Tasche. Shannon wusste, dass sie UV-Licht ausstrahlte.

»Vorsicht!« Schnell hielt sie Percys Arm fest. »Nick ist ein Vampir.«

Percy rollte mit den Augen. »Süße, das weiß ich doch längst. Kein normaler Mensch hat solch eine makellose Haut.« Er seufzte sehnsuchtsvoll, wobei er Nick schwärmerische Blicke schickte. »Außerdem habe ich vorhin deine süßen Beißerchen gesehen, Nikki. Heiß, wirklich heiß.« Percy biss in die Luft und ließ einen Laut los, der wohl das erregte Knurren eines Raubtieres darstellen sollte. »Roar.«

Ungerührt schaute Nick zu Shannon. »Ist er immer so drauf?«

Sie lachte. »Nur bei Leuten, die er mag.«

»Hey, ich bin auch noch hier.« Percy wedelte mit dem Stift vor ihren Nasen herum, danach richtete er das Lämpchen auf den Oberarm der Leiche und schaltete es an. »Seht ihr!« Die Haut verbrannte nicht, ja, sie dampfte nicht einmal, sondern rötete sich nur. »Ich habe erst gedacht, die ermordeten Vampire wären nicht in Flammen aufgegangen, weil sie entweder in Gebäuden gefunden wurden oder in engen Gassen, die nie Sonnenlicht sehen. Aber UV-Licht macht ihnen kaum etwas aus.«

»Das Teil muss kaputt sein.« Nick nahm ihm den Stift ab und richtete den Lichtstrahl auf seine Handfläche. Sofort begann seine Haut heftig zu rauchen. »*Cazzo!*« Er machte hastig eine Faust, um den aufkeimenden Brand zu ersticken.

Shannon bekam beinahe einen Herzinfarkt und rief: »Bist du bescheuert?« Er hätte in Flammen aufgehen können! »Ich hoffe, du stellst dich beim Aufklären des Falles weniger dämlich an.« Ihr Puls raste. »Du hast mir einen riesengroßen Schrecken eingejagt!«

Er beugte sich so nah zu ihr, dass seine Lippen ihr Ohr streiften und sie wohlig erschauderte. Dann raunte er: »Ich wusste es: Du magst mich.«

Er tat es schon wieder, brachte sie von null auf hundert!

Schnell trat sie einen Schritt zur Seite, um seiner verführerischen Nähe zu entfliehen. »Ich habe bloß keine Lust, deine Asche wegzukehren und jede Menge Papierkram auszufüllen, weil ein

Blutsauger mitten im DPI in Flammen aufgegangen ist!«

»So schnell wirst du mich nicht los, *lupa mia.*« Nick grinste sie zuckersüß an. »Elvira hatte also doch recht.«

»Elvira?« Percys blaue Augen wurden riesengroß und Neugierde spiegelte sich in seinen unergründlichen Pupillen. »Was hat sie denn gesagt?«

Nick lächelte siegessicher. »Shannon steht total auf Vampire.«

Oh, dieser Kerl! »Das hat sie nicht gesagt!«

»Das hat sie nicht gesagt«, wiederholte Percy ernst. »Shannon hasst Vampire, das ist bei ihrer Art automatisch so. Sorry, Süßer.« Entschuldigend zuckte er mit den Schultern und nahm Nick die Lampe weg. »Und das UV-Licht an dir zu testen, war wirklich dumm.«

Anschließend ergriff er Nicks Hand, um auf die verbrannte Stelle zu pusten, die wie ein schwarzes Muttermal aussah. »Brauchst du einen kräftigen Schluck? Dann verheilt es ganz fix.« Percy legte den Kopf schief und bot ihm seinen Hals dar.

Shannon grinste in sich hinein, weil Nick das Angebot wohl sehr unangenehm war. Zumindest sah er ziemlich bedröppelt aus, was so gar nicht zu seiner sonst coolen Art passte. Er verzog die Lippen zu einem schmalen Lächeln, presste die Kiefer aufeinander und war … sprachlos. Mit einem schwulen Inkubus hatte er wohl noch nie zu tun.

Percy machte ihn aber auch ziemlich offensiv und völlig ungeniert an. Das war seine Art, zu flirten, da kannte er nichts. Dabei sehnte er sich in Wahrheit nach der großen Liebe und einem festen Partner, wie sie wusste.

Rasch entzog Nick ihm den Arm. »Hey, das wird schon wieder. Kümmern wir uns lieber um den Fall.«

»Du hast recht.« Percy nickte und betrachtete nachdenklich die Leiche. »Jemand experimentiert mit diesen Vampiren. Vielleicht will derjenige einen Hybriden erschaffen, ein Mischwesen aus Wolfswandler und Vampir.«

Nick starrte ihn überrascht an. »Oder Vampire immun machen gegen das Blut der Wandler!« Er warf einen flüchtigen

Blick auf Shannon, und so etwas wie Hoffnung glitzerte in seinen Augen. »Dann könnten wir auch tagsüber nach draußen gehen und wären völlig unabhängig.«

Percy nickte erneut. »Du hast einen schlauen Freund, Shannon.«

»Kollegen«, verbesserte sie ihn schnell. »Wir arbeiten bloß zusammen.« Immer noch schaute Nick sie derart besitzergreifend an, dass jede Zelle in ihr glühte.

»Allerdings scheint das Experiment noch in vollem Gange zu sein«, fuhr Percy fort, ohne zu bemerken, dass zwischen Nick und ihr ein Blickduell ablief. Während er ihren Körper scannte, funkelte sie ihn möglichst wütend an, damit er bloß nicht dachte, ihr würde das gefallen. Oh, und wie es ihr gefiel, wenn er sie abcheckte. Verdammt!

Percy kratzte sich am Kinn. »Die Umwandlung klappte nicht ganz. Stattdessen brachte sie die Vampire um. Sie verbrennen zwar nicht, doch ihr Tod ist nicht weniger qualvoll.«

Abrupt unterbrach Nick den Blickkontakt zu Shannon und wandte sich in ernstem Ton an Percy. »Wäre es möglich, dass derjenige auch die Entflammung mit Magie unterdrückt hat?«

»Möglich ist alles, aber in diesem Fall wurde bei den Vampiren der Stoff in den Zellen, der die Entflammung in Gang setzt, irgendwie verändert. Wahrscheinlich durch ein besonderes Mittel im gespritzten Wandlerblut. Da gibt es noch eine Komponente, die ich nicht entschlüsseln konnte. Es ist irgendwie modifiziert worden.«

»Warum ist eigentlich nur Wolfswandlerblut für Vampire tödlich?«, fragte Nick. »Das wollte ich schon immer mal wissen.«

Shannon hatte sich noch nie tiefere Gedanken darüber gemacht, aber Nick hatte recht. Wieso stellte ihr Blut für ihn eine Gefahr dar und das von anderen Wandlern nicht?

»Über die chemisch-biologischen Vorgänge kann ich dich aufklären. Die sind weitgehend erforscht.« Percys Augen leuchteten. Bei solchen Themen war er völlig in seinem Element. »Ein ganzes Team hat beim DPI monatelang daran gearbeitet; ich habe es unterstützt. Aber man weiß noch nicht, woher die Mutationen bei den Wolfswandlern kommen.«

Interessiert drehte sich Nick ihm zu. »Lass hören.«

»Aber bitte auch für den Laien verständlich!«, warf Shannon ein. Sie war einmal in einem der Vorträge gewesen, die Percy für ein paar Mitarbeiter des DPI hin und wieder hielt, und hatte kein Wort verstanden.

»Also«, begann er langsam und schien nach einfachen Formulierungen zu suchen. »Wenn ein Mensch zum Vampir wird, laufen wahnsinnig viele komplizierte Reaktionen in seinem Körper ab. Eine davon ist eine massive Veränderung der Zellen, vor allen in den Mitochondrien. Diese Mini-Reaktoren versorgen normalerweise jede einzelne Zelle im Körper mit Energie. Bei der Wandlung in einen Vampir geraten die Stoffwechselvorgänge in den Mitochondrien allerdings aus dem Gleichgewicht. Die Gase, die bei der Umwandlung von Sauerstoff, Zucker und Phosphor in Adenosintriphosphat als Nebenprodukt entstehen – wie zum Beispiel freie Sauerstoff-Radikale und Stickstoffmonoxid –, werden normalerweise durch Antioxidantien wieder neutralisiert. Nicht beim Vampir, denn diese Funktion ist bei ihm gestört. Er kann keine Antioxidantien bilden.«

Shannon hob die Hand. »Das Wort habe ich schon mal in Verbindung mit gesunder Ernährung und schöner Haut gehört. Kannst du das noch genauer erklären?«

Percy nickte eifrig. »Du hast recht, die Lebensmittelindustrie wirbt damit, dass Antioxidantien superwichtig und gesund sein sollen und den Alterungsprozess verlangsamen. So verkehrt ist das nicht, hat aber auch einen Haken, aber das würde alles zu weit führen, wenn ich genauer darauf eingehe.«

»Dann erzähle uns das Wichtigste«, bat ihn Shannon, der ohnehin schon der Kopf schwirrte.

»Antioxidantien sind quasi die Gegenspieler der freien Radikale. Sie verhindern oxidativen Stress, der wiederum zur Zellalterung führt. Da Vampire nun mal nicht altern ...«

»... weil sie eben Vampire sind«, unterbrach Shannon ihn,

bevor es noch komplizierter wurde.

»… bilden sie auch keine Antioxidantien, und die hochreaktiven Gase sammeln sich in der Zelle an. Diese stellen aber erst mal kein Problem dar. Gefährlich wird es erst, wenn Wasserstoff ins Spiel kommt, denn dann läuft eine Art Knallgasreaktion ab und die Zellen explodieren regelrecht.«

»Wir gehen in Flammen auf«, murmelte Nick.

Percy nickte entschlossen. »So ist es.«

»Läuft dieselbe Reaktion auch ab, wenn wir mit UV-Licht in Kontakt kommen?«, wollte Nick wissen.

»Das geht ein wenig anders vonstatten und hat eher damit zu tun, dass eure Zellen im Grunde sehr instabil sind.«

»Unsterblichkeit hat eben ihren Preis«, sprach Shannon ihre Gedanken laut aus. Sie meinte das nicht böse, doch von Nick erntete sie einen finsteren Blick. Schnell – bevor ihr noch eine Entschuldigung herausrutschte, die ihm bloß wieder gefallen würde – fragte sie Percy: »Und wir haben Wasserstoff in unserem Blut, sagst du?«

»Jeder Mensch und die meisten Wesen, aber nicht in solch hohen Konzentrationen wie Wolfswandler. Normalerweise entsteht Wasserstoff durch die bakterielle Zersetzung von Kohlenhydraten im Dickdarm. Von dort wandert er ins Blut und wird abgeatmet. Bei den Wolfswandlern wird der Wasserstoff aber in höheren Konzentrationen im Blut gespeichert und scheint nur darauf zu warten, sich mit dem Sauerstoff in den Zellen der Vampire verbinden zu können. Die Reaktion erfolgt auch prompt, als ob sich die beiden Elemente gegenseitig sehr stark anziehen würden.«

»Wasserstoff plus Sauerstoff ist Knallgasreaktion.« Nicolas nickte. »Jetzt wird mir auch klar, warum das so schnell geht. Ein bisschen Blut geschluckt und schon … puff!« Er unterstrich die imaginäre Explosion durch eindeutige Handbewegungen und zuckte mit den Schultern. »So ist das untote Leben eben.«

Immerhin nahm er es mit Sarkasmus, dachte Shannon.

Percy deckte den Leichnam ab und schob ihn zurück in die

Kühlzelle. »Aber warum ausgerechnet Wolfswandler diese Anomalie aufweisen, haben wir noch nicht herausgefunden. Vielleicht entstand diese Mutation durch eine Laune der Natur oder ...« Für einen winzigen Moment richtete er den Blick in die Ferne. »Einer alten Sage zufolge haben die Wolfswandler vor Urzeiten, als die ersten großen Kriege zwischen Vampiren und Wolfswandlern tobten, einen Druiden beauftragt, diverse Schutzzauber zu sprechen, um sie vor Vampirübergriffen zu schützen. Möglicherweise wurde das Blut der Wolfswandler damals durch Magie verändert, bloß ist das heute nicht mehr nachweisbar.«

Puh, war das alles kompliziert! Shannon brauchte jetzt dringend einen Drink. Zum Glück war Percys großer Kühlschrank, in dem er Gehirne der Toten und andere Innereien aufbewahrte, auch immer gut mit Alkohol gefüllt.

»Noch mal kurz zusammengefasst ...« Nick fuhr sich über den Nacken und kniff leicht die Lider zu, als würde er angestrengt nachdenken. »Jemand versucht jetzt also, die Störung in den Mitochondrien der Vampire zu beheben, damit Wandlerblut nicht mehr diese gefährliche Kettenreaktion auslösen kann?«

Während Percy nickte, seufzte Shannon schwerfällig. »Ich weiß schon, warum ich Ermittlerin geworden bin und nicht Biochemikerin. Mir ist das alles ein bisschen zu hoch.«

»Du hast eben andere Vorzüge«, erklärte ihr Nick zwinkernd und starrte auf ihre nackten Beine.

Reduzierte er sie nur auf Äußerlichkeiten?

Sie wollte schon wieder sauer auf ihn sein, als sie sich an seine Worte erinnerte: *Aber hätte Jules tatsächlich vorgehabt, dich zu töten, hätte ich wahrscheinlich versucht, dich zu retten.*

Sie konnte ihm nicht wirklich böse sein. Vielleicht sollte sie wirklich die ethnischen Differenzen beiseiteschieben und anfangen, ihn einfach als ein Wesen wie jedes andere zu sehen.

»Darf ich mir die anderen Leichen anschauen?«, fragte er Percy.

»Klar.« Percy zeigte ihm, in welcher Kühlzelle sie lagen, und drückte ihm die dazugehörigen Akten in die Hand. Danach fragte er Shannon: »Lust auf einen Kaffee? Ich könnte jetzt einen vertragen.«

»Ich brauche nach all den Infos was Härteres.«

»Was ist mit dir, Nikki? Auch einen Tropfen?«, sagte Percy über seine Schulter, während er die Tür öffnete.

»Danke, nein, ich … sehe mir erst alle Toten an.«

Als Shannon mit Percy den Vorraum betrat, in dem Nick sie nicht hören, sie ihn aber durch die große Scheibe beobachten konnten, fragte sie: »Wolltest du ihm schon wieder dein Blut anbieten?«

»Ach wo, ich habe genug andere edle Tropfen hier.« Er öffnete den großen Kühlschrank, schob drei Alkoholflaschen zur Seite und deutete auf ein paar Blutbeutel. »Habe ich erst letzte Woche frisch reinbekommen.«

»Wozu brauchst du das denn?«

Eine sanfte Röte überzog sein Gesicht. »Na ja, eigentlich nutze ich es zu Forschungszwecken. Einige Sorten wirken jedoch berauschend und sind sehr bekömmlich. Du solltest mal Lichtelfe probieren, Süße.«

»Du trinkst das?« Shannon hatte ihn noch nie Blut zu sich nehmen sehen.

Als sie ihn entgeistert anstarrte, setzte er schnell hinzu: »Außerdem muss man immer auf Spontanbesuch vorbereitet sein.« Er warf einen weiteren Blick durch die Scheibe auf Nick, danach reichte er Shannon eine Flasche Scotch und eilte zur Kaffeemaschine.

Grinsend schüttelte sie den Kopf. Percy war immer für eine Überraschung gut, bloß reichte es ihr heute mit den Neuigkeiten. Hoffentlich kamen sie bald dahinter, wer den Vampiren das antat. Wenn diese Spezies eines Tages tatsächlich gegen ihr Blut immun werden würde, dann Gnade ihnen Gott!

Während Percy seinen Kaffee umrührte, blickte er nachdenklich durch die Scheibe zu Nick, der in Ruhe alle Leichen untersuchte. Shannon stand neben ihrem Freund und fragte ihn leise: »Wem hast du schon alles deine neuen Erkenntnisse mitgeteilt?«

»Nur Mitchell.«

Hieronymus Mitchell war ihr Vorgesetzter beim DPI. »Und was hat er gesagt?«

»Es gilt ab jetzt höchste Geheimhaltungsstufe. Nur die, die ohnehin schon eingeweiht sind, dürfen weiter an dem Fall arbeiten, also nur du, ich und Nikki.«

»Wir drei gegen Lord Voldemort?« Shannon schluckte hart. »Die ganze Verantwortung soll nun auf unseren Schultern lasten? Danke auch!« Ihr Magen krampfte sich zusammen, und sie sah erneut zu Nick. Plötzlich war sie sehr froh, ihn an ihrer Seite zu haben.

Immer noch hielt sie die ungeöffnete Flasche Scotch in der Hand, stellte sie jedoch weg und holte sich auch einen Kaffee. Sie brauchte einen klaren Kopf! »Immerhin hält mich Mitchell jetzt nicht mehr für verrückt. Von wegen Verschwörungstheorie ...«

Percy schaute sie ernst an, sämtliche Leichtigkeit war aus seinen Augen verschwunden. »Mitchell weiß nicht, wer von der Regierung vielleicht darin verwickelt sein könnte, deshalb hat er auch nichts an Homeland weitergegeben. Er will uns alle schützen. Es geht nicht mehr nur um die Wolfswandler. Stell dir mal vor, es macht die Runde, dass jemand versucht, Vampire immun gegen Wolfswandlerblut zu machen. Es könnte zum Krieg kommen, und die Menschen würden keinen Unterschied zwischen den verschiedenen Wesen machen!«

Da hatte Percy vollkommen recht. »Denkst du, jemand von der Regierung könnte hinter den Experimenten stecken? Was hätte der Staat denn davon? Vampire wären dann noch gefährlicher, sie könnten die gesamte Weltbevölkerung in Rekordzeit bezirzen und uns Wandler womöglich ebenfalls.«

»Die Frage habe ich mir natürlich auch schon gestellt und bin zu keiner Antwort gekommen, außer, dass die Regierung die getöteten Vampire bestimmt nicht einfach so in der Gegend herumliegen lassen würde.« Seufzend nippte er an seiner Tasse. »Vielleicht findet ihr beide da draußen noch was, das uns bei der Aufklärung dieses Falls helfen kann.«

»Ich hoffe es.«

Nick steckte den Kopf zur Tür herein und warf ihnen angespannte Blicke zu. »Ich muss sofort meinem Fürsten Bescheid geben. Er muss erfahren, was hier los ist.«

Shannon schaute Percy scharf an. »Er hat recht. Die Vampire sollten so schnell wie möglich informiert werden, dass die Wandler nicht für die Morde verantwortlich sind, damit die Unruhen ein Ende haben.«

Nick zog sein Handy aus der Sakkotasche, doch Percy schüttelte heftig den Kopf. »Das geht nicht! Noch nicht.« Er erzählte ihm dasselbe wie Shannon zuvor und dass Mitchell vermutete, es könnte sich vielleicht um eine Verschwörung innerhalb der Regierung handeln. »Deshalb darf noch niemand etwas erfahren. Ich werde ohnehin gleich noch mal mit Mitchell sprechen. Er wird sich bei deinem Fürsten melden, wenn er es für richtig hält. Bitte gebt die Neuigkeiten noch nicht weiter. Wir wissen aktuell nicht, wem wir trauen können.«

Nick sah nicht sehr überzeugt aus, steckte das Handy jedoch weg und ging wieder zu den Leichen.

Shannon machte die ganze beschissene Situation reichlich nervös. Sie wussten aktuell wirklich nicht, welchen Leuten sie trauen konnten. Was, wenn der Vampirfürst höchstpersönlich hinter den Experimenten steckte?

»Und jetzt lass uns mal über grundlegend wichtige Dinge reden, Süße. Zum Beispiel über deinen neuen Kollegen.« Percy stellte seine Kaffeetasse in die Spüle und trat dann wieder zu ihr an die Scheibe. Anschließend murmelte er: »Heaven, Shannon, der Typ ist so was von heiß.«

»Er ist ein Vampir«, sagte sie nüchtern. »Die sind immer kalt.« Wobei das nicht stimmte, Nicks Körper hatte sich warm angefühlt, wahrscheinlich, weil sein Herz schlug und vielleicht auch sein Stoffwechsel wieder funktionierte. Nicht-erweckte Vampire fühlten sich an wie Eiszapfen.

Percy verdrehte die Augen. »Ich will dich ja auch nicht mit ihm verkuppeln, obwohl ich zwischen euch gewisse Spannungen fühle. Ich dachte eher an mich.« Verträumt warf er einen Blick durch das Fenster, während Nick weiterhin die Leichen inspizierte. »Mit ihm könnte ich Spaß haben, ohne ihn umzubringen. Schließlich ist er schon tot. Nur schade, dass er keinen mehr hoch bekommt.«

»Sein Herz schlägt«, sagte sie. Mehr brauchte sie nicht zu erklären.

Percys Augen leuchteten kurz auf, aber schließlich sagte er enttäuscht: »War klar. Erweckte Vampire haben schon einen Gefährten.«

»Seine Gefährtin lebt nicht mehr«, wisperte Shannon, obwohl Nick sie bestimmt nicht hören konnte, woraufhin Percy die Lider weit aufriss.

»Der arme Kerl. Er braucht sicher eine Aufmunterung!«

Ob sich Nick nur hinter einer Fassade versteckte? War er in Wirklichkeit gar nicht so cool, wie er sich gab? Erweckte Vampire sollten ewig trauern, und erst, wenn sie über den Verlust hinweg waren, was Jahrhunderte dauern konnte, hörte ihr Herz wieder auf zu schlagen – außer, sie liefen einem neuen Seelenpartner über den Weg, was äußerst selten vorkam.

Percy klebte förmlich an der Scheibe und seufzte in einer Tour. »Ich hätte ihm auch einen Kaffee anbieten sollen. Was denkst du?«

Shannon zuckte mit den Schultern. »Vielleicht einen Espresso. Er ist Italiener.«

Ein schwärmerischer Ausdruck huschte über sein Gesicht. »Da habe ich doch genau das Richtige für ihn: einen Barolo!«

»Und was ist das?«

»Ein Rotwein aus Italien.« Er lief zu einem anderen Schrank, um eine Weinflasche zu holen. »Ich liebe diesen Tropfen.«

Verwundert hob Shannon die Brauen. »Warum habe ich dich dann noch nie Wein trinken sehen, wenn wir zusammen ausgehen?«

»Süße, ich trinke Wein nur zu besonderen Anlässen … oder wenn ich mit meinen Opfern allein bei ihnen zu Hause bin. Bevor ich sie verführe.«

Shannon war sich sicher, dass Percy bei Nick keine Chancen haben würde, dennoch wurmte es sie ein wenig, dass sich ihr bester Freund ausgerechnet in den Vampir vergucken musste, mit dem sie zusammenarbeiten sollte.

***

Fünf Minuten später goss Percy zehn frische Reagenzgläser halbvoll mit Barolo und füllte sie dann mit verschiedenen Blutsorten auf, immer dieselbe Sorte in zwei Gefäße. Diese steckte er in eine Halterung, damit sie nicht umkippten. Anschließend legte Percy alle Blutbeutel zurück in den Kühlschrank und nahm mit Nick an dem kleinen Tisch der Laborküche Platz, während Shannon daneben stand, an ihrem Kaffee nippte und die ganze Szenerie argwöhnisch betrachtete.

»Was ist hier drin?« Nick schnüffelte an einem Glas. »Das duftet extrem gut.«

»Wendigo«, erklärte Percy.

»Die fressen Menschen, oder?«

»Genau. Deswegen riecht es für dich wahrscheinlich so gut.«

Die beiden stießen mit dem Wendigo-Cocktail an und tranken ihn in einem Zug aus.

»Ahhh, *magnifico*, das tut gut.« Nick steckte das leere Glas zurück in die Halterung und betrachtete seine Hand. Die Verbrennung, die er sich zuvor zugefügt hatte, verschwand augenblicklich.

Shannon runzelte die Stirn. »Das hätte doch längst von allein verheilen müssen, oder?«

Percy nickte. »Wann hast du zuletzt Blut zu dir genommen?«

»Ist schon ein paar Tage her«, antwortete Nick.

»Nikki, du musst besser auf dich achten«, schalt ihn Percy sanft und reichte ihm das nächste Glas. »Nur gut, dass ich immer ein bisschen was für besondere Gäste und Anlässe abzapfe.«

Angeekelt verzog Shannon den Mund. »Du zapfst den Leichen Blut ab?« Natürlich, woher sollte er es sonst haben?

Percy zuckte mit den Schultern. »Die meisten sind noch warm und gesund, Süße. Warum also einen guten Tropfen verschwenden?«

Es war sicher nicht legal, was er hier machte, aber solange er das Blut nur für sich – oder seine Gäste – verwendete, drückte sie ein Auge zu. Nicht, dass sie ihren besten Freund jemals beim Chef verpetzen würde, aber auf eine Standpauke dürfte er sich gefasst machen. Das liebte Shannon an ihrer Beziehung zu ihm: Sie konnten sich immer die Wahrheit sagen, ohne dass der andere deswegen eingeschnappt war.

Außerdem schien Nick den Spezialdrink gerade wirklich zu brauchen. Sie wusste, dass ein Vampir alle zwei Tage etwas Blut zu sich nehmen sollte. Doch galt das auch für erweckte Vampire? Brauchten die vielleicht sogar mehr? Sie hatte sich nie Gedanken darüber gemacht.

»Schau mich nicht so sorgenvoll an, *mia dolce lupa*«, murmelte Nick. »Ich kann auch normale Nahrung zu mir nehmen, zumindest bringt sie mich ein paar Tage länger um die Runden, ohne dass ich Blut brauche.«

»Ich mache mir doch keine Sorgen!«, stieß sie etwas zu empört hervor.

Während sie leise vor sich hinschimpfte, durch den Raum tigerte und so tat, als würde sie ein paar von Percys Berichten durchsehen, griffen er und Nick nach den nächsten beiden Gläsern, in denen sich eine zweifarbige Mischung befand. Die untere Hälfte schimmerte grün und darüber schwamm der Rotwein.

»Oger«, erklärte Percy, als Nick das Glas neugierig betrachtete, und sie vernichteten auch diesen Drink.

»Uh.« Nick schüttelte sich. »Nicht mein Geschmack.«

Die beiden verstanden sich plötzlich blendend, unterhielten sich über Weine und diverse Blutarten. Vergnügt kosteten sie sich dabei durch die ganze Batterie an Reagenzgläsern, wobei Shannon ihnen sprachlos zuschaute.

Typisch Vampir. Kaum verköstigte ihn Percy mit Lebenssaft, waren sie die dicksten Freunde. Aber woher rührte Percys plötzliches kulinarisches Interesse an Blut? Er brauchte schließlich Lebensenergie, um seinen Hunger zu stillen, keine Flüssigkeiten!

»Süße ... Ich hasse diesen vorwurfsvollen Blick«, sagte er mit merklich schwerer Zunge und rollte mit den Augen. »Ich erforsche das Blut aller Wesen. Es gibt einfach noch so viele Geheimnisse zu entschlüsseln, und dazu sollte man es auch mal probiert haben.«

»Du hast völlig recht, *mio amico*.« Als Nick nach dem letzten Reagenzglas griff, lallte er bereits ebenfalls leicht. »Was ist das?«

»Elfenblut, besser gesagt: Lichtelfe. Das Beste zum Schluss.«

Shannon beugte sich über den Tisch. »Glitzert das etwa?« In dem roten Drink schienen funkelnde Silberpartikel zu schweben.

»Süße, das glitzert nicht nur – es beamt dich in andere Sphären.« Während die beiden Männer wieder die Reagenzgläser hoben, fragte Percy Shannon: »Magst du wirklich nicht mal probieren?«

»Nein, Danke. Ich muss noch Auto fahren.« Lieber kostete sie frisches Blut. Tierblut! Gewiss keines von einem menschenähnlichen Wesen.

Nick prostete Percy zu. »*Salute*!« Als er das letzte Glas austrank, stöhnte er vor Wonne und schloss die Lider. »*Eccellente*, ist das lecker!« Er rieb sich über die Brust und keuchte plötzlich auf. »Mir wird auf einmal so heiß!« Ein Zittern lief durch seinen Körper; seine Haut schimmerte für einen Moment.

»Fuck!« Percy ließ sein leeres Glas fallen, sodass es klirrend auf dem Tisch landete. »Ich habe völlig vergessen, dass Lichtelfen Sonnenenergie speichern!«

»Was?!« Shannons Herz sprang hart gegen ihren Brustkorb. »Tu doch was!«

»Alles gut«, lallte Nick. »Ich fühle mich großartig.« Er lachte laut auf, als würde er gleich verrückt werden, und rieb sich über den Bauch. »Es geht mir *fantastico*! Falls ich jetzt sterbe, ist das ein schöner Tod.« Wehmütig blickte er Shannon an, dann griff er sich kurz an die Goldkette, die er um den Hals trug und unter seinem Hemd verschwand. »Aber ich glaube, *mia lupa*, dass ich dir noch erhalten bleibe.«

Erneut stöhnte er lustvoll und rieb sich diesmal über den Schritt. Er führte sich auf, als würde er gleich zum Höhepunkt kommen!

»Jules sollte das Zeug im Klub anbieten, das würde die Einnahmen ins Unendliche treiben.«

»Jetzt reicht es!«, rief Shannon und sah Nick scharf an. »Wehe, du bringst Percy auf dumme Ideen!«

»Noch einen Nachschlag?«, fragte ihr Freund ungerührt, ohne ihr einen Blick zu schenken.

»Bist du wahnsinnig!« Shannon nahm ihnen die leeren Gläser weg und stellte sie in die Spüle. »Keine Experimente an Vampiren mehr, Percy!«

»*No*, ich habe genug, mein Freund.« Mit wackeligen Beinen stand Nick auf und stützte sich am Tisch ab. »*Gesù*, das Zeug ist stark.«

Percy grinste dämlich und hickste ein Mal. »Elfenblut ist nicht ohne. Sehr berauschend, selbst für Inkubi.«

»Ihr seid beide betrunken!« Shannon schnüffelte an Nick, während er schwankend neben ihr stand. Einen metallischen Duft nach Menschenblut hatte sie zuvor schon nicht bei ihm wahrgenommen, nur seinen eigenen männlichen Duft. Wahrscheinlich, weil er schon länger nichts mehr getrunken hatte. Jetzt duftete er wie eine Blumenwiese! Dennoch sagte sie wütend: »Wenigstens riechst du nicht mehr nach Vampir.«

»Wie riechen denn Vampire, *cara mia*?«, raunte er, wobei er sich so nah zu ihr beugte, dass er beinahe auf sie fiel.

Shannon hielt ihn an den Schultern fest. »Ihr stinkt für uns wie ein Beutel voller Pennys.«

»Aber, aber, *mia lupa*, Geld stinkt nicht.«

»Du weißt doch gar nicht mehr, was du redest«, murmelte sie und schob ihn von sich. Irgendwie war es süß, wenn er nicht mehr wusste, was er sagte.

Percy schaute auf seine Armbanduhr. »Du musst ihn nach Hause fahren, wenn er nicht hier übernachten soll. Die Dämmerung ist schon angebrochen und um kurz nach sieben geht die Sonne auf. Ihr habt also noch eine gute Stunde Zeit.«

»So ist das also.« Shannon blickte Percy scharf an. »Du machst ihn betrunken und ich darf mich jetzt um ihn kümmern?«

Nick strich ihr mehrmals über den Arm, als würde ein Kind etwas unbeholfen ein Tier streicheln. »Nicht schimpfen, *mia lupa pazza*, ich kann auch allein nach Hause gehen. Alles gut.« Er umarmte Percy ein wenig ungeschickt, klopfte ihm auf den Rücken und lallte: »*Mille grazie* für deine Gastfreundschaft.« Dann schwankte er zur Tür.

Percy, der plötzlich gar nicht mehr betrunken klang, sagte in besorgtem Tonfall zu ihr: »Du kannst ihn unmöglich in dem Zustand allein lassen, Shannon. Er ist dein Partner!«

Nick drehte sich an der Tür um, schwankte noch mehr und stammelte: »Ist okay, Percy. Bin gleich daheim. Laufe in Vampirge…gesch … Vampirgeschw… in Vam… Na, ihr wisst schon.« Plötzlich schien er sich in einen Schatten zu verwandeln, so schnell wirbelte er durch den Raum, und knallte prompt gegen eine – zum Glück – freie Wand. Davon prallte er ab und blieb stöhnend auf dem Rücken liegen.

»*Cazzo*«, murmelte er.

»Kümmere dich um ihn«, flüsterte ihr Percy ins Ohr und zwinkerte ihr zu.

Moment, hatte er Nick absichtlich betrunken gemacht und wollte selbst gar nichts von ihm? Er hatte nur beobachtet, wie sie auf die Anmache reagierte!

»Oh … du!« Das würde dieser verflixte Dämon noch bereuen!

»Ach, Süße«, sagte Percy grinsend, während er ihr half, Nick auf die Beine zu ziehen. »Ich wünsche euch viel Spaß. Lasst es krachen, das Leben ist ernst genug.«

Kapitel 9 – Shannon – Übernachtungsbesuch

Als Shannon Nick endlich ins Auto bugsiert und ihn angeschnallt hatte, schneite es nicht mehr und der Himmel zeigte erste Spuren des neuen Tages. Trotzdem blieb ihr noch genug Zeit, um Nick heimzufahren, bevor sie nach Manhattan zurückkehrte.

»Wo wohnst du?«, fragte sie ihn, während sie den Wagen startete.

»Zu Hause«, murmelte er.

Nick hatte den Kopf zurückgelegt und die Augen geschlossen. Sein leicht geöffneter Mund sah verführerisch aus, Haarsträhnen hingen ihm wild in die Stirn. Dieser verflixte Kerl war einfach viel zu sexy!

»Geht es ein bisschen genauer?«, wollte sie wissen, aber er antwortete nicht mehr. Wahrscheinlich war er eingeschlafen.

»Na super«, schimpfte sie und fuhr los.

Vermutlich wohnte er in der Nähe des Fürsten. Deshalb schlug Shannon, kaum hatte sie die lange Brücke hinter sich gelassen, den Weg nach Brooklyn ein. Früher oder später würde die berauschende Wirkung nachlassen und der Herr Vampir wieder klarer im Kopf sein.

Als Shannon an einer roten Ampel warten musste, beugte sie sich zu Nick hinüber, um ihn abzuklopfen. »Hast du denn gar nichts dabei, womit du dich ausweisen kannst?«, fragte sie ungehalten.

»*No*.« Anstatt ihr seine Adresse zu verraten, drehte er ihr den Kopf zu, wobei er die Augen weiterhin geschlossen hielt, und raunte: »Ich mag es, wenn du mich berührst.«

Shannon unterdrückte ein zorniges Knurren. »Was mache ich

jetzt mit dir?«

»Ich wüsste da Einiges …« Er hickste selig grinsend, bevor Shannon leise Schnarchlaute vernahm.

Sie hasste es, für diesen eingebildeten Blutsauger den Babysitter spielen zu müssen. Der Tag oder besser gesagt die Nacht war lang gewesen und sie wollte nur noch ins Bett.

Ohne ihn!

Es passte ihr gar nicht, dass Percy ihn abgefüllt hatte. Was dachte sich ihr bester Freund bloß? Er wusste schließlich genau, dass eine Beziehung zwischen Nick und ihr, wie auch immer sie geartet sein mochte, niemals gut gehen würde! Deshalb musste sie Nick loswerden.

Im Klub wollte sie ihn nicht abladen; sicher hatte der auch längst geschlossen. Was, wenn dort niemand mehr aufmachte? Nick würde verbrennen! Außer, sie sperrte ihn in den Kofferraum.

Shannon schmunzelte. Ja, das würde ihr gefallen.

Ihm wahrscheinlich weniger. Er würde bestimmt versuchen, sich zu befreien, und dann verbrutzeln.

Mist aber auch! So wie es aussah, musste sie den Blutsauger mit zu sich nehmen.

Also beschloss sie, über den Queens Midtown Tunnel rüber nach Manhattan zu fahren. Am Bryant Park besaß sie im fünften Stock eines Hochhauses eine kleine Wohnung, die sie sich mit ihrem Gehalt gerade so leisten konnte. Sie könnte zwar auch bei Shane in seinem Angeber-Apartment leben, aber dort würde sie es keinen Tag lang aushalten. Zum einen, weil Shane oft ungebundene Wölfinnen mit zu sich nahm, um mit ihnen Spaß zu haben, zum anderen, weil er ihr Leben ständig kontrollieren und sie mit Wolfswandlern verkuppeln wollte, die in seiner Firma arbeiteten. Dann hätte er nicht nur sie, sondern auch ihren Zukünftigen immer unter Beobachtung.

Nein danke!

Shane, der in Manhattan eins der größten Rudel anführte, war Investmentbanker, ein ganz hohes Tier, der unter anderem für eine der mächtigsten Banken in Manhattan arbeitete. Er entwickelte Finanzierungskonzepte für stinkreiche Kunden … oder so ähnlich. Im Grunde wusste Shannon nicht wirklich, was er den ganzen Tag trieb, nur dass er eine Menge Kohle verdiente. Doch seine Tätigkeit interessierte sie ohnehin kein bisschen. Viel lieber ging sie auf Verbrechersuche. Das befriedigte ein wenig den Jagdtrieb in ihr.

Ja, sie war wirklich froh, nicht bei Shane oder in seiner direkten Nähe zu leben. Wenn er wüsste, dass sie gerade mit einem Blutsauger zu sich nach Hause fuhr!

Seufzend schaute sie zu Nick, ihrem süßen, betrunkenen Vampir. Hoffentlich machte sie nicht gerade den größten Fehler ihres Lebens.

***

»Du darfst eintreten, aber nur ins Wohnzimmer!«, befahl sie, als sie mit Nick an der Schwelle ihrer Wohnungstür stand. »Alle anderen Räume sind dir verwehrt.«

»Ja, Herrin«, lallte er und stolperte hinein.

Zum Glück besaß Shannon einen Tiefgaragenstellplatz, und sie hatte Nick mit dem Aufzug nach oben schaffen können. Sonst hätte sie ein echtes Problem gehabt. Der Kerl schien eine Tonne zu wiegen und schaffte es einfach nicht, geradeaus zu laufen.

»Du kannst auf der Couch schlafen.« Shannon steuerte ihn am Arm zu ihrem weinroten Sofa, das vor dem Fernseher stand, und schubste Nick mehr oder weniger darauf. Zum Glück war es so lang, dass er zum Schlafen einigermaßen Platz finden würde. Ansonsten gab es nicht viel mehr Einrichtungsgegenstände oder unnötigen Schnickschnack in ihrer Wohnung. Sie lebte zwar schon ein paar Jahre hier, doch da sie meistens unterwegs war und nur wenig zu Hause, war sie noch nicht dazugekommen, es sich gemütlich zu machen. Ihre letzte Anschaffung war der weiße Flauschi-Teppich, der vor der Couch lag.

Sie verzichtete darauf, Licht zu machen, weil sowohl sie als auch Nick im Halbdunkel ausgezeichnet sehen konnten.

Er setzte sich hin und versuchte unbeholfen, sein Sakko auszuziehen. »Teurer Anzug«, murmelte er. »Jules bringt mich um, wenn ich ihn ruiniere.« Dann hickste er ein Mal und drückte sich die Hand auf den Mund, weil ihm danach noch ein Rülpser entwischt war. »*Scusi* ...«

Das durfte alles nicht wahr sein ... Resolut fasste Shannon an sein Kinn und zwang Nick, sie anzusehen. »Und ich bringe dich um, wenn du auf meinen neuen Teppich kotzt!« Die Rotweinflecken würden nie wieder rausgehen.

»*Ma no*! Das leckere Zeug gebe ich gewiss nicht mehr her«, brummelte er und warf sich rücklings auf die Couch, wobei ein Bein seitlich heraushing. Das sah wirklich unbequem aus, war aber nicht Shannons Problem.

»Was ist jetzt mit deinem Anzug?«, fragte sie, während sie zu den beiden Fenstern ging, um die Vorhänge zuzuziehen, denn draußen brach langsam der neue Tag an. Schlagartig hüllte sie etwas mehr Dunkelheit ein, aber noch immer erkannte sie genug. Mehr als genug! Da war ein superattraktiver Vampir in ihrer Wohnung!

»Ach ja.« Erneut richtete er sich auf und Shannon schälte ihn aus dem Sakko – das sie über die Lehne legte. Warum sie das machte, war ihr selbst nicht ganz klar, aber irgendwie hatte sie das Bedürfnis, ihm zu helfen.

Weil du ihn endlich nackt sehen willst ..., flüsterte ihr ein Stimmchen zu.

Quatsch!

Warum wich sie ihm dann nicht von der Seite, als er sein weißes Hemd aufknöpfte?

Ein ovaler, goldener Anhänger, den er an seiner Halskette trug, sowie eine gut geformte, aber nicht zu stark muskulöse Brust kamen zum Vorschein.

Er sieht sogar noch besser aus als in deiner Vorstellung, erklärte ihr das Stimmchen.

Ruhe!

Bei der Mitte der Knopfleiste machte Nick halt, um sich das Hemd aus der Hose zu ziehen. Er fluchte, weil er anscheinend drauf saß, und fummelte unbeholfen an der Gürtelschnalle herum.

Shannon verdrehte die Augen. »Ich kann dir gar nicht zusehen! Lass mich das machen.« Ratzfatz hatte sie den Gürtel geöffnet und ihm die Schuhe von den Füßen gezogen. »Schaffst du den Rest allein?«

»*Sì, sì* …« Er stand auf und bekam es tatsächlich hin, aus der Hose zu steigen, ohne hinzufallen. Darunter trug er pechschwarze, lockere Shorts, die ihm fast bis zu den Knien reichten.

»Sind das deine Winterunterhosen?«, fragte sie schmunzelnd und hielt sich die Hand vor Augen. »Aua, deine weißen Spaghetti, die da unten raushängen, blenden mich.«

»Ich habe noch ’ne dicke, fette Cannelloni zu bieten«, sagte er grinsend, während er sich das Hemd über den Kopf zog und es auf den Boden warf. »Magst mal sehen?«

»Nein, danke.« Shannon schluckte hart beim Anblick seines sexy Bauches. Er sah zum Reinbeißen aus, schön flach, mit sanft definierten Muskeln. Unterhalb seines Nabels führte eine Spur hellbrauner Härchen in den Bund seiner Shorts, die sich an gewisser Stelle leicht ausbeulten. »Für heute habe ich mehr als genug gesehen.«

»Warum bist du auf einmal so langweilig?« Nick lallte kaum noch, doch er wirkte alles andere als wach. Seine Lider hingen ihm schwer über den Augen. »Im Klub hast du mir besser gefallen, *lupa*.«

»Da habe ich dich auch bloß verführen wollen, um an deinen Boss zu kommen.«

»Du kannst so schlecht lügen.« Gähnend ließ er sich zurücksinken und streckte sich auf der Couch aus. Doch dann setzte er sich noch einmal abrupt auf, um zu den Fenstern zu starren.

»Keine Sorge.« Mütterlich tätschelte sie ihm den Arm. »Ich habe die Vorhänge bereits zugezogen und das Sonnenlicht kommt sowieso nie bis zur Couch. Dazu steht sie viel zu weit vom Fenster weg.«

»Grazie, mia dolce lupa. Buona notte.« Er ließ sich wieder zurücksinken, stieß noch einen langen Atemzug aus und lag danach wie tot vor ihr.

War das der berühmte Vampirschlaf? Gerüchten zufolge fielen Vampire in eine Art Totenstarre, sobald die Sonne aufging, um Energie zu sparen – was natürlich Unsinn war. Jeder wusste, dass sie sich auch tagsüber ganz normal bewegen konnten, solange sie keine Sonnenstrahlen kitzelten. Dennoch schien es, als wäre Nick tot.

Oder gab es diese Vampirstarre womöglich wirklich?

Shannon blieb eine Weile neben ihm stehen und schaute ihm beim Schlafen zu. Ab und zu hob sich kaum wahrnehmbar seine Brust – auf der sie jetzt zu gerne ihren Kopf betten würde. Sie konzentrierte sich auf ihre Sinne, hörte sein Herz langsam schlagen und roch seinen Männerduft gemischt mit Elfe und allen anderen möglichen Aromen. Nick schien nach den Blutcocktails ein Potpourri an Düften zu sein, was ihn für ihr Wandlernäschen leider noch interessanter machte. Am liebsten würde sie mit der Nase über seine Haut gleiten, um überall an ihm zu riechen.

Vorsichtig ging sie in die Knie, um Nick im Halbdunkel noch genauer betrachten zu können: seine große Gestalt, die langen, wohlgeformten Beine, die sanfte Behaarung dort und an seinen Unterarmen … Shannon stand total auf Männerhaare an den richtigen Stellen, deshalb traf Nicks Körper erneut ihren Geschmack.

Der Kerl machte es ihr wirklich nicht leicht!

Nachdem sie sich sicher war, dass er tief und fest schlief, strich sie ihm ganz vorsichtig eine Strähne aus der Stirn. Ihr süßer Vampir wirkte so verdammt menschlich. Außerdem war seine Haut gar nicht so hell wie die der meisten anderen Vampire. Vielleicht, weil er erweckt war und Blut durch seine Adern strömte?

Shannon wurde mutiger und legte behutsam eine Hand auf seine nackte Brust, direkt neben das Medaillon. Sein Körper war tatsächlich warm und seine Haut seidenweich, ohne einen Makel.

Als er leise seufzte und wisperte: »*Cara mia*«, blieb beinahe ihr Herz stehen. Ohne die Augen zu öffnen, drehte er ihr den Kopf zu und griff sich ans Amulett, das er in seiner Faust einschloss.

Hastig zog sie den Arm zurück und hielt die Luft an. Erst als Nick keine weitere Regung zeigte, stand sie auf und nahm ihre weiche Decke, mit der sie sich gerne vor dem Fernseher einkuschelte, von der Lehne. Diese warf sie ihm über und verließ beinahe fluchtartig das Wohnzimmer.

Danach duschte sie sich schnell, machte sich in Blitzgeschwindigkeit fürs Bett fertig – und konnte ewig nicht einschlafen, weil sie ständig an Nicks Reaktion denken musste. Er trauerte noch immer um seine Gefährtin, und nichts und niemand würde ihm diesen Schmerz nehmen können, auch Shannon nicht.

Kapitel 10 – Nicolò – Traumerinnerungen

Verdammt, ich hätte mehr von dem Elfenblut trinken sollen, dachte Nick, als er sich auf Shannons Couch zur Seite drehte und fast hinunter fiel.

Er hatte geschlafen wie ein Toter, ohne sich mit alten Erinnerungen zu quälen. Leider war er jetzt wieder wach, und seine Vergangenheit stand erneut in lebhaften Bildern vor seinem inneren Auge. Am schlimmsten war der Gedanke an Carina, die er direkt in den Tod getrieben hatte. Nicht einmal das hartnäckige Klopfen in seinem Schädel lenkte ihn ein wenig ab.

Nick blinzelte und kniff sofort die Lider zu. Verdammt, das schwache Tageslicht, das sich seitlich an den Vorhängen vorbeimogelte, schmerzte in seinen Augen. Dennoch wagte er einen weiteren Versuch und entdeckte in dem niedrigen TV Rack, auf dem der Fernseher stand, einen Rekorder. Die grünen Leuchtziffern der Uhr zeigten ihm, dass es kurz nach Mittag war. Er sollte also noch ein paar Stunden schlafen. Deshalb zog er sich die Decke über den Kopf und wünschte sich in sein eigenes Bett. Es ging eben nichts über hermetische Jalousien, die selbst den hellsten Tag zur Nacht machten. Trotzdem war er Shannon dankbar, bei ihr schlafen zu dürfen. Er konnte sich nicht einmal richtig an die Herfahrt erinnern, so dicht war er gewesen. Schon ewig hatte er nicht mehr über die Stränge geschlagen.

Tief sog er Shannons lieblichen Duft ein, der überall auf der Couch und in der Decke hing, und driftete ins Traumland. Schon war er wieder Nicolò und befand sich während einer lauwarmen Sommernacht in dem prachtvollen Garten der vermögenden venezianischen Familie Giulioni. Uneingeweihte Besucher mochten das Tier im Wappen für einen Wolf halten; Nicolò wusste, dass es einen Fuchs darstellte, in den sich die Familienmitglieder verwandeln konnten. Überall brannten Fackeln und Kerzen in bunten Gläsern, Lautenmusik erfüllte die Luft, und die Fuchswandler zeigten ihren kaum verhohlenen Stolz in den kunstvollen antiken Statuen des klugen Tieres, die hier überall herumstanden, auch vor der Bühne. Später würde eine Opernsängerin auftreten, aktuell fand dort so etwas wie ein Lustspiel statt. Zwei höfisch gekleidete Frauen schlugen aufeinander ein und zerrissen ihre Kleider, bis der blanke Busen hervorblitzte. Das maskierte Publikum klatschte und feuerte die beiden an, damit sie sich noch mehr entblößten. Im Gegensatz zu früher ließ Nicolò das nackte Fleisch kalt. Emotionslos betrachtete er die perfekten, jungen Körper, die ihn in seinem alten Leben sicher erregt hätten. Allerdings wandelte er seit einem Jahr als Vampir durchs Leben, von seiner früheren Liebhaberin Lorena erschaffen, deren Bett er über viele Jahre gewärmt und ihr von seinem lebenspendenden Blut gegeben hatte. Als Dank hatte sie ihn zu einem unsterblichen Wesen gemacht, doch darauf hätte er gut und gerne verzichten können. Sein Herz schlug nicht mehr, und deshalb war er nur noch ein halber Mann, nicht fähig, jemals wieder eine Frau zu beglücken.

Lorena hatte sich erhofft, sie beide wären füreinander bestimmt. Aber als er zwei Wochen nach der Verwandlung immer noch nicht erweckt worden war, hatte sie das Interesse an ihm verloren und sich einen neuen Liebhaber gesucht, mit dem sie weiterhin Spaß haben und der sie befriedigen konnte.

Nicolò trauerte ihr nicht nach, sondern versuchte weiterhin zu überleben, genau wie zuvor als Mensch auch. In der Hand hielt er, verpackt in einer Schachtel, eine besonders wertvolle Maske, die mit schillernd-grüner Seide bezogen und mit weißen Federn sowie schwarzen Schmucksteinen bestückt war. Nicolò hatte sie für die Tochter des Hauses gefertigt: Carina. Er war ihr noch nie persönlich begegnet, sondern hatte nur gehört, dass die rothaarige Füchsin außerordentlich schön sein sollte. Das Fest fand ihretwegen statt. Ihre Eltern suchten für die junge, kinderlose Witwe einen neuen Mann und schienen alle reichen und attraktiven Fuchswandler der Gegend eingeladen zu haben. Nicolò musste die Maske persönlich anpassen, dann würde er von ihrem Vater das Geld kassieren und sich unter die Leute mischen. Heute hatte er noch keine Nahrung zu sich genommen und ihn dürstete es nach frischem Blut.

Als er durch die teilweise maskierten Leute schritt, nickten ihm viele zu, und Nicolò grüßte zurück. Er war bekannt und ein gern gesehener Gast, denn die betuchten Venezianer bestellten neben Masken auch edle Stoffe für ihre Kleidung bei ihm. Nicolò hatte nicht nur das Handwerk des Maskenmachens von seinem Vater gelernt, sondern primär war er Kaufmann. Seine Reputation hielt ihn in diesen unsicheren Zeiten über Wasser, da es mit der Wirtschaft nur langsam voran ging. Viele wanderten aus und fuhren sogar mit dem Schiff nach Amerika. Doch nicht nur der träge voranschreitende Aufschwung machte ihnen allen das Leben schwer, die Wesen flohen ebenfalls vor einem unbekannten Jäger, der vor keiner Art Halt machte. Er sollte auch Carinas Mann ermordet haben. Offiziell starb er durch die Hand eines Diebes, der an sein Vermögen wollte.

Seit dem Tod ihres Mannes lebte Carina wieder bei ihren Eltern in der Villa, weil diese Angst um das Leben ihres einzigen Kindes hatten. Wer konnte es ihnen verdenken? Die Zeiten schienen nicht besser zu werden, im Gegenteil.

Nicolò entdeckte neben der Statue eines Jünglings, der einen Fuchs streichelte, eine zierliche Frau, ins Gespräch mit einer älteren Dame vertieft. Sie trug ein schwarzes Cape, und obwohl dieser Teil des Gartens weniger beleuchtet war, erkannten Nicolòs geschärfte Augen eine Strähne roten Haares, die unter der Kapuze hervorspitzte. Es musste sich um Carina handeln, ihre Mutter hatte sie ihm beschrieben und gesagt, dass er sie wahrscheinlich hier finden würde.

Als sie ihn mit der Schachtel in der Hand erblickte, entschuldigte sie sich bei der Dame und wandte sich ihm zu. »Sie müssen Signor Mancini sein?«

»Der bin ich«, antwortete er rau und betrachtete fasziniert ihr spitzes Kinn und die sinnlichen roséfarbenen Lippen.

Als sie sich die Kapuze vom Kopf zog und ihr herzförmiges Gesicht von einer feuerroten Lockenpracht eingerahmt wurde, starrte Nicolò sie einfach nur an. Gott, was für eine wunderschöne Frau sie war! Ein sanfter Duft nach Nelken und Orangen kitzelte seine sensible Nase, und als ihre Zunge über die Lippen huschte, bildete er sich ein, sein totes Herz würde vibrieren.

Carina riss ihre großen grünen Augen weit auf, ihre Wangen röteten sich und sie stammelte: »Gehen wir dorthin, da kann ich in Ruhe die Maske probieren, Signor Mancini.« Mit leicht zitterndem Finger deutete sie auf einen Eingang in der Hecke. Dabei wandte sie nie den Blick von Nicolò.

Wie sie seinen Namen aussprach! Allein ihre Stimme troff vor Sinnlichkeit.

Er konnte lediglich nicken, denn plötzlich fühlte er sich nicht wohl, als hätte ihn ein Fieber gepackt – was unmöglich sein konnte. Ein Vampir wurde niemals krank!

Er folgte ihr tiefer in den Garten bis zu einer Steinbank, die von hohen Sträuchern eingesäumt wurde. Niemand würde sie hier sehen. In einem Metallkorb loderte ein Feuer; die Holzscheite knackten. Funken flogen durch die Luft und schwirrten um Carinas rotes Haar, wobei es aussah, als würde es selbst diese glühenden Teilchen produzieren.

Ihr Anblick verzauberte Nicolò dermaßen, dass ihm schwindelig wurde. Und als plötzlich sein Herz mit voller Wucht zu schlagen begann und er heftig nach Atem rang, wusste er: Carina hatte ihn erweckt. Erst schmerzte es, als das Blut durch seine verkümmerten Gefäße schoss, aber nur bis ihm klar wurde, dass seine alte Zuneigung zu Lorena bloß ein schwaches Glimmen gegen die Lavaglut lustvoller Erregung war, die nun durch seine Adern raste. Er wollte Carina – jetzt und für immer!

Doch er begehrte nicht nur ihr wunderschönes Gesicht und ihren perfekten Körper, er musste unbedingt alles über sie wissen: wie man sie zum Lachen brachte und was sie traurig stimmte, wovon sie im Geheimen träumte und was sie sich vom Leben erhoffte. Nicht eine Sekunde konnte er den Blick von ihr abwenden.

Während er sie sehnsuchtsvoll anschaute, wandelte sich ihr Gesicht: Ihre roten Locken verfärbten sich braun, die grünen Augen nahmen die Farbe von reifen Haselnüssen an. Carinas Züge wurden zu denen von Shannon, die ihn anlächelte und lasziv mit der Zunge über die Lippen fuhr …

Nick riss die Augen auf und fiel beinahe schon wieder von der Couch. Sein Herz donnerte wild, seine Hand schmerzte. In seiner verkrampften Faust, die auf seiner Brust ruhte, hielt er sein Medaillon so fest, dass es sich in sein Fleisch bohrte. Er entspannte sich und betrachtete den ovalen Anhänger genau. Mist, er hatte ihn sich im Schlaf wohl heruntergerissen, denn die Öse war aufgebogen und völlig verdreht. Nur die stabile Kette hing noch um seinen Hals. Er musste das Schmuckstück reparieren – schon wieder. Es passierte ihm nicht zum ersten Mal, dass er es abriss.

Blinzelnd richtete sich Nick auf und sah sich im düsteren Raum um. Immer noch war es nicht ganz dunkel draußen, aber lange würde es nicht mehr dauern. Er schob den Anhänger in die Tasche seiner Hose, die über der Lehne hing, und ließ sich auf die Couch zurücksinken.

Stirnrunzelnd dachte er an seinen Traum, der heute anders verlaufen war. Shannon war darin vorgekommen. Nein – Carina hatte sich in Shannon verwandelt. Hatte das etwas zu bedeuten?

Schwermütig seufzend vergrub er die Nase in der Decke, die von Shannons einzigartigem Duft durchtränkt war. Sie roch ganz anders als Carina, aber nicht weniger gut.

Sein harter Schwanz zuckte. Der hatte sich nicht nur wegen des Traumes aufgerichtet, sondern weil seine Blase drückte. Nick hatte wohl zu viel Wein getrunken. Leider konnte er nicht ins Badezimmer gehen, weil ihm Shannon nur Zutritt zum Wohnraum gewährt hatte. Er wollte sie auch nicht rufen, denn sicher schlief sie noch, zumindest hörte er keine Geräusche in der Wohnung, die darauf hindeuteten, dass sie wach war. Er hätte große Lust, jetzt zu ihr zu schleichen und sie beim Schlafen zu beobachten. Außerdem wollte er wissen, ob sie etwas anhatte. Nick ging für gewöhnlich nackt ins Bett, denn er liebte das Gefühl von weichen Laken an seiner Haut.

Er rückte unter den Shorts seinen Schwanz zurecht und dachte daran, wie heftig sein Herz geschlagen hatte, als er Shannon im Klub im Arm gehalten hatte. Auch ihres hatte wild pulsiert. In ihrer Gegenwart fühlte er sich stets gut gelaunt und wie neu geboren. Sie hatte ihn von seinen düsteren Gedanken abgelenkt und erregt. *Wirklich* erregt.

Gähnend schloss Nick wieder die Augen und versuchte, sich Shannons Aussehen in Erinnerung zu rufen. Zum Glück hatte der Traum geendet, bevor er mit Carina nach Amerika gereist war. Denn dort war mehr als ein furchtbares Unglück passiert, für die er sich verantwortlich fühlte. Schuldig. An diese Ereignisse wollte er nicht einmal denken, sie suchten ihn im Schlaf oft genug heim.

Womöglich wurde es langsam Zeit, alte Erinnerungen loszulassen und Platz für neue zu schaffen. Er würde seine Carina sicher niemals vergessen – und das wollte er auch nicht. Aber Shannon war auf jeden Fall eine willkommene Ablenkung, die sein Leben versüßte. Vielleicht hatte er nach den langen Jahren voller Schmerz und Trauer ein wenig Leichtigkeit verdient.

Kapitel 11 – Shannon – Heißer Abend

»Gute Nacht, Schlafmütze! Aufstehen!« Bestens gelaunt schaltete Shannon im Wohnzimmer das Licht an und ging zu den Fenstern, um die Vorhänge aufzuziehen und frische Luft hereinzulassen. Im Raum war es ziemlich stickig. »Oder heißt es bei euch trotzdem *guten Morgen*?«

Eisige Luft strömte ihr entgegen, strich an ihren nackten Beinen entlang und schlüpfte unter ihr langes Shirt. Sie hatte es sich schnell übergezogen, weil sie wie immer ohne Wäsche geschlafen hatte. Am Himmel stand der große runde Mond und brachte den Schnee auf Hausdächern, Bäumen und Fußwegen zum Glitzern. Es hatte tagsüber wieder geschneit und zwar reichlich.

Als sie sich umdrehte und zur Couch blickte, musste sie grinsen. Nick hatte sich die Decke über den Kopf gezogen und murmelte etwas Unverständliches. Bestimmt hatte er noch einen Kater.

Gerade, als sie einen dummen Spruch loslassen wollte, stach ihr ein beißender Geruch in die Nase, der definitiv nicht von draußen kam. Hier roch es ja wie im Bahnhofsklo! Der Gestank schien von ihrer prächtigen weißen Orchidee auszugehen, die auf dem niedrigen Tischchen neben dem Fernseher stand.

Argwöhnisch näherte sich Shannon ihrer Lieblingspflanze und knurrte leise. Nein, das hatte dieser verdammte Blutsauger nicht getan!

Sie hob das Gefäß hoch, um daran zu schnüffeln, würgte und ließ es beinahe fallen. Boah, war das widerlich. Das stank ja schlimmer als drei Oger zusammen!

»Sag mal, hast du in meinen Blumentopf gepinkelt?«, rief sie, woraufhin sich Nick die Decke noch weiter über den Kopf zog.

»Schrei doch nicht so rum«, klang es gedämpft unter dem Stoff hervor.

»Nick!« Am liebsten hätte sie mit dem Fuß aufgestampft.

»Du hast mir ja den Zutritt zum Badezimmer verwehrt.«

»Ich dachte, ihr müsst nicht auf die Toilette!« Sie hielt den Topf weit von sich gestreckt und rümpfte erneut die Nase. Schnell stellte sie ihn nach draußen auf den verschneiten Sims und schloss das Fenster. Ihre schöne Blume war dann wohl Geschichte. Wenn sie dieser ätzende Vampir-Urin nicht umbrachte, dann die Kälte.

»Erweckte Vampire haben eben auch gewisse Bedürfnisse«, sagte er unter der Zudecke, »und Percys Drinks hatten es in sich.«

»Ihr Blutsauger seid einfach abartig.« Sie riss ihm die Decke weg und schluckte, weil Nick nur Boxershorts anhatte. Natürlich wusste sie das, schließlich war sie dabei gewesen, als er sich gestern ausgezogen hatte. Doch der Anblick raubte ihr erneut den Atem. Der Kerl sah einfach viel zu gut aus, verdammt! Sein Haar war völlig verstrubbelt und sein Gesicht vom Schlafen ein wenig zerknautscht, weshalb sie ihn am liebsten so richtig wachgeküsst hätte. Und dann würde sich der Vampir in ein Wesen verwandeln, mit dem sie zusammen sein durfte …

Shannon, hör auf zu träumen, ermahnte sie sich, konnte aber immer noch nicht den Blick von ihm abwenden.

Sein Anhänger fehlte; er trug nur noch die Kette. Shannon wollte aber nicht fragen, was mit ihm passiert war … nein, sie *konnte* nicht fragen, weil sein heißer Body ihr immer noch die Sprache verschlug. Sie erinnerte sich, wie Nick sie im Klub angefasst und beinahe zum Höhepunkt gebracht hatte. Am liebsten wollte sie ihm sofort die Shorts herunterreißen, sich zu ihm auf die Couch werfen und ihn … Als sie spürte, dass sich vor Erregung ihre Krallen herausfuhren, ballte sie schnell die Hände zu Fäusten.

Shannon, er ist ein Vampir! V. A. M. P. I. R., buchstabierte sie in Gedanken, um sich von diesem Erste-Sahne-Luxuskörper abzulenken, der die ganze Couch ausfüllte.

»Ich fühle mich zutiefst gekränkt, wenn das aus dem Mund eines Flohteppichs kommt«, murmelte er sarkastisch, verzog schmerzerfüllt das Gesicht und kniff die Lider zusammen.

Da hatte wohl wirklich jemand einen astreinen Kater, und Shannon empfand nicht das geringste Mitleid deswegen.

»Dir ist schon klar, dass wir uns auf Spurensuche begeben müssen?« Ihre gute Laune war mit einem Mal verflogen. Nach dem Aufstehen hatte sie noch euphorisch gedacht, dass nun alles bloß besser werden konnte und sie diesen verrückten Zauberdoktor – oder wer auch immer die Vampire für Experimente benutzte – finden und stoppen würden. Doch dieser Blutsauger brachte sie schon wieder auf die Palme!

Um seiner betörenden Nähe entfliehen zu können, fragte sie: »Soll ich dir eine Kopfschmerztablette bringen?«

»Hat bei mir keine Wirkung.« Er setzte sich hin und stützte die Ellbogen auf den Knien ab. Von unten herauf sah er sie beinahe mitleiderregend an. »Dagegen hilft nur eine heiße Dusche. Darf ich *jetzt* in dein Badezimmer?«

Er musste fragen, wenn er private Räume betreten wollte – das war auch so ein Vampirgesetz. Alle öffentlichen Bereiche waren von dieser »Regelung« ausgenommen. Derart beschränkt zu sein, würde Shannon ziemlich nerven.

Sie verkniff sich einen spöttischen Spruch, weil sein herzerweichender Blick direkt in ihre Brust schoss, und antwortete seufzend: »Also gut. Aber es wird nicht in die Dusche gepinkelt!«

Verrucht grinsend stand er auf und blieb dicht vor ihr stehen. »Vielleicht solltest du zur Kontrolle lieber mit mir gemeinsam duschen?«

»Du kannst es nicht lassen, oder?«, murmelte sie, drehte sich um und marschierte in die Küche. Von dort rief sie: »Trinkst du wenigstens einen Kaffee mit mir?«

»Schwarz, bitte!«, hörte sie noch, bevor er die Tür zum Badezimmer schloss.

***

Weil Shannon nach dem Aufstehen ohne Kaffee nicht lebensfähig war, hatte sie sich vor Kurzem eine Espressomaschine zugelegt. Während sie wartete, bis ihre Tasse vollgelaufen war, lauschte sie dem Prasseln des Duschwassers. Die Versuchung, zu Nick in die Kabine zu steigen, brachte sie an den Rand ihrer Selbstbeherrschung. Es erregte sie allein der Gedanke, ihn völlig nackt zu sehen.

Sie schob eine zweite Tasse für Nick unter den Ausguss der Maschine und füllte ihre mit kalter Milch aus dem Kühlschrank auf, weil sie nicht so lange warten konnte, bis der Kaffee abgekühlt war, und um das bittere Aroma etwas abzumildern. Schnell nahm sie ein paar Schlucke, ließ sich den leicht herben Geschmack auf der Zunge zergehen und überlegte, ob sie auch etwas essen sollte. Sie war es gewohnt, nachts zu arbeiten, weil zu dieser Zeit die meisten Wesen unterwegs waren, und es machte ihr auch nichts aus, die Tage zu verschlafen. Meistens holte sie sich bei Dienstbeginn ein »Frühstück« vom Waffelstand am Bryant Park oder etwas Süßes beim Starbucks um die Ecke.

Heute verspürte sie jedoch nur Appetit auf eine bestimmte Süßigkeit, eine verbotene Nascherei, die gerade ihr ganzes heißes Wasser verbrauchte! Zum Glück hatte sie am Morgen noch geduscht.

Als Nick das Wasser abstellte, umklammerte Shannon ihre Tasse und lauschte erneut. Ob er sich schon abtrocknete? Oder bereits anzog?

Sie stellte sich vor, wie Tropfen über seinen perfekten Körper perlten und sich in den Tälern seiner Muskeln verfingen. Shannon würde die kleinen Seen nur zu gerne auflecken, in Nicks weiche Haut beißen und die Zunge um seinen Nabel kreisen lassen. Ihr Schoß pochte sanft bei den Gedanken, und sie huschte ins Wohnzimmer, um nachzusehen, ob seine Kleidung noch über dem Sofa lag. Es war noch alles da! Also würde Nick höchstens seine Shorts anhaben, wenn er heraus… Als sie hinter sich seine Stimme hörte, hätte sie fast die Tasse fallen gelassen.

»Darf ich deine Bürste benutzen?«

Möglichst gefasst drehte sie sich um und versuchte, nicht zu intensiv auf seinen Körper zu schauen. Nick hatte sich lediglich ein Handtuch um die Hüften geschlungen, und wie in ihrer Fantasie tropfte Wasser aus seinem nassen Haar. Es perlte über sein Gesicht, die perfekt geformte Brust sowie den flachen Bauch und versickerte dann im Stoff. Dampf waberte um ihn herum, als wäre er der Hölle entstiegen und ein teuflisch gefährlicher, aber himmlisch attraktiver Verführer.

Im Handtuch sah er aber auch zum Anbeißen aus!

»Shannon?«, fragte er grinsend. »Darf ich deine Bürste benutzen? Hab gedacht, ich frag vorher lieber, bevor du mich …« Er hob eine Braue und starrte auf ihre Finger, die immer noch fest um ihre Kaffeetasse lagen. »… zerfleischst.«

Shit, ihre Krallen waren immer noch sichtbar!

»Ähm … Ja!« Sie eilte zurück in die Küche, um ihre Tasse abzustellen, und holte seine aus dem Automaten. Zum Glück zogen sich ihre Krallen zurück.

Verflucht! Die verruchten Gedanken hatten sie total erregt. Normalerweise konnte sie ihre Verwandlung sehr gut steuern, beziehungsweise sich beherrschen. Warum nicht bei Nick?

Sie brachte ihm den Kaffee ins Bad und stellte ihn auf den Waschbeckenrand, während er sich mit ihrer Bürste durchs Haar fuhr.

Nicht gut! Nun sah er noch reizvoller aus, wie ein Kerl aus einer Rasierschaumwerbung. Außerdem wölbten sich dabei seine Oberarmmuskeln sanft. Anbetungswürdig!

»Danke.« Er legte die Bürste weg und griff nach der Tasse, um den dampfenden Inhalt in einem Zug herunterzustürzen, wobei er Shannon nie aus den Augen ließ. Danach stellte er die Tasse wieder ab und leckte sich über die Lippen. »Heiß.«

Unverfroren betrachtete er ihre nackten Beine; seine Nasenflügel blähten sich leicht. Mit rauer Stimme fragte er: »Trägst du keinen Slip?«, und trat einen Schritt auf sie zu. »Ich kann deine Geilheit riechen.«

Shannon senkte den Blick und musste auf die Beule in seinem Handtuch starren, die sekündlich zu wachsen schien. Was sich dort abzeichnete, schien nicht von schlechten Eltern zu sein. Ihr Schoß pochte heftiger, weil sie Nick endlich spüren wollte, ganz tief in sich. Außerdem hatten sich schon wieder ihre Krallen ausgefahren.

Als sie ihm erneut in die Augen sah, erkannte sie darin bloß noch grenzenlose, dunkle Lust. Seine Eckzähne hatten sich verlängert und spitzten zwischen den Lippen hervor, genau wie ihre, und er fixierte sie wie ein Raubtier seine Beute.

Scheiß drauf, dachte sie und riss ihm das Handtuch von den Hüften, sodass ihr ein sehr ansehnliches Exemplar männlicher Erregtheit entgegen federte. Sein Schamhaar war feinsäuberlich gestutzt, und sein prachtvoller Schwanz wuchs und zuckte, je länger sie ihn musterte.

Ein tiefes Knurren vibrierte in Shannons Kehle, ihre Instinkte übernahmen, und sie zog Nick am Nacken zu sich, um ihm einen verlangenden Kuss auf den Mund zu pressen.

»Endlich«, murmelte er an ihren Lippen. »Ich dachte schon, du ergreifst nie die Initiative.« Er drängte sie gegen ein Regal, sodass ein paar Flaschen herausfielen, und zog sie dann in den Flur. Dort drückte er sie mit dem Körper gegen eine freie Wand, um sie mit solch einer Leidenschaft zu küssen, dass ihr für einen Moment die Luft weg blieb. Sein noch leicht feuchter und vom Duschen warmer Körper roch nach ihrem zimtigen Duschgel und fühlte sich unter ihren Fingern perfekt an.

Shannon klammerte sich an seine Schultern und passte auf, dass sich ihre Klauen nicht in sein Fleisch trieben. Er hatte zwar letzte Nacht eine Menge Blut zu sich genommen und kleinere Wunden würden schnell heilen, aber sie wollte Nick auf keinen Fall verletzen.

Während er sie küsste, rieb sie sich an ihm und versuchte, nach seiner Erektion zu greifen, doch er ließ ihr keine Chance, sondern lachte nur rau. Da packte er den Kragen ihres T-Shirts und riss es ein Stück auseinander, sodass sich ihm ihre Brüste schutzlos präsentierten. Nick wog sie, betrachtete sie ausgiebig und küsste sie zärtlich.

Hammer! Seine Hände und Lippen auf ihrem Körper fühlten sich großartig an! Ihre Nippel zogen sich hart zusammen, als er darüber leckte, und pochten im selben Rhythmus wie ihr Schoß; die Haut um ihre Brüste schien zu spannen. Shannon wollte dennoch ihren wilden Nick zurück, wollte mehr! Deshalb schlüpfte sie schnell mit den Armen aus den Stoffresten und ließ sie zu Boden gleiten. Anstatt sich wieder über sie herzumachen, trat Nick einen Schritt zurück, während sie schwer atmend an die Wand gelehnt da stand, und musterte sie mit feurigen Blicken.

Sie tat dasselbe bei ihm und konnte sich an seiner herrlichen Gestalt kaum sattsehen. Sein Penis zuckte, und über die pralle Kuppe perlte ein Lusttropfen.

»So wunderschön«, raunte er, bevor er wieder auf sie zukam, eine Hand in ihren Nacken schob und mit der anderen ihre Brüste knetete.

»Nick …«, murmelte sie an seinen Lippen »Ich will dich.«

Shannon konnte nicht länger warten und er ebenfalls nicht, das meldeten ihre Instinkte. Angst vor einer ungewollten Schwangerschaft musste sie auch nicht haben, denn soweit sie wusste, konnte ein Vampir nur Nachwuchs mit einer Frau zeugen, wenn die beiden Blut austauschten, so eine Art Blutsverbindung eingingen, und das war ja bei ihnen nicht möglich.

Schon spürte sie ihn zwischen den Beinen, und sie nahm die samtweiche und doch steinharte Erektion einfach in die Hand, um ihr den Weg zu zeigen. Dabei passte sie höllisch auf, ihn nicht mit den Krallen zu verletzen, doch es schien ihm zu gefallen, als diese über seine empfindliche Haut schabten. Lustvoll stöhnte er in ihren Mund.

Nick brauchte nur einen Stoß, dann war er in ihr und füllte sie aus. Shannon schnappte nach Luft, weil das Gefühl, von ihm regelrecht an die Wand gepinnt zu werden, überwältigend war. Sie liebte wilden, rauen Sex; ihr hungernder Schoß, der so lange auf einen lustspendenden Eindringling verzichtet hatte – zumindest auf einen aus Fleisch und Blut – zog sich erregt zusammen.

Stöhnend intensivierte Nick seine Küsse, wobei sie sich überall anfassten, streichelten und kratzten.

»Ich will dich unter mir«, knurrte er, hob sie am Gesäß hoch, während er noch in ihr steckte, und ging mit ihr Richtung Schlafzimmer.

Obwohl die Tür offen stand, prallte er gegen die unsichtbare Barriere, die ihm den Zutritt verwehrte, sodass sich Shannon automatisch von ihm löste und beinahe im Schlafzimmer auf ihren Hintern fiel. Dank ihrer außerordentlich guten Reflexe landete sie jedoch auf den Füßen.

Lachend sagte sie: »Du darfst passieren!«, und schon nahm er Anlauf, um sich gemeinsam mit ihr aufs Bett zu werfen.

Er brachte sie unter sich und fuhr erneut in sie, fickte sie hart und blickte ihr dabei unentwegt in die Augen. Shannon bog sich ihm entgegen und kratzte über seinen Rücken, woraufhin er stöhnend den Kopf in den Nacken legte. Dann raunte er: »Du fühlst dich *fantastico* an, *mia dolce lupa*.«

Als sie ihm gestand: »Du dich auch«, grinste er derart sexy, dass pure Lust von ihrem Magen bis in ihren Schoß raste.

Er küsste sie erneut voller Hingabe, wobei seine Stöße langsamer wurden, er aber noch tiefer in sie fuhr. Shannon konnte den Höhepunkt nicht mehr zurückhalten. Ein raues Fauchen entwich ihrer Kehle, als sich ihr Inneres köstlich um Nicks Härte zusammenzog, mit der er sie ohne Unterlass verwöhnte und die ihr einen der heftigsten Orgasmen ihres Lebens bescherte. Shannon krallte sich in seinen Haaren fest und bäumte sich unter ihm auf, während sie vor Wonne knurrte. Gleichzeitig schoss Nick stöhnend seinen Samen in sie. Gemeinsam schienen sie auf derselben Woge der Lust zu reiten, die sie lange mit sich trug und nur langsam auslief.

Als er sich zurückzog und schwer atmend neben ihr ausstreckte, starrte Shannon die Zimmerdecke an. Ihr Herz raste, sie fühlte sich fantastisch – zumindest körperlich, – doch es nagten Zweifel an ihr, ob sie nicht gerade den größten Fehler ihres Lebens gemacht hatte.

Schnell erhob sie sich, ohne ihm einen weiteren Blick zu schenken, um ins Badezimmer zu gehen. »Es ist bald sieben, wir sollten endlich los!«

»Du hast recht«, erklang es hinter ihr. Er huschte wie ein Schatten an ihr vorbei und besetzte die Dusche.

Verdammter Vampir!

Sie zwängte sich zu ihm in die Kabine und griff nach ihrem Duschgel.

»Das war eine einmalige Sache, verstanden!«, sagte sie scharf, während sie die duftende Zimtcreme auf seinem Körper verteilte. Was suchten ihre Pfoten denn schon wieder auf ihm!? Schnell nahm sie die Hände weg und schrubbte lieber sich selbst ab. »Das darf nie wieder passieren.«

Betont langsam rieb er sich über die Brust und fuhr mit der Hand tiefer zwischen die Beine. »Gegen eine Wiederholung hätte ich absolut nichts einzuwenden, Fellnäschen.«

Fellnäschen? Gott, klang das aus seinem Mund süß! So hatte sie noch niemand genannt.

Hinter ihrem Brustbein zog es auf einmal ganz seltsam. Dieses Gefühl konnte nichts Gutes bedeuten, deshalb drehte sie sich um, damit sie diesen Verführer nicht mehr vor Augen hatte. Doch wenn sie tief in sich hineinhorchte, hätte sie auch nichts gegen eine Wiederholung einzuwenden. Trotzdem durfte das nie mehr passieren, auch wenn sich ihr Körper bereits jetzt nach Nicks Berührungen zurücksehnte.

Kapitel 12 – Nicolas – Spurensuche

Nick saß neben Shannon auf dem Beifahrersitz ihres Dienstwagens, während sie durch den Holland Tunnel in Richtung Hafen unterwegs waren, und spähte zu ihr hinüber. Bedauerlicherweise trug sie nicht mehr ihren aufreizenden Minirock, sondern eng anliegende Stretch-Jeans und kniehohe Stiefel mit niedrigen Absätzen, dazu einen dicken weißen Winterpulli mit breitem Rollkragen, als wollte sie ihre Vorzüge vor ihm verstecken. Eine völlig sinnlose Aktion, denn er hatte jedes Detail ihres sexy Körpers gesehen und würde keines davon jemals wieder vergessen. Allerdings kam er sich jetzt in seinem Anzug ein wenig overdressed vor.

Sie mied seinen Blick und starrte stur auf die Straße, ohne ein Wort zu sprechen. Was mochte wohl in ihrem süßen Kopf vorgehen? Ärgerte sie sich, weil die Leidenschaft sie übermannt hatte und sie, die Wolfswandlerin, mit einem Vampir im Bett gewesen war?

Nicks Hoden zogen angenehm bei der Erinnerung an ihren geschmeidigen Körper. Verdammt, sie war schon ein heißer Feger, und es hatte ihn schier überwältigt, mit ihr zu schlafen. Seit Ewigkeiten hatte er sich nicht mehr so lebendig gefühlt! Doch es war nicht nur der Sex, der ihn zu Shannon hinzog, da gab es mehr zwischen ihnen, eine Art unsichtbarer Macht, die ihn unweigerlich zu ihr hintrieb, ob er wollte oder nicht. Er konnte sich kaum dagegen wehren. Hatte er es endlich geschafft, über den Verlust von Carina hinwegzukommen?

Nick schob eine Hand in die Hosentasche und befühlte den Anhänger mit Carinas Foto darin. Wenn er an sie dachte, spürte er nicht mehr dieses heftige, schmerzhafte Reißen in seiner Brust, sondern nur noch ein leichtes Ziehen. Das war gut, oder?

Erneut schielte er zu Shannon. Wenn er sie anblickte, flutete Wärme seine Brust. Das, wiederum, war gar nicht gut, denn er sollte sich nicht in eine Wolfswandlerin verlieben! Aber seit wann spielte das Schicksal fair? Es heckte wahrscheinlich gerade den nächsten Schlag gegen ihn aus. Besser, er konzentrierte sich auf den Fall, das brachte ihn vielleicht auf andere Gedanken.

Shannon wollte sich den Tatort noch einmal ansehen, genauer gesagt: den Lagercontainer am Port Jersey Boulevard, in dem der Vampir Rick Mansfield tot aufgefunden worden war, um womöglich doch noch die Fährte des Täters aufnehmen zu können.

»Beim letzten Mal konnte ich nichts riechen«, sagte sie plötzlich in die Stille, als hätte sie seine Gedanken aufgeschnappt. »Das war total seltsam.«

Nick war froh, dass das Schweigen zwischen ihnen ein Ende fand. »Vielleicht wurden die Gerüche mittels Magie unterdrückt.«

Sie nickte. »Daran habe ich auch schon gedacht. Womöglich finde ich in der Nähe des Containers eine Fährte. Ich hoffe, unser seltsamer Magier ist nach all den Morden unvorsichtig geworden.«

Plötzlich vibrierte Nicks Smartphone in seiner Sakko-Tasche, und auch Shannons Handy, das in der Mittelkonsole des Fahrzeugs lag, leuchtete auf. »Percy Simmons« stand darauf.

Nick schaute auf sein Display und fand ebenfalls eine Nachricht von Percy. »Dein Lieblings-Inkubus hat mir eine Spezialgenehmigung geschickt, damit ich mich sowohl in Wolfswandler- als auch Vampirgebiet überall aufhalten und alle Gebäude betreten darf, um für den Fall Nachforschungen zu betreiben. Unterzeichnet von Hieronymus Mitchell.«

»Dasselbe hab ich dann wohl auch gerade bekommen«, erklärte sie.

Nick war beeindruckt. Dann genoss er jetzt anscheinend uneingeschränkten Schutz des DPI.

Shannon schaute ihn überrascht an. »Hast du Percy deine Nummer gegeben?«

»Nein.«

»Ts«, machte sie. »Dieser Nerd findet einfach alles raus.«

Erneut meldete er sich bei ihnen beiden gleichzeitig und Nick las die Mitteilung laut vor: »Könnt ihr in einer Stunde in der Maple Street sein? Wir haben eine neue Leiche.« Percy hatte die genaue Adresse mitgeschickt. »Das ist nur ein paar Ecken von meiner Wohnung entfernt!«, sagte Nick alarmiert, weil ihm diese Entwicklung gar nicht gefiel. Anschließend blickte er an sich hinunter. »Können wir einen Abstecher zu mir machen? Dort kann ich mich umziehen und wir könnten zu Fuß zum Tatort gehen.«

Shannon nickte. »Perfekt, dann sind die Spuren noch ganz frisch!« Sie wendete den Wagen, kaum hatten sie den Tunnel verlassen, und fuhr auf der Gegenspur zurück nach Manhattan und von dort aus weiter über die Brooklyn Bridge ins Vampirgebiet. Sie gab ordentlich Gas, als wäre sie wild erpicht darauf, den Mörder endlich dingfest zu machen. Ihre Entschlossenheit gefiel ihm.

»Wir haben genug Zeit, *lupa*, du musst nicht so rasen«, erklärte er süffisant.

Tatsächlich nahm sie den Fuß etwas vom Gas. »Ich will diesen Mistkerl kriegen, Nick.«

»Das will ich auch.« Es begann zu schneien, und die dicken Flocken sahen im Scheinwerferlicht wie Federn aus. »Warum sollen wir erst in einer Stunde da sein?«

»Sicher will Percy warten, bis das Team von der Spurensicherung wieder gegangen ist, damit wir ungestört sind.«

»Hm«, brummte er. »Bestimmt heckt er schon wieder was aus.«

»Das ist Percy.« Shannon grinste. »Immer für eine Überraschung gut.«

***

Nick bot Shannon an, dass sie den Wagen in Jules' Garage parkte, die sich unter dem Klub befand. Dann mussten sie keinen Parkplatz suchen und durch den Schnee stapfen. Ein Daumenscan öffnete das Tor, und sie konnten hineinfahren.

Shannons Augen wurden groß, als sie in dem grell beleuchteten Untergeschoss die teuren und edlen Fahrzeuge sah. Nick wusste: Es waren genau zwanzig. »Wow, wem gehören die ganzen Schlitten?«

»Dem Fürsten höchstpersönlich.«

»Muss ja Geld wie Heu haben«, murmelte sie und stellte ihren Cadillac neben einem schwarzen Bentley mit verdunkelten Scheiben ab. Doch Jules hatte nicht nur Autos in dezenten Tönen, tatsächlich besaß jedes Modell eine andere Farbe, von Weiß über Kirschrot bis Blau war alles dabei. Ein VW Beetle in grellem

Pink stach allerdings sofort ins Auge. Der gehörte allein Amylee. In dem würde sich Nick nicht freiwillig blicken lassen.

Durch einen Gang, der mit zwei Stahltüren gesichert war, die auch nur ein Daumenscan öffnete, liefen sie weiter in den Keller des Nebengebäudes und betraten einen Lift. Nick drückte den obersten Knopf für den zwölften Stock; die Türen schlossen sich.

Shannon hielt eine braune Papiertüte von Starbucks in der Hand. Vor ihrer Abfahrt hatte sie sich dort etwas zu essen gekauft und zog nun einen mit Fleisch und Frischkäse belegten Bagel heraus, von dem sie großzügig abbiss. Ein nach Schokolade duftendes Gebäckstück musste sich ebenfalls noch in der Tüte befinden, wenn Nick seiner Nase vertrauen durfte.

»Auch mal beißen?«, fragte sie mit vollen Backen. »Is lecker.«

Schmunzelnd schüttelte er den Kopf. Beide Speisen ließen ihm nicht das Wasser im Mund zusammenlaufen, das schaffte nur süßes Blut, rohes Fleisch oder die Erinnerung an die besondere Weinverköstigung mit Percy. Wenn er in etwas beißen wollte, war das Shannons entzückender Hals. Doch den versteckte sie zum Glück hinter ihrem Rollkragen.

»Wieso schwimmt der Fürst eigentlich in Geld?« Ihre Brauen zogen sich skeptisch zusammen. »Ist er in illegale Geschäfte verwickelt?«

Nick zwinkerte. »Falls es so wäre – was es nicht ist –, würde ich es dir sicher nicht verraten.« Er war seinem Fürsten treu ergeben, außerdem verband sie ein gemeinsames Verbrechen, das sie auf ewig zusammenschweißte. »Der Klub ist eine Goldgrube.« Des Weiteren hatte Jules sein Geld sehr gut angelegt. Sollte er eines Tages keine Einnahmequelle mehr besitzen, könnte er allein von dem Ersparten noch mindestens zwei Menschenleben lang im Luxus schwelgen.

Als sich der Aufzug im zwölften Stock öffnete, kamen sie direkt in Nicks Apartment heraus. Bloß eine weitere Tür direkt vor dem Lift, die sich ebenfalls mit Daumenscan öffnen ließ, verwehrte Fremden den Zutritt. Nick machte auch diese auf und sagte: »Benvenuto a casa mia.«

Mit großen Augen schaute sich Shannon um, während sie durch den riesigen, hell gefliesten Raum schritt. Nur wenige Möbel standen herum, wie zum Beispiel eine beige Ledercouch, auf der man einen wunderbaren Blick aus den Panoramafenstern über halb Brooklyn werfen konnte – bei Nacht. Tagsüber fuhren sich innen vollautomatisch lichtdichte Blenden herunter.

An einer der naturbelassenen roten Ziegelwände hing ein überdimensional großer Flachbildfernseher, und in der Nähe befand sich ein Kamin, den Nick jedoch nie benutzte. Meist verbrachte er nur Zeit zum Schlafen hier.

»Sag jetzt bloß nicht, das ist deine Wohnung?« Shannon steckte ihren angebissenen Bagel zurück in die Tüte und schritt von einer Seite zur anderen, während sie staunend den Kopf schüttelte.

Nick folgte ihr und antwortete grinsend: »Ja, hier wohne ich, *lupa.*« Es gefiel ihm, dass er bei ihr Eindruck schinden konnte.

»Oh mein Gott, dir gehört ja das halbe Stockwerk! Und eine riesige Dachterrasse hast du auch!« Vor dem großen Panoramafenster wirbelte sie zu ihm herum, wobei sie den Mund kaum noch zubekam. »Du scheinst wohl nicht schlecht zu verdienen als Leroys Bodyguard – oder was auch immer du für ihn bist oder tust.«

Nick brauchte diesen ganzen Luxus nicht, aber Jules hatte darauf bestanden, ihm die Wohnung zu kaufen und ihm ein recht ordentliches Einkommen zu zahlen. Manchmal fragte sich Nick, ob das eine Art Bestechungsgeschenk seines Fürsten war, damit er niemals verriet, was ein paar Jahre nach Carinas Tod geschehen war. Doch natürlich würde er nie etwas sagen. Er war darin genauso involviert wie Jules.

Shannons Hals brachte ihn auf andere Gedanken. Für einen Moment blitzte die milchige Haut hervor, als sie am Kragen ihres Pullovers zog. Wahrscheinlich war ihr zu warm in dem dicken Ding.

Schnell wandte Nick den Blick ab. Es war gut, dass er sie

nicht beißen konnte und auch sie niemals von seinem Blut trinken würde – dazu war ihre Ablehnung gegenüber seiner Art zu groß. Denn das Blut eines Vampirs übertrug automatisch dessen Erinnerungen und Gedanken auf den anderen. Shannon durfte nie all seine dunklen Geheimnisse erfahren. Sie arbeitete fürs DPI! Jules und er wären erledigt, sollte die Wahrheit ans Licht kommen, und die Behörden würden sie für den Rest ihres unendlichen Lebens in die tiefsten Gefängnisbunker stecken.

Hastig schüttelte er die unschönen Überlegungen ab und marschierte ins Schlafzimmer. Er wollte sich bequemere Sachen anziehen, bevor er mit Shannon den Tatort besuchte.

Hinter ihm pfiff sie leise durch die Zähne. »In deinem Bett kann man sich ja verirren.«

Ja, es war ziemlich groß, das musste er zugeben. Außerdem sehr bequem und kuschelig. »Hast du einen Sarg erwartet?«

Sie verdrehte bloß die Augen und kramte in ihrer Tüte herum, während er den begehbaren Kleiderschrank betrat. Dort hängte er als Erstes sein Sakko auf einen freien Bügel und knöpfte das Hemd auf, um sich danach ein T-Shirt überzustreifen. Als er die feine Anzughose gegen eine Jeans tauschen wollte, lehnte Shannon am Türrahmen, hielt einen Schokoladen-Muffin in der Hand und schaute Nick ungeniert zu. »Deine Bude macht der von meinem Bruder echte Konkurrenz.«

»Danke«, sagte er und schlüpfte kurzerhand aus seinen bequemen, weiten Boxershorts. Schließlich schienen die Shannon nicht gefallen zu haben. Trotz Rausch erinnerte er sich noch gut an ihren Spaghetti-Kommentar. »Dein Bruder ist doch der Alpha vom Manhattan Rudel, oder?«

»Genau.«

Er kramte in seiner Unterwäsche-Schublade herum, wobei er Shannon absichtlich den blanken Hintern entgegenstreckte, und hörte sie glucksen.

»Was geht dir diesmal durch den Kopf?« Nick holte eine eng anliegende, kurze Shorts sowie frische Socken heraus. »Hast du noch einen Lebensmittelvergleich zu bieten?«

Leise räusperte sie sich. »Nein, dein Arsch ist echt okay. Es sieht nur immer wieder ulkig aus, was bei euch alles zwischen den Beinen baumelt, vor allem von hinten.«

Als er sich zu ihr umdrehte und vor ihren Augen langsam in die Hose stieg, knabberte sie scheinbar ungerührt an ihrem Muffin herum. Doch ihre leicht beschleunigte Atmung und ihr verklärter Blick verrieten ihm, dass er sie nicht kalt ließ. Zu gerne wollte er sie noch einmal lieben, diesmal in seinem Bett, aber sie hatten einen wichtigen Job zu erledigen. Deshalb beeilte sich Nick, schlüpfte in bequeme, warme Schuhe, zog sich eine gefütterte Lederjacke über und steckte sein Handy ein.

Shannon schob sich den letzten Rest Muffin in die Backe und murmelte: »Schön hast du es hier, gefällt mir.«

»Echt?« Es überraschte ihn beinahe, dass sie mal etwas Nettes sagte. »Danke.«

Routinemäßig griff er sich an die Goldkette, weil er nie ohne Carina die Wohnung verließ, und erinnerte sich daran, dass der Anhänger noch in der Anzughose steckte. Er holte ihn heraus, versucht, ihn mitzunehmen, drehte dann jedoch Shannon den Rücken zu und öffnete die unterste Schublade der Kommode.

Ich werde dich immer in meinem Herzen tragen, mia amore, dachte er, küsste das Medaillon und legte es auf seine Krawatten. Dann sprang er auf und wirbelte zu Shannon herum, bevor er es sich anders überlegte und den Anhänger wieder herausholte.

***

Mit dem Lift fuhren sie ins Erdgeschoss des Wohnhauses, und seine süße Wölfin bemerkte sofort, dass der Rest des Gebäudes nicht so edel war wie sein Apartment. Es gab auch keinen Pförtner.

»Leben hier noch mehr Vampire?«, fragte sie.

»Überwiegend. Die meisten arbeiten für Jules.« Kaum einer wusste, dass Nick ganz oben in diesem Gebäude lebte, da er viel Wert auf Privatsphäre legte und vor allem nicht wollte, dass ihn irgendwelche Frauen besuchten, mit denen er sich im Klub »vergnügte«. Wobei es ihm eher um das Stillen seines Blutdurstes ging, weniger um Sex.

In den nächsten zwei Tagen musste er sich zum Glück dank Percys Drinks keine Gedanken machen, wo er etwas zu essen herbekam, danach würde er sich wohl wieder einen Happen im Revival holen. Dabei wollte er eigentlich nur noch von Shannon kosten, mehr als alles andere auf dieser Welt. In ihrer Nähe zu sein war, als würde ein Mensch, der eine Allergie gegen Zucker hatte, in einer Konditorei mit köstlichen Torten und Teilchen eingesperrt sein. Shannon roch verdammt gut, und selbst das süße Aroma ihres Blutes nahm er durch ihre zarte Haut wahr. Ob Wolfswandler so anziehend auf Vampire wirkten, damit sie von ihnen tranken und starben? Nick wusste es nicht, er wusste bloß, dass ihn vorher noch keine andere Wolfswandlerin so sehr gereizt hatte wie diese sexy Brünette, die selbst in Jeans und Wollpullover zum Anbeißen aussah.

Gemeinsam traten sie hinaus in die kalte Winternacht, und Nick schob die Hände in die Taschen seiner gefütterten Jacke, aber nicht, weil ihm kalt war, sondern damit er nicht in Versuchung geriet, nach Shannons Hand zu greifen. Als Vampir spürte er die Kälte nicht mehr so stark wie zu seiner Zeit als Mensch, wobei in Venedig die Temperatur ohnehin selten unter den Gefrierpunkt gefallen war. Shannon schien der dicke Pulli auch zu reichen. Dampfwölkchen stiegen vor ihrem Mund auf, während sie zwischen zwei Häusern hindurchgingen und die Maple Street betraten. Hin und wieder warf ihm Shannon einen Blick zu. »Du siehst völlig anders aus, so ohne Anzug.«

»Wie ein verdeckter Ermittler?«, fragte er süffisant und wackelte mit den Augenbrauen.

»Auf jeden Fall nicht wie Leroys Vampir-Bodyguard.«

»Ich trage auch nur im Klub einen Anzug. Privat bevorzuge ich eher legere Kleidung.«

»Hast du denn auch mal Zeit für dich, oder musst du den Fürsten rund um die Uhr bewachen?«

Interessierte sie sich ernsthaft für sein Leben? Nick war noch ein wenig skeptisch über ihren plötzlichen Sinneswandel. Die kratzbürstige Wandlerin schien sich verzogen zu haben. »Natürlich habe ich auch mal frei. Ich bin ja jetzt auch hier, mit dir.«

»Das ist doch etwas anderes. Es geht um eine große Sache.«

Da hatte sie recht. Natürlich hielt sich Nick nicht dauernd in Jules' Nähe auf, aber er verbrachte seine Zeit meistens auch dann im Klub, wenn er nicht im Dienst war. In seiner Wohnung hockte er ungern allein herum. Dort grübelte er ohnehin nur über Carina nach. Also achtete er lieber freiwillig auf die Sicherheit seines Fürsten. Dabei war das nicht nötig; Jules hatte noch andere fähige Männer und konnte außerdem sehr gut auf sich selbst aufpassen. Seit Nick Shannon begegnet war, hatte er jedoch kaum noch an seine Gefährtin oder Jules gedacht und genoss die Abwechslung, die sie in seinen Alltag brachte. Er freute sich sogar, mit ihr zusammenarbeiten zu dürfen.

»Wo ist der Tatort?«, wollte sie wissen, nachdem sie ein Stück die verschneite Maple Street entlanggelaufen waren. Hier reihte sich ein mehrstöckiges Wohnhaus an das andere.

»Gleich dort.« Nick deutete auf ein Gebäude mit sechs Stockwerken.

»Ah, ich sehe Percys Wagen!«

Sie meinte sicher den Toyota Prius, der vor dem Eingang parkte. Nick gefiel die Farbe des Hybridfahrzeugs; es war ein etwas helleres Blau, das unter dem Licht der Straßenlaterne wie Wasser schimmerte.

Shannon zog ihr Handy heraus, als seines zeitgleich in der Tasche vibrierte, um eine weitere von Percys Nachrichten zu lesen. »Wir sollen in den Keller kommen.«

Als Nick ihr die Tür aufhielt, kniff er skeptisch die Lider zusammen. »Sag mal, woher weiß der Kerl, dass wir gerade angekommen sind?«

»Sicher hat er irgend so eine Überwachungs-App auf seinem Tablet installiert. Das Teil schleppt er immer mit sich herum.«

Nick wusste nicht, ob ihm das gefiel. Anderseits hatte er

nichts zu verbergen, zumindest nicht in diesem Jahrhundert.

Sie liefen durch ein schmales, dunkles Treppenhaus nach unten und fanden Percy neben einem halb verrosteten Kessel. Diesmal trug er keinen weißen Kittel, sondern einen eng anliegenden dunkelgrauen Pullover und schwarze Jeans.

»Hi.« Shannon umarmte ihn kurz und Nick schüttelte ihm die Hand.

»Wo ist die Leiche?«

»Die hat das Team schon mitgenommen, es war dasselbe Muster wie bei den anderen Vampiren zu erkennen.« Percy hielt tatsächlich ein Tablet in der Hand, während er in den Ecken des staubigen Raumes violette Kristalle verteilte, die er aus einem Aktenkoffer holte. »Der Hausmeister hat den toten Vampir hier gefunden.«

»... und sofort das DPI verständigt?«, fragte Nick.

»Ja«, bestätigte Percy. »Genau wie in allen anderen Fällen. Die Leichen werden immer dort abgelegt, wo sicher ein Wesen sie findet, damit das DPI und nicht die menschliche Polizei angerufen wird. Der Hausmeister ist ein Zwerg.«

Diese Wesen wurden oft mit Kleinwüchsigen verwechselt und konnten daher unerkannt unter den Menschen leben, wusste Nick. Sie besaßen handwerkliches Geschick und galten als hilfreich, aber auch listig und geizig.

Shannon ging vor der bereits halb getrockneten Blutlache in die Hocke, wobei sie tief einatmete. »Jemand will, dass sich Vampire und Wölfe in die Haare bekommen.«

»Scheint so.« Percy schloss seinen Koffer und hielt einen weiteren Kristall in der Hand. »Ich vermute, du kannst wieder keine Spur wahrnehmen, Süße?«

Shannon atmete erneut tief ein, dann schüttelte sie den Kopf. Auch Nick schnüffelte. Es roch hier tatsächlich nach ... nichts. Seltsam.

»Vermutlich hat Lord Gruselmort einen Zauber gesprochen, der alle Gerüche neutralisiert oder ... bloß überdeckt.« Nachdem Percy den vierten Stein in die letzte Ecke gelegt hatte, glühten alle kurz violett auf und sofort stach Nick ein modriger Kellergeruch in die Nase.

»Ha!« Percy grinste mit Stolz geschwellter Brust. »Ich wusste es!«

»Da ist was!« Shannon klang plötzlich aufgeregt, sprang auf und wanderte im Heizungskeller umher. »Ich rieche mehrere Personen. Der Geruch der Leiche konzentriert sich auf den Tatort. Wahrscheinlich wurde sie genauso hergebracht, wie unser Team sie abtransportiert hat: in einem Plastiksack. Dann nehme ich auf jeden Fall noch zwei andere Personen wahr und einen süßlichen Geruch nach ... Vanille?«

Percy riss die Augen auf. »Pfeifentabak mit Vanillearoma! Ich habe winzige Spuren davon an allen Leichen gefunden.«

»Ich muss mich wandeln, damit ich die verschiedenen Fährten besser unterscheiden kann.«

Als Nick sie eingehend betrachtete, weil ihn das Leuchten in ihren Augen faszinierte, erklärte sie ihm: »Ich kann jeden Duft als einzelnes Farbband visualisieren. Vielleicht kann ich jetzt sogar die Fährte des Mörders aufnehmen!« Sie schaute erneut zu Nick und fluchte. »Verdammt, ich habe meinen Rucksack vergessen, der liegt noch im Kofferraum meines Dienstwagens.«

»Ich habe einen im Auto«, sagte Percy. »Den räume ich dir schnell aus, dann kannst du ihn haben.«

»Danke!« Sie strahlte über das ganze Gesicht. »Bist mein Lieblingsinkubus.«

Nachdem Percy nach oben gelaufen war, fragte Nick: »Wozu brauchst du einen Rucksack?« Aber als Shannon begann, sich auszuziehen, wusste er es. »Für deine Kleidung.«

Sein Mund wurde ganz trocken, während sie sich den dicken Pulli über den Kopf streifte. Darunter verborgen trug sie ihre Pistole an einem Hüftholster und ... bloß noch einen eng anliegenden Body. »Was muss ich tun, um dein Lieblingsvampir zu werden?«

»Meine Sachen nehmen und mir folgen.« Sie warf ihm den Pullover sowie ihre Waffe zu, und er fing beides geschickt auf.

»Ach, ich dachte, du schnallst dir die Tasche auf deinen pelzigen Rücken?«

»Tatsächlich habe ich das auch schon mal gemacht, stell dir vor.« Sie lachte, schlüpfte aus den Stiefeln und knöpfte ungeniert ihre Hose auf. »Aber ansonsten lasse ich ihn im Auto oder verstecke ihn irgendwo.«

Als Percy wieder zu ihnen stieß, trug Shannon nur noch weiße Spitzenunterwäsche. Nick riss ihm den Rucksack aus der Hand, stopfte ihre Sachen hinein und stellte sich dann vor sie, um sie abzuschirmen. Er wusste, dass Wandler freizügiger waren als andere Wesen und im Rudel, wenn sie unter sich waren, oft nackt herumliefen, aber sie war hier im Dienst! In einem fremden Keller mit dem Forensiker des DPI, der ... Shit, wie oft hatte Percy sie schon nackt gesehen?

»Er steht nicht auf Frauen«, flüsterte sie schmunzelnd, während sie den BH aufknöpfte.

War die Frage, wie lange noch. Wenn Nick schwul wäre, würde er spätestens *jetzt* seine sexuelle Orientierung gründlich überdenken. Ihre wunderschönen, prallen Brüste lagen zum Greifen nah, und ihm juckte es sowohl in den Fingern als auch in den Fängen, die sich weiter aus seinem Kiefer schoben. Es gefiel ihm überhaupt nicht, dass sie nun splitternackt vor ihnen stand. Zum Glück schenkte ihr Percy keine große Beachtung, sondern packte seine Sachen zusammen. Sonst müsste Nick den Dämon auf der Stelle töten. Im Gegensatz zu Percy konnte er kaum wegsehen und dachte ständig daran, dass er noch vor einer Stunde mit diesem heißen Körper verschmolzen gewesen war. Sein Penis zuckte.

»Ich melde mich sofort bei dir, sobald ich etwas gefunden habe«, erklärte sie Percy über Nicks Schulter hinweg, bevor sie auf alle viere ging.

Bei Carina hatte Nick nur wenige Male zugesehen, wie sie sich verwandelte, weil sie nicht gewollt hatte, dass er sie als Fuchs sah. Sie hatte gedacht, er würde sie weniger lieben, wenn er sie als Tier betrachtete. Doch das hatte auf seine Gefühle niemals

Einfluss gehabt. Und später, als sie nach Amerika gegangen waren, hatte sie sich fast gar nicht mehr verwandelt. Unter der Herrschaft des ersten Fürsten waren finstere Zeiten für alle Wandler angebrochen.

Schnell schüttelte Nick die Gedanken an früher ab und betrachtete Shannon. Die Wandlung hatte ihn schon immer fasziniert, und er konnte nicht wegsehen, als sich ihre Knochen verschoben und brauner Pelz aus ihrer Haut wuchs. Die Sehnen und Knochen ächzten leise, während sie an die neuen Positionen rückten und sich verformten. Am meisten beeindruckte ihn die Veränderung des Schädels, wenn er länger wurde, sich eine Schnauze formte, das Haar verschwand und alles mit Pelz überzogen wurde. Am Rücken zeigten sich dunklere Haare, am Bauch hellere. Nach wenigen Sekunden stand ein großer Wolf vor ihm, und nur die Augen verrieten Nick, dass Shannon unter diesem Fell steckte, denn es waren dieselben. Die Rute hatte sie selbstbewusst erhoben, die Ohren aufgerichtet. Sie bellte Percy leise an, und er wünschte ihr viel Erfolg.

Als Shannon die Stufen nach oben trabte, hielt Percy Nick kurz am Arm fest. »Ruft mich wirklich sofort an, wenn ihr was habt, und begebt euch nicht unnötig in Gefahr, sondern wartet auf die Verstärkung. Ich muss jetzt leider zurück ins Labor, um die Leiche zu obduzieren.«

Er nickte dem Inkubus zu und folgte Shannon die Treppen nach oben, hielt ihr die Haustür auf und schulterte den Rucksack.

Zum Glück schneite es nicht, aber ihre Pfoten hinterließen Abdrücke im Schnee. Am Hauseingang und dort, wo Percys Wagen parkte, schnüffelte sie eine Weile herum, bis sie plötzlich nach rechts sprang und auf dem Fußweg weiterlief.

»Hast du eine Fährte?«, fragte Nick, der neben ihr herjoggte, und erneut bellte sie leise. Das hieß dann wohl ja.

»Sind die Täter zu Fuß hergekommen?«

Sie schüttelte den Kopf.

»Also mit dem Auto?«

Wieder bellte sie.

»Und du kannst ein Auto verfolgen?«

Abermals ein Bellen, dazu ein kurzer, empörter Blick.

Er wusste, dass Wölfe über Kilometer hinweg Spuren folgen konnten. Vielleicht roch sie die Gummimischung der Reifen oder … Nick wusste es nicht wirklich. Er heftete sich an Shannons Fersen und lief mit ihr den Fußweg entlang in eine Gegend mit Geschäften, in der zu dieser Zeit etwas mehr los war. Leute mit Tüten kamen ihnen entgegen, und einige Passanten betrachteten ihn und Shannon argwöhnisch. Bestimmt hielten viele sie für einen Hund – für einen ziemlich großen Hund, der einem schon Angst machen konnte. Nick sollte das nächste Mal eine Leine mitnehmen.

Er grinste bei dem Gedanken, denn das würde seinem ungezähmten Fellnäschen sicher nicht gefallen.

Als sie an einer stark befahrenen Kreuzung an der Fußgängerampel warten mussten, stellte er sich dicht zu ihr, sodass sein Bein ihre Flanke berührte.

Eine Mutter mit einem etwa fünfjährigen Mädchen, das dick in einen Wintermantel und Wollmütze gepackt war, blieb auf der anderen Seite von Shannon stehen. Die Kleine war kaum größer als seine Lupa.

Das Mädchen riss die Augen auf und deutete auf Shannon.

»Guck mal, Mummy, der Wau Wau sieht aus wie ein Wolf!«

»Geh nicht zu nah hin, Lea.« Sofort legte die Mutter beschützend einen Arm um sie und zog sie nah zu sich.

»Das ist ein Wolfshund«, erklärte Nick, »aber du brauchst keine Angst vor ihr zu haben. Sie ist sehr einfühlsam, sensibel und verschmust.«

Shannon schenkte ihm einen so finsteren Blick, dass er beinahe lachen musste. Diese drei Eigenschaften hatte er bei ihr wirklich noch nicht entdeckt.

»Darf ich ihn streicheln?«, fragte die kleine Lea.

Nicolas nickte.

»Darf ich Mummy?«

Als die Mutter zögerlich ihr Okay gab, strich Lea ihr ein Mal über den Kopf. »Der Wau Wau ist ganz brav!« Sie traute sich und kraulte Shannon hinter den Ohren, woraufhin seine Lupa die Lider schloss und es sichtlich genoss, auf diese Weise verwöhnt zu werden.

»An den Ohren hat sie es besonders gern«, sagte er süffisant, woraufhin Shannon ihm erneut einen bösen Blick zuwarf. Sie wusste genau, dass er nicht diese Ohren meinte.

»Wie heißt sie denn?«, wollte die kleine Lea wissen.

»Shann… Shanty.«

»So ein schöner Name!«

»Shanty kann sogar rechnen.«

Die Kleine strahlte über das ganze Gesicht. »Das will ich sehen!«

Nick wusste nicht, was ihn geritten hatte, aber es machte ihm Spaß, Shannon zu ärgern, weil sie sich jetzt nicht wehren konnte. Er ging neben ihr in die Hocke und fragte: »Shanty, was ist zwei plus eins?«

Als sie drei Mal bellte — weil sie das Mädchen natürlich nicht enttäuschen wollte —, sprang Lea vor Freude in die Luft. »Oooh, sie ist so schlau und soooo süß!« Die Kleine schlang ihre Ärmchen um Shannons Hals und drückte ihr Gesicht in das Fell.

Die Mutter zog sie sofort weg. »Nicht so fest, du erwürgst den Hund ja.«

»Ach, sie hält das aus«, erklärte Nick schmunzelnd. Sicher verfluchte »Shanty« ihn gerade, und sie konnte nichts tun.

Als die Ampel auf Grün sprang, ging die Mutter sofort los, sagte aber über ihre Schulter hinweg noch zu Nick: »Es tut mir leid, meine Tochter liebt Tiere.«

Nick grinste. »Kein Problem. Shanty mag Kinder.« Und er tat gerne etwas, um ein Kind glücklich zu sehen.

Lea drehte sich auf der Straße noch einmal zu ihnen um und rief: »Tschüss, Shanty!«

Shannon tänzelte am Bordstein hin und her, als ob sie sich nicht trauen würde, die Straße zu betreten. Nick wusste auch, warum: Eine große Salzpfütze befand sich direkt vor ihnen.

»Komm her, Wölfchen, damit deine süßen Pfoten nicht in Mitleidenschaft gezogen werden.« Nick schob die Arme unter ihren warmen Körper und hob sie hoch. »*Santo cielo*, bist du schwer!« Sie wog als Wolf bestimmt genauso viel wie als Mensch, sicher fünfzig, sechzig Kilo. Nur gut, dass er als Vampir stärker war als ein gewöhnlicher Sterblicher.

Shannon knurrte leise, wahrscheinlich, weil er sie als schwer bezeichnet hatte. Sein Fehler! Das mochte sicher keine Frau hören. Als er sie durch das warme, weiche Fell am Bauch kitzelte, damit sie ihm nicht mehr böse war, hielt sie still. Was für ein stures Ding!

Kaum hatte er sie auf der anderen Seite abgesetzt, trabte sie wieder los und schlängelte sich durch die Passanten. Nick hielt mit ihr Schritt und streckte den Arm aus, um sie ebenfalls hinter den Ohren zu kraulen, wie das Mädchen zuvor – da schnappte sie zähnefletschend nach seiner Hand. Er konnte sie gerade noch zurückziehen.

Oh, oh, sie war immer noch sauer. »Hey, natürlich bist du nicht schwer.«

Knurrend schüttelte sie den Kopf.

Okay, was hatte ihr dann nicht gefallen? Die Rechenübungen? »Du hast die Kleine glücklich gemacht!«, rief er lachend. »Das diente doch alles nur zu deiner Tarnung. Ich finde, wir sind ein tolles Team.«

Das fand er wirklich, und es gefiel ihm, sich mit Shannon auf Spurensuche zu begeben. Würde er nicht für Jules arbeiten, könnte er glatt auf die Idee kommen, sich auch beim DPI zu bewerben.

Am liebsten wollte sich Shannon für seine Spielchen rächen, aber es hatte ihr gefallen, wie er mit dem Kind umgegangen war. Irgendwie fand sie das süß.

Ob er Kinder haben wollte? Soweit sie wusste, konnten Vampire nur Nachwuchs mit einer gebärfähigen Frau zeugen, wenn beide Partner Blut austauschten, beziehungsweise eine Blutsverbindung eingingen. Shannon würde nie diese Frau für Nick sein können, weil ihr Blut ihn umbrachte.

Himmel, worüber dachte sie bloß nach? Seit sie mit Nick geschlafen hatte, kreisten ihre Gedanken bloß noch um ihn. Dabei sollte sie sich jetzt konzentrieren, denn sie hatte die Fährte verloren! Schlagartig war der Geruch des fremden Wagens, der sie hierher geführt hatte, verschwunden gewesen. Als hätte er nie existiert! Es konnte nur einen Grund dafür geben: Magie! Bestimmt waren sie hier richtig!

Shannon führte Nick in eine düstere, menschenleere Gasse zwischen zwei mehrstöckigen Gebäuden, von denen das eine ein Wohnhaus war und das andere verlassen und baufällig aussah. Die Fenster waren vernagelt, Putz blätterte von den Wänden und überall lag Bauschutt herum. Shannon musste extrem aufpassen, nicht in einen Nagel oder andere spitze Gegenstände zu treten. Eine Verletzung an den Pfoten tat höllisch weh, und ihr setzte das verdammte Streusalz ohnehin schon genug zu.

Hinter einer großen Mülltonne stellte sie sich auf einen einigermaßen trockenen Pappkarton und verwandelte sich in einen Menschen. Kaum war ihr Fell verschwunden, traf eisige Kälte auf ihre Haut, sodass sie automatisch die Arme um ihren Körper schlang. »Nick, vor diesem Gebäude verliert sich die Spur ganz plötzlich!«, rief sie ihm über die Tonne zu. »Ich wette, hier war wieder Magie im Spiel.« Als Wolf waren ihr die Hände gebunden, oder besser gesagt: die Pfoten. Als Mensch konnte sie jedoch Türen öffnen oder irgendwo hinaufklettern.

Weil die Fenster alle vernagelt waren, schaute sie nach oben zur Feuerleiter, die sich fast drei Meter über ihren Köpfen befand. Wenn sie sich auf die Mülltonne stellte und …

»Das werden wir schön bleiben lassen«, sagte Nick ernst. Er stand immer noch auf der anderen Seite der Tonne und hielt sich sein Handy ans Ohr. »Ich habe Percy versprochen, dich keiner Gefahr auszusetzen.« Gerade gab er ihm über das Telefon durch, dass sich hier die Spur verlor.

Das war ja wirklich fürsorglich von ihm, doch sie waren so weit gekommen und vielleicht befand sich der Mistkerl noch da drin! Fordernd streckte sie die Hand hinter der Mülltonne hervor. »Gib mir meine Sachen zurück, mir ist kalt!« Erneut warf sie einen Blick nach oben. Bestimmt konnten sie über das Dach in das Haus gelangen.

Nick schüttelte den Kopf. »Ich gebe dir deine Klamotten sicher nicht. Überlass das den bewaffneten Einheiten, Shannon. Percy hat sie bereits alarmiert.«

Sie konnte sich sehr gut allein verteidigen. »Du hast meine Pistole im Rucksack!«

»Die du erst mal holen musst!«

»Nick, das ist nicht witzig!« Langsam fror sie sich alles ab, doch sie verstand seine Bedenken. Im Grunde hatte er recht. Leichtsinn konnte sie das Leben kosten, denn immerhin wussten sie nicht, wie mächtig der Vampirmörder wirklich war. »Lass uns doch wenigstens nachsehen, ob jemand da drin ist.«

»Okay, warte hier. Ich kontrolliere schnell, ob wir irgendwo reinkönnen.«

Anstatt ihr den Rucksack dazulassen, nahm er ihn mit und huschte in Blitzgeschwindigkeit um das Gebäude herum, sodass Shannon nicht mehr als einen Schatten von Nick wahrnahm.

Fünf Sekunden später stand er direkt vor ihr und musterte ungeniert ihre nackte Gestalt. »Es ist alles verschlossen.«

»Vielleicht kommen wir über das Dach rein?« Sie machte einen langsamen Schritt auf ihn zu, denn sie würde ihm jetzt den Rucksack abluchsen, solange er von ihrem Körper abgelenkt war. »Da ist eine Feuerleiter. Wenn wir auf die Mülltonnen steigen, könnten wir … Nick!«

Er war einfach nach oben gesprungen, gute drei Meter! Flink wie ein Äffchen erklomm er die Feuerleiter, huschte hinauf aufs Dach und … war nicht mehr zu sehen.

»Verdammt!«, rief sie und duckte sich hinter der Mülltonne. Nicht, dass Passanten, die an der Gasse vorbeigingen, noch die Polizei riefen, weil eine nackte Frau in der Gegend herumstand. Langsam fror sie sich den Arsch ab! Ihre Nippel hatten sich vor Kälte zusammengezogen und sie bibberte am ganzen Körper. Wenn ihr Nick nicht bald die Kleidung gab, musste sie sich wieder wandeln.

Eine halbe Minute später landete er direkt vor ihr, als wäre er vom Dach gesprungen!

»Das Gebäude ist völlig leer«, erklärte er und betrachtete schmunzelnd ihre steinharten Brustwarzen.

»Du warst ohne mich da drin? Darf ich dich an dein Team-Geschwafel von vorhin erinnern?«

Nick wirbelte herum und flüsterte alarmiert: »Da kommt jemand!«

»Lenk nicht ab«, knurrte sie.

Doch was, wenn das der Mörder war? Shannon hörte noch nichts, aber als Mensch besaß sie weniger gute Sinne als Nick.

So schnell sie konnte verwandelte sie sich wieder in einen Wolf, denn in ihrer Tiergestalt vermochte sie sich wesentlich besser zu verteidigen. Außerdem mutierte sie ohnehin jede Sekunde zum Eiszapfen. Ihre Knochen verschoben sich innerhalb weniger Sekunden, genau wie ihre Sehnen, Muskeln und Bänder. Weil Shannon die Wandlung regelmäßig übte, tat sie schon lange nicht mehr weh, doch die ersten Male waren ziemlich unangenehm gewesen. Kaum bedeckte das Fell ihre Haut, umschmeichelte Wärme ihren Körper.

Tatsächlich hörte sie nun auch, dass sich ihnen jemand näherte. Schwere Schritte, wie von Stiefeln, wahrscheinlich ein Mann … Mensch. Er roch leicht nach Zigaretten.

»Ich sehe ihn. Ist bloß ein Cop.« Als sich Nick neben sie hinter die Tonne begab, schnappte sie sofort nach seinem Arm. Er sollte ihr endlich den Rucksack geben!

Natürlich biss sie nur so leicht zu, dass ihre Zähne nicht durch seine Jacke drangen.

Als Nick tadelnd sagte: »Shanty, benimm dich!«, tauchte der Cop vor ihnen auf. Er war ein großer, muskelbepackter Kerl mit ausladenden Schultern, einem breiten Kinn und schwarzen Haaren. In der Hand hielt er seine Schusswaffe, doch er richtete sie nicht auf sie. Noch nicht.

»Sir! Warum verstecken Sie sich hier?«

»Mein Hund ist ausgebüchst und ich habe ihn gerade eingefangen.« Nick legte schnell einen Arm um Shannons Hals und drückte seinen Kopf an ihren. Währenddessen kraulte er sie hinter den Ohren. »Keine Sorge, Officer. Shanty ist zahm und brav wie ein Lämmchen.«

Es gefiel ihr, wenn er sie streichelte und sich an sie kuschelte. Das hinterließ bei ihr ein Gefühl von tiefer Zufriedenheit.

Verdammt, da kam bloß der Wolf in ihr durch! Sie sollte ihm in die Nase beißen!

Shannon konzentrierte sich auf den Mann und schnupperte. Sein Geruch kam ihr bekannt vor, seine Duftspur besaß eine bläulich-graue Farbe. War das nicht Will McKenzie? Mit ihm hatte sie doch die Polizeiausbildung gemacht!

»Haben Sie hier eine nackte Frau gesehen?«, fragte der Cop.

Sie hatte es geahnt! Mist, sie musste in Zukunft wieder vorsichtiger sein, aber Nick brachte sie völlig aus dem Konzept.

»Eine nackte Frau?« Nick stand kopfschüttelnd auf. »Denken Sie, dann würde ich meinen Hund kraulen?«

»Wieso haben Sie ihn nicht an der Leine?«, wollte Will als Nächstes wissen. »Und was ist in Ihrem Rucksack?«

Oh Gott, wenn er dort die Pistole und ihre Kleidung fand, würde er wahrscheinlich denken, Nick hätte jemanden getötet! Will war früher impulsiv gewesen und hätte die Ausbildung deswegen auch fast nicht geschafft. Shannon müsste sich wandeln, um alles zu erklären, doch das konnte sie nicht. Die Menschen durften nichts von ihnen wissen!

Zum Glück hatte sie ja einen Vampir dabei, der brauchte Will nur zu bezirzen.

»Sir, binden Sie Ihren Hund fest und kommen Sie mit erhobenen Händen zu mir!«, befahl Will.

Shannon schmiegte sich fest an Nicks Bein. Er würde gleich Ärger bekommen, sofern er nichts Dummes anstellte, und das wollte sie auf keinen Fall.

Nick hatte wohl ähnliche Gedanken wie Shannon, denn er zischte ihr zu: »Lauf!« Und schon schoss er zusammen mit ihr wie der Blitz davon.

Will rief ihnen hinterher und verfolgte sie noch ein Stück, aber er hatte natürlich keine Chance, sie einzuholen. Schon nach wenigen Sekunden hatten sie ihn abgehängt. Shannon rannte den ganzen Weg zurück bis zu Nicks Wohnhaus und wandelte sich erst wieder in einen Menschen, als sie sich mit ihm im Aufzug befand. Lachend rang sie nach Luft. Schweiß glänzte auf ihrem Körper, während er nicht einmal außer Atem war.

Nick grinste. »Stell dir vor, wie blöd der Kerl geguckt hätte, wenn du dich vor ihm in eine nackte Frau verwandelt hättest.«

»Das war Will«, sagte sie atemlos, »mit ihm habe ich meine Polizeiausbildung gemacht.«

»Will?« Er hob die Brauen und drückte auf den obersten Knopf. »Kennst du ihn näher?«

Schmunzelnd schlug sie ihm auf die Schulter. »Nein, du eifersüchtiger Vampir.«

»Das hättest du wohl gerne«, sagte er süffisant und musterte sie eingehend, während sie nach oben fuhren. »Er wollte, dass ich dich an die Leine lege. Würde dir vielleicht mal nicht schaden.«

»Das würde dir so passen. Und jetzt gib mir endlich meine Kleidung!«

Doch er dachte nicht daran, sondern lehnte sich mit dem Rücken gegen die Aufzugwand, sodass der Rucksack eingequetscht wurde. Danach zog er Shannon an seinen Körper, legte beide Arme um ihre Taille und hielt sie fest.

Oh, dieser Kerl! Sie sollte ihm die Kehle aufschlitzen, weil er glaubte, er könnte sie behandeln wie er wollte! Trotzdem jubilierte sie innerlich, weil er sie besitzergreifend hielt. Genau so mochte sie es.

Verdammt!

Leise fauchte sie ihn an, ohne sich zu rühren. Stattdessen genoss sie es weiterhin, ihm nahe zu sein, bloß sollte er das nicht bemerken.

»Wieso hast du nicht Wills Gedanken manipuliert? Ihr könnt doch Menschen bezirzen!« Bei Wandlern funktionierte das allerdings nicht, wobei sie bei Nick nicht so sicher war. Er hatte sie jetzt schon viel zu sehr unter Kontrolle, und Shannon konnte sich ihm nicht entziehen.

Als die Tür hinter ihr aufging, wehrte sie sich halbherzig und drückte ihre klauenbespickten Finger an seinen Hals, ohne ihn zu verletzen.

Er zwinkerte. »Das hätte doch nur halb so viel Spaß gemacht. Außerdem haben wir ihn ohne vampirische Hilfsmittel weggelockt. Das müsste dir doch gefallen?«

Er hatte das ihr zuliebe getan?

»Jetzt kann die Einsatzeinheit vom DPI in Ruhe das Gebäude durchsuchen, ohne die Neugier von Will auf sich zu ziehen.«

»Das hätten sie auch so geschafft«, murmelte sie. »Aber dass du allein reingegangen bist, verzeihe ich dir nicht, Nick. Wie du schon sagtest: Wir sind ein Team! Außerdem bin immer noch *ich* von uns beiden diejenige, die fürs DPI arbeitet. Ich bin kein Baby, ich habe eine Menge Erfahrung in meinem Job und weiß mich zu wehren.«

Erneut versuchte sie ohne viel Kraftaufwand von ihm loszukommen, was nur dazu führte, dass sie sich an ihm rieb.

Verflucht, sie war schon wieder geil!

»Es war zu gefährlich«, raunte er. Ununterbrochen blickte er ihr in die Augen, während seine Hände über ihren Rücken strichen.

»Das war es auch für dich, du dämlicher Vampir. In Zukunft entscheiden wir alles zusammen. Capito?«

»*Capito*, Chefin.« Er glitt von hinten zwischen ihre Pobacken und verzog schmerzhaft das Gesicht, als Shannon spürte, dass sein Handy in der Tasche vibrierte. Es drückte gegen ihre Brust. »Percy ist ziemlich lästig.«

»Woher willst du wissen, dass er es ist?« Konnte er seine Hand noch mal dort hin tun? Das hatte sich gerade so verdammt gut angefühlt!

»Weil mich sonst nur selten jemand anruft oder mir schreibt. Normalerweise hat außer Jules niemand meine Nummer.«

Shannon fiel ein, dass sie diese auch nicht hatte. Na ja, sie musste nur Percy fragen.

Sie fuhr mit einer Hand in seine Jacke, um sein Telefon herauszuholen. Tatsächlich leuchtete Percys Name auf dem Display auf. Er hatte Nick eine Nachricht geschrieben. »Es ist wirklich mein Lieblingsinkubus und nicht dein Fürst.« Sie wollte die Nachricht lesen, aber ohne Nicks Daumenscan ließ sich der Sperrbildschirm nicht entriegeln.

Nick fluchte leise. »Ich hätte mich bei Jules schon lange melden müssen!«

»Und wieso hast du es nicht?«

»Was soll ich ihm denn sagen, wenn alles der Geheimhaltung unterliegt? Anlügen will ich ihn nicht.«

Nick schien Leroy wirklich treu ergeben zu sein. Außerdem freute es Shannon, dass er den Fall ernst nahm.

Sie trat einen Schritt zurück, überreichte ihm sein Telefon und hörte sich an, was er vorlas: »Percy will, dass wir in knapp zwei Stunden im DPI sind. Es gibt ein geheimes Treffen, und wir sollen dabei sein. Der Fürst und dein Bruder werden auch dort sein.«

Mein Bruder?, dachte sie alarmiert und rannte in Nicks Apartment, kaum hatte er die Wohnungstür entriegelt. Shane würde Nick an ihr riechen! Und dann würde er denken ... Oh Gott, sie hatten ja wirklich ... »Ich muss sofort duschen!«

***

»Du musst deine Kleidung wechseln!«, rief Shannon aus der Dusche, während sie sich mit reichlich duftendem Gel abschrubbte.

»Warum?« Von einer Sekunde zur anderen stand Nick vor der Kabine und grinste. Dabei drückte er sich die Nase an der Scheibe platt, wohl in der Hoffnung, Shannon nackt zu sehen. Doch dazu war das Glas wahrscheinlich zu beschlagen.

»Na, weil du nach mir riechst und ich nach dir! Shane wird erst dich und dann mich töten, wenn er auch nur vermutet, dass wir miteinander im Bett waren!«

Shannon erkannte durch das beschlagene Glas, wie Nick durch das Badezimmer wirbelte und keine zwei Sekunden später nackt an derselben Stelle stand.

»Und jetzt zieh dir was an«, befahl sie, in der Hoffnung, er würde endlich den Raum verlassen. Ihn nackt zu sehen, schürte nur wieder ihr unstillbares Verlangen. »Wir müssen gleich los!«

»Wir haben noch genug Zeit.«

Wollte er jetzt im Adamskostüm vor ihr herumstehen, bis sie die Kabine verließ? »Willst du auch noch mal duschen?«

»Nein. Ich habe Fragen.«

»Über Shane?«

»Dich«, antwortete er rau. »Warum bist du Ermittlerin geworden?«

Shannon drehte das Wasser ab. »Interessiert dich das wirklich?«

Er nickte.

»Weil ich eine gute Spürnase habe, die beste im Rudel. Und weil ich ja von irgendwas leben muss.«

»Du warst aber erst bei der menschlichen Polizei?«

»Ja. Ich habe ein paar Jahre als Cop gearbeitet, bevor mir das DPI den Job angeboten hat.« Nick bewegte sich immer noch nicht weg. »Willst du dir nicht langsam etwas anziehen?« Sie wischte den Wasserdampf vom Glas, versuchte, den sexy Vampir zu ignorieren, und hielt nach ihren Sachen Ausschau. »Und wo ist der Rucksack?«

»Der liegt im Schlafzimmer.«

Dieser Kerl trieb es schon wieder auf die Spitze!

»Du liebst es, mich zu ärgern, was?« Shannon verließ die Dusche so schnell sie konnte, riss sich ein frisches Handtuch vom Regal, wickelte es sich um ihren feuchten Körper und huschte an Nick vorbei. »Fass mich bloß nicht an! Ich darf nicht mehr nach dir riechen.«

Nick heftete sich grinsend an ihre Fersen und tat so, als würde er sie gleich berühren.

»Nick, ich meine es ernst!«

Sie legte an Tempo zu, obwohl sie wusste, dass sie gegen seine Vampirgeschwindigkeit keine Chance hatte, und er jagte sie durch die Wohnung. Die Vorstellung, von einem nackten Vampir verfolgt zu werden, brachte sie zum Lachen. Leider fand sie diese Jagd auch irgendwie erregend.

Immer, wenn er in den Vampirmodus wechselte, schlug sie einen Haken, doch im Schlafzimmer, direkt vor dem Bett, erwischte er sie schließlich.

Nick packte sie von hinten am Nacken und drückte daran ihren Oberkörper auf die Matratze. Nun streckte sich ihr Hintern genau vor seine Lenden, und dieser sexgeile Vampir tat was? Er riss ihr das Handtuch von den Hüften und schmiegte seine Erektion zwischen ihre Pobacken!

»Verdammt, nicht anfassen, habe ich gesagt!«, rief sie leicht außer Atem, bewegte sich jedoch nicht von der Stelle. Die Jagd hatte sie aufgeheizt, und dass Nick sie genauso hielt, wie es Wölfinnen am liebsten hatten, machte es nicht besser.

»Verflixter, geiler Vampir!«, knurrte sie halb zornig und zu hundert Prozent erregt und drückte ihm ihren Po entgegen. Ihre Fänge hatten sich verlängert, und sie beherrschte sich, nicht die Krallen in die edlen Laken zu schlagen.

»Sex baut Spannungen ab.« Er streichelte ihre Pobacken und beugte sich schließlich über sie, um ihre Brüste zu massieren. »Du bist total verkrampft und völlig aufgelöst wegen Shane.«

»Er wird uns umbringen, Nick!« Wieso fühlte es sich bloß immer so verteufelt gut an, wenn er sie anfasste?

»Ich habe keine Angst vor deinem Bruder.« Er zupfte an ihren Nippeln, und glühende Lust schoss zwischen ihre Schenkel. Sie war längst nass für ihn, nass und bereit, und verfluchte sich dafür. Das war selbst für eine Wandlerin nicht normal!

Shannon drückte ihm ihr Gesäß noch weiter entgegen, weil sie wollte, dass er sie endlich nahm. »Shane hat das ganze Rudel hinter sich.«

»Egal.« Nick bedeckte ihren Rücken mit Küssen, woraufhin ihre Haut prickelte.

Weil sie kaum noch fähig war, zu sprechen, wisperte sie: »Du bist lebensmüde.«

»Im Gegenteil. Ich fange gerade an, mein Leben wieder zu genießen.« Er rieb seine Erektion von hinten ein paar Mal über ihre Scham, bevor er ohne Umschweife in sie eindrang.

Shannon stöhnte vor Wonne auf, als er sie sanft dehnte und ausfüllte. Es schmatzte, während er immer tiefer in sie fuhr. Ihr Schoß krampfte sich genüsslich um den willkommenen Eindringling und ihre Erregung nahm rapide zu. Als Nick begann, über ihre Klit zu reiben, konnte sie sich kaum noch beherrschen. Shannon stöhnte losgelöst, wobei ihr ab und zu ein kehliges Knurren entwich, und genoss es, von Nick hart und schnell genommen zu werden. Innerhalb von Sekunden brachte er sie zum Orgasmus, und während sich ihr Inneres pulsierend um seine Erektion zusammenzog und glühende Lust durch ihren Körper jagte, verströmte sich Nick in ihr.

»Alles ganz tief in deine gierige *fighetta*«, raunte er und drückte sich noch einmal bis zum Anschlag in sie, bevor er sich zurückzog und sich neben ihr auf dem Bett ausstreckte.

Zufrieden grinste er sie an, während sie das Handtuch vom Boden aufhob, um damit die Spuren seines Höhepunktes wegzuwischen. »Ganz toll, Nick, jetzt müssen wir beide noch mal duschen«, knurrte sie so böse wie möglich und setzte hinzu, nachdem er grinsend aufgesprungen war: »Einzeln!«

Nick grinste während der Autofahrt ununterbrochen in sich hinein, weil Shannon den ganzen Weg bis zum DPI leise vor sich hinfluchte. Ihm hatte es Spaß gemacht, sie durch die Wohnung zu jagen und von hinten in ihren engen Schoß zu tauchen. Wie feucht sie gewesen war! Nick erregte sie, und das machte sie wütend. Schon ewig hatte er sich nicht mehr so lebendig gefühlt. Und weil es ihm hervorragend ging, hatte er ihr den Gefallen getan und sich andere Kleidung angezogen. Nun trug er schwarze Feincordjeans sowie ein weißes T-Shirt und darüber einen langen grauen Wollmantel.

Shannon parkte den Wagen vor dem DPI und holte ein Deospray aus dem Handschuhfach. Kaum war Nick ausgestiegen, nebelte sie sich damit ein.

»Du hast dir doch die Haut vom Leib geschrubbt?«, fragte er verwundert. Sie musste ihren Bruder wirklich fürchten.

»Ja, trotzdem riechen wir beide nach demselben Duschgel. *Deinem* Männerduschgel. Auffälliger geht es nicht mehr.«

»Shane wird in seiner menschlichen Gestalt hier sein, nicht als Wolf«, erklärte er ihr langsam, als würde er mit einem Kind sprechen. »Sein Geruchssinn ist also etwas weniger ausgeprägt. Außerdem wird ihn die Versammlung ablenken. Ich kann mir schon vorstellen, was gleich besprochen wird.«

Sie nickte und wirkte ein wenig erleichtert. »Es wird auch Zeit, dass es zumindest die Anführer erfahren, Shane und dein Fürst.«

Neben Shannons Dienstwagen standen noch weitere Fahrzeuge auf dem beleuchteten Parkplatz. Jules war mit dem weißen Mercedes gekommen, und Nick vermutete, dass der dunkelgraue Porsche Panamera Shannons Bruder gehörte – wenn er ihren angespannten Blick auf das Auto richtig deutete.

Als sie das Gebäude betraten, saß die alte Frau mit den gelockten weißen Haaren auch diesmal am Empfang und betrachtete sie streng über den Rand ihrer dicken Brille hinweg. In der einen Hand hielt sie einen Kreuzworträtsel-Block, in der anderen einen Kugelschreiber. Nick wusste noch genau, wer das war: Elvira, die Banshee.

»Dein Bruder wird nicht erfreut sein, Sweetheart«, sagte diese im ernsten Ton zu Shannon, als Nick mit ihr vor dem Tresen stand.

»Was?«, stieß sie aus und senkte schnell die Stimme. »Sieht man es uns an, dass wir ... also ...«

Elviras Mundwinkel hoben sich amüsiert. »Ihr seid drei Minuten zu spät, und du weißt doch, wie sehr Shane Unpünktlichkeit hasst. Aber Danke, dass ich jetzt im Bilde bin. Ich wusste es!«

»Eines Tages reiße ich diese Banshee in Stücke!«, knurrte Shannon und stapfte wütend zum Lift.

»Ich habe dich auch lieb, Sweetheart, und eins zu null für dich, mein Hübscher«, rief ihnen Elvira hinterher. »Konferenzraum eins!« Nick hörte sie noch kichern, bevor sich die Aufzugtür schloss.

»Ich mag Elvira«, erklärte er grinsend, »vielleicht bringe ich ihr das nächste Mal einen Sudoku-Block mit.«

»Wenn du meine Nerven weiterhin so strapazierst«, spie ihm Shannon entgegen, »wird es kein nächstes Mal für dich geben!«

Nick wollte sie am liebsten gegen die Wand drücken, sie an Ort und Stelle ficken – damit sie endlich lockerer wurde – und ihr ins Ohr raunen, dass es noch viele weitere Male mit ihm geben würde. Doch er hielt sich natürlich zurück. Falls er dieses Vorhaben jetzt in die Tat umsetzte, würde er das wohl wirklich nicht überleben. Außerdem öffnete sich bereits der Lift; sie waren diesmal nur zwei Stockwerke nach oben gefahren.

Am Ende des Flures standen Nicks schwarzhaariger Kollege Tony und der blonde Hüne Brock neben einer Tür. Also befand sich Jules wohl in dem Raum dahinter.

»Hey, Nick, was ist hier los?«, fragte Tony sofort, als er sie bemerkte.

»Wissen wir selbst noch nicht genau«, antwortete er.

Brock fuhr sich über den breiten Nacken. »Scheint ja 'ne große Sache zu sein, wenn der Boss persönlich hier aufkreuzen muss.«

»Und streng geheim.« Tony betrachtete skeptisch das kleine Schild neben dem Rahmen, auf dem »Konferenzraum 1« stand. »Wir mussten draußen bleiben.«

Shannon klopfte, und mit einem leisen Zischen öffnete sich die Tür automatisch. Sie war bestimmt drei Mal so dick wie normal; wahrscheinlich, damit selbst die besten Ohren nicht von außen hören konnten, was drinnen besprochen wurde.

Als sie eintraten, wandten sich ihnen alle Gesichter zu. Jules, der Nick zur Begrüßung zunickte und als einziger eine Sonnenbrille trug, stach ihm sofort ins Auge, denn er war der Größte im Raum. Er saß rechts an einem runden Tisch neben einem grauhaarigen, etwa fünfzig Jahre alten Mann – wahrscheinlich Hieronymus Mitchell, Head of DPI. Mit seinen hellblauen Augen blickte er aufmerksam in die Runde. Angeblich sollte er ein Mischling sein, halb Mensch, halb Engel. Es hieß, seine Vorfahren seien Nephilim gewesen. Deshalb konnte ihn auch kein Vampir ohne Weiteres bezirzen. Mitchell würde es merken. Nicht, dass Nick das vorhätte, aber es war trotzdem gut zu wissen.

Gegenüber vom Chef des DPI hatte Percy Platz genommen; links von Mitchell saß Shannons Bruder: Shane West. Er schien allein gekommen zu sein, ohne Bodyguards. Typisch Alphawolf, die waren gerne überheblich und überschätzten ihre Fähigkeiten.

Alle Männer trugen Hemden, bis auf Percy, der hatte einen schwarzen Rollkragenpullover an.

Shane sprang sofort auf, als er Shannon sah, und betrachtete Nick argwöhnisch.

»Du bist mit einem Vampir unterwegs, habe ich gerade erfahren?«, knurrte er, wobei er ihr kurz an die Schultern fasste, um ihr zwei Begrüßungsküsse auf die Wangen zu hauchen.

»Ich freue mich auch, dich zu sehen«, sagte Shannon kühl. Das Verhältnis zu ihrem Bruder war wohl wirklich nicht das beste. Oder aber – und das lag nahe – Shannon ordnete sich nicht gerne unter. Ja, das passte zu seiner Lupa, sie war ein Alphawolf mit

Hang zur Hingabe.

Shane trat einen Schritt von ihr zurück und starrte Mitchell düster an. »Es kommt nicht in Frage, dass sie mit einem Blutsauger zusammenarbeitet. Bei der nächstbesten Gelegenheit rammt der ihr das Messer in den Rücken.«

»Shane!«, zischte sie und stellte sich dicht neben Nick.

Das gefiel seinem Ego, weshalb er ein selbstgefälliges Grinsen nicht länger unterdrücken konnte.

Shane sah ihn daraufhin nur noch giftiger an und fletschte leicht die Fänge.

Zeitgleich bombardierte Jules Shane mit tödlichen Blicken. Er hatte sich die Sonnenbrille ins Haar geschoben und seine weißen Iriden schienen zu blitzen. »Vorsicht, West, pass auf, was du sagst!« Jules sah richtig beängstigend aus, die hellen Augen leuchteten regelrecht in seinem dunklen Gesicht.

Nick wich nicht von der Stelle, sondern verschränkte die Arme und blieb völlig ruhig. Shane war zwar ein bisschen größer als er, doch das imponierte ihm kein bisschen. Gelassen erklärte er: »Shannon ist meine Partnerin. Ich würde sie mit meinem Leben beschützen.«

Sie keuchte neben ihm auf. Vor Überraschung? Weil er – ein Vampir – eine Wolfswandlerin verteidigte?

Shane kniff die Lider zusammen. »Du lebst längst nicht mehr, Vampir, auch wenn dein Herz schlägt.« Plötzlich riss er die Augen auf. »Wenn du meine Schwester auch nur anfasst …« Sein Gesicht entspannte sich schlagartig, dann schaute er abwechselnd von Shannon, die eine Unschuldsmiene aufgesetzt hatte, zu ihm. »Du hast eine Gefährtin, Vampir?«

Glaubte Shane, seine Schwester würde Nick nicht interessieren, weil er bereits fest vergeben war? Perfekt.

Nick seufzte gelangweilt. »Ich wüsste nicht, dass dich das etwas angeht.«

»Meine Herren!«, rief Mitchell, und sofort kehrte Ruhe ein. Alle Gesichter wandten sich ihm zu. »Können wir endlich beginnen?«

Nick erschauderte leicht. Der Chef des DPI strahlte definitiv nicht nur Autorität, sondern auch eine uralte Macht aus. Dabei wirkte er völlig unscheinbar, wie ein älterer Herr, den man sich mit einer Zeitung oder einer Pfeife in einem gemütlichen Sessel am Kamin vorstellte.

Shannon packte Nick am Arm und zog ihn zum Tisch. »Genau! Könnt ihr eure ethnischen Differenzen mal für eine Weile zur Seite legen, damit wir uns über die wirklich wichtigen Dinge unterhalten können?«

Während Jules amüsiert eine Braue hob, schritt Shane erhobenen Hauptes zurück an seinen Platz. Seine Kiefer mahlten und er schenkte Nick noch einen giftigen Blick, hielt jedoch den Mund.

Nick blieb nur der Stuhl neben seinem Fürsten, Shannon begab sich zu ihrem Bruder. Nun war die Runde komplett.

»Weshalb sind wir hier, Hieronymus?«, fragte Jules betont freundlich. Er schien die Ruhe selbst zu sein.

Mitchell übergab das Wort an Percy, und der Inkubus erzählte, was Nick und Shannon längst wussten: wie die Vampire wirklich gestorben waren und was diese Experimente bedeuten könnten. Shane schüttelte, während er zuhörte, immer wieder den Kopf; Jules hatte die Finger vor dem Bauch verschränkt und schien tief in Gedanken versunken. Doch Nick wusste, dass er jedes Wort verstand und ihm die Neuigkeiten nicht gefielen. Das erkannte er an den beiden winzigen Falten zwischen dessen Brauen.

Als Percy geendet hatte, starrten alle gebannt zu Mitchell, nur nicht Jules. Der warf Nick einen vorwurfsvollen Blick zu, der besagte: *Warum erfahre ich erst jetzt davon?*

Nick würde ihm später alles erklären. Er wollte keine Spannungen zwischen sich und seinem Fürsten. Bisher hatten sie immer ein sehr gutes Verhältnis miteinander gehabt und vertrauten sich bedingungslos. Das sollte auch weiterhin so bleiben.

»Warum sollen wir uns einmischen?«, fragte Shane und durchbrach als Erster die Mauer des Schweigens. »Von mir aus töten sich die Vampire gegenseitig für irgendwelche Experimente.«

Shannon sah ihren Bruder ungläubig an. »Das betrifft auch uns, Shane. Offenbar will jemand einen neuen Krieg zwischen unseren Arten heraufbeschwören.«

»Mittels Magie?« Er schnaubte, doch plötzlich verfinsterte sich sein Gesicht und er taxierte Jules. »Mir fällt nur einer ein, der dafür in Frage kommen könnte. Ich habe gehört, du praktizierst Voodoo, Leroy!«

»Das ist doch lächerlich!«, rief Nick und konnte sich gerade noch beherrschen, nicht die Faust auf den Tisch sausen zu lassen.

»Schon gut.« Beschwichtigend legte ihm der Fürst kurz eine Hand auf den Arm. »West hat recht. Ich könnte ein Motiv haben, weil ich schließlich ein Vampir bin.« Letzteres stieß er sarkastisch aus. »Aber ich versichere euch, dass mir nichts an einem neuen Krieg liegt.«

Shane schnaubte abermals. »Was hättest gerade du davon, den Frieden zu bewahren? Machst du heimlich Geschäfte mit Wandlern? Oder bist du schon so tolerant auf die Welt gekommen?«

Zum ersten Mal verfinsterte sich Jules' Gesicht. Er beugte sich leicht über den Tisch und blickte Shane tödlich-kalt an. »Ich glaube«, begann er gefährlich leise, »dass wir – und damit meine ich *alle* Wesen – zusammenhalten müssen, weil die Menschen die eigentliche Bedrohung für uns sind. Sie haben uns schon immer gejagt, und wenn eines Tages die ganze Welt erfährt, dass es uns gibt, sind wir erledigt.«

Shane nickte enthusiastisch. »Deshalb willst du wohl Tagwandler erschaffen, um erst die Menschen auszulöschen und dann uns zu versklaven!«

»Du verstehst gar nichts, West.« Jules schüttelte seufzend den Kopf. »Warum sollte ich unsere Nahrungsquelle vernichten wollen?«

Nun beugte sich Shane über den Tisch und funkelte den Fürsten wütend an. »Im Gegenteil, ich verstehe plötzlich alles! Wenn ihr Vampire immun gegen unser Blut seid, könnt ihr auch von uns trinken! Dann braucht ihr keine Menschen mehr.«

Sowohl Percy als auch Shannon blickten Jules plötzlich mit einer Mischung aus Überraschung und Entsetzen an. Glaubten sie ernsthaft, der Fürst würde hinter den Morden stecken?

Nick seufzte innerlich. Wenn er ihnen doch bloß versichern könnte, *glaubhaft* versichern, dass Jules weder Krieg mit den Wandlern noch die Menschen auslöschen wollte! Aber dann müssten alle anderen das erfahren, was Nick wusste, und das ging nicht. Die Enthüllung dieses Geheimnisses, das außer Nick und Amylee niemand kannte, könnte Jules vor seiner Art schwach dastehen lassen, und er durfte als Fürst keinerlei Schwäche zeigen. Vor seiner Verwandlung zum Vampir hatte Jules lange Zeit die Ketten eines Sklaven getragen und das Leid, die grausame Unterdrückung und die furchtbare Hilflosigkeit am eigenen Leib erfahren. Deshalb war er vehement dagegen, dass sich ihre Art Wölfe als Sklaven hielt. Auf keinen Fall wollte er selbst einer der »Master« sein, unter denen er so lange gelitten hatte.

»Es könnte genauso gut Homeland hinter der Sache stecken«, erklärte Jules. »Ich traue den Menschen alles zu.«

»Und ich den Vampiren!«, knurrte Shane.

»Hören wir auf mit den Beschuldigungen«, warf Mitchell ein. »Der Fürst spricht die Wahrheit. Er hat nichts mit der Sache zu tun.«

Nick horchte, genau wie alle anderen, auf, und Shane fragte: »Was macht Sie da so sicher, Mr. Mitchell? Falls er Magie beherrscht, könnte er uns gerade alle täuschen.«

Der Chef nickte zu Percy. »Mr. Simmons hat Kristalle in diesem Raum versteckt, die Magie bannen, sodass es unmöglich ist, hier etwas durch einen Zauber zu verschleiern. Außerdem kann ich fühlen, wenn jemand lügt.« Mitchell schaute sie der Reihe nach eindringlich an. »Ich spüre hier zwar eine Menge Geheimnisse«, fuhr er fort, woraufhin ihn so gut wie jeder am Tisch entgeistert anstarrte, »doch sie betreffen nicht diesen Fall.«

»Das … spüren Sie?«, fragte Shannon vorsichtig. »Oder können Sie diese Geheimnisse auch … sehen?« Fast unmerklich warf sie

Nick einen scheuen Blick zu; als Nächstes schielte sie zu ihrem Bruder, doch der beachtete sie nicht. Ganz plötzlich schien sich Shane für die Tischplatte zu interessieren, auf der er mit dem Daumennagel herumkratzte.

Mitchell zwinkerte. »Das kann ich leider nicht.«

Alle atmeten auf, und auch Shannon wirkte erleichtert. Ihr angespannter Gesichtsausdruck verschwand.

»Es geht nicht nur um einen Krieg zwischen zwei Spezies«, fuhr der Chef des DPI fort. »Falls jemand tatsächlich gerade versucht, Tagwandler zu erschaffen – und zwar nicht nur einen, sondern eine ganze Armee, wie es scheint –, dann gerät das Gleichgewicht der Mächte aus dem Lot. Wenn uns die Geschichte etwas gelehrt hat, dann das: Das Gleichgewicht zu stören, geht niemals gut aus, für keine Seite.«

Sprach da der Engel aus ihm?

Schweigen senkte sich über den Tisch. Es war gut, dass Mitchell den Punkt noch einmal erwähnt hatte, denn genau diese Tagesvampir-Sache schien das größte Problem zu sein – zumindest für die Wandler und Menschen, nicht für die Vampire. Wie oft hatte Nick davon geträumt, einmal wieder Sonnenlicht sehen zu können, die Welt bei Tag zu erleben, und das nicht nur im Fernsehen oder hinter Fensterscheiben mit speziellem UV-Schutz. Was würde er dafür geben! Wenn er zudem auch noch immun gegen Wandlerblut wäre, würde er sofort von Shannon probieren. Natürlich nur, wenn sie das wollte – doch sie würde wollen, wenn er begann, an ihrem entzückenden Hals zu saugen. Außerdem tauschten Wandler beim Sex auch gerne Blut aus. Das machte sie geil. Sie hätten beide ihren Spaß daran und könnten auf Ewig zusammenbleiben.

Boiata, was waren das bloß für Gedanken!?

»Wir müssen diesen Magier dringend finden.« Mitchell blickte in die Runde. »Ich bitte jeden, sich unauffällig umzuhören und mir sofort Bescheid zu geben, wenn wieder ein Vampir vermisst wird oder es irgendwo auffällige Aktivitäten gibt. Mr. Simmons entwickelt gerade ein Magie-Radar, das es uns ermöglichen wird, die Orte auf einer Karte anzeigen zu lassen, an denen Magie entweder unterdrückt oder angewendet wird. Wir hoffen dadurch, den Täter schnell aufspüren zu können.«

Shannon nickte. »Es wäre für mich auch nützlich, wenn ich ein paar dieser Kristalle haben könnte, mit denen Percy diesen Geruchsverschleierungs-Zauber aufgehoben hat.«

»Tatsächlich habe ich schon etwas für dich.« Er griff hinter sich in die Umhängetasche, die an der Lehne hing, und holte eine kleine Schachtel hervor. Diese schob er über den Tisch zu Shannon.

Nick reckte seinen Hals, während sie die Box öffnete. Darin befand sich ein schwarzes Lederband, das mit mehreren lila Steinchen verziert war.

»Das ist ein Halsband«, erklärte Percy. »Wenn du es trägst, kannst du alles riechen, was ein Verschleierungszauber verdeckt. Ich habe ein elastisches Stück eingearbeitet, damit du das Band auch im verwandelten Zustand tragen kannst. Du brauchst es theoretisch nie abzunehmen.«

Nick konnte sich ein Grinsen nicht verkneifen, doch den Kommentar mit der Leine, die er an dem Band befestigen könnte, behielt er lieber für sich. Es kribbelte in seinen Lenden, als er sich Shannon mit dem Halsband vorstellte. Ähnliche, bloß mit Nieten besetzte Teile trugen Subs in der BDSM-Szene – und ab und zu auch im Revival. Der Anblick hatte ihn bisher nie angemacht, obwohl Nick in seinem langen Leben schon viel gesehen hatte. Bei seiner Lupetta aber ...

Offenbar konnte Shannon ihm seine schmutzigen Gedanken ansehen, denn sie warf ihm einen finsteren Blick zu. Dann fragte sie Mitchell schnell: »Wurde in dem leerstehenden Haus, zu dem mich die letzte Spur geführt hat, noch etwas gefunden?«

Der Chef schüttelte den Kopf. »Außer magischem Abwehrzauber ... nichts.« Mitchell fuhr sich über das graue Haar und wirkte plötzlich müde. »Es gilt weiterhin höchste Geheimhaltungsstufe. Je weniger von den genauen Tathergängen wissen, desto besser.«

»Und was sollen wir jetzt tun, wenn wir nichts Konkretes sagen dürfen?«, fragte Jules.

»Beschwichtigen Sie Ihre Leute, erklären Sie ihnen, dass nicht die Wolfswandler hinter der Sache stecken.« Mitchell schaute abwechselnd von Jules zu Shane.

Der Fürst schmunzelte. »Und wie soll ich das begründen?«

»Machen Sie es, wie immer«, antwortete der Chef achselzuckend. »Sagen Sie, Sie hätten Ihre Quellen.«

Jules nickte. »Falls ich Ihnen noch anderweitig helfen kann, egal wie, lassen Sie es mich wissen.«

Mitchell nickte ebenfalls. »Die Wesen-Öffentlichkeit muss erfahren, dass die Morde keinen ethnischen Hintergrund haben, aber möglichst so, dass Homeland nichts von unserem Verdacht mitbekommt, bis wir sicher sein können, wer wirklich hinter den Experimenten steckt.« Er erhob sich und verabschiedete sich mit Handschlag sowohl von Jules als auch von Shane.

Jules bedeutete Nick mit einem kurzen Blick, mit ihm zu kommen. Er folgte dem Fürsten nach draußen in den Gang, dieser schickte Tony und Brock zum Wagen und flüsterte ihm dann zu: »Du hättest mir davon schon früher erzählen müssen.«

Nick hatte gewusst, dass er ihn noch darauf ansprechen würde. »Das wollte ich sofort tun, als ich es gestern erfahren habe. Doch ich wurde zur Geheimhaltung verpflichtet.«

Jules schaute ihn scharf an. »Uns verbinden genauso bedeutende Geheimnisse, Nicolas. Ich dachte, wir vertrauen uns bedingungslos?«

Sein Herz sank. »Das tue ich, aber Mitchell hätte mich ohne zu zögern aus dem Programm genommen, wenn ich zu dir gerannt wäre, und dann hättest du keinen Mann mehr direkt an der Sache gehabt, so wie jetzt.« Jules musste das doch einsehen? »Shannon hat genauso gedrängt, dass unsere Leute sofort informiert werden, aber auch sie ist nicht zu ihrem Bruder gerannt.«

»Sie scheint nicht gut auf West zu sprechen zu sein …« Jules starrte kurz ins Leere und sagte anschließend energischer: »Und das zwischen uns ist eine völlig andere Sache, Nicolas.«

Sein Magen zog sich zusammen. Jules war sein Freund, sein einziger und wahrer Vertrauter, und den wollte er nicht verlieren. Fest blickte er ihm in die Augen. »Es tut mir leid, wenn ich dich enttäuscht habe.«

Jules klopfte ihm auf die Schulter. »Du hast mich noch nie enttäuscht und du hast richtig gehandelt, auch wenn ich mir etwas anderes gewünscht hätte. Ich weiß, dass ich dir auch weiterhin vertrauen kann.«

Dankbar atmete Nick auf. Er schaute Jules nach, als dieser zum Aufzug ging, und hörte, dass sich Shannon und Shane näherten.

»Komm doch mal wieder vorbei, das Rudel vermisst dich«, sagte Shane, während er in den Gang trat.

Shannon begleitete ihn. »Wir haben gerade so viel zu tun. Dieser Fall hat oberste Priorität.« Sie stellte sich neben Nick an die Wand, drehte die Schachtel mit dem Halsband in ihren Händen und murmelte: »Wir sehen uns spätestens an Weihnachten. Richte den anderen schöne Grüße aus.«

Shane starrte Nick bedrohlich an. »Wenn dir dieser Vampir Ärger bereitet, meldest du dich sofort bei mir!«

»*Dieser Vampir*«, säuselte Nick zuckersüß, »wird *diese Wandlerin* mit Haut und Haaren verspeisen, sobald *dieser Alpha* ihr den Rücken kehrt.«

»Provozier ihn nicht auch noch«, zischte Shannon und kickte ihm gegen das Bein. Seine Lupa besaß einen ordentlichen Tritt, doch er ließ sich nichts anmerken. Die Beule würde schnell verschwunden sein.

Shane kniff bloß die Lider zusammen und zog von dannen, obwohl er sicher gerne noch etwas erwidert oder Nick am liebsten gleich getötet hätte. Doch nicht, weil er Vampire hasste, sondern weil er seine Schwester liebte, das spürte Nick instinktiv. Shane gehörte eben zur Kategorie »überfürsorglicher Bruder« und »vehementer Beschützer«. Aber die Beschützerrolle konnte Nick genauso gut übernehmen. Er würde niemals zulassen, dass Shannon etwas zustieß.

»Shane ist nur deshalb so streng zu dir, weil er dich liebt«, erklärte Nick und stieß sich von der Wand ab, sobald sie im Gang allein waren.

»Der liebt nur seine Arbeit und Frauen«, murmelte sie, während er Percy im Konferenzraum reden hörte.

»Ich kenne eine Agentin, die vertrauenswürdig ist und sehr viel weiß«, sagte der Inkubus. »Ich werde sie kontaktieren und um Rat fragen, wenn das okay ist, Mr. Mitchell.«

»Tun Sie das …«

»Und was tun wir jetzt?«, fragte Nick Shannon.

»Wohl nicht mehr so viel, wenn du nicht gebrutzelt werden willst. Die Nacht ist schon wieder fast rum. Komm, ich fahr dich nach Hause.«

Er hatte nicht bemerkt, wie schnell die Zeit vergangen war. In Shannons Gegenwart schienen die Minuten nur so zu rasen. Natürlich hätte er im Vampirmodus nach Brooklyn flitzen können, doch er nahm ihr Angebot dankend an. Auf diese Weise konnte er noch ein bisschen mehr Zeit mit seiner Lupa verbringen.

Kapitel 15 – Shannon – Ungewohnte Fürsorge

Shannon gähnte fast während der gesamten Autofahrt. Verdammt, war sie müde! Sie konnte kaum noch die Augen offen halten.

»Soll ich weiterfahren?«, fragte Nick. »Du schläfst ja gleich ein.«

Schnell riss sie die Lider auf und lächelte ihn schief an. »Mir geht es gut! Bin hellwach.«

Sie würde vor einem Vampir garantiert keine Schwäche zeigen. Die Wandlung, aber vor allem die Spurensuche, verlangten ihr jedes Mal alles ab. Einer Fährte konzentriert zu folgen, war sehr anstrengend. Als auch noch ihr Magen knurrte, beugte sie sich zu Nick hinüber und öffnete das Handschuhfach.

Er drückte sie wieder zurück auf ihren Sitz. »Augen auf die Straße, Lupetta. Was suchst du?«

»Was zu essen.«

Er fand eine kleine Tüte Gummidrops, riss sie auf und begann, ihr eins nach dem anderen vor den Mund zu halten.

Shannon schnappte sich die weichen Bonbons mit den Lippen aus seinen Fingern und verbiss sich einen Kommentar wegen seines selig-überheblichen Gesichtsausdruckes, denn sie fühlte sich zu erschöpft, um mit ihm zu streiten. Außerdem fand sie es praktisch, gefüttert zu werden.

»Erzähl mir was über dich, Lupa«, raunte Nick, den es offensichtlich anmachte, sie mit Süßkram vollzustopfen. »Warum ist dein Bruder so überfürsorglich? Weil er der Alpha ist? Oder steckt da mehr dahinter?«

»Er hat sich um mich gekümmert, seit unsere Eltern nicht mehr da sind.« Shannon räusperte sich leise. Sie sprach nicht gerne über dieses Kapitel ihres Lebens, denn sie vermisste ihre Mum immer noch furchtbar. Mit ihr hatte sie nicht nur ihre Mutter, sondern zugleich ihre Seelengefährtin und beste Freundin verloren. Auch zu Dad hatte sie ein inniges Verhältnis gehabt. Er war ein toller Vater gewesen.

»Was ist passiert?«, fragte Nick behutsam und ließ den Arm sinken. Die kleine Tüte war ohnehin leer.

»Es gab Differenzen zwischen zwei Rudeln. Mein Dad war auch ein Alpha, weißt du? Als er und Mum eines Nachts ins Kino gegangen sind, hat sie der Alpha des anderen Rudels feige aus dem Hinterhalt angegriffen. Er hatte mehrere seiner Leute dabei, sie waren in der Überzahl. Mum und Dad hatten keine Chance.«

»Das tut mir sehr leid.«

Shannon lächelte Nick zittrig an. »Shane – er war damals einundzwanzig und ich achtzehn –, ist ausgerastet vor Trauer und Wut. Er hat das Rudel meines Vaters zusammengehalten und den anderen Alpha zu einem Kampf herausgefordert. Ich habe ihn angefleht, es nicht zu tun, denn außer Shane hatte ich keine nahen Verwandten mehr. Dieser Dickkopf hat natürlich nicht auf mich gehört. Das einzig Gute bei all dem Übel war, dass er gewonnen hat.« Zitternd holte sie Luft, weil die Erinnerungen plötzlich wieder vor ihrem geistigen Auge standen. Nie würde sie vergessen, wie er blutüberströmt zusammengebrochen war. »Er wäre bei dem Kampf fast gestorben, doch er hat den anderen Alpha besiegt, seinen Platz eingenommen und beide Rudel vereint. Ich habe ihn tagelang gesund gepflegt und ihn ununterbrochen verflucht.«

Nick, der nicht ein einziges Mal das Gesicht von ihr abgewandt hatte, sagte leise: »Du liebst ihn sehr.«

»Er ist alles, was ich noch habe.« Shannon seufzte schwer. »Bloß macht er es mir nicht gerade einfach und meint, über mein Leben bestimmen zu müssen. Deswegen halte ich mich weitgehend von ihm fern. Außerdem ist er ohnehin immer viel zu beschäftigt, und ich hab ja auch meinen Job.« Sie bog in eine kleinere Straße ein und folgte der Route auf ihrem eingebauten Navi. In zwei Minuten würden sie bei Nick ankommen. Shannon würde ihn rauslassen und sofort weiterfahren, bevor sie wirklich noch einschlief. Das Gespräch hielt sie wenigstens wach. Deshalb fragte sie ihn: »Wie ist das mit dir? Hast du noch lebende Verwandte?«

Er schüttelte den Kopf. »Meine Eltern starben, als ich noch in Venedig gewohnt habe. Meine Mutter erlag einem Fieber, da war ich ein Kind. Vater hingegen hat ein für damals beachtliches Alter erreicht und mich zum Kaufmann ausgebildet, doch irgendwann wollte sein Herz nicht mehr.«

Shannon riss überrascht die Augen auf. »Du warst Kaufmann? Ich glaube, dann warst du zu dieser Zeit sehr angesehen, oder?«

»Total.« Angeberisch wackelte er mit den Brauen. »Außerdem hatte ich sehr gute Kontakte zu allen möglichen Leuten, arm und reich, weil ich auch diese Masken gemacht habe, die früher sehr gefragt waren. Vor allem die damalige Highsociety stand total auf edle Masken aus dünnem Porzellan oder Halbmasken aus Seide und Blattgold.«

»Wow, ich wusste gar nicht, dass du so geschickt mit den Händen …« Ihre Wangen erhitzten sich; schnell biss sie sich auf die Zunge.

Er lächelte anzüglich und setzte ernster hinzu: »Ansonsten wüsste ich nicht, dass ich noch Tanten oder Onkel gehabt hätte. Später, nach meiner Wandlung zum Vampir, ging ich nach Amerika, um hier ein völlig neues Leben zu beginnen.«

»Warum?«

Sein Gesicht wurde plötzlich ausdruckslos. »In Italien hat mich nichts mehr gehalten.«

Shannon wusste immer noch so gut wie nichts über ihn, außer, dass er um seine Gefährtin trauerte. Sie wollte endlich mehr über ihn erfahren. »Bist du mit deiner Frau hierher gekommen?«

»Hm«, brummte er. »In Venedig trieben sich Wesen-Jäger herum, und ich wollte sie in Sicherheit wissen.«

Shannon stutzte. »Du hast mir erzählt, dich hätte es in dieses Land verschlagen, weil du einen Neuanfang wolltest.«

»Das auch«, murmelte er.

Öffnete er sich ihr langsam? Ihr Herz pochte plötzlich fester. »Deine Gefährtin …«, begann sie zögerlich, »war eine Wandlerin, oder?«

Nick lächelte traurig. »Schlaue Lupa.« Dann wandte er das Gesicht ab und schaute aus dem Beifahrerfenster.

Als Shannon schon glaubte, er würde nichts mehr erzählen, flüsterte er kaum hörbar: »Carina war eine Füchsin.«

Carina … Hinter ihrem Brustbein zog es leicht. War sie etwa eifersüchtig auf eine Tote?

Nein, nur darauf, was Nick mit ihr geteilt hatte. Carinas Blut war nicht giftig für ihn gewesen.

Gerade, als sie fragen wollte, wie seine Gefährtin gestorben war, sagte er: »Wir sind da. Du kannst gern wieder in der Garage parken.«

Shannon unterdrückte ein Gähnen. »Ich fahre gleich weiter.«

Resolut schüttelte Nick den Kopf. »Das wirst du nicht. Ich habe sowohl Percy als auch deinem Bruder versprochen, auf dich aufzupassen.«

Shannon rollte mit den Augen. »Mir reicht schon Shane, der sich als mein großer Beschützer aufspielt, da müsst ihr beide nicht auch noch mitmachen.«

Ehe sie wusste, wie ihr geschah, flog ihre Tür auf, sie wurde herausgerissen, schoss in Nicks Armen regelrecht ums Auto herum und landete auf dem Beifahrersitz.

Shannon blinzelte desorientiert, in ihrem Kopf drehte sich alles. Fuck, ihr Magen! Dem hatte der rasend schnellen Ortswechsel überhaupt nicht gefallen und er hing nun irgendwo an ihrer Wirbelsäule. Zum Glück befanden sich nur die klebrigen Drops darin, alles andere hätte jetzt Hallo gesagt.

Nick saß grinsend hinter dem Steuer und lenkte den Wagen in die Garage.

Verdammte Vampirkräfte!

»Das ist Nötigung!«, rief sie. »Körperverletzung!« Sie hielt sich eine Hand vor den Mund, weil sie aufstoßen musste. Wenigstens beruhigte sich ihr beleidigter Magen bereits.

»Du kannst später immer noch nach Hause fahren, aber du solltest dringend etwas essen.« Er parkte den Caddy an derselben Stelle wie sie beim letzten Mal und stellte den Motor ab. »Du brauchst neue Energie, außerdem hast du außer dem Bagel und dem Muffin noch nichts Richtiges gegessen. Ich bestelle dir alles, was du willst.«

Dem Kerl konnte sie einfach nichts vormachen! »Na gut«, knurrte sie eingeschnappt. »Mach dich auf eine Großbestellung gefasst.«

***

Eine halbe Stunde später lümmelte Shannon im Schneidersitz auf Nicks Couch und hielt einen Karton mit einem dampfenden Nudel-Hühnchen-Gericht vom Chinesen in der Hand. Auf dem Tisch standen noch eine Packung mit Frühlingsrollen sowie eine Cola.

Am Anfang hatte sie vorgehabt, Nick von einem Laden zum nächsten zu schicken, um ihn zu ärgern, und Pizza, Sandwiches und Burger zu ordern. Aber erstens hätte sie sich damit selbst keinen Gefallen getan, denn sie hatte wirklich Hunger, und zweitens verspürte sie nicht den Wunsch, ihn zu ärgern. Nicht jetzt, zumindest. Wahrscheinlich war sie zu müde. Oder es gefiel ihr, dass er auf sie aufpasste und tatsächlich losgeflitzt war, um ihr zu dieser frühen Stunde eine warme Mahlzeit zu besorgen. Erst hatte er etwas auf seinem Handy eingetippt, dann war er nur zehn Minuten weg gewesen!

»Welcher Laden macht denn zu dieser Zeit ein so leckeres Gericht?«, fragte sie und schob sich genüsslich ein Stück Hühnchen in den Mund. Es zerfiel beinahe auf der Zunge, so weich war es, und die Nudeln besaßen genau das richtige Maß an Würze.

Hammer!

»Tja, ich habe meine Beziehungen.« Nick saß neben ihr und ließ sie nie aus den Augen.

Während seiner kurzen Abwesenheit hatte sie ein bisschen bei ihm herumgeschnüffelt, zumindest in den meisten Räumen, nicht im Schlafzimmer. Sie hatte aber nichts Interessantes gefunden, bis auf ein paar Schecks in einer Küchenschublade. Diese waren mit beträchtlichen Summen auf verschiedene Kinderheime in New York ausgestellt. Darauf konnte sich Shannon keinen Reim machen. Sein Domizil könnte jedoch eine Musterwohnung sein, ein reines Anschauungsobjekt, so wenig persönliche Sachen standen herum. Als ob hier niemand leben würde.

»Nun erzähl schon!« Sie ließ kurz die Gabel im Karton und klopfte Nick auf den Oberschenkel. »Wo hast du das Essen her?«

»Ich kenne jemanden, der betreibt ein China-Restaurant. Sein Name ist Tian.«

»Sag bloß, er ist ein Vampir?«

Als er nickte, murmelte sie: »Verrückt«, und schob sich einen weiteren Happen in den Mund.

»Wieso verrückt? Von irgendwas müssen wir auch leben.«

Da hatte er recht. Shannon musste zugeben, dass sie außer Nick keinen Vampir persönlich kannte. Natürlich arbeiteten auch beim DPI Vampire, aber in einer anderen Abteilung. Mit denen hatte sie kaum Berührungspunkte. »Probiert Tian seine

Sachen?«

»Auch«, antwortete Nick, »aber überwiegend verlässt er sich auf seine Nase.«

»Richte ihm einen schönen Gruß von mir aus. Ich habe noch nie so etwas Vorzügliches gegessen.«

Nick grinste. »Werde ich machen.«

Schöne Grüße an einen Vampir? Shannon wunderte sich sehr über sich selbst. Nick stellte ihr ganzes Weltbild auf den Kopf und nicht nur das. Es war, als würde er sie einlullen, in seinen Kosmos entführen, sie auf die »dunkle Seite der Macht« ziehen. Dabei hatte er rein äußerlich überhaupt nichts Dunkles an sich, im Gegenteil. Das machte ihn noch gefährlicher, diesen verteufelt schönen Verführer. Doch hinter seinen Pupillen lag eine abgrundtiefe Finsternis, die den Eindruck erweckte, als könnte sie ihn jede Sekunde verschlingen.

Für einen Moment schaute ihm Shannon tief in die Augen. Die Schwärze war noch da, bloß nicht mehr so intensiv.

Als Nick ein Stück zu ihr rutschte, sodass sich ihre Knie berührten, beendete sie hastig den Blickkontakt und suchte nach einem unverfänglichen Thema. Sie durfte ihm nicht so nahe kommen! »Hast du eigentlich eine Haushälterin oder jemand, der für dich putzt und wäscht? Einen Kobold, vielleicht? Ich habe gehört, die sollen zwar manchmal etwas frech, dafür aber sehr zuverlässig sein. Ich hätte ja gerne einen Brownie. Du weißt schon, diese kleinen Haushalts-Feen, die in Schottland leben. Oder ein Heinzelmännchen, aber die gibt es nur in Deutschland und sind deshalb unglaublich schwer zu bekomm…«

»Ich räume selbst auf und putze«, unterbrach er sie grinsend. »Ich hoffe, das macht mich in deinen Augen nicht zum Softie?« Traurigkeit schimmerte kurz in seinen Iriden. Ob er sich deshalb selbst um alles kümmerte, weil ihn das von Carina ablenkte, wenn er allein zu Hause war? Finanziell könnte er sich wahrscheinlich eine ganze Horde an Helfern leisten.

Erneut dachte sie an die Schecks mit den hohen Summen …

Ihre Gedanken verpufften, weil er sie immer noch viel zu intensiv ansah. Die Dunkelheit hinter seinen Pupillen wich einem lodernden Feuer, dessen Flammen nach ihr zu greifen schienen.

Schnell stellte sie die Box zurück auf den Tisch, sprang auf und marschierte in Richtung Badezimmer, bevor sie diesem Verführer erneut erlag. »Ich muss mal schnell für kleine Mädchen!«, rief sie über ihre Schulter, dann schloss sie die Tür.

»Willst du noch was essen?«, klang seine Stimme gedämpft durch das Holz.

»Ähm, nein, Danke, ich bin pappsatt.« Sie drehte den Wasserhahn an, weil sie auf keinen Fall wollte, dass er ihr beim Pinkeln zuhörte, und erleichterte sich. Danach wusch sie sich ausgiebig die Hände. Kopfschüttelnd betrachtete sie ihr Spiegelbild und sagte in Gedanken zu sich: *Du bedankst dich jetzt für das Essen und gehst schnurstracks zum Aufzug!*

Als sie zurück ins Wohnzimmer kam, hatte Nick die Schachteln bereits weggeräumt. Shannon sollte jetzt wirklich besser verschwinden, stattdessen steuerten sie ihre Beine wie von selbst zurück auf die Couch. Sie ließ sich auf das Polster plumpsen und lehnte sich zurück. Erneut musste sie gähnen.

Sobald ihr Magen gefüllt war, übermannte sie leider erst recht immer die Müdigkeit. War das Nicks Absicht gewesen? Damit sie bei ihm blieb? Oder sorgte er sich tatsächlich, dass sie hinter dem Steuer einschlafen könnte?

Am liebsten wollte sie sich jetzt ausstrecken und die Augen schließen, doch ihre Finger juckten. Dieses blöde Streusalz … Sie hasste es! Nach dem Händewaschen war ihre Haut erst recht trocken und gerötet.

»Hör auf zu kratzen«, befahl er, setzte sich wieder neben sie und ergriff ihre Hände. Mit den Daumen fuhr er über ihre rauen Handflächen. »Das sind nicht gerade Samtpfötchen, Lupetta.«

»Das kommt von diesem verdammten Salz«, murmelte sie müde. »Ist morgen wieder weg.«

Himmel, sie fühlte sich völlig erledigt!

Sie ließ sich zur Seite sinken, schloss die Lider und landete mit dem Kopf auf der weichen Lehne der Couch. Wenn sie fünf

Minuten die Augen zumachte, wäre sie anschließend vielleicht fitter, um nach Hause zu fahren. Das Jucken ihrer Hände hielt sie jedoch wach. Shannon öffnete ein Auge. »Du hast wahrscheinlich keine fetthaltige Creme hier?« Zumindest hatte sie zuvor nichts dergleichen gesehen.

Nick sprang auf, huschte davon und stand zwei Sekunden später schon wieder vor ihr. »Natürlich hat der moderne Untote von heute diverse Pflegeprodukte in seinem Haushalt. Die sind sowohl für zarte Vampirhaut als auch für Fellpfötchen geeignet.« Schmunzelnd hielt er ihr eine Tube vor die Nase.

»Du hast Humor, Nick. Das mag ich.« Sie wollte nach der Creme greifen, doch er zog den Arm zurück.

»Lass mich das machen.«

Schon nahm er ihre Finger zwischen die Hände und massierte sanft die Creme ein.

»Das kannst du wirklich gut«, murmelte sie träge und unterdrückte ein wohliges Schnurren.

»Ich bin sehr fingerfertig, schon vergessen?«

Shannon lächelte, wobei sie die Augen geschlossen hielt. Oh ja, das war er wirklich. Sie entspannte sich mehr und mehr und hätte auf der Stelle einschlafen können, doch nicht nur die Haut an ihren Fingern war leicht lädiert. Mit dem großen Zeh kratzte sie sich durch die Socke an ihrer Fußsohle. Die juckte genauso.

»Nick?«, fragte sie alarmiert und riss die Augen auf, als er sie plötzlich auf die Arme hob. »Was soll das?«

»Wirst du gleich merken.« Er trug sie ins Schlafzimmer, schlug die Decke zurück und legte Shannon auf seinem Bett ab. Dann zog er ihr die Socken aus. Keine Sekunde später massierte er die Creme in ihre Fußsohlen ein.

Allmächtiger, fühlte sich das fantastisch an! Nie zuvor war sie auf diese Weise von einem Mann verwöhnt worden – den schwulen Angestellten, der sie im letzten Urlaub in einem Spa massiert hatte, zählte sie nicht mit. Nun schnurrte sie wirklich, bis sie selbst dazu zu müde war, und glitt langsam ins Reich der Träume.

Erst als Nick an ihrer Jeans zerrte, wurde sie wieder munterer. »Nicht … keinen Sex mehr.« Sie gähnte herzhaft und versuchte, ihre Hose festzuhalten, aber Nick war stärker.

»Ich würde nie etwas tun, was du nicht wirklich willst«, flüsterte er. »Du schläfst heute hier. Ich werde dich nicht anfassen. Nicht auf … diese Weise.«

Irgendwie glaubte sie ihm. Deshalb ließ sie los, und als er ihr die Hose ausgezogen hatte, deckte er sie zu. Doch als sie ein leises Summen hörte, vermutete sie, dass er trotzdem etwas ausheckte. »Hast du hier einen Vibrator versteckt?«

»Ich muss dich leider enttäuschen«, antwortete er mit einem Grinsen in der Stimme. »Der Morgen dämmert und die Jalousien fahren sich innen an den Fenstern herunter.«

Als das Summen verstummte, blinzelte Shannon mit einem Auge. Tatsächlich, völlige Schwärze hüllte sie ein. Sie sah absolut nichts mehr. Dafür spürte sie, wie Nick neben ihr unter die Decke schlüpfte.

»Und jetzt schlaf endlich, Lupa«, raunte er.

»Ich kann nicht einschlafen, wenn du mich so intensiv anstarrst.« Sie fühlte seine Blicke wie Heizstrahler auf ihrem Gesicht, daher drehte sie ihm den Rücken zu.

Ob er etwas sehen konnte? Womöglich. Vampiraugen funktionierten ausgezeichnet in der Finsternis, die von Shannon nur etwas besser als Menschenaugen, außer wenn sie sich verwandelte, dann erkannten sie beide im Dunkeln wahrscheinlich gleich viel.

»Ich kann dich ja noch ein wenig hinter den Ohren kraulen«, sagte er süffisant.

Schon spürte sie, wie er ihr Haar am Nacken zur Seite strich, um sie dort zärtlich zu küssen.

Ihre Haut an dieser Stelle prickelte, Shannons Brustwarzen versteiften sich und eine wohlige Gänsehaut überzog ihren ganzen Körper.

»Wehe, du beißt mich, wenn ich schlafe«, wisperte sie, »dann mache ich dir das Leben zur Hölle.«

Ein leises, amüsiertes Schnauben wehte an ihr Ohr. »Keine

Sorge, *mia lupa*, morgen Früh ziert höchstens ein Knutschfleck deinen Hals.«

»Ich mach mir keine Sorgen um mich, sondern um dich, du dämlicher Vampir.«

Kurz bevor sie in den Schlaf glitt, glaubte sie noch zu hören, wie er murmelte: »Zum Glück bist du nicht so giftig wie dein Blut, auch wenn du manchmal so tust«, und sie dachte: *Für einen Vampir bist du echt okay, Nick.*

***

Shannon fühlte sich rundum wohl, seufzte leise in die Schwärze und drückte Nick ihren Po noch mehr entgegen. Irgendwann musste er sich an sie gekuschelt haben, denn er hielt sie von hinten umarmt in der Löffelchenstellung fest. Sein Herz schlug viel langsamer als das Herz bei einem Wolf oder Menschen, wenn er schlief. Das beruhigte sie.

Shannon erschrak. Wie hatte es so weit kommen können, dass sie sich in den Armen eines Vampirs geborgen fühlte? Ihre Alarmglocken schrillten. Das war gar nicht gut!

Vorsichtig tastete sie mit den Füßen nach seinen Beinen und fühlte, dass sie nackt waren. Vermutlich trug er überhaupt keine Kleidung, denn seine Morgenlatte, oder wohl eher Abendlatte, drückte sich an ihren Hintern.

Wie spät mochte es wohl sein?

Vorsichtig drehte sie sich auf den Rücken und suchte das Zimmer nach einer Lichtquelle ab, einem Wecker oder einem anderen Gerät, das ihr die Zeit verriet.

Sie fand nichts, absolute Schwärze umgab sie von allen Seiten. Auch aus dem Nebenraum drang keinerlei Helligkeit. Nicks Wohnung schien hermetisch abgeriegelt zu sein.

Er seufzte leise und schlang den Arm fester um ihren Bauch. »Schlaf noch ein bisschen«, murmelte er träge.

»Ich bin nicht mehr müde.« Das war nicht gelogen. Sie fühlte sich hellwach.

Nick schien auch langsam munterer zu werden, denn er zog ihren Kragen zur Seite und begann, ihre Schulter zu küssen. »Dann können wir uns ja noch ein bisschen vergnügen, bevor die Pflicht ruft.«

Shannon rollte sich beinahe panikartig aus dem Bett und stolperte fast auf ihrem Weg zu den Jalousien.

»Warum plötzlich so prüde, Lupa?«, drang Nicks amüsierte Stimme durch die Finsternis.

»Morgendlicher Mundgeruch«, kommentierte sie.

»Ich habe nichts bei dir bemerkt.«

»Ich doch nicht. Du!« Hektisch tatstete sie die Mauer neben dem Fensterrahmen ab, bis sie endlich einen Knopf fand. Als sie draufdrückte, fuhren sich die Jalousien im Schlafzimmer hoch.

Shannon ging in die Hocke, um zu sehen, ob die Sonne noch schien, aber die war bereits hinter den Dächern verschwunden. Dafür glühte der wolkenlose Himmel in den schönsten Farben: rot, orange und violett.

Shannon drehte sich zu Nick um, während sich der Sonnenschutz weiterhin hochfuhr, und sah ihn im Bett sitzen. Das Laken bedeckte gerade mal einen Oberschenkel, sodass sich ihr ein perfekter Blick auf sein halb geschwollenes Geschlecht bot. Das machte er doch extra! Er blinzelte und hielt sich eine Hand vor Augen; sein Haar war leicht verstrubbelt, sein Gesicht ein bisschen zerknautscht.

Verdammt, er sah immer süß, sexy oder attraktiv aus, egal in welchem Zustand!

Nick hauchte sich in die Hand. »Ich rieche nichts. Wie auch, mein Magen ist leer.«

Natürlich stank er nicht. Warum war sie bloß schon wieder so gemein zu ihm?

Sie wusste es: aus reinem Selbstschutz. Sie empfand bereits viel zu viel für ihn.

Als das orangerote Licht sein nacktes Bein berührte, versteckte er es schnell unter der Zudecke und drehte Shannon den Rücken zu. »Willst du mich umbringen?«

»Tut mir leid, ich wollte nur etwas sehen!« Sofort stoppte sie die Jalousie und ging zu ihm, um ihm die Decke über seinen nackten Knackarsch zu ziehen, bevor der noch einen Sonnenbrand bekam.

»Danke, Fellnäschen«, murmelte Nick und klang, als würde er gleich wieder einschlafen. »Komm ins Bett.«

»Ich muss nach Hause, mich umziehen, waschen … meine Zähne putzen!« Sie musste wirklich weg – weg von seiner betörenden Nähe!

Shannon fand sowohl ihre Socken als auch die Jeans feinsäuberlich auf einem Stuhl zusammengelegt und schlüpfte so schnell in ihre Hose, dass sie beinahe erneut gestolpert wäre.

»Alles okay?« Nick blickte kurz über die Schulter und streckte anschließend die Hand zu seinem Nachttisch aus, um in einer Schublade herumzukramen. »Fang!« Er warf ihr eine Packung Kaugummis zu. »Ist mit Minze. Blutgeschmack ist leider ständig ausverkauft.«

»Du bist echt witzig, Nick«, sagte sie trocken, steckte sich jedoch dankbar einen Kaugummi in den Mund. Dann warf sie ihm die Packung zurück und verließ fluchtartig das Schlafzimmer.

»Das war kein Witz!«, rief er ihr nach. »Es gibt wirklich welche mit Blutgeschmack.«

»Wenn du kein Vampir wärst, könnte ich mich glatt in dich verlieben!« Sie suchte ihre Sachen zusammen, schnappte sich ihre Handtasche und schlüpfte in ihre Schuhe. Danach drückte sie auf den Knopf für den Aufzug und hörte, wie dieser herauffuhr.

»Was hast du gesagt?« Plötzlich stand Nick splitternackt neben ihr und grinste sie an. Das Restlicht aus dem Schlafzimmer reichte aus, um mehr als genug zu erkennen. Er war Eye-Candy erster Klasse, ein sexy Sahneschnittchen, ach, einfach der heißeste Kerl auf diesem Planeten!

Er schien auf eine Antwort zu warten und sie überlegte, was sie gesagt hatte … *Wenn du kein Vampir wärst, könnte ich mich glatt in dich verlieben.*

Shit, das war ihr rausgerutscht! Sie hatte beim Sprechen einfach nicht nachgedacht.

Schnaubend kniff sie die Lider zusammen; Hitze flutete ihr Gesicht. »I-ich könnte mich in deinen Humor verlieben, meinte ich!«

»Du bist so eine verdammt schlechte Lügnerin, Fellnäschen.« Er zog sie am Nacken zu sich und drückte ihr einen Kuss auf den Mund, der sie atemlos machte. Sie schmolz an seinen Lippen dahin, sank gegen seinen harten Körper, krallte die Finger in seine Schultern und züngelte wild mit ihm. Auch er schmeckte nach Kaugummi, außerdem nach ungezügelter Leidenschaft und grenzenloser Begierde. Shannon wusste auch ohne seine steinharte Erektion, die sich gegen ihren Unterleib drückte, was er wollte, und sie könnte es ebenfalls schon wieder tun! Doch es war besser, dieser verzwickten Angelegenheit jetzt Einhalt zu gebieten.

Als sich der Aufzug öffnete, riss sie sich mit letzter Willenskraft von Nick los und stolperte in die Kabine. Schnell drückte sie auf den Knopf für die Tiefgarage. »Wir haben zu arbeiten!« Sie zog ihr Handy aus der Tasche und war dankbar für die neue Nachricht von Percy. »Es gibt einen weiteren Tatort! Da werde ich gleich mal das Halsband ausprobieren. Wir treffen uns dann dort!«

Nick stand breitbeinig in seinem Apartment, die Hände in die Hüften gestemmt, und grinste wie ein Feldherr, der eine Schlacht gewonnen hatte. »Ja, wir sehen uns später, Schnuffelnäschen!« Dann ging die Tür zu.

Schnuffelnäschen?

Wenn er mir noch mal so einen peinlichen Spitznamen verpasst, muss ich ihn wirklich töten, spätestens, wenn er ihn in der Öffentlichkeit benutzt!, dachte sie, musste aber grinsen. Eigentlich gefiel es ihr, wenn er ihr Kosenamen gab, zumindest dem Schmusewölfchen in ihr.

Verflucht! Hoffentlich war dieser Fall bald gelöst, damit sie endlich aus dem Bannkreis dieses Vampirs kam! Und dann? Was wurde danach aus Nick und ihr? Schließlich vermisste sie seine Nähe jetzt schon. Diese ganze Sex-Sache war eine verdammte Misere!

Kapitel 16 – Shannon – Halbfeen und Daywalker

Weder der erste Tatort noch die beiden darauffolgenden brachten neue Erkenntnisse. Drei Tage später gab es drei neue Opfer zu beklagen, aber vom Täter fehlte immer noch jede Spur. Das konnte so nicht weitergehen!

Shannon nahm das Halsband mit den Kristallen mittlerweile nur noch zum Schlafen ab und trug es auch jetzt im Keller des DPI, verborgen unter ihrem Rollkragenpullover, weil das Böse schließlich überall lauern konnte, selbst hier. Gemeinsam mit Percy, Nick und Agentin Lill, einer winzigen Fee mit glitzernd blauen Augen, wartete sie im Labor auf die Ankunft von Gabriel Montabon, einen ehemaligen DPI-Agenten, der nun als Schriftsteller in Vermont lebte. Leider hatte die kleine Propellermaschine des Departments, die ihn abholen sollte, wegen eines Schneesturmes erst später als geplant in Norwich starten können. Dieser Ort sollte laut Percy ein uriges Städtchen sein, in das sich Mr. Montabon nach seinen langen Dienstjahren zurückgezogen hatte. Er war wohl nie in der Zentrale tätig gewesen, sonst hätte Shannon seinen Namen schon einmal gehört.

Gespannt fragte sie sich, wie er ihnen helfen konnte. Percy erwartete sich von dem Mann neue Erkenntnisse über die Tagwandler-Experimente. Ansonsten wusste Shannon so gut wie nichts über Montabon – fast genauso wenig wie über jemand anderen, mit dem sie zusammenarbeiten sollte …

Unwillkürlich schaute sie zu Nick, der am Türrahmen lehnte und sie nie aus den Augen ließ. Finsternis schimmerte in seinen Iriden, ein wenig Wut, aber auch pure Gier. Er schien ein bisschen beleidigt zu sein, weil Shannon ihn im Kofferraum ihres

Wagens hergebracht hatte – schließlich war es bei ihrer Abfahrt erst drei Uhr nachmittags und somit noch hell draußen gewesen. Vielleicht war er aber auch deshalb schlecht gelaunt, weil Shannon in den letzten Tagen erfolgreich seinen schmeichelhaften oder spielerischen Avancen widerstanden hatte. Außerdem schliefen sie seit diesem letzten heißen Kuss vor seinem Aufzug allein, jeder bei sich zu Hause. Demzufolge war die Luft zwischen ihnen mit sexueller Spannung geradezu geladen! Wie gerne würde sie einfach dem Drängen ihrer Lust nachgeben, sich an Nicks Brust schmiegen, die sich verlockend durch sein enges Langarmshirt abzeichnete, ihn verlangend küssen, damit er wieder lachte, oder die Hand in seine Jeans schieben, um zu sehen, ob er genauso erregt war wie sie. Shannon fühlte sich quasi dauergeil, seit sie Abstand zu ihm hielt – verflixt!

Während Nick sie mit glühenden Blicken betrachtete und Percy an seinem Computer herumtippte, machte sich Shannon einen Kaffee und konzentrierte sich auf die vierte Person im Raum: Agentin Lill. Sie hatte den Kontakt zu Montabon hergestellt.

Die kleine Fee saß auf dem Rand eines Blumentopfes und zog den violetten Kelch der Glockenblume zu sich heran, um am Nektar zu naschen. Fast ihr gesamter blonder Wuschelkopf verschwand kurzzeitig in der Blüte, und als er wieder zum Vorschein kam, leckte sie sich mit der winzigen Zunge über ihre roséfarbenen Lippen. Percy hatte Shannon gebeten, ein paar Pflanzen zu besorgen, denn Lill war erstens eine kleine Naschkatze und brauchte zweitens viel Energie, wenn sie sich auf Menschengröße ausdehnen wollte. Deshalb stand neben der Glockenblume noch ein Topf mit rotem Klee und einer mit Löwenzahn, die beide besonders reich an Pollen und Nektar waren. Shannon wartete schon ungeduldig auf die Verwandlung des winzigen Geschöpfes, denn sie hatte noch nie eine echte Fee gesehen, aber schon viel von diesen eher scheuen Wesen gehört.

»Ich bin nur zu neunzig Prozent Fee, dafür zu zehn Prozent Nymphe«, erklärte Lill mit zarter, hoher Stimme, in der eine

Menge Stolz schwang, als hätte sie Shannons Gedanken erraten. Laut Percy sollte Lill über einige herausragende übersinnliche Fähigkeiten verfügen, die er ihr jedoch nicht verraten hatte. Die kleine Fee vertraute anderen nur in Sonderfällen ihre Geheimnisse an und zeigte sich bloß den Wenigsten. Doch für diesen brisanten Fall hatte sie eine Ausnahme gemacht und außerdem Gabriel Montabon überreden können, zu ihnen zu kommen.

Shannon starb beinahe vor Neugier! Was war denn an Montabon so besonders?

Um sich abzulenken, fragte sie Lill: »Frierst du denn nicht?«

Das winzige Wesen, das kaum größer war als Shannons Hand, trug ein schneeweißes, hauchdünnes Kleidchen, das ihr gerade einmal bis zu den Knien reichte. Darunter schien sie nackt zu sein. Am faszinierendsten fand Shannon die zarten Zehen und Fingerchen, deren Nägel weiß lackiert waren. Auf dem Kopf hatte die winzige Fee einen plüschigen weißen Hut aus Federn getragen, der als einziges warm aussah. Er lag nun auf einem großen Kleeblatt, damit sie ihn nicht mit Blütenstaub beschmutzte.

Lills libellenartige, grünschillernde Flügel surrten kaum hörbar, während sie sich damit in die Luft erhob und wie ein Kolibri vor Shannons Gesicht in der Luft schwirrte. Nun befand sich das grazile Gesichtchen genau vor Shannons Nase, und sie blickte verwundert in die winzigen Augen. Sie glitzerten wie blaue Diamanten.

»Ich friere nie«, piepste Lill, »solange ich genug zu essen habe. Ich danke dir für die vorzügliche Auswahl an Blumen.«

»Gern geschehen.«

Lill ließ sich auf Shannons Schulter nieder, was sie kaum spürte, und seufzte ihr ins Ohr. »Schade, dass alle gutaussehenden Vampire immer schon fest vergeben sind.«

Shannon drehte ihr das Gesicht zu und bewegte leicht die Augen von einer Seite zur anderen, was bedeuten sollte: *Er ist nicht fest vergeben.*

Die zarte Feenstirn legte sich in Falten. »Bist du sicher?«, wisperte Lill.

Shannon nickte.

»Bemerkst du denn nicht, wie er dich ansieht? Sein Herz schlägt deinetwegen.«

Nein, wegen Carina, wollte sie sagen, aber das ging natürlich nicht. Sie würde niemandem davon erzählen. Nicks Geheimnis war bei ihr sicher.

Lill schüttelte bloß grinsend ihr hübsches Köpfchen und flog zurück zu den Blumen, um diesmal vom Löwenzahn zu naschen.

Als sie sich zuvor alle miteinander bekannt gemacht hatten – Nick, Percy, Lill und sie –, hatte die Fee kurz versucht, mit Nick zu flirten, doch er war kaum darauf eingegangen. Der Nymphenanteil in ihr weckte – soweit Shannon wusste – automatisch das Interesse aller heterosexuellen Männer. Warum funktionierte das nicht bei Nick?

Ihr Herz machte einen Satz. Ob sein Herz vielleicht wirklich für sie … So ein Quatsch!

Und falls doch – so würden sie niemals zusammen glücklich werden. Er war ein Vampir, ein Geschöpf der Nacht, das sterben könnte, wenn er auch nur einen Tropfen ihres Blutes zu sich nahm. Gegenseitiger Blutaustausch gehörte jedoch zwingend dazu, um die Bindung zwischen Wandlern oder einem Wandler und einem anderen Wesen perfekt zu machen.

Sie schielte zu ihm. Dunkle Schatten hingen unter seinen Augen und er gähnte ausgiebig, sodass seine leicht verlängerten Fangzähne zum Vorschein kamen. Seine Blicke erinnerten sie nun an die eines Raubtieres, das kurz davor stand, seine Beute anzufallen.

Percy rollte mit seinem Stuhl ein Stück von seinem Arbeitsplatz weg und betrachtete Nick nachdenklich. »Sag mal, wann hast du zuletzt was gegessen?«

»Auf deiner … Party«, antwortete er zögerlich, mit einem Seitenblick auf Lill, die zumindest so tat, als würde sie vom Löwenzahn naschen. Doch ihre kleinen, spitzen Ohren zuckten aufmerksam.

»Süße, du musst besser auf Nikki aufpassen!«, tadelte Percy

Shannon und ging zum Kühlschrank. »Zum Glück habe ich immer was auf Lager.«

Nick kratzte sich am Nacken. »Ich bin im Dienst. Wenn du mir wieder so ein Zeug wie letztes Mal …«

»Ich hab auch noch Mensch da«, unterbrach Percy ihn. Er holte einen Blutbeutel heraus, füllte damit ein großes Glas und stellte es in die Mikrowelle. Nach dem Aufwärmen rührte er mit einem Spachtel um und reichte es Nick.

»Danke.« Er setzte das Glas an seine Lippen und trank es in einem Zug aus. Anschließend verzog er leicht den Mund, als hätte er etwas Bitteres getrunken. »Aufgewärmtes Menschenblut ist einfach nicht mein Fall.«

Percy zwinkerte. »Aber es wird dich wieder für eine Weile durchbringen.«

Shannon musterte Nick skeptisch. Warum hatte sich der Dummkopf denn nicht genährt? Sie war doch nicht seine Babysitterin! Nachher fiel er sie vor lauter Hunger wirklich noch an, und dann würde er einen qualvollen Tod sterben!

Nick leckte sich über die Lippen, seine Eckzähne hatten sich zurückgezogen. Auch die Augenringe waren verschwunden. Er sah gleich um Jahre jünger aus.

Es klopfte an der Tür, und keine Sekunde später trat Mr. Mitchell ein. Ihm folgten ein attraktiver schwarzhaariger Mann mit auffälligen blassblauen Augen und eine wunderschöne Frau mit wallender roter Mähne. Sie war nur ein bisschen kleiner als ihr Partner. Shannon witterte instinktiv die Wölfin in ihr und nickte ihr zu. Die Frau grüßte lächelnd zurück.

»Darf ich vorstellen?« Mitchell deutete auf die Neuankömmlinge. »Das sind Gabriel Montabon und seine Frau Beth.«

Wahrscheinlich eher seine Gefährtin, dachte Shannon, wobei es durchaus vorkam, dass Wolfswandler-Paare richtig heirateten, mit kirchlicher Trauung und allem drum und dran. Shannon konnte jedoch nicht erspüren, was Gabriel für ein Wesen war. Ein Wandler schien er nicht zu sein. Ein Mensch vielleicht? Eher nicht, denn er war optisch noch keine dreißig Jahre alt. Das passte nicht zu der Aussage, er hätte lange Jahre für das DPI gearbeitet.

Sie reichten sich alle die Hände, während sich Lill groß zauberte. Fasziniert verfolgte Shannon, wie aus der Mini-Fee eine lebensgroße Version wurde, bloß ohne Flügel. Selbst das weiße Kleid wuchs mit, aber ihr Gesicht wirkte nun weniger puppenhaft, sondern strahlte pure, sinnliche Weiblichkeit aus. Im Blau ihrer Iriden schienen permanent winzige Silbersterne zu explodieren, ihre Lippen glänzten, als wären sie mit erdbeerfarbenem Lipgloss überzogen. Was für eine seltene Schönheit. Betörend attraktiv! Der Nymphenanteil ließ sich nicht verleugnen.

»Beth!« Lachend schloss Lill die Wandlerin in die Arme. »Ich freue mich so sehr, euch wiederzusehen!« Sie gab ihr einen hörbaren Schmatzer auf die Wange, bevor sie Gabriel knuddelte. »Hallo, mein Lieblings-Vampir!«

»Vampir?«, sagten Nick und Shannon einstimmig und schauten sich fragend an. Anscheinend hatte selbst Nick nicht bemerkt, von welcher Art ihr Besucher abstammte.

Auf jeden Fall schlug Gabriels Herz. Moment … bedeutete das, Gabriel und Beth waren Gefährten? Ein Vampir und eine Wolfswandlerin? Wie konnte das sein?

Nick warf ihr einen überraschten Blick zu. Ob er gerade dasselbe dachte?

Oh – Shannon hatte jetzt schon jede Menge Fragen an Beth! Was wiederum bedeutete, dass sie sich mehr von Nick erhoffte als nur ein sexuelles Abenteuer. Oder?

Ihr Puls raste plötzlich. Bloß mal rein hypothetisch … Konnte es für sie beide eine Zukunft geben?

Ihre Gedanken wurden von Mitchells strenger Stimme unterbrochen, der sie reihum ernst anblickte. »Ich muss darauf vertrauen können, dass nichts, aber auch absolut gar nichts, was hier gleich besprochen wird und was Sie über Mr. Montabon erfahren werden, den Raum verlässt.«

Die Anwesenden stimmten nickend zu und Shannon sowie Nick sagten wieder unisono: »Natürlich.«

Sie quetschten sich alle an den kleinen Esstisch in Percys Laborküche, und Shannon wunderte sich, warum sie sich an diesem Ort trafen und nicht im Konferenzraum. Wahrscheinlich sollte niemand Gabriel Montabon oder vielleicht auch Lill zu Gesicht bekommen. Da oben war immerhin ein bisschen mehr los. Zu Percy in den Keller verirrten sich die Wenigsten.

Während er jedem ein frisches Glas Wasser hinstellte, sagte Mitchell zu Gabriel: »Ich bin sehr froh, dass Sie sich bereiterklärt haben, uns Ihre Geschichte zu erzählen.«

Gabriel seufzte schwermütig. »Als Lill mir geschrieben hat, dass ich herkommen und mein Geheimnis preisgeben soll, musste sie schon ein wenig Überzeugungsarbeit leisten. Doch als sie mir gesagt hat, was hier los ist, und sie mir einen Tag Bedenkzeit gab, konnte ich nicht anders, auch auf die Gefahr hin, dass er mich entdeckt. Aber das hier ist unsere einmalige Chance. Ich will diesen Mistkerl endlich hinter Gittern wissen!«

Nick keuchte überrascht auf. »Ihr wisst, wer dahintersteckt?«

»Das kann nur Wolkow sein!«, rief Lill aufgeregt. Sie saß zwischen Shannon und Beth, wobei ihre Ohren nervös zuckten. »Wir suchen ihn seit Monaten!«

»Wer genau sucht ihn?«, wollte Mitchell wissen.

»Beth, Lill und ich«, antwortete Gabriel. »Ich wohne in einer Notfall-Kommandozentrale des DPI und habe das nötige Equipment, um Recherchen zu betreiben. Lill ist unsere Agentin vor Ort. Wir wollten so wenige wie möglich in die Sache miteinbeziehen, damit niemand erfährt, dass ich ...« Er schaute nacheinander alle an und stieß schließlich, als ihm seine Gefährtin aufmunternd zunickte, hervor: »... ein Daywalker bin.«

Shannon riss die Augen auf und hätte am liebsten unter dem Tisch nach Nicks Hand gegriffen. »Du bist ein Tagwandler?«

Als er antwortete: »Der bin ich«, sprachen plötzlich alle durcheinander. Jeder wollte wissen, wie er es geschafft hatte, von einem Vampir zu einem Daywalker zu werden und ob er nun immun gegen Sonnenlicht sowie Wolfswandlerblut war. Vor allem Shannon konnte die Antworten kaum erwarten. Deshalb also funktionierte Gabriels und Beths Partnerschaft! Sie konnten zusammen sein. *Richtig* zusammen. Shannons Herz überschlug sich beinahe vor Aufregung.

»Der Reihe nach!«, rief Mitchell dazwischen. »Mr. Montabon, bitte erzählen Sie uns alles von Anfang an.«

Gabriel atmete tief durch und nahm Beths Hand. »Eine Vampirin und zugleich mächtige Zauberin – ihr Name war Alissa –, hat mich 1960 zum Vampir gemacht. Damals lebte ich als Reporter in Paris. Sie brachte mich kurze Zeit später nach Russland, in ein riesengroßes Schloss. Dort regierte der Vampirfürst Dimitrij Fjodor Wolkow, Alissas Vater, der wie seine Tochter die Dunklen Künste beherrschte.«

Percy nickte eifrig. »Das klingt ganz nach unserem Täter. Raucht er zufällig?«

»Ja, er hatte fast immer eine Pfeife im Mund.«

»Ich habe Spuren von Tabak an den Leichen gefunden.« Percy nahm sein Tablet an sich, das er sich bereitgelegt hatte, und tippte etwas ein. Danach hielt er das Display in die Runde. »Ist das Wolkow?« Auf dem Monitor prangte das Schwarz-Weiß-Foto eines großen schwarzhaarigen Mannes mit langem Bart. Er trug einen Anzug mit Zylinder und langen Herrenmantel, wie er im 19. Jahrhundert modern gewesen war, und schien etwa vierzig Jahre alt zu sein.

»Das ist er«, antwortete Gabriel leise. »Er und seine Tochter haben mich auf dem Schloss gefangen gehalten und mit mir experimentiert. Sie gaben mir Wandlerblut zu trinken, erst nur einen Tropfen von ganz jungen oder alten Wolfswandlern, was mich nicht umbrachte, aber …« Er räusperte sich hart und lächelte seine Gefährtin traurig an. »Es dauerte fünf Jahre, bis ich immun gegen das Blut wurde und sogar einer Stunde lang der Sonne ausgesetzt sein konnte, ohne zu sterben.«

Während sich Shannon nicht vorstellen mochte, was für immense Qualen Gabriel all die langen Jahre durchgestanden hatte, sagte Nick ehrfürchtig in die Stille: »Eine Stunde?«

Gabriel nickte. »Ich war nach dem täglichen Sonnenbad halb

verbrannt und kaum noch am Leben, aber die Regeneration ging sehr schnell. Alissa schickte mich durch dieses Martyrium, weil sie dachte, ich sei der Auserwählte, der eines Tages die Armee ihres Vaters anführen würde.«

»Eine Armee von Daywalkern«, bemerkte Mitchell.

Gabriel nickte erneut. »Doch ich war nicht der Auserwählte. Wolkow interessierte sich nur für die Vergrößerung seiner Macht und Stärke. Sobald meine Umwandlung komplett abgeschlossen war, wollte er sich so lange kleine Dosen meines Blutes einverleiben, bis er ebenfalls ein Daywalker werden würde, um selbst die Armee anzuführen. Denn die jahrelangen Torturen wollte er nicht durchleben, sondern gleich von den Antikörpern in meinem Blut profitieren – oder was auch immer in meinem Körper steckt, das er zur Umwandlung nutzen kann.«

Mitchell beugte sich interessiert zu ihm. »Und was wollte er mit dieser Armee?«

Gabriel zuckte mit den Achseln. »Vielleicht die Wolfswandler auslöschen, womöglich aber auch die Weltherrschaft an sich reißen. Ich habe leider nie Genaueres erfahren, bloß eines kann ich nach all den Jahren, die ich in seiner Gefangenschaft verbracht habe, mit Gewissheit sagen: Er würde nie mit Menschen zusammenarbeiten, weil er sich als alleiniger Anführer sieht und allen anderen Arten schon immer Verachtung entgegengebracht hat.«

Also steckte sehr wahrscheinlich nicht die Regierung oder eine andere Vereinigung der Menschen hinter der Sache, sondern allein dieser mächtige Vampirfürst. Shannon wusste jedoch, dass sie Homeland bei der Sache trotzdem nicht um Hilfe bitten konnten, weil das Gabriel gefährlich werden könnte, und nicht nur ihm. Es gab genug Leute oder Wesen da draußen, die mit Gabriels Blut Unheil treiben würden. Besser, so wenige Personen wie möglich erfuhren, was er war.

Nick betrachtete Gabriel stirnrunzelnd. »Wenn du der Schlüssel zu Wolkows Macht bist, warum hat er dich nie gesucht, um damals schon seinen Plan zu vollenden?«

Gabriel blickte ihn ernst an. »Weil er nicht mehr weiß, dass es mich gibt.«

»Wie kann das sein?«, fragte Percy.

»Alissa hat mich anscheinend wirklich geliebt«, sprach Gabriel leise weiter, »und sich am Ende geopfert, damit ich fliehen konnte und sich niemand mehr an mich oder die Experimente erinnerte, auch nicht ihr Vater. Sie sprach einen mächtigen Zauber aus und nahm sich dann das Leben, um dadurch die Magie zu verstärken.«

Stille breitete sich aus. Während Gabriel nur Augen für seine Gefährtin hatte, schienen alle anderen ihren Gedanken nachzuhängen. Shannon lehnte sich zurück und schaute unter den Tisch. Nicks Bein war verdächtig nah zu ihr gerutscht, und sie war versucht, ihren Schenkel an seinen zu schmiegen. Plötzlich sehnte sie sich noch mehr als sonst nach seiner Nähe, weil ihr Gabriels Geschichte auch ein wenig klargemacht hatte, wie schnell sich das eigene Leben von heute auf morgen ändern konnte, sei es durch Krankheit, einen Unfall oder eben einen verrückten Vampir-Magier. Sie sollte die Zeit mit Nick genießen, solange sie dauerte. Und wenn Gabriel und Beth es geschafft hatten, ein richtiges Paar zu werden, dann konnten sie das vielleicht auch? Nun gut, Nick würde nie die Sonne sehen, nie von Shannon trinken können, aber ansonsten konnten sie eine Menge Dinge miteinander teilen.

Fast unmerklich schüttelte sie den Kopf. Was hatte sie schon wieder für Gedanken? Vielleicht war sie ja nur ein Abenteuer für Nick?

Schlagartig kam ihr in den Sinn, was Lill gesagt hatte: *Sein Herz schlägt deinetwegen*, und Shannon zuckte so stark zusammen, dass sie beinahe vom Stuhl fiel. Lill musste sich irren. Oder? Die kleine Fee konnte schließlich nicht wissen, dass sein Herz schon lange schlug und zwar wegen Carina.

Nick schaute Shannon mit hochgezogenen Brauen an, was wohl heißen sollte: *Ist alles in Ordnung?*

Sie zwang sich zu einem Lächeln – aber nichts war in Ordnung.

Da sagte die Fee leise: »Alissa hat ihren Vater zwar vergessen lassen, dass er einen Daywalker erschaffen hat. Aber die Kenntnis darüber, wie man einen Vampir zum Tagwandler machen kann, kam wohl im Laufe der Jahrzehnte zurück.«

»Und er hat es wieder probiert«, wisperte Shannon. Ihre Kehle schnürte sich zu. Zum Glück befand sich Nick nachts immer an ihrer Seite. Deshalb war er relativ sicher vor Wolkows perversen Experimenten. Shannon wollte sich nicht ausmalen, was passieren würde, wenn dieser verrückte Zauberer Nick eine von den Injektionen verpasste und er deshalb einen qualvollen Tod starb. Sie erschauderte und drückte unter dem Tisch schnell seinen Oberschenkel, einfach so, ohne nachzudenken.

Sofort wandte Nick ihr wieder das Gesicht zu und starrte sie erst überrascht an, aber dann lächelte er. Es war kein anzügliches, sexuelles Lächeln, sondern ein ehrliches, das aus dem Herzen kam.

Shannon blieb beinahe die Luft weg, so sehr raste ihr Puls, und sie wollte nur noch in Nicks Armen liegen, ihn küssen und sich bei ihm geborgen fühlen.

Oh je, es hatte sie voll erwischt!

Nick durfte auf keinen Fall etwas von ihren Gefühlen zu ihm erfahren, bevor sie nicht wusste, wie er zu ihr stand. Und falls er dasselbe für sie empfand wie sie für ihn, hatte sie aktuell auch keine Ahnung, ob sie sich ihm überhaupt anvertrauen sollte. Besser, niemand erfuhr, wie es in ihr aussah, schon gar nicht Shane. In dieser Stadt war kein Platz für eine Wandlerin, die sich in einen Vampir verliebt hatte.

Erneut musterte sie Gabriel und Beth. Die beiden sahen glücklich aus und Shannon konnte ihre tiefe Zuneigung zueinander regelrecht wittern. Doch die zwei lebten auf dem Land, in einem winzigen Ort, in dem es bestimmt keine so großen Differenzen zwischen ihren Arten gab wie in New York oder anderen Großstädten.

Ob Nick mit ihr aufs Land ziehen würde?

Mitchell unterbrach ihre völlig verrückten Überlegungen, indem er Lill fragte: »Wo habt ihr Wolkows Spur verloren?«

»Vor ein paar Wochen in Russland«, erklärte sie. »Nur wenige haben ihn je zu Gesicht bekommen und die Begegnung überlebt. Er war in den letzten Jahrzehnten sehr vorsichtig und hat im Verborgenen agiert, aber jede Menge Leichen hinterlassen.« Kurz musterte sie alle im Raum. »Auf beiden Seiten.«

»Wahrscheinlich war er längst in Amerika«, knurrte Gabriel, »fast direkt vor unserer Nase! Es sind immer wieder Wandler verschwunden, wir hätten auch hier genauer suchen müssen.«

»Du hast dir nichts vorzuwerfen, Gabe«, erklärte Beth, und es war das erste Mal, dass sie etwas zu ihm sagte. »Du hast kaum noch geschlafen und dich in jeder freien Sekunde diesem Fall gewidmet.«

»Niemand muss sich Vorwürfe machen«, sagte Mitchell resolut. »Wolkow ist uns auch immer einen Schritt voraus. Jetzt haben wir wenigstens ein Gesicht und wissen, nach wem wir suchen müssen. Ich werde sofort eine Fahndung einleiten und auch Homeland informieren, dass wir eine Spur des Täters haben, damit wir mehr Zeit bekommen, jedoch nichts von Mr. Montabons Geschichte erwähnen. Es ist wirklich wichtig, dass kein Wort, das wir hier besprochen haben, diesen Raum verlässt.«

Alle waren sich der Tragweite der aktuellen Situation bewusst, das war Shannon klar. Sollte Wolkow herausfinden, dass Gabriel noch lebte und er der Schlüssel zu unbegrenzter Macht war, wäre er nirgendwo mehr sicher und der gestörte Zauberer könnte innerhalb kürzester Zeit mit dem Blut eine Armee von fast unbesiegbaren Kriegern erschaffen. Sie erschauderte. Zum Glück schien Wolkows aktuelles Serum, das er täglich an einem neuen Vampir testete, noch nicht ausgereift zu sein. Das war einerseits gut, andererseits bedeutete das noch mehr Tote.

***

Sie diskutierten lange, wie sie am besten weiter vorgehen sollten. Gabriel brannte darauf, Wolkow selbst zu fangen, ließ sich aber schließlich widerstrebend überzeugen, wie gefährlich es wäre, wenn der irre Magier ihn und sein Blut in die Finger bekäme. Also beschloss er, mit Beth in einem Hotel zu übernachten und direkt am nächsten Morgen nach Norwich zurückzufliegen.

Kurz bevor die beiden das Labor verließen, stellte sich Percy zu ihm. »Du sagtest etwas von Antikörpern in deinem Blut?«

»Ich kann nur vermuten, dass ich welche besitze. Wie genau meine Immunität zustande kommt und wie mein Blut andere Vampire umwandeln kann, weiß ich nicht.«

Gut, solange Percy mit Gabriel sprach, konnte sich Shannon dessen Gefährtin krallen, doch zuerst wollte sie noch ein wenig der Unterhaltung lauschen, genau wie Nick, der mit verschränkten Armen dicht neben ihr stand.

»Ich würde das gerne erforschen«, sagte Percy. »Darf ich dir etwas Blut abnehmen?«

Gabriel starrte ihn bloß finster an.

Shannon wollte antworten: *Dieser verrückte, aber liebenswerte Inkubus sammelt seltene Blutsorten*, doch Humor war hier definitiv fehl am Platz.

»Ich bin Wissenschaftler«, erklärte Percy ruhig, »und will Zusammenhänge verstehen. Es würde reinen Forschungszwecken dienen. Natürlich werde ich keine Armee von Tagwandlern erschaffen.« Er lächelte nicht, sondern blieb todernst. Wenn Percy etwas heilig war, dann sein Job. »Nach meinen Untersuchungen werde ich das Blut sofort vernichten, sollte noch etwas übrig sein. Das verspreche ich hoch und heilig.«

Mitchell nickte. »Mr. Simmons ist ein hochqualifizierter Mitarbeiter des DPI. Ich vertraue ihm bedingungslos.«

»Danke, Sir.« Percys Wangen färbten sich rot.

»Natürlich werde ich die Sicherheitsvorkehrungen für dieses Gebäude erhöhen«, erklärte Mitchell. »Keiner kommt an das Blut heran. Außerdem wüsste niemand außer uns, dass es hier ist.«

Lill gesellte sich zu Gabriel und berührte ihn kurz am Arm.

»Du kannst Percy tatsächlich uneingeschränkt vertrauen. Er ist der loyalste und gewissenhafteste Inkubus und Forensiker, den ich kenne.«

Percy wurde tatsächlich noch röter um die Nase und murmelte: »Danke.«

»Außerdem fühle ich, dass es wichtig ist, Blut zu spenden.« Lill kniff die Lider zusammen und musterte reihum alle Anwesenden. Als sie Shannon in die Augen blickte, explodierten besonders viele Silbersterne in Lills Iriden. Was hatte das zu bedeuten?

»Ich spüre«, sagte Lill zu Gabriel, »dass Blut eine große Rolle bei der Ergreifung von Wolkow spielt, nur weiß ich nicht, welches. Auf jeden Fall wird es mehr als nur ein Leben retten.«

Gabriel zog seine Gefährtin zu sich heran. »Was denkst du?«

»Wenn Lill das Gefühl hat, es ist richtig und wichtig, denke ich, du solltest es tun.« Beth drehte sich in seinen Armen, um eine Hand auf seine Brust zu legen. »Meinst du nicht auch?«

»Na gut«, brummte Gabriel. »Aber nur ein paar Milliliter.«

»Danke.« Percy nickte entschlossen. »Gehen wir doch dort hinüber, dann kann ich es abnehmen.«

Während Gabriel im Labor auf einem bequemen Stuhl Platz nahm, zog Shannon Beth zur Seite. »Darf ich dir einen Kaffee anbieten?«

Die Wandlerin lächelte. »Gerne.«

Sie entfernten sich ein Stück von der Gruppe, die über alle möglichen Dinge diskutierte. Während Shannon den Kaffeeautomaten bediente, sagte sie leise durch das Brummen der Maschine: »Du lebst also mit einem Vampir zusammen. Das finde ich sehr … interessant.«

»Wegen deinem Kollegen und dir?«, wisperte Beth und zwinkerte ihr zu.

War es wirklich so offensichtlich? Shannon biss sich auf die Unterlippe und reichte Beth die Tasse.

»Er starrt uns übrigens an«, flüsterte die Wandlerin ihr zu.

Shannon spürte Nicks Blicke regelrecht in ihrem Rücken.

Schon beinahe routinemäßig verdrehte sie die Augen, wandte sich aber nicht zu ihm um. »Könntest du deine Vampirlauscher vielleicht mal abstellen, damit ich kurz ein Frau-zu-Frau-Gespräch führen kann?«

Beth seufzte grinsend. »Jetzt sieht meiner auch her.«

Männer mit Supergehör waren ja noch anstrengender als normale Männer – und so verdammt neugierig!

»Weißt du was …« Beth stellte die Tasse ab. »Lass uns doch einfach Nummern austauschen und du kannst mich in Ruhe alles fragen, sobald du allein bist.«

»Beste Idee heute.« Während sie ihre Smartphones zückten, wusste Shannon, dass sie gerade auf die aufregendste Phase ihres Lebens zusteuerte. Wo würde das alles mit Nick und ihr noch hinführen?

Kapitel 17 – Shannon – Zarte Geständnisse

Mit dem Aufzug fuhr Shannon mit Nick aus den Tiefen von Percys Labor nach oben in das erste Untergeschoss, in dem sich auch die Tiefgarage des DPI befand. Schließlich hatte sie Nick im Kofferraum herbringen müssen. Mittlerweile war die Sonne jedoch untergegangen.

Normalerweise bot das Department Vampiren für solche Fälle einen Abholservice an und Nick hätte ganz bequem in einer verdunkelten Limousine hergebracht werden können, doch die Angelegenheit sollte schließlich geheim bleiben. Gabriels Schutz und das Bewahren seines außergewöhnlichen Geheimnisses hatten oberste Priorität.

Lässig lehnte Nick an der Wand des Lifts und ließ sie nicht aus den Augen. Seine Blicke brannten sich wie Laserstrahlen in ihre Haut und produzierten tief in ihr die Hitze eines brodelnden Vulkans. Er sah ebenfalls aus, als würde die angestaute Lust der letzten Tage bald aus ihm herausbrechen. Es war verdammt schwer gewesen, ihm zu widerstehen, die ganze Nacht in seiner Nähe zu sein und in Wolfsgestalt an seiner Seite diverse Fährten zu verfolgen und dabei ständig seinen unwiderstehlichen Duft in der Nase zu haben. Vielleicht sollte sie sich einfach nicht mehr gegen ihr Verlangen zur Wehr setzen und sich Nick mit Leib und Seele hingeben. Ihr sollte es egal sein, dass uralte Fehden zwischen ihren Arten standen, sondern im Hier und Jetzt leben und den Mann lieben, zu dem sich ihr Herz hingezogen fühlte.

Hastig wandte sie das Gesicht von Nick ab. Hatte sie gerade an Liebe gedacht? Liebe war ein viel zu mächtiges Wort! Andererseits empfand sie auch sehr stark für diesen verteufelt attraktiven, humorvollen und klugen Vampir. Zumindest verliebt war sie in ihn, oh ja, und das bis über beide Ohren und darüber hinaus.

»Was grinst du denn so?«, fragte er amüsiert, als sich im ersten Untergeschoss der Lift öffnete. »Gibt es an deinen Füßen was Lustiges zu sehen?«

Sofort hob sie den Kopf. »Ich grinse doch gar nicht!« Ob er wusste, woran sie gedacht hatte?

Bestimmt nicht – er war schließlich kein Hellseher!

Schnell trat sie aus dem Aufzug und ging einen Flur entlang, der zu den Tiefgaragen führte. Hier unten wurden hauptsächlich Akten gelagert, zudem gab es einen Kopierraum, Garderoben und Waschräume für die Angestellten.

Shannon warf Nick einen finsteren Blick zu. »Tatsächlich bin ich so gar nicht amüsiert darüber, dass du in den letzten Tagen überhaupt nichts getrunken hast!«

Zwei tiefe Falten bildeten sich zwischen seinen Brauen. »Ich hatte keinen Appetit.«

»Du musst bei Kräften sein, wenn wir diesen Mistkerl schnappen wollen.«

Nick schaute sie stirnrunzelnd an. »Machst du dir Sorgen um mich, Lupa?«

»Natürlich. Du bist mein Partner!«

Seine Augen wurden groß, dann packte er ihre Hand und zog

sie in den nächsten Raum. Dabei handelte es sich um ein kleines Büro mit nur zwei Schreibtischen, das zu dieser Zeit dunkel und verlassen war. Nur das kleine Licht des Notausgangschildes über der Tür erhellte es schemenhaft.

Nick sperrte ab, und Shannon stellte sich mit verschränkten Armen neben ihn. »Was wird das?«

»Wir sollten mal reden«, antwortete er ernst. »Nicht nur immer über den Job, sondern über uns. Ich will wissen, was wir für eine Beziehung führen, Shannon.«

Er hatte sie beim Namen genannt, bei ihrem richtigen Namen! Hatte er das überhaupt schon einmal gemacht? Keinerlei Leichtigkeit lag in seiner Stimme. Ihm schien es verdammt wichtig zu sein.

»Okay«, krächzte sie. »Lass uns reden.«

Er lehnte sich mit dem Rücken gegen die Tür, als hätte er Angst, Shannon könnte davonlaufen. Kurz blitzte vor ihrem inneren Auge ihre erste Begegnung auf, bei der er sie auch in einen Raum gezerrt und dort festgehalten hatte. Sie musste sich zwingen, nicht daran zu denken, wie gut sich seine Hände auf ihr anfühlten, und sich stattdessen darauf konzentrieren, was er gerade sagte.

»Ich habe mich nicht an Menschen genährt, weil ich dachte, das würde dir vielleicht nicht gefallen.«

Glaubte er, sie würde eifersüchtig werden, wenn er am Hals einer fremden Person hing? Die Vorstellung, wie er an einer attraktiven Frau saugte, gefiel ihr wirklich nicht besonders, aber er war nun einmal das, was er war, daran konnte auch sie nichts ändern. Wenn sie also mit ihm eine Beziehung führen wollte – wenn auch eine geheime, aber das würden sie schon irgendwie hinbekommen –, würde Shannon zusehen müssen, wie er sich an anderen nährte und er diese Leute dadurch erregte und …

»Gut, ich gebe zu, ich würde es nicht prickelnd finden, wenn du an einer sexy Braut nuckelst, aber du kannst dir doch auch einen alten Kerl suchen?«

»Die schmecken aber nicht so gut«, antwortete er amüsiert.

»Dann eben eine Blutkonserve?«

»Nur in Ausnahmefällen. Nahrung im Plastikbeutel ist nicht wirklich mein Fall; ich bin Vampir und kein Astronaut.«

Da war was dran. »Du hast mir erzählt, dass du auch ein bisschen normale Nahrung zu dir nehmen kannst. Du hättest dir ein blutiges Steak gönnen können.«

»Hätte ich, doch so allein …« Sein Gesicht hellte sich auf. »Willst du mit mir essen gehen?«

Ihr Herz machte einen wilden Satz. »Wird das ein Date, Signor Mancini?«

Langsam zog er sie in seine Arme und raunte: »*Sì*, wenn du das willst?«

Und wie sie das wollte!

Shannon, wenn du dich darauf einlässt, gibt es kein Zurück mehr, dachte sie aufgeregt und fragte möglichst ruhig: »Hat dein Freund Tian in seinem China-Restaurant auch Steaks auf der Karte?«

Nick grinste. »Die besten und blutigsten in ganz New York.«

Shannon lief das Wasser im Mund zusammen, doch ihr Lächeln erlosch. »Ich gehe mal davon aus, Wolfswandler haben dort keinen Zutritt?«

»Ach, das könnte ich regeln. Tian hat ein paar separate, gemütliche Hinterzimmer; wir wären ungestört.«

Ungestört klang gut …

»Allerdings kenne ich auch ein gutes Steak-House drüben in New Jersey, wenn dir das lieber ist, *mia lupa?*«

Das wäre quasi neutraler Boden. Dort durften sich Vampire und Wolfswandler gleichermaßen aufhalten. »Ja«, wisperte sie. »Das klingt gut.«

Nick lachte. »Dann haben wir unser erstes Date.« Plötzlich wurde sein Blick ernst, seine Lippen teilten sich. Außerdem hatte sich seine Atmung leicht beschleunigt, genau wie ihre.

Shannon war noch nie so aufgeregt gewesen. Sie hatte ein Date – mit Nick!

Sie bebte vor Freude, während sie sich an Nick schmiegte, um ihm einen sanften Kuss auf die Lippen zu hauchen. Die zarte Berührung schickte prickelnde Impulse durch ihre Nervenbahnen.

»Schade, dass wir nicht gleich gehen können«, sagte sie. Die ganze Nacht lag noch vor ihnen, aber Percy hatte ein paar Orte in New York für sie markiert, an denen definitiv etwas nicht stimmte. Sie sendeten seltsame Energiesignaturen aus, die auf Magie hindeuten könnten.

»Das holen wir nach«, raunte er an ihren Lippen.

Shannon seufzte wohlig und legte den Kopf an seine Brust, um den kräftigen Schlägen seines Herzens zu lauschen, während er sie fest im Arm hielt. Erneut erinnerte sie sich daran, was Lill gesagt hatte: *Sein Herz schlägt deinetwegen ...* Würde Nick wissen, falls es so war? Und würde er es ihr sagen?

Gabriel kam ihr in den Sinn. Er war zwar immer noch unsterblich, aber dennoch kein richtiger Vampir mehr und konnte sich von Beth nähren. Allerdings lag ein jahrelanges Martyrium hinter ihm; er war nicht freiwillig und unter immensen Qualen gewandelt worden. Das würde Shannon Nick auf keinen Fall aufbürden wollen, bloß damit sie richtig zusammen sein konnten. Außerdem könnte er dabei sterben.

»Denkst du«, sprach er ihre Gedanken laut aus, »mit Gabriels Blut kann ein Vampir wirklich zum Tagwandler werden?«

Sie schüttelte den Kopf. »Ich weiß es nicht. Auf einen Versuch würde ich es nicht ankommen lassen, und niemand weiß, wie man sein Blut aufbereiten muss, damit es wirkt.«

»Vielleicht kann Percy das ja herausfinden.«

Shannon schaute zu Nick auf. »Würdest du gerne so sein wie Gabriel?« Ihr Herz pochte wild.

»Welcher Vampir würde das nicht?« Er blickte sie abermals mit diesen vor Lust glühenden Augen an, sodass ihr heiß bis in die Haarspitzen wurde.

»Nehmen wir mal an«, sagte sie heiser, »du hättest die Möglichkeit, dich in einen Daywalker zu verwandeln. Was würdest du als Erstes tun?«

»Von dir trinken, *gioia mia*«, raunte er, wirbelte mit ihr herum und drückte sie gegen die Tür.

Shannon hatte keine Ahnung, was *gioia* hieß, aber so vollmundig und leidenschaftlich, wie er das Wort ausgesprochen hatte, bedeutete es bestimmt etwas Liebevolles.

Nick starrte sie weiterhin mit dieser Mischung aus Gier und Verlangen an. »Ich hab solch einen Riesenhunger auf dich, Lupa, dass ich dich in diesem Augenblick mit Haut und Haaren verspeisen könnte. Es macht mich bald wahnsinnig, nicht von dir kosten zu können!«

»Du kannst an anderen Stellen von mir kosten«, krächzte sie und hatte die verdorbensten Bilder im Kopf: sie mit gespreizten Beinen im Bett und Nicks Kopf zwischen ihren Schenkeln.

Eine seiner Brauen hob sich herausfordernd. »War das ein unmoralisches Angebot?«

Verdammt … »Ja!«

Er drängte sie mit seinem Körper härter gegen die Tür, küsste Shannon zügellos und nestelte an ihrer Hose herum. »Ich brauche dich«, knurrte er erregt in ihren Mund, und sie antwortete genauso atemlos: »Ich dich auch.«

Sie streifte sich die Schuhe von den Füßen und riss sich die Hose samt Slip von den Beinen, sodass sie mit entblößtem Unterkörper vor ihm stand. Nick hatte es gerade mal geschafft, seinen Mantel auszuziehen und die Jeans zu öffnen. Sein prachtvoller Schwanz ragte ihr entgegen, und sie hatte große Lust, den schillernden Tropfen von der Spitze zu lecken. Sie roch sein männliches Aroma, was ihr Begehren weiter in die Höhe trieb. Am liebsten wollte sie ihre Krallen in ihn schlagen und ihn nie wieder loslassen. Ein dunkles, erregtes Knurren vibrierte in ihrer Kehle, ihre Fänge pochten.

»Ich finde es total sexy, wenn du dein Tier rauslässt.« Nick hob sie an den Pobacken hoch, setzte sie auf einem Schreibtisch ab und fegte Papiere sowie Stifte zu Boden. Dann drückte er ihre Schenkel an den Knien auseinander und presste die Lippen auf ihre wild pochende Körpermitte.

»Nick!« Sie ließ sich zurücksinken, um seine kräftigen Zungenschläge genießen zu können. Ihr Kitzler pochte, ihr Inneres kontrahierte vor Geilheit. Oh Gott, wie sehr sie das brauchte! Wie sehr sie nach Sex gehungert, wie sehr sie Nick vermisst hatte!

Mit den Fängen schabte er ab und zu über ihr zartes Fleisch, was sie noch mehr erregte. »Nick, ich … kann nicht länger warten!«

»Ich auch nicht«, raunte er, stellte sich aufrecht hin, zog Shannon zu sich heran und drang mit einem Stoß in sie ein.

Endlich!

Mit Mühe hielt sie einen Lustschrei zurück. Schließlich waren sie nicht allein im Gebäude, auch nachts wurde hier gearbeitet. Weil sie sich vor Anspannung auf die Unterlippe biss, bohrte sich einer ihrer Eckzähne hinein und sie schmeckte Blut. Nick gab ein erregtes Fauchen von sich, woraufhin sie schnell den Kopf zur Seite drehte und das Blut ableckte, damit er nicht damit in Berührung kam. Zum Glück schloss sich die Wunde schnell, doch ein paar Minuten mussten sie ohne Küsse auskommen.

Hemmungslos trieb er sich in sie, und Shannon starrte auf die Stelle, an der ihre Körper verbunden waren. Während Nick so gut wie angezogen war, saß sie mit frivol gespreizten Beinen auf einem fremden Bürotisch und ließ es sich von einem Vampir so richtig besorgen.

Sie musste sich ablenken, oder sie würde jede Sekunde zum Höhepunkt kommen! Sie wollte diese lustvolle Vereinigung jedoch ein bisschen länger genießen. Deshalb fragte sie Nick keuchend: »Was würdest du als Daywalker noch machen?«

»Nachdem ich dein Blut gekostet habe«, antwortete er und schob sich langsamer in ihr vor und zurück, »würde ich mit dir den Sonnenaufgang ansehen.«

Ihre Brust schmerzte sehnsuchtsvoll bei seinen Worten. »Und danach?«

»Mit dir überall hinfahren, wo du willst.« Er nahm seinen Daumen dazu und ließ ihn auf ihrem heftig pochenden Kitzler kreisen. Das fühlte sich so verdammt gut an!

»U-und was würdest du mit deinen neuen Fähigkeiten noch so alles anstellen?« Sie hielt das nicht mehr lange aus!

»Daywalker können Wolfswandler bezirzen, oder?«

»Gabriel kann es«, wisperte sie.

Nick grinste verschmitzt. »Oh, dann würde ich all meine unanständigen Wünsche mit dir ausleben.«

Lasziv drückte sie ihm ihren Unterleib entgegen, wobei sie sich hinter dem Rücken mit den Händen an der Platte abstützte. »Warum müsstest du mich dazu bezirzen? Du weißt doch, dass ich total auf unanständigen Sex stehe.« Erneut schaute sie zu, wie seine gesamte Länge in ihr verschwand, die sie unentwegt verwöhnte, dehnte, massierte. Sein Schaft glitzerte von ihrem Saft, und der Duft ihrer Erregung erfüllte bereits den kleinen Raum.

»Hat schon mal jemand dein Hintertürchen erobert?«, fragte er rau und verstärkte den Druck auf ihre Klit.

Sie schluckte. Nein, Analsex hatte sie noch nie ausprobiert, denn dazu müsste sie in einer Beziehung leben, in der sie dem Partner vollkommen vertraute, und das war bisher noch nicht vorgekommen. Schließlich hatte sie sich überwiegend mit One-Night-Stands vergnügt.

»Ich deute dein Schweigen als ein Nein.« Leicht zwickte er sie in ihren empfindsamen Lustnerv, sodass sie den Höhepunkt nicht länger aufhalten konnte. Glühende Hitze schoss durch ihren Körper, ihr Inneres zog sich fest um Nicks Härte zusammen. Ihre Brustwarzen zeichneten sich durch ihren Pullover ab, so hart waren sie. Shannon wünschte, Nick würde an ihnen saugen, mit seinen Zähnen daran schaben und ... Himmel ... sie war im Himmel!

»*Dolce lupa, mia dolce lupa*«, murmelte er, während er sich zeitgleich in ihr verströmte.

Shannon konnte nicht die Augen von Nick nehmen, verlor sich in seinem angespannten und gleichzeitig seligen Gesichtsausdruck, und spürte ein sehnsuchtsvolles Reißen in ihrer Brust. Sie wusste, dass sie keinen Tag mehr ohne ihn verbringen wollte.

»Du müsstest mich nicht dazu zwingen«, sagte sie atemlos, nachdem ihr Orgasmus abgeklungen war, »ich würde es freiwillig mit dir ausprobieren.«

Stöhnend kniff er die Lider zusammen, und sie spürte, wie er ein letztes Mal in ihr zuckte. »Du bist so verdammt perfekt, Lupa.«

Das war sie leider nicht, zumindest nicht für eine Beziehung mit ihm.

Er beugte sich über sie, um sein Gesicht durch den Pullover an ihre Brust zu schmiegen. »Ich würde dich niemals wirklich zu etwas zwingen«, raunte er, bevor sich ein schelmisches Lächeln über sein ganzes Gesicht zog. »Na ja, vielleicht würde ich dich nackt auf einem Bein durch meine Wohnung hüpfen lassen.«

»Unterstehe dich!«, antwortete sie lachend, setzte sich auf und küsste seine Nasenspitze. Ihr Herz floss über vor Zuneigung, wenn er sie so glücklich anschaute wie jetzt.

Immer noch waren sie miteinander verbunden. Nicks Augen nahmen einen verträumten Ausdruck an und er seufzte leise. »In meinem Bett ist es so verdammt einsam ohne dich, Fellnäschen. Bleib heute nach Tagesanbruch bei mir.«

»Okay«, hauchte sie an seinem Mund. Sie würde nicht nur heute bei ihm bleiben, sondern so lange, wie er sie ließ. Doch zuerst mussten sie ihre Pflichten als Ermittler erledigen. Es galt, Percys Liste abzuarbeiten, und sie sollten endlich damit anfangen.

Als es plötzlich an der Tür klopfte, zuckten sie zusammen.

»Ich hoffe, ihr macht da drin noch Ordnung.« Das war Elviras Stimme! »Sonst werden Jim und Larissa morgen nicht erfreut sein!«

Sie hörten, wie sich Schritte entfernten, und stießen beide die Luft aus. Was suchte denn die Banshee hier unten? Wahrscheinlich war sie im Waschraum oder der Garderobe gewesen.

Schnell lösten sie sich voneinander, und Shannon hatte das Gefühl, als würde ihr etwas fehlen. Allerdings kam sie sich wie ein Schulmädchen vor, das etwas Verbotenes getan hatte. Sie gluckste auch wie eines und presste sich eine Hand auf den Mund.

Grinsend schüttelte Nick den Kopf, schloss seine Hose und half ihr beim Einsammeln ihrer Sachen.

Es war schön mit ihm, unbeschwert und frivol. Hoffentlich blieb das noch ganz lange so.

Kapitel 18 – Nicolas – Ruhe vor dem Sturm

Als sie in der Tiefgarage des DPI in Shannons Caddy saßen, musste Nick ständig zu seiner Lupa starren, während sie ihm einen von Percys Tablet-Computern vor die Nase hielt. Er konnte es immer noch nicht glauben, dass sie ein Date hatten. Shannon vertraute ihm, sorgte sich um ihn und würde heute endlich wieder bei ihm schlafen. Das hieß dann wohl, sie waren ein richtiges Paar!

Er dachte an das, was die kleine Fee Lill in Shannons Ohr geflüstert hatte: *Sein Herz schlägt deinetwegen ...*

War er wirklich ein weiteres Mal erweckt worden? Konnte das sein?

Und was dachte Shannon darüber? Sie hatte eher einen ungläubigen Eindruck gemacht. Schließlich wusste sie, dass er bereits erweckt worden war, und vermutete bestimmt, sein Herz würde immer noch für Carina schlagen.

Nick versuchte, sich das Gesicht seiner süßen Fuchswandlerin ins Gedächtnis zu rufen, und lächelte, als er ihre feuerrote Mähne und die feinen Gesichtszüge vor seinem geistigen Auge sah. Während der Jahre voller Hunger und Dunkelheit – als Strafe, weil sie liebte –, hatten ihn allein die Gedanken an seine tote Gefährtin am Leben gehalten. Sie zeigte ihm einen Ort, an dem sie zusammen in zufriedener Glückseligkeit dahin schwebten, bis Jules diesem Zustand ein Ende setzte und ihn aus seinem kalten schwarzen Gefängnis befreite. Nicks Herz blutete, er schrie und tobte, weil er sich danach verzehrte, wieder ganz in seinen Erinnerungen an Carina zu versinken. Erst als er endlich begriff, was geschehen war, verschwor er sich einem neuen Ziel: blutige Rache an dem Vampir, der sie brutal enthauptete …

Schnell schüttelte er die grausamen Gedanken an das dunkelste Kapitel seines Lebens ab. Carina war tot, er hatte Jahrzehnte getrauert und nicht mehr leben wollen. Er hatte sich nur deshalb nicht umgebracht, nachdem er Vergeltung gefunden hatte, weil er Jules in Loyalität und Dankbarkeit verpflichtet war und weil er immer noch eine Schuld zu begleichen versuchte. Jetzt schienen die finsteren Jahrzehnte endlich vorbei zu sein und Nick wollte nur noch nach vorne blicken, wieder glücklich sein.

Als er Shannon zum ersten Mal gesehen und nach Waffen durchsucht hatte, war ihm das Herz vor Leidenschaft sowie Erregung fast aus der Brust gesprungen. Es hatte so heftig pulsiert, dass ihm für einen Moment sogar die Luft weggeblieben war. An diesen Augenblick erinnerte er sich genau. Außerdem schlug es jedes Mal wie verrückt, wenn er sich in ihrer Nähe befand. Konnte es also sein?

Je länger er darüber nachdachte, desto sicherer war er sich: Sein Herz schlug nun für sie!

Er liebte Carina nicht weniger, aber er konnte sie endlich loslassen. Offenbar gab es einen Schicksalsgott, der Nick tatsächlich eine zweite Chance auf Glück zukommen ließ. Jetzt würde sich endlich alles zum Guten wenden. Er spürte es!

Shannon schmunzelte und boxte ihm leicht auf die Schulter. »Hör auf zu grinsen und konzentriere dich auf die Arbeit!«

Sie hatte recht. Da draußen lief immer noch dieser Irre herum. Deshalb schob er seine Gedankenspiele zur Seite und beschloss, die Gefährten- und Wiedererweckungsgeschichte bei Sonnenaufgang mit ihr zu besprechen. Aufmerksam betrachtete er mit Shannon den Stadtplan von New York mit den angrenzenden Gebieten, auf dem Percy die Orte markiert hatte, an denen erhöhte Energiesignaturen gemessen wurden. Diese konnten auf einen Gebrauch von Magie hindeuten. Der kluge Inkubus hatte einen Satelliten umprogrammiert, den das DPI nutzen durfte, um über ihn diese »Felder« aufzuspüren. Mitchell hatte eine Fahndung herausgegeben und alle Kräfte des Departments an den Orten verteilt, die die höchste Energiedichte aufwiesen. Bisher hatte sich allerdings noch keine Einheit zurückgemeldet. Offenbar waren sie noch nicht fündig geworden.

Oder sie waren tot. Nach allem, was Gabriel ihnen erzählt hatte, ließ sich Wolkow nicht so einfach schnappen.

»Wo würdest du dein nächstes misslungenes Experiment ablegen oder deine kranken Tests durchführen, wenn du ein superböser, machtgeiler Vampirhexer wärst?«, fragte ihn Shannon.

Er nahm ihr das Tablet aus der Hand und sah sich alle markierten Orte akribisch an. »Vielleicht hier unten.« Er deutete auf den markierten Punkt im südlichsten Teil der Stadt. »Der Freizeitpark am Coney Island Beach ist am weitesten vom DPI entfernt, über 16 Meilen, und Vampire lieben den Luna Park.«

»Du denkst, so ein Verrückter wie Wolkow experimentiert in einer Geisterbahn an Wesen herum?«

Nick zuckte mit den Schultern. »Würde doch zu dem Typen passen?« Er tippte mit dem Zeigefinger auf ein Einkaufszentrum in der Nähe des John F. Kennedy Flughafens. »Hier wäre auch kein schlechter Ort. Weit genug vom DPI entfernt, Vampirgebiet, viele Menschen, aber auch viele Verstecke, und sofort genug Leute da, um die Toten zu finden.«

»Oder wie wäre es mit dem Friedhof neben dem Astoria Boulevard?« Shannon zeigte auf eine Grünanlage, die sich keine zwei Meilen von ihnen entfernt befand.

»Direkt vor unseren Augen«, murmelte Nick. »Da würde ihn wohl niemand vermuten.«

»Ich frage mal Percy, ob wir Leute dort haben. Ich rufe ihn besser draußen an, hier unten hat mein Handy keinen Empfang.« Sie startete den Motor und verließ die Tiefgarage.

Vor dem Gebäude angekommen, parkte sie an der menschenleeren Straße. Bloß ein paar feine Schneeflocken tanzten im Licht der Scheinwerfer.

Kaum hielt Shannon ihr Smartphone in der Hand, klingelte

es. »Das ist Percy!« Schnell nahm sie das Gespräch an und stellte auf laut.

»Heaven, ihr seid noch hier!«, rief er. Auf dem Display flackerte sein Bild auf. Anscheinend telefonierte er von seinem Computer aus, denn er hackte wie ein Irrer auf seine Tastatur ein. »Ich hatte euch nicht auf dem Schirm.«

Shannon schaute Nick alarmiert an. »Wir waren in der Tiefgarage. Was ist passiert?«

Percy tippte immer noch und wirkte verzweifelt. »Ich kann keinen Kontakt zu den Einheiten herstellen. Anscheinend blockiert Wolkows Magie an diesen Orten seit Kurzem auch den Funkverkehr.«

»Wie können wir helfen?«, fragte Nick. »Sollen wir hinfahren und nachsehen?«

»Nicht nötig, Wolkow ist vermutlich an keinem der Punkte. Falls das kein Trick von ihm war, hatte ich den Kerl eben auf dem Schirm! Eine öffentliche Verkehrskamera hat ihn mir in der Nähe der U-Bahn-Station auf Roosevelt Island angezeigt, nachdem ich sein Bild ins System eingespeist hatte. Von dieser Station nimmt unser Satellit auch Energie-Impulse auf, aber die waren so schwach, dass ich sie euch nicht auf der Karte markiert habe. Außerdem gehört die Insel zum Wolfswandlergebiet. Bisher wurden alle Leichen immer im Territorium der Vampire oder an neutralen Orten gefunden, wie zum Beispiel in New Jersey.«

»Vielleicht hat er seine Taktik geändert, nachdem er womöglich gehört hat, dass nicht die Wandler die Vampire umgebracht haben?« Shannon klang aufgeregt, ihre Stimme überschlug sich beinahe. »Solche Neuigkeiten verbreiten sich schnell.«

Nick stimmte zu. »Und wir bekommen von Roosevelt Island kaum magische Signaturen angezeigt, weil es in dieser U-Bahn-Station schließlich ganz schön weit runter geht.«

Percy nickte vehement. »Ja, das ist die tiefste Haltestelle des ganzen Liniennetzes, da die Strecke unter dem East River durchführt.«

»Der Fluss wird die magischen Impulse dämpfen«, vermutete Nick. »Da unten wäre der perfekte Ort, um nicht aufgespürt zu werden.« Der Kerl wollte sich garantiert bestmöglich vor ihnen verstecken.

»Wir fahren sofort da hin!« Shannon klemmte ihr Handy in eine Halterung in der Mitte des Armaturenbrettes und startete den Caddy, während Percy noch in der Leitung war.

»Ihr unternehmt nichts, bevor nicht wenigstens eine Einheit bei euch ist!«, rief er. »Hörst du, Shannon!«

»Ich habe verstanden.«

»Bin ja auch noch da«, versicherte Nick. Er würde garantiert nicht Shannons Leben gefährden. »Denn falls es dich interessiert, Percylein, wir haben ein Date, und das will ich mir auf keinen Fall entgehen lassen.«

Zum ersten Mal schaute Percy direkt in die Kamera und machte ein schwer beleidigtes Gesicht. »Süße, jetzt bin ich wirklich getroffen, weil du mir nicht zuerst davon erzählt hast.«

Sie grinste, und die Anspannung wegen des Falles schien ein wenig von ihr zu weichen. »Das mit dem Date weiß ich doch auch erst seit gerade. Deshalb waren wir ja so lange in der Tiefgarage.«

»Bestimmt nur, um zu reden.« Percys große Augen schienen regelrecht zu schreien: *Ich will alle Details!*

Sie lachte. »Natürlich, was denkst du denn!«

»Süße, du kannst so schlecht lügen.«

»Das sag ich auch immer«, murmelte Nick, und Shannon rollte mit den Augen. Bestimmt hätte sie ihm jetzt gerne einen weiteren Boxhieb verpasst, doch sie musste fahren. Sie befanden sich bereits auf der langen Brücke, die sie zurück aufs Festland brachte, und Shannon gab ordentlich Gas.

»Während ihr auf dem Weg seid«, erklärte Percy, »versuche ich weiterhin, wenigstens eine Einheit zu erreichen. Passt auf euch auf!«

»Machen wir«, sagte Nick, bevor die Verbindung unterbrochen wurde.

Shannon nahm den Astoria Boulevard in Richtung East River, und Nick überlegte kurz, ob er rausspringen und auf dem Friedhof nach einer der vermissten Einheiten suchen sollte. Danach könnte er im Vampirmodus nach Roosevelt Island huschen. Doch wäre das eine schlaue Idee? Schließlich wusste er, wie impulsiv Shannon war, und er hatte keine Ahnung, wie lange er brauchte, um die Leute zu finden. Er traute ihr zu, zwischenzeitlich ohne ihn nach Wolkow zu fahnden. Sie konnte den Hexer dank des Halsbandes riechen und seine Fährte aufnehmen, Nick nicht.

Da klingelte erneut ihr Telefon und er nahm das Gespräch an. Es war noch einmal Percy.

»Ich habe unsere Leute, die gerade im Luna Park sind, über eine öffentliche Kamera auf dem Bildschirm«, sagte er und wirkte unendlich erleichtert. »Ihnen scheint es gut zu gehen. Jetzt muss ich nur noch warten, bis sie die verzauberte Zone verlassen, dann schicke ich sie euch sofort hinterher!«

Nick atmete auf, froh, dass ihm diese Entscheidung abgenommen wurde. »Danke, Percy!«

Das Display wurde wieder schwarz und Nick lehnte sich auf dem Beifahrersitz zurück. »Das DPI kann sich glücklich schätzen, ihn zu haben.«

»Ja, ohne ihn würde wohl alles weniger reibungslos laufen.« Stolz schwang in ihrer Stimme mit. »Er ist wirklich auf Zack und hat schon viele Programme und verschiedene, nützliche Gadgets für das DPI entwickelt. Ich bin ihm auch sehr dankbar für das Halsband.«

Shannon beschleunigte den Wagen auf der relativ freien Strecke noch einmal, und nur wenige Minuten später lenkte sie ihn über die Roosevelt Island Bridge auf die Insel. Während sie durch die Straßen fuhren, ließ sie das Fenster offen und hielt zwischendurch die Nase in den Fahrtwind.

»Riechst du ihn?«, wollte Nick wissen und versuchte, sich seine Anspannung nicht anmerken zu lassen. Falls Wolkow hier war, sollten sie wirklich nichts ohne die Verstärkung unternehmen. Nick hatte absolut keine Lust, auf der Abschussliste dieses Irren zu landen oder als Experiment zu enden. Er hatte sich die toten Vampire schließlich genau angesehen und wusste, wie qualvoll sie gestorben waren. Das machte ihn so zornig, dass er dem Mistkerl am liebsten sofort persönlich den Kopf abreißen wollte, aber Nick musste überlegt handeln. Er durfte weder die Mission noch sich und schon gar nicht Shannon in Gefahr bringen.

Nick wunderte sich über sich selbst. Noch vor ein paar Tagen war ihm sein Leben relativ egal gewesen, doch jetzt freute er sich auf eine gemeinsame Zukunft mit seiner wunderschönen Wandlerin. Auch wenn sein Herz all die Jahrzehnte geschlagen hatte, war es dennoch zu lange tot gewesen. Er hatte nur getrauert. Carina würde wollen, dass er wieder glücklich wurde. Nick befand sich auf dem besten Weg dahin. Nein, eigentlich war er bereits verdammt glücklich.

Shannon nahm einen tiefen Atemzug, als sie direkt an der U-Bahn-Station vorbeikamen. »Ich glaube, ich kann dieses Vanille-Aroma des Tabaks riechen, aber ganz sicher kann ich nur sein, wenn ich mich wandle.«

Ein paar Meter weiter stellte sie den Caddy an der Straße ab und krabbelte zwischen ihren Plätzen nach hinten. Dort holte sie eine Plastikbox unter dem Beifahrersitz hervor, die Patronen enthielt, und begann, das Magazin ihrer Pistole mit dieser Munition zu bestücken. Nick schaute ihr von vorne aus zu. »Sind das spezielle Kugeln?«

Sie nickte. »Ja, sie enthalten eine besondere Flüssigkeit, die im Körper eines Vampirs eine Reaktion auslöst, als würde ihn ein Sonnenstrahl treffen. Die Flüssigkeit tötet ihn zwar nicht, kann ihn aber eine Weile aus dem Verkehr ziehen. Du musst die Glock für mich einstecken.«

Als er kurz zögerte, die Waffe entgegenzunehmen, setzte Shannon hinzu: »Keine Sorge, solange ich nicht auf dich schieße, kann dir nichts passieren.«

Nick grinste schief. »Dann ist es ja gut, dass ich sie für dich aufbewahre.«

Er schlug den Mantel zur Seite, um sie sich in den Hosen-
bund zu stecken. Irgendwie fühlte es sich seltsam an, mit einer
Wolfswandlerin gegen einen Vampir in den Krieg zu ziehen. Verrückte Welt.

Shannon kroch nicht wieder zu ihm vor, sondern zog sich
aus. Zuerst streifte sie sich die Schuhe ab, danach den Pullover,
unter dem sie einen sexy BH trug.

»Wir werden den Mistkerl nur beobachten und eventuell verfolgen«, sagte Nick mit rauer Stimme, während sie sich die engen
Jeans von den Beinen schälte – von diesen langen, wunderschönen Beinen, die sich um seinem Körper verdammt gut anfühlten. »Ich will nicht, dass dir etwas passiert.«

Als sie nur noch in einem knappen Slip auf der Rückbank saß,
beugte sie sich zu ihm vor und griff ihm in den Nacken. »Ich will
auch nicht, dass dir etwas geschieht.« Tief schaute sie ihm in die
Augen, sodass sein Herz unkontrolliert in der Brust zuckte, dann
drückte sie ihm einen Kuss auf die Lippen. Als sie auch noch die
Zunge dazunahm, stöhnte Nick leise. Am liebsten hätte er seine
Lupa sofort auf dem Rücksitz vernascht. Draußen war es dunkel,
die getönten Scheiben erlaubten keine Blicke nach innen – niemand würde sie sehen. Doch der Einsatz ging vor. Aber er freute
sich jetzt schon riesig darauf, Shannon später in seinem Bett zu
haben, und dann würde er sie mit Fingern, Zunge und seinem
Schwanz an den Rand des Wahnsinns treiben, bis sie ihn anfleh-
te, sie zu erlösen.

Es kostete ihn verdammt viel Mühe, sich von ihren samtwei-
chen Lippen zu lösen und sich wieder auf die Arbeit zu konzentrieren. »Das hier könnte auch eine Falle sein«, murmelte er.
»Wolkow beschäftigt alle Einheiten, indem er sie in die Irre führt,
und …« Nein, das passte nicht.

Shannon schlüpfte aus dem Slip und ging auf der Rückbank
auf alle viere. »Falls er wirklich irgendwo dort ist, kann er nicht
wissen, dass gerade wir beide kommen. Er kennt uns ja gar nicht.«

»Dasselbe habe ich auch gerade gedacht. Trotzdem habe ich

ein ungutes Gefühl.«

»Das habe ich auch.« Sie bog ihren Rücken durch und streckte ihren nackten Hintern raus, als würde sie ihre Wirbelsäule auf die bevorstehende Wandlung vorbereiten. »Aber er will vermutlich bloß ungestört seine Experimente weiterführen.«

Shannon in dieser sexy Pose zu sehen, machte ihn schon wieder verdammt heiß – und hart! Dann noch mit diesem Halsband … Ihre Brüste waren nur eine Armeslänge von ihm entfernt, zum Greifen nah.

Nick musste sich räuspern, um weiterzusprechen. »Bestimmt hat Wolkow gute Kontakte zur New Yorker Wesen-Szene und mitbekommen, dass nicht die Wandler die Vampire umgebracht haben. Auf jeden Fall weiß oder vermutet er, dass jemand nach ihm sucht.«

»Warum ist er ausgerechnet hierher gekommen und nicht in Russland geblieben?«

»Darüber habe ich mir auch schon Gedanken gemacht. Er hätte schließlich überall hingehen können.«

Nachdenklich runzelte Shannon die Stirn. »Womöglich hat es etwas damit zu tun, dass die Sklaverei hier beendet wurde, als der alte Fürst spurlos verschwand und Jules Leroy an die Macht kam. Wie hieß dieser machtgeile und brutale Ex-Fürst noch mal?«

»Marius«, krächzte Nick und unterbrach schnell den Blickkontakt. »Marius van de Velden.«

»Genau! Ich wusste nur noch, dass er einen niederländischen Namen hat.«

Nick schluckte den Kloß in seinem Hals hinunter. Wenn Shannon wüsste, was er und Jules in Marius' Schlafzimmer getan hatten … »Soll ich deine Kleidung mitnehmen?«, fragte er schnell, um das Gespräch in eine andere Richtung zu lenken.

»Nein. Wir schauen schließlich nur nach, wo der Mistkerl steckt.«

Er nickte. Hoffentlich kam die Verstärkung bald.

»Kann ich noch einen Kuss haben, Nick?«, fragte Shannon leise und sah ihn wehmütig an. Da sie immer noch auf allen vieren kniete, waren ihr ein paar Haarsträhnen ins Gesicht gefallen, weshalb sie verteufelt sexy und verführerisch auf ihn wirkte. Doch ihr stand jetzt wohl eher nicht der Sinn nach Sex. Nick hörte ihr Herz aufgeregt klopfen. Sie hatte Angst. Das hatte er auch.

»Natürlich«, raunte er, beugte sich zwischen den Sitzen zu ihr und küsste sie zärtlich. Am liebsten wollte er ihr gestehen, was er für sie fühlte, aber er würde warten, bis sie ihr erstes richtiges Date hatten. Das hier war weder die passende Zeit noch der perfekte Ort dafür.

Viel zu schnell zog sich Shannon zurück, und Nick sah und hörte, wie sich ihre Sehnen und Knochen verschoben und verformten, bis ein riesiger Wolf auf den Rücksitzen stand.

Nick nahm ihren Schlüsselbund an sich, verließ den Wagen und öffnete hinten eine Tür für Shannon. Sofort sprang sie raus und ging mit ihm zum Kofferraum. Daraus holte er einen alten Degen, den er dort deponiert hatte, als Shannon mit ihm zum DPI gefahren war. Er fand: Wenn er schon ein Ermittler dieses Departments war, stand ihm auch eine Waffe zu. Nick hatte den kunstvoll verzierten Degen damals aus Venedig mitgenommen. Dieser war ein Geschenk von Carina gewesen. Das letzte Mal hatte er mit ihm gekämpft und getötet, als bereits unzählige, kastenförmige Autos die Straßen von New York verstopften. Er hatte die Klinge in ein unschuldiges Herz gerammt und seitdem nie wieder benutzt. Doch damit umzugehen, hatte er nicht verlernt. Das Kampfgeschick war fest in seinem Blut verwurzelt.

Nick steckte den Degen in eine Lederscheide, die er unter seinem Mantel trug, sperrte ab und schob die Schlüssel in die Hosentasche. Danach griff er an Shannons Halsband und tat so, als würde er sie, beziehungsweise seinen Hund, daran ausführen. Die Leute schenkten ihnen weniger besorgte Blicke, wenn er sie daran festhielt. Eine Leine wäre noch unauffälliger gewesen, aber auf seinen gutgemeinten Vorschlag hin hätte Shannon ihm vor zwei Tagen fast die Hand abgebissen.

Mit Shannon an seiner Seite marschierte er in die U-Bahn-Station und fuhr mit ihr die lange Rolltreppe in die Tiefe. Dabei hielt er sie weiterhin eisern an ihrem Halsband fest. Nicht nur wegen der Leute, die auch am späten Abend zahlreich um sie herumwuselten, sondern weil er Angst hatte, Shannon könnte jeden Moment lossprinten, um Wolkow im Alleingang zu erledigen.

Übelkeit breitete sich in seinem leeren Magen aus und sein Herz raste. Vielleicht, weil ihm plötzlich wieder die grausamen Szenen von damals vor Augen standen, als er und Jules beschlossen hatten, Marius van de Velden den Garaus zu machen. Diese Situation war irgendwie ähnlich, und die düstere Vorahnung, die von Nick Besitz ergriff, gefiel ihm ganz und gar nicht.

Kapitel 19 – Nicolas – Tod oder Leben

Shannons Spürnase hatte sie in einen alten Behelfstunnel der Subway gebracht, der noch von den Bauarbeiten stammte. Neben Staub und Spinnweben gab es dunkle Winkel, versteckte Ecken sowie aufgegebene Kammern und verlassene Technikräume. Wolkow könnte hier überall sein, und doch existierte keine Spur von ihm – zumindest nicht für Nick. Er roch absolut nichts und sämtliche Geräusche schienen gedämpft an sein Ohr zu dringen. Selbst das Rattern der Züge, die keine zwei Meter von ihnen entfernt durch den Haupttunnel fuhren, klang meilenweit weg. Alle sonstigen Geräusche, wie das Tropfen von Wasser oder das Rascheln der Mäuse und Ratten, die vor ihren Schritten Reißaus nahmen, waren kaum wahrzunehmen.

Nick fluchte innerlich. Wenn er doch auch nur etwas riechen könnte! Der Mistkerl hatte sich diesmal verdammt gut versteckt und schien seine Schutzzauber verstärkt zu haben. Wolkow hatte garantiert mitbekommen, dass das DPI hinter ihm her war.

Als sich Shannon plötzlich neben ihm in einen Menschen verwandelte und in einer dunklen Mauernische in Deckung ging, legte ihr Nick sofort seinen Mantel um die Schultern. Wahrscheinlich konnte sie ihn jetzt nicht mehr sehen. Seine Augen nahmen ihr besorgtes Gesicht jedoch wahr.

»Der Tabakgeruch wird stärker«, erklärte sie leise. »Er kann nicht mehr weit sein.«

Nick unterdrückte ein Schaudern. Sie waren also nah, und er hatte nichts bemerkt. »Ich wundere mich, dass ich bisher noch keine Wachen gesehen habe. Witterst du jemanden?«

»Nicht in unmittelbarer Nähe, aber mehrere Personen sind hier vor einer guten halben Stunde entlanggekommen. Es sind mindestens sechs.«

»Mehr von Wolkows Handlangern?«

Shannon zuckte mit den Schultern. »Oder mehr Versuchskaninchen. Ich weiß es nicht, weil ich nicht wittern kann, ob sie Angst hatten. Scheint nämlich nicht so zu sein. Auf jeden Fall sind es Vampire. Ich rieche das Menschenblut in ihnen.«

Wahrscheinlich hatte der Hexer die »Testpersonen« verzaubert, um sie ruhigzustellen. Oder sie waren freiwillig hergekommen, weil sie nicht geahnt hatten, was sie hier unten erwartete. Nick konnte sich sogar vorstellen, dass es genug Verrückte gab, die sich dieser Prozedur aus freien Stücken unterwarfen, nur um noch mächtiger zu werden.

»Hoffentlich hat er diesmal wirklich nicht mehr als einen Vampir für seine Versuche auserkoren«, murmelte Nick.

»Wolkow muss sich sehr sicher fühlen, wenn hier niemand Wache schiebt. Oder wir übersehen etwas.«

Er hoffte es nicht. »Könnte es sein, dass er jetzt herausgefunden hat, wie er Vampire wandeln kann?«

»Würde er dann nicht noch mehr Leuten das Zeug spritzen?«

Da hatte sie auch wieder recht. Nick wusste einfach nicht mehr, was er denken sollte. In seinem Kopf drehte sich alles, und er sah immer wieder das zornige Gesicht von Marius van de Velden vor sich.

Shannon tastete im Dunkeln nach dem Griff seines Degens. »Die Waffe steht dir.«

»Danke.« Automatisch zog er Shannon an sich und flüsterte ihr ins Ohr: »Lass uns hier auf die Verstärkung warten.« Sein ungutes Magengrummeln hatte zugenommen. Am liebsten wollte er Shannon packen und mit ihr von hier verschwinden.

Sie schmiegte sich an ihn und legte den Kopf auf seine Schulter. »Ich bin froh, dass du bei mir bist.«

Und er war alles andere als glücklich, mit ihr hier unten zu sein.

Ihr warmer Atem streifte seinen Hals, als sie fragte: »Warum experimentiert der Kerl in New York und nicht in einer einsamen Hütte auf dem Land?«

»Weil die meisten Vampire in Großstädten leben. Hier hat er Nachschub ohne Ende. Außerdem wollte er ja sehr offensichtlich einen neuen Krieg zwischen Wölfen und Vampiren provozieren.«

»Ja, damit sich ihm noch mehr Vampire anschließen, sobald er sie damit locken kann, Tagwandler aus ihnen zu machen.«

Die Motive waren klar, nur nicht, warum sich Wolkow ausgerechnet diese Stadt ausgesucht hatte. Auch in Russland gab es Vampire, mehr als genug, aber vielleicht waren ihm Gabriel und Lill dort bereits zu dicht auf den Fersen gewesen, weshalb er lieber gleich den Kontinent gewechselt hatte.

Als ein qualvoller Schrei durch den Tunnel hallte, zuckte Shannon in Nicks Armen zusammen. »Verdammt, das war ganz in der Nähe, Nick! Sollen wir immer noch warten? Einen weiteren Toten riskieren?«

Er fluchte innerlich. »Wahrscheinlich kommt für den armen Teufel ohnehin jede Hilfe zu spät.«

»Wolkow ist tatsächlich ganz nah!« Shannon klang ziemlich aufgeregt; sie zitterte. »Wir müssen der Einheit den genauen Standort mitteilen.«

Sie hatte recht. Im Behelfstunnel waren sie ein ganzes Stück in Richtung Manhattan marschiert. Falls der Trupp zuerst in die entgegengesetzte Richtung lief, wäre Wolkow schon über alle Berge. »Ich lasse dich nicht allein hier unten, Shannon!« Nicht in der Nähe dieses Irren!

»Du kannst doch schnell nach oben flitzen und bist sofort

wieder bei mir. Wolkow ist gerade abgelenkt und weiß nicht, dass wir hier sind. Außerdem bin ich kein Vampir, mir kann sein Gebräu nichts anhaben.«

Um das Serum machte er sich keine Sorgen. Wolkow würde nicht lange zögern und Shannon sofort umbringen.

Carina war auch allein gewesen, als van de Velden sie ... *Das hier ist nicht dasselbe!*, ermahnte er sich, während neue Schmerzensschreie ertönten. *Wolkow ist beschäftigt, und Shannon ist eine ausgebildete Ermittlerin. Sie ist nicht wehrlos!* Außerdem besaß sie das Halsband, das sie hoffentlich vor jeglicher Magie schützte.

»Na gut, ich informiere Percy.« Nick drückte ihr schweren Herzens die Pistole in die Hand, befahl ihr, sich nicht von der Stelle zu rühren, und wandte sich in Richtung Ausgang. Doch er konnte nicht einfach so gehen. Blitzartig drehte er sich noch einmal um, riss Shannon in seine Arme und gab ihr einen leidenschaftlichen Kuss, bevor er in Vampirgeschwindigkeit nach oben huschte. Am Ausgang der Subway angekommen, versteckte er sich hinter einem parkenden LKW, damit sein Degen nicht für Aufsehen sorgte, und rief Percy an. Nick teilte ihm den vermeintlichen Aufenthaltsort von Wolkow mit und fragte: »Wo bleibt die Verstärkung?«

»Die erste Einheit kann in frühestens fünfzehn Minuten bei euch sein«, erklärte ihm der Inkubus. »Haltet euch zurück!«

Nick fluchte erneut und schoss hinunter in den Tunnel zu Shannon. *Santo cielo*, sie stand zum Glück immer noch am selben Ort! »Percy sagt, die Verstärkung kommt in einer Viertelstunde.« Eine Einheit bestand aus zehn schwer bewaffneten Frauen und Männern. Gekleidet waren sie wie die Spezialeinheiten der Menschen, doch unter den schwarzen Schutzwesten und Helmen steckten Wandler, Vampire, Geister, Dämonen, Walküren und sogar Sirenen.

Noch ein Schrei hallte durch die Finsternis. Er klang diesmal schriller, als würde er von einer anderen Person stammen. Einer Frau. Oder vielleicht sogar von einem Kind. *Cazzo!*

Shannon riss die Augen auf. »Er hat diesmal tatsächlich mehr als nur einen, Nick!«

»*Sì, che cazzo*!« Wenn seine Lupa nicht bei ihm wäre, würde er sofort hinlaufen.

Shannon drückte ihm ihre Glock in die Hand, danach streifte sie sich seinen Mantel ab und reichte ihm diesen ebenfalls. »Ich kann nicht länger hier stehen bleiben und nichts tun!«

Fluchend schlüpfte Nick in den Mantel, verstaute die Pistole und zog seinen Degen, während Shannon bereits dabei war, sich erneut in einen Wolf zu verwandeln. Fragend blickte sie zu ihm auf und fletschte die Fänge.

Verdammt, sie hatte recht! Falls er wirklich ein Kind hatte, ein unschuldiges Kind … »Wir werden Wolkow nur ablenken, damit das Team die Opfer retten kann.« Falls die *Probanden* überhaupt noch lebten. Die Schreie waren verstummt, was nicht heißen musste, dass die Vampire nicht mehr litten. Vielleicht hatte Wolkow einfach mittels Magie den Ton abgestellt. Nick traute diesem Bastard inzwischen alles zu.

Nick schlich dicht hinter Shannon her, die ihn tiefer in den Tunnel lotste und dann plötzlich nach rechts abbog. Eine schmale Passage führte zu einer verrosteten, halb offen stehenden Tür. Als Nick in dem Raum dahinter flackerndes Kerzenlicht erkannte, griff er sofort an Shannons Halsband und zog sie auf die Seite. Wolkow war da drin! Nick hatte den bärtigen Vampirfürsten erkannt, genau wie drei weitere Personen – zwei dunkelhaarige Männer, optisch etwa fünfundzwanzig Jahre alt, und eine jüngere brünette Frau. Sie kauerten auf dem schmutzigen Boden; ihre Hände waren seitlich mit Kabelbindern an alte Rohre gefesselt. Auch die Füße hatte ihnen jemand zusammengebunden. Schweiß glänzte in ihren Gesichtern, von ihren Augen war fast nur noch das Weiße erkennbar, sie zitterten und atmeten schwer. Vor allem die beiden Männer röchelten stark und Blut lief über ihre Unterlippe. Der Frau schien es besser zu gehen. Nick erkannte nicht, dass sie blutete, aber ihre langen braunen Haare hingen ihr teilweise vor das Gesicht. Außerdem schien ihr Blick zwischendurch immer wieder klar zu werden, bevor sich ihre Augen erneut verdrehten.

Wolkow hatte ihnen also bereits die Injektion verpasst. Verdammt!

Nick betrachtete die Vampirin genauer. Sie kam ihm bekannt vor. War das nicht Julietta? Sie arbeitete ab und zu als Tänzerin im Revival! Ihr Outfit würde passen: Sie trug ein violettes, mit Pailletten besticktes Stretchkleid und jede Menge funkelnden Modeschmuck.

Der Russe strich sich ununterbrochen durch den dichten Bart und lief vor den Gefangenen auf und ab, wobei er etwas in seiner Sprache murmelte, das Nick nicht verstand. Er trug einen schwarzen Anzug, und eine qualmende Pfeife hing in seinem Mundwinkel. Zu seinen Füßen lagen ein paar Spritzen im Dreck.

»Yuriy, überprüfe ihre Vitalzeichen«, sagte er plötzlich in gebrochenem Englisch und deutete auf die Frau.

Aus den Schatten löste sich eine große Gestalt mit hellen Haaren, die ebenfalls einen Anzug trug, und kniete sich neben die Vampirin.

Fuck, Nick hatte den Lakaien nicht bemerkt!

Shannon stupste ihn am Bein zwei Mal mit der Schnauze an, was wohl bedeuten sollte, dass Wolkow zwei Helfer dabei hatte. Sie hatte zuvor sechs Fährten wahrgenommen. Also hatte der Fürst die Anzahl der Wachen nicht erhöht. Nick erinnerte sich daran, welche Spuren seine Lupa an den anderen Tatorten aufgespürt hatte. Es waren immer dieselben drei Fährten gewesen. Wolkow, dem unverkennbar sein Pfeifenaroma anhaftete, Yuriy und ein dritter Vampir. Wo war der?

Yuriy wandte sich zu Wolkow um. »Sie könnte es vielleicht schaffen.«

Ein irrer Glanz legte sich über die Augen des Fürsten, und Nick zog Shannon fest an sich, um sich mit ihr hinter der Tür zu verbergen. Wolkow durfte sie nicht entdecken!

»Ich weiß, dass ich ganz nah dran bin«, hörte Nick den Fürsten euphorisch sagen. »Die Männer haben es nicht geschafft, aber die Frau ist immer noch am Leben.«

Cazzo! Sie hatten wieder zwei verloren. Hoffentlich schaffte es Julietta. Wo blieb die verdammte Spezialeinheit?

»Ich werde noch eine oder zwei Modifikationen ausprobieren«, erklärte Wolkow, »und ...« Plötzlich herrschte eine unheimliche Stille. Nur die schweren, rasselnden Atemzüge der Vampirin waren zu vernehmen.

Hatte Wolkow sie bemerkt? Vielleicht das Klopfen ihrer Herzen vernommen?

Fuck! Da Nick alle Geräusche nur gedämpft wahrnahm, hatte er das nicht bedacht! Er wusste nicht, ob die Herzen der Vampire in dem Raum schlugen.

Nick musste Shannon nicht erst am Halsband zurückziehen. Sie trat von selbst den Rückzug an und tapste auf Samtpfoten durch den Staub. Auch Nick versuchte, keinerlei Geräusche zu machen.

»Gibt es ein Problem, mein Fürst?«, hörte Nick einen anderen Mann fragen. Das war dann wohl Lakai Nummer zwei. Die beiden Handlanger sprachen im Gegensatz zu Wolkow akzentfrei. Wahrscheinlich stammten sie von hier.

»Ich hoffe nicht, Jegor. Dreh deine Wachrunde!«, befahl Wolkow in scharfem Tonfall.

Shannon und er hatten gerade die schmale Passage verlassen und waren um die Ecke gebogen, als Nick das quietschende Geräusch der verrosteten Tür vernahm. Fest umklammerte er den Griff seines Degens. Er musste diesen Jegor so lautlos wie möglich ausschalten.

Nick bedeutete Shannon, sich zurückzuhalten, und legte einen Finger an seine Lippen. Sie versteckten sich in einer Mauernische des Tunnels, und Nick hörte, wie sich ihnen schwere Schritte näherten. Jegor machte sich nicht die Mühe, sein Herannahen zu verbergen. Er vermutete wohl, hier unten allein zu sein. Bisher waren Wolkow und seine Leute auch nie gestört worden. Jegor fühlte sich sicher.

Sehr gut!

Als ein schrankbreiter, riesiger Glatzkopf an ihrer Nische vorbeimarschierte, zögerte Nick nicht lange, sondern stach mit dem Degen zu. Die Spitze seiner scharfen Waffe bohrte sich punktgenau durch Jegors Ohr in dessen Gehirn, woraufhin der Riese sofort in die Knie ging. Sein Mund öffnete sich, aber kein Laut drang heraus. Nick hatte anscheinend das Sprachzentrum verletzt.

Er fing den schweren Vampir auf und legte ihn behutsam auf dem Boden ab. Der Stich ins Hirn würde den Kerl höchstens für wenige Minuten lähmen. Sobald die Wunde verheilt war, würde er wieder ganz der Alte sein. Zum Glück fand Nick jede Menge Kabelbinder in den Sakkotaschen des Mannes – und innerhalb weniger Sekunden lag der Riese fest eingeschnürt und mit auf dem Rücken gefesselten Händen im Staub. Das war ein nettes Päckchen für das DPI. Mitchell würde sich bestimmt freuen, wenn er jemanden hatte, den er verhören konnte. Noch besser wäre es allerdings, wenn Nick ihm auch Wolkow auf diese Weise präsentieren könnte.

Nick zog das Einstecktuch aus Jegors Brusttasche und stopfte es ihm in den Mund. Danach nahm er die restlichen Kabelbinder an sich, um sie in seinem Mantel zu verstauen. Womöglich brauchte er sie noch mal.

Shannon blickte ihn fragend an, als wollte sie sagen: *Und was jetzt?*

Nick presste kurz die Lider zusammen. Wenn er das bloß wüsste! »Besser, wir warten hier auf die Verstärkung. Hörst du sie schon?«

Shannon schüttelte den Kopf. Dafür erklangen neue Schreie von Julietta.

»*Cazzo*«, fluchte er. »Ich kenne die Frau. Sie arbeitet im Klub.« Er wollte ihr so gerne helfen. Er *musste* ihr helfen! Doch er konnte Shannons Leben auf keinen Fall einer weiteren Gefahr aussetzen!

Sie schnappte nach seinem Mantel, um ihn daran in Richtung Wolkow zu ziehen. Seine Lupa war so verdammt mutig, viel mutiger als er!

»Wir werden nur aufpassen, dass uns der Kerl nicht entwischt«, befahl er flüsternd. Garantiert besaß der Raum einen zweiten Ausgang. So ein Mann wie der Fürst ließ sich nicht in die Ecke drängen. »Wenn er abhaut, verfolgen wir ihn. Aber wir halten Abstand!«

Shannon nickte, und gemeinsam schlichen sie zurück.

Die Tür stand diesmal ganz offen, sodass Wolkow ihre Ankunft sofort bemerken würde. Deshalb blieben sie vor der schmalen Passage stehen und gingen hinter der Mauer in Deckung. Ab und zu warf Nick einen Blick in den Raum, und was er dort sah, gefiel ihm gar nicht. Er freute sich zwar, dass Julietta noch lebte, doch das bedeutete auch: Wolkow war seinem Ziel nahe!

Die Vampirin starrte den Fürsten mit blutunterlaufenen, aber wachsamen Augen an und rief: »Was willst du von mir? Was hast du mir gespritzt?« Dann warf sie einen ängstlichen Blick auf die zwei Männer, die leblos in ihren Fesseln hingen.

Wolkow antwortete ihr nicht, sondern löste ihre Kabelbinder, indem er mit dem Zeigefinger darauf tippte und russische Worte murmelte. Ein Band nach dem anderen sprang ab, bis Julietta frei war. Anschließend zog er sie auf die Beine.

Schwankend blieb sie stehen und machte einen schwachen Eindruck. Doch sie lebte! Hatte Wolkow sie verwandelt?

Als der rief: »Jegor, wir gehen!«, zuckte Shannon neben Nick leicht zusammen. Sie war genauso angespannt wie er.

Danach erklang Yuriys Stimme: »Er hätte längst zurück sein müssen.«

Erneut blickte Shannon fragend zu Nick auf, und er strich ihr beruhigend über den Rücken. Sie würden einfach hier stehen bleiben und …

Plötzlich schienen unsichtbare Krallen an seiner Haut zu reißen und Shannon heulte auf. Ihr Fell sträubte sich; alle Haare zeigten in die Richtung, aus der auf Russisch gemurmelte Worte drangen. Wolkow hatte sie entdeckt und wandte einen Zauber gegen sie an!

Während Shannon – wahrscheinlich wegen des Halsbandes – dem Sog widerstand und sogar zurückweichen konnte, wurde Nick geradezu magnetisch davon angezogen. Er versuchte, sich mit aller Kraft dagegen zu wehren – vergeblich. Shannon verbiss sich in seinem Mantel, doch auch das half nichts, Wolkows Magie war stärker. *Cazzo*!

Kopfüber, als würde er einen Hechtsprung machen, flog Nick in den Raum und knallte mit dem Rücken an die Wand, dort, wo noch vor Kurzem die Vampirin an ein Rohr angebunden gewesen war. Seine Rippen krachten, als sie brachen, sämtliche Luft wich aus seinen Lungen und ihm wurde für ein paar Sekunden schwarz vor Augen. Der Zusammenstoß mit der Wand würde ihn kurz ausknocken, seine Rippen und gequetschten Organe heilten schon, doch noch konnte er keinen Finger rühren oder Luft holen. Nick hoffte inständig, dass Shannon bereits der Spezialeinheit entgegen lief.

Der Luftzug hatte sämtliche Kerzen am Boden und auf den Mauervorsprüngen ausgelöscht, nur die in einer altmodischen Laterne brannte noch und erhellte den Raum schemenhaft.

»Yuriy, schaff das Mädchen in unser Versteck!«, rief der Fürst, und sein Lakai riss die Lider auf. »Aber …«

»Ich komme nach! Habe hier noch was zu erledigen.« Wolkow grinste süffisant. »Mit diesem Jungspund werde ich allein fertig.«

Yuriy zerrte Julietta aus einer Hintertür, während Nick rief: »Lauf!«, und dabei Shannon meinte. Mit gefletschten Fängen stand sie plötzlich am Eingang.

Fuck!

Wolkows Miene verfinsterte sich augenblicklich. »Du machst gemeinsame Sache mit einem Wolfswandler, Vampir?«

Shannon sprang mit einem Satz auf Wolkow zu. Der riss gerade noch rechtzeitig seinen Arm nach oben und rief ein russisches Wort, während sich Shannon in seinen Unterarm verbiss. Sie ging mit ihm zu Boden, blieb mit den Vorderpfoten auf ihm stehen und zerfetzte den Ärmel seines Sakkos, bis Blut spritzte.

»Warum funktioniert bei ihr mein Zauber nicht?«, schrie Wolkow erzürnt und sprach weitere Worte, woraufhin ihm aus seinem anderen Ärmel eine lange Klinge in die Finger flog. Sie funkelte im matten Schein der Lampe. Nur gut, dass sich das Halsband fast unsichtbar unter ihrem Fell befand.

Shannon, er hat ein Messer!, wollte Nick rufen, um sie zu warnen, denn anscheinend bemerkte sie den Dolch nicht. Immer noch verbiss sie sich knurrend in Wolkows Arm, was dem Fürsten kaum Schmerzen zu bereiten schien.

Nick war weiterhin unfähig, sich richtig zu bewegen, und konnte nicht eingreifen, aber seine rechte Hand gehorchte ihm halbwegs. Er fuhr unter seinen Mantel, wusste jedoch, dass er Wolkow mit dem Degen nie erreichen würde. Deshalb zog er die Pistole.

Gerade, als Wolkow ausholte, um Shannon die Klinge entweder in den Hals oder in die Flanke zu rammen, zischte Nick kraftlos: »Weg!«, und zielte auf den Fürsten.

Als sie wegsprang, feuerte er einen Schuss ab. Leider traf er Wolkow nicht wie geplant in den Kopf, sondern in die Schulter. Blut spritzte und kurz glühte ein grelles Licht in der Wunde auf.

Zum ersten Mal brüllte Wolkow, aber wohl eher vor Zorn. »Du Verräter an unserer Rasse!«, spie er Nick entgegen, streckte den zerfetzten Arm nach ihm aus, der sich unter den Stoffresten bereits erneuerte, und murmelte weitere Sprüche.

Sofort wurde Nick die Waffe aus der Hand geschleudert. Sie flog durch den Raum und verschwand in einer dunklen Ecke.

Fast zeitgleich legten sich unsichtbare Hände an Nicks Hals und drückten zu. Doch sie schnürten ihm nicht nur die Luft ab – auf die er als Vampir eine Weile verzichten konnte –, sondern quetschten auch sein Herz. Es fühlte sich an, als würden tausend winzige Messer durch sein pumpendes Organ schießen und es filetieren.

Nick schrie auf und krümmte sich zusammen. Solche Schmerzen hatte er seit seiner Zeit in dem kalten Grab nicht mehr erlebt, als der Blutdurst ihn übermannt und seine Gefäße ausgetrocknet hatte. Trotzdem versuchte er, sich von der Pein nicht übermannen zu lassen. Er wollte unbedingt, dass sich Wolkow weiterhin auf ihn konzentrierte, statt auf Shannon, die sich ihm langsam von hinten näherte. Vielleicht konnte sie ihn aufhalten! Ein kräftiger Biss seitlich in den Hals könnte ihn schwächen und Nick die Gelegenheit geben, ihm erst den Degen in das verdorbene Herz zu rammen und danach den Kopf abzutrennen. Den Fürsten am Leben zu lassen, kam nicht in Frage. Er war einfach zu stark und mächtig, um sich fesseln zu lassen. Vorher würde Wolkow alle von ihnen umbringen.

Als ob der Nicks Pläne ahnte, schleuderte er allein mit Gedankenkraft und ohne sich umzudrehen eine große Betonplatte auf Shannon. Sie wurde gegen die Wand geworfen und unter dem Bauschutt begraben. Nick konnte in der aufsteigenden Staubwolke nur eine Pfote von ihr sehen und hörte ein leises Winseln.

Nicks Angst um Shannon fraß ihn beinahe auf, der Raum drehte sich. Erinnerungen an den Kampf mit Marius standen ihm plötzlich lebendig vor Augen, genau wie die Wut, die er wegen Carinas Tod verspürt hatte. Unbändiger Hass und Trauer hatten ihm damals verholfen, das Unmögliche zu vollbringen. Nun verwandelten ihn die Sorge um Shannon und sein brodelnder Zorn in einen Vulkan, der kurz vor dem Ausbruch stand.

»*Bastardo*!«, rief er und sammelte all seine verbliebenen Kräfte.

Wurde dieser Mistkerl denn niemals schwach? Jeder Zauber verbrauchte schließlich Energie. Immerhin schwitzte Wolkow stark. Außerdem hatten sich Nicks Knochen und Innereien endlich so weit regeneriert, dass er fast wieder der Alte war, doch er ließ sich nichts anmerken.

Obwohl der Fürst immer noch mittels Magie sein Herz malträtierte, schaffte es Nick, den Degen zu ziehen, den Wolkow unter seinem Mantel wohl noch nicht entdeckt hatte, auf ihn zuzuschießen und blitzschnell zuzustechen. Er traf den Bastard genau in die Kehle, woraufhin der Fürst taumelnd zurückwich und der Zauber erstarb.

Während Blut über dessen Lippen floss, reagierte Nick ohne

Umschweife und jagte Wolkow im Raum hinterher. Nick wollte zuerst ihn ausschalten und danach sofort Shannon befreien, die unter der Betonplatte eingeklemmt war. Dass sie sich noch nicht in einen Menschen zurückverwandelt hatte, wertete er als gutes Zeichen. Denn sobald ein Wandler im Begriff war zu sterben, nahm er immer seine menschliche Form an. Ihr Bein zuckte und die schwere Platte hob sich etwas.

»Halte noch kurz durch!«, rief Nick ihr zu, wobei er erneut in Vampirgeschwindigkeit auf Wolkow zuschoss.

Der Fürst parierte den zweiten Degenhieb mit dem Dolch und war plötzlich aus Nicks Blickfeld verschwunden. Dieser Bastard konnte sich viel schneller bewegen als er!

Noch bevor sich Nick umgedreht hatte, bohrte sich etwas Scharfes von hinten durch seine Rippen und verfehlte sein Herz nur um Millimeter. Wolkow hatte seine Klinge auf ihn geschleudert!

Nick spürte erneut, wie Wolkow auf magische Weise sein Herz quetschte und seinen Körper lähmte. Währenddessen zog er den Dolch aus Nicks Rücken und ging um ihn herum.

»Dir scheint viel an der Wandlerin zu liegen.« Genüsslich leckte der Fürst das Blut von der Klinge. »Kaum zu glauben, sie hat dein Herz ein zweites Mal erweckt. Außergewöhnlich.«

Das konnte Wolkow herausschmecken? Oder sehen? Vielleicht besaß er das Dritte Auge?

Nick warf einen kurzen Blick zu Shannon, deren Bein nun unter der zerbrochenen Platte verschwunden war. Noch hörte er ihren Puls hämmern und vernahm ihre schnellen Atemzüge. Anscheinend hatte Wolkow den Zauber aufgehoben, der alle Geräusche dämmte, um seine Energiereserven allein für diesen Kampf zu verwenden. Nick konnte sich nicht mehr bewegen, war wie gelähmt!

Der Fürst schnaubte verächtlich. »Und es ist nicht die erste Wandlerin, für die dein Herz schlägt, du erbärmlicher ...« Plötzlich riss er die Augen auf und knurrte: »Fürstenmörder!«

Merda!

Eisige Schauder zogen über Nicks Rücken. Wolkow hatte von seinem Blut probiert und wusste nun alles über ihn, kannte seine Geheimnisse, Gedanken und Gefühle!

Während Wolkow ihn mit einer Mischung aus Faszination und Abscheu anstarrte, glitt er langsam mit dem Dolch über Nicks Hals. Er spürte den Schnitt kaum, er war nicht tief, doch Nick wusste genau, was der Fürst plante: ihm den Kopf abzutrennen!

»Was mache ich bloß mit dir?«, fragte Wolkow, als würde er zu einem Kind sprechen, und verzog nachdenklich die Brauen. »Ich finde dich und dein Wissen äußerst interessant.«

Wovon sprach dieser Bastard, verdammt?

»Aber am Leben lassen kann ich dich und deine halb tote Wandlerin auch nicht.«

Halb ... tot?

Eisige Kälte kroch in Nicks Herz. »Lass sie ... gehen«, presste er mühsam hervor. »Dann bekommst du alles von mir, was du wissen willst.« Was auch immer das war.

Kapitel 20 – Nicolas – Blutspende

Nick würde sein Leben für Shannon geben, alles dafür tun, dass sich die Vergangenheit nicht wiederholte! Ein mächtiger Vampirfürst hatte ihm schon einmal das Liebste auf der Welt genommen. Ein zweites Mal würde Nick das nicht zulassen!

Gerade, als er all seine mentale Energie sammelte, um Wolkows Zauber irgendwie zu durchbrechen, flog hinter dem Fürsten die Betonplatte zur Seite. Shannon sprang Wolkow knurrend in den Rücken und verbiss sich seitlich in seinem Hals. Der große Mann und seine Lupa begruben Nick unter ihren Körpern, aber der Bann war gebrochen, Nick konnte sich bewegen!

Er kroch unter den beiden hervor, während Shannon ein großes Stück Fleisch aus Wolkows Hals riss. Kein Blut spritzte, weil der Fürst nicht erweckt worden war und dessen Herz nicht pumpte, aber es lief in dicken Strömen an ihm hinunter und tränkte den Anzug. Die Verletzung wog schwer; Wolkow würde sich nicht innerhalb von Sekunden heilen können.

Mordlust funkelte in Shannons braunen Wolfsaugen, als sie erneut die Fänge fletschte, bedrohlich knurrte und ihr blutverschmiertes Maul aufriss. Nick hatte nie einen schöneren Anblick gesehen. Sie lebte! Es ging ihr gut!

Doch noch bevor sie erneut zubeißen konnte, drehte sich Wolkow blitzschnell um und rammte ihr durch das Fell den Dolch in den Hals.

»Nein!«, schrie Nick und seine Sicht vernebelte sich. Hart klopfte sein Puls in den Ohren, sein Herz schmerzte mehr als zuvor, als Wolkow es mit seiner Magie bearbeitet hatte.

Wie in Zeitlupe bekam Nick mit, dass der Fürst die Klinge herauszog und ein weiteres Mal zustechen wollte. Aber Nick war schneller, obwohl er glaubte, zu ersticken. Er schüttelte seine Lethargie ab, packte den Arm dieses Bastards und verdrehte dessen Handgelenk, sodass es knackend brach und er das Messer fallen ließ.

Währenddessen kippte Shannon zur Seite und verwandelte sich langsam in einen Menschen. Das bedeutete … Sie lag im Sterben! Blut spritzte aus der Wunde am Hals, ein Stück unterhalb ihres Bandes, und Nick war sofort bei ihr, um seine Hand darauf zu pressen.

»Halte durch!«, befahl er. »Verstärkung naht.«

Tatsächlich vernahm Nick viele schnelle Schritte, die von den Tunnelwänden hallten. Auch Wolkow blickte zur Tür und war keine Sekunde später durch den anderen Ausgang verschwunden.

Fuck!

»Elender Feigling!«, brüllte ihm Nick hinterher. Wäre seine Lupa nicht so schwer verletzt, würde er diesem Bastard sofort hinterherlaufen und ihn umbringen!

Als sich Shannons Lippen teilten, lief ein wenig Blut aus ihrem Mundwinkel. »Du musst Wolkow fang…«

»Hör auf, zu sprechen!« Schnell nahm er die Hand von ihrem Hals, damit er ein Stück Stoff vom Pullover eines der toten Vampire abreißen konnte, um den Fetzen auf die Wunde zu drücken – doch zu seiner Verblüffung konnte er sehen, wie sie heilte und sich neue, noch rote Haut über der verletzten Stelle bildete! »Was ...«

Natürlich! Shannon hatte beim Zubeißen etwas von Wolkows Blut gekostet. Es heilte sie! Außerdem besaß sie auch als Wandlerin eine viel schnellere Regeneration als gewöhnliche Menschen.

Mehrere bewaffnete Personen, gekleidet in schwarze Overalls und geschützt durch Helme sowie gepanzerte Westen, stürmten den Raum. Nick riss sich den Mantel vom Leib, bedeckte damit Shannon und deutete auf die Hintertür. »Wolkow ist gerade geflohen! Er hat eine Vampirin als Geisel!«

Das Einsatzkommando lief sofort weiter, doch es würde Wolkow bestimmt nicht mehr finden. Der Bastard war sicher längst über alle Berge. Aber das war Nick gerade völlig egal, für ihn zählte nur, dass Shannon lebte.

Er zog den Mantel zur Seite und betrachtete ihre nackte Gestalt zum ersten Mal genauer. Überall an ihrem Körper befanden sich dicke Blutergüsse sowie Kratzer, und wahrscheinlich hatte sie sich mehrere Rippen gebrochen, als die Betonplatte auf sie geflogen war.

Wut auf sich selbst brodelte gefährlich nah unter seiner Oberfläche, und die Sorge um Shannons Gesundheit machte ihn noch zorniger auf sich selbst. Er hatte sie nicht beschützen können, genau wie Carina. Doch Shannon lebte, und das erfüllte ihn mit unsagbarem Glück.

»Ich bringe dich sofort ins Krankenhaus.« Vorsichtig half er ihr in eine sitzende Position, damit sie mit den Armen in den Mantel schlüpfen konnte. Sie keuchte und kniff die Lider zu, ihr Gesicht war weiß wie der Staub, der den Boden bedeckte. Shannon hatte Schmerzen, doch sie biss tapfer die Zähne zusammen. Nick konnte es nicht ertragen, sie leiden zu sehen.

»Du musst Wolkow aufhalten, er hat die Frau«, sagte sie kaum hörbar, dann hustete sie und ein Schwall Blut ergoss sich über ihre Lippen.

»*Merda*! Du hast bestimmt innere Verletzungen!« Sie hatte zu wenig von Wolkows Blut geschluckt, damit auch diese heilen konnten. »Ich kann dich durch den Tunnel tragen, dann sind wir im Nu in Manhattan!« Dort gab es ein Wesen-Krankenhaus, das von Wölfen geleitet wurde. Er durfte keine Zeit verlieren!

»Nick ...« Kraftlos legten sich ihre Finger um seinen Unterarm. »Ich heile langsamer als du, aber alles wird ...« Als sie erneut hustete und diesmal noch mehr Blut aus ihrem Mund sprudelte, zögerte Nick nicht länger. Er musste es tun! Egal, was auf dem Spiel stand. Es zählte nur Shannon, ihre Gesundheit. Koste es, was es wolle!

Er biss sich ins Handgelenk, um seine Ader zu öffnen, und hielt es ihr an die Lippen. »Trink! Mein Blut wird dich innerhalb von Sekunden heilen.«

»Nick ...«, wisperte sie. »Ich muss dir was sa...«

Sture Lupa! »Überwinde deine Abscheu, oder du wirst sterben!«

»Verabscheue dich nicht«, flüsterte sie und blickte ihn voller Wärme an, bevor sie die Lippen auf die beiden Öffnungen legte.

Santo cielo! Auch wenn das in dieser Situation völlig unangebracht war, prickelte es in seinen Lenden. Er hielt Shannons Kopf mit der Armbeuge an seiner Brust, während sie an dem Handgelenk seines anderen Armes sanft saugte, züngelte und lutschte. Der Anblick war so verteufelt erotisch, dass er sich unweigerlich in seine Netzhaut brannte.

Als ihre Nackenmuskeln erschlafften und ihr Kopf schwer in seine Armbeuge sackte, tätschelte er Shannons Wange. »Nicht einschlafen, hörst du!«

Hatte sie genug getrunken? Oder hatte er zu lange gewartet?

»Nick, ich ...«, flüsterte sie und versuchte, ihre Augen zu öffnen, doch ihre Lider zitterten bloß. Schon eine Sekunde später erschlaffte ihre ganze Gestalt.

»Shannon!« Nein, nein, nein!

Hastig zog er den Mantel fest um ihren Körper und hob sie auf die Arme. So schnell er konnte verließ er den Raum und rannte mit Vampirgeschwindigkeit tiefer in den Tunnel, in Richtung Manhattan. Das Krankenhaus lag in der Nähe der U-Bahn-Station Lexington Avenue, nicht weit entfernt vom Central Park. Sie würden bald dort sein. »Halte durch!«

Noch schlug ihr Herz, doch sie atmete flach. Hoffentlich reparierte sein Blut gerade die größten Schäden. Wichtig war, die inneren Blutungen zu stoppen. Alles andere würde bei einer starken Wandlerin, wie seine Lupa eine war, von selbst heilen.

Als er den Behelfstunnel verließ, zur Hauptröhre wechselte und hinter einem losfahrenden Zug über die Gleise sprang, dachte er kurz darüber nach, dass Shannon wahrscheinlich alles über ihn wissen würde, sobald sie aus der Bewusstlosigkeit tauchte. Im Moment war ihm aber auch das egal. Er wollte bloß, dass sie überlebte.

Nick sprang vom Gleisbett auf den Bahnsteig und huschte an der Station so schnell nach oben, dass kein menschliches Auge sie erfassen konnte. Schon schlug ihm eisige Nachtluft ins Gesicht, doch er genoss die Abkühlung. Sie klärte seinen Kopf. Bloß Shannon würde die Kälte nicht gut tun. Zum Glück lag das Krankenhaus gleich um die nächste Ecke.

Während Nick das elfstöckige graue Gebäude durch den Haupteingang betrat, liefen sofort von allen Seiten Wachmänner auf ihn zu, die ihm ihre verlängerten Fänge und Krallen zeigten. Wahrscheinlich rochen sie, dass er ein Vampir war, doch er hatte jetzt keine Zeit, sich mit den Kerlen auseinanderzusetzen.

»Ich bin vom DPI!«, rief er deshalb, während er Shannon zur Notaufnahme trug. »Meine Partnerin wurde im Dienst schwer verletzt!«

Die Security schien zu bemerken, dass von ihm keine Gefahr ausging – schließlich trug er weder eine Waffe bei sich, noch machte er Anstalten, jemanden anzugreifen –, doch zwei Männer begleiteten ihn weiterhin.

»Informiert ihren Bruder«, befahl Nick den Wachen. »Er ist Shane West, euer Alpha!« Shannon würde jemanden an ihrer Seite haben wollen, den sie liebte, sobald sie erwachte.

Einer der Männer zückte sofort sein Telefon, während Nick ein bulliger Kerl mit einer fahrbaren Liege entgegenkam. Kaum hatte er seine Lupa darauf abgelegt, riss sie die Augen auf und holte schnappend Luft. Angst, Ekel und Abscheu spiegelten sich in ihren Pupillen, als sie Nick anstarrte – und sein Puls setzte einen Schlag aus.

Ja, sie wusste, was er getan hatte. Sie wusste alles!

Während sich sein Herz schmerzvoll verkrampfte, verdrehten sich Shannons Augen, und sie glitt erneut zurück in die Bewusstlosigkeit, was für sie wahrscheinlich gerade besser war. Sie waren sich so verdammt nahe gekommen, Shannon hatte ihn erneut erweckt … und jetzt würde sie ihn auf Ewig hassen.

Nick wich ihr dennoch nicht von der Seite. Er begleitete den Doktor und die beiden Krankenschwestern, die herbeigeeilt waren und Shannon nun in ein Behandlungszimmer schoben.

»Was ist passiert?«, fragte der Arzt – laut Namensschild ein Dr. Marten – und Nick antwortete: »Sie wurde im Dienst unter einer Betonplatte begraben.«

Als die Schwester den Mantel öffnete, sodass Shannons nackte Gestalt für alle sichtbar wurde, hätte Nick sie am liebsten sofort wieder bedeckt! Zum Glück sahen die Quetschungen nicht mehr allzu schlimm aus, viel besser als noch vor ein paar Minuten.

»Ich habe ihr etwas von meinem Blut gegeben«, erklärte er dem Arzt, weil das vermutlich für den Behandlungsverlauf von Bedeutung war.

Dr. Marten warf ihm einen düsteren Blick zu und ein Knurren vibrierte in seiner Kehle. »Sie haben *was* getan?«

»Sie hätte es sonst nicht geschafft!« Oh, diese arroganten Wölfe! Waren sich zu gut für Vampirblut. Lieber würden sie sterben!

Bis auf Shannon, sie hatte sein Blut angenommen.

Alles hätte perfekt werden können. Nick hatte sich so sehr auf ihr Date gefreut! Doch besser, seine Lupa erfuhr jetzt die Wahrheit über ihn, bevor sie sich beide in etwas völlig Blödsinniges verrannt hätten.

Verflucht, er kam aus der Sache nicht so leicht raus! Shannon war seine Gefährtin, sein Leben, seine … Liebe!

Ja, er liebte sie, daran gab es nichts zu rütteln.

Als Dr. Marten ihm barsch befahl: »Warten Sie draußen!«, zeigte Nick ihm bloß seine verlängerten Fänge. Er würde nirgendwo hingehen, bevor nicht ihr Bruder eintraf.

Der Arzt murmelte einen Fluch und befahl den Schwestern – oder vielleicht waren es auch Assistenzärztinnen, Nick hatte keine Ahnung, weil er normalerweise nie ein Krankenhaus besuchte –, einen Tropf anzuhängen. Dann wurde Shannon mit einem frischen Laken zugedeckt, und Dr. Marten hörte ihre Lunge ab.

»Wie sieht es aus, Doc?«, wollte Nick wissen, erwartete jedoch keine Antwort.

Zu seiner Verwunderung sagte ihm der Arzt: »Sie scheint stabil zu sein.«

Während sich um seine Lupa gekümmert wurde, stellte sich Nick etwas abseits ans Fenster, um Percy anzurufen. Er zog sein Smartphone aus der Hosentasche und bemerkte erst jetzt, wie sehr seine Hände zitterten.

Merda! Zum Glück war Shannon jetzt in Sicherheit. Nick wollte sich nicht ausmalen, dass sie hätte sterben können.

Percy anrufen!, ermahnte er sich, und tippte auf das Display. Es hatte mehrere Sprünge von Wolkows »Behandlung« davongetragen, ansonsten schien noch alles zu funktionieren – was ebenfalls an ein Wunder grenzte.

Zuerst schilderte Nick Percy kurz die Sachlage und dass es Shannon den Umständen entsprechend gut ging, danach gab er die Personenbeschreibung von Julietta durch.

Nick fluchte leise, als Percy sagte: »Das Team hat Wolkow verloren, und auch von der Vampirin gibt es keine Spur.«

Merda! Der ganze Einsatz war ein einziges Fiasko!

»Dann muss Gabriel gewarnt werden«, flüsterte Nick ins Handy. »Der Mistkerl hat von meinem Blut gekostet.«

»Gehts dir gut, Nikki?«, fragte Percy sofort.

Ganz und gar nicht, dachte er, mit einem Blick auf Shannon, und sagte: »Ich könnte heute noch einen kräftigen Schluck gebrauchen.« Einen, der nicht nur seine Energiereserven auffüllte, sondern ihn am besten auch die letzten Stunden vergessen ließ.

»Klar, komm vorbei. Mein Labor steht dir immer offen.«

»*Mille grazie*.« Kaum hatte Nick aufgelegt, platzte Shane in den Raum. Er trug Jeans und ein helles T-Shirt, keine Jacke. Seine Haare waren völlig durcheinander. Sicher hatte er längst geschlafen.

Als er Shannon reglos auf der Behandlungsliege sah, stürmte er sofort zu ihr und nahm vorsichtig ihre Hand.

Kraftlos wisperte sie: »Shane …«, wobei sie die Augen nicht öffnete.

»Was ist passiert, Kleine?« Er klang plötzlich fürsorglich und unendlich warmherzig, nicht wie der knallharte Alpha, den er sonst immer herauskehrte.

»Nick …«, hauchte sie und hielt die Lider weiterhin geschlossen.

Shane wirbelte herum, und sämtliche Sanftheit wich aus seinem Gesicht. »Was hast du ihr angetan, Blutsauger?«

Nick rührte sich nicht, als sich Shanes Pranken fest um seinen Hals legten, und leistete keinen Widerstand. Egal, was er jetzt tun oder sagen würde, es hätte auf Shane sicher keinen Einfluss. Dem Mann stand die Angst um seine Schwester überdeutlich ins Gesicht geschrieben, und natürlich suchte er einen Sündenbock. Wer eignete sich da besser als der allseits verhasste Vampir? Außerdem fühlte sich Nick hundemüde und kraftlos. Einen Kampf gegen den Alpha von Manhattan würde er jetzt garantiert verlieren.

Mit wutverzerrtem Gesicht knurrte Shane: »Ich reiß dich in Stücke, Blutsauger!«

Für einen Moment zog es Nick tatsächlich in Erwägung, sich umbringen zu lassen. Er würde den Verlust seiner Geliebten nicht noch einmal verkraften. Doch dann straffte er sich und schaltete seinen Verstand ein. Noch war nichts entschieden. Er wollte erst mit Shannon reden.

»Nick ...«, wisperte sie erneut, »hat mich gerettet.«

Langsam lockerte sich Shanes Griff, und Nick holte Luft. Er schluckte vorsichtig, sein Hals brannte. Shannon hatte ein gutes Wort für ihn eingelegt! Sein Herz zerfloss vor Zuneigung, und die Schmerzen in seiner Kehle waren im Nu vergessen.

Du verliebter Trottel, schalt er sich.

Shane ließ ihn los und schenkte ihm noch einen mörderischen Blick, bevor er zurück zur Liege ging, um wieder Shannons Hand zu nehmen.

Nick räusperte sich. Anschließend erklärte möglichst gefasst: »Ich hätte meine Partnerin niemals im Stich gelassen.« Er schaute schnell zu Shannon, aber sie starrte bloß apathisch ihren Bruder an, weshalb sein Herz wieder sank. »Ich muss jetzt zum DPI, die wollen noch einiges von mir wissen.« Es war wohl besser, wenn er das Krankenhaus verließ.

Als er sich zum Gehen wandte, hörte er abermals ihre Stimme. »Nick ... Ich weiß, wo er hin ist.«

Im ersten Moment wusste er nicht, was sie meinte, doch dann traf ihn die Erkenntnis mit voller Wucht: Natürlich! Shannon besaß nicht nur seine, sondern auch Wolkows Erinnerungen!

Neue Hoffnung pulsierte in seinem Herzen. Vielleicht war sie ja nicht allein wegen seiner Vergangenheit so schockiert! Der Fürst hatte bestimmt sehr viel schlimmere Dinge getan, nach allem, was ihnen Gabriel erzählt hatte.

Sofort drehte sich Nick wieder um. »Wo ist er?«

Tief holte sie Luft, hatte aber nur Augen für ihren Bruder. »Shane, ich muss mit Nick etwas Berufliches besprechen.«

»Das kann warten, bis es dir besser geht«, knurrte er, wobei er Nick einen nachtschwarzen Blick zuwarf.

»Kann es nicht«, sagte sie leise. Das Sprechen schien ihr immer noch Mühe zu bereiten. »Verdammt wichtige Geheimsache.« Als Shane nichts erwiderte, setzte sie hinzu: »Bitte.«

Shannon verhielt sich wie ein Profi. Obwohl sie nun Nicks Vergangenheit kannte und nicht nur körperlich, sondern auch seelisch verletzt war, konzentrierte sie sich auf den Job.

Shane knurrte erneut und ballte die Hände zu Fäusten, als würde er nur mit Mühe seine Krallen zurückhalten können. Es gefiel ihm offensichtlich absolut nicht, seine Schwester mit Nick allein zu lassen. Dennoch sagte er grollend: »Na gut, alle raus hier!« Und an Nick gewandt: »Ihr habt drei Minuten, und dann verschwindest du aus meinem Stadtteil, Blutsauger.«

Obwohl Shannon noch geschwächt war, rollte sie mit den Augen. Vielleicht war es doch keine so gute Idee gewesen, ihren Bruder zu informieren? Wobei der spätestens nach der Aufnahme von Shannons Personalien kontaktiert worden wäre.

Nachdem Shane, der Arzt und die Schwestern das Zimmer verlassen hatten, drehte ihm Shannon den Kopf zu. »Ich habe so viele schlimme Dinge gesehen, Nick.« Ihre Augen schimmerten und ein schmerzhafter Ausdruck huschte über ihr Gesicht.

Schnell senkte er den Blick. »Es tut mir leid.«

»Ich bin irgendwie mit Wolkow verbunden, und auch dich spüre ich in mir.«

»Das macht das Blut. Ist in einem Tag vorbei. Du kannst unsere Erinnerungen sehen, die bleiben dir auch teilweise erhalten. Außerdem kannst du fühlen und hören, was wir denken, wenn einer von uns in der Nähe ist.«

Intensiv musterte sie ihn. »Ich fühle, was dich bewegt. Du hast Angst, weil ich jetzt weiß, was du getan hast.« Plötzlich musste sie husten und ihre Lider fielen zu. Auf einmal wirkte sie wieder schwächer.

Sofort griff Nick nach ihrer Hand, ließ sie jedoch gleich wieder los, weil er nicht wusste, ob ihr das recht war.

Matt presste sie hervor: »Wolkow versteckt sich in einer Ruine auf North Brother Island.«

Nick hatte die Zeiten miterlebt, als die kleine Insel, die sich in direkter Nähe von Rikers Island befand, noch nicht sich selbst überlassen worden war. Das darauf liegende Riverside-Hospital wurde gegen Ende des 19. Jahrhunderts und darüber hinaus als Quarantäne-Krankenhaus betrieben für Patienten mit Tuberkulose, Pocken, Typhus und anderen schweren Krankheiten.

Wolkow agierte also fast vor der Nase des DPI!

Shannon gähnte mit geschlossenen Augen. Sie brauchte dringend Ruhe. Deshalb sagte Nick: »Ich werde das gleich weitergeben. Wir sehen uns dann … später.« Falls es ein Später gab.

Er sollte nun gehen, doch zuvor musste er ganz dringend etwas loswerden. Deshalb nutzte er den Umstand, dass Shane vor der Tür mit dem Doktor diskutierte, und flüsterte seiner Lupa zu: »Egal, was du gesehen hast und über mich denkst, bitte lass Jules da raus.«

Als sie die Augen öffnete, perlte eine Träne über ihre Wange. »Nick, ich …«

»Bitte versprich mir, dass ihm nichts geschieht«, unterbrach er sie resolut. Nick verdankte Jules einfach alles: seine Rettung aus dem dunklen Grab, sein Leben und dass er seine Rache bekommen hatte.

»Ihm wird nichts geschehen«, versicherte sie ihm. »Aber …«

Auf einmal stürmte Shane ins Zimmer und funkelte ihn erneut zornig an. »Raus jetzt!«

Er nickte, sah dabei jedoch Shannon an. »Lass uns über alles reden, wenn es dir besser geht.«

»Ja«, hauchte sie, wobei sie unendlich müde wirkte.

Nick hätte sie so gerne geküsst, aber nicht vor Shane und schon gar nicht, solange er nicht wusste, ob Shannon überhaupt noch etwas für ihn empfand.

Kapitel 21 – Shannon – Blutige Wahrheit

Shannon lag im Krankenbett und starrte die weiße Decke an. Ihr Kopf schien jede Sekunde zu explodieren, so viele fremde Erinnerungen schossen durch ihn hindurch: die von Nick, Wolkow und sogar Leroy. Nick hatte vor fast einem Jahrhundert Leroys Blut bekommen und wusste bis zu dem damaligen Moment alles über das Leben des Fürsten, auch aus dessen Zeit als Sklave auf einer Baumwollplantage und dem einfachen Leben in Afrika. Bilder von Leroy, der von seinem Herrn ausgepeitscht und in eine enge Kiste gesteckt wurde, in der er einen ganzen Tag lang in der glühenden Sonne ohne Wasser durchhalten musste, blitzten vor Shannons innerem Auge auf.

Als Nächstes sah sie das Gesicht von Amylee vor sich, die Leroys Leben wieder einen Sinn gegeben hatte – dazu folgten einige sehr unanständige Szenen, die Shannons Inneres erhitzten.

Nach seiner Verwandlung in einen Vampir diente Leroy dem damaligen Fürsten Marius van de Velden, einem grausamen, bösartigen Mann, der sehr große charakterliche Ähnlichkeiten zu Wolkow aufwies.

Shannon schüttelte sich bei der Erinnerung an Wolkows Gräueltaten. Als sie nach ihrer Ohnmacht die Augen zum ersten Mal aufgerissen hatte, war ihr etwas besonders Furchtbares durch den Kopf geschossen: Der russische Fürst hatte im vorletzten Jahrhundert alle Wolfswandler einer kleinen Siedlung von seinen Schergen zusammentreiben und in eine fensterlose Scheune sperren lassen. Danach hatte er mittels Magie das Holzgebäude entflammt. Die Wandler verbrannten bei lebendigem Leib, Männer, Frauen, Kinder. Shannon hörte immer noch ihre qualvollen Schreie … Sie wusste nun auch, wie Wolkow später nach Wolfswandlern und anderen Wesen hatte suchen lassen, damit diese ihm verrieten, wo sich ihre Artgenossen versteckten. Wollten sie nicht reden, peitschte er sie so lange aus, bis sich die Haut vom Fleisch schälte …

Van de Velden folterte ebenfalls für sein Leben gern, besonders alle Vampire, die sich mit anderen Wesen zusammentaten. Ständig erblickte Shannon Blut, so viel Blut, abgetrennte Köpfe, tote, aufgerissene Augen … Zum Glück war Nick bei ihr gewesen, nachdem sie bewusstlos geworden war. Er hatte sie gehalten, getragen, in Sicherheit gebracht.

Sie schloss die Augen und leckte sich über die Lippen, als ob sie dort noch Nicks Blut schmecken könnte, seinen süßen, berauschenden Saft, dem sie ihr Leben verdankte. Gemeldet hatte er sich bisher nicht bei ihr und sie ahnte allmählich, warum: Irgendetwas in seiner Vergangenheit, die Shannon nun nicht mehr verborgen war, musste unfassbar schrecklich sein. Vielleicht hatte er etwas getan, für das er immer noch belangt werden konnte, und fürchtete, sie würde ihn dafür verurteilen oder gar verraten.

Shane dagegen war heute Morgen schon mit einem wunderschönen Strauß violetter Rosen bei ihr aufgetaucht, die nun auf dem Nachttisch standen. Ihr überfürsorglicher Bruder hatte sie im obersten Stockwerk des Krankenhauses einquartieren lassen und dafür gesorgt, dass rund um die Uhr zwei seiner besten Bodyguards vor ihrer Zimmertür Wache hielten. Diese hatten den strengen Befehl, niemandem Zutritt zu gewähren, der nicht zum Personal gehörte.

Ein Wunder, dass Mitchell hereingekommen war, doch der Chef des DPI hatte wohl ein bisschen von seiner uralten Engelsmacht spielen lassen. Percy war an seiner Seite gewesen, um Shannon ihr Handy vorbeizubringen und das Halsband mitzunehmen, hatte aber leider schon wieder gehen müssen. Der brisante Fall ließ ihn kaum zu Atem kommen, zumal die Einsatzteams Wolkow nicht mehr auf North Brother Island vorgefunden hatten. Der Bastard war erneut untergetaucht.

Wegen all der chaotischen, fremden Bilder in ihrem Schädel hörte Shannon mehr schlecht als recht, was Mitchell sagte. Mit besorgter Miene saß er auf einem Stuhl neben ihrem Bett und entschuldigte sich bestimmt schon zum dritten Mal bei ihr. »Es tut mir leid, dass ich Ihnen bei diesem Fall zuerst nicht geglaubt habe, obwohl ich gespürt habe, dass Sie vollkommen von Ihrer Theorie überzeugt waren.«

Aha, anscheinend konnte sich auch ein Mensch mit Engelsblut irren.

»Wir werden diesen Mistkerl bekommen. Ich habe alle verfügbaren Einheiten da draußen.«

Shannon nickte abwesend, denn gerade schwirrten ihr Bruchstücke aus Nicks Leben durch den Kopf, und sie wollte nichts davon verpassen. Die Erinnerungen wirkten verwirrend intensiv, fast als wären es ihre eigenen. Sie sah, was passiert war, und spürte dazu ein starkes Echo von Nicks Gefühlen.

Die Gegenwart verblasste, und Shannon tauchte nicht nur tief in eine andere Zeit ein, sondern auch in das Leben des Vampirs, dessen Blut sie getrunken hatte. Sie wurde zu Nicolò, wie er damals noch hieß, und trug eine wertvolle grüne Seidenmaske in der Hand. Diese hatte er im Auftrag der Eltern für die Tochter einer vermögenden venezianischen Familie gefertigt. Seit den Jahren an der Seite von Vampirin Lorena, seiner Erschafferin, belieferte Nicolò überwiegend Wesen. Einige von ihnen brauchten die Masken, um unerkannt unter den Menschen zu wandeln, anderen machte es einfach Spaß, sich zu verkleiden, wie den Menschen auch.

Nicolò überreichte seine Maske mit einer eleganten Verbeugung einer zierlichen Gestalt in einem Kapuzencape. Sie stand in einem nachtschwarzen Garten, der von vielen Fackeln erhellt wurde, und entpuppte sich als rothaarige Schönheit. Nicolò schnappte überrascht nach Luft, weil sein Herz gleich bei ihrer ersten Begegnung donnernd zu schlagen begann …

Shannons Herz donnerte beim Anblick der hübschen Frau ebenfalls wild los, weil sie spürte, was Nick spürte. Er hatte Carina wirklich sehr geliebt und würde sie nie vergessen, aber Shannon war nicht eifersüchtig deswegen. Es zeichnete Nick aus, dass er immer noch so tief für Carina empfand. Er besaß eine treue Seele. Außerdem hatte sie ihren eigenen Platz in seinem Herzen.

Zitternd atmete sie tief ein und tauchte wieder in die spannende Vergangenheit ein …

Damals in Venedig verlebte Nicolò eine unbeschwerte Zeit mit seiner Gefährtin, auch wenn ihre Eltern eine Weile brauchten, um ihn zu akzeptieren. Sie hatten Carinas erste Ehe mit einem Fuchswandler arrangiert, der seine Frau zwar respektiert, aber nie glücklich gemacht hatte, bevor Wesenjäger ihn ermordet hatten. Als Carinas Mutter und ihr Vater bemerkten, wie ihre Tochter aufblühte, schlossen sie Nicolò in ihr Herz und begrüßten ihren Bund sogar. Dieser wurde von Tag zu Tag stärker, weil Nicolò und Carina wiederholt Blut austauschten. Carina würde ewig leben und immer jung und gesund bleiben, solange sie regelmäßig von ihm trank.

Das Schicksal hatte jedoch andere Pläne. Die Wesenjäger, die bereits Carinas Mann getötet hatten, entwickelten sich zu einer immer größeren Bedrohung für die gesamte übernatürliche Gemeinde in Venedig. Nach langen Diskussionen mit Carina und ihrer Familie beschloss Nicolò, es den Menschen nachzumachen und im fernen Amerika neu anzufangen.

Schon eine Woche später fanden sie ein Schiff, das sie in das Land der unbegrenzten Möglichkeiten brachte. Die Überfahrt verlief problemlos, der Neustart dagegen war nicht ganz so einfach. Zwar fanden sie schnell eine Unterkunft in New York, aber sie mussten wie alle anderen Einwanderer nach einer Arbeit suchen.

Ein Gerücht in Wesenkreisen brachte Nicolò schließlich dazu, sich bei Marius van de Velden vorzustellen. Er hatte es als Industrieller zu Macht und Wohlstand gebracht, war einer der einflussreichsten Vampire der Stadt und suchte ständig nach neuen Angestellten mit besonderen Fähigkeiten.

Nicolòs Referenzen begeisterten den großen blonden Mann mit den hellblauen Augen sofort. Nicolò hatte schließlich nicht nur das Handwerk des Maskenmachens von seinem Vater gelernt, sondern konnte auch die Bücher führen, Waren einkaufen und war geschickt darin, Handel zu treiben. Außerdem glaubte van de Velden wohl, jeder Vampir würde genau wie er andere Wesen – und Menschen – als minderwertig erachten.

Nicolò zögerte zuerst, in dessen Dienste zu treten, sah aber keine andere Möglichkeit für sich. Natürlich war ihm klar, dass er seinem neuen Boss verheimlichen musste, mit wem er liiert war. Nicolò fand ohnehin, sein Privatleben ginge niemandem etwas an und log, als er gefragt wurde: »Haben Sie engen Kontakt zu anderen Wesen außer Menschen und Vampiren?«

Shannon holte tief Luft und versuchte, ihre angespannten Muskeln zu lockern. Sie sah nur das Gesicht von Marius vor sich, nicht, welche Kleidung er trug. Auch die Umgebung wirkte verschwommen, schemenhaft, dunkel. Als würde sie durch einen langen Tunnel blicken, an dessen Wänden Nebel waberte.

Mitchell erzählte etwas, und sie nickte an den hoffentlich passenden Stellen. Würde dieser Zustand nun ewig dauern? Dass sie in einer fremden Gedankenwelt festhing und kaum noch etwas von ihrer Umgebung mitbekam?

Wieder tauchte sie tief ein in Nicks Erinnerungen, als würde sie von einem Strudel erfasst werden, und stand erneut Marius van de Velden gegenüber. Natürlich ließ er nicht locker und stellte Nicolò eine zweite Frage: »Wenn Sie in keiner Beziehung leben, warum schlägt dann Ihr Herz?«

Nicolò blickte ihm tief in die hellen Augen. »Es schlägt noch immer für Lorena, die Frau, die mich gewandelt hat. Einer der Wesenjäger, vor dem ich aus Venedig geflohen bin, hat sie mir genommen.«

Marius kniff leicht die Lider zusammen. »War sie eine von uns?«

Nicolò nickte. »Sie war die schönste Vampirin, die ich kannte.« Was keine Lüge war.

Später würde er Carina von dem Gespräch erzählen, denn sie hatten keine Geheimnisse voreinander. Er wusste, sie würde ihm verzeihen … Allerdings war sie nicht besonders glücklich über seinen neuen Arbeitgeber, akzeptierte aber schließlich die Gegebenheiten.

Nicolò tröstete sie, indem er jede Sekunde seiner knappen Freizeit mit ihr verbrachte. Immerhin verdiente er gut, konnte sogar noch ihre Eltern unterstützen, die sich ansonsten mit dem Verkauf ihrer Wertsachen über Wasser hielten. Heimlich suchte

Nicolò nach einer anderen Stelle, die aber für einen Vampir in New York kaum zu finden war.

Ihr geheimes, privates Glück erlebte nach einem Jahr in Amerika einen ersten Rückschlag, als Carinas Eltern plötzlich an einer mysteriösen Krankheit starben. Carina war am Boden zerstört und Nicolòs Angst, sie ebenfalls zu verlieren, wuchs ins Unermessliche. Vorsorglich sollte sie täglich einen Schluck von ihm nehmen, der sie hoffentlich vor einer möglichen Ansteckung bewahrte. Er hatte schon seine Mutter an ein Fieber verloren und ihr damals als Mensch nicht helfen können. Deshalb fühlte er unendliche Erleichterung, dass er als Vampir Carina beschützen konnte. Heute wusste Nick: Damals hatte in New York eine Fleckfieber-Epidemie um sich gegriffen, die für Wandler immer tödlich verlaufen war, solange es noch keine Medizin dafür gab.

Zwei weitere Jahre vergingen, in denen Nicolò hart arbeitete und jeden Cent sparte, um eines Tages mit Carina die Stadt verlassen und sich endlich wieder offen zu seiner Liebe bekennen zu können. Seine Gefährtin unterstützte ihn, indem sie Taschentücher kunstvoll bestickte und über einen Zwischenhändler an reiche Damen verkaufte. Nicolò war unglaublich stolz auf seine Füchsin, auch wenn er niemandem erzählen durfte, dass er mit ihr liiert war.

Während dieser Zeit stieg Marius van de Velden zum Fürsten der stetig wachsenden Vampirgemeinde von New York auf. Als Erstes erließ er Gesetze, die verboten, sich mit anderen Wesen einzulassen. Nur Menschen wurden geduldet. Jeder, der dagegen verstieß, enthauptete Marius persönlich mit dem Schwert.

Die Situation wurde für Nicolò immer brenzliger. Auch wenn er mit Carina längst viele Meilen von Marius entfernt am Rande der Stadt in einer vampirärmeren Gegend wohnte, wurde es zum Spießrutenlauf, sich zusammen draußen blicken zu lassen. Zum Glück besaß der Fürst einen schlechten Geruchssinn, und solange sich Carina nicht wandelte, würde Marius die Füchsin nicht an Nick riechen können. Aber er hatte endlich genug gespart, um seine Stelle aufzugeben und mit Carina einige Jahre auf dem Land leben zu können, weit weg von den strengen Gesetzen des Fürsten. Dort würde es seiner Wandlerin auch besser gefallen als in der stickigen, schmutzigen Großstadt.

Doch so weit kam es nicht. Der Fürst reagierte misstrauisch auf die Kündigung und beharrte darauf, die genauen Gründe zu erfahren, warum Nicolò ihn verlassen wollte.

»Ich vermisse Italien«, antwortete er ohne zu zögern. »Ich würde gerne zurück in meine alte Heimat gehen.«

Die Brauen des Fürsten schoben sich zusammen. »Obwohl dort die Jäger ihr Unwesen treiben?«

»Ich will endlich den Bastard töten, der Lorena auf dem Gewissen hat!«, knurrte er und hoffte, überzeugend zu wirken.

Er war nicht darauf vorbereitet, als sich Marius blitzschnell auf ihn warf, ihm seine Fänge in den Arm trieb und gierig sein Blut trank. Augenblicklich wusste Nicolò, dass sein Leben vorbei war, doch das war neben der abgrundtiefen Angst um seine geliebte Carina bedeutungslos. Der Fürst erfuhr schlagartig jedes noch so kleine Detail und brüllte hasserfüllt: »Lügner! Ich habe an dich geglaubt! Dir meine Geschäfte anvertraut! Doch du hast mich all die Jahre hintergangen!«

Nicolò versuchte verzweifelt, zu fliehen, aber Marius, viel älter und mächtiger als er, packte ihn am Hals und hielt ihn fest.

»Nun bring es schon hinter dich!«, rief Nicolò, doch Marius dachte nicht daran.

»Den Gefallen werde ich einem Verräter nicht machen«, grollte der. »Dir den Kopf abzuschlagen, wäre eine Gnade. Ich will, dass du leidest. Jahrelang. Ewig!«

Nicolòs Herz raste, während Marius ihn mit dicken Ketten im Innenhof seiner Residenz festband. Er kämpfte wie ein tollwütiges Tier gegen seine Fesseln, als er hörte, wie der Fürst seinen Lakaien die genaue Wegbeschreibung zu Nicolòs Zuhause gab, die er aus seinem Blut erfahren hatte, und ihnen befahl, Carina herbeizuschaffen. Nicolò weinte und flehte, seine Gefährtin aus der Sache herauszuhalten …

»Shannon?« Mitchell drückte kurz ihren Arm. Sie hatte ihren Boss völlig vergessen! »Sie sind weiß wie die Wand. Ich sollte mich jetzt besser verabschieden.«

»Oh, ich …« Sie blinzelte und versuchte, aus den Tiefen ihrer Gedanken aufzutauchen. »Es hat mich sehr gefreut, dass Sie mich besucht haben. Es geht mir gut, bloß machen mir die ganzen Erinnerungen zu schaffen.«

»Das wird bald vorbei sein«, erklärte ihr Mitchell. »In ein paar Tagen gehört ihr Kopf wieder allein Ihnen. Sie werden die fremden Erinnerungen wohl nicht vergessen, zumindest nicht alle, aber sie werden nicht mehr ungebeten erscheinen und Ihnen eher wie ein Traum vorkommen.«

Bevor sich Mitchell zum Gehen wandte, fragte sie: »Wie geht es Nick?« Das gerade Gesehene wühlte sie sehr auf. Er hatte Todesängste ausgestanden, aber nicht seinetwegen, sondern wegen Carina.

»Soweit ich weiß«, antwortete Mitchell, »hat er die restliche Nacht im Department verbracht. Er versucht zu helfen, wo er kann, hat aber ein schlechtes Gewissen, weil Wolkow nun wahrscheinlich über Mr. Montabon Bescheid weiß. Wir haben ihn und seine Gefährtin an einem sicheren Ort untergebracht, den nur ich kenne.«

Shannon nickte erleichtert. Sie hatte am Vormittag versucht, Beth anzurufen, aber es war immer nur die Mailbox drangegangen. Dabei bräuchte sie dringend jemanden zum Reden. Beth wäre die Einzige, die sie verstehen könnte. Hoffentlich ging es ihr und Gabriel gut. Shannon traute Wolkow alles zu. Wenn er Gabriel in die Finger bekam … Nicht auszudenken!

»Homeland hat mir für diesen Fall alle verfügbaren Mittel zugesichert«, erklärte Mitchell.

»Wissen die, was Wolkow plant?«

Ihr Chef schüttelte den Kopf. »Ich finde, das ist unsere Sache, die geht die menschlichen Behörden nichts an. Homeland hat lediglich erfahren, dass Wolkow ein Psychopath ist, der es liebt, seine Artgenossen zu verstümmeln und zu quälen, um sie einen grausamen Tod sterben zu lassen. Da bisher keine Menschen zu Schaden gekommen sind, mischen sie sich zum Glück nicht ein. Und die Wolfswandler sind mittlerweile von jedem Verdacht in dieser Sache freigesprochen.«

Während Shannon aufatmete, seufzte Mitchell und setzte hinzu: »Ich mag es nicht, zu lügen, aber je weniger von der Angelegenheit wissen, desto besser. Ich will nicht, dass eine Panik ausbricht oder das Militär einen Kreuzzug startet. Wir müssen Wolkow also schnell fassen, vor allem, bevor er es wirklich noch zustande bringt, eine Tagwandler-Armee zu erschaffen.«

Sofort schwang Shannon die Beine aus dem Bett. »Ich könnte morgen wieder arbeiten!«

Ihr Chef schmunzelte. »Ihr Einsatz in Ehren, aber Sie bleiben schön zu Hause.«

Sie fühlte sich gut und wollte helfen. Außerdem musste sie sich ablenken, denn sie wusste nicht, wie viel gedankliche Grausamkeiten, die in ihrem Kopf lauerten, sie noch ertragen konnte.

Ihr Blick huschte zum Schrank, in dem sich lediglich ein paar Hygieneartikel befanden. Sie trug bloß ein Krankenhaushemd und Shane wollte ihr erst morgen Kleidung vorbei bringen, wenn sie entlassen wurde. Glaubte er, es würde sie hier festhalten, wenn sie nichts zum Anziehen hatte?

Trotz der angespannten Situation grinste Shannon in sich hinein. Als Wölfin hatte sie schließlich zur Not immer noch ihren eigenen Pelz, den sie tragen konnte.

Mit einem kräftigen Händedruck verabschiedete sie sich von Mitchell, wartete, bis er den Raum verlassen hatte, und stellte sich dann ans Fenster. Die Sonne schien, der Himmel erstrahlte in seinem prachtvollsten Blau ... was für ein schöner Wintertag. Shannon blinzelte, denn ihre Augen hatten schon lange kein Tageslicht mehr gesehen, weil sie in letzter Zeit immer nur nachts unterwegs gewesen war. Jetzt merkte sie allerdings, wie sehr sie die Sonne vermisst hatte. Außerdem würde sie gerne einmal wieder rausfahren in die Natur und in Wolfsgestalt durch die Wälder laufen, um den Kopf freizubekommen.

Tief unter ihr wuselten zahlreiche Menschen über die Fußwege, bepackt mit Tüten und Geschenken. Ach ja, Weihnachten stand vor der Tür und … sie hatte noch kein Geschenk für ihren Bruder! Oder Nick.

Sollte sie ihm überhaupt etwas schenken? Würde sie ihm noch in die Augen schauen können?

Einerseits kam sie sich wie eine Spionin oder ein auf frischer Tat ertappter Dieb vor, und es fühlte sich nicht richtig an, seine Geheimnisse zu kennen. Andererseits war sie froh, nun endlich alles über ihn zu wissen.

Doch wollte sie das? Sie hatte sich gerade erst eine Meinung über ihn gebildet. Shannon mochte seinen Humor und ihr gefiel es, dass er auf sie aufpasste und sie verwöhnte. Sie dachte an den ganzen Spaß, den sie bereits gehabt hatten, und an die Nacht, in der er ihre Füße eingecremt und massiert hatte. Außerdem war sie bis über beide Ohren in ihn verliebt.

Verdammt! Da fand sie einmal einen Mann, mit dem sie es aushalten konnte, dann musste er ausgerechnet ein Vampir mit einer pechschwarzen Vergangenheit sowie einem gebrochenen Herzen sein! Noch wusste sie zwar nicht genau, was Nick in seinem Inneren vergraben hatte, und zwar so tief, dass es Shannon nur als düsteren Nebelschleier wahrnahm. Ein Teil von ihr wollte nicht, dass sich der Nebel lichtete, weil das vermutlich die Beziehung zu Nick zerstören könnte. Der neugierige Part in ihr brannte jedoch geradezu darauf.

Sie kroch zurück ins Bett und zog sich die Decke bis über das Kinn. Schon sah sie wieder Nicks frühere Gefährtin vor sich, ihr rotes Haar, das liebevolle Lächeln. Shannon wollte nicht erleben, was mit Carina geschehen war, nicht noch einmal. Als sie sich ein paar Stunden Schlaf gegönnt hatte, war sie mehrmals durch den Albtraum gegangen. Sie wusste, was Carina zugestoßen war und wie sehr Nick gelitten hatte.

Obwohl Shannon vehement versuchte, an etwas anderes zu denken … *Weihnachtsgeschenke, Weihnachtsgeschenke* … sah sie Nicolò, angekettet in Marius' düsterem Hof, wie er weinte und flehte, seine Gefährtin aus der Sache herauszuhalten. Doch Marius beachtete ihn nicht, bis zwei Vampire Carina in den Hof zerrten. Nur ein paar Fackeln und der Mond erhellten das Szenario.

Carina trug ein ausladendes, hochgeschlossenes Kleid mit weiten Ärmeln. Die dunkelgrüne Farbe passte perfekt zu ihrem roten Haar, das sie gedreht und kunstvoll hochgesteckt hatte. An ihren geröteten Augen erkannte Nicolò, dass auch sie geweint haben musste, aber nun, als sie ihn erblickte, wurde sie ganz ruhig. Carina wusste, was auf sie zukam, und lächelte ihn sanft an.

»*Ti amo, tesoro.* Ich liebe dich und werde immer bei dir sein«, sagte sie mit fester Stimme, ohne den Blick von ihm zu nehmen.

Fassungslos zerrte Nicolò an den dicken Eisenketten, die ihn an die Wand fesselten, bis Blut von seinen Handgelenken tropfte. Sein verzweifelter Schrei verhallte ungehört, während Marius ein Schwert hob, das im Fackellicht gefährlich scharf funkelte. Er senkte es scheinbar wie in Zeitlupe, unfassbar langsam fielen Blutstropfen zu Boden, während es durch Carinas Hals glitt, als wäre er aus Butter. Seine geliebte Füchsin riss die Augen auf, auch ihr Mund bewegte sich, als wollte sie ihm noch etwas mitteilen, bevor ihr der Kopf von den Schultern fiel und mit einem dumpfen Laut auf dem harten Steinboden landete. Dort rollte er fast bis vor Nicolòs Füße, und ihre starren, geweiteten Pupillen schienen auch jetzt nicht den Blick von ihm zu nehmen.

Ihr Körper blieb noch zwei Sekunden lang aufrecht stehen. Blut spritzte aus dem Stumpf, weil ihr Herz noch einen Schlag tat – dann kippte sie zur Seite. Das Letzte, was Nicolò von ihr sah, waren die schmalen schwarzen Schuhe an ihren zierlichen Füßen.

»Nein!«, brüllte er wie von Sinnen, die Sicht von Tränen verschleiert, danach erbrach er das bisschen Blut, das er zu Beginn der Nacht zu sich genommen hatte. Carinas Blut.

»Verbrennt ihre jämmerlichen Überreste«, befahl der Fürst seinen Männern und lächelte Nicolò selig an. »Wenn du glaubst, du würdest leiden, warte ab, was ich dir noch anzubieten habe.«

Nicolò riss an den Ketten, weil er zu Carina musste, sie im Arm halten wollte, sie wiegen wollte. Doch die Lakaien übergossen ihren Kopf und den Körper mit Petroleum und zündeten es an.

Nein, nein!!!! Nicolò bekam keine Luft mehr und musste sich erneut übergeben, als die Haut in Carinas Gesicht Blasen schlug. Ihre wunderschönen Haare brannten lichterloh, genau wie das Kleid, das er ihr erst vor Kurzem gekauft hatte. Der Gestank des schmorenden Gewebes war unerträglich.

Er verfluchte sich. Wäre er doch nur mit ihr in Italien geblieben und hätte sich den Jägern gestellt! Hätte sie verfolgt und getötet! Stattdessen hatte er in diesem fremden Land alles verloren, was er liebte.

»Töte mich endlich, *Bastardo*!«, flehte Nicolò, weil er den Schmerz in seinem Herzen nicht länger ertragen konnte. Er glaubte, zu sterben, und tat es doch nicht. Stattdessen wurde die Pein immer schlimmer.

Die Lakaien machten ihn los und schleiften ihn über den Hof. Er wehrte sich nicht, hing schlaff in ihrem Griff, als sie ihn zurück ins Haus und tief hinunter in einen Keller zerrten, der einem Kerker glich. In einer dunklen Nische ketteten sie ihn wieder an und türmten Stein auf Stein vor ihm auf, bis Nicolò in dem feuchten Grab eingemauert war. Seine Welt, sein Dasein, schrumpfte auf das Geräusch seines Atems und den Schlag seines wunden Herzens in der völligen Dunkelheit zwischen den kalten Wänden. Minuten wurden zu Stunden, Stunden zu Tagen und schließlich verlor er komplett das Bewusstsein für die Zeit. Allein gelassen mit sich und seinen Gedanken an Carina, stand ihm immer wieder vor Augen, wie sie zu Tode gekommen war. Die Haut an seinen Gelenken hing wegen der Eisenschellen längst in Fetzen und regenerierte sich nicht mehr, aber das war ihm egal. Neue, viel schlimmere Schmerzen übermannten ihn, als der Blutdurst kam. Nicolò schrie, während seine Gefäße austrockneten, wimmerte irgendwann nur noch, weil auch Stimmbänder und Zunge trocken wie Pergament wurden.

Schließlich fiel sein toter, ausgedörrter Körper in eine Art

Koma, und er vergaß, was mit ihm geschehen war. Nur sein Geist existierte noch weiter und gaukelte ihm wunderschöne Traumbilder vor. Carina war wieder an seiner Seite. Gemeinsam liefen sie am Tag über eine bunte Blumenwiese, badeten in einem kristallklaren See oder liebten sich stundenlang im warmen Sonnenschein. Hier wollte Nicolò nie wieder weg …

Shannon zog sich ein Taschentuch aus der Box an ihrem Nachttisch und schnäuzte sich. Oh Gott, Nick hatte so viel Schreckliches erlebt! Erst hatte er auf grausame Weise seine große Liebe verloren, um danach in einem nasskalten Grab dahinzuvegetieren. Das hatte er nicht verdient! Sie wünschte, sie hätte ihm damals irgendwie beistehen können.

Tränen der Trauer und Wut liefen ihr über das Gesicht, während sie abermals von einem Strudel mitgerissen wurde. Sie konnte sich nicht wehren, als sie in neue Erinnerungen abtauchte. Diesmal war ihr Blickwinkel ein anderer, und sie brauchte einen Moment, um zu erkennen, dass sie nun sah, was Jules Leroy erlebt hatte. Leroy war, genau wie Nick, in Marius' Dienste getreten, konnte aber als ehemaliger Sklave nicht dessen Ausbildung vorweisen. Deshalb arbeitete er zunächst als Handlanger, später als Leibwächter für den Fürsten. Er selbst hatte Nicolòs Schicksal nicht zu befürchten, schließlich war seine Gefährtin Amylee ebenfalls ein Vampir. Sie wusste als Einzige darüber Bescheid, wie sehr es Jules verabscheute, dass Marius willkürlich Schwächere quälte und ermordete. Zu sehr erinnerte ihn das immer wieder an seine ehemaligen Peiniger. Nur mit Amylee redete er über seine Pläne, das Vertrauen des Fürsten zu erschleichen, um dessen grausame Herrschaft zu stürzen. Er wusste, wie viel Angst seine Gefährtin um ihn hatte, aber nicht, wie er es allein schaffen sollte, den Höllenfürsten aus dem Weg zu räumen. Viele seiner Leute waren ihm treu ergeben – oder es schien zumindest so. Jules lernte in all den Jahren keinen kennen, dem er seine Ideen anvertrauen konnte und der Marius van de Velden offen seinen Hass entgegenbrachte. Alle fürchteten sich vor dem mächtigen Mann.

Seit dem sogenannten *Verrat* von Nicolò Mancini hatte es sich Marius zur Angewohnheit gemacht, seine engsten Verbündeten und Mitarbeiter regelmäßig zu beißen, damit sie nichts vor ihm geheim halten konnten. Zum Glück ahnte der Fürst aber nicht einmal, wozu Jules fähig war. Bereits als Mensch hatte er Voodoo praktiziert und seine Fähigkeiten auch nach der Verwandlung zum Vampir nicht verloren. Schon vor Jahren hatte er sie genutzt, um eine Zauberpuppe von Marius anzufertigen. Mit ihrer Hilfe ließ er den Fürsten immer wieder vergessen, von ihm oder Amylee zu trinken. Damit blieben dem schrecklichen Despoten Jules' Gedanken verwehrt.

Die nächsten Bilder flogen regelrecht an Shannons geistigem Auge vorbei. Viele Jahre schienen zu vergehen, bis Jules endlich eine Chance sah, Marius zu stürzen. Inzwischen driftete der Fürst von New York immer weiter in seine eigene Welt ab. Die Angewohnheit, das Blut seiner Mitarbeiter zu trinken, sorgte zunehmend dafür, dass die unzähligen fremden Erinnerungen und Stimmen in seinem Kopf durcheinanderwirbelten. Manchmal kam es Jules vor, als könne Marius nicht mehr zwischen Gegenwart und Vergangenheit, zwischen fremden und eigenen Gedanken unterscheiden. Er wirkte oft unkonzentriert und vergaß sogar hin und wieder die misstrauische Vorsicht, mit der er sein Reich überwachte. Oft zog er sich tagelang in seine privaten Räume zurück, um dort die Erinnerungsfetzen aufzuschreiben, die durch sein Hirn zogen, wahrscheinlich, damit er später einen Sinn darin fand.

Als sich Marius wieder einmal einsperrte, zögerte Jules nicht länger. Um den Fürsten zu stürzen, brauchte er sichere Verbündete, und er wusste, wo er diese finden konnte. Marius selbst hatte sie gesammelt: Im Verlies der Residenz schmachteten mittlerweile fast ein Dutzend Vampire, lebendig begraben hinter doppelten Wänden. Die Namen der Verurteilten, mit Kreide auf die Ziegelsteine geschrieben, waren teilweise kaum noch lesbar.

Jules suchte zuerst nach Nicolò Mancini, der ihn von allen Gefangenen am meisten interessierte. Er selbst war ihm zwar nur wenige Male begegnet und hatte kaum drei Worte mit ihm gewechselt, aber der Mann hatte vor Marius' Nase mit einer Fuchswandlerin zusammengelebt und sich nicht von den Gesetzen einschüchtern lassen. Jules hoffte bloß, dass er sich nicht irrte. Nicolò musste voller Rachedurst sein, seit Marius seine Gefährtin vor seinen Augen hingerichtet hatte. Jules war nicht dabei gewesen, hatte aber davon gehört, wie verzweifelt Nicolò gegen seine Fesseln gekämpft hatte, um seine Geliebte zu retten.

Jules' Aufgabe war es damals gewesen, das kleine Haus von Nicolò und Carina auszuräumen und alle persönlichen Gegenstände zu vernichten. Heimlich hatte er einen Degen mit einem besonders kunstvoll gearbeiteten Griff und ein Portrait des Paares vor den Augen der anderen Handlanger versteckt. Beides wollte er Nicolò nun zurückgeben.

Zuerst einmal musste er aber mit bloßen Händen in fast völliger Dunkelheit Ziegel für Ziegel aus der Mauer reißen, möglichst vorsichtig, um keinen Lärm zu machen. Bloß eine Fackel am weit entfernten Aufgang spendete Licht.

Als in der doppelten Wand eine völlig verdorrte Gestalt zum Vorschein kam, die immer noch in Ketten hing, schluckte Jules schwer. Vorsichtig hob er am Kinn Nicolòs Kopf an, sodass dessen Sehnen leise knarzten. Die mit Staub überzogene Gesichtshaut wirkte dünn wie Pergament und spannte sich über eingefallene Wangen und zurückgezogene Lippen. Nicolòs Finger waren verkrümmt und die Fänge verlängert – ein Resultat des ungeheuerlichen Blutdurstes, den dieser Mann erlitten hatte. Der Anblick des restlichen vertrockneten Körpers blieb Jules dank der Kleidung zum Glück verwehrt, doch sie war schmutzig, löchrig und drohte jeden Moment zu zerbröseln, genau wie der Gefangene.

Shannon riss keuchend die Augen auf. Sie hatte Nick in Leroys Erinnerungen nicht mehr erkannt! Er sah aus wie eine Mumie!

Knochendürr, mit keinem Gramm Feuchtigkeit im Körper. Wie konnte er überhaupt noch leben?

Schnell tauchte sie wieder in Leroys Gedanken ein …

Jules befreite Hand- und Fußgelenke vorsichtig von den verrosteten Fesseln und trug die leichte, knochige Gestalt in ein leeres, weit vom Aufgang entferntes Verlies. Dort legte er Nicolò vorsichtig auf eine gepolsterte Liege, die er schon vor Wochen heimlich hier aufgestellt hatte. Nachdenklich betrachtete er den ausgemergelten Körper. Würde sich Nicolò tatsächlich von diesem Zustand erholen können?

Jules hatte gehört, dass Vampire, die durch Blutentzug in eine Art Stasis fielen, tausende von Jahren überstehen und zurückgeholt werden konnten. Es hieß in alten Legenden, uralte Vampire hätten dies früher dem endgültigen Tod vorgezogen und würden noch an einem geheimen Ort auf ihre Wiedererweckung warten. Doch Jules kannte niemanden, der es gewagt und sich freiwillig dieser Prozedur unterworfen hatte, geschweige denn davon erzählen konnte. Er wusste nicht einmal von jemandem, der dabei gewesen sein sollte.

Jules lauschte angestrengt, vernahm aber auch mit seinem empfindlichen Gehör keinen Puls – was nichts heißen musste. Zwar hatte Nicolò eine Gefährtin gehabt, doch oft hörte das Herz nach dem Tod des Partners einfach auf zu schlagen. Außerdem gab es nichts mehr, was es durch die vertrockneten Adern pumpen könnte.

Zur Vorbereitung hatte sich Jules heute ausgiebig gestärkt und hoffentlich genug Blut übrig, um die Wiedererweckung vorzunehmen. Entschlossen biss er sich ins Handgelenk und ließ seinen Lebenssaft in Nicolòs leicht geöffneten Mund tropfen.

In den ersten Minuten schien sich nichts zu tun und Jules hatte die Hoffnung schon fast aufgegeben, als Nicolòs Unterkiefer leicht zuckte …

Shannon schrie auf, als albtraumhafte Schmerzen durch ihren Körper rasten. Sie brauchte einen Moment, um zu begreifen, dass es nicht ihre eigenen waren, sondern die Erinnerung von Nick an den Moment seines Erwachens. Tränen liefen ihre Wangen hinab, und sie wollte den wunderschönen Traum nicht loslassen, in dem sie mit Carina in Venedig in einer *Gondola* saß und mit ihr durch den *Canalazzo* ruderte …

Stopp! Das waren Nicks Gedanken und Gefühle! Sie musste sich konzentrieren, damit sie alles mitbekam.

Nicolò wollte brüllen, weil ihn grauenvolle Qualen aus der warmen Sonne, von der Seite seiner geliebten Carina, wegrissen und ihn ins kalte Nichts zogen. Er krächzte, während sein Herz ein Mal schwach pumpte und neues Blut durch die vertrockneten Adern floss, zu anderen Lauten war seine ausgedörrte Kehle nicht fähig.

Was passierte hier gerade? Wo war Carina? Wo war er? Es stank nach Rattenkot und Schimmel, er wollte sich umsehen, doch seine Lider konnte er noch nicht öffnen. Sie waren schwer wie Blei und völlig verklebt.

Eine neue Welle höllischer Pein schwappte durch seinen Körper, als sein Durst auf einen Schlag zurückkehrte und für den Moment jeden anderen Gedanken auslöschte. Nicolò verbiss sich in das fremde Handgelenk an seinen Lippen und saugte und saugte, bis die gröbsten Schmerzen nachließen.

Erst als eine tiefe, männliche Stimme knurrte: »Genug!«, und ihm der Arm entrissen wurde, schlug Nicolò die Augen auf.

Dunkelheit umgab ihn; über ihm schien ein Paar glühend weißer Augen zu schweben. Es dauerte einen Moment, bis er begriff, dass die Augen zu einem Gesicht gehörten, das genauso schwarz war wie der Raum um ihn herum.

Nicolò hatte den Mann schon einmal gesehen. Er gehörte zu Marius!

Sein Instinkt schrie »Gefahr!«, ohne dass er zuerst wusste, warum. Nur langsam sickerte die Erkenntnis wieder in sein Hirn. Carina war tot! Grausam ermordet von Marius van de Velden! Am liebsten wollte er schreien und toben wie von Sinnen, aber er würde seinen Feinden diese Genugtuung nicht geben.

»Warum hast du mich aufgeweckt?«, grollte er, weil er sich danach verzehrte, wieder ganz in seinen Erinnerungen an Carina zu versinken. »Hat Marius dir aufgetragen, mich erneut leiden zu lassen?«

Jules schüttelte den Kopf. »Marius würde mich neben dir einmauern, wenn er wüsste, was ich hier mache. Ich habe dich zurückgeholt, damit wir ihn gemeinsam vernichten können. Danach erlöse ich dich von deinen Qualen, sofern du das willst, damit du für immer mit deiner Gefährtin vereint sein kannst.«

Zu Nicolòs Überraschung reichte ihm Jules ein Bild von Carina und ihm. Er presste es auf sein Herz, und mit einem Schlag kehrten all die Trauer und Wut zurück, die jahrelang mit ihm in dem dunklen Grab gelegen hatten. Jules musste ihn mühsam daran hindern, aufzustehen, um Marius sofort zu töten. Sein »Du bist noch zu schwach!« wollte er zuerst nicht gelten lassen.

Ungeduldig harrte Nicolò in den folgenden Tagen in dem entlegenen Verlies aus, während Jules öfter nach ihm sah und ihn mit seinem Blut versorgte, um ihm wieder zu seiner alten Kraft zu verhelfen. Jules gab ihm auch Wasser zum Waschen, frische Kleidung und alles andere Nötige. Auf seine Bitte hin brachte Jules außerdem Zeitungen mit, weniger zur Ablenkung, mehr weil er genau wissen wollte, was sich in den letzten Jahren ereignet hatte. Ganze zwei Jahrzehnte waren vergangen, seit Marius ihn hatte einmauern lassen!

Nicolò hätte am liebsten sofort die anderen Gefangenen befreit und das ganze Verlies eingerissen, aber Jules überzeugte ihn, dass sie vorsichtig sein mussten. Sicherheitshalber setzte er sogar die Ziegel wieder vor Nicolòs Grab, damit niemand bemerkte, was sich hier unten abspielte. Einen einzigen wiedererweckten Vampir konnte man vor Marius und seinen Ergebenen geheim halten, eine ganze Gruppe mit Sicherheit nicht. Zum Glück schien der Fürst jedoch ahnungslos zu sein, denn er verschanzte sich immer noch in seinen privaten Räumlichkeiten.

Es dauerte seine Zeit, bis Nicolò wieder auf den Beinen war. Dabei half ihm sein Degen, für den er Jules nicht genug danken konnte und mit dem er jeden Tag eisern in seiner Zelle trainierte. Das Bild von Carina und ihm trug er zusammengefaltet unter seiner Weste.

Shannon riss die Augen auf und tauchte unvermittelt aus der Vergangenheit auf. Das Amulett! Nun wusste sie, was darin war, auch wenn sie es bereits geahnt hatte: ein Foto von Nick und eines von Carina, kopiert von dem Bild, das Jules retten konnte. Das Original bewahrte Nick bei sich zu Hause im Safe auf. Er hatte den Anhänger in den letzten Tagen jedoch nicht mehr getragen. Weil … er nun sie, Shannon, liebte? Das blieb ihr leider noch verborgen, weil diese Gefühle unter einer dicken Nebelschicht versteckt zu sein schienen. Wahrscheinlich traute sie sich nicht, den Nebel zu lichten, weil sie Angst hatte, Nick könnte nicht genauso fühlen wie sie.

Ihr Herz klopfte wild. Sie vermisste ihn so sehr!

Wenn er schon nicht bei ihr war, wollte sie ihm wenigstens in ihren Gedanken begegnen. Also tauchte sie wieder ab und erfuhr, dass Jules Nicolò nicht lange überzeugen musste, für ihn zu kämpfen. Auch die Motive von Jules standen Shannon nun klar vor Augen. Er sah in Marius nichts anderes als einen Sklaventreiber. Er erinnerte ihn an einen seiner alten, grausamen Besitzer.

Schließlich kam der Tag der Rache. Eine Stunde nach Sonnenaufgang, als sie sich sicher waren, dass die meisten Vampire und Marius nun schliefen, schlichen sich Nicolò und Jules zu der privaten Etage des Fürsten. Ohne zu zögern, schalteten sie die beiden Wachen aus, die zu Marius' treuesten Anhängern gehörten. Nicolò erkannte erst im letzten Moment, dass einer der beiden dabei gewesen war, als man ihn einmauerte. Er bedauerte den Tod der Männer keine Sekunde.

Beinahe mühelos knackte Jules das Schloss zu den privaten Gemächern mit einem Drahtstück. Danach steuerten sie durch die geräumige, dunkle Wohnung auf das Schlafzimmer zu. Da die deckenhohe, breite Tür nur angelehnt war, drang Licht zu ihnen in den Flur. Jules hatte Nicolò geschildert, wie der große Raum innen aussah. In der Mitte stand ein gewaltiges Himmelbett mit kunstvoll geschnitzten Bettpfosten, einem Baldachin und seitlichen Vorhängen aus blutroter Seide. Darüber hing ein gewaltiger, funkelnder Kronleuchter.

Eigentlich hatten sie Marius überraschen wollen, aber kaum hatte Jules die Tür geöffnet, sprang er ihnen brüllend entgegen, sein Schwert in der Hand. Der Fürst hatte nur eine gestreifte Pyjama-Hose an, und trotz der akuten Lebensgefahr erinnerte sich Nicolò sofort an seine Zeit als Einkäufer, als er diese Nachtwäsche kistenweise aus Indien oder Persien ordern musste.

Der Puls klopfte Nicolò so laut in den Ohren, dass er kaum hörte, was der Fürst schrie. Getrocknetes Blut klebte in dessen Mundwinkeln sowie auf seiner Brust und ein kupferhaltiger Geruch waberte durchs Zimmer. Offenbar hatte sich Marius vor Kurzem genährt, und ganz sicher hatte er nicht damit gerechnet, Nicolò zu sehen. Der große Mann stolperte beinahe über einen Teppich, starrte Nicolò an, als wäre er ein Geist, und sein Gesicht verlor sämtliches Blut. Dann warf er Jules einen mörderischen Blick zu und rief: »Verräter!«

Nicolò nutzte das Überraschungsmoment und zögerte keine Sekunde. In Vampirgeschwindigkeit wirbelte er um den Fürsten herum und stach ihm den Degen in den Rücken, wobei Jules dessen Schwerthieb mit einer dicken Eisenkette abwehrte, die er als Waffe gewählt hatte. Während seiner Zeit als Sklave hatte er gelernt, sich mit dem zu verteidigen, was gerade zur Hand war. Jules war bei der Kette geblieben, weil die meisten Feinde nicht damit rechneten, damit angegriffen zu werden. Sie war etwa einen Meter lang und an einer Seite mit einem kleinen, dornigen Morgenstern versehen.

Marius wirbelte zu Nicolò herum und brüllte: »Du wirst genauso sterben wie deine rothaarige Füchsin, Judas!«

Nicolò fürchtete sich nicht vor dem endgültigen Tod, im Gegenteil. Er würde ihn sogar begrüßen. Vorher wollte er jedoch noch diesen widerlichen Drecksack töten, der ihm seine Liebe und sein Leben genommen hatte. »Du warst doch nur eifersüchtig, weil dir das Glück verwehrt blieb, eine Gefährtin zu finden. Auch nach zwanzig weiteren Jahren schlägt dein kaltes Herz immer noch nicht!«

»Denkst du, das berührt mich? Ich habe mich vergnügt, oh ja, jeden Tag vergnüge ich mich!« Marius schlug die große Tür zu, durch die sie zuvor gekommen waren, und ihnen offenbarte sich ein Anblick des Grauens. Leichenteile, die kein bisschen Blut mehr abzugeben schienen, stapelten sich dahinter an der Wand. Marius hatte seine Opfer nicht nur bis auf den letzten Tropfen ausgesaugt, sondern förmlich zerrissen. Gliedmaßen von mehr als einem Menschen lagen wirr auf den Resten eines Torsos. Oben auf dem Haufen thronte der abgetrennte Kopf einer Frau mit langen dunklen Haaren wie eine makabere Krone.

Marius griff blind hinter sich und begann, sie mit den Körperteilen zu bombardieren. Noch während sich diese im Flug befanden und Jules und Nicoló ihnen ausweichen oder sie abwehren mussten, nutzte Marius die Ablenkung, um sie von einer anderen Seite aus anzugreifen. Sowohl Nicolò als auch Jules steckten einige Schwerthiebe ein. Die scharfe Klinge durchschnitt bei ihnen Fleisch, Sehnen und Muskeln, aber ihre Knochen blieben zum Glück ganz und die Wunden heilten wieder, wenn auch sehr langsam.

Angeekelt stellte Nicolò fest, dass dieser Bastard völlig verrückt sein musste. Er sprang wie ein Derwisch hin und her, während er versuchte, ihren Waffen auszuweichen und weiterhin Leichenteile auf sie schleuderte. Dabei zeigte er ihnen seine verlängerten Fänge, als würde er sich immer noch im Blutrausch befinden oder ihn der Kampf sogar erregen.

Bis jetzt hatte sich Jules weitgehend gelassen gezeigt, doch beim Anblick der Leichen verwandelte sich sein Gesicht in eine raubtierhafte Maske. Brüllend stürzte er mit erhobener Kette auf den Fürsten zu – und Nicolò zögerte nicht, ebenfalls sofort wieder anzugreifen. Sie lieferten sich eine gnadenlose Schlacht mit Marius, der den Namen »Höllenfürst« zu recht verdiente. Nicolò stach mit dem Degen zu, wann immer sich ihm die Chance bot, doch leider schlossen sich die zugefügten Wunden in Rekordzeit. Marius hatte sich im Übermaß genährt. Auf diese Weise würden sie ihn nie schwächen können, vorher würden Nicolò und Jules aufgeben müssen. Daher mussten sie versuchen, Marius zu fixieren, um seinen Kopf abschlagen zu können, und das möglichst bald. Nicolò spürte bereits, wie seine Kräfte schwanden.

Irgendwie schaffte er es, in dem ganzen Durcheinander aus fliegenden Leichenteilen und Hieben dem Fürsten ein paar Finger der Schwerthand abzuschlagen, während Jules ihn mit der Kette ablenkte. Fluchend ließ Marius die Waffe fallen.

Blitzschnell schnappte sich Nicolò das Schwert, weshalb Marius zum Kampf nur noch Hände, Füße und Fänge blieben.

Jules entpuppte sich als ausgezeichneter und geschickter Kämpfer, was Nicolò beeindruckte. Jules schaffte es tatsächlich, dem Fürsten die Arme mit der Eisenkette hinter dem Rücken zusammenzubinden und ihn in die Knie zu zwingen.

Nicolò ließ seinen Degen fallen, um mit beiden Händen den Griff des wesentlich schwereren Schwertes zu umschließen. Er holte aus, wirbelte um die eigene Achse und schlug Marius den Kopf ab. Als der Schädel durch den Raum flog, wartete Nicolò darauf, so etwas wie Genugtuung zu finden, weil er den Mörder seiner Liebsten ausgelöscht hatte – doch er fühlte nichts und spürte bloß wild den Puls durch seinen Körper peitschen.

Während er im Raum stand und auf den reglosen Leichnam starrte, öffnete Jules vorsichtig einen Fensterladen. Sofort drang Helligkeit in das Zimmer und Nicolò sprang instinktiv zur Seite. Die Sonne blinzelte bereits über die Dächer und würde gegen Mittag den gesamten Innenhof in Licht tauchen.

Jules marschierte zu dem abgetrennten Kopf, um sich die blutige Kette um seinen breiten Nacken zu legen. Dann packte er Marius' Schädel an den kurzen blonden Haaren und schleuderte ihn durch das Fenster hoch in den Himmel, sodass er noch im Flug Feuer fing. Der Schädel verpuffte regelrecht, und die meiste Asche wurde von der sanften Brise über das Dach getragen.

Dann folgte der wesentlich schwerere Körper, den Jules ebenfalls in hohem Bogen aus dem Fenster warf. Auch dieser ging sofort in Flammen auf. Von Marius würde nicht mehr viel übrig bleiben außer Rückstände seines verbrannten Körpers.

Es war erledigt, sie hatten ihn besiegt!

»Niemand darf je erfahren, was wir getan haben, sonst folgen wir dem Irren in den Tod oder Schlimmeres«, sagte Jules und Nicolò nickte. Der Fürst mochte endlich vernichtet sein, seine Getreuen waren es nicht und würden vielleicht versuchen, ihn zu rächen.

Plötzlich schien undurchdringliche Schwärze in den Raum zu strömen und Nicks Gedanken brachen abrupt ab. Shannon würgte, als könnte sie den Gestank der Leichenteile in ihrem Krankenzimmer riechen, und als der Geruch nach Desinfektionsmitteln hinzu kam, konnte sie sich nur mit Mühe davon abhalten, ihre letzte Mahlzeit zu erbrechen. Sie verstand nicht ganz, warum Nick und Jules nicht stolz darauf waren, die Welt von diesem Irren befreit zu haben. Niemand, der einen Blick in den Raum geworfen hatte, konnte ernsthaft daran denken, Marius van de Velden weiterhin die Treue zu halten.

Im gleichen Moment wusste es Shannon besser. Sie konnte gerade nicht unterscheiden, ob sie an Nicks oder Leroys Erinnerungen teilhatte, aber instinktiv wusste sie nun, dass van de Veldens Wahnsinn nicht wenigen seiner Anhänger bekannt gewesen war. Wahrscheinlich ahnten diese die wahren Zusammenhänge über seinen Tod sofort, konnten sie aber nicht beweisen. Zur Vorsicht tauchten Marius' Jünger nach seinem angeblichen Selbstmord unter, weil sie befürchteten, ebenfalls hingerichtet zu werden.

Offiziell verdächtigte niemand Nicolò – der zum Todeszeitpunkt ja angeblich noch in seinem feuchten Grab steckte – oder Jules des Mordes; schließlich wussten alle, wie seltsam der Fürst am Ende gewesen war und wie oft er sich zurückzog. Was er allein in seinen Räumen gemacht hatte, blieb dagegen der Mehrzahl seiner Untertanen verborgen. Die Meisten waren einfach nun froh, dass Unterdrückung und Tyrannei ein Ende hatten.

Jules war es, der die Gemeinschaft der Vampire zusammenhielt, die eingemauerten Gefangenen befreite und mit ihnen den Schutz vor ihren Feinden organisierte. Es schien nur logisch zu sein, ihn schließlich zum neuen Fürsten zu wählen.

Shannon schmerzte das Herz, weil sie nun nachempfinden konnte, wie einsam und leer sich Nicolò oft gefühlt hatte. Schließlich konnte er es nicht mehr ertragen, seinen Namen zu hören, und benannte sich in Nicolas um. Seine Carina hatte das letzte O seines Vornamens immer besonders süß betont. Jedes Mal, wenn es jemand ähnlich ausgesprochen hatte, war er an sie und seinen Verlust erinnert worden.

Ein trauriges Lächeln huschte über Shannons Gesicht und sie seufzte schwer. Sie fühlte mit ihm und durchlitt seine Qualen, als wären es beinahe ihre eigenen. Er hatte so viel durchgemacht! Deshalb reichte es ihr jetzt auch erst einmal mit Nicks Erinnerungen. Sie wusste nicht, wie viel davon sie auf einen Schlag verkraften konnte. Auf jeden Fall wusste sie nun, woher die Finsternis in Nicks Augen kam: nicht nur von Carinas Tod, sondern von all den Jahren in seinem dunklen Gefängnis, in das man ihn lebendig eingemauert hatte.

Shannon schüttelte sich bei dem Gedanken und eisige Spinnenbeinchen schienen über ihren Rücken zu kriechen. Sie wäre in diesem Grab verrückt geworden! Doch eines verstand sie nicht: Warum fürchtete sich Nick so sehr davor, dass sie, Shannon, diese alten Erinnerungen zu sehen bekam? Und wovor wollte er Leroy schützen? Hatte er tatsächlich Angst, das DPI könnte sie beide nach so langer Zeit für Marius' Tod verurteilen? In ihren Augen hatte Nick zusammen mit Jules einen Tyrannen gestürzt! Marius war damals mindestens genauso bösartig gewesen wie Wolkow, den sie heute jagten.

Was Nick und Jules damals erlebt hatten, wurde in Shannons Gedankenwelt immer wieder von den Grausamkeiten des russischen Vampirfürsten überlagert, die sich zwischen die anderen Erinnerungen drängten. Gegen Wolkows Folterungen und krankhafte Neigungen, die sie am liebsten aus ihrem Gehirn radieren wollte, wirkte Nicks und Leroys Rache fast wie ein Dummerjungenstreich.

Shannon schaute auf die große runde Uhr in ihrem Zimmer. Es war bereits Mittag, sie musste jedoch noch eine weitere Nacht zur Beobachtung im Krankenhaus bleiben. Ihr fiel jetzt schon die Decke auf den Kopf, dabei wollte sie unbedingt helfen, nach Wolkow zu suchen!

Bis der gefasst war, würde sie allerdings Shanes Angebot annehmen, bei ihm zu wohnen, wenn er sie morgen abholte – zumindest solange sie krankgeschrieben war. Zuhause würde sie ohnehin nur alles an Nick erinnern. Shannon musste jedoch erst einmal ihre oder besser gesagt die fremden Gedanken sortieren, bevor sie entscheiden konnte, wie es zwischen Nick und ihr weitergehen sollte.

Aber eins nach dem anderen. Zuerst galt es, diesen psychopathischen Zauberer zu fangen.

Solange sich Nick nicht bei ihr meldete – na gut, im Moment schlief er sicher – musste sie sich unbedingt anderweitig beschäftigen. Plötzlich kam ihr eine Idee: Noch erinnerte sie sich an Details aus Wolkows Leben, deshalb sollte sie es so machen wie Marius. Auch wenn der völlig verrückt gewesen war ... seine Angewohnheit, alles Wichtige aufzuschreiben, würde ihr helfen, keine der Informationen aus Wolkows Blut zu vergessen. Im Gegenteil, sie könnte sie ordentlich sortiert dem DPI übergeben. Sicher waren auch für die Zweigstellen in Russland einige interessante Informationen dabei. Da Wolkow nie für seine Verbrechen belangt worden war, würde das garantiert einige ungelöste Fälle in einem anderen Licht erscheinen lassen. Zum Glück hatte Mitchell gesagt, ihr Zustand würde nicht ewig anhalten. Sie würde sonst noch verrückt werden!

In ihrem Nachttisch fand sie einen Kreuzworträtselblock sowie einen Kugelschreiber, Dinge die bestimmt ein früherer Patient dort vergessen hatte. Mit Eifer machte sie sich ans Werk, die leere Rückseite der Blätter vollzuschreiben.

Leider war diese Aufgabe schwerer, als gedacht, denn Nicks Gefühle kamen ihr immer wieder dazwischen. Sie spürte immer deutlicher, dass Nick sie liebte, und konnte nicht verstehen, warum er so schreckliche Angst davor hatte, dass sie dieses dunkle Kapitel aus seinem Leben erfuhr. Er befürchtete, dass sie ihn ans DPI auslieferte, weil … Sie bekam es einfach nicht zu fassen! In ihrem Kopf herrschte diesbezüglich Schwärze. Lag es denn wirklich daran, dass er Marius getötet hatte? Ließ er sich deshalb nicht mehr im Krankenhaus blicken und vermied es, sich telefonisch bei ihr zu melden? Das war doch Schwachsinn! Jules und er hatten der Welt einen Gefallen getan!

Sobald sie das Wichtigste aufgeschrieben hatte, würde sie Nick anrufen, um ihm das mitzuteilen. Und dann sollte er ihr endlich erklären, wovor er solche Angs…

Shannon ließ den Stift fallen und hörte noch, wie er von der Bettdecke rollte und auf dem Boden aufschlug. Dann sah sie wieder die Szene vor sich, als Jules die beiden Körperhälften von Marius aus dem Fenster schleuderte. Wind wehte durch das geöffnete Fenster in den Raum und teilte die blutroten, seidenen Vorhänge des großen, altmodischen Himmelbettes. Zwei nackte Mädchen, kaum älter als zehn Jahre, lagen im Bett und schienen zu schlafen. Rötliches Haar fiel über ihre bleichen Gesichter, die sich ähnelten wie ein Ei dem anderen. Bissmale verteilten sich auf ihren dünnen, misshandelten Körpern; überall klebte Blut, so viel Blut! Sie hielten sich an den Händen, als hätten sie sich gegenseitig Trost gespendet, und ihre Herzen schlugen flach und unregelmäßig.

Nicolò erschrak. Sie waren nicht allein im Zimmer!

Jules beuge sich über eines der Kinder, strich mit dem Finger über eine klaffende Wunde und leckte das Blut ab. Danach sagte er in ernstem Ton zu Nick: »Wir dürfen sie nicht leben lassen.«

»Warum? Was haben sie gesehen?« Waren sie Zeugen des Mordes an Marius geworden?

Vor seinen Augen wurde immer wieder alles schwarz. Konnte Nicolò ihnen helfen? Sie retten? Sie bezirzen?

Bevor er den Gedanken zu Ende führen konnte, beugte sich Jules über das rechte Kind, fasste mit beiden Händen an den Kopf und brach ihm mit einem schnellen Ruck das Genick. Auffordernd blickte er Nicolò an. Der setzte die Klinge seines Degens an die Brust des anderen Mädchens. Doch er zögerte, zuzustechen.

»Tu es!«, verlangte Jules – da riss das Kind die Augen auf.

Nicolò blendete alle Emotionen aus und trieb das scharfe Metall in das Herz des Mädchens. Es flatterte noch einmal schwach, dann hörte es auf zu schlagen …

Shannon sprang aus dem Bett, wobei ihre Beine sie kaum tragen wollten. Ihr Herz raste, ihr Magen rebellierte. Sie schaffte es gerade noch bis zum Waschbecken und übergab sich, während sie zitterte und weinte. Vehement versuchte sie, die schrecklichen Bilder auszublenden, doch sie sah immer nur die Mädchen vor sich, die sich an den Händen hielten. Sie hatten noch gelebt! *Oh Gott, Nick, was hast du nur getan?*

Kapitel 22 – Jules – Zukunftssorgen

Frustriert kehrte Jules kurz vor Sonnenaufgang in sein Heim und zu seiner Gefährtin Amylee zurück. Die ganze Nacht hatte er mit Nicolas nach Wolkow gesucht. Zuerst waren sie auf der Insel gewesen, um die Ruine des ehemaligen Quarantäne-Krankenhauses auf den Kopf zu stellen. Natürlich hatte das bereits die Sondereinheit des Departments erledigt – leider erfolglos.

Jules würde schon ein Haar oder ein persönlicher Gegenstand des Hexers reichen, damit er eine Voodoo-Puppe damit bestücken und einen Suchzauber anwenden konnte. Doch sie hatten nichts, wirklich absolut gar nichts entdeckt! Der Mistkerl verstand es, seine Spuren zu verwischen. Auch gab es keinerlei Anhaltspunkte, wohin er verschwunden sein könnte.

Jegor, Wolkows Handlanger Nummer eins, dem Nick mit dem Degen das Gehirn durchbohrt hatte, saß tief unterhalb des DPI im Gefängnis. Der Lakai wusste auch nicht, wo sich sein Herr aufhielt, da dieser ständig den Standort wechselte. Ein Wahrheitsserum hatte das ans Licht gebracht, was sie ohnehin schon vermutet hatten. Der Einzige der eine Ahnung hatte, wo sich Wolkow befand, war Wolkow selbst.

Nicolas hatte von Percy Shannons Halsband bekommen, mit dem sie immerhin ein paar Fährten ausmachen konnten. Doch sie hatten so oft Wolkows Spur gefunden, wie sie diese gleich wieder verloren hatten, sodass Jules fast glaubte, der Kerl beherrschte es, sich zu teleportieren oder in eine Fledermaus zu verwandeln – was natürlich nur die Vampire im Fernsehen vermochten.

***

Nach einer schnellen Dusche spazierte Jules nackt ins Schlafgemach und grinste, weil Amylee in ihrem großen Bett lag, mit nichts weiter an ihrem sexy Körper als einen halb durchscheinenden Slip. Verführerisch strich sie über ihre prallen Brüste und kitzelte ihre Brustspitzen. Ihr langes schwarzes Haar hatte sie locker hochgesteckt, nur eine losgelöste Strähne kringelte sich genau vor einem herrlich harten Nippel. Jules wollte am liebsten sofort an ihm saugen, um diese erfolglose Nacht zu vergessen. Er fühlte, dass Amylee etwas auf dem Herzen hatte. Auch wenn sie sich bemühte, ihm ihre Sorge nicht zu zeigen – nach so vielen Jahren an ihrer Seite wusste er ihr Gesicht zu lesen, als wäre es ein offenes Buch.

»Ich hatte Angst um dich«, sagte sie auch prompt, während er sich neben ihr auf den seidenen Laken ausstreckte. »Falls dich der irre Hexer in die Finger bekommt und an dir diese widerlichen Experimente durchführen will ...«

»Der Kerl wird mich niemals fassen«, unterbrach er sie, wobei er sich auf die Seite drehte, um ihr einen sanften Kuss zu geben.

»Falls doch, ist er noch im selben Moment tot.«

»Ich liebe meinen großen, starken, unerschrockenen Hengst.« Lasziv strich sie ihm über seine beginnende Erektion, und es zog angenehm in seinen Lenden. »Doch wenn Wolkow noch gestörter sein soll als Marius ...« Sie senkte den Blick und Jules wusste, woran sie dachte: an den Tag, als Marius ihm das Augenlicht genommen hatte.

Noch ganz am Anfang seiner Dienste bei van de Velden hatte sich Jules einen Fehler erlaubt. Als ehemaliger Sklave hatte er nicht lesen können und diese Tatsache Marius verschwiegen. Der Fürst diktierte ihm eine Nachricht für einen seiner Geschäftspartner, die Jules dem Mann persönlich vorbeibringen sollte. Jules tat nur so, als würde er alles aufschreiben, und versuchte sich die wichtigen Details zu merken. Er würde die Nachricht einfach mündlich überliefern. Bloß hatte er dem Mann leider ein falsches Datum genannt, und ein wichtiges Geschäft war für Marius geplatzt. Daraufhin hatte Jules dem Fürsten seine Schwäche gestanden.

Marius bestrafte ihn noch am selben Morgen. Nicht, weil er nicht lesen konnte, sondern weil er seinen Fürsten nicht darüber aufgeklärt hatte.

Marius wollte an ihm ein neues Gerät testen, das dieser selbst entwickelt hatte und auf dem Dachboden aufbewahrte. Jules stand Todesängste aus, weil er nicht wusste, was ihn erwartete, als ihn zwei Handlanger an einen Eisenstuhl fesselten und seinen Kopf in eine Art Schraubstock steckten, der mit dem Sitz verbunden war. Dann schnallten sie noch eine Vorrichtung vor seine Augen, die seine Lider offenhielt, sodass er sie selbst nicht mehr schließen konnte. Sein Blick war auf ein geschlossenes Dachfenster gerichtet, das nach Osten zeigte. Davor war eine tellergroße dunkelgrüne Linse befestigt.

Draußen stieg langsam die Morgensonne über die Dächer. Jules konnte die Strahlung beinahe körperlich fühlen. Einer von Marius' Lakaien schob an dem Fensterladen eine kleine Luke auf, direkt hinter der Linsenkonstruktion, und sofort trafen die ersten Lichtstrahlen des Tages auf das gefärbte Glas. Der Lakai richtete das gebündelte, schwache Licht zuerst auf Jules' rechtes Auge, und er schrie gellend vor Schmerzen auf, als grünes Feuer in seinem Kopf zu explodieren schien und seine Netzhaut verbrannte ...

Es hatte Wochen gedauert, bis sich seine von den abgeschwächten Sonnenstrahlen geschädigten Sehzellen so weit regeneriert hatten, dass er wieder Details erkennen konnte. Doch seine Linsen waren seitdem leicht getrübt geblieben. Jules nahm alles wie durch einen schwachen Nebel wahr. Dafür waren seine anderen Sinne im Laufe der Jahrzehnte noch sensibler geworden.

Natürlich könnte er zu einem Arzt gehen und die Linsen austauschen lassen, schließlich war das heutzutage kein Problem. Doch das wollte er nicht. Sie sollten ihn immer daran erinnern, nie die Kontrolle über sich zu verlieren und vielleicht eines Tages so zu werden wie Marius oder Wolkow.

Amylees Stimme riss ihn aus den Gedanken. »Wieso wollte Nicolas unbedingt, dass du mit ihm auf Verbrecherjagd gehst?«

»Um mit mir zu reden.«

»Worüber?« Sie lächelte anzüglich und umschloss seinen Schwanz fest, was ihm ein wohliges Knurren entlockte. »Verrätst du es mir, oder muss ich dich erst beißen?«

Jules verspürte jetzt keine Lust, zu reden, er wollte seine Gefährtin ficken und dann schlafen. Er hätte nichts dagegen, wenn sie ihn sofort biss, am liebsten in den harten Körperteil, der bereits vor Begehren wild pochte. Doch das Verlangen nach Sex würde seiner Liebsten sicher vergehen, sobald sie wusste, was er wusste. Deshalb sollte er es ihr besser erzählen, bevor sie loslegten.

»Ich verrate es dir. Du würdest sonst keine Ruhe geben.«

Sofort setzte sie sich auf. Neugier funkelte in ihren intelligenten Iriden, aber auch Erkenntnis. Sie ahnte, dass ihr das Thema nicht gefallen würde. »Was ist passiert?«

»Wolkow hätte die Wölfin fast getötet«, erklärte er ihr. »Nicolas musste ihr etwas von seinem Blut geben, oder sie wäre gestorben.«

»Was?« Zu seinem Leidwesen ließ Amylee seinen Schwanz los. »Er hat sie von sich trinken lassen?«

»Offensichtlich liebt er diese Wölfin.« Jules dachte an die Augen seines Freundes. Sie leuchteten immer, wenn er von Shannon sprach. Noch nie in all den Jahren hatte er Nicolas so glücklich und gleichzeitig derart verzweifelt gesehen. Sein alter Freund fürchtete sich, dass Shannon ihn nun verabscheute.

Amylee starrte ihn schockiert an. »Sie weiß ... alles!«

»Nicolas ist auch sehr beunruhigt deswegen.«

»Zu recht!«, rief sie. »Du könntest alles verlieren! Deine Herrschaft, deinen Reichtum, deine Freiheit!« Tränen glitzerten plötzlich in ihren Augen. »Ich würde dich nur noch im Gefängnis besuchen können.«

Jules setzte sich ebenfalls hin und zog seine Geliebte in die Arme. »Niemand kommt hier ins Gefängnis.« Beruhigend strich er über die seidige Haut ihres Rückens.

»Ihr habt zwei menschliche Kinder getötet!«

Jules erinnerte sich noch gut an den Moment, als Amylee davon erfahren hatte. Sie war zuerst völlig aufgelöst gewesen. Seine Gefährtin hatte ein großes Herz, auch wenn das außer ihm kaum einer wusste, immerhin trat sie anderen gegenüber oft kapriziös und arrogant auf. Sie sagte, das gehörte sich für die First Lady eines Vampirfürsten. Während ihrer Zeit als Sklavin hatte sie jedoch, genau wie Jules, so viel Leid und Grausamkeiten erfahren, dass sie sich beide geschworen hatten, die Welt zu verbessern. Deshalb hatte Amylee erst nicht einsehen können, warum er den Tod der Mädchen befohlen hatte.

»Du hast es schließlich verstanden«, raunte er, wobei er tief ihren süßen Duft inhalierte. »Shannon wird das auch.«

Hastig rückte sie von ihm ab. »Ich bin ein Vampir! Wandler sind Menschen sehr ähnlich, viel zu gefühlsduselig und impulsiv, ohne ein bisschen Beherrschung.«

Jules schmunzelte in sich hinein. Seine Amylee war das gefühlvollste Wesen, das er kannte, zudem leidenschaftlich, engagiert und zielstrebig.

»Außerdem arbeitet sie für das DPI. Den Leuten dort interessiert es wahrscheinlich wenig, dass ihr diese armen Seelen erlöst habt.«

»Nicolas hat das nie überwunden«, murmelte Jules. Er hatte mitbekommen, wie sich sein Freund danach sehr stark für Waisen und andere Schwache engagiert hatte und es heute noch tat. Das war wohl seine Art, Buße zu tun.

»Sie ist eine Ermittlerin beim DPI!«, wiederholte Amylee, als hätte er das zuvor nicht gehört.

»Und sie ist allem Anschein nach Nicolas' neue Gefährtin. Deshalb wird sie nichts sagen.«

»Sein Herz schlägt für eine Wölfin?« Sie verdrehte die Augen und fragte dann vorsichtig: »Und falls sie nicht seine Gefährtin ist?«

Jules seufzte. Er konnte die Wandlerin schließlich nicht beißen, um herauszufinden, wem gegenüber sie loyal war. Diese Methode erinnerte ihn auch zu sehr an Marius. Jules hatte sich geschworen, nie so zu werden wie er.

Nachdenklich zupfte er an Amylees loser Haarsträhne. »Was schlägst du vor, meine Blume der Nacht. Dass ich Shannon töte?«

Schockiert riss sie die Augen auf. »Du könntest es zuerst mit Reden versuchen!«

Jules lachte. »Genug geredet. Zuerst brauche ich Sex. Wilden, heftigen Sex.« Er drückte Amylee zurück in die Kissen und legte sich auf sie. Danach begann er, sie von den Lippen bis zu den Füßen zu küssen.

Sie kicherte, als er sie leicht in den großen Zeh biss, und quiekte überrascht, weil er sie mit Schwung auf den Bauch drehte. Mit einem festen Griff in den Nacken hielt er sie unten, während er mit der anderen Hand die Nadeln aus ihrem Haar zog und diese achtlos auf den Boden warf.

»Ich bin keine Wölfin«, murmelte sie selig ins Kissen.

»Trotzdem stehst du darauf, wenn ich dich von hinten nehme.« Jules wühlte durch ihr langes Haar, bis es sich auf dem Bett, dem Kissen und ihrem Rücken verteilte. Er liebte ihre dicken, leicht störrischen Strähnen, die sich nur schlecht bändigen ließen, denn sie waren genauso widerspenstig wie seine Gefährtin.

Er vergrub seine Faust darin und befahl Amylee: »Drück mir deinen Hintern entgegen.«

Sofort ging sie auf alle viere und streckte ihm ihr geiles, dralles Gesäß vor die Lenden.

Sein Schwanz zuckte, und aus seiner dicken, pochenden Eichel tropfte es bereits.

»Ich liebe deinen Arsch.« Mit der freien Hand riss er ihr hauchdünnes Höschen herunter, und als er ihre zartrosa, sternförmige Öffnung erblickte, wollte er am liebsten hineinstoßen. Jules konnte nicht widerstehen, eine Kostprobe zu nehmen, und leckte genüsslich zwischen ihren Pobacken hindurch. Er ließ ihr Haar los, damit er ihre festen und zugleich weichen Hälften auseinanderziehen konnte, um alles noch besser mit der Zunge erreichen zu können.

Sofort stöhnte Amylee losgelöst.

Jules grinste zufrieden. »Ja, das gefällt meinem Fötzchen.«

»Es würde mir noch besser gefallen, wenn du ein bisschen mehr Gas geben würd…«

Noch bevor sie ihren Wunsch ganz geäußert hatte, tauchte er zwischen ihre feuchten Schamlippen und massierte ihre rosige Pforte mit dem Daumen. Zuerst musste er seine Gefährtin sanft vorbereiten. Heute wollte er unbedingt ihren engen Hintereingang erobern.

Stöhnend drückte sie ihm ihren Unterleib entgegen, sodass er mit seiner ganzen Länge in Amylees seidige, klitschnasse Wärme tauchte.

»Hast du dich während meiner Abwesenheit mit einer deiner Liebhaber vergnügt, oder warum bist du schon bereit für mich?«

Sie warf ihm einen unschuldigen Blick über die Schulter zu.

»Ich musste mich ein bisschen von meinen Sorgen ablenken und habe mir Marissa ins Bett geholt. Sie hat mich massiert und anschließend mit Franklyn verwöhnt.«

Franklyn war der überdimensional große Vibrator in Penisform, den Jules ihr letztes Jahr zum Valentinstag geschenkt hatte.

»Ist Marissa noch da?«, wollte er wissen.

Amylee zwinkerte. »Ich habe ihr das Gästezimmer herrichten lassen, falls dir auch noch nach einer Massage ist.«

Seine süße Blume wusste eben genau, was er liebte. Im Laufe ihres Lebens hatten sie im Bett bereits alles ausprobiert, worüber sie gehört oder gelesen hatten – sofern es ihren Neigungen zusagte. Aber erst vor Kurzem hatte Jules herausgefunden, dass er etwas mochte, in dessen Genuss wohl viele Männer niemals kamen, weil sie sich einfach nicht trauten, es auszuprobieren. Gerade heterosexuelle Kerle schienen ein Problem damit zu haben, weil sie dachten, es wäre eine schwule Praktik, die sie erniedrigen würde. Jules stand über solchen Vorurteilen, denn er war ein Genießer.

Er nickte zum Telefon, das bei seiner Gefährtin auf dem Nachttisch lag. »Dann weck Marissa auf«, befahl er sanft. »Und sie soll sich Franklyn Nummer zwei umschnallen.«

***

Zehn Minuten später befanden sie sich in ihrem »Spielzimmer«, in dem sie sich mindestens zwei Mal wöchentlich mit anderen vergnügten oder Nahrung zu sich nahmen. Das Schlafzimmer gehörte nur Jules und Amylee allein, dort hatte sonst niemand Zutritt.

Jules stellte leise Jazzmusik an und dimmte das Licht, sodass bloß noch die künstlichen Kerzen flackerten. Danach zog er eine kniehohe Chaiselongue in die Mitte, denn auf dieser gepolsterten Liege wollte er Amylee ficken. Sie legte sich auch gleich übermütig darauf und räkelte ihren wunderschönen nackten Leib.

Jules war genauso nackt und bereit wie seine Gefährtin, woraufhin sein Schwanz zuckte. Es fehlte nur noch Marissa.

Ein sanfter Luftzug brachte die durchscheinenden Tücher, die überall im Raum hingen, in Bewegung, als die Liebesdienerin eintrat. Die muskulöse, aber dennoch weiblich wirkende Vampirin, die nur einen halben Kopf kleiner war als Jules, befand sich seit fünf Jahren in ihrem Gefolge. Ursprünglich hatte er die ehemalige MMA-Kämpferin als Bodyguard für Amylee eingestellt, doch es hatte sich bald gezeigt, dass Marissa auch andere Qualitäten besaß.

Wie befohlen, hatte sie sich den großen Dildo bereits umgeschnallt und trug außer kniehohen Lackstiefeln nichts. Ihre milchige Haut schimmerte im sanften Licht wie Seide, weshalb ihre steifen Nippel auf den kleinen, festen Brüsten besonders dunkel wirkten. Ein Hauch von Röte lag auf ihren hohen Wangenknochen, ihre Lider hatte sie schwarz umrahmt, ihr kurzes Haar glänzte wie das Gefieder eines Raben und genauso dunkel waren ihre Augen.

Sie beugte den Kopf zur Begrüßung und sagte mit leicht rauchiger Stimme: »Mein Herr, meine Herrin.«

»Es tut mir leid, dass ich dich geweckt habe«, schnurrte Amylee von der Chaiselongue aus, »aber mein Gefährte sehnt sich nach deiner speziellen Aufmerksamkeit.«

Sie nickte. »Natürlich.« Ihr aufgeweckter Blick huschte über Jules' nackte Gestalt, und sein Schwanz zuckte erneut vor Vorfreude.

»Ich will, dass du mich ordentlich rannimmst«, befahl er ihr. Er musste diese erfolglose Nacht aus seinem Kopf bekommen. Es gefiel ihm ganz und gar nicht, dass dort draußen ein Irrer herumlief, der Jules' Leute für abartige Zwecke benutzte. »Aber zuerst fickst du meine Gefährtin, damit dein Spielzeug schön feucht für mich ist.«

Marissa ging zu Amylee, die sofort die Beine spreizte.

Jules schmunzelte. Sein Weib war immer lüstern.

Die Frauen hielten sich nicht mit einem Vorspiel auf, sondern Marissa legte sich gleich auf Amylee und schob ihr den umgeschnallten Dildo in ihre enge, gierige Pussy. Stöhnend zog seine Gefährtin Marissa zu sich, und die beiden züngelten wild.

Der Umschnalldildo brachte nicht nur Amylee Genuss, sondern auch Marissa, denn im Inneren des Gurtes befand sich ein weiterer Dildo, der die Vampirin bei jeder Bewegung stimulierte.

Jules entwich beim Anblick der beiden schönen Frauen ein Stöhnen. Er stellte sich dicht neben sie, versucht, seinen pulsierenden Schwanz anzufassen, doch das wäre keine gute Idee. Er wollte in Amylees Arsch kommen und nicht auf ihrem Körper.

Er beobachtete Marissa, wie sie seine Frau fickte, und achtete genau auf Amylees Reaktionen. »Ich werde dir heute deinen Höhepunkt schenken. Hast du verstanden, Weib?«

»Ja«, hauchte sie unter Marissas Küssen, woraufhin er ihre Liebhaberin an der Schulter packte und von ihr herunterzog.

»Ich bin dran. Dreh dich um!«, befahl er Amylee.

Seine erfahrene Gefährtin wusste natürlich, was er wollte. Lasziv lächelnd kniete sie sich auf den Rand der Liege und streckte ihm den Po entgegen. Sofort tauchte Jules von hinten zwischen ihre feuchten Schamlippen, um seinen Schwanz zu befeuchten, und packte sie an ihrem Becken. Oh, wie er diese Stellung liebte! Amylees Arsch war aber auch eine Wucht.

Marissa begab sich hinter ihn, wobei sie einen niedrigen Hocker zu Hilfe nehmen musste, um eine entspannte Position zu finden. Während Jules' die Öffnungen wechselte und seine Eichel an die Rosette seiner Frau drückte, schob Marissa den gut geschmierten Dildo zwischen seine Pobacken.

Jules durchbrach mit seiner Spitze den engen Muskelring und stöhnte auf, als zur selben Zeit der Dildo in ihn glitt. Erst als sich Jules langsam in seiner Frau bewegte, begann Marissa im entgegengesetzten Rhythmus in ihn zu stoßen. Sie passte sich genau seinen Bewegungen an und drang nur dann in ihn, wenn er sich ein Stück aus Amylee zurückzog.

Gleichzeitig zu ficken und gefickt zu werden, war für ihn der ultimative Kick! Während ihn Amylees enges Loch gierig verschlang und seine Erektion fest umschloss, stimulierte die mächtige Eichel des Dildos seine Prostata.

»Jules«, flehte seine Gefährtin, wobei sie ihm den Po noch weiter entgegen drückte. »Ich brauche …«

Sie musste nicht zu Ende sprechen, denn natürlich wusste er, was sie brauchte. Mit einem Arm fuhr er an ihrer Taille vorbei und grub seine Hand besitzergreifend in ihren Venushügel. Ein Finger stahl sich zwischen ihre angeschwollenen und feuchten Falten, um ihre Lustperle hart zu reiben, so, wie sie es liebte.

Sofort stöhnte sie ungehemmt und stieß ihm ihren Arsch fest entgegen, sodass Jules Sternchen sah.

Oh … jaaaaa.

Er knurrte vor Ekstase, weil seine beiden erogensten Regionen auf perfekte Weise verwöhnt wurden. Nichts konnte einen Mann mehr anmachen als diese Stellung. Ein geiles Weib in seinem Rücken, das seine Prostata massierte, und seine genauso geile Gefährtin, die seinen Schwanz verwöhnte.

Er hörte hinter sich Marissas beschleunigte Atmung und wusste, dass sie jeden Moment den Höhepunkt erreichte. Da hatte es heute wohl jemand eilig. Jules musste gestehen, dass er auch nicht mehr länger warten konnte und wollte. Während Marissa mit dem Dildo weiterhin seine Prostata verwöhnte, ergoss er sich tief in den engen Arsch seines Weibes und vergaß alle Sorgen.

Oh wow, was für ein Fick!

***

Als Jules etwas später mit seiner Gefährtin eng umschlungen im Bett lag und in die Dunkelheit starrte, konnte er trotz des intensiven Höhepunktes nicht in den Schlaf finden. Er dachte an das Gespräch von zuvor, und seine Süße hatte nicht ganz Unrecht. Jules machte sich natürlich Gedanken über die Zukunft. Ohne Amylee, eingesperrt in eine düstere Zelle, würde er eingehen. Deshalb hatte er sich erst über Nicolas geärgert, weil er Shannon Blut gegeben hatte, sich sein Missfallen aber nicht anmerken lassen. Doch wäre Amylee in derselben verzweifelten Situation gewesen, hätte Jules genauso gehandelt. Weil er sie über alles liebte. Aber seine Gefährtin war auch ein Vampir, keine Wolfswandlerin. Sie passten zusammen.

Verflucht, hatte er jetzt auch schon dieselben Vorurteile wie Marius?

Nein, natürlich nicht, aber eine Wolfswandlerin zu lieben, verkomplizierte einfach alles.

Wie stellte sich Nicolas bloß eine Zukunft mit Shannon vor? Falls das Schicksal sie wirklich füreinander bestimmt hatte, würde die beiden nichts trennen können – was in New York fast ein Ding der Unmöglichkeit war. Schließlich mussten die Wölfe auf ihrer Seite und die Vampire auf der anderen Seite des Flusses leben. Deshalb blieb den beiden nur eine Wahl: Sie würden die Stadt verlassen müssen.

Jules wusste noch nicht, was er davon halten sollte. Er würde wahrscheinlich einen Bodyguard verlieren, aber niemals seinen Freund. Für Nicolas wurde es womöglich langsam Zeit, sich neu zu orientieren. Er arbeitete schon viel zu lange für Jules und hatte es verdient, ein eigenes Leben zu führen. Jules würde ihm dabei nicht im Weg stehen, auch wenn er jetzt schon ihre täglichen Männergespräche vermisste.

Kapitel 23 – Nicolas – Nagende Zweifel

Nick lag im Bett und starrte in die Schwärze seines Schlafzimmers. Es hatte gut getan, mit Jules über den besagten Morgen, der alles in seinem Leben verändert hatte, zu reden. Sie hatten nie darüber gesprochen, was damals nach Marius' Tod geschehen war. Außerdem hatte ihn die Reaktion seines Freundes bezüglich Shannon erleichtert. Zuerst. Jules verurteilte Nick nicht dafür, ihr Blut gegeben zu haben. Das hätte er nicht erwartet. Zwar war Jules wie ein Bruder für ihn, aber er war auch sein Boss und der Vampirfürst von New York. Jules' Karriere stand auf dem Spiel! Und weil sein Freund das Thema so auffallend locker weggesteckt zu haben schien, wusste Nick jetzt nicht, ob er ihm trauen durfte.

Plötzlich konnte er seinen alten Weggefährten nicht mehr einschätzen. Was, wenn er vorhatte, Shannon zu töten?

Kurz liefen heißkalte Wellen durch seinen Körper.

Nein, das war nicht Jules' Art; auf diese Weise löste er keine Probleme.

Was, wenn doch? Bisher hatte noch nie alles für Jules auf der Kippe gestanden, und das Wissen, das Shannon nun über sie beide besaß, könnte ihnen gefährlich werden.

Nick sollte endlich mit seiner Lupa sprechen. Aber war sie überhaupt noch *seine* Lupa? Er hielt die Ungewissheit nicht mehr aus!

Shannon hatte sich noch nicht bei ihm gemeldet, und immer wieder rotierte nur ein Gedanke durch seinen Kopf: *Du hast zu viel Schuld auf dich geladen, um ein glückliches Leben an ihrer Seite zu verdienen.*

Cazzo! Hör endlich auf, feige zu sein, und ruf sie an!, dachte er und griff im Dunkeln nach seinem Telefon, das auf dem Nachttisch lag. Sicher war Shannon schon wach, frühstückte mit ihrem Bruder und packte Geschenke aus, schließlich feierten die meisten Wandler heute – genau wie die Menschen – Weihnachten. Von Percy wusste er, dass sie vorübergehend bei Shane wohnte.

Nick wählte ihre Nummer und drückte sofort wieder auf den roten Hörer. Was, wenn sie auflegte, sobald sie seine Stimme vernahm? Das würde er nicht verkraften. Deshalb beschloss er, ihr eine Nachricht zu schreiben, und öffnete das Chatprogramm. Nur wie sollte er beginnen?

Da fiel ihm der perfekte Anfang ein und er tippte: *Frohe Weihnachten, mia lupa.*

Abermals verfluchte er sich. Für Shannon waren das wahrscheinlich alles andere als frohe Tage.

Minutenlang starrte er das geöffnete Chatprogramm an, doch

es kam keine Antwort. Ob sie vielleicht noch schlief? Oder mit Shane vor einem prächtig geschmückten Weihnachtsbaum saß, ein glückliches Funkeln in den Augen?

Hinter Nicks Brustbein machte sich ein dumpfes Gefühl breit. Zu gerne hätte er seine Lupa jetzt bei sich. Für sie hätte er den schönsten Baum gekauft, den er hätte auftreiben können, ihn kitschig geschmückt und ihr unzählige Geschenke darunter gelegt. Nur damit er jedes Mal das Leuchten ihrer Augen selbst miterleben durfte, wenn sie ein Paket auspackte ...

Schnell verdrängte Nick diese Vorstellung. Er sollte sich keine Zukunft ausmalen, die es wahrscheinlich niemals für sie beide geben würde.

Immer noch starrte er auf das mittlerweile schwarz gewordene Display. Vielleicht war Shannon auch einfach nur beleidigt, weil er sich bis jetzt nicht bei ihr gemeldet hatte? Nick kannte schließlich das Temperament seiner Wölfin. Sie konnte sehr, sehr stur sein.

Dieser Gedanke entlockte ihm ein Schmunzeln. Tapfer tippte er weiter: *Ich bin nach deiner Einweisung ins Krankenhaus zu Percy ins DPI gefahren, um ihm alles zu berichten und vor Ort zu sein, falls es Neuigkeiten gibt. Ich habe völlig die Zeit vergessen und durfte bei ihm auf der Couch in seinem Büro schlafen. Außerdem haben wir ein bisschen über den Durst getrunken.*

Tatsächlich hatte Nick seine Ängste verdrängen wollen und deshalb zu tief ins Glas geschaut, während Percy ihn bloß ein wenig aufpäppeln wollte. Der Kerl hatte aber auch leckeres Blut in seinem Kühlschrank ...

Immer noch kam keine Reaktion von Shannon, weshalb er schrieb: *Heute Nacht war ich mit Jules auf der Jagd nach du weißt schon wem.*

Er wusste nicht, ob er den Namen ausschreiben durfte. Nachrichten konnten schließlich leicht abgefangen werden.

Die Frau aus dem Klub wurde gestern Mittag gefunden oder besser gesagt: nur ihr Schmuck in einem Häuflein Asche.

Er meinte Julietta. Percy hatte ihre DNS identifiziert. Sicher hatte Wolkow testen wollen, ob sie resistent gegen Sonnenlicht war. Arme Julietta … Wenigstens hatte Wolkow noch nicht die perfekte Formel gefunden, um einen Tagwandler zu erschaffen.

Percy hatte sich die Spritzen angesehen, mit denen Wolkow den drei letzten Testpersonen im U-Bahn-Tunnel die Injektionen verpasst hatte, und die drei verschiedenen Reste der Seren genau untersucht. Außerdem hatte er auch Gabriels Blutprobe unter die Lupe genommen. Leider waren seine Forschungen noch nicht abgeschlossen und er konnte nicht sagen, was genau einen Vampir zum Daywalker machte.

Mittlerweile waren auch Jules und Shane von Mitchell über die neusten Erkenntnisse informiert und gebeten worden, Augen und Ohren offenzuhalten. Vampire sollten sich nur in Gemeinschaft draußen aufhalten, solange der irre Mörder sein Unwesen trieb. Von der Tagwandlersache erfuhr die Wesenbevölkerung natürlich nichts.

Nick starrte weiterhin das Display an, die Minuten zogen sich unendlich in die Länge, doch nichts rührte sich. Also legte er das Telefon zurück und schloss die Augen. Er sollte schlafen, denn er musste fit sein, wenn er sich wieder auf die Jagd begab. Die Suche lenkte ihn wenigstens von seinen Sorgen ab. Vielleicht war es ganz gut, dass Shannon nicht dabei sein konnte. Nick wollte sie weder einer neuen Gefahr aussetzen noch weiterhin mit ihr zusammenarbeiten, sollte sie ihn von nun an verabscheuen. Das würde er nicht überleben.

Sein Herz zog sich schmerzhaft zusammen. Hatte er sie verloren?

Kapitel 24 – Shannon – Frohe Weihnachten

Shannon kniete mit Shane auf dem kuschligen Teppich vor seinem knisternden Kamin, dessen Flammen eine behagliche Wärme spendeten. Daneben stand ein prachtvoll geschmückter, deckenhoher Tannenbaum. Es war noch früh am Weihnachtsmorgen, deshalb trug Shannon nur ein langes Nachthemd und ihr Bruder bloß eine Boxershorts. Im Hintergrund sang Sinatra leise »Christmas Memories«, es duftete nach Pancakes, und der Blick über den verschneiten Central Park von hier oben aus dem zehnten Stock glich einem Wintermärchen.

Shannon fühlte sich Jahre in die Vergangenheit zurückversetzt, als ihre Eltern erst ein paar Monate tot waren und ihr Bruder versucht hatte, ihr das schönste Weihnachtsfest von allen zu bereiten. Damals hatte er ihr auch Pancakes gebacken. Wie an jenem Tag hielt Shannon den Teller auf ihrem Schoß fest, während sie sich mit der anderen Hand den letzten Rest des süßen Teiges in den Mund schob. Herzhaft kaute sie und murmelte: »Du hast dich wirklich übertroffen, Brüderchen. Mit allem.«

Er gab sich wahnsinnig viel Mühe, hatte sich extra ein paar Tage freigenommen und zeigte sich fürsorglich und lieb. Weder kommandierte er sie herum, noch machte er ihr Vorschriften. Trotzdem fehlte Shannon etwas. Sie vermisste Nick … einerseits. Andererseits sah sie immer wieder diese brutale Szene mit den Kindern vor sich und wusste nicht, ob sie ihn überhaupt noch in ihrer Nähe haben wollte.

Lächelnd hielt ihr Shane ein kleines, in violettes Papier verpacktes Geschenk hin. »Ich habe noch was für dich.«

Schnell stellte sie den Teller neben sich ab und schluckte hinunter. »Ich habe diesmal leider gar nichts für dich.«

»Das größte Geschenk für mich ist, dass du lebst«, raunte er – und sie flog in seine Arme.

Bis jetzt hatte sie sich zusammengerissen, doch als ihr Shane über den Rücken streichelte, atmete sie zitternd ein, und eine einzelne Träne rollte über ihre Wange. Schnell wischte Shannon sie weg.

»Was ist los?«, fragte Shane, als sie sich von ihm löste.

Hektisch riss sie das kleine Geschenk auf, damit sie ihrem Bruder nicht in die Augen schauen musste. Sie hasste es, vor ihm Schwäche zu zeigen. »Ich bin nur ein wenig durcheinander.«

Sie konnte nicht mit ihm darüber reden, was sie gesehen hatte. Gerne hätte sie mit Beth über Nick gesprochen, doch sie und Gabriel waren unerreichbar, weil sie sich vor Wolkow verstecken mussten.

Shane betrachtete sie stirnrunzelnd. »Es ist kein Wunder, dass es dir schlecht geht. Du hast diese ganzen fremden Erinnerungen in deinem Kopf und wärst fast gestorben.«

Sie lebte nur noch, weil Nick sie gerettet hatte. Dieser Gedanke tobte unentwegt durch ihren Kopf.

Auch wenn er vor vielen, vielen Jahren etwas Schreckliches getan hatte, musste es nicht bedeuten, dass er heute noch derselbe Vampir war. Sie hatte ihn erlebt. Nick war ein wundervoller Mann. Doch manchmal machten Gefühle blind.

Ach, sie war völlig durcheinander!

Nachdem sie das Papier aufgerissen hatte, hielt sie eine kleine schwarze Schachtel in der Hand. Darin befand sich ein Armband aus Silber mit vielen kleinen bunten Anhängern – und Shannon erkannte es sofort. Ihr Atem stockte. »Das ist ... Mums Lieblingsarmband!« Ungläubig starrte sie es an. Es musste wirklich das Kettchen ihrer Mutter sein, denn die meisten der kleinen Anhänger hatte Shannon ihr zu besonderen Anlässen geschenkt, wie die rosa Blume zum Muttertag, den roten Marienkäfer zum Geburtstag, das violette Herz zu Weihnachten und den schwarzen Wolf zu ihrem Gefährten-Tag.

Verblüfft schaute sie zu Shane. »Ich dachte, Mum hätte es an dem Abend verloren, als ...« ... sie abgeschlachtet wurde. Shannon konnte es nicht aussprechen und mochte noch nicht einmal daran denken.

Langsam schüttelte er den Kopf, und etwas von dem alten Schmerz, den Shannon gerade empfand, stand auch in seinem Gesicht geschrieben. »Ich war später, als es mir wieder besser ging, noch einmal an der Stelle, wo der Überfall stattgefunden hat. In einem Riss im Teer habe ich es gefunden und reparieren lassen. Ich wusste, wie viel es dir bedeutete, und wollte es dir geben, aber du warst so traurig. Ich hielt es damals nicht für den richtigen Zeitpunkt.«

Sie spürte einen Stich in der Brust. Nick hatte recht. Ihr Bruder liebte sie über alles. Und sie liebte ihn.

Erneut umarmte sie ihn und drückte ihn fest. »Danke, das ist das schönste Geschenk von allen! Auch wenn du mir manchmal tierisch auf den Keks gehst, bin ich überglücklich, dass wir uns haben.«

»Das bin ich auch, Schwesterchen.« Er half ihr, das Kettchen an ihrem Handgelenk festzumachen – als es plötzlich an der Tür klingelte.

»Kommt das Rudel heute schon früher?«, fragte sie. Normalerweise trafen sie sich erst später am Rockefeller Plaza.

Shane schüttelte den Kopf, während er sich erhob und durch den großen Wohnraum zur Tür ging. Daneben befand sich ein Display, auf dem er sehen konnte, wer draußen stand. »Es ist dein Kollege. Ich gehe unter die Dusche, dann seid ihr ungestört.«

War es Nick?

Ihr Herz begann schlagartig zu rasen. Sie sprang auf, gerade als Shane öffnete und … Percy begrüßte. Dann verabschiedete sich ihr Bruder von ihm und verschwand im Schlafzimmer.

Natürlich konnte es nicht Nick sein. Draußen schien die Sonne. Außerdem würde Shane ihn niemals in seine Wohnung lassen!

Freudestrahlend kam Percy auf sie zu. Er trug einen langen schwarzen Mantel, der sie an Nick erinnerte. Er hatte sie in seinen Mantel gehüllt und ins Krankenhaus getragen …

»Hey, Süße, gut siehst du aus!« Percy gab ihr zwei Küsschen auf die Wangen und musterte sie kurz.

»Ich bin vor einer Stunde aufgestanden und trage nur ein zerknittertes Shirt«, erklärte sie grinsend. »Ich sehe schrecklich aus.«

»Du siehst immer toll aus, genau wie dein heißer Bruder«, murmelte er, offensichtlich geistig nicht mehr anwesend, denn er hatte nur noch Augen für Shanes gigantisches Apartment.

Percy schlenderte zum großen Panoramafenster und starrte nach draußen. »Heaven, was für eine geile Bude!«

Shannon stellte sich neben ihn und schaute hinunter auf den Park. Einige Leute gingen mit ihren Hunden spazieren und Eltern fuhren zu dieser frühen Stunde schon mit ihren Kindern Schlittschuh. Die Sonne brachte den grellen Schnee zum Glitzern, sodass Shannon den Blick abwenden musste. »Möchtest du einen Kaffee? Wir haben noch welchen übrig.«

»Gerne. Dann kannst du gleich mal dein Geschenk testen.« Er begleitete sie zur Küchenzeile und zog eine dunkelgrüne Box aus seiner ausgebeulten Manteltasche, während sie ihm Kaffee einschenkte. »Ist für dich.«

»Oh … Danke! Jeder hat was für mich, bloß ich nicht.« Letztes Jahr hatte sie Percy vier Untersetzer aus Silikon geschenkt, die wie Floppy Disketten aussahen. Ihr nostalgischer Nerd hatte sich total darüber gefreut.

»Dir geht es gut«, sagte er, »das ist die Hauptsache.«

Schnell öffnete sie die Schachtel, bevor sie wieder sentimental wurde, und fand darin … »Eine Tasse!« Sie war nicht aus Porzellan, sondern aus Edelstahl, und ihr Name war darauf eingraviert.

Percy nahm sie ihr ab, spülte sie schnell aus und verkündete: »Das ist eine selbstumrührende Tasse.« Er füllte sie mit Kaffee, gab Milch sowie Zucker hinzu und stellte sie vor Shannon auf den Tisch. »Drück mal auf den kleinen Knopf am Griff.«

Sie tat, wie ihr befohlen, und schon wirbelte das Gemisch herum, sodass ein kleiner Strudel entstand. Innerhalb von Sekunden hatten sich die einzelnen Bestandteile zu einer homogenen Flüssigkeit vermischt. »Was du immer alles findest! Danke dir.« Letztes Jahr hatte sie eine Tetris-Klötzchen-Eiswürfelform von ihm bekommen und das Jahr davor aufziehbare Salz- und Pfefferstreuer in Roboterform, die man über den Tisch laufen lassen konnte.

Shannon zwinkerte. »Bald ist meine Küche perfekt für Nerdbesuch ausgestattet.«

Während sie ihre Getränke schlürften, fragte sie: »Wie geht es Nick?«

Percy musterte sie über den Rand seiner Tasse. »Ich hab ihn letzte Nacht nicht gesehen, da war er mit Leroy unterwegs. Die Nacht zuvor war er nach dem Angriff total fertig, hat sich betrunken und bei mir im Büro auf der Couch geschlafen. Habt ihr euch gestritten?«

Hastig schüttelte sie den Kopf; ihr Magen schnürte sich zusammen. Ob er genauso litt wie sie?

»Dann ruf ihn doch einfach an, Süße.« Er warf einen schnellen Blick auf seine Armbanduhr. »Ich muss leider schon wieder ins Labor. Gabriels Blutprobe bereitet mir Kopfzerbrechen. Ich habe so etwas noch nie gesehen.«

Shannon ersparte es sich, nachzufragen, was er genau meinte, denn sie würde ohnehin weniger als die Hälfte von Percys hochwissenschaftlichen Erklärungen verstehen. Deshalb brachte sie ihn zur Tür und umarmte ihn. »Ich freue mich sehr, dass du mich besucht hast. Frohe Weihnachten.«

»Frohe Weihnachten, Süße.«

Als er gegangen war, hörte sie Shane im Schlafzimmer telefonieren. Er hatte es wohl noch nicht unter die Dusche geschafft. Als Geschäftsmann musste er manchmal von zu Hause aus arbeiten und hing oft am Telefon. Aber auch als Rudelführer war er für seine Leute rund um die Uhr zu erreichen, selbst an Feiertagen.

Da er gerade beschäftigt war, begab sie sich ins Gästezimmer und schaltete ihr Handy an. Vielleicht hatte sich Beth ja gemeldet.

Sofort ploppten mehrere Mitteilungen auf. Sie waren von Nick!

Ihr Herz raste. Er hatte ihr vor einer Stunde geschrieben, doch sie traute sich nicht, die Nachrichten zu öffnen.

Unruhig tigerte sie vor dem Bett auf und ab. Sie starb beinahe vor Neugierde, hatte aber auch eine Riesenangst, weil sie nicht wusste, was er wollte. Alles erklären? Sich entschuldigen? Sich ... verabschieden?

Schnell tippte sie aufs Display und starrte angespannt auf den Text:

Frohe Weihnachten, mia lupa.

Ich bin nach deiner Einweisung ins Krankenhaus zu Percy ins DPI gefahren, um ihm alles zu berichten und vor Ort zu sein, falls es Neuigkeiten gibt. Ich habe völlig die Zeit vergessen und durfte bei ihm auf der Couch in seinem Büro schlafen. Außerdem haben wir ein bisschen über den Durst getrunken.

War das eine Entschuldigung, weil er sich nicht gemeldet hatte? Schnell las sie weiter:

Heute Nacht war ich mit Jules auf der Jagd nach du weißt schon wem.

Das wusste sie bereits von Percy.

Die Frau aus dem Klub wurde gestern Mittag gefunden oder besser gesagt: nur ihr Schmuck in einem Häuflein Asche.

Julietta war tot? Warum hatte ihr Percy nichts erzählt? Bestimmt, um sie nicht zu beunruhigen. Hey, nur weil sie krankgeschrieben war, sollte sie nicht jeder mit Samthandschuhen anfassen!

Verdammt, Wolkow suchte sich bestimmt schon die nächsten Opfer für heute Nacht aus, und sie durfte nicht helfen! Vielleicht sollte sie noch einmal in sich gehen und sich auf diesen Psychopathen konzentrieren. Womöglich konnte sie seinen nächsten Schritt vorausahnen. Nur leider drängte sich permanent Nick in ihre Gedanken.

Nachdenklich starrte sie auf den Chatverlauf, der so plötzlich abbrach. Nick hatte nur über den Fall gesprochen — wenigstens einer! — aber mehr stand da nicht. Kaum Persönliches! Und er stellte ihr keine einzige Frage. Hatte er genauso große Angst wie sie?

Angestrengt überlegte sie, was sie ihm schreiben sollte. Etwas völlig Belangloses konnte sie ihm auf jeden Fall schon einmal schicken: *Ich wünsche dir auch schöne Weihnachten. Wie geht es dir?*

Als er sofort antwortete: *Ich vermisse dich*, hätte sie fast das Telefon fallen gelassen!

Er war wach!

Er vermisste sie!

Er hatte die ganze Zeit auf eine Reaktion von ihr gewartet!

Ihre Knie zitterten so stark, dass sie sich aufs Bett setzen musste. Was sollte sie jetzt schreiben? In ihrem Kopf rotierte alles.

Er vermisste sie …

Sie vermisste ihn auch! Aber was, wenn er ein genauso irrer Mörder wie Wolkow war?

Shannon hatte sich nicht mehr getraut, in Nicks Erinnerungen zu wühlen, um nicht noch mehr grauenvolle Szenen zu finden. Das würde sie nicht verkraften!

Nachdem sie bestimmt fünf Minuten lang die letzten drei Wörter angestarrt hatte, schickte Nick ihr: *Wie geht es dir?*

Hätte er ihr jetzt gegenüber gestanden, würde sie kein Wort herausbringen. Mit zitternden Fingern tippte sie: *Ich bin ziemlich durcheinander.*

Du hast es gesehen, oder?, kam prompt zurück. *Das mit den Kindern.*

Ja, schrieb sie. *Doch ich kann noch nicht darüber reden.*

Wirst du es Mitchell erzählen?

Diese Frage hatte sie sich selbst unzählige Male gestellt. Was, wenn sie etwas übersah? Wenn ihre Gefühle für Nick die Wahrheit verschleierten?

Nein, nein, nein, er war kein irrer Mörder, niemals!

Zuerst sollten wir uns auf Wolkow konzentrieren, antwortete sie ihm. Das war weder ein Ja noch ein Nein.

Sie spürte beinahe selbst körperlich, wie er litt, weil sie ihn im Unklaren ließ. Oder spürte sie vielleicht tatsächlich seine Schmerzen? Schließlich hatte sie noch Reste seines Blutes in sich.

Als es erneut an der Tür klingelte, warf sie das Handy aufs Bett und sprang nervös auf. Nick stand doch nicht etwa im Hausgang? Normalerweise konnte jemand nur fühlen, was der Blutgefährte dachte, wenn man erst vor Kurzem von ihm getrunken hatte oder er in der Nähe war.

Shannon lief ins Wohnzimmer und hörte das Plätschern der

Dusche. Shane konnte also nicht nachsehen, wer vor der Tür stand. Deshalb musste sie das wohl machen.

Insgeheim wünschte sie sich, es wäre Nick, und war dann enttäuscht, aber auch überrascht, als sie einen weißen Lockenkopf und eine dicke Hornbrille auf dem Display der Überwachungskamera sah. Große, rotgeränderte Augen starrten sie an. Was suchte Elvira denn hier?

Shannon öffnete der Banshee, und deren Augen wurden noch größer, während diese Shannon durchdringend musterte. »Was auch immer du gesehen hast, Sweetheart, war nicht die ganze Wahrheit.«

»Was?« Shannon hatte erst keine Ahnung, wovon Elvira sprach, aber plötzlich bekam sie Schweißausbrüche. »Was weißt du?«

Schmunzelnd drückte ihr Elvira eine Schachtel Buntstifte und einen Mandala-Block in die Hand. »Malen hilft mir immer, mich zu sammeln und auf das Wesentliche zu konzentrieren. Erkenntnisreiche Weihnachten wünsche ich dir, Sweetheart.« Sie machte auf dem Absatz kehrt und ging.

»Ähm ... Danke!«, rief ihr Shannon noch hinterher, aber da war Elvira bereits im Aufzug verschwunden.

Kapitel 25 – Shannon – Die ganze Wahrheit

Langsam schloss Shannon die Tür. Was war das denn gerade für seltsamer Besuch gewesen? Doch weil Shannon die Banshee mittlerweile ein bisschen besser kannte und auf ihre Vorahnungen vertraute, setzte sie sich an den Küchentisch, schlug den Malblock auf und zog einen gelben Buntstift aus der Packung.

Nicht die ganze Wahrheit ..., dachte sie ununterbrochen, und mit jedem aufgeregten Herzschlag pulsierte neue Hoffnung mit. Das kreisrunde, geometrische Muster mit den vielen Schnörkeln zog Shannons Blick geradezu magisch an. Als sie begann, das erste Feld auszumalen, fühlte sie sich tatsächlich ein bisschen entspannter, aber auch aufgeregt. Was hatte Elvira bloß wieder gemeint?

Zehn Minuten und drei Farben später summte Shannon leise »Let it snow« vor sich hin, während sie Shane wieder im Schlafzimmer telefonieren hörte. So viel zu seiner Freizeit. Er schien wirklich sehr beschäftigt zu sein.

Als sie von Grün zu Blau wechselte, drehte sich das Bild plötzlich vor ihren Augen wie ein Strudel und schien sie regelrecht hineinzuziehen. Sie ließ sich mitreißen, schloss die Lider und zwang sich, die brutale Szene in Marius' Schlafzimmer zuzulassen.

Zuerst befand sie sich in Jules' Kopf. Er hatte längst gewusst, dass Marius »Essen« mit in seine Räumlichkeiten nahm, wenn er wieder tagelang in fremden Gedanken stöberte. Bloß waren die Menschen in den letzten Jahren stets jünger geworden und immer öfter hatten sie die Nahrungsaufnahme nicht überlebt. Van de Velden machte es rasend vor Wut, weil sein Herz nicht schlug und er deshalb nicht jedes Körperteil gebrauchen konnte, aber er hatte andere Wege gefunden, um »Lust« zu empfinden.

Jules wollte schon seit Jahren diesem perversen Schwein, das ihn so sehr an einen seiner ehemaligen Herren erinnerte, ein Ende bereiten – und das hatte er nun endlich getan, gemeinsam mit Nicolò. Sie hatten es tatsächlich geschafft!

Plötzlich wechselte Shannons Sicht zu Nicolò ... und die zwei blassen Mädchen mit den zahlreichen Bisswunden brachen ihr beinahe das Herz. Leider waren Jules und er nicht allein im Zimmer gewesen. Die Mädchen könnten Zeugen ihres Verbrechens geworden sein, auch wenn er das für unwahrscheinlich hielt, denn sie rührten sich nicht und schienen zu schlafen. Ihre Herzen schlugen kaum noch, deshalb hatte er sie nicht gehört. Sein eigener Puls hatte auch viel zu laut gepocht.

»Ich muss wissen, ob sie etwas gesehen haben«, erklärte Jules und strich über die klaffende Wunde des einen Mädchens, um ihr Blut zu probieren. Dann riss er die Augen auf und starrte Nicolò schockiert an. Im ernsten Ton sagte Jules: »Wir dürfen sie nicht leben lassen.«

»Warum? Was haben sie gesehen?« Waren sie Zeugen des Mordes an Marius geworden?

Fassungslos keuchte Nicolò auf, als Jules dem ersten Kind das Genick brach. »Was hast du getan?« Jules war kein bisschen besser als Marius!

Mit erstarrter Miene schaute Jules ihn an. »So ist es für alle das Beste.«

»Für *alle*?«, rief Nicolò erzürnt. Am liebsten hätte er das zweite Mädchen an sich gerissen und wäre mit ihm davongerannt, doch gerade konnte er das Haus nicht verlassen. Die Sonne stand bereits zu hoch am Himmel. »Ich könnte ihr mein Blut geben, sie retten und sie bezirzen«, schlug Nicolò vor. Das Mädchen atmete noch stärker als das erste Kind zuvor, war aber bewusstlos.

Jules' Handeln hatte ihn zu Tode erschrocken und Nicolò schaffte es nicht, dieses unschuldige Kind zu töten. Es hatte doch keinem etwas getan!

»Sie würde niemals Marius' Grausamkeiten vergessen«, erklärte Jules ihm mit zitternder Stimme, »und das weißt du. Sie würde sich Nacht für Nacht in ihren Albträumen daran erinnern, was dieser perverse Irre ihr angetan hat. Wahrscheinlich würde sie sich früher oder später selbst das Leben nehmen.«

Jules hatte recht. Natürlich konnten sie Menschen bezirzen, aber tief einschneidende Erlebnisse ließen sich niemals ganz auslöschen. Es blieb immer etwas zurück. Für das Mädchen würde nichts mehr so sein wie zuvor.

Jules legte zwei Finger seitlich an den Hals des noch lebenden Kindes. »Sie ist bereits viel zu schwach. Sie würde es wahrscheinlich auch mit deinem Blut nicht schaffen.«

»Ich habe es doch auch geschafft und ich war so gut wie tot!«, rief er.

Jules schüttelte nur den Kopf.

Ja, Nicolò wusste selbst, dass er sich nicht mit diesem Kind vergleichen konnte. Er war ein Vampir, ein unsterbliches Wesen! Der Geist dieses Kindes lebte in einer zerbrechlichen, krankheitsanfälligen Hülle.

»Dann wandle ich sie!« Fieberhaft suchte Nicolò nach einer Lösung. Er musste doch irgendwie helfen können!

Jules' Miene verfinsterte sich. »Du willst sie zu einem ewigen Leben in Verdammnis verbannen? Als Vampir könnte sie niemals vergessen, sie würde noch stärker leiden als ein Mensch! Du weißt doch am besten, wie sich das anfühlt, Nicolò!«

»Bitte«, flehte er Jules an.

Der stieß einen Fluch aus. »Es ist nicht allein das, was die Kinder erlebt haben. Marius hat ihnen etwas befohlen, das keiner von uns rückgängig machen kann!«

»Was?« Nicolò konnte kaum atmen. »Was hast du noch gesehen?«

»Dieser verrückte Irre hat Killer aus diesen Kindern gemacht!« Jules starrte auf das noch lebende Mädchen, dessen Brust sich kaum merkbar hob und senkte. »Während Marius von ihnen getrunken hat und sie unendliche Schmerzen leiden mussten, weil er sie dabei geschlagen und …« Seine Stimme brach und er räusperte sich hart. »Er hat sie bezirzt und ihnen befohlen … falls sie das hier überleben, sollen sie ins Waisenhaus zurückzugehen und in der ersten Nacht, sobald alle schlafen, sämtliche Erzieherinnen töten. Marius wollte sich ungehindert an den Kindern bedienen, eines nach dem anderen zu sich holen. Bisher hat er die Erzieherinnen bezirzt, damit ihnen nicht auffällt, dass Kinder fehlen, aber das würde nicht lange gutgehen. Und wenn keine Kinder mehr übrig sind, sollten die beiden Mädchen das nächste Heim aufsuchen und dort dasselbe veranstalten. Immer und immer wieder, und jeden töten, der sich ihnen in den Weg stellt. Marius hat willenlose Mörder aus ihnen geformt. Du weißt, dass wir das nicht rückgängig machen können, nicht, wenn die Bezirzung mit solch massiven Schmerzen und Leid verbunden ist. So etwas brennt sich auf ewig ein.«

Nicolò konnte kaum begreifen, was sich Marius ausgedacht, wie sehr er seine Macht missbraucht hatte, um seine eigenen Triebe zu befriedigen. »Wir … müssten das Mädchen wegsperren, damit es keine Gefahr für andere ist.«

Jules nickte. »Sie würde bis an ihr Lebensende in ewiger Gefangenschaft vegetieren müssen, eingesperrt mit sich und ihren Gedanken an die schrecklichen Tage in diesem Raum.«

»Warum hast du das nicht gleich gesagt?« Marius hatte aus diesen unschuldigen Kindern Psychopathen gemacht! Ihnen die Kindheit, Unschuld und Menschlichkeit geraubt!

»Vielleicht, weil ich selbst kaum glauben kann, dass jemand von uns zu so etwas in der Lage ist.«

Nicolò atmete vorsichtig auf. »Umso besser, dass dieser Schweinekerl tot ist!« Nachdenklich betrachtete er das schlafende Mädchen.

Merda … Jules hatte recht! Es gab nur eine Option für diese arme Seele.

Seine Hand zitterte stark, als er die Degenspitze an die bleiche Brust des Kindes hielt.

»Tu es!«, verlangte Jules und blickte ihn auffordernd, aber auch schmerzerfüllt an.

»Warum ich? Tu du es doch!«

Tränen schimmerten in Jules' Augen. »Ich schaffe das nicht noch einmal.«

Nicolò erkannte den Kummer hinter den weißen Iriden seines Kameraden. Jules würde das tatsächlich nicht noch einmal durchstehen. Aber er, Nicolò, schaffte es auch nicht!

Da riss das Kind plötzlich die Lider auf, verzerrte das Gesicht zu einer Fratze und knurrte ihn wie ein wildes Tier an. Ihre Pupillen wirkten völlig ausdruckslos und leer, nichts Menschliches war darin zu erkennen.

Als das Mädchen krächzte: »Töte dich …«, erschütterten ihn ihre Worte bis ins Mark.

»Ich erlöse dich von all deinen Qualen«, murmelte Nicolò schnell, schloss die Augen, blendete alle Gefühle aus und stach zu. Sofort hörte das kleine Herz auf zu schlagen. Es war das Schrecklichste, das er jemals getan hatte, doch er hatte es nicht nur für das Kind getan und alle, die es vielleicht noch getötet hätte, sondern auch für Jules, damit dieser seine Menschlichkeit nicht aufs Spiel setzte, seine Güte und Barmherzigkeit. Der Mann hatte ihn aus seinem kalten Grab geholt und ihm die Rache ermöglicht, nach der er sich unendlich lange gesehnt hatte. Nicolò war sein eigenes Leben egal, das ohne Carina sowieso keinen Sinn mehr machte. Deshalb hätte er alle Konsequenzen auf sich genommen, falls er das Mädchen gerettet und es geredet hätte. Aber das Kind war nicht mehr zu retten gewesen. Marius hatte es verflucht und zu einem Leben als Mörder verdammt.

»Danke«, flüsterte Jules und fragte ihn ernst: »Soll ich dich nun von deinen Qualen erlösen?«

Nicolò sah ihm an, dass er es niemals fertigbringen würde, ihn zu töten. Und er wollte auch nicht sterben. Nicht jetzt. »Nein. Ich habe noch etwas zu tun.«

Es zerriss ihm beinahe das Herz, als er die Mädchen zusammen in ein Laken wickelte und zu einer Stelle im Haus brachte, wo sie niemand finden würde. Noch schliefen alle. Nicolò wartete, bis die Sonne untergegangen war, und trug die Kinder in den Central Park. Dort hob er für sie auf der kleinen Halbinsel am See »The Pond« ein Loch aus.

Gleich nach der Beerdigung wollte Nicolò das Waisenhaus besuchen, aus dem die Mädchen kamen und sich Marius wohl des Öfteren »bedient« hatte. Jules hatte ihm die Adresse genannt, die er durch das Blut des Mädchens wusste. Nick schwor sich, in Zukunft die Schwachen, die niemanden mehr hatten, zu beschützen und dabei ein besonderes Auge auf das Kinderheim zu haben. Tatsächlich musste er ein paar Mal diversen Erzieherinnen Angst einjagen, weil sie die Kinder geschlagen hatten. Nick entschied sich, weiterzuleben, um seine Schuld zu begleichen, wenn er sich auch sein Leben lang fragte, ob er den Mädchen nicht doch hätte helfen können.

Heute waren das Gewässer »The Pond« sowie das darum liegende Waldstück ein Naturschutzgebiet. Dort ruhten die Kinder noch immer, gemeinsam in einem Grab, als würden sie sich umarmen. Nick hatte sie nicht trennen wollen. Jedes Jahr besuchte er die Stelle und streute ein paar Blumen darauf, obwohl der Park mittlerweile zum Wolfswandlergebiet gehörte …

Shannon keuchte auf und wischte sich Tränen aus den Augen. Sie zitterte am ganzen Körper und fühlte unzählige verschiedene Emotionen. Erleichterung, Freude, aber auch Trauer. Schuld.

Elvira hatte recht gehabt, sie hatte beim letzten Mal nicht alles gesehen! Shannon war nun – trotz allen Schreckens – sehr froh, dass sie sich getraut hatte, noch einmal in diese grauenvolle Szene einzutauchen. Nick hatte dieses Mädchen nicht aus purer Mordlust umgebracht! Wie hatte sie das bloß glauben können?

Nun erinnerte sie sich auch an die versteckten Schecks in seiner Küchenschublade und wie liebevoll er mit dem Mädchen auf der Straße umgegangen war. Plötzlich ergab alles Sinn! Er litt schon ewig unter tiefen Schuldgefühlen und versuchte, seinen »Fehler« irgendwie wiedergutzumachen.

Nicks Liebe zu ihr hatte ihn seine Angst vor möglichen Konsequenzen überwinden lassen, er hatte ihr sein Blut gegeben in dem Wissen, dass dies sein Ende bedeuten könnte. Nick hatte sie nicht sterben lassen …

Als Shane ihr eine Hand auf die Schulter legte, blinzelte sie ihn desorientiert an.

»Alles in Ordnung?«, fragte er mit besorgter Miene.

Leise räusperte sie sich. »Alles gut. Ich war nur in Gedanken versunken.«

»Ich muss schnell mal weg. Rudelangelegenheiten. Bin in einer Stunde wieder da. Ist das okay?«

»Äh … ja«, sagte sie schnell. »Bis dann!«

Es war ihr sogar mehr als recht, allein zu sein, denn sie wollte unbedingt sofort Nick schreiben. Am liebsten würde sie ihn ja anrufen, doch mittlerweile war es schon fast Mittag. Irgendwann musste auch ein Vampir schlafen.

»Gut, ich bring uns später noch was vom Chinesen mit.« Ihr Bruder gab ihr einen Kuss auf die Wange und erklärte, während er zur Tür ging: »Brandon und Scott stehen draußen im Gang und passen auf dich auf, solange ich weg bin.«

»Okay.«

Die beiden »Bodyguards«, die normalerweise in Shanes Firma als Kuriere arbeiteten, sollten sie wohl eher in der Wohnung festhalten, damit sie keine Dummheiten machte. Shane kannte sie eben zu gut. Normalerweise hätte sich Shannon jetzt tierisch aufgeregt und Shane ihre Meinung gegeigt, aber sie wollte ihren Bruder ausnahmsweise gerne loswerden. Kaum war er zur Tür hinaus, lief sie in ihr Zimmer, um auf ihr Handy zu blicken. Nick hatte nichts mehr geschrieben.

Schnell tippte sie: *Ich weiß nun alles, die ganze Wahrheit, und will dich sehen! Aber du schläfst ja jetzt bestimmt. Vielleicht können wir uns später treffen? Du hast nichts falsch gemacht! Es tut mir so leid, Nick!*

Als ihr Telefon plötzlich klingelte, zuckte sie zusammen. Es war Nick! Sein Bild prangte auf ihrem Bildschirm. Ein Videoanruf!

Obwohl sie sich wie ein zerrupftes Huhn fühlte und bestimmt auch wie eines aussah, nahm sie das Gespräch an. »Hi!«, sagte sie, wobei ihr Puls aufgeregt in den Ohren wummerte. »Wieso schläfst du nicht?«

»*Mia lupa pazza*«, raunte er. »Du hast mich Jahre meines Lebens gekostet.« Er lag im Bett und grinste Shannon selig an.

Es war so schön, ihn zu sehen! Ihr Herz hüpfte vor Freude und sie grinste ebenfalls. »Die Jahre sieht man dir nicht an.« Am liebsten wollte sie sich sofort zu ihm unter die Laken kuscheln und ihr Gesicht auf dieses sexy Stück nackter Brust legen, das am unteren Rand des Displays hervorspitzte.

»Wie ist es dir in den letzten Tagen gegangen?«, fragte sie vorsichtig.

»Ich habe mich völlig umsonst verrückt gemacht und mich in Percys Labor mit Elfenblut betrunken, weil ich jederzeit damit gerechnet hatte, von einer Spezialeinheit des DPI abgeführt zu werden.« Er lächelte bei den Worten, aber Shannon kannte ihn mittlerweile gut genug, um Sorge und Stress in seinen Zügen zu erkennen. Er versuchte nicht einmal, seine Schwächen vor ihr zu verbergen, was ihn in ihren Augen wahnsinnig stark machte.

Dieser Mann war so unglaublich perfekt.

»Es tut mir so leid, Nick. Ich bin eine sture, engstirnige Wölfin.«

»Da will ich dir nicht widersprechen.« Er setzte sich im Bett auf, und Shannon bekam noch mehr von seinem sexy Oberkörper zu sehen. »Was hat deine Meinung geändert?«

»Elvira war hier und hat mal wieder einen ihrer kryptischen Sprüche losgelassen. Daraufhin habe ich mich getraut, die ganze ... schreckliche Szene zu betrachten.«

Nick fuhr sich durch sein Haar und brachte es noch mehr durcheinander. »Jetzt sollte ich mich aber wirklich mal bei ihr bedanken.«

Shannon grinste. »Sie steht auf Ausmalbilder.« Nervös, aber überglücklich, lief sie im Zimmer auf und ab und betrachtete zwischendurch das Kettchen ihrer Mutter, während sie sich das Handy vors Gesicht hielt. Ihre Eltern hatten sich bedingungslos und inniglich geliebt. Nach deren Tod hatte Shannon geglaubt, nie einen Partner zu finden, mit dem sie solch eine Beziehung führen könnte wie Mum und Dad. Sie hatte sich auch nicht getraut, danach zu suchen, sondern sich mit ein paar schnellen Nummern zufriedengegeben.

Und dann war Nick in ihr Leben getreten, der sexy Vampir mit dem großen Herzen.

Shannon spürte einen beißenden Stich in der Brust. Solch eine besondere, sehr tiefe Bindung könnte sie ohne Blutsverbindung mit Nick nie eingehen. Sie dachte an Carina und Nick sowie Beth und Gabriel. So etwas würden sie beide nie teilen können.

Egal – was zählte war allein, dass sie dasselbe füreinander empfanden.

Shannon wollte ihm so gerne ihre Gefühle gestehen, denn sie wusste, wie sehr er sich wünschte, dass sie ebenso für ihn empfand wie er für sie. Doch das war nichts, was man mal schnell am Telefon besprach. Sie wollte es ihm ins Gesicht sagen ... wenn der Zeitpunkt passte. Shannon wusste ja noch nicht einmal, ob sie tatsächlich schon so weit war, zumal immer noch zu viele verschiedene Erinnerungen durch ihren Kopf rumpelten und sie völlig durcheinanderbrachten.

Sie setzte sich aufs Bett, während Nick ihr noch ein bisschen über den Tag erzählte, den er bei Percy im Labor verbracht hatte, doch bald kam er auf letzte Nacht zu sprechen, als er mit Leroy unterwegs gewesen war.

»Jules ist beunruhigt, weil ich dir mein Blut gegeben habe«, erklärte er in ernstem Tonfall.

»Was hat er denn gesagt?« Gebannt hielt Shannon die Luft an.

»Eigentlich nicht viel, und das macht mich nervös.«

Sie hatte sich bisher überwiegend über Nick den Kopf zerbrochen und kaum an Leroy gedacht, der noch so viel mehr zu verlieren hätte. Schließlich war er der aktuelle Vampirfürst von New York. »Ich werde ihm sagen, dass er nichts zu befürchten hat.«

Er nickte. »Ja, wir sollten möglichst bald zu ihm gehen.«

»Doch ich glaube nicht, dass ich vor ihm Angst haben muss. Ich weiß zwar nicht, wie er sich in den letzten Jahrzehnten weiterentwickelt hat, aber was ich gesehen habe ...« Kurz huschten ein paar Bilder aus Leroys Leben durch ihren Kopf, als er noch in Marius' Diensten gestanden hatte. Jules hatte immer versucht, das Richtige zu tun und die Befehle seines Fürsten ein wenig zu verbiegen, sofern sie anderen geschadet hätten. »Er ist bestimmt ein guter und loyaler Herrscher. Sicher würde nichts Besseres nachkommen.«

»Schlaue Lupa.« Nicks Lächeln erstarrte. »Ich habe dich retten können, Shannon. Vielleicht hätte ich auch den Mädchen helfen können. Die Sache geht mir auch nach der langen Zeit einfach nicht aus dem Sinn.« Er seufzte tief und ließ den Kopf hängen.

Erneut wünschte sie sich, bei ihm zu sein. »Die Kinder haben ein schweres Trauma erlitten. Sie hätten ihr Leben lang Angst und Albträume gehabt. Außerdem hat Marius Killermaschinen aus ihnen gemacht, Nick. Das waren keine unschuldigen Mädchen mehr. So grausam es auch klingt und so schwer es mir selbst fällt, es auszusprechen: Ihr habt den Kindern eine Gnade erwiesen.«

Ein trauriges Lächeln huschte über seine Lippen. »Ich bin unendlich erleichtert, dass du mich nicht verurteilst.«

»Du bist einer von den Guten, Nick.« Shannon blickte ihm durch die Kamera tief in die Augen. »Du hast so viele schlimme Dinge durchgemacht und dir trotzdem ein gütiges Herz bewahrt. Ich wünschte, ich hätte damals schon gelebt und wir hätten uns gekannt. Ich wäre für dich da gewesen.«

Er lächelte verhalten. »Du weißt, wie viel mir deine Worte bedeuten, denn du hast gesehen, was ich für dich empfinde, *cara mia*.«

Leise räusperte sie sich und ihr Herz wollte beinahe aus ihrer Brust springen. »Das habe ich.« Sie stand kurz davor, ihm ebenfalls ihre Gefühle zu gestehen, aber da sie sich fest vorgenommen hatte, ihm diese direkt mitzuteilen, wenn er vor ihr stand oder sie in seinen Armen lag, raunte sie: »Ich habe mich noch gar nicht dafür bedankt, dass du mich gerettet hast.« Wenn sie jetzt bei ihm wäre, würde sie ihm ihre Dankbarkeit auf alle erdenklichen Arten zeigen.

Nicks Lächeln schwand. »Wenn du Wolkow nicht angefallen hättest, wären wir wohl beide gestorben. Du bist hier die Heldin, Lupa.«

»Ich vermisse dich«, entwich es ihr spontan und sie meinte es auch so.

»Ich vermisse dich auch«, sagte er, wobei ihm das Grinsen fast bis hinter die Ohren reichte. »Was machst du heute noch?«

Dankbar über den Themawechsel, atmete sie auf. »Wie immer an Weihnachten sehe ich mir am Abend mit Shane und ein paar Leuten aus dem Rudel den Weihnachtsbaum am Rockefeller Plaza an.«

»Und danach?«

»Feiern wir alle bei ihm noch ein bisschen.«

»Hättest du stattdessen Lust, unser Date nachzuholen und

mit mir essen zu gehen?«

Oh ja, und wie sie das hatte! »Ich würde mich sehr freuen.« Im Restaurant oder auf dem Weg dorthin würde sich bestimmt eine Gelegenheit ergeben, ihm zu erklären, was sie für ihn empfand.

»Dann hole ich dich später ab«, beschloss er und legte auf.

»Ähm ... Nick!« Er konnte nicht einfach hier aufkreuzen. Shane würde ihn zerfetzen!

Grinsend ließ sie sich zurück ins Bett sinken und presste das Telefon auf ihre Brust. Nick war total verrückt! Aber sie liebte ihn, und wie! Niemals würde sie zulassen, dass ihm irgendjemand schadete, weder Shane noch das Rudel. Sie alle würden lernen müssen, ihn zu akzeptieren, oder sie würden ihre Krallen zu spüren bekommen. Wenn sie es sogar geschafft hatte, einem Vampir ihr Herz zu öffnen, dann musste es das Rudel wenigstens schaffen, ihn in ihre Mitte zu lassen. Beth hatte ihre Vorurteile schließlich auch abgelegt und war nun Gabriels Gefährtin. Und wer wusste, wie viele dieser Paarkonstellationen es noch auf der Welt gab, von denen keiner etwas ahnte?

Seufzend starrte sie die Decke an. Wie hatte sie Nick bloß verurteilen können, ohne die ganze Wahrheit zu kennen? Shannon spürte: Jetzt würde alles gut werden. Sie musste »nur« noch ihrem Bruder klarmachen, dass Nick fortan zu ihr gehörte.

Ihr Lächeln starb. Was malte sie sich denn bloß aus? Shane würde niemals einen Vampir an der Seite seiner Schwester dulden. Besser, sie hielt die Beziehung zu Nick noch geheim, zumindest so lange, bis sie wirklich selbst wusste, was sie wollte.

Hallo, sie wusste es!

Wolkows bestialisches Grinsen geisterte durch ihren Kopf, dann sah sie erneut Mord und Totschlag und Wolfswandler, denen er bei lebendigem Leib die Haut abgezogen hatte. Das brachte sie mit einem Schlag in die Realität zurück. Wie sollte sie ihr Glück mit Nick genießen können, wenn dort draußen dieser Irre herumlief? Zuerst die Arbeit, dann das Vergnügen, beschloss sie und begab sich wieder zurück an den Tisch. Vielleicht fiel ihr noch etwas über Wolkow ein, das bei der Suche nach ihm helfen konnte. Trotzdem freute sie sich auf die willkommene Ablenkung am Abend und sogar darauf, das Rudel zu sehen. Noch mehr freute sie sich allerdings auf ihr erstes, richtiges Date mit Nick. Ach, wenn es doch schon später wäre!

Kapitel 26 – Shannon – Unter Wölfen

Am frühen Abend schallten aus Lautsprechern Weihnachtslieder über den festlich geschmückten Rockefeller Plaza. Der über zwanzig Meter hohe Tannenbaum erstrahlte in bunten Farben und von allen Seiten drangen Stimmen an Shannons Ohren. Eingemummelt in einen langen Wintermantel stand sie am Rande der Eislaufbahn, eine Tasse mit heißer Schokolade in der Hand. Sie beobachtete Shane und ein paar Rudelmitglieder von der Bande aus, wie sie auf dem Eis ihre Runden drehten. Ihr Bruder war wirklich ein begnadeter Sportler und vollführte ein paar angeberische Drehungen, wahrscheinlich, um bei den ungebundenen Weibchen Eindruck zu schinden. Die jungen Wölfinnen himmelten ihn aber auch ohne diese Showeinlagen ununterbrochen an. Shane war der begehrteste Junggeselle am Wolfswandler-Markt, und Shannon erwartete mit Freuden den Tag, an dem er endlich eine Gefährtin fand.

Hoffentlich musste sie sich nicht die ganze Nacht wildes Gestöhne aus seinem Zimmer anhören, denn genau wie es Tradition war, sich an Weihnachten mit den jungen Erwachsenen und überwiegend ungebundenen Wölfen des Rudels hier zu treffen, war es Shanes Angewohnheit, in dieser Nacht durchzuficken.

»Komm auch aufs Eis!«, rief er, als er an ihr vorbeiflitzte.

Grinsend schüttelte sie den Kopf. »Ich schaue heute lieber zu!«

Normalerweise würde Shannon nicht Nein sagen und ebenfalls Schlittschuhe anziehen, zumal sie dank Shane nicht in der langen Schlange anstehen musste. Ihr Bruder besaß sogar Zugang zum VIP-Chalet neben der Eisbahn, in dem sie sich alle bei heißer Schokolade, Apfelpunsch und Gebäck aufwärmen konnten. Doch sie blieb lieber draußen und schaute alle paar Minuten auf ihr Handy. Wann würde sich Nick endlich melden? Die Sonne war bereits untergegangen. Ob er verschlafen hatte, weil er tagsüber kaum ein Auge zugemacht hatte? Sie wollten doch essen gehen! Deshalb trug sie unter dem Mantel bereits ihren knallroten Minirock und die kniehohen Stiefel, wie bei ihrer ersten Begegnung im Revival – Klamotten, die sich zum Schlittschuhfahren ebenfalls schlecht eigneten. Nick hatte ihr Outfit damals sehr gefallen, das war nicht zu übersehen gewesen.

Shannon war also bereit für ihr Date und wartete bloß noch auf Nicks Nachricht, wann und wo sie sich treffen wollten. Sie hatte ihm geschrieben, sich bloß nicht in Shanes Apartment blicken zu lassen. Besser, sie trafen sich an einem neutralen Ort. Shannon wusste nur noch nicht, wie sie Shane ihre Pläne beibringen sollte. Bis jetzt hatte sie ihrem Bruder nichts davon erzählt.

Zur Abwechslung schneite es mal nicht, aber es war ziemlich kalt. Die heiße Schokolade wärmte sie jedoch von innen; noch mehr wärmten sie allerdings die Gedanken an Nick. Bloß Shane brachte sie völlig aus dem Konzept. Ständig blickte er in ihre Richtung, als müsste er aufpassen, dass sie bloß nicht davonlief, und grinste sie an, wann immer er an ihr vorbeifuhr. »Willst du nicht doch aufs Eis?«

Sie schüttelte wie jedes Mal den Kopf, froh, Emily an ihrer Seite zu haben. So konnte Shannon einen Grund vortäuschen, sich nicht die Schlittschuhe anzuziehen. Die junge Wandlerin war im achten Monat schwanger und beobachtete ihren Gefährten Bratt ebenfalls vom Rand aus. Shannon hatte sie schon ewig nicht mehr gesehen und hörte sich bereitwillig den neusten Klatsch und Tratsch an, wer mit wem zusammengekommen war und wie Emily ihr Kinderzimmer eingerichtet hatte. Sie und Bratt, der auch in Shanes Firma arbeitete, schienen sehr, sehr glücklich miteinander zu sein.

»Gibt es keinen aus dem Rudel, der dich interessiert?« Emily blickte sie aus großen blauen Augen gebannt an.

»Nein, da hat nie wirklich jemand mein Herz berührt.« Was nicht gelogen war, deshalb konnte Shannon ihr das ohne schlechtes Gewissen sagen.

»Aber irgendjemand hat es«, meinte Emily und spielte an einer blonden Locke, die unter ihrer dicken Wollmütze hervorschaute.

»Wie kommst du denn darauf?« Shannon wurde es gleich noch heißer, und Emily lächelte wissend.

»Na, du siehst die ganze Zeit auf dein Telefon. Wer ist es?«

Verdammt! »Äh ... ein Arbeitskollege.« Was auch nicht wirklich geschwindelt war.

Emilys Augen blitzten neugierig auf. »Geht es um den Job oder ist es etwas Privates?«

Oh Mann, war sie schon immer so furchtbar neugierig gewesen oder lag das an den Hormonen?

»Ich wollte mit jemandem zum Essen gehen«, antwortete Shannon, in der Hoffnung, die Wandlerin würde dann Ruhe geben, was sie natürlich nicht tat.

Emilys Antwort bekam Shannon jedoch nicht mit, bloß dass sich ihr Mund bewegte, denn sämtliche Nackenhärchen stellten sich bei ihr auf. Durch das Gewirr aller Stimmen auf dem Rockefeller Plaza drang eine von hinten an ihr Ohr, die sie nur zu gut kannte: »*Lupa mia* ...«

Ach du ... Nick war hier! Sie spürte seine Anwesenheit – in ihrem Blut! Es schien wild durch ihre Adern zu rauschen, an ihrem Körper zu reißen, sich nach ihm zu verzehren. Ihre Nerven vibrierten, ihr Herz pulsierte heftig.

Er näherte sich ihr langsam, war fast schon bei ihr. Sie fühlte seine Präsenz in ihrem Rücken!

Alarmiert richtete sie den Blick auf Shane und andere Mitglieder des Rudels, aber noch schienen sie alle abgelenkt zu sein und den Vampir unter ihnen nicht zu wittern. Nur Emily riss furchtsam die Augen auf und starrte über Shannons Schulter, während sich eine warme Hand zwischen ihre Finger schob.

Nick, bist du völlig wahnsinnig?, dachte sie, ohne ihn anzublicken, bevor sie Emily die Tasse in die Hand drückte und ruhig erklärte: »Hab keine Angst. Das ist mein Arbeitskollege. Er hat eine Aufenthaltsgenehmigung.« Dann wirbelte sie zu Nick herum, ohne seine Hand loszulassen, und flüsterte ihm zu: »Shane und das halbe Rudel sind da. Du befindest dich mitten im Wandlergebiet. Willst du sterben?«

Himmel, er sah so verdammt heiß aus, dass sie ihn am liebsten geküsst hätte! Er trug Jeans und dazu eine schwarze Lederjacke, an die eine graue Stoffkapuze befestigt war. Diese hatte er sich tief über Kopf und Gesicht gezogen, doch sein breites Grinsen strahlte darunter hervor.

»Ich wollte bloß bei dir sein, Lupetta. Ich vermisse dich.«

Sie vermisste ihn auch. Wahnsinnig!

Nick hatte niemanden, mit dem er Weihnachten feierte, und Shannon fühlte seine Einsamkeit und den innigen Wunsch, diese Nacht mit ihr zu verbringen. Schnell drehte sie sich zu Emily um, zischte: »Bitte sag meinem Bruder nichts. Ich bin gleich wieder da!«, und zerrte Nick hinter eine Bude, in der Apfelpunsch ausgeschenkt wurde.

Im Schutz der Dunkelheit zog Nick sie an seine Brust und raunte: »Du hast mir unendlich gefehlt.« Dann drückte er seine wundervollen Lippen auf ihren Mund.

Shannon hatte einen wilden, ausgehungerten Kuss erwartet, stattdessen küsste Nick sie zärtlich, fast schon zurückhaltend, als wollte er fragen: *Bin ich überhaupt derjenige, den du willst?*

Jetzt, da er bei ihr war, sie seinen unvergleichlichen Duft roch und seine Körperwärme spürte, wusste sie mehr denn je, dass er der Eine für sie war. Sofort öffnete sie seine Jacke und fuhr darunter, um ihre Arme um seinen Brustkorb zu schlingen. Fest schmiegte sie sich an ihn und legte all ihre Leidenschaft in den Kuss. Sofort schnappten Nicks Lippen gieriger nach ihr.

Während sie züngelten, verblasste alles um Shannon herum, ihre Sorgen und die Umgebung. Es war ihr zwar nicht egal, dass sich eine Menge Wolfswandler in der Nähe befanden, die Nick wahrscheinlich am liebsten die Kehle zerfetzen wollten – spätestens wenn sie sahen, dass er sie küsste –, doch sollte auch nur einer von ihnen Nick angreifen, würde Shannon ihn bis aufs Blut verteidigen.

Sie wünschte sich mehr als alles andere auf der Welt, Nick zu fühlen, mit ihm zu verschmelzen. Mit einer Hand glitt sie unter seine Kapuze, um sie ihm vom Kopf zu ziehen und durch sein Haar zu fahren. Er hatte sich bestimmt zwei Tage lang nicht rasiert, doch sie liebte das raue Gefühl an ihren Wangen, während sie ihr Gesicht an seinem rieb.

»Wir wollten es doch klassisch angehen lassen, Lupa«, sagte er atemlos. »Ich bin gekommen, um dich in dieses Steak-House in New Jersey auszuführen.«

»Ja, ja, wir gehen gleich«, murmelte sie an seinen Lippen. »Küss mich einfach, während ich mir überlege, was ich Shane erzähle.«

Sie hatte nicht die geringste Ahnung, wie sie ihrem Bruder das mit Nick beibringen sollte. Auf alle Fälle musste sie sich behutsam vortasten und könnte ihm ihr Date als Geschäftsessen verkaufen, als einen Abend unter Kollegen.

Als Nick an ihren Hintern fasste und sie daran fest an sich drückte, spürte sie trotz Mantel seine beginnende Erektion an ihrem Bauch. Wie gerne würde sie jetzt einfach ihren Verstand komplett ausschalten, mitsamt den ganzen Stimmen darin, und mit Nick schlafen.

Er küsste sie gieriger, und seine vor Lust verlängerten Fänge schabten an ihren Lippen. »Du machst mich hart, Lupa«, raunte er. »Am liebsten würde ich dich gleich hier ficken.«

Sie grinste. »Hast du denn keinen Hunger mehr?«

»Nur auf dich. Doch wenn du willst, reiße ich mich zusammen und führe dich wie geplant zum Essen aus. Allerdings kann ich riechen, wie geil du auf mich bist.«

Sie war versucht, sich ihm hinzugeben, doch sie sollten es tatsächlich richtig anpacken. Zum ersten Mal in ihrem Leben wollte

Shannon mehr als nur Sex, denn sie wollte den Kerl mit dazu und ihn nie wieder hergeben.

Ihr Herz pochte wie verrückt. Sie konnte und wollte nicht länger damit warten, Nick ihre Gefühle zu gestehen. Sie legte beide Hände an seine herrlich rauen Wangen, blickte ihm tief in die Augen und sagte lächelnd: »Ich würde zuerst sehr gerne mit dir essen gehen und mich danach wild mit dir in den Laken wälzen, weil ich dich …«

Shannon bemerkte ihren Bruder erst, als er dicht hinter Nick stand. Shane riss ihn an einer Schulter von ihr weg, packte ihn brutal am Hals und pinnte ihn an die Rückwand der Bude.

Fuck! »Shane, lass ihn los!« So viel zur Geheimhaltung. Jetzt wusste ihr Bruder, wie es um sie beide bestellt war.

»Ich bringe dich um, Blutsauger«, knurrte Shane, während Nick völlig ruhig blieb.

Shannon versuchte, Shanes Hände von Nicks Kehle zu lösen, aber sie schienen regelrecht festzementiert zu sein. »Hör auf, er hat mir nichts getan!«

Shane ignorierte sie und starrte Nick feindselig an. »Hast du meine Schwester mit deinem Blut abhängig von dir gemacht?« Da war er wieder, ihr überfürsorglicher, Vampir hassender Bruder.

»Shane!«, zischte sie. »Lass ihn los! Es läuft schon länger was zwischen uns.«

Endlich schaute er sie an und sein Mund klappte fassungslos auf. Er wirkte regelrecht schockiert. »Was?!«

Als die Tür an der Seite der Bude aufging und der Betreiber des Standes zu ihnen kam, ließ Shane Nick sofort los. Der räusperte sich, starrte den älteren Mann intensiv an und sagte mit ölig-schmeichelnder Stimme: »Gehen Sie wieder zurück an die Arbeit, hier gibt es nichts zu sehen außer ein bisschen Alphatier-Gehabe.«

Der Mann nickte nur und verzog sich in seinen Stand.

Es war das erste Mal, dass Shannon mitbekommen hatte, wie Nick jemanden bezirzte. Diese Fähigkeit wäre auf ihren Einsätzen äußerst praktisch. Jetzt hätte er sie allerdings nicht anwenden sollen, denn Shanes Gesicht verfinsterte sich deswegen noch weiter. Doch er war längst nicht mehr Nicks einziges Problem. Etwa zwanzig Mitglieder des Rudels näherten sich leise knurrend der Rückseite der Hütte. Auch Emily und Bratt waren unter ihnen.

Sofort stellte sich Shannon schützend vor Nick und fuhr ihre Fänge aus. »Wenn ihr ihm auch nur ein Haar krümmt, reiße ich euch in Stücke!«

»Das ist mein Mädchen«, raunte Nick hinter ihr, woraufhin Shane die Hände zu Fäusten ballte.

Shannon atmete tief durch. Oh Mann, ein liebeskranker Vampir und ein tollwütiger Wolf hatten ihr noch gefehlt. Weil sie nicht schon genug mit den Verrückten in ihrem Kopf zu tun hatte!

Zu ihrer Überraschung gab Shane nach. »Zieht euch zurück!«, befahl er dem Rudel, ohne den Blick von Shannon zu nehmen.

Flackerte so etwas wie Angst in seinen Augen auf? Fürchtete er, jemand könnte ihr etwas antun, wenn sie Nick verteidigte?

Erneut spürte Shannon, dass sich ihr Bruder sehr um sie sorgte. Wie schrecklich musste es für ihn sein, seine Schwester gemeinsam mit einem Vampir in intimer Umarmung zu sehen. Ihr Magen krampfte sich zusammen.

Als Shane mit Nachdruck sagte: »Ich habe alles im Griff!«, traten die anderen tatsächlich zurück in den Schatten, blieben aber in der Nähe.

»Du hast dein Rudel gut erzogen, Alphatier«, stellte Nick hinter ihr trocken fest. »Wuff.«

»Nick!«, zischte Shannon, boxte ihm in den Bauch und warf ihrem Bruder einen finsteren Blick zu, als der knurrte: »Halte dich einfach nur von meiner Schwester fern und sieh zu, dass du auf deine Seite des Flusses kommst!«

Nick trat einen Schritt vor, begab sich dabei dicht neben Shannon und verschränkte die Arme. »Ich darf mich offiziell hier aufhalten, Mr. Oberwichtig. Du kannst mich nicht von hier verweisen. Ich arbeite an einem Fall.«

»Ich werde dir gleich zeigen, was *ich* kann, Blutsauger!«

»Aufhören, alle beide!«, knurrte Shannon. Ihr geplagtes Herz ertrug es nicht länger, dass sich die zwei wichtigsten Personen in ihrem Leben um sie stritten. Mit ernstem Blick wandte sie sich an Shane und das Rudel. »Nick hat mir das Leben gerettet! Ohne ihn würde ich jetzt nicht hier stehen!« Der Reihe nach sah sie jeden Wandler an: Emily und Bratt, die beiden Kuriere Scott und Brandon sowie Shanes Bodyguards und den Rest der Truppe. »Und ich entscheide selbst, mit wem ich zusammen bin. Wenn ihr ein Problem damit habt, ist das euer Pech, nicht meins!«

Emily nahm Bratt an der Hand, nickte ihr zu und zog ihren Gefährten weg. Die anderen folgten ihnen nach und nach.

Shannon atmete auf, doch das hieß nicht, dass Nick in Sicherheit war.

Shanes Gesicht hatte sich noch kein bisschen entspannt. Er machte einen Schritt auf Nick zu, sodass sich fast ihre Nasen berührten, und grollte: »Wenn du mit ihren Gefühlen spielst, Vampir, töte ich dich.«

Als Nick ohne mit der Wimper zu zucken antwortete: »Ich liebe Shannon«, wich ihr Bruder so abrupt zurück, als hätte er einen Schlag bekommen. Sämtliche Farbe wich mit einem Mal aus seinem Gesicht.

Shannons Herz raste und sie versuchte, die Fassung zu wahren. Nicks Worte hatten sie fast genauso schockiert wie Shane, obwohl sie längst wusste, was Nick für sie fühlte.

Shane starrte sie völlig entgeistert an. »Sag bitte nicht, dass du dasselbe für ihn empfindest.«

»I-ich …« Shanes düstere Blicke schienen sich regelrecht in ihr Gesicht zu brennen. Sie wusste nicht, ob er die Wahrheit schon vertragen konnte, darum erwiderte sie: »Wir haben ein Date, und deshalb werde ich jetzt mit ihm ins Restaurant gehen!«

Nick schlug die Augen nieder, als wäre er enttäuscht. Sicher hatte er eine andere Antwort erwartet.

Schnell griff sie nach seiner Hand und lächelte ihn aufmunternd an. Ein Date kam einer Liebeserklärung schließlich schon sehr nahe, oder? Sie wollte Shane jetzt nicht mit der ultimativen Wahrheit konfrontieren, und Nick wollte sie ihre Gefühle erst offenbaren, wenn sie unter sich waren.

Nachdem ihr Bruder den ersten Schock verdaut hatte, fragte er etwas weniger aufgeregt: »Wo geht ihr hin? Hier läuft immer noch ein Mörder rum.«

»Das Restaurant ist in New Jersey.« Mehr brauchte er nicht zu wissen, denn sie traute ihm zu, dass er persönlich im Steak-House aufkreuzte, um ihnen den Abend zu ruinieren.

Shanes Miene entspannte sich kein bisschen. »Wurde in Jersey nicht auch eine Leiche gefunden?«

»Nur am Hafen«, sagte sie schnell.

Sachlich erklärte ihm Nick: »Wolkow versteckt sich vor dem DPI und wird versuchen, irgendwo ganz in Ruhe seine Experimente weiterzuführen. Ich denke nicht, dass wir aktuell im Fokus seiner Aufmerksamkeit stehen.«

Shane kniff die Lider zusammen. »Er hätte euch fast getötet!«

»Weil wir ihm in die Quere gekommen sind.« Kurz drückte Shannon seinen Arm. »Wir werden jetzt gehen. Mir wird nichts geschehen, Shane.«

Shannon erinnerte sich an den Tag, als sie ihrem Bruder erklärt hatte, dass sie Polizistin werden wollte. Das hatte ihm damals überhaupt nicht gefallen, aber noch weniger hatte es ihm zugesagt, als sie zum DPI gewechselt hatte. Weil er sich immer um sie sorgte, hätte er es wohl lieber, sie in seiner Nähe zu wissen, in seiner Firma, gefesselt an einen öden Bürojob.

Sie umarmte Shane und drückte ihn fest. »Du musst akzeptieren, dass ich mein eigenes Leben lebe, großer Bruder.« Eines, das sie erfüllte. »Ich bin ein großes Mädchen, und Nick passt sehr gut auf mich auf.«

Shane murmelte bloß etwas Unverständliches, umarmte sie aber ebenfalls.

»Ich bleibe nur ein paar Stunden weg«, versprach sie, bevor sie sich von ihm löste.

»Nur ein paar Stunden«, wiederholte er, wobei er Nick düstere Blicke zuwarf.

»Ich bringe sie dir Punkt Mitternacht zurück, gute Fee«, sagte dieser spöttisch, woraufhin Shannon ihm erneut mit dem Ellenbogen in die Rippen stieß. Dieser lebensmüde Vampir konnte es einfach nicht lassen, ihren Bruder zu ärgern.

Kapitel 27 – Shannon – Das erste Date

Shannons Herz wummerte wild vor Freude, als Nick sie zu einem dunkelblauen Dodge führte, den er in der Nähe abgestellt hatte. Es war ein Auto aus Jules' Fuhrpark, Shannon hatte es in der Garage gesehen.

»Wieso hast du kein eigenes Fahrzeug?«, wollte sie von Nick wissen, während er ihr die Beifahrertür aufhielt, damit sie einsteigen konnte.

»Weil ich keins brauche. Entweder bewege ich mich im Vampirmodus durch die Stadt oder nehme einen Wagen von Jules.«

Sie wartete, bis er hinter dem Steuer Platz nahm, und fragte: »Welchen würdest du fahren, wenn du dir einen eigenen zulegen würdest?«

»Einen Jaguar F-TYPE Coupé in Blutrot«, antwortete er ohne zu zögern.

»Ah, du bist ein Vampir mit Stil.«

Er lachte. »Manchmal.«

Es tat so verdammt gut, ihn glücklich zu sehen.

Während sie rüber nach New Jersey fuhren, berichtete ihr Nick, dass er, bevor er zum Rockefeller Plaza gekommen war, mit Jules geredet hatte. »Ich habe ihm erzählt, wie du reagiert hast. Amylee und er sind sehr erleichtert.«

Nick schien auch erleichtert zu sein; Shannon spürte es wieder in ihrem Blut. Hatte er gedacht, Jules würde ihr etwas antun?

»Amylee führt sich wie eine Löwin auf, wenn es um Jules geht.«
Nick fädelte sich auf die Spur ein, die sie zum Lincoln Tunnel
bringen würde. »Du hast mich an sie erinnert, als du dich vor
mich gestellt hast. Du bist ganz schön mutig, *mia lupa pazza*.«

»Wie jetzt? Mutig oder verrückt?« Sie grinste selig. »Ich weiß,
was *pazza* bedeutet.«

»Beides.« Nick legte eine Hand auf ihren Oberschenkel, der
zwischen ihrem geöffneten Mantel hervor spitzte, und fuhr daran nach oben, um ihren Minirock zurückzuschieben. Obwohl sie
sich wünschte, er würde ihre pochende, erhitzte Körpermitte
berühren, ließ er während der gesamten Fahrt seine Hand auf
ihrem Bein liegen, sodass ihre Erregung ins Unermessliche wuchs.
Wenn sie Nick heute nicht in sich spürte, würde sie wirklich
noch verrückt werden.

Reiß dich zusammen, du sexgeiles Luder, schalt sie sich, unterdrückte ein Grinsen und genoss den weiteren Abend mit Nick.

Er hatte einen wunderschönen Fensterplatz im Steak-House
reserviert, mit Blick auf einen bunt beleuchteten Weihnachtsmarkt, und als sie an ihrem Rotwein nippten und sich gegenseitig mit fast rohen, blutigen Fleischstücken fütterten, wollte sich
Shannon nicht mehr einfach mit ihm im Bett vergnügen, sondern das ganze Paket. Sie fühlte sich wie auf Wolken, weil sie ein
ganz normales Date hatten und alles perfekt war. Sie saßen sich
an einem kleinen runden Tisch gegenüber und verschränkten
die Füße miteinander. Shannon war versucht, ihre Stiefel auszuziehen, um ihren Fuß an seinem Bein hochwandern zu lassen.
Nur zu gerne wollte sie schlüpfrige Dinge anstellen und diesen
wunderschönen Vampir mit ihren Zehen aus der Fassung bringen. Aber so etwas machte frau nicht beim ersten Date.

Zwischendurch betrachtete sie das Kettchen an ihrem Handgelenk und spielte an den kleinen Anhängern. Immer, wenn sie
das tat, betrachtete Nick sie nachdenklich.

»Was hast du?«, wollte sie schließlich wissen.

»Dieses Schmuckstück …«, begann er vorsichtig, »habe ich
noch nie an dir gesehen.«

»Ich habe es auch erst heute von Shane geschenkt bekommen.«

Nicks Gesicht verdüsterte sich und er schimpfte leise auf Italienisch vor sich hin.

Plötzlich musste Shannon lachen. »Was ist denn los? Bist du eifersüchtig auf meinen Bruder?« Zumindest glaubte sie, Eifersucht in Nick zu spüren. Es fühlte sich seltsam an, sein Blut in sich zu haben und seine Emotionen mitzuerleben, auch wenn diese nur noch ein Hauch von Nichts waren.

»Das ist nicht der Grund«, murmelte er und zog eine kleine Schachtel aus seiner Jacke, die über seinem Stuhl hing. »Das habe ich dir gekauft, weil ich dachte, es könnte dir gefallen.«

»Du hast ein Weihnachtsgeschenk für mich?« Ihr Herz erwärmte sich, als sie es entgegennahm.

Als er sah, wie sie sich freute, erhellte das seine Miene schlagartig.

Schnell öffnete sie die kleine Box und zog ein ähnliches Silberkettchen heraus. Ein einzelner Anhänger baumelte daran. Es waren zwei aneinandergelegte Engelsflügel in Herzform.

Überrascht starrte sie Nick an. »Es ist wunderschön! Aber du bist doch gegen Silber allergisch!« Sie musste höllisch aufpassen, seine Haut mit ihrem Kettchen nicht zu berühren. Das könnte bei ihm zu Verbrennungen führen.

Er grinste breit. »Deshalb ist es auch aus Edelstahl.«

»Woher weißt du . . .« Ihre Stimme brach. Sie hatte Nick keine Einzelheiten aus der Nacht erzählt, in der ihre Eltern gestorben waren.

Verlegen kratzte er sich an einer Braue. »Als ich in Percys Labor übernachtet habe, haben wir sehr viel über dich geredet. Da hat er mir ein paar Details aus deiner Vergangenheit verraten. Bitte lynche ihn deswegen nicht. Ich war wirklich penetrant.«

Hätte Percy diese vertraulichen Dinge aus ihrem Leben jemand anderem als Nick erzählt, wäre sie jetzt verdammt sauer gewesen. So machte es ihr erstaunlicherweise wenig aus. »Ich werde Percy nicht den Kopf abreißen. Ich danke dir für die wundervolle Überraschung.« Sie beugte sich über den Tisch, sodass sich ihm ein hervorragender Blick in ihren Ausschnitt und zwischen ihre Brüste bot, um ihn zart auf den Mund zu küssen.

Sanft knabberte er an ihrer Unterlippe und raunte: »Hör auf damit, oder ich falle hier vor allen Leuten über dich her.«

Grinsend lehnte sie sich wieder zurück und nippte lasziv an ihrem Wein, bevor sie Nick ihr anderes Handgelenk vors Gesicht hielt. »Machst du mir das Kettchen um?«

Innerhalb weniger Sekunden hatte er es mit seinen geschickten Fingern an ihrem Arm befestigt. Es passte perfekt.

Glücklich betrachtete Shannon die beiden Schmuckstücke, die sich optimal ergänzten. Sie durfte nur nicht vergessen, sie abzunehmen, bevor sie sich wandelte. Um nichts auf der Welt wollte sie die Kettchen verlieren.

Ihr Lächeln schwand, weil sie kein so schönes Präsent für ihn hatte. Zerknirscht sagte sie: »Ich konnte leider nichts für dich kaufen. Shane hat seine Wachhunde vor seiner Wohnung platziert. Deshalb habe ich nur das.« Sie holte ein zusammengerolltes Stück Papier aus ihrer Manteltasche, um das sie eine Schleife gebunden hatte, und kam sich schrecklich kindisch vor. Sie war schon viel zu alt für solche Art von Geschenken. Sollte sie ihm das wirklich geben?

»Nun spann mich doch nicht so auf die Folter!« Schmunzelnd riss er ihr die Rolle einfach aus der Hand.

Ihr Gesicht erhitzte sich, als er die Schleife abzog und das Papier aufrollte. »Ähm … das ist eins der Mandalas, die mir Elvira mitgebracht hat. Ich habe die ganze Wahrheit erst erkannt, während ich es ausgemalt habe.«

»Dann hat es eine besondere Bedeutung«, erklärte Nick ernst. »Das ist viel schöner als ein gekauftes Geschenk.« Nun beugte er sich zu ihr, um ihr einen schnellen, aber feurigen Kuss aufzudrücken. »Es wird bei mir zu Hause einen Ehrenplatz bekommen.«

Oh Himmel, dieser Mann war vollkommen! Hier mit ihm zu sitzen, sich ganz normal zu unterhalten und ihn anzuschmachten, kam ihr wie ein Traum vor. Während sie sich den weiteren

Verlauf des Abends ausmalte und auf einen sexy Nachtisch hoffte, hörte sie Wolkows irres Lachen in ihrem Kopf. Abgeschlachtete Wolfswandler materialisierten sich vor ihrem inneren Auge, doch plötzlich hatte sie eine eigene Vision: Shannon fürchtete sich davor, dass sich das Schicksal ihrer Eltern bei ihr wiederholte. Wenn sie mit Nick das Restaurant verließ, würde bereits eine Gruppe Wandler auf sie warten, um sie beide zu töten. Schließlich war Nick ein Vampir, das Rudel würde ihre Beziehung niemals dulden!

Nick riss sie aus ihren Gedanken, als er eine Hand auf ihre Finger legte, die nervös gegen ihr Weinglas trommelten. »Was ist, *cara mia*? Du siehst schockiert aus.«

»Mir geht es gut.« Ihr steckte nur noch Wolkows Angriff in den Knochen und seine kranken Taten, das war alles. Die Einsatzteams waren hinter ihm her, früher oder später würden sie ihn fassen und dann konnte sich Shannon ganz auf die Lösung ihres Beziehungsproblems konzentrieren. Wenn sie mit Nick zusammen bleiben wollte – und Shannon wünschte sich nichts mehr als das – würde sie nicht mit ihm in New York leben können. »Wie findest du es in New Jersey?«, fragte sie deshalb schnell, auch, um sich abzulenken.

»Es ist schön hier«, raunte Nick, ohne den Blick von ihr zu nehmen. »Aber solange du bei mir bist, gefällt es mir überall.«

Shannon lächelte selig und verlor sich in dem Grün seiner Augen. Nick war nicht nur ein sexy Charmeur, sondern auch stark, verantwortungsbewusst und sensibel – der perfekte Mann. Sie würde jetzt einfach ihr Glück mit ihm genießen und alle düsteren Gedanken aus ihrem Kopf verbannen. Das Leben war zu kurz, sie sollte sich wirklich weniger Sorgen machen.

***

Nach dem Essen schlenderten sie über den Weihnachtsmarkt, fingen mit der Zunge Schneeflocken, und Nick spendierte Shannon noch eine heiße Schokolade. Kurz nach elf fuhr er sie bis vor das Gebäude, in dem ihr Bruder wohnte, doch anstatt auszusteigen, knutschten sie im Auto wie schwer verliebte Teenager. Nichts Schlimmes war passiert, niemand hatte ihnen aufgelauert, und sie waren sogar fast eine halbe Stunde vor Mitternacht zurück.

»Ich bringe dich noch rauf«, erklärte Nick atemlos, als er ihre wilden Küsse kurz unterbrach.

»Du kannst nicht einfach durch den Haupteingang gehen«, schimpfte sie, aber bloß halbherzig, denn seine Küsse vernebelten ihre Sinne. »Vampire haben keinen Zutritt.« Das Gebäude wurde von einem Wolfswandler-Security-Service gesichert. Die Wachleute würden Nick sofort wittern! Ihre Nasen waren besonders sensibel.

Was hast du dir vorgenommen?, schalt sie sich. *Mach dir weniger Sorgen!*

Ein verruchtes Grinsen stahl sich auf ihre Lippen. »Es gibt hier jedoch einen verriegelten, aber unbewachten Nebeneingang – und ich habe den Zugangscode.«

»Perfekt!«

Hand in Hand liefen sie am beleuchteten Haupteingang vorbei und bogen um die Ecke. Der Nebeneingang lag im Dunkeln, deshalb bemerkte es hoffentlich niemand, dass Shannon die PIN eingab und sich die Tür öffnete. Gemeinsam schlichen sie in den Gang, in dem es nur ein schmales Treppenhaus sowie einen Aufzug gab, der für Reinigungs- und Wartungspersonal gedacht war.

»Shane bringt dich um«, murmelte sie an Nicks Mund, als er sie unter zahlreichen Küssen in den Lift manövrierte.

»Wird er nicht. Ich hab doch meine verrückte Wölfin dabei.«

Kaum hatte sich die Tür hinter ihnen geschlossen, schaffte es Shannon gerade noch, auf den Knopf für den zehnten Stock zu drücken, bevor Nick sie gegen die Wand presste. Hart keuchte er in ihren Mund, während er sie unaufhaltsam küsste und seinen erhitzten Körper an sie schmiegte. Die Jacke hatte er im Auto gelassen, doch sie trug ihren Mantel. Der Stoff zwischen ihren Körpern machte sie fast verrückt, denn sie wollte Nick noch inniger fühlen.

Als könnte er ihre Gedanken lesen, zerrte er ihr den Mantel von den Schultern, schleuderte ihn in eine Ecke und drückte den Nothalt – woraufhin der Aufzug sofort stehen blieb. Danach presste er Shannon wieder gegen die Wand.

»Nick, was wird das?«, fragte sie, obwohl sie genau wusste, was gleich geschehen würde. Endlich! Ihr wild pochender Schoß konnte es kaum erwarten, ihn in sich zu spüren.

»Wir haben noch zwanzig Minuten«, raunte er, »und die werde ich voll auskosten.« Er schob ihren kurzen Rock nach oben und riss ihr den hauchdünnen Slip vom Leib, an dem er grinsend roch, bevor er ihn in seine Hosentasche steckte.

»Ich will auch ein Andenken an dich«, forderte sie zwischen ihren Küssen.

Verrucht lächelnd öffnete er die Hose, befreite seine Erektion und hob Shannon an den Oberschenkeln hoch. »Das bekommst du, *mia cara lupa*.«

Mit einem Stoß fuhr er tief in sie, sodass Shannon vor Lust schrie. Den ganzen Abend hatte sie auf diesen Moment gewartet, genau wie ihr Schoß, denn er krampfte sich sofort lustvoll zusammen und wollte nicht mehr aufhören, zu kontrahieren.

Shannon konnte ihren Höhepunkt nicht länger hinauszögern und stammelte hilflos: »I-ich … komme …«, woraufhin Nick sie wieder küsste. Dabei hörte er nicht auf, mit seinem feuchten und herrlich harten Schwanz ihr Inneres zu massieren, und murmelte italienische Worte an ihre Lippen. Shannon verstand kein einziges, doch sie hörten sich alle wunderschön an. Von Nick im Aufzug vernascht zu werden, war der krönende Abschluss des Abends. Zwar konnte sie sich ein bequemeres Ambiente vorstellen, doch es war ihr egal, dass er sie hier fickte. Hauptsache, sie waren zusammen.

Anstatt auch Erfüllung zu finden, verlangsamte er seine Stöße und schaute Shannon verträumt an.

In ihrer Brust zog es wie verrückt, und sie musterte Nicks männliches, attraktives Gesicht, prägte sich jede kleine Falte um seine Augen und den Schwung seiner sexy Lippen ein.

Ein seltsames Hungergefühl bemächtigte sich ihrer, das sie sich zuerst nicht erklären konnte, doch als sie den Blick nicht mehr von Nicks Mund wenden konnte, wusste sie, was es war: Es gelüstete sie nach seinem Blut.

Wenn Wolfswandler-Gefährten ihr Liebesspiel perfektionieren wollten, bissen sie sich gegenseitig – meist in die Lippen – und kosteten das Blut des Geliebten. Oft ging der lebenslangen Partnerschaft der Blutschwur voraus, eine Art »Hochzeit«, bei dem sich die Gefährten aneinander banden. Der Bund war so intensiv, dass man wusste, was der Partner dachte und fühlte.

Wenn sie das doch auch mit Nick teilen könnte!

»Darf ich noch einmal von dir kosten?«, fragte sie, und biss sich sofort auf die Zunge. Ihre Gedanken waren ihr unbedacht herausgerutscht. Natürlich war ihre Frage unfair, schließlich konnte er nicht ihr Blut probieren. Aber seit sie wusste, wie Nick schmeckte, wollte sie mehr!

»Wie könnte ich dir diesen Wunsch verwehren, *mia dolce lupa*«, raunte er verträumt und trieb einen seiner verlängerten Eckzähne in seine Unterlippe. Dann küsste er Shannon erneut, und sie saugte wie eine Verdurstende an der kleinen Wunde.

Gott, wie köstlich! Als würde sie etwas Würziges essen und gleichzeitig süßen Wein trinken. Ihr Schoß begann erneut zu pochen, bloß weil sie Nick schmeckte. Als sie noch fester saugte, stöhnte er laut auf und trieb sich wieder härter in sie. Fest schlang sie die Beine um seinen Körper, sodass er sie mit einer Hand an ihrem Oberschenkel halten konnte. Mit der anderen fuhr er in ihr Haar und streichelte sie überall.

Ti amo, anima mia, hörte sie Nick plötzlich in ihrem Kopf. *Ich liebe dich so sehr!*

Shannon riss die Augen auf, ihr Herz raste, ihr Schoß glühte vor Lust. Wie damals im Krankenhaus vernahm sie seine Gedanken, nur hatte sie dort die von Nick wegen der ganzen anderen Stimmen in ihrem Kopf und ihrer Ohnmachtsanfälle nicht immer herausfiltern können. Jetzt hörte sie ihn glasklar, denn er war bei ihr und sie nicht bewusstlos. Shannon fühlte sich lebendiger als je zuvor, während sich sein Blut mit ihrem mischte. Was für ein berauschendes, intensives Gefühl, derart intim mit ihm verbunden zu sein! Sie spürte genau, was er für sie empfand, konnte sie beinahe sehen, seine unglaublich starke, hell strahlende Liebe!

»Oh Nick«, wisperte sie, »ich …« *liebe dich so sehr*, hatte sie sagen wollen, bevor er ihre Worte mit einem weiteren, heißen Kuss unterbrach. Jetzt wünschte sie sich, er würde auch ihre Gedanken vernehmen können, denn sie befand sich zu sehr in Ekstase, um noch sprechen zu können.

Die Verbindung zu ihm war so intensiv, dass sie seinen anrauschenden Orgasmus wie ihren eigenen wahrnahm. Oder war es sogar ihrer? Seiner und ihrer zusammen? Himmel, sie wusste nicht mehr, wo oben und unten war, was ihre oder seine Gedanken waren. Sie bestand nur noch aus berauschenden, lustvollen Gefühlen und purer sexueller Lust, während Nick dachte: *Hier kommt mein Andenken für dich.*

Als er sich in ihr verströmte, erreichte auch sie erneut den Höhepunkt. Der gemeinsame Orgasmus und dabei seine Gefühle ebenfalls wahrzunehmen, überwältigte Shannon vollkommen. Die harte Wand in ihrem Rücken war vergessen, ihre Umgebung verschwamm, und sie blickte Nick tief in seine wundervollen grünen Augen, während sie auf einer Wolke der Glücksseligkeit schwebte. Sie liebte diesen Mann so sehr, dass sie eines mit Sicherheit wusste: Ohne ihn würde sie nicht mehr atmen, fühlen und denken können. Von nun an gehörte er zu ihr, egal, was passierte. Nick war ihr Gefährte.

***

Als Shannon wenige Minuten später vor der Wohnungstür stand, vergewisserte sie sich, dass der Aufzug mit Nick darin auf dem Weg nach unten war. Sie konnte den kleineren Lift von hier aus nicht sehen, aber sie hörte das leise Summen des Motors und wartete noch so lange, bis Nick – hoffentlich – das Gebäude verlassen hatte. Erst danach öffnete sie die Tür mit einem weiteren Zahlencode.

In Shanes Apartment brannte kein Licht und es herrschte Totenstille. Keine Musik spielte, doch Shannon witterte, dass bis vor Kurzem noch Gäste hier gewesen sein mussten. Es roch nach Alkohol und Essensresten, außerdem lag ein Hauch von diversen Parfüms sowie Aftershaves in der Luft. Um diese Zeit war die Weihnachtsparty normalerweise noch in vollem Gange. Warum nicht heute? Wieso schien niemand mehr hier zu sein? Ob Shane das Rudel heute früher rausgeworfen hatte, damit er sich ungestört mit einer Wölfin vergnügen konnte?

Nachdem sie die Tür geschlossen hatte und sich umdrehte, stand er plötzlich vor ihr. Shannon konnte gerade noch einen Schrei unterdrücken. »Verdammt, du hast mich erschreckt!«

Er trug nichts weiter als eine bequeme Jogginghose, in die er seine Hände vergraben hatte. Hinter ihm fielen die Lichter der Stadt durch die großen Fenster und erhellten seine Silhouette geisterhaft. Seine große Gestalt wirkte beinahe bedrohlich.

Er ist dein Bruder!, schalt sie sich und stieß die angehaltene Luft aus. Dann fragte sie: »Wo sind denn alle?«

Shane trat einen Schritt auf sie zu, um sie in seine Arme zu ziehen. »Du kleine Mistbiene, ich habe mir solche Sorgen gemacht!«

»Ich bin pünktlich hier, Shane. Alles ist gut.« Wärme flutete ihre Brust, als sie ihren Kopf an seine nackte Schulter legte und kurz über seinen Rücken strich. So nah wie heute war sie ihrem Bruder seit Jahren nicht mehr gewesen. Allem Anschein nach hatte er sogar auf ein Betthäschen verzichtet, das ihm normalerweise die Weihnachtsnacht versüßte. Nicht selten war es vorgekommen, dass er sich sogar mehr als eine Wölfin ins Bett geholt hatte.

Als sie sich voneinander lösten, strich er sich durchs Haar und murmelte: »Die anderen sind freiwillig eher gegangen, nachdem keine rechte Stimmung aufkommen wollte.«

»Es tut mir so leid, Shane, dass ich dir den Abend verdorben habe. Aber du hättest dir wirklich keine Sorgen machen müssen.« Shannon drückte sich ihren Mantel an die Brust, den sie im Aufzug nicht mehr angezogen hatte, und kniff die Oberschenkel zusammen. Sie musste ganz dringend unter die Dusche. Nicks »Andenken« bahnte sich bereits einen Weg nach draußen.

Plötzlich sog Shane neben ihr tief die Luft ein und knurrte, nun wieder ganz der schlecht gelaunte Bruder: »Du hast mit diesem Blutsauger geschlafen!«

Musste sie sich wirklich dafür rechtfertigen? »Du weißt, ich bin keine Klosterschülerin, Shane. Ich habe auch Bedürfnisse!«

»Die du mit einem anständigen Kerl aus meinem Rudel stillen kannst!« Er schnaubte und begann, vor ihr hin und her zu wandern. »Das Herz dieses Vampirs schlägt. Deshalb dachte ich erst, er hat eine Gefährtin und er würde dich nicht anfassen!«

»Sie ist schon ewig tot«, erklärte Shannon leise. »Und er hat lange deswegen gelitten. Auch er hat ein bisschen Glück verdient, Shane. Nick ist kein bisschen anders als wir.«

Erneut schüttelte er den Kopf. »Sag mir bitte, dass das mit diesem Vampir nur eine Affäre ist.«

Wenn sie schon dabei war, sich ihrem Bruder zu offenbaren, konnte sie gleich die ganzen Karten auf den Tisch legen. »Es ist mir sehr ernst mit ihm, Shane. Nick ist loyal und ehrlich und er bringt mich zum Lachen. Wir ergänzen uns im Job und privat. Er ist der erste Mann, für den ich starke Gefühle hege.«

Shane schloss die Augen, rieb sich über die Stirn und wirkte plötzlich schwach und machtlos. Mit leiser Stimme sagte er: »Wieso ausgerechnet ein Blutsauger, Shannon?«

»Weil ich ihn liebe und er liebt mich. Nick macht mich glücklich, versteh das doch!« Verdammt, sie hatte Nick immer noch nicht ihre Gefühle gestanden! »Das wird aber nichts zwischen uns beiden ändern, Shane. Nicht von meiner Seite aus. Ich werde immer deine Schwester bleiben.«

Als er schwieg, ging sie mit hängendem Kopf an ihm vorbei in ihr Zimmer, um sich zu duschen. Besser, sie ließ ihren Bruder erst einmal allein, damit er sich sammeln und über alles nachdenken konnte.

Als Shannon in der Kabine das Wasser andrehte, fühlte sie immer noch Nicks Emotionen in sich. Bloß seine Gedanken konnte sie nicht mehr hören, dazu befand er sich wohl schon zu weit weg. Auf jeden Fall war er genauso glücklich wie sie und vermisste sie schrecklich.

Sie vermisste ihn auch! Deshalb beschloss sie, sich ratzfatz zu waschen und Nick danach zu bitten, sie abzuholen. Hoffentlich war er noch nicht zu weit weg. Sie würde ja selbst fahren, doch ihr Dienstwagen stand beim DPI und von U-Bahn-Tunneln hatte sie aktuell die Schnauze voll. Viel lieber wollte sie jetzt bei Nick sein, als von Shane die restliche Nacht eine Standpauke gehalten zu bekommen. Außerdem wollte sie Nick so schnell wie möglich wiedersehen, damit sie ihm endlich ihre Liebe gestehen konnte. Und diesmal würde sie sich durch nichts und niemanden davon abhalten lassen!

Kapitel 28 – Nicolas – Der Erpresserbrief

Nick lief vor seinem Wagen auf und ab, wobei er geistesabwesend auf die Spuren starrte, die er auf dem frisch gefallenen Schnee hinterließ. Es hatte aufgehört zu schneien, die Luft war schneidend kalt – doch das alles merkte er kaum. Seine Gedanken galten allein Shannon, die sich zehn Stockwerke über ihm befand.

Es machte ihn überglücklich, dass sie mit ihm zusammen sein wollte, und der Abend war der schönste seit Ewigkeiten gewesen. Shannon empfand zwar nicht dasselbe für ihn wie er für sie – zumindest hatte sie nicht über Liebe gesprochen –, aber seine intensiven Gefühle schreckten sie nicht ab. Das bedeutete: Er befand sich auf dem besten Weg, ihr Herz zu erobern.

Am liebsten wollte er sofort wieder zu ihr zurück gehen, was kein Problem wäre, denn er hatte sich den Zahlencode gemerkt, um in das Gebäude zu kommen. Doch dort oben lebte auch ein wütender Alpha, der ihm wohl tatsächlich die Kehle zerfetzen würde, sollte Nick sich blicken lassen.

Was sollte er also jetzt tun?

Percy hatte ihm gesagt: *Diese Nacht gehört nur Shannon und dir, es kümmern sich genug Einheiten um den Fall, genießt die Zweisamkeit.* Doch zu Hause rumsitzen wollte Nick auch nicht. Es wäre wohl das Beste, zuerst einmal ins Department zu fahren, um sich zu informieren, ob er irgendwie helfen konnte.

Er öffnete die Tür des Wagens, um sich seine Jacke überzuziehen. Es war doch empfindlich kalt. Gerade, als er ins Auto steigen wollte, stellten sich seine Nackenhaare auf. Ein vertrauter Geruch nach Tabakrauch wehte ihm in die Nase, und er brauchte einen Moment, bis ihm einfiel, wo er ihn schon einmal gerochen hatte: im U-Bahn-Tunnel!

Nick wirbelte herum, bereit, Wolkow entgegenzutreten, doch er sah lediglich Yuriy über die Straße schlendern, Wolkows Handlanger Nummer zwei. Dieser Mistkerl hatte Julietta verschleppt!

Nick huschte zum Kofferraum, um seinen Degen zu holen – den ihm das Team der Spurensicherung zurückgegeben hatte, nachdem er ihn im Tunnel liegen gelassen hatte. Doch noch bevor er den Deckel aufmachte, hob der große blonde Vampir im Anzug beschwichtigend die Hände. »Ganz ruhig, Mr. Mancini.«

»Wo ist der Bastard?«, knurrte Nick, bereit, dem Mistkerl diesmal den Garaus zu machen.

»Nicht hier.« Der Lakai blieb etwa fünf Meter von ihm entfernt stehen und zog einen Briefumschlag aus der Innentasche seines Sakkos. »Mein Herr hat mich geschickt. Er möchte Ihnen ein Angebot machen.«

»Ein Angebot?« Nick stieß sarkastisch die Luft aus. »Will er dem DPI Geld bieten, damit sein Diener freikommt?« Jegor würde das Wesengefängnis wohl nie mehr verlassen.

Yuriy schüttelte den Kopf. »Jegor interessiert meinen Herrn

nicht.«

Wie schon damals im Tunnel fiel Nick auf, dass Yuriy, genau wie sein Kumpan, akzentfrei sprach. Vermutlich lebte er schon lange in Amerika oder war sogar hier geboren. Wolkow hatte sich garantiert Leute gesucht, die sich in New York zurechtfanden. Nick glaubte zwar, Yuriys Gesicht bereits vor der ersten Begegnung im U-Bahn-Schacht schon einmal gesehen zu haben, doch er konnte sich auch irren. Schließlich war ihm nicht jeder Vampir dieser Stadt bekannt.

Als Yuriy sagte: »Wolkow interessiert sich für Sie, Mr. Mancini«, zog Nick den Degen schließlich doch aus dem Kofferraum.

»Was will er?«

»Lesen Sie den Brief.« Der Lakai näherte sich ihm langsam, legte den Umschlag auf die Motorhaube von Nicks Wagen und zog sich wieder zurück. »Ich warte in meinem Auto auf Sie.« Yuriy zeigte auf einen schwarzen Toyota auf der anderen Straßenseite, zu dem er zurückging.

Nick blieb, wo er war, bis sich der Lakai hinter das Steuer gesetzt hatte, klemmte sich den Degen unter den Arm und nahm erst danach den Brief an sich. Ein altertümliches weinrotes Wachssiegel, das eine Burg zeigte, verschloss den weißen Umschlag. Nick erbrach es und zog ein zusammengefaltetes Pergamentpapier heraus. In schön geschwungener, leserlicher Handschrift stand darauf geschrieben:

Du wirst jetzt zu Yuriy ins Auto steigen, damit er dich zu mir bringen kann. Weigerst du dich, werden erst deine Wölfin, dann dein Fürst und danach der Inkubus sterben.

Leise keuchend kniff Nick die Lider zusammen; eisige Kälte kroch plötzlich in jede seiner Poren bis tief in die Knochen und er ließ beinahe seinen Degen fallen. *Merda!* Dieser Mistkerl versuchte, ihn zu erpressen! Dummerweise wusste Wolkow alles über ihn, schließlich hatte der sein Blut gekostet. Wolkow hatte die drei wichtigsten Personen in seinem Leben aufgezählt, und Nick war sich sicher, dass der Russe seine Drohungen wahrmachen würde. *Cazzo!*

Seine Hände zitterten, als er weiterlas:

Arbeitest du ab jetzt für mich, wird ihnen kein Leid geschehen. Das schwöre ich dir! Du wirst keinem hiervon erzählen, oder sie sterben alle drei sofort. Außerdem wird die ganze Welt erfahren, was du und Leroy getan habt.

Nick hegte auch daran keine Zweifel. Wolkow war ein eiskalter Mörder ohne Gewissen. Würde er verraten, was Jules und Nick gemacht hatten, könnte das die ganze Wesenordnung durcheinanderbringen und New York ins Chaos stürzen! Zudem wäre auch Amylees Leben gefährdet.

Cazzo! Innerlich stieß Nick ein paar derbe italienische Flüche aus, während es in seinem Kopf rotierte. Was sollte er tun?

Natürlich war der Brief eine Falle. Wolkow wollte ihn, Nick, so viel war klar. Nick wusste bloß nicht genau, aus welchem Grund, sondern konnte lediglich die Vermutung anstellen, dass es etwas mit Gabriel zu tun hatte. Wollte Wolkow Nick foltern, um mehr über den Daywalker zu erfahren oder wie sah eine »Zusammenarbeit« mit diesem irren Herrscher aus? Zum Glück hatte das DPI Gabriel und Beth in Sicherheit gebracht!

Zwischen all seine Überlegungen drängten sich die Gedanken an Shannon in den Vordergrund, ihr Lachen, ihre funkelnden Augen, die Erinnerung an ihre weiche Haut, ihr Duft … ihr enger Schoß. Gerade hatten sie sich noch geliebt! Die Welt war perfekt gewesen!

Nicks Magen verkrampfte sich schmerzhaft. Sie stand bloß auf Wolkows Abschussliste, weil dieser miese Bastard etwas von ihm wollte. Nick würde um nichts auf der Welt zulassen, dass der kranke Mistkerl sie noch einmal in die Finger bekam. Niemals!

Sein Herz raste. Den Schicksalsmächten sei Dank befand sie sich dort oben bei ihrem Bruder. Bei Shane war sie in Sicherheit, und Nick würde dafür sorgen, dass sie es blieb.

Normalerweise würde er nichts auf Wolkows Versprechungen geben, doch eine x-ähnliche Rune schloss den Text ab. Nick kannte dieses magische Zeichen der Wesenwelt, es wurde das »Siegel von Albalion« genannt und bedeutete: Der Briefschreiber leistete damit einen nicht zu brechenden Schwur. Wenn Nick einwilligen würde, hätte der Runenvertrag auch für ihn Gültigkeit. Bisher hatte er solche Verträge immer tunlichst vermieden, weil es tödliche Folgen nach sich zog, die Bedingungen nicht zu erfüllen. Nick wusste nicht, welche höhere Macht dabei am Werk war, aber als Marius' Angestellter hatte er einmal erlebt, welche Folgen der Bruch eines Vertrags nach sich zog, der das Siegel von Albalion trug. Marius hatte die Rune bei einem Geschäftsabschluss verwendet, weil er seinem Partner nicht traute. Entweder der andere Vampir kannte die Bedeutung der Rune nicht, oder er glaubte nicht daran. Nick sah immer noch vor sich, was passiert war, als der Mann versuchte, Marius zu betrügen: Bis er schließlich zu Staub zerfiel, als wäre er dem Sonnenlicht ausgesetzt gewesen, hatte er sich unter Qualen gewunden und geschrien. Kein schöner Tod!

Das Siegel verlor seine Macht erst wieder, wenn der Vertrag erfüllt war oder einer der Teilnehmer starb. Dabei durfte jedoch keiner der Vertragspartner persönlich den Tod des anderen verschuldet haben. Was bedeutete … Wolkow konnte Nick nicht umbringen. Er den Bastard aber auch nicht – verdammt! Dennoch wären Shannon, Jules und Percy in Sicherheit.

Ohne zu zögern, presste Nick seinen Daumen auf die Rune. Sie erhitzte sich und schien sich in seine Haut zu brennen – dann verblasste sie auf dem Papier. Auf Nicks Finger würde sie bloß noch eine Weile zu erkennen sein, aber das magische Versprechen zählte für immer. Shannon, Jules und Percy waren nun auf ewig vor Wolkow geschützt.

Kaum war der Schwur besiegelt, ging das Papier in seiner Hand in Flammen auf. Nick ließ es los, und kurz bevor es den Boden berührte, war nur noch Asche übrig.

Leise knurrend blickte er zu dem Lakaien, der im Toyota auf ihn wartete. Nick hatte Carina nicht retten können, aber Shannon konnte er beschützen. Doch er wollte auch, dass Wolkow seine gerechte Strafe bekam. Wenn Nick ihn schon nicht selbst erledigen konnte – wozu er wohl ohnehin keine Chance hatte –, musste er wenigstens das DPI zu seinem Versteck führen.

Nick drehte sich um und tat so, als würde er abermals zu Shannon nach oben schauen. Dabei zog er möglichst unauffällig sein Telefon aus der Hosentasche. Während er Yuriy den Rücken zuwandte, tippte er in Vampirgeschwindigkeit eine Nachricht an Percy: *Tracke mich.*

Mehr brauchte er ihm nicht mitzuteilen. Nick verstieß nicht gegen Wolkows Anweisung, und Percy würde hoffentlich sofort sein Handy orten und alle sonstigen Maßnahmen in die Wege leiten.

Eine Nachricht an Shannon zu schreiben, war viel schwieriger. Sie war *die Eine* für ihn, die einzige Frau, die nach Carina sein Herz zum Schlagen gebracht hatte. Shannon war nicht nur seine Partnerin im Job, sondern auch seine Freundin, Geliebte und Seelenverwandte. Mit ihr konnte er scherzen, sich streiten und wieder versöhnen. Sie kannte sein dunkelstes Geheimnis und hatte ihn nicht verurteilt. Nun, weil er sie vielleicht nie wiedersehen würde, war er sich ganz sicher: Mit ihr wollte er für den Rest seines vampirischen Daseins zusammenleben. Sie war diejenige, für die sein Herz erneut schlug. In diesem Augenblick wünschte er sich sogar, sie wären keine Gefährten. Ja, für einen Moment hoffte Nick inständig, dass Shannon ihn nicht wirklich liebte und sie nicht vom Schicksal füreinander bestimmt waren. Dann würde sie nicht so sehr leiden, wenn er den endgültigen Tod fand. Selbst wenn Wolkow ihn wegen der Rune nicht töten konnte, hatte Nick ein ziemlich übles Gefühl bei der ganzen Geschichte.

Er musste ihr nicht schreiben, was er für sie empfand oder wie es in ihm aussah. Sie wusste es ohnehin durch sein Blut. Deshalb würde sie längst gespürt haben, dass etwas nicht stimmte, schließlich hatte sie gerade erst von ihm gekostet. Sie würde versuchen, ihn zu erreichen, ihm vielleicht sogar zu folgen. Das galt es zu verhindern!

Genauso schnell wie zuvor schrieb er ihr eine Nachricht auf Italienisch, wirre Worte, die keinen Sinn ergaben. Das würde sie hoffentlich eine Weile beschäftigen und sie von seinen Gefühlen ablenken, bis sie merkte, dass die Übersetzung völliger Unfug war. Shannon musste so weit wie möglich aus Wolkows Radius bleiben!

»Wenn du nicht sofort einsteigst«, erklang Yuriys Stimme hinter ihm, »wird sich mein Herr dein Liebchen vornehmen!«

Fluchend schickte Nick die wirren Sätze ab und steckte das Handy weg. Dann blickte er noch einmal nach oben, flüsterte schweren Herzens: »Lebe wohl, *amore mio*«, und legte den Degen zurück in den Kofferraum. Anschließend ging er über die Straße zu dem parkenden Toyota.

Als er auf dem Beifahrersitz Platz genommen hatte, war der Geruch nach kaltem Pfeifenrauch mit Vanillearoma übermächtig. Wahrscheinlich kutschierte Yuriy Wolkow in diesem Auto öfter durch die Gegend, denn der russische Fürst befand sich nicht im Fahrzeug. Deshalb atmete Nick ein wenig auf, doch die Anspannung ließ nicht nach.

Kaum waren sie losgefahren, befahl ihm Yuriy: »Schalte dein Handy aus. Danach wirfst du es aus dem Fenster.«

Fuck!

Das war es dann wohl mit seiner Chance, dass Percy ihn aufspüren konnte. Nick blieb keine andere Wahl, als sich Yuriys Anweisung zu beugen. Shannons Leben hatte oberste Priorität. Außerdem waren neben ihr auch die beiden Personen in Sicherheit, die ihm am meisten auf der Welt bedeuteten.

Kapitel 29 – Shannon – Noch mehr Sorgen

Als Shannon aus der Dusche kam und sich das große Handtuch fester um ihren dampfenden Körper schlang, fand sie eine Nachricht von Nick auf ihrem Handy. Hielt er es vielleicht auch nicht ohne sie aus und wollte sie sehen? Sie hatte eine gewisse Unruhe gespürt, während sie sich gewaschen hatte, und fühlte sie immer noch, wenn auch nicht mehr so deutlich. Wobei es auch Furcht sein konnte, doch da musste sie sich täuschen, oder? Ihm war hoffentlich nichts zugestoßen, weil er sich mitten in der Nacht in Wandlergebiet aufhielt? Was, wenn das Rudel … *Nein, ganz ruhig, Shannon!* Angestrengt horchte sie in sich hinein. Nick hatte keine Angst um sich, sondern um sie! Aber wieso?

Shannon setzte sich aufs Bett, um seinen Text zu lesen, begriff jedoch nichts, denn dort standen nur italienische Worte.

Sollte das ein Rätsel sein?

Schnell kopierte sie die Zeilen, öffnete den Browser und suchte eine Seite, die den Text automatisch übersetzte. Danach war sie allerdings genauso schlau wie zuvor, denn der Inhalt ergab nicht den geringsten Sinn. Deshalb suchte sie sich einen anderen Übersetzer und wiederholte die Prozedur, während es sie vor Nervosität beinahe zu zerreißen schien. Was war denn nur mit ihm los?

Erneut tauchten zusammenhanglose Sätze auf dem Bildschirm auf und ihr ungutes Gefühl nahm zu. Etwas stimmte hier ganz und gar nicht. Deshalb wählte sie sofort Nicks Nummer, hatte jedoch bloß die verdammte Mailbox dran. Wieso war er nicht zu erreichen? Hatte er das Telefon ausgeschaltet oder gerade keinen Empfang?

»Verflucht, Nick, geh schon ran«, murmelte sie, während sie es erneut versuchte, aber sie erreichte ihn wieder nicht. »Fuck!«

Okay, wenn er Angst um mich hat, bedeutet das … Ihr Herz raste, heißkalte Wellen pulsierten durch ihren Körper. Das Rudel! Shannon erinnerte sich an die Szene auf dem Rockefeller Plaza. *Hat jemand Nick gedroht, ihn oder mich zu töten, falls wir unsere Beziehung nicht beenden?*

Shannon umklammerte ihr Handy, sprang auf und lief aus dem Zimmer. »Shane!«

Er stand im dunklen Wohnraum vor dem Fenster, ihr den Rücken zugekehrt, und trug immer noch seine Jogginghose. Als sie seinen Namen rief, wirbelte er sofort zu ihr herum.

»Shane, was ist hier los?«

Noch bevor er etwas sagen konnte, war sie schon bei ihm und knurrte ihn an. »Was hast du deinen Leuten befohlen? Wo ist Nick?«

»Was ist denn los mit dir?« Shane fasste an ihre Schultern und sog die Luft ein. Seine Nasenflügel blähten sich. »Ich wittere Angst.«

»Die habe ich auch!« Mit einem Schritt zurück machte sie sich von ihm los. »Was hast du dem Rudel befohlen?«

Er kniff die Lider zusammen, blieb jedoch ruhig. »Ich weiß nicht, was du meinst.«

»Ich kann Nick nicht erreichen! Etwas stimmt nicht, ich fühle es!« Vor Aufregung, Angst und Wut hatten sich ihre Fänge verlängert und ihre Krallen ausgefahren. Sie konnte sich gerade noch beherrschen, sich in einen Wolf zu verwandeln und ihren Bruder anzufallen!

Shane, dessen Instinkte ihn sicher längst vor ihrem Zustand gewarnt hatten, blieb dennoch gefasst. »Vielleicht hat er eingesehen, dass eure Beziehung keinen Bestand hat.«

»Shane!« Sie stand kurz davor, ihm das Gesicht zu zerkratzen. »Lüg mich nicht an!«

»Ich habe nichts damit zu tun, Shannon!«, rief er und knurrte nun ebenfalls leise. »Wirklich! Beruhige dich.«

Shannon würde es spüren, wenn er log. Sie glaubte ihm.

»Es ... tut mir leid.« Shannon stieß die Luft aus und entspannte ihre Finger. Ihre Hand schmerzte, weil sie ihr Telefon so fest umklammert hatte. Kopfschüttelnd marschierte sie vor dem Fenster auf und ab.

Wenn das Rudel nicht hinter Nicks Panik steckte, wer dann?

Shannon verdrängte einen aufkeimenden, schrecklichen Gedanken, an dem sie nicht festhalten wollte, und schrieb eine Nachricht an Percy: *Kannst du mir sagen, wo Nick ist? Etwas stimmt nicht. Ich mache mir Sorgen.*

Als er innerhalb einer halben Minute zurückschrieb: *Die mache ich mir auch*, konnte sie die Worte erst einmal nur völlig schockiert anstarren.

»Was?«, stieß sie schließlich hervor, wobei sie am ganzen Körper bebte und sich in den nächsten Sessel fallen ließ, weil ihre Knie schlagartig butterweich waren. Dann tippte sie mit zitternden Fingern: *Soll das ein schlechter Scherz sein?*

Shane stellte sich neben sie. »Was ist geschehen?«

Als ihr Telefon plötzlich klingelte und Percys Gesicht auf dem Display erschien, nahm sie das Gespräch sofort an. »Was ist passiert?«

Percy starrte sie durch die Kamera seines Computers ernst an. Zuerst fuhr er sich durch sein ohnehin schon völlig verwirbeltes Haar, danach kratzte er sich an seiner nackten Brust und hackte danach wie ein Verrückter auf seiner Tastatur herum. Shannon wusste nicht, ob er komplett nackt war, denn seine untere Körperhälfte wurde von der Schreibtischplatte verdeckt. Im Hintergrund erkannte sie ein Schwarz-Weiß-Plakat von »Frankenstein«. Percy hatte 1931 den Film im Kino angeschaut und sich dort das Poster gekauft – die Geschichte hatte er ihr schon mehrmals erzählt. Er befand sich also bei sich zu Hause und hatte wohl schon im Bett gelegen.

»Percy, verdammt, was ist los?«, rief sie.

Nach endlosen Sekunden des Tippens erklärte er ihr schließlich: »Ich glaube, Nick wurde entführt.«

Sämtliche Luft wich aus ihren Lungen und sie hatte das Gefühl, zu ersticken. »Sag, dass das nicht stimmt«, flehte sie mit schwacher Stimme. »Bitte, Percy!«

Während Shane ihr tröstend eine Hand auf die Schulter legte, hörte sie zu, was Percy ihr berichtete, während seine Finger über die Tasten flogen. »Ganz ruhig, Süße. Ich bin gerade dabei, seinen Standort festzustellen. Meine Rechner laufen auf Hochtouren. Nick hat mir vor wenigen Minuten eine Nachricht geschickt, dass ich ihn orten soll. Da befand er sich direkt vor dem Gebäude, in dem dein Bruder wohnt. Danach brach das Signal ab.«

Als sie das hörte, drehte sich alles vor Shannons Augen. »W-wer hat ihn entführt?«

»Ich habe sofort sämtliche Verkehrs- und Überwachungskameras rund um das Gebäude angezapft. Nick ist in einen schwarzen Toyota gestiegen.«

»Einfach so?«, fragte Shane, der nun nicht mehr ganz so gefasst wirkte. Er stützte sich mit einer Hand an der Lehne ab und beugte sich über Shannon. »Oder wurde er gezwungen?«

»Nein, er ist allein eingestiegen«, antwortete Percy. »Ich konnte allerdings die Nummer des Wagens identifizieren und verfolge aktuell die Route über die öffentlichen Systeme. Eine Verkehrskamera hat mir in dieser Sekunde ein ziemlich gutes Bild des Fahrers ausgespuckt. Ich schick es euch rüber!«

Shannon war heilfroh, dass Percys Computer zu Hause mindestens genauso gut ausgestattet waren wie die in seinem Labor, und er auch in den eigenen vier Wänden auf alles Zugriff hatte.

Als das Gesicht eines blonden Mannes auf dem Display auftauchte, gefror Shannon das Blut in den Adern. »Yuriy«, wisperte sie. »Das ist der Handlanger von Wolkow, der Julietta mitgenommen hat!« Doch das schien nicht der einzige Grund für ihre innere Unruhe zu sein. Tief in sich spürte sie, dass es mehr mit Yuriy auf sich hatte, bloß bekam sie seine Bedeutung in der ganzen Sache nicht zu greifen.

»Shit!«, fluchte Percy. »Wolkow will bestimmt Informationen!« Weil Shane mithörte, sprach er es nicht laut aus, aber Percy meinte natürlich Gabriel.

»O-oder … er braucht Nick, weil …« Shannon brachte die Worte nicht über die Lippen, denn sie sah Nick bereits schreiend vor Schmerzen irgendwo festgebunden, weil Wolkow ihm das Serum verabreichte. Allerdings fühlte sie aus seiner Richtung nichts mehr, die Verbindung zu Nick schien abgebrochen zu sein! Das bedeutete, er befand sich wahrscheinlich schon in Wolkows magischem Wirkungskreis, der alles nach außen abschirmte. »Percy, du musst ihn finden!«

»Ich tue mein Bestes, Süße.« Sie sah, wie seine Finger über die Tastatur flogen. Schweiß glänzte auf seiner Stirn und er biss sich immer wieder vor Konzentration auf die Unterlippe.

»Wieso ist er denn einfach in den Wagen gestiegen?« Shannons Verzweiflung wuchs ins Unendliche. »Ich verstehe das nicht, Percy.«

»Ich sehe mir gerade die Aufnahmen an, kurz bevor Nick mir geschrieben hat. Er steht bei seinem Auto und liest einen Brief.«

»Einen Brief?«, flüsterte sie. »Nick hatte Angst um mich, Percy! Das habe ich deutlich gespürt!«

»Sieh es dir selbst an.« Percys Bild verschwand, dafür erschien Nick auf dem Display ihres Handys. Er stand tatsächlich vor dem Auto und hielt ein Papier in der Hand. Danach drückte er seinen Daumen darauf und der Brief ging in Flammen auf.

»Ein magischer Vertrag«, murmelte Shane, der sich immer noch über sie beugte.

»Sieht so aus.« Percy tauchte wieder auf dem Bildschirm auf. »Nick scheint einen Pakt geschlossen zu haben oder was wahrscheinlicher ist: Er wurde erpresst.«

Um mich zu schützen, dachte Shannon und zwinkerte sich die aufsteigenden Tränen aus den Augen.

Shane nahm ihr das Telefon ab, weil ihre Hände mittlerweile sehr stark zitterten, hielt es ihr jedoch weiterhin vors Gesicht. »Wo ist der Wagen jetzt?«, fragte er Percy.

»Fährt in Richtung Brooklyn. Alle verfügbaren Einsatzteams sind bereits in diese Richtung unterwegs.«

»Du musst Jules Leroy informieren, Percy.« Shannon war sich sicher, dass er helfen konnte, doch sie kam nicht darauf, warum. Sie hatte die Erinnerungen von drei verschiedenen Männern in sich, konnte in ihrer Aufregung aber keine Details abrufen. Eines wusste sie jedoch: Leroy musste dabei sein!

Percy nickte. »Mitchell telefoniert in dieser Sekunde mit dem Fürsten. Ich lass es dich wissen, sobald es etwas Neues gibt.«

»Danke, Percy.« Sie wischte sich über die feuchten Augen, nahm ihr Handy und stand auf. »Ich ziehe mich an und werde mich dem Team anschließen.«

»Auf keinen Fall!«, knurrte Shane, während Percy gleichzeitig rief: »Du gehst nicht allein da raus!«

»Aber …« Shannon unterdrückte einen lauten Fluch. Verdammt, sie hatte kein Auto! »Ihr könnt mich nicht aufhalten! Nick hat mich gerettet. Ich lasse ihn jetzt nicht hängen.«

Shane legte ihr erneut eine Hand auf die Schulter und blickte sie ernst an. »Ich fahre dich, aber nur unter der Bedingung, dass du nie von meiner Seite weichst.«

»Ich verspreche es«, schwor sie, bevor sie ihrem Bruder einen Kuss auf die Wange drückte, »Danke«, murmelte und zurück ins Zimmer lief, um sich anzuziehen.

Kapitel 30 – Nicolas – Frankensteins Labor

Nick versuchte während der gesamten Fahrt, Yuriy Fragen zu stellen, doch der Lakai ignorierte ihn. Immer noch hatte Nick keine Ahnung, wozu Wolkow ihn wirklich brauchte oder wohin die Reise ging.

Die Rune auf seinem Daumen juckte, war aber kaum noch zu erkennen. Sie erinnerte Nick daran, dass Wolkow ihn sehr wahrscheinlich nicht umbringen würde, außer der russische Fürst sehnte sich nach dem Tod. Warum hatte Nick dann das ungute Gefühl, Shannon nie mehr wiederzusehen?

Um sich abzulenken, konzentrierte er sich auf seine Umgebung, die nachtschwarzen Straßen, die Laternen, die mit Bäumen gesäumten Alleen und die nur noch vereinzelt beleuchteten Fenster der Wohnhäuser. Yuriy hatte ihm nicht die Augen verbunden, was vielleicht doch bedeutete: Er würde nicht mehr zu Shannon zurückkehren. Oder war sich Wolkow sicher, dass Nick fortan für ihn arbeitete? Was, wenn ihn dieser kranke Mistkerl mit einem Zauber belegte, der Nick für immer an ihn band?

Abwarten, sagte er sich. Wilde Spekulationen würden ihn nur selbst in den Wahnsinn treiben.

Noch vor wenigen Wochen wäre es ihm vermutlich mehr oder weniger gleichgültig gewesen, was mit ihm passierte, und er hätte es als Fügung des Schicksals empfunden, Carina endlich wiederzusehen. Jetzt verspürte er jedoch den unbändigen Drang zu leben und lieben. Die grauen Nächte erstrahlten plötzlich in den buntesten Farben, überall schien fröhliche Musik zu spielen und sein Herz hüpfte jedes Mal wild vor Freude, wenn Shannon bei ihm war.

Wolkow würde ihm das nicht nehmen!

Yuriy fuhr den Ocean Parkway in Richtung Süden zu den Stränden hinunter und Nick wunderte sich, was ein Vampir an diesem beliebten Badeort wollte. Schließlich konnten sie sich weder sonnen noch tagsüber an der belebten Promenade flanieren. Doch am Coney Island Beach lag auch der bei Vampiren sehr beliebte Vergnügungspark, von dem Nick einmal vermutet hatte, er wäre eine von Wolkows Operationsbasen. Immerhin befand sich der Park weit vom DPI entfernt. Aber Yuriy bog in die entgegengesetzte Richtung ab und fuhr die Brighton Beach Avenue entlang. Hier reihte sich ein Geschäft an das andere, und über den meisten Restaurants und Lebensmittelläden prangten Schilder mit kyrillischen Lettern. Dieser Stadtteil wurde wegen der überwiegend russischen und ukrainischen Einwanderer auch »Little Russia« genannt.

Es kam schon fast einem Klischee gleich, sollte sich Wolkow hier aufhalten. Oder hatte er sich an diesen Ort zurückgezogen, nachdem in ganz New York nach ihm gesucht wurde? Hatte er vielleicht Landsmänner aus seiner Heimat mitgebracht, die sich in diesem Stadtteil versteckten? Nick wünschte, er könnte dem DPI irgendeinen Hinweis hinterlassen, wo er sich befand. *Merda!*

Yuriy hielt vor einem Theater, in dem kein Licht hinter den gläsernen Eingangstüren brannte, sondern das nur von einer Straßenlaterne beleuchtet wurde. Er stieg aus, ging um den Wagen herum und öffnete Nick die Tür.

»Geh ins Theater«, befahl Yuriy, woraufhin ihm Nick am liebsten an die Gurgel gesprungen wäre. Doch er durfte nichts tun, was Shannon, Jules oder Percy gefährden könnte.

Aus dem Gebäude kamen bereits zwei Anzugträger im Laufschritt auf sie zu. Nick kannte auch diese Männer nicht. Einer stieg in den Toyota und fuhr mit ihm davon – weshalb Nick erneut innerlich fluchte. Das Fahrzeug war seine einzige Hoffnung gewesen, denn womöglich ließ der gewiefte Inkubus bereits nach dem Wagen suchen. Vor Shanes Gebäude befand sich schließlich eine Kamera.

Nick blieb wachsam, als ihn Yuriy und der andere Mann in das finstere Haus begleiteten. Nachdem sie bei den geschlossenen Kassen vorbeigelaufen waren, öffnete Yuriy eine Flügeltür. Ein roter Teppich führte mitten durch die im Dunkeln liegenden Sitzreihen bis zur hell beleuchteten Bühne. Nick erkannte bloß, dass der schwarze Vorhang zugezogen war, denn ein direkt auf ihn gerichteter Scheinwerfer blendete ihn. Als er mit den beiden Männern zur Bühne schritt, kam er sich wie der Ehrengast einer Galavorstellung vor. Auch wenn er niemanden sah, fühlte er zahlreiche Blicke auf sich. Außerdem roch er das intensive Aroma von Wolkows Tabak, weshalb Nick sämtliche Muskeln anspannte und jede Zelle in ihm Alarm schrie. Der Bastard war ganz in der Nähe!

Erst als Nick die vier Stufen erklomm, die auf die Bühne führten, bemerkte er den Fürsten. Grinsend stand der vor dem Vorhang, elegant gekleidet in einen maßgeschneiderten dunkelgrauen Anzug, und seine rauchende Pfeife zuckte in seinem Mundwinkel.

»Ah, unser Hauptdarsteller ist endlich eingetroffen«, sagte Wolkow mit seinem russischen Akzent. »Oder sollte ich besser sagen: Der Fürstenmörder?«

Als ein Raunen und Knurren durch den Saal lief, kroch Eiseskälte in Nicks Knochen, sein Herz raste. Hier befanden sich definitiv noch mehr Leute, und Wolkow würde nicht zögern, die ganze Wahrheit aufzudecken. Nick war erledigt.

Prompt gingen mehrere Scheinwerfer an, die den zuvor abgedunkelten Publikumsbereich erhellten. Dort saßen etwa ein Dutzend Männer und ein paar Frauen, allesamt in Abendgarderobe, und blickten Nick wütend an. Yuriy und der andere Mann setzten sich dazu.

Cazzo! Das durfte nicht wahr sein, Nick kannte ein paar dieser Gesichter!

Alte, längst verdrängte Erinnerungen standen ihm vor Augen, denn diese Vampire hatten einst für Marius gearbeitet, waren dessen engste Vertraute und treuste Anhänger gewesen, die nach seinem Tod untergetaucht waren. Einer von ihnen hatte sogar geholfen, Carina anzuzünden und Nick einzumauern! Wolkow brauchte ihn nicht zu töten, denn hier saßen jede Menge andere Leute, die es gewiss auf ihn abgesehen hatten. Fuck! Er war erledigt. Jules war erledigt!

»Ihr habt euch mir angeschlossen«, erklärte Wolkow dem Publikum, »weil ich euch Macht und einen Platz in meiner unbesiegbaren Armee versprochen habe. Doch durch eine glückliche Fügung des Schicksals kann ich euch heute auch den Mörder eures Fürsten präsentieren.«

Alle Blicke richteten sich auf Nick, und es wurde wild durcheinander gerufen. Die Vampire zischten, knurrten und zeigten ihm ihre verlängerten Fänge. Es waren zu viele, um es mit allen aufzunehmen. Ohne seinen Degen hätte er ohnehin nie eine Chance, auch nur mehr als einen zu töten.

Er ballte die Hände zu Fäusten, als er den Mann fixierte, der seine Carina angezündet hatte. Wenn Nick ganz schnell war, könnte er es schaffen, wenigstens ihm den Kopf abzureißen.

»Versuche es erst gar nicht«, grollte Wolkow neben ihm.

Nicks erster Schrecken verwandelte sich in rasende Wut. Hitze flutete seine Adern, Mordlust keimte in ihm. Er wünschte sich, er wäre niemals mit Shannon in diesen U-Bahn-Tunnel gegangen. Die Begegnung mit Wolkow hatte nicht nur sein Leben ruiniert, sondern auch das von Jules. Nick musste das irgendwie geradebiegen. Bloß wie? Obwohl er fieberhaft überlegte, ließ sein Zorn ihn keinen klaren Gedanken fassen. Trotz seiner Wut zwang er sich, ruhig neben Wolkow stehen zu bleiben, und hoffte auf eine günstige Gelegenheit, zu entkommen, oder die verfahrene Situation zu seinen Gunsten zu verändern.

Wolkow paffte an seiner Pfeife, sodass ein paar Rauchkringel in die Luft stiegen, nahm sie aus dem Mund und deutete damit auf Nick. »Dieser Mann, Nicolas Mancini, hat gemeinsam mit dem aktuellen Fürsten von New York, Jules Leroy, Marius van de Velden getötet. Doch …« Er hob beschwichtigend eine Hand, als die Rufe zu laut wurden und einige Männer wütend aufsprangen, »kann euch dieser Vampir auch aus der Dunkelheit ans Licht führen. Ich habe sein Blut gekostet und weiß, dass er uns erlösen wird.«

Nick stockte der Atem. Er würde … was? »Ich habe keine Ahnung, wovon du sprichst, Wolkow«, knurrte er. »Du bist völlig geisteskrank!«

Der Fürst lächelte milde. »Andere würden sagen: Ich bin ein Genie.« Er deutete auf den Vorhang, der sich daraufhin öffnete. Ob er durch Magie bewegt oder von jemandem aufgezogen wurde, wusste Nick nicht. »Und nun kommen wir zur eigentlichen Darbietung der heutigen Nacht.«

Eisige Splitter schienen in Nicks Körper zu dringen, als er auf der Bühne den Nachbau von Frankensteins Labor sah – zumindest erinnerte ihn das Inventar daran. Vor dem riesigen Bild einer Ziegelmauer befanden sich altertümliche Geräte, es gab Regale mit Totenköpfen sowie Reagenzgläsern und seltsame Apparate, an denen verschiedene Lichter blinkten. Außerdem stand dort auch ein Kasten mit verrostetem Operationsbesteck. Doch das Herzstück bildete die Operationsliege, an der mehrere dicke Eisenschellen angebracht waren. Die Fesseln erinnerten Nick unangenehm an die Zeit, als Marius ihn in der Kellernische festketten ließ und zum lebendigen Tod verdammt hatte.

Yuriy und ausgerechnet der Mann, der ihn damals eingemauert hatte – der andere Bastard war zum Glück längst tot, von ihm selbst getötet in Marius' Wohnung –, verließen das Publikum und traten auf die Bühne. Dramatische Musik erklang, untermalt mit Trommelschlägen, die sich wie ein rasendes Herz anhörten. Wie Nicks Herz.

»Die Kulisse ist natürlich nur für die Show«, flüsterte Wolkow ihm zu und zwinkerte. Dann deutete er auf die Liege. »Darf ich bitten, Nicolas?«

»Du kannst mir keine Injektion geben. Das wäre Mord!« Nick trat einen Schritt zurück, doch sofort wurde er von Yuriy und dem anderen gepackt und zur Liege gezerrt.

Nick wehrte sich, trat um sich und rammte schließlich die Füße fest in den Boden – woraufhin Wolkow noch zwei Helfer aus dem Publikum auf die Bühne beorderte. Gegen vier Vampire hatte Nick keine Chance.

»Ist dir die Magie ausgegangen?«, knurrte er, als er sich Sekunden später auf der harten Liege wiederfand. »Wenn du mich umbringst, *Bastardo*, stirbst du ebenfalls. Denk an den Vertrag!«

»Ich will dich nicht töten, dafür bist du mir viel zu wichtig! Ich will bloß ein paar … Tests machen.«

Yuriy legte die Eisenschellen über seinen Brustkorb, den Hals, die Arme, Beine und Gelenke, während die drei anderen Männer ihn auf der Liege festhielten.

»Drago, sichere die Fesseln«, befahl Wolkow dem zweiten Lakaien, und dieser verriegelte die Schellen mit dicken Schlössern.

Merda! Nick saß in der Falle. Er konnte sich kaum bewegen, geschweige denn, atmen. Von allein würde er sich niemals befreien können.

Während Handlanger drei und vier von Wolkow zurück ins Publikum geschickt wurden, blieben Yuriy und Drago an Nicks Kopfende stehen. Wolkow trat zu ihnen, nahm ein rostiges Skalpell zur Hand und zog es über Nicks Wange. Nick zuckte kurz wegen der scharfen Schmerzen, doch als Wolkow seinen Zeigefinger über die Wunde strich, um etwas Blut aufzunehmen, schloss sie sich bereits wieder.

Der Fürst leckte über seine Fingerkuppe, dann verzog er missbilligend die Lippen. »Wie kannst du nur eine Wölfin lieben?« Schnaubend riss er die Lider weiter auf, als hätte er etwas Interessantes gesehen, und sein Gesichtsausdruck wurde sanfter. »Aber ich verzeihe dir deinen Ausrutscher, denn du bist der Schlüssel zu unendlicher Macht.«

Nick wusste immer noch nicht, was der Bastard meinte, sparte es sich allerdings, nachzufragen, denn das hätte sowieso keinen Sinn. Erst als Wolkow eine kleine UV-Lampe aus dem Kasten holte, eine ähnliche, wie Percy sie in seinem Labor hatte, stieg Nicks Argwohn ins Unermessliche. »Was wird das?«

Wolkow zog noch einmal tief an seiner Pfeife und legte sie dann auf den Kasten. »Du sprichst mir zu viel, Fürstenmörder. Vielleicht sollte ich dir die Zunge herausschneiden, damit du ruhig bist, bis ich meine Tests abgeschlossen habe.« Grinsend fuchtelte er mit dem rostigen Skalpell vor Nicks Nase herum, schmiss es dann jedoch weg und richtete die UV-Lampe auf seine Stirn.

Nick brüllte vor Schmerzen auf, als ihm das Licht erst ein Loch in die Haut, dann in den Schädel bohrte. Es stank nach verbranntem Gewebe und qualmte extrem; sein Gehirn drohte, jede Sekunde zu explodieren. Die Schmerzen fraßen sich durch seinen ganzen Körper und dauerten noch eine Weile an, selbst als Wolkow längst aufgehört hatte, ihn zu quälen.

Während Nick eine Tirade an italienischen Schimpfwörtern auf den Bastard einprasseln ließ, murmelte der lediglich gedankenverloren: »Hm, seltsam. Ich dachte, du wärst resistent.«

»Hör endlich auf zu denken, *Bastardo*, und sag mir, was du wirklich von mir willst!« Die Ungewissheit brachte Nick beinahe um.

»Ich will meine Armee!«, zischte Wolkow. »Und die werde ich bekommen!« Er holte ein kleines Mäppchen aus der Innentasche seines Sakkos, zog den Reißverschluss auf und …

Nick erstarrte beim Anblick der Spritze. »Das Serum ist mein Todesurteil!«

Wolkow grinste selbstzufrieden. »Das glaube ich nicht, denn schon beim letzten Mal habe ich dank deines Blutes gesehen, dass du der Auserwählte bist, der Schlüssel zu meinem Erfolg. Mit deiner Hilfe werde ich eine mächtige Armee erschaffen. Wir werden die Wandler auslöschen, die Menschen unterjochen und die Welt regieren!«

»Irrsinn!« Panisch starrte Nick auf die Spritze. Er hatte die Leichen gesehen, die Wolkow zurückgelassen hatte, und wusste von Percy, wie sehr die Vampire wegen des Serums gelitten hatten. »Wenn ich sterbe, stirbst du auch!«

»Ich hatte eine Vision.« Wolkow holte die Spritze aus dem Mäppchen und zog die Schutzkappe von der Nadel. »Du wirst überleben, und dann werde ich mit deinem Blut meine Armee erschaffen.«

Nick stockte der Atem – und plötzlich wusste er, was in Wolkows Kopf vorging. Er musste Nicks Gespräch mit Gabriel gesehen, es jedoch völlig falsch interpretiert haben. Wolkow hatte keine Ahnung, dass er bereits einen Tagwandler erschaffen hatte, denn sonst wäre er hinter Gabriel her!

Nick dachte an dessen Worte über Wolkows Tochter: *Alissa hat mich anscheinend wirklich geliebt und sich am Ende geopfert, damit sich niemand mehr an mich oder die Experimente erinnern kann, auch nicht ihr Vater. Sie sprach einen Zauber aus und nahm sich dann das Leben, um dadurch die Magie zu verstärken ...*

Alissa war so mächtig gewesen wie ihr Vater, vielleicht sogar noch mächtiger. Ihr Zauber wirkte selbst durch Nick; sogar in seinem Blut konnte Wolkow nur erkennen, dass Nick über Tagwandler Bescheid wusste, aber nicht warum. Da Wolkow anscheinend Gabriel sofort wieder vergessen hatte, vermutete er, Nick selbst wäre immun gegen Sonnenlicht. Der Test mit der UV-Lampe hatte jedoch bewiesen, dass dem nicht so war. Darum glaubte der Fürst jetzt, Nick wäre der Auserwählte, der erste Vampir, der die Umwandlung überlebte und dessen Antikörper Wolkow für sich nutzen konnte.

Auf diese Weise wollte Nick nicht sterben! Sein Tod wäre völlig sinnlos!

Er sammelte all seine Kräfte und stemmte seinen Körper gegen die Eisenschellen. Leider gaben sie keinen Millimeter nach! Auch die Fesseln an seinen Armen und Beinen hielten bombenfest.

»Wenn ich draufgehe, stirbst du auch!«, rief Nick erneut, während Wolkow Yuriy die Spritze überreichte.

Ließ der Fürst seinen Lakaien die Arbeit erledigen, für den Fall, dass Nick an der Injektion starb? Berührte das nicht trotzdem den Vertrag?

Nicks Herz raste. »Auch falls ich mich in einen Daywalker verwandeln sollte, wirst du niemals siegen!«

Erneut grinste der Fürst. »Sei doch nicht so pessimistisch, Nicolas. Ich habe durch die vorgetäuschten Wandlermorde genug Hass geschürt, damit es zu einem neuen Krieg kommt. Wenn mein Experiment gelingt, werden sich mir alle Vampire anschließen. Wir werden die Wandler vernichten und die Menschen zu unseren Blutsklaven machen. Du kannst mit mir die Welt regieren, Nicolas!«

Das Publikum stimmte klatschend und nickend zu.

Nick sah nur noch rot und knurrte: »Ich habe schon einmal einen Fürsten getötet. Ich werde es wieder tun!«

Wolkow lachte. »Dumm nur, dass du das nicht kannst.«

Erneut riss er mit aller Kraft an den Eisenschellen. »Oh doch, das kann ich! Sobald ich frei bin, werde ich dich vernichten! Lieber sterbe ich als …«

»Dein Liebchen?« Der Fürst schüttelte den Kopf. »Sei nicht so dumm und riskiere wegen einer Wölfin deine strahlende Zukunft. Wenn meine Pläne aufgehen, wird diese Schlampe ohnehin sterben. Dafür muss ich keinen Finger mehr krumm machen.«

Nein!!!, schrie Nick innerlich verzweifelt auf. Trotz Panik versuchte er, sich angestrengt zu konzentrieren, in der Hoffnung, Shannon würde seine Gedanken aufschnappen können. *Ich liebe dich mehr als mein Leben, mia cara, aber du musst die Stadt verlassen! Versteck dich auf dem Land, tauche bei Gabriel und Beth unter!*

Für sich selbst hatte er keine Hoffnung mehr, doch seine geliebte Shannon durfte nicht sterben!

»Halte seinen Kopf fest, Drago, damit Yuriy ihm die Injektion verpassen kann«, befahl Wolkow.

Alles schien an Bedeutung zu verlieren und Nicks Blickfeld verengte sich auf die Spritze, die das tödliche Serum in seine Blutbahn bringen sollte. Verzweifelt riss er an den Fesseln, wandte alle Kraft auf, um sich zu wehren und den Kopf zu bewegen, damit Yuriy nicht die Nadel in ihn stecken konnte. Seine Fänge verlängerten sich noch ein Stück. Wütend fauchte er: »Auch wenn du deine Lakaien die Drecksarbeit erledigen lässt, Wolkow, wirst auch du sterben. Das Serum war deine Idee und du weißt, was das Siegel von Albalion bedeutet. Bisher hat niemand einen Vertragsbruch überlebt!«

»Du wirst leben und damit auch ich«, knurrte Wolkow. »Ich weiß es!«

Als Drago seinen Schädel so fest packte, dass Nick dachte, er würde gleich zerspringen, rammte ihm Yuriy die Spritze in den Hals, um das Mittel zu injizieren. Sofort verteilte es sich in seinem Blut, angetrieben von seinem rasenden Herzschlag, und eroberte jeden Millimeter seines Körpers. Glühende Schmerzen rasten zuerst durch Nicks Kopf und strahlten schließlich bis in seine Zehenspitzen aus. Jede Zelle schien plötzlich in Flammen zu stehen, als wäre er der strahlenden Mittagssonne ausgesetzt, und er glaubte, bei lebendigem Leib zu verbrennen. Schweiß tränkte seine Kleidung und Tränen verschleierten seine Sicht. Trotzdem lachte er. »Siehst du, es klappt nicht!« Seine Stimme klang heiser, er erkannte sie selbst nicht mehr.

Um die Höllenqualen erträglicher zu machen, dachte Nick an die schönen Stunden mit Shannon, seiner wilden Lupa. Fast hörte er nicht, wie Wolkow leise fluchte: »Verdammt, ich war mir so sicher!« Der Fürst krümmte sich leicht und kniff die Lider zusammen.

»Ich hatte recht, *Bastardo*. Ich werde dich mit in den Tod nehmen!« Nick konnte sich nicht länger beherrschen und brüllte wegen der unvorstellbaren Qualen auf. Dagegen war selbst der Blutentzug in Marius' kaltem Grab ein Zuckerschlecken gewesen.

Er wusste: Jetzt würde er sterben.

Shannon war heilfroh, dass Shane beschlossen hatte, sie zu fahren. Sie befanden sich mitten in der Nacht auf Vampirgebiet! Auch wenn sich Shannon als Ermittlerin des DPI ausweisen konnte und eine Aufenthaltsgenehmigung besaß, bedeutete das nicht, dass ihr Bruder und sie in Sicherheit waren. Garantiert fragte ein Vampir nicht erst nach ihrer ID-Card, sondern griff vorher an.

Shane wirkte angespannt. Seine Kiefermuskeln zuckten, und er krallte die Finger fest um das Lenkrad seines dunkelgrauen Porsche. Doch Shannon war noch viel angespannter als er.

Percy hielt sie von zu Hause aus ständig auf dem Laufenden und hatte ihnen gerade erst berichtet, dass Nick – beziehungsweise der Toyota, in dem er saß – aus dem Radar verschwunden war. Zuletzt hatte Percy den Wagen durch Brooklyn in Richtung Süden fahren sehen. Dorthin war auch ein Teil des Einsatzteams unterwegs, genau wie sie und Jules Leroy.

Percy ließ im Hintergrund ein Programm laufen, das sämtliche Aufnahmen aller Verkehrskameras nach dem Toyota scannte, und suchte selbst ununterbrochen alle Orte heraus, an denen der Satellit erhöhte Energiesignaturen maß, die auf einen Gebrauch von Magie hindeuten konnten. Mitchell verteilte vom Department aus alle Einheiten auf diese Stadtteile, nur ihre kleine Gruppe verfolgte aktuell den schwarzen Toyota. Doch der schien sich nicht auf einen dieser Bereiche zuzubewegen. Wüsste Shannon nicht sicher, dass sich Nick in dem Wagen befand … Was, wenn das auch nur ein Zauber war und sie einem Geist hinterherjagten?

Vor Aufregung wollte sie sich am liebsten die Nägel abbeißen, stattdessen krallte sie die Hände in den Sitz. Shane würde sich später sicher über das durchlöcherte Polster aufregen, weil sich ihre Klauen ständig ausfuhren, aber seine Tiraden waren ihr im Moment völlig egal. Sie mussten Nick finden!

»Die Energiesignaturen könnten eine Ablenkung sein«, sagte Percy durch ihr Handy, das Shannon in eine Halterung an der Konsole geklemmt und auf laut gestellt hatte. Percy hatte eine Telefonkonferenz geschaltet, weshalb Shannon mit ihm, Mitchell und sogar Jules Leroy verbunden war. Der Vampirfürst versuchte ebenfalls, den schwarzen Toyota aufzuspüren, und hatte noch die beiden Leibwächter Tony und Brock in seinem Fahrzeug dabei.

»Wolkow will bestimmt unsere Leute in die Irre führen«, erklärte Percy, »damit er in Ruhe tun kann, was auch immer er macht.«

Er macht irgendwas mit Nick!, dachte Shannon alarmiert und starrte angestrengt auf die von ihren Scheinwerfern beleuchtete Straße. Langsam glaubte sie, wieder etwas von ihm zu fühlen. Angst ... Schmerzen!

Vielleicht überlagerten aber auch nur ihre eigenen Gefühle alles. Shannon stand Todesängste aus. Sie durfte Nick nicht verlieren!

»Wenn er Yuriy in seinem Team hat«, meldete sich nun Jules zu Wort, »dann vielleicht auch andere von Marius' ehemaligen Anhängern.« Jules Leroy hatte den Mann hinter dem Steuer des schwarzen Toyota sofort erkannt, als Percy ihm das Bild gezeigt hatte. Yuriy gehörte damals, als Nick eingemauert gewesen war, zu van de Veldens engstem Kreis. Deshalb war Shannon das Gesicht auch irgendwie vertraut vorgekommen, weil sie es in Leroys Erinnerungen erblickt haben musste.

»Ich hab ein neues Bild! Ihr müsst jetzt in die Brighton Beach Avenue einbiegen«, befahl ihnen Percy. »Dort hat eine Verkehrskamera den Toyota vor fünfundzwanzig Minuten erfasst. Nun habe ich ihn allerdings wieder ganz woanders auf dem Schirm, als würde er im Zickzack fahren.«

»Ich bleibe auf der angegebenen Route«, erklärte Jules.

»Wir auch!«, rief Shannon. »I-ich kann Nick spüren! Er hat Schmerzen!«

»Wo ist er?«, fragte Jules streng. »Wir sind jetzt direkt hinter euch! Bring mich zu ihm, Shannon!«

Als sie sich umdrehte, erkannte sie einen schwarzen Bentley mit verdunkelten Scheiben. Obwohl ihnen der Vampirfürst von New York höchstpersönlich folgte, fühlte sie sich ein wenig erleichtert. Jules Leroy und Nick hatten gemeinsam eine Menge durchgestanden und überstanden. Der Fürst würde seinen alten Freund nicht im Stich lassen.

Shannon blickte wieder nach vorne und stieß zitternd die Luft aus. »Ich weiß nicht, wo Nick ist, ich kann nur etwas von ihm fühlen, aber nicht, aus welcher Richtung es genau kommt.« Ihre Verzweiflung wuchs, ihr Puls raste wie nie. Warum spürte Nick Schmerzen? Folterte Wolkow ihn, um etwas über Gabriel zu erfahren? Aber dann bräuchte er doch nur Nicks Blut zu probieren?

Shannon hoffte nicht, dass Nick aus einem anderen Grund litt, doch als eine Hitzewelle durch sie pulsierte und ein qualvoller Schrei an ihrer Seele zu reißen schien, zerstreute sich ihre Hoffnung auf einen Schlag. »Wolkow hat ihm das Serum gespritzt!«

Ihre Augen füllten sich mit Tränen, ihr Herz krampfte sich hart zusammen und ihr Magen rebellierte. Das bedeutete sein Todesurteil!

Kurz herrschte betroffenes Schweigen in der Leitung, dann fluchte Jules und rief: »Percy, ich habe dir vorhin eine Liste mit den Namen der Leute gegeben, die damals nach Marius' Tod untergetaucht sind. Kannst du nachsehen, ob einer von ihnen in diesem Teil von Brooklyn Immobilien besitzt?«

»Kein Problem.« Shannon hörte kaum die schnellen Tastaturgeräusche von Percy. Normalerweise würde sie ihn jetzt wegen seiner außergewöhnlichen Fähigkeiten noch mehr lieben – doch ihre ganze Sorge galt Nick. Wie lange konnte er mit dem Serum im Blut überleben? Würde sie noch mit ihm sprechen können, bevor er … Nein, er durfte nicht sterben! Und womöglich irrte sie sich ja auch.

»Percy«, schluchzte sie unter Tränen. »Falls dieser Schweinekerl Nick wirklich das Mittel gespritzt hat, kannst du ihn doch retten, oder?« Bestimmt hatte er mittlerweile etwas herausgefunden. Schließlich hatte er Gabriels Blut untersucht!

Erneut herrschte Schweigen am anderen Ende der Leitung, dann hörte sie Percys schwere Seufzer. »Ich ... weiß es nicht, Süße.«

Bebend holte sie Luft und presste sich eine Hand auf den Mund. *Warum nur, Nick? Warum bist du in das Auto gestiegen?* Das fragte sie sich unentwegt.

Weil er sie liebte. Weil er sie schützen wollte.

Die Antwort stand ihr plötzlich klar vor Augen, als würde sich Shannon in diesem Moment in Nicks Kopf befinden und könnte ihn sprechen hören.

Du musst dich verstecken! Ich liebe dich, amore mio ...

Erneut schluchzte sie auf und wisperte: »Ich liebe dich auch«, bevor sie Shanes Hand auf ihrem Bein spürte.

Shannon umklammerte sie fest, während ihr Bruder weiterfuhr und keinen Mucks von sich gab, selbst als sich ihre Klauen in seine Haut gruben. Wie aus weiter Ferne hörte sie die Stimme von Jules aus ihrem Handy. Er unterhielt sich mit Percy.

»Marius hat mit vielen Einwanderern zusammengearbeitet. Die meisten waren Kaufleute, besaßen Geschäfte oder leiteten Fabriken. Tausende von ihnen kamen gegen Ende des 19. Jahrhunderts aus Südrussland nach New York.«

»In Brighton Beach besitzen gleich mehrere von Marius' ehemaligen Anhängern Immobilien«, erklärte Percy aufgeregt. »Natürlich stehen heute nicht mehr die Namen der ursprünglichen Eigentümer in den Urkunden, weil die Vampire im Laufe des Jahrhunderts teilweise mehrmals ihre Namen geändert haben, aber es ist alles dokumentiert.« Er zählte ein paar Gebäude mitsamt der Besitzer auf. Als er sagte: »Und ein Kaufhaus sowie ein Theater gehören einem gewissen Drago Komarow, der sich jetzt Drago Harper nennt«, rief Jules: »Komarow! Er war einer von Marius' allerengsten Vertrauten!«

Shannon zuckte auf ihrem Sitz zusammen und malträtierte Shanes Hand noch mehr. »Wo suchen wir zuerst? Kaufhaus oder

Theater?« Sie durften keine Zeit verlieren. Jede Sekunde zählte!

»Wir könnten uns aufteilen«, schlug Jules vor. »Ihr nehmt das Kaufhaus und wir das Thea...«

»Shane, fahr langsamer!« Plötzlich glaubte Shannon, Nicks Gedanken glasklar in ihrem Kopf zu hören, so als würde er direkt neben ihr stehen. *Zum Glück ist Shannon in Sicherheit ... muss das nicht ansehen ...* »Er muss hier irgendwo sein!«

»Welches Gebäude liegt näher, Percy?«, fragte Shane.

»Das Theater«, erklang es prompt. »Hausnummer 1029!«

»Daran sind wir gerade vorbeigefahren!« Shane wendete mitten auf der Straße, die zu dieser Zeit zum Glück leer war, hielt jedoch nicht vor dem Gebäude, sondern bog direkt daneben in eine andere Straße. Dort parkte er den Wagen; Jules hielt mit seinem Bentley hinter ihnen.

Mit zitternden Fingern öffnete Shannon die beiden Kettchen an ihren Handgelenken, weil sie diese nicht verlieren wollte, und legte sie ins Handschuhfach. Danach streifte sie sich die Schuhe von den Füßen und zog sich gleichzeitig den dicken Pullover über den Kopf.

Shane blickte ihr argwöhnisch zu. »Du bleibst im Wagen.«

»Nein, ich muss mich wandeln. Wir dürfen keine Zeit verlieren!«

Gerade als Shane protestieren wollte, riss Jules die Beifahrertür auf. »Was treibt ihr da drin? Wir müssen Nick rausholen!« Er trug keine Sonnenbrille, weshalb seine weißen Augen in der Dunkelheit richtig gruselig aussahen, und auch sonst legte er ein völlig anderes Erscheinungsbild an den Tag. Anstatt eleganter Tagesgarderobe hatte er eine dunkle Cargohose sowie ein eng anliegendes schwarzes Langarmshirt an. Um sein rechtes Handgelenk war eine daumendicke Eisenkette gewickelt; Tony und Brock standen hinter ihm und hielten die Umgebung im Auge. Sie waren ähnlich wie Jules gekleidet und bis an die Zähne bewaffnet mit Messern, Wurfsternen und anderen scharfen Gegenständen.

Shane funkelte Jules düster an. »Wir warten auf das Einsatzteam.«

»Es ist in etwa zehn Minuten bei euch!«, erklärte Percy, der immer noch mithörte.

»Nein!«, rief Shannon, während sie dabei war, aus ihrer Hose zu schlüpfen. »Dann könnte er schon tot sein!« Nick hatte ihr zwar gedanklich mitgeteilt, sie solle sich verstecken, doch sie würde ihn jetzt nicht im Stich lassen. Er hatte sie gerettet. Sie liebte ihn!

»Verdammt!«, fluchte Shane und begann ebenfalls, sich auszuziehen. »An den magisch präparierten Orten funktionierte kein Handyempfang. Hier schon. Womöglich ist er gar nicht in diesem Haus.«

Jules warf einen nachdenklichen Blick über die Schulter. »Dann hat Wolkow entweder tatsächlich seine Taktik geändert oder wir sind auf dem Holzweg.«

Shannon schüttelte den Kopf. »Wir sind hier richtig. Ich weiß es!« Kaum hatte sie das letzte Kleidungsstück abgelegt, sprang sie aus dem Auto und verwandelte sich in einen Wolf. Sofort konnte sie Nick noch deutlicher in ihrem Kopf hören, als hätte sie einen Verstärker eingebaut. Außerdem spürte sie mehr denn je, wie sehr er litt. Höllenqualen!

Sie winselte leise und schlich mit geducktem Kopf auf das Theater zu, die Nase immer dicht über dem Boden. Vor dem Eingang konnte sie Nick riechen! Ihre Muskeln spannten sich an, ihre Nackenhaare sträubten sich und sie wollte nur noch zu ihm. Doch sie durfte jetzt nicht unüberlegt handeln.

Shane hatte sich ebenfalls gewandelt und tauchte als riesiger brauner Wolf neben ihr auf. Mit seiner mächtigen Gestalt überragte er sie deutlich. Er stellte die Ohren auf, doch den Kopf hielt auch er leicht geduckt. Seine scharfen Zähne waren sichtbar, die Lefzen gefletscht. Er war zu allem bereit, genau wie sie. Shannon würde mit Fängen und Klauen kämpfen, um Nick dort rauszuholen.

Shane starrte sie mahnend an und gab ihr durch leises Knurren zu verstehen, hinter ihm zu bleiben. Jules drückte die Glastür auf und Shane ging voran, danach ließ der Fürst Shannon und seine Bodyguards hinein.

Im Vorraum war es völlig dunkel, doch durch die geschlossene Tür vor ihnen drangen aufgeregte Stimmen, Wolkows süßlicher Pfeifenrauch und … qualvolle Schreie!

Oh, Nick! Shannon konnte sich nur mit Mühe zurückhalten, nicht sofort gegen die Tür zu springen, um sie aufzustoßen und zu ihm zu eilen. Stattdessen ließ sie Jules vorbei, der die Tür ein winziges Stück öffnete, um sich einen Überblick zu verschaffen. Danach bedeutete er ihnen, einen anderen Weg zu nehmen, und zeigte nach links zu einer Tür, auf der »Technik« stand.

»Das Spektakel spielt sich auf der Bühne ab«, erklärte er flüsternd. »Da stehen knapp zwanzig Leute. Wenn wir durch den Haupteingang gehen, bemerken sie uns sofort!«

Shannon wollte fragen, ob er Nick gesehen hatte und was Wolkow mit ihm anstellte, doch sie konnte sich jetzt nicht zurück wandeln. In ihrer menschlichen Gestalt wäre sie viel angreifbarer. Als Wolf konnte sie sich besser verteidigen.

Ihr Nackenfell richtete sich abermals auf, während sie hinter Jules und ihrem Bruder durch einen dunklen Flur lief. Die Bodyguards bildeten das Schlusslicht. Ihre kleine Gruppe kam direkt unterhalb der Bühne heraus, und Shannon hörte das Getrampel von Schritten über ihnen und viele Leute, die durcheinander redeten. Vampire, allesamt! Shannon roch das eisenhaltige Menschenblut in ihnen. Nicks Schreie waren jedoch verstummt, genau wie seine Stimme in ihrem Kopf.

Oh nein, nein, nein, das bedeutete nichts Gutes!

Nick, was auch immer passiert ist … Bitte halte durch! Wir sind da!, schickte sie gedanklich nach oben. Zwar wusste sie, dass er sie nicht hören konnte, weil sie schließlich nicht von ihr getrunken hatte. Aber es beruhigte sie ein wenig, wenn sie diese Sätze gebetsmühlenartig wiederholte. *Wir sind da!*

Nervös tänzelte sie hin und her, während Jules eine kleine Puppe aus seiner Hosentasche zog. Es roch nach getrocknetem Gras, das wohl unter der schwarzen Wolle steckte, die Jules um ein Strohgerüst gewickelt hatte, das den Körper darstellte. Auf dem Kopf klebte ein kleines Foto mit dem Gesicht von Wolkow, und Jules hatte sogar einen Zylinderhut aus Stoff gebastelt.

»Das ist eine Voodoo-Puppe«, erklärte er leise. »Wenn Wolkow uns entdeckt, werden wir keine Chance gegen seine Magie haben. Außer, ich bekomme etwas Persönliches von ihm, dann kann ich seine Kräfte mit Hilfe der Zauberpuppe eindämmen. Anders werden wir es nicht schaffen, ihn zu besiegen.«

Alle nickten.

Shannon fand es richtig, den Mistkerl mit seinen eigenen Waffen zu schlagen, und sie hatte die Voodoo-Dekoration bei Jules zu Hause gesehen. Er schien Ahnung von der Materie zu haben.

»Wenn es jemand von euch schafft, Wolkow etwas Persönliches abzuluchsen, bringt es sofort zu mir«, befahl Jules. »Ich brauche etwa drei Minuten, um die Beschwörungen zu sprechen. Danach können wir Nick rausholen und dem Schweinehund in den Arsch treten.«

Argwöhnisch kniff Shane die Lider zusammen und legte die Ohren an. Er traute Jules nicht.

Shannon hob den Kopf und richtete ihre Ohren auf. Sie wollte Shane zeigen, dass sie Jules vertrauen konnten. Sie tat es auf jeden Fall und nickte dem Fürsten zu. Er war ihre einzige Chance!

»Okay«, flüsterte Jules und bedeutete jedem, wohin er laufen sollte. »Verteilen wir uns und greifen von verschiedenen Seiten an. Jetzt!«

Plötzlich stürmten Jules und seine Leibwächter seitlich unter der Bühne nach draußen in den Publikumsraum, und Shannon lief ihrem Bruder hinterher auf eine schmale Holztreppe, die zu einer Luke im Bühnenboden führte. Shane stieß sie mit dem Kopf auf und sprang nach oben, Shannon hinterher. Sie kamen hinter einer Leinwand heraus, auf der sich die Konturen vieler Leute abzeichneten. Shannon roch und spürte, dass Nick direkt dahinter sein musste!

Während auf der Bühne ein Tumult losbrach und jemand schrie: »Da ist der andere Fürstenmörder!«, riss Shannon mit

ihren Krallen die Leinwand auf, zwängte sich durch den Spalt ...
und fand sich mitten in einem Horrorszenario wieder.

Nick lag auf einer Metallliege, festgeschnallt mit dicken Eisenschellen, und rührte sich nicht. Sein Gesicht glänzte vor Schweiß und das Haar klebte ihm an der Stirn. Sofort sprang sie zu ihm auf die Liege, wobei sie aufpasste, nur auf der Metallfläche zu stehen, um ihn nicht zu erdrücken, und leckte über sein Gesicht. Sie schmeckte die Qualen, die er erlitten hatte, heraus, und dass er bereits sehr schwach war. Seine Lider flatterten, doch schließlich hoben sie sich.

Zuerst wirkte sein Blick abwesend, doch dann schärfte er sich und seine Pupillen weiteten sich vor Angst. Kaum hörbar flüsterte er: »Geh ...«

Nun vernahm sie ihn auch wieder in ihrem Kopf und spürte seine Schmerzen stärker denn je: *Du musst fliehen, Shannon, bitte! Wolkows Anhänger werden dich töten!*

Sie stupste seine Wange mit der Schnauze an, überglücklich, dass er lebte, und sprang zurück auf den Boden. Sie musste ihn befreien und von hier wegbringen!

Mit aller Kraft verbiss sie sich in eines der Vorhängeschlösser, das die Fessel über seinem Brustkorb geschlossen hielt, aber sie hatte keine Chance, es zu knacken. Fuck!

Shane drängte sich an sie und warf ihr einen warnenden Blick zu. Sie sollte in Deckung gehen.

Der Schrei eines Mannes ertönte, und Shannon sah den Leibwächter Brock durch die Luft fliegen. Wolkow, der am Rande der Bühne stand und ihr den Rücken zukehrte, murmelte etwas auf Russisch, und Brock krachte gegen die hohe Decke des Theaters. Wolkows Magie war also noch nicht gebannt! Funktionierte die Voodoo-Puppe nicht oder hatte Jules noch keinen persönlichen Gegenstand von Wolkow erhalten? Oder war der Zauberer einfach zu mächtig?

Einige Vampire wollten fliehen und rannten zu den Ausgängen – da rief Jules: »Keiner darf entkommen!«

Diese Leute wussten, dass er Marius getötet hatte. *Fürsten-*

mörder hatte zuvor jemand geschrien.

Oh Gott! Wenn die Information die Runde machte …

Hatte sich Jules noch in der einen Sekunde neben der Bühne aufgehalten, befand er sich in der nächsten schon vor dem Ausgang. Wow, er bewegte sich so schnell, dass es wirkte, als könnte er sich teleportieren! Selbst Wolkow hatte Probleme, ihn zu erwischen, oder er versuchte es erst gar nicht, was Shannon wunderte. Schließlich war neben Wolkow wohl niemand stärker als Jules! Ihr fiel jedoch auf, dass der russische Fürst schwitzte und gehetzt wirkte. Gut! Vielleicht hatten sie doch eine Chance gegen diesen mächtigen Magier.

Während um Shannon herum ein erbitterter Kampf tobte und sie einer angreifenden Vampirin ausweichen musste, die ihr mit einer Stange den Schädel spalten wollte, suchte sie nach etwas, mit dem sie die Schlösser aufbrechen konnte. Um Nick herum standen seltsame Geräte wie aus einem albtraumhaften Thriller, und auf einem Kasten mit rostigen, chirurgischen Instrumenten lag eine kleine Stablampe. Alles nicht hilfreich.

Plötzlich stand Shane wieder bei ihr. Vor aller Augen verwandelte er sich in einen Menschen, schnappte sich die Lampe und blendete mit dem UV-Licht jeden Vampir, der ihm zu nahe kam. Während diese schützend die Arme vors Gesicht hielten und in Vampirgeschwindigkeit dem Lichtstrahl auswichen, der ihre Haut zum Rauchen brachte, biss sich Shane ins Handgelenk. Shannon hatte nicht gewusst, wie verdammt schnell ihr Bruder sein konnte. Fasziniert schaute sie zu, wie er seine Angreifer verfolgte, sie erneut blendete und ihnen blitzschnell sein Blut auf die Lippen schmierte. Männer wie Frauen gingen sofort in Flammen auf und verbrannten zu einem Häuflein Asche. Auf diese Weise dezimierte er gleich mehrere von ihnen, bis Wolkow vor Wut brüllte und ihn mit einer Handbewegung ebenfalls durch die Luft beförderte.

Shane! Shannon stockte der Atem. *Oh Gott, Shane!*

Er krachte auf eine Sitzreihe und blieb reglos auf einer Lehne liegen, den Körper unnatürlich verdreht.

Shannon heulte auf. Sie musste zu ihm, musste ihm helfen! –
da vernahm sie Schreie und Kampfgeräusche im Vorraum, dort
wo sich die Kassen befanden. Schüsse folgten. Endlich war die
Verstärkung da!

Gerade, als sie zu ihrem Bruder laufen wollte, stürzte Wolkow auf sie zu.

»Hattest du beim letzten Mal noch nicht genug?«, rief er erzürnt.

Knurrend und mit gefletschten Fängen stellte sie sich vor
Nick – da vernahm sie plötzlich schwach seine Stimme in ihrem
Kopf. *Er kann … dich und Jules … nicht töten. Er hat es auf
das Siegel von Albalion geschworen!*

Deshalb war Nick in das Auto gestiegen. Er gab sein Leben
und seine Liebe zu ihr auf, um sie zu beschützen! *Nicht ohne
mich, Nick!*

*Noch etwas, Shannon … Er wird schwächer, je näher ich
dem Tod komme …*

Shannons Herz setzte bei diesen Worten einen Schlag aus.
Wolkow sah krank aus, das Gesicht noch weißer als sonst, er
schwitzte und krümmte sich sogar kurz zusammen.

Das Siegel … Der Schwur … Wolkow starb, weil Nick starb.
Nein!!!

Kurz bevor er sie erreichte, drehte er ab und brüllte: »Drago!«
Wahrscheinlich war ihm gerade eingefallen, dass er ihr nichts
antun konnte, ohne selbst auf der Stelle umzukommen. Doch
ihrem Bruder konnte er offenbar ohne Konsequenzen Schaden
zufügen! Außerdem musste Wolkow glauben, dass Nick es schaffen konnte. Sonst würde der irre Fürst doch einfach fliehen können? Oder verbot das sein Stolz?

Shannon hoffte, dass es für Nick Rettung gab!

Ihr Blick schweifte zu Shane – aber er lag nicht mehr über
dem Sitz. Wo war er? Sie durfte ihn nicht verlieren, ihren Bruder, ihre einzige Familie!

Aufgeregt lief sie vor Nicks Liege hin und her, als plötzlich
beißender Rauch in ihre Nase drang. Unter dem Instrumenten-

kasten lag Wolkows Tabakspfeife.

Das war ein Gegenstand für die Puppe!

Shannon zögerte keine Sekunde, schnappte sich die Pfeife und lief mit ihr im Maul auf Jules zu, der sich mit seiner Eisenkette, die er wie ein Lasso schwang, gleich drei Angreifer vom Hals halten wollte. Viele waren zum Glück nicht mehr übrig, und um die Geflohenen schien sich das Einsatzteam zu kümmern. Immer noch hörte sie wilden Tumult im Vorraum.

Shane kam Jules in Wolfsgestalt zu Hilfe, fiel einen der Vampire von hinten an und biss ihm in die Kehle. Jules übernahm den Rest, indem er dem Mann den Kopf abriss.

Gott sei Dank, es ging ihrem Bruder gut!

Shannon sprang den zweiten Mann an und riss ihn zu Boden. Jules schaffte es, dem dritten den Kopf abzureißen, bevor er sich auch den zweiten vornahm. Verdammt, war er stark! Als würde er lediglich einer Schaufensterpuppe den Kopf abziehen! Dann holte er die Pfeife aus Shannons Maul und wickelte sie mit einem Stück Schnur um die Voodoo-Puppe.

Jetzt konnte sich Shannon wieder um Nicks Befreiung kümmern. Wo war die Vampirin mit der Stange? Das Metallstück könnte Shannon gut gebrauchen, um die Schlösser aufzuhebeln!

Während sich Shane knurrend vor Jules stellte, solange der Beschwörungen murmelte, und Tony gemeinsam mit Brock versuchte, Wolkow, Yuriy und Drago abzulenken, hielt sie Ausschau nach der Frau, fand aber nur ihr halb verkohltes Abendkleid … und daneben die Stange!

Shannon hob sie mit dem Maul auf und sprang zurück auf die Bühne. Doch um die Schlösser aufzuhebeln, musste sie sich in einen Menschen verwandeln.

Sie ließ die Stange vor der Liege fallen und schaute sich um. Jules' Beschwörung schien zu helfen, um Wolkows Macht einzudämmen. Anstatt mit Zauberformeln anzugreifen, wich er im Zickzack Jules und Shane aus. Gut, das lenkte ihn ab. Shannon war zwar auch so vor ihm in Sicherheit, leider aber nicht vor Drago und Yuriy, die immer noch lebten und gegen Shane und

Jules kämpften.

Tony und Brock lagen mit verdrehten Gliedmaßen auf dem Boden und rührten sich nicht. Sie würden wieder gesund werden, solange sich ihr Kopf auf dem Hals befand. Ansonsten schien es dem Rest ihrer kleinen Gruppe gut zu gehen. Bloß Shane humpelte leicht.

Warum kam denn das Einsatzteam nicht endlich rein? Die Türen bewegten sich, als würde an ihnen gerüttelt werden. Hatte Wolkow sie magisch verriegelt? Vermutlich, denn er schien sich auf die Eingänge zu konzentrieren. Vielleicht reichte seine Macht auch gerade noch aus, diese verschlossen zu halten, denn er sah noch schlechter aus als zuvor. Shannon sollte sich beeilen, solange alle abgelenkt waren!

Schnell wandelte sie sich und beugte sich über Nick, um die Schelle an seinem Hals zu öffnen.

»Halte durch«, befal sie ihm und drückte ihm einen schnellen Kuss auf die Lippen. »Ich liebe dich, hörst du! Mach jetzt nicht schlapp!«

Immer noch hielt er die Augen geschlossen, aber sie erntete ein schwaches Lächeln von ihm, bevor sich seine Gesichtszüge entspannten. Gedanklich sagte er zu ihr: *Wieso hast du mir deine Gefühle nicht schon eher gestanden, mia lupa?*

»Das wollte ich! Tausend Mal!« Während sie mit ihm redete, hebelte sie nach und nach alle Schlösser auf. »Ich bin nur immer unterbrochen worden, oder die Gelegenheit passte nicht. Zuerst kam mein Bruder dazwischen, dann waren wir im Restaurant, danach hatten wir unglaublich guten Sex im Aufzug!« Vehement wischte sie sich die aufsteigenden Tränen aus den Augen. Sie wollte ein Leben mit Nick. Ein gemeinsames Leben! Doch er wirkte unendlich schwach und sein Herz schien immer langsamer zu schlagen.

Lass mich hier, Shannon. Wenn ich sterbe, stirbt Wolkow auch.

Kurz starrte sie auf sein wächsernes Gesicht. »Du dämlicher Kerl, du wirst nicht sterben!«

Werde ich ... Er hat mir das Serum gespritzt. Mein Körper fühlt sich an, als würde er in Flammen stehen ...

Tatsächlich glühte Nick regelrecht! Sie spürte die Hitze, die er selbst durch die Lederjacke ausstrahlte.

»Percy wird sicher eine Idee haben, wie er dich retten kann!« Sie hoffte so sehr, dass ihr Freund schon auf dem Weg ins Labor des DPI war und an einer Lösung arbeitete. Sie würde es niemals überleben, wenn Nick starb. Wenn sie doch bloß selbst etwas tun könnte! »Du schaffst das!«

Solange ich lebe, wird Wolkow gegen euch kämpfen. Er denkt, er braucht mich. Er wird mich nicht mit euch gehen lassen.

»Wir werden den Bastard fertigmachen«, knurrte sie.

Wenn Wolkow auch Jules nicht töten konnte, ohne selbst zu sterben, hätte dieser die besten Chancen, einen Kampf mit ihm zu überleben.

Sie drehte den Kopf und rief über ihre Schulter hinweg: »Wolkow kann dich oder mich nicht töten, Jules! Er hat es auf das Siegel von Albalion geschworen!«

So etwas wie Schadenfreude blitzte in Jules' weißen Augen auf, dann machte sich Shannon daran, das letzte Schloss zu knacken. Nick war frei!

Urplötzlich riss er die Lider auf und presste kraftlos hervor: »Hinter dir!«

Shannon wirbelte mit der Eisenstange in der Hand herum, um sie Drago in die Brust zu rammen. Als der Mann zu Boden ging, ritzte sie sich mit einem Fangzahn am Handgelenk die Haut auf und drückte die blutende Wunde an Dragos Lippen. Keine zwei Sekunden später ging er in Flammen auf.

Wegen der Hitze wich sie schnell zurück und hörte Nick in ihrem Kopf. *Ich hätte ihn gerne selbst erledigt, meine furchtlose Lupa, langsam und qualvoll. Er hat Carina angezündet und mich eingemauert.*

»Ich weiß«, flüsterte sie, während sie versuchte, ihn aufzusetzen. »Ich habe es gesehen.«

Hinter ihr kämpfte ihr Bruder mittlerweile gegen Yuriy, während Wolkow finstere Blicke in Shannons Richtung warf, wann immer er dazu kam. Jules hielt ihn ziemlich auf Trab, indem er ständig den Ort wechselte und etwas in die kleine Puppe steckte. Dann krümmte sich Wolkow jedes Mal zusammen und schaute noch grimmiger drein.

Wolkow will mich, mia cara. Er glaubt, ich sei der Auserwählte.

»Du bist *mein* Auserwählter!« Tief blickte sie ihm in die fiebrigen Augen, als er diese kurz geöffnet hatte, und strich ihm über die glühenden Wangen. »Ich bringe dich jetzt von hier weg.«

Mir ist so heiß. Ich gehe jede Sekunde in Flammen auf.

»Unterstehe dich!«, knurrte sie.

Nachdem sie Nick in eine sitzende Position gebracht hatte, riss sie ihm die dicke Lederjacke von den Schultern und schlüpfte schnell selbst hinein. Damit fühlte sie sich gleich ein wenig beschützt, als würde sie einen Panzer tragen. Sie reichte ihr bis zu den Pobacken, und Nicks Hitze hing darin fest.

Dann riss sie ihm mit den Krallen sein feuchtes T-Shirt vom Körper. Seine Haut sah an einigen Stellen gerötet aus, als hätte er einen Sonnenbrand.

»Shannon«, flüsterte er, und es kostete ihm sichtlich Mühe, die Augen offen zu halten. »Ich liebe dich so sehr. Du bist mein Leben, *amore mio*. Lauf, solange du noch kannst.«

Sie wollte weinen, sich in seine Arme werfen, ihn nie wieder loslassen! Doch sie musste jetzt stark bleiben. Für sich, für Nick!

»Wolkow ist geschwächt«, erklärte sie ihm. »Jules wendet irgendeinen Voodoo-Zauber an. Wir werden dich hier rausbringen!«

Als Jules rief: »Du hast verloren!«, drehte Shannon den Kopf in seine Richtung. Yuriy schien geschlagen zu sein, zumindest sah sie ihn nicht mehr. Es gab nur noch Wolkow.

Hoffnungsvoll sagte sie zu Nick: »Siehst du, es ist gleich vorbei!«, doch er hatte schon wieder die Augen geschlossen und kippte zurück auf die Liege.

»Nick!« Panisch starrte sie zu Jules, wobei sie durch ihren Tränenschleier kaum etwas sah. »Er schafft es nicht!«

In diesem Moment ging Wolkow auf die Knie und krümmte sich schreiend zusammen. Mit wild klopfendem Herzen schaute Shannon abwechselnd zu ihm und zu ihrem Liebsten. Würde Nick nun sterben? Nein ... nein!

Leicht schlug sie auf seine heiße Wange und rief: »Mach die Augen auf, Nick. Bitte! Du darfst nicht sterben! Lass mich nicht allein!« Doch er zeigte keine Regung. *Nein, nein, nein, so darf es nicht für dich zu Ende gehen, das hast du nicht verdient!*

»West!«, brüllte Jules, und Shannon schaute wieder zu ihnen. Jules hatte es geschafft, mit der dicken Eisenkette Wolkows Arme auf den Rücken zu binden. »Reiß ihm den Kopf ab!«

Ihr Bruder versuchte in Wolfsgestalt, in Wolkows Nähe zu kommen, wurde aber immer wieder von unsichtbaren Kräften zurückgeschleudert. Als er gegen die Bühne krachte, heulte er auf.

»Nein!«, schrie Shannon. Sie würde heute nicht Nick *und* ihren Bruder verlieren!

Mit der Eisenstange in der Hand sprang sie von der Bühne und rannte auf Wolkow zu, den Jules nur mit Mühe auf dem Boden halten konnte. Shannon rammte dem irren Mistkerl die Stange mit aller Kraft in ein Auge. Sein Schädel knackte, das Metall trat am Hinterkopf wieder aus, sodass es fast noch Jules durchbohrt hätte – und Wolkow grinste sie dämlich an. »Jetzt wirst du sterben, Wölfin. Dein Vampir ist sowieso so gut wie tot!«

Als er zitternd einen Arm hob und sie eine ungute Vorahnung verspürte, stand plötzlich Shane neben ihr, nackt und in Menschengestalt. Brüllend packte er mit beiden Händen Wolkows Schädel, während Jules immer noch dessen Arme zusammenhielt, und riss ihn mit aller Kraft zur Seite, sodass es krachte. Er hatte ihm das Genick gebrochen!

Ihr Bruder drehte knurrend den Kopf auf dem Hals hin und her, wobei er die Stange benutzte, bis er ihn ein Mal um die eigene Achse schrauben konnte. Dann riss er ihn mit einem gewaltigen Ruck von den Schultern und schleuderte ihn davon.

Dumpf schlug er auf und rollte noch ein Stück über den roten Teppich, sein Körper erschlaffte. Es war vorbei, Wolkow war besiegt!

Doch Shane schien dem Frieden nicht zu trauen, denn er biss sich erneut ins Handgelenk und tropfte sein Blut auf den abgetrennten Hals. »Ich biete dir keine Gelegenheit, jemals wieder zurückzukehren!« Shane schien wie von Sinnen zu sein, unbändiger Zorn blitzte in seinen Augen auf. »Fahr zur Hölle!« Shannon hatte ihn seit dem Tod ihrer Eltern nicht mehr so wütend erlebt!

Sie, Jules und Shane wichen zurück, als Wolkows Körper in Flammen aufging. Schwer atmend stand ihr Bruder neben ihr, und sie flog in seine Arme. Shane hielt sie so fest, als ob er sie nie wieder loslassen wollte.

Zitternd atmete sie ein. Wolkow war tot ... endlich tot!

Die zwei mächtigsten Wesen von New York, ihr Bruder und Jules, hatten den Vampirfürsten gemeinsam besiegt. Auch Wolkows Zauber schien gebrochen, die verschlossenen Türen öffneten sich und die vermummte Einsatzeinheit stürmte in den Saal. Routiniert suchten sie das ganze Theater ab, und ein Sanitäter kümmerte sich um Jules' Leibwächter, die sich immerhin schon wieder bewegen konnten.

Shannon wäre ihrem Bruder nicht von der Seite gewichen, wenn Nick nicht wäre. Schweren Herzens machte sie sich von ihm los, und gemeinsam mit Jules lief sie zurück auf die Bühne.

Er drückte sein Ohr auf Nicks nackte Brust. »Er lebt noch, doch er ist schwach!«

Er lebte!

Der Sanitäter schaute auch zu Nick, doch Shannon schickte ihn wieder zu den Bodyguards zurück. Er würde Nick nicht helfen können. Außerdem durfte niemand wissen, was Wolkow hier wirklich getrieben hatte.

»Ich brauche ein Telefon!« Während sie sich umschaute, suchte sie zugleich nach ihrem Bruder, auch wenn er keines bei sich haben konnte. Shannon machte sich Sorgen um ihn, aber er war nirgendwo zu sehen. Er war zuvor völlig außer sich gewesen!

Blitzschnell zog Jules sein Handy aus der Hosentasche, um es ihr zu reichen, und Shannon wählte sofort Percy an. »Wir haben Nick, er lebt, aber Wolkow hat ihm tatsächlich das Serum gespritzt!« Zitternd holte sie Luft, während sie auf seine reglose Gestalt starrte. »E-er ist sehr schwach!«

»Ein Hubschrauber müsste gleich bei euch sein, weil der Einsatzleiter des Spezialkommandos mehr Leute angefordert hat«, erklärte ihr Percy. »Bringt Nick damit zum DPI. Ich muss so schnell wie möglich sein Blut untersuchen!«

Shannons Herz raste. »Kannst du was für ihn tun, Percy?«

»Ich weiß es nicht, Süße.«

Verzweifelt legte sie auf und gab Jules das Handy zurück. »Ich muss Nick zum Hubschrauber bringen!«, rief sie in die Menge. »Wo wird er landen?«

Während sie versuchte, Nick aufzurichten, trat der Einsatzleiter des Teams zu ihr. »Das Theater hat ein Flachdach. Der Hubschrauber wird gleich dort sein.«

Jules drängte sie leicht zur Seite, raunte: »Lass mich das machen«, und schob seine kräftigen Arme unter Nicks leblosen Körper.

Shannon folgte ihm hinaus in den Vorraum, wobei es ihr egal war, dass sie außer Nicks Jacke nichts anhatte, und traf dort auf ihren Bruder. Er war anscheinend nur schnell in Hose und Schuhe geschlüpft; im Arm hielt er ihr Kleiderbündel.

Shannon nahm es dankbar entgegen. »Du humpelst. Was ist mit deinem Bein?«

»Ist wahrscheinlich nur verstaucht.«

Abwechselnd schaute sie von ihm zu Nick und sagte schließlich: »Ich fliege mit.«

Ihr Bruder nickte. »Geh, ich komme mit dem Wagen nach.«

Während sie Jules eilig zu einem kleinen Treppenhaus folgte, das sich neben den Kassen befand, hörte sie die Stimme von Mitchell durch das Funkgerät des Einsatzleiters. »Wurde jemand von Marius' alten Anhängern festgenommen?«

»Nein, es hat keiner überlebt«, erklärte der Einsatzleiter, der sich mit dem halben Team im Vorraum befand. »Diejenigen, die wir gefangen nehmen konnten, haben Selbstmord mit Wolfswanderblut-Kapseln begangen.«

Shannon sah an Jules' breiten Schultern, wie er aufatmete, bevor sie das Treppenhaus betraten. Es gab keine Zeugen mehr, die wussten, dass er und Nick den alten Fürsten getötet hatten. Auch wenn ihnen das die meisten Vampire, die schon damals gelebt hatten, wohl nicht übelnehmen würden, warf es doch ein seltsames Bild auf sie, vor allem auf Jules. Außerdem mussten sie sich nicht vor dem Wesengericht verantworten. Vermutlich würde sie beide kein hartes Urteil erwarten, aber sein Amt als Fürst wäre Jules wohl los.

Als sie auf dem Dach herauskamen, verließ gerade ein weiteres Einsatzteam den Heli, dessen Rotorblätter sich drehten und eine Menge Luft aufwirbelten.

Jules zog den Kopf ein und lief zum Hubschrauber, Shannon blieb dicht an seiner Seite.

Mit einem Satz sprang er mit Nick in den Armen durch die geöffnete Tür, Shannon war direkt hinter ihm, und rief dem Piloten zu: »Wir müssen sofort zum DPI!«

»Ich weiß Bescheid«, brüllte der Mann durch den Lärm der schlagenden Rotorblätter zurück und bedeutete ihnen, sich ein Headset aufzusetzen, damit sie sich besser verständigen konnten. Kaum hatte Jules die Tür zugezogen, hob der Heli auch schon ab.

Jules schnallte Nick im großen Innenraum des Hubschraubers auf eine Bergungstrage, und Shannon nahm gleich auf dem Sitz daneben Platz, um Nick so nah wie möglich sein zu können. Sie empfing nichts von ihm, keine Emotionen, keine Gedanken, und das jagte ihr teuflische Angst ein. Es fühlte sich an, als hätte sie ihn bereits verloren. Vor Sorge und Verzweiflung, weil sie ihm nicht helfen konnte, krallte sie die Finger in ihre Kleidung, die sie in ihrem Schoß zusammenhielt.

Als der Hubschrauber immer höher in den dunklen Himmel stieg, an dessen Horizont sich schwach ein neuer Tag abzeichnete, sagte sie unter Schluchzern: »Ich liebe dich so sehr. Du musst durchhalten, Nick!«

Zärtlich strich sie ihm über das erhitzte Gesicht, doch er reagierte nicht. Sicher hörte er auch ihre Worte nicht. Seine Haut war noch röter geworden und sein Körper glühte weiterhin.

Schnell zwinkerte sie sich frische Tränen aus den Augen und warf einen kurzen Blick auf den schweigenden Fürsten, der Nick sowohl ernst als auch betrübt betrachtete, als hätte er schon alle Hoffnung verloren.

Kapitel 32 – Shannon – Angst um Nick

Shannon fühlte sich erst ein wenig beruhigter, als Nick auf der Isolierstation im Department lag und Percy sich um ihn kümmerte. Zum Glück hatte er als Forensiker eine Facharztausbildung absolviert und wusste, was er tat. Alle möglichen Kabel klebten an Nicks Brust sowie an seinen Schläfen, weshalb Shannon ständig die Monitore im Blick behielt, auch wenn sie keine Ahnung hatte, was die ganzen Zahlen und Kurven darauf bedeuteten. Egal, solange dort Bewegung herrschte und es piepte, war Nick nicht tot.

»Halte durch«, flüsterte sie beinahe ununterbrochen, während sie seine heiße Hand streichelte. »Ich bin bei dir.« Er war nicht mehr zu Bewusstsein gekommen und wurde beständig heißer, seine Haut wirkte mittlerweile feuerrot.

Jules saß auf der anderen Seite des Bettes und betrachtete Nick stirnrunzelnd, während Shane mit verschränkten Armen in einer Ecke des Zimmers stand und schwieg. Er war gerade erst angekommen und musste wie ein Irrer aufs Gas getreten haben, weil er so schnell hier gewesen war. Bis auf ein knappes »Hallo« hatte er seitdem nichts zu Shannon gesagt. Sicher dachte er immer noch darüber nach, ihr die Beziehung zu Nick auszureden. Vielleicht hoffte er auch, dass Nick starb und sich sein Problem somit von selbst löste?

Daran wollte sie nicht denken. Shannon rechnete es ihrem Bruder jedoch hoch an, sie gefahren und Nick unter Einsatz seines Lebens befreit zu haben.

Obwohl ihr Shane bereits im Theater ihre Kleidung gegeben hatte, hatte es Shannon im Heli bloß geschafft, in die Hose und ihre Schuhe zu schlüpfen. Immer noch trug sie Nicks Jacke, und die wollte sie auch nicht ablegen. Sein vertrauter Geruch hing darin und vermittelte ihr ein Gefühl von Geborgenheit.

Sie wünschte, Elvira wäre auch hier, doch sie hatte heute keine Nachtschicht. Shannon hätte die Banshee so gerne nach ihrer Vorausahnung gefragt. Sie wüsste bestimmt, ob Nick überlebte. Doch würde es Shannon wissen wollen, wenn er starb?

Wolkow war seinetwegen geschwächt gewesen, nur deshalb hatten sie diesen Psychopathen besiegen können. Was bedeutete …

»Halte durch«, wisperte sie und drückte seine Hand, während neue Tränen ihre Sicht verschleierten. Percy musste eine Lösung finden!

Er hatte sich auf dem Tisch im Krankenzimmer eine Art mobiles Labor eingerichtet und alle möglichen Gerätschaften herangekarrt. Aktuell experimentierte er fieberhaft mit Nicks Blut, hatte es lange unter dem Mikroskop angesehen und wollte als Nächstes eine Kreuzprobe machen, um herauszufinden, ob irgendjemand als geeigneter Spender in Frage kam. Percy traute sich nicht, Nick eine Infusion zu legen oder ihm fremdes Blut zu geben, das ihn womöglich stabilisieren konnte, solange er nicht wusste, womit er es zu tun hatte. Alles, was er Nick verabreichte, könnte zu heftigen Komplikationen führen anstatt seinen Zustand zu verbessern.

Schweren Herzens wich Shannon von Nicks Seite und ging zu Percy, um ihm über die Schulter zu schauen. »Wie sieht es aus?«

»Werden wir hoffentlich gleich wissen.« Vor ihm lag eine Keramikpalette mit mehreren kreisrunden Vertiefungen. In drei dieser »Schalen« befand sich bereits Nicks Blut. Mit einer Pipette gab Percy in die erste etwas Blut von Jules dazu, das er dem Fürsten vor wenigen Minuten abgenommen hatte, und wartete gebannt auf eine Reaktion.

»Verdammt«, zischte er. »Das Blut verklumpt sofort!«

Also kam Jules nicht als Spender in Frage.

»Jetzt bist du dran, Süße.« Er pikte Shannon mit einer medizinischen Nadel in die Fingerkuppe, und sie hielt diese über die zweite Schale. Schon als der erste Tropfen auf Nicks Blut traf, fing es an zu schäumen.

»Mist«, fluchte Percy. »Nicks Blut verhält sich völlig irrational! Normalerweise sollte es bei deinem Blut in Flammen aufgehen und bei Vampirblut nichts passieren.«

»Nick ist also kein richtiger Vampir mehr?«, fragte Shannon.

Percy nickte. »Er ist aber auch kein Tagwandler; UV-Licht schadet ihm weiterhin.« Er hatte das zuvor kurz mit der Lampe an Nicks Hand getestet. »Wenn ich nur wüsste, was Wolkow in seine Injektion gemischt hat. Nicks Zellen sind völlig instabil und sein Zustand verschlechtert sich beinahe minütlich!«

»Vielleicht hilft ihm ja Elfenblut oder ... das eines Orks?« Shannon wollte die Hoffnung einfach nicht aufgeben!

»Ich werde sofort alle Blutsorten testen, die ich hier habe. Doch am interessantesten ist wohl die von diesem ... Lichtwesen.« Percy durfte Gabriel nicht erwähnen, schließlich kannten weder Shane noch Jules seine Geschichte und so musste es unbedingt bleiben. Gabriels Schutz und das Bewahren seines Geheimnisses besaßen natürlich immer noch oberste Priorität. »Leider habe ich nur wenige Milliliter zur Verfügung, der Rest ist bereits für andere Versuche draufgegangen.«

Als er einen Tropfen von Gabriels Blut mit dem von Nick zusammentreffen ließ, passierte ... nichts?

»Ich muss mir das genauer ansehen«, murmelte Percy, strich etwas von der Kreuzprobe auf einen gläsernen Objektträger und schob ihn unter das Objektiv des Mikroskops.

Shannon stellte sich hinter seinen Stuhl und wippte nervös mit den Füßen. »Und? Was siehst du?«

Percy starrte sie mit geweiteten Augen an, seine Pupillen schienen die Farbe zu verändern. Das passierte ihm normalerweise nur, wenn er sehr aufgeregt war.

Er stand auf, wobei Shannon das leichte Zittern seiner Beine bemerkte, und sagte zu ihr: »Hilfst du mir, ein paar spezielle Lösungsmittel aus dem Labor zu holen? Ich brauche sie dringend für weitere Tests.«

»Aber …« Schnell warf sie einen Blick auf Nick. Sie wollte ihn ungern auch nur eine Sekunde allein lassen.

»Ich kann mitgehen«, bot Shane zu ihrer Überraschung an.

»Nein, ist okay, vielleicht ist es ganz gut, wenn ich kurz auf andere Gedanken komme.« Sie wusste, dass Percy sie nicht von hier weglocken würde, wenn er ihr nicht etwas sehr Wichtiges mitzuteilen hätte. Deshalb bat sie ihren Bruder: »Magst du mir vielleicht einen Kaffee hohlen, Shane? Eine Etage höher gibt es einen Automaten.«

Besser, er und Jules blieben nicht allein im Zimmer. Zwar verhielten sie sich friedlich und hatten Seite an Seite gekämpft, doch sie waren immer noch Erzfeinde. Anführer ihrer jeweiligen Spezies dazu!

Shane nickte. »Ich könnte auch einen Kaffee vertragen.« Dann wandte er sich an Jules und fragte ganz normal: »Willst du auch was, Leroy?«

»Danke, nein«, antwortete er, ohne den Blick von Nick zu nehmen.

»Du, Percy?«

»Danke, für mich auch nicht.«

Shannon zögerte. »Nick wird doch nicht sterben, wenn ich weg bin?«

Beruhigend drückte Percy ihren Arm. »Wird er nicht, Süße. Auch wenn sich sein Zustand weiterhin verschlechtert, ist er noch halbwegs stabil. Er ist sehr, sehr stark.«

»Okay«, wisperte sie, und Jules versprach: »Ich passe auf ihn auf.«

Also verließen sie alle drei den Raum, und Percy wartete, bis Shane außer Sicht- und Hörweite war. Dann nahm er Shannons Hand. »Gabriels Blut heilt Nicks Zellen in Rekordgeschwindigkeit!«

Aufgeregt schnappte sie nach Luft. »W-was? Das ist großartig!« Endlich gab es fantastische Neuigkeiten. Shannon hatte schon fast nicht mehr daran geglaubt. »Wir brauchen Gabriel sofort hier!«

»Ja, und wir müssen Mitchell Bescheid geben«, erklärte ihr Percy, während sie in den Aufzug stiegen, um in das Büro des Chefs zu fahren. »Zum Glück ist Gabriel längst mit dem Hubschrauber unterwegs zu uns. Nachdem Mitchell ihn über Wolkows Tod informiert hat, wollte er mit Beth sofort herkommen, um alle Einzelheiten zu erfahren.«

Vor Shannons Augen drehte sich alles, ihr Herz hämmerte wie verrückt und Freudentränen trübten ihre Sicht. »Wann wird er da sein?«

»Hoffentlich bald. Ich weiß nicht, wo Mitchell ihn versteckt hatte. Vielleicht kann er uns ja gleich mehr sagen.«

***

Als sie wenige Minuten später ins Krankenzimmer zurückkehrten, fühlte sich Shannon um Tonnen leichter. Jules saß immer noch an Nicks Bett und Shane stand mit einem Becher in der Hand auf der anderen Seite. Er deutete auf Percys Tisch, auf dem sich der zweite Kaffeebecher befand, und Shannon nahm sofort einen heißen Schluck.

Tat das gut! Gabriel würde demnächst eintreffen, und dann würde Nick hoffentlich bald gesund werden.

»Percy!«, rief Jules plötzlich alarmiert und sprang von seinem Stuhl auf. »Das solltest du dir ansehen!«

Shannon ließ beinahe den Becher fallen. Schnell stellte sie ihn zurück auf den Tisch und lief wie alle anderen zu Nick ans Bett, sogar Shane kam auf Jules' Seite. Dort an Nicks Hals, wo sich die Einstichstelle von Wolkows Injektion befand, verfärbte sich die Haut ringförmig schwarz.

»Percy!« Ihre Stimme überschlug sich beinahe. »Was hat er?«

Percy fluchte leise, holte schnell ein Wattestäbchen vom Tisch und tupfte es auf die Stelle.

Shannon erschrak. Nicks Haut blätterte wie Asche ab und rieselte auf das Kissen!

»Verflucht, seine Zellen sterben ab.« Percy rannte zurück zum Tisch, zog die wenigen Milliliter, die noch von Gabriels Blut übrig waren, in einer Spritze auf und stach die Nadel vorsichtig mehrmals um den schwarzen Bereich herum in die Haut.

Shannon konnte nur hilflos zusehen und versuchte, Percy nicht im Weg zu stehen. Deshalb ging sie auf die andere Seite des Bettes, um wieder Nicks Hand zu nehmen. »Du darfst jetzt nicht aufgeben«, befahl sie ihm, wobei sie kaum sprechen konnte, so dick war der Kloß in ihrem Hals. »Hilfe ist unterwegs!«

Als Percy Nick auch den letzten Tropfen injiziert hatte, wischte er sich über die feuchte Stirn. »Das wird den Zerfall hoffentlich ein wenig herauszögern.«

Shannon beugte sich über Nicks Kopf. Tatsächlich regenerierte sich die Haut, denn als Percy die Asche abkratzte, kam darunter neues rosa Gewebe zum Vorschein.

Tief atmete Shannon durch und ließ sich auf den Stuhl zurücksinken. Sie hatten etwas Zeit gewonnen – dachte sie, bis Jules knurrte: »Das funktioniert nur an dieser Stelle«, und deutete auf Nicks Schlüsselbein. Die Haut dort färbte sich bereits leicht grau.

Nein, nein, nein! Das darf alles nicht wahr sein, dachte Shannon und wischte sich neue Tränen aus den Augen. »Du musst noch ein wenig durchhalten, Nick, hörst du!«

Jules, der nun auch ziemlich angespannt wirkte, rieb sich über den Nacken. »Vielleicht wäre es besser gewesen, das Blut direkt in seine Venen zu spritzen?«

Percy schüttelte den Kopf. »Es war viel zu wenig, um ganzheitlich etwas bewirken zu können.«

»Hast du denn nicht mehr davon?«

»Nein, aber ich hab es gerade ... geordert. Es ist unterwegs.«

Jules blickte ihn scharf an. »Wann ist es da?« Die Angst um seinen Freund stand ihm überdeutlich ins Gesicht geschrieben.

»In einer halben Stunde, aber so lange hat er vielleicht nicht mehr!« Percy blickte Shannon entschuldigend, traurig und frustriert zugleich an. »Wenn sich alle seine Zellen in Asche verwandeln, wird ihn nichts mehr zurückholen können.«

Shane trat ans Bett und betrachtete Shannon mit besorgter Miene. »Woher kommt das Blut? Vielleicht können wir schneller welches besorgen?«

Shannon starrte ihn überrascht an. Er wollte erneut helfen, Nicks Leben zu retten?

Abermals schüttelte Percy den Kopf. »Es stammt von einem Lichtwesen, das erst ein Mal auf der ganzen Welt gesichtet wurde. Ein Forscher hat mir das Blut vor Kurzem von seiner Reise mitgebracht, damit ich es analysiere. Er wird gerade eingeflogen, um mir die allerletzte Blutprobe zu überlassen.«

»Verdammt«, knurrte Jules und fuhr sich über das Gesicht. Dann schritt er unruhig im Zimmer auf und ab.

Shannon wollte nicht glauben, dass sie die Zeit nicht überbrücken konnten. »Vielleicht kann das Elfenblut helfen?«, fragte sie unter Tränen und schmiegte sich dankbar an Shane. Seine Stütze bedeutete ihr sehr viel und tat gerade verdammt gut.

»Ich hole es«, versprach Percy. »Dann sehen wir weiter.«

***

Die Kreuzprobe hatte ergeben, dass Percy Nick das Elfenblut nicht spritzen konnte. Seine Zellen explodierten regelrecht. Doch auf seiner Haut schien es keinen Schaden anzurichten. Shannon half Percy, alle bereits ergrauten Stellen an Nicks Körper dünn damit einzustreichen, und tatsächlich verlangsamte sich der äußere Zerfall. Doch innerlich ...

»Wir müssen ihn einfrieren!«, rief Percy plötzlich, und sein

Gesicht erhellte sich. »Verdammt, warum bin ich nicht schon früher darauf gekommen!« Er riss die Kabel von Nicks Körper und befahl Jules sowie Shane, beim rollbaren Bett mitanzupacken. »Wir bringen ihn runter in den Kühlraum!«

Keine vier Minuten später schoben sie das Bett vor Percys Labor. Dort schlug er die Zudecke zurück, und Jules hob Nick, der lediglich eng anliegende Shorts trug, auf die Arme. Er folgte Percy in den Raum mit den Kühlzellen, Shannon und ihr Bruder blieben dicht hinter ihnen.

Percy öffnete eine der zahlreichen Türen an dem großen »Kühlschrank« und zog die Liege heraus.

Behutsam legte Jules Nick ab, und Shannon konnte kaum auf seinen Körper schauen. Zu den stark geröteten Stellen kamen nun immer mehr graue hinzu. Sein Gesicht wirkte aschfahl, und er sah aus wie um Jahrzehnte gealtert.

»Ich kann diese speziellen Zellen auf minus zehn Grad runterkühlen«, erklärte Percy, während er etwas am Thermostat regelte. »Aber null Grad müssten auf jeden Fall ausreichen, um Zeit zu gewinnen. Vampire haben ohnehin einen völlig anderen Stoffwechsel.«

Als Percy die Liege samt Nick in die Kühlkammer schob und die Tür schloss, stieg leichte Panik in Shannon auf. »Ich lasse ihn auf keinen Fall allein in diesem dunklen Grab!« Nick hatte das schon einmal erleben müssen. Diesmal würde sie während des gesamten Albtraums an seiner Seite bleiben.

Percy blickte sie mitfühlend an. »Süße, ich bezweifle, dass er etwas mitbekommt.«

»Das kannst du nicht wissen. Ich brauche mehr zum Anziehen!« Mist, sie hatte ihre restlichen Sachen in Nicks Krankenzimmer liegen gelassen, aber sie wollte auf keinen Fall, dass er den Horror noch einmal allein durchstehen musste.

Percy zögerte nicht und schlüpfte aus seinem warmen Pulli, den sich Shannon schnell überstreifte. Dann zog sie sich wieder Nicks gefütterte Lederjacke an, setzte die Kapuze auf und ließ sich von Percy noch eine spezielle, mit Folie beschichtete Decke geben, die sie sich zusätzlich um den Körper wickelte. Eine halbe Stunde würde sie wohl in der Kälte ausharren können. Zur Not konnte sie sich immer noch in einen Wolf verwandeln und hätte ein Fell, das sie zusätzlich schützte.

Shane schaute sie an, als hätte sie völlig den Verstand verloren. »Du könntest da drin ersticken!«

»Sie hat für mindestens eine Stunde Sauerstoff, wahrscheinlich länger«, erklärte Percy. »Das ist eine Doppelkammer, und Nick verbraucht aktuell kaum Luft.«

Shane schien wenig überzeugt, denn sein Blick blieb weiterhin düster. »Sobald ich witterte, dass deine Vitalzeichen schlechter werden, hole ich dich da raus!« Resolut zerrte er sich sein Hemd vom Körper, und Shannon wusste, was er vorhatte: Er wollte sich in einen Wolf verwandeln, weil seine Sinne dann viel sensibler waren und er von außen mitbekommen würde, wenn es ihr nicht mehr gut ging.

»Danke.« Sie umarmte ihn kurz, froh, dass er sie nicht an ihrem Vorhaben hinderte.

Dann wartete sie, während Percy ihr noch eine Decke sowie ein Kissen von seiner Couch holte und beides auf die Liege über Nicks Fach legte, damit sie es bequemer hatte.

»Das ist ein Doppelfach in einer Kammer, Süße. Du befindest dich direkt über Nick. Wenn du den Arm nach unten hältst, kannst du ihn berühren.«

»Danke dir.« Shannon umarmte auch ihn und ließ sich anschließend von Jules nach oben helfen. Kaum lag sie auf dem kühlen Metall, schob Percy sie hinein und schloss die Tür. Völlige Dunkelheit und Eiseskälte hüllten sie ein. Shannon hörte nur noch ihren eigenen Puls in den Ohren klopfen und schwach die gedämpften Stimmen von außen.

Sie holte ihr Handy aus der Hosentasche, drehte sich auf den Bauch und versuchte, ihren Arm zwischen Kammerwand und Liege durchzustrecken. Er hatte gerade noch Platz, weshalb sie Nick unter sich berühren konnte. Beruhigend strich sie über den Arm.

»Ich bin bei dir«, sagte sie, und ihre Stimme hallte dumpf, aber ungewöhnlich laut, durch die kleine Kammer. Flüsternd fuhr sie fort: »Magst du Musik hören? Ich kenne noch gar nicht deinen Geschmack. Deshalb musst du mit meinem Vorlieb nehmen.«

Sie drückte auf ihr Smartphone, sodass ihre Kühlzelle schwach erleuchtet wurde und Shannon ihre Atemwölkchen sah. Schnell scrollte sie durch ihre Playlist und versuchte, den Akku in ihrer Handfläche warm zu halten, damit er bei der Kälte nicht den Geist aufgab.

Sie fand ein langsames, Mut machendes Lied von ihrer Lieblingssängerin Serigala Wylk, einer jungen Wolfswandlerin, die in Wesenkreisen ein Star war. Da Shannon ihre Musik sehr gerne hörte, würde sie vielleicht auch Nick gefallen. Während Serigala sang: »Sei du selbst, du bist stark und schön, morgen ist ein neuer Tag, in den wir zusammen gehen …«, liefen ihr frische Tränen über die Wangen.

Hoffentlich kam Gabriel wirklich bald! Shannon dachte daran, was Lill zu ihm gesagt hatte: *Ich spüre, dass Blut eine große Rolle bei der Ergreifung von Wolkow spielt, nur weiß ich nicht, welches. Auf jeden Fall wird es mehr als nur ein Leben retten.*

Vielleicht bedeutete Lills Vorhersehung: Nicks Blut hatte sie, Shannon, gerettet, und das von Gabriel würde nun Nick retten? Sie betete, dass dem so war!

»Ich bin bei dir, Nick«, murmelte sie unentwegt, während die Musik spielte und sie seinen Arm streichelte. »Ich bin bei dir. Halte noch ein Weilchen durch.«

Kapitel 33 – Nicolas – In letzter Sekunde

Gerade hatte er noch in absoluter Finsternis gefroren, nun raste Hitze durch seine Adern. Nick hörte jemanden aus weiter Ferne schreien, bis ihm bewusst wurde, dass er selbst schrie. Er spürte seine raue Kehle und die trockene Zunge, die schwer in seinem

Mund lag. Sein Herz pumpte wie verrückt, sein Gehirn pulsierte, als wollte es den Schädel sprengen, und jeder Muskel, jeder Knochen tat ihm höllisch weh.

Hatte es Wolkow doch noch geschafft, ihn zu wandeln? Nick war so gut wie tot gewesen, das wusste er sicher! Oder schmorte er bereits im Fegefeuer?

Langsam ließen die höllischen Schmerzen nach und seine Atmung beruhigte sich. Seine Kehle tat plötzlich nicht mehr weh, er konnte schlucken, und auf einmal fühlte er sich … hervorragend! Wie neugeboren!

Langsam nahm er auch seine Umgebung wahr, auch wenn er immer noch die Lider geschlossen hielt, weil seine Augen brannten. Er hörte Shannon, seine Lupa, die beruhigend auf ihn einredete. »Alles wird wieder gut, Nick. Du wirst gesund. Du bist in Sicherheit.« Sorge und Trauer klangen in ihrer Stimme mit, doch das war ihm im Moment egal. Es zählte allein, dass sie lebte! Wolkow hatte sie nicht bekommen.

Er fühlte sie dicht bei sich, spürte die Wärme ihres Körpers, roch ihren Duft. Vorsichtig bewegte er seine Arme, konnte seine Lupa aber nicht direkt berühren. Eine Decke störte. Shannon musste auf den Laken liegen.

Als Nick die Augen aufschlug, lächelte sie ihn an, ihr Gesicht nur Zentimeter von seinem entfernt. Ihr Haar war völlig durcheinander, Tränen hingen in ihren dichten Wimpern und ihre Lider waren gerötet. Sie hatte nie schöner ausgesehen.

»Hallo«, sagte sie grinsend.

»Fellnäschen«, flüsterte er und lächelte zurück.

»Ich bin hier.« Sie strahlte über das ganze Gesicht, bevor sie ihm einen viel zu zarten Kuss auf die Lippen hauchte, als hätte sie Angst, ihn zu zerbrechen.

Tief atmete er ein, um noch mehr von Shannons einzigartigem Geruch aufzunehmen. »Du warst immer bei mir.«

Während er die Hände unter der Decke hervorzog, um Shannon zu umarmen, blickte er sich kurz um, überglücklich, sich nicht mehr auf der Theaterbühne zu befinden, gefesselt an eine

Metallliege, sondern in einem Krankenzimmer. Jules, Percy, Mitchell und sogar Shane waren bei ihm. Alle wirkten verdammt erleichtert, sogar Shannons Bruder. Zumindest schaute er ihn zur Abwechslung mal nicht finster an. Jules grinste, sodass seine hellen Zähne aufblitzten, Percy und Mitchell nickten ihm lächelnd zu.

Nicks Blick huschte zurück zu Shannon. »Ich habe geträumt, ich bin in einem eisigen, dunklen Grab gefangen, gemeinsam mit dir.«

Sie lächelte ihn schief an. »Percy hat dich eingefroren, damit der Zerfall deiner Zellen nicht weiter fortschreitet.«

»Im Leichenkeller?«

Percy trat zu ihnen ans Kopfende und nickte. »Und deine verrückte Gefährtin hat sich dazugelegt.«

Was? Nicks Herz raste. »Du warst mit mir in der Kühlzelle?«

»Ja, direkt über dir. Ich lasse dich auch nie wieder allein, du dämlicher Vampir. Du kommst sonst nur auf dumme Ideen.«

»Weil ich dich liebe, *lupa pazza*«, raunte er, riss sie an sich, sodass sie halb auf ihn rutschte, und küsste sie wild. Dabei war es ihm egal, dass ihr Bruder und alle anderen zusahen. »Ich liebe dich so sehr.«

Zitternd atmete sie ein, schluchzte kurz auf und lächelte noch mehr, während sie ihn genauso zügellos zurück küsste. »Und ich werde nie wieder zulassen, dass du dich für mich opferst. Weil ich dich auch liebe.«

Sie hatte es endlich laut und deutlich gesagt. Vor allen Anwesenden! Wohlige Wärme flutete seine Brust und er fühlte sich plötzlich, als könnte er schweben. Trotzdem wollte er es gleich noch einmal hören und hob fragend die Brauen, wobei er ein möglichst unschuldiges Gesicht aufsetzte. »Was?«

»Hast du noch was an den Ohren?« Sie lachte und fuhr ihm mit den Fingern durch sein Haar. »Ich. Liebe. Dich. *Ti amo!*«

Nick konnte das leise, erregte Knurren, das unweigerlich in seiner Kehle aufstieg, nicht unterdrücken. Er drehte sich mit Shannon in den Armen um, damit er sie unter sich bringen konnte, legte sich halb auf sie und küsste sie erneut. Am liebsten wollte er sie auffressen, oder noch besser: von ihrem Blut kosten. Er konnte es unter ihrer Haut riechen, wie es wild durch ihre Adern peitschte, woraufhin sich Speichel in seinem Mund sammelte und mehr Blut in seine Leistenregion strömte. Könnte er doch von ihr probieren!

Erst jetzt fiel ihm auf, dass sie seine Jacke trug und er bis auf seine Shorts nackt war. Er wollte, dass Shannon genauso wenig anhatte, wollte seine Haut an ihrer reiben, sie überall lecken, sich tief in ihr versenken und ihre enge Wärme um sich spüren.

Irgendjemand im Raum räusperte sich – vermutlich Shane –, was Nick jedoch nicht davon abhielt, Shannon noch ein wenig länger zu küssen. Erst danach drehte er Percy das Gesicht zu und fragte: »Was ist passiert? Warum bin ich nicht tot?«

»Ich konnte dich in letzter Sekunde noch mit dem einzigartigen Blut eines Lichtwesens retten.«

Nick setzte sich im Bett auf und zog Shannon in seine Arme.

Percy meinte mit dem »Lichtwesen« bestimmt Gabriel! Jules und Shane wussten nicht, dass Gabriel ein Daywalker war, und Nick hatte geschworen, dieses Geheimnis zu wahren. Ob Gabriel noch hier war? Er musste sich unbedingt bei ihm bedanken! »Wieviel Blut habe ich gebraucht?«

»Die doppelte Dosis von der, die Wolkow dir verabreichte, hat dich geheilt«, erklärte Percy.

Nick konnte kaum glauben, was er hörte. Er war sich so sicher gewesen, zu sterben! »Bin ich jetzt … wieder der Alte?«

Percy zuckte mit den Schultern. »Wir haben noch keine Tests gemacht. Zuerst wollten wir dich ins Leben zurückholen.«

Jules, der dicht neben Nick am Bett stand, drückte kurz seine Schulter. »Ohne diesen extrem schlauen Inkubus wärst du nur noch ein Häuflein Asche, mein Freund.«

Plötzlich erinnerte sich Nick an die letzten Minuten, die er bei Bewusstsein gewesen war. »Ihr seid gekommen, um mich zu retten!« Der Reihe nach blickte er alle an und zwinkerte sich die aufsteigende Feuchtigkeit aus den Augen. Sie alle waren für ihn da gewesen, hatten ihn nicht zum Sterben bei diesem Irren zurückgelassen.

Nick räusperte sich hart und knurrte: »Wo ist Wolkow?« Er hatte mit dem *Bastardo* noch eine Rechnung offen. Eine sehr hohe!

Shannon verflocht ihre Finger mit seinen. »Shane und Jules haben ihn vernichtet. Er ist nur noch ein Häufchen Asche, zumindest sein Körper. Was mit seinem Kopf passiert ist, weiß ich nicht.«

»Der wird einen Platz in unserer speziellen Asservatenkammer bekommen«, erklärte Mitchell.

Nick konnte kaum glauben, was er hörte, und starrte sowohl Jules als auch Shane verwundert an. »Ihr beide habt zusammengearbeitet?«

Jules, der direkt neben Shannons Bruder stand, sagte gespielt überheblich: »Für dich nehme ich alles auf mich, mein Freund, auch an der Seite einer Pelzschnauze zu kämpfen, wenn es sein muss.«

»Hey, pass auf, was du sagst«, murmelte Shane, aber es klang nicht unfreundlich. »Ich musste mich genauso überwinden.«

Nick verließ das Bett, um Jules zu umarmen. Dabei war es ihm reichlich egal, dass er bloß eine Unterhose trug. Zum Glück war wenigstens seine Erektion verschwunden.

Jules klopfte ihm fest auf den Rücken. »Schön, dass du wieder unter uns weilst, mein Freund.«

Shannon verließ ebenfalls das Bett und stellte sich zu ihrem Bruder. »Geht es dir gut? Du bist schwer gestürzt, als Wolkow dich durch die Luft geschleudert hat, und ich konnte mich noch gar nicht wirklich für deine Hilfe bedanken.«

Shane zog sie in seine Arme. »Ich hab es nur für dich getan, Kleine.«

»Ich liebe dich so sehr, großer Bruder.« Freudentränen glitzerten in ihren Augen, während sie Shanes Wangen mit unzähligen Küssen überhäufte, dabei aber immer wieder Nick angrinste.

Erst als sie sich von Shane gelöst hatte, erklärte Percy ihr: »Ich habe deinen Bruder untersucht, als er nackt im Kühlraum gestanden hat.« Ein verträumter Ausdruck huschte über sein Gesicht. »Er hat nur ein paar kleine Blessuren davongetragen, die bereits verheilen.«

»Gott sei Dank!«

Was hatte Shane nackt im Kühlraum gemacht, fragte sich Nick. Er brannte darauf, alles zu erfahren, was er verpasst hatte, aber zuerst musste er das Wichtigste erledigen. »Ich danke euch allen.« Er reichte Shane die Hand, blickte ihm fest in die Augen und sagte: »Ich weiß gar nicht, was ich sagen soll, außer: Danke, tausend Mal Danke.«

Shane nickte ernst. »Ich bin froh, dass du es geschafft hast, auch wenn du ein verdammter Vampir bist. Für mich zählt allein Shannon, und wenn du sie glücklich machst, gebe ich euch meinen Segen.«

Shannon drängte sich zwischen sie, um Shane um den Hals zu fallen. Sie lachte und weinte gleichzeitig. Seine arme, tapfere Lupa hatte verdammt viel durchgestanden. »Ich liebe dich so sehr, großer Bruder!«

Nick nutzte die Gelegenheit, um Percy in die Arme zu ziehen und ihm auf die Schulter zu klopfen. »Du bist ab sofort auch mein Lieblings-Inkubus, wenn das okay ist.«

»Das ist total okay, Nikki«, antwortete Percy breit grinsend.

»Wenn du nicht das Auto verfolgt hättest ...« Nick wollte gar nicht weiter darüber nachdenken.

»Immer wieder gerne, Nikki.«

Mr. Mitchell, der etwas abseits gestanden hatte, trat zu ihnen und schüttelte Nick die Hand. »Ich bin sehr froh, dass Sie leben und dieser furchtbare Fall endlich abgeschlossen ist. Kommen Sie doch in mein Büro, wenn sich die Aufregung gelegt hat. Ich möchte etwas mit Ihnen besprechen.«

Nick versprach es ihm, der Chef verließ den Raum und alle redeten plötzlich durcheinander. Nick wollte genau wissen, wie sie den Vampirmagier besiegt hatten.

Kopfschüttelnd hörte er sich an, wie Wolkows Überheblichkeit ihm schließlich das Genick brach. Das Siegel von Albalion hatte dafür gesorgt. Solange Nick mit dem Tod gerungen hatte, war auch der Fürst geschwächt gewesen. Jules' Voodoo-Zauber hatte dem Mistkerl zusätzlich Energie entzogen.

Seine Freunde hätten Nick sterben lassen können, dann wäre auch Wolkow nicht mehr da und niemand hätte sein Leben riskieren müssen. Doch sie hatten sich für ihn eingesetzt, um ihn gekämpft. Nur deshalb durfte er jetzt seine Lupa wieder im Arm halten. Seine mutige Wölfin, die seine Fesseln aufgebrochen, ihn befreit und sogar Wolkow noch einen schmerzhaften Hieb zugefügt hatte.

Shane verkündete nach einer Weile, dass er nach Hause fahren würde. Er sah müde aus, der Kampf und die Sorge um seine Schwester hatten ihn sicher angestrengt. Er umarmte Shannon und sagte: »Ich muss wohl nicht fragen, ob ich dich mitnehmen soll?«

Vehement schüttelte sie den Kopf. »Ich bleibe hier.«

Auch Jules verabschiedete sich, nachdem er einen Blick auf sein Telefon geworfen hatte. »Amylee kann es kaum erwarten, dass ich zu ihr komme. Sie hat mir sogar einen Fahrer und unsere spezielle Limousine geschickt, die hinten keine Scheiben besitzt.«

»Ich hätte dich auch nach Hause bringen können, Leroy«, erklärte Shane grinsend. »Im Kofferraum.«

»In deinem Spielzeugauto ist kein Platz für mich, West, aber danke für das Angebot.« Jules zwinkerte und verließ den Raum, Shane heftete sich an seine Fersen.

Nick hörte noch, wie er Jules hinterherrief: »Spielzeugauto?« Schmunzelnd erinnerte er sich daran, wie seine Lupa ihn im Kofferraum hergebracht hatte.

Shannon krallte sich in seinen Arm und blickte ihn alarmiert an. »Die werden sich doch jetzt kein Rennen liefern oder andere dumme Dinge tun?«

»Nicht Jules. Er ist ein erwachsener Mann, kein hitzköpfiger Alpha. Außerdem kann er ja nicht selbst fahren. Amylee hat bestimmt Bradford hergeschickt. Er ist ein sehr besonnener Mensch, bereits über siebzig und steht schon seit fast einem halben Jahrhundert in Jules' Diensten.«

»Na, dann bin ich ja beruhigt.« Sie boxte ihm leicht in die Seite und murmelte: »Mein Bruder ist kein Hitzkopf. Nur manchmal ein wenig stur und der totale Beschützertyp.«

Gerade als Nick etwas erwidern wollte, was sich sowohl auf das Adjektiv »stur« als auch auf Shannon bezog, räusperte sich Percy neben ihnen. »Gabriel ist übrigens noch im Büro des Chefs.«

»Dann lasst uns zu ihm gehen«, bat Nick. Er wollte Gabriel unbedingt sprechen. »Ich ziehe mich nur noch schnell an.«

Immer noch war er halb nackt und hatte das in all der Aufregung kaum mitbekommen. Obendrauf war er zu gespannt, ob sich durch Gabriels Blut in seinem Körper etwas verändert hatte, denn aktuell fühlte er sich wie immer. Außerdem war er ganz glücklich, nicht Gabriels Erinnerungen zu teilen. Vielleicht funktionierte das ja bei Tagwandlern nicht, oder nur, wenn das Blut getrunken, nicht gespritzt wurde. Oder weil Alissa ihn verzaubert hatte? Egal, aus welchem Grund er keinen Zugriff auf Gabriels Gedankenwelt hatte: Nick war dankbar, nicht noch mehr von Wolkows Perversitäten sehen zu müssen. Schließlich hatte der Magier einst auch Gabriel gequält. Es reichte schon, wenn Shannon sich mit dessen Erinnerungen herumplagen musste. Nick würde alles tun, um sie in nächster Zeit abzulenken und ihr die schönsten Stunden ihres Lebens zu bescheren.

***

Als er mit Percy und Shannon, die sich noch schnell zurecht gemacht hatte, Mitchells Büro betrat, stürmte sofort Beth auf sie zu, um seine Lupa zu umarmen. »Ich bin so froh, dass es euch gut geht! Mr. Mitchell hat uns erzählt, was passiert ist.«

Gabriel kam zu ihnen und klopfte Nick auf die Schulter. »Schön, dass du wohlauf bist.«

»Das habe ich deinem Blut zu verdanken.« Kräftig schüttelte er Gabriel die Hand. »Danke, dass du es mir gegeben hast.«

»War das Mindeste«, erklärte Gabriel, wobei er sich über den Nacken fuhr. Gabriel stank es wohl ein wenig, dass er nicht selbst Wolkow hatte töten können. Nick konnte es dem Mann nicht verdenken. »Ohne deine Einsatzbereitschaft, Nick, wäre Wolkow immer noch am Leben.«

»Einsatzbereitschaft?« Shannon pikte Nick ihren Zeigefinger in die Rippen und murmelte: »Der dumme Kerl hier hat sich geopfert, um uns zu schützen.«

Gabriel zwinkerte ihr zu. »Ja, so sind wir Tagwandler-Vampire nun einmal.«

Nick schnappte nach Luft. »Ich bin jetzt ein Daywalker?«

»Das vermute ich stark.«

Nick wollte es unbedingt wissen! Er wandte sich an Percy und fragte: »Können wir nicht gleich mit den Tests anfangen?«

Nachdenklich runzelte Percy die Stirn. »Du bist gerade erst von den Toten auferstanden.«

Nick setzte einen unwiderstehlichen Mr.-Sexy-Blick auf, sodass sein neuer Lieblings-Inkubus mit den Augen rollte. »Na gut, einen ganz kleinen, vorsichtigen Test können wir wagen.« Dann wandte er sich an Mitchell. »Wenn das okay ist, Chef?«

»Nur zu«, antwortete dieser.

Percy nickte. »Bitte alle, die kein natürliches Licht vertragen, zurücktreten!«

Er ging zu dem einzigen Fenster im Raum, vor dem eine Jalousie komplett heruntergelassen war, und drückte auf den Schalter, um zuerst die Lamellen zu drehen.

Die Sonne war längst aufgegangen, das spürte Nick instinktiv, noch bevor das Licht durch die gedrehten Lamellen drang. Automatisch wich er zurück, wobei sein Herz raste. Doch dann nahm er all seinen Mut zusammen, trat zum Fenster und hielt einen Finger in die hereinfallenden Strahlen. Er spürte die Wärme der Sonne auf seiner Haut, fühlte, wie die Lichtpartikel auf seine Zellen trafen – doch sie explodierten nicht. Es passierte … »Nichts!«

Shannon, die neben ihm stand, riss die Augen auf und lächelte ihn an. Danach griff sie nach seiner Hand, um sich seinen Finger genau anzusehen.

Percy schaute ebenfalls nach. »Keine Rötung. Alles prima!«

»Fahr das Ding ganz rauf!«, befahl Nick, wobei ihm der Puls mittlerweile in den Ohren dröhnte.

Die Sonne stand so am Himmel, dass ihr Licht nur einen Streifen von ein paar Zentimetern auf den Teppichboden malte, doch der reichte zum Testen völlig aus.

Wie festgewurzelt blieb Nick stehen und starrte hinaus in die Schneelandschaft. Die glitzernden Eispartikel blendeten ihn, weshalb er erst die Hand über die tränenden Augen halten musste. Als sie sich an das natürliche Licht gewöhnt hatten, tränten sie weiterhin, diesmal vor Freude. Seit dem Tag, an dem er zum Vampir geworden war, hatte er kein Sonnenlicht mehr gesehen. Zwar war nun fast alles weiß dort draußen, doch der Himmel sah unglaublich blau aus, und auch die Autos auf dem Parkplatz, die nicht vom Schnee bedeckt waren, erstrahlten in allen möglichen Farben. Der Lack schimmerte in der Sonne. Dort standen grüne, blaue, rote …

»Nick«, wisperte Shannon und drückte seine Hand. »Alles okay?«

»Alles verdammt okay, Lupa«, raunte er grinsend und zog sie in seine Arme, während die Sonne sein Gesicht wärmte. »Und jetzt will ich von dir kosten.«

Percy hob alarmierend beide Hände. »Wowowow, lasst uns mal nichts überstürzen! Gabriels Blut hat dich zwar gerettet, aber du hast auch das Serum von Wolkow bekommen. Ich weiß noch gar nicht, wie die beiden Komponenten zusammen wirken. Bei dir könnte alles anders sein als bei Gabriel.«

Shannon nickte vehement. »Percy hat recht. Wir sollten vorsichtig an die Sache rangehen. Dir macht die Sonne nichts mehr aus, das ist doch schon ein Riesenerfolg!«

Nun trat auch Gabriel zu ihm. »Kann sein, dass du bloß bedingt natürliches Licht verträgst, vielleicht nur für eine halbe Stunde. Du solltest am Anfang auf alles vorbereitet sein.«

Nick stimmte zu. »Das bin ich.«

Sie gingen zurück zu Mitchells Tisch und setzten sich auf die bereitgestellten Stühle. Gabriel erklärte, dass sie heute wieder nach Norwich zurückreisen würden. »Vielleicht finden wir noch etwas über die verschollenen Wandler heraus.«

Percy überreichte ihm ein zusammengefaltetes Blatt. »Ich konnte einen winzigen Bluttropfen aus einer der drei Spritzen einem Wolfswandler zuordnen, der außerhalb von New York als vermisst gemeldet wurde. Seine Blutprobe war mir auch nur deshalb bekannt, da er kurz zuvor im Krankenhaus Blut gespendet hatte, weil er eine seltene Blutgruppe hat. Sein Name steht auf dem Zettel.«

Percy hatte also auch Zugriff auf diese Datenbanken … oder er hatte sie sich verschafft.

Gabriel bedankte sich bei ihm und faltete das Papier auf, Beth schaute mit hinein. Ihr Gesicht verzog sich, als würde sie Schmerzen leiden. »Ich kenne die Familie. Sie wohnt im Nachbarort. Wir werden ihr wohl sagen müssen, dass sie ihren Großvater nie wieder sehen werden.«

»Also haben die verschwundenen Wölfe doch etwas mit Wolkow zu tun.« Nick erinnerte sich daran, was Shannon einst zu Jules gesagt hatte, dass es in ländlicheren Gegenden ein paar vermisste Wölfe gab, die aber wahrscheinlich nichts mit dieser Sache zu tun hatten. Offenbar hatte sich das DPI geirrt.

Gabriel nickte. »Von irgendwo musste Wolkow ja Wandlerblut herbekommen, das er mit irgendeiner weiteren Substanz versetzt hat.«

»Ist einer der Verschollenen je wieder aufgetaucht?«, wollte Nick wissen.

Percy schüttelte den Kopf. »Sie sind wahrscheinlich längst tot, und Wolkow hat ihre Leichen verschwinden lassen.«

»Ich glaube«, sagte Shannon, »er hat das nicht selbst erledigt, sondern seine Handlanger, soweit ich das noch in seinen Erinnerungen sehen kann. Ich weiß leider nicht, wo die Wandler sein könnten.«

Wolkow war vernichtet und deshalb würden viele Geheimnisse nie mehr ans Tageslicht kommen, auch nicht, was Jules und Nick getan hatten. Letzteres erleichterte ihn ungemein. Doch am meisten erleichterte es ihn, dass Shannon und alle anderen nicht mehr im Schussfeld dieses irren Magiers standen. Es war vorbei. Dafür fing die Geschichte mit Shannon gerade erst an, und Nick freute sich wahnsinnig darauf.

»Könnten Sie sich vorstellen«, fragte Mitchell ihn, »in Zukunft für das DPI als Ermittler zu arbeiten, Mr. Mancini? Shannon scheint Sie an ihrer Seite zu dulden und ich bin schon lange auf der Suche nach einem Partner, der es im Dienst mit ihr aushält.«

»Was?« Ihr Mund klappte auf, aber kein weiteres Wort kam mehr über ihre Lippen.

Eisern versuchte Nick, ernst zu bleiben. Damit hatte sie wohl nicht gerechnet.

Mitchell blickte sie ernst an. »Es wird immer gefährlicher da draußen. Sie sollten nicht länger allein unterwegs sein.«

Noch bevor sie protestieren konnte, erklärte Nick schnell: »Ich nehme den Job mit Freuden an, Mr. Mitchell«, und schüttelte seinem neuen Chef die Hand. Es war Nick mehr als recht, so oft wie möglich in Shannons Nähe zu sein, und so, wie sie ihn gerade angrinste, hatte sie nichts dagegen. Er wollte sie nie, nie wieder missen.

Genüsslich grub Shannon die Pfoten in den etwa zehn Zentimeter tiefen Schnee und rannte so schnell sie konnte durch den dichten Kiefernwald. Die Eiskristalle stoben um sie herum auf und glitzerten in der Sonne; ihr Atem kondensierte in der kalten Luft, die tief in ihre Lungen drang, und gefror auf dem Fell um ihre Schnauze herum. Seit sie aus dem Auto gestiegen war, konnte sie nichts mehr halten. Sie hatte es vermisst, zu laufen, sich frei zu fühlen, so lange zu rennen, bis jeder Muskel brannte.

Shannon liebte diesen Teil von New Jersey, der als »Pine Barrens« bezeichnet wurde und unter Naturschutz stand. Mit dem Rudel hatte sie hier schon viele schöne Ausflüge unternommen, gejagt und gecampt. In dem riesigen, unter Naturschutz stehenden Wald-Reservat störte sie keine Menschenseele, zumindest nicht an diesem kalten Wintertag. Shannon hörte nur ein paar Vögel singen, das leise Knarren der Äste, die wegen des Schnees ächzten, und fühlte andere Tiere in der Nähe, die vor ihr Reißaus nahmen.

Nick, der in gemäßigter Vampirgeschwindigkeit neben ihr herlief, grinste sie ständig an, und Shannon wartete auf den Moment, in dem er gegen einen Baum knallte, weil er einfach nicht den Blick von ihr nehmen konnte. Doch er wich jedem Stamm geschickt aus.

Sein langer Mantel flatterte um seine Beine, sein Schal wehte hinter ihm her, und auf dem Rücken trug er einen großen Rucksack, der nicht nur Shannons Kleidung enthielt, sondern auch alles, was sie für ein Wochenende zu zweit in einer einsamen Waldhütte brauchten. Mitchell hatte ihnen beiden Urlaub zwangsverordnet – und Shannon freute sich riesig auf die Auszeit, nachdem sie sich schon ewig keine mehr genommen hatte. Nick gesund und munter an ihrer Seite zu wissen, war jedoch das schönste Geschenk, das das Universum ihr hatte machen können. Und für Nick musste es sich gigantisch anfühlen, nach

Ewigkeiten endlich wieder am helllichten Tag herumzulaufen.

»Wie weit ist es noch bis zur Hütte?«, fragte er, kaum außer Atem, während sie bereits heftig hechelte.

Sie bellte ein Mal und deutete mit ihrer Schnauze nach vorne.

»Noch eine Meile geradeaus?«

Sie nickte.

»Dann treffen wir uns dort!« Und weg war er, als hätte er sich neben ihr in Luft aufgelöst. Nur eine Menge aufgewirbelter Schnee, der ihr in Schnauze und Augen flog, und seine Fußspuren zeigten Shannon, dass er vorausgeflitzt war.

Sie bellte erneut, was »Hey, was soll das?«, heißen sollte, und hörte ihn in ihrem Kopf: *Das wirst du dann schon sehen!*

Es war unfair, wenn er seine vollen Kräfte einsetzte, aber erlaubt, wenn er sie überraschen wollte.

Ach, wenn ich dich beschenke, dann darf ich Vampirkräfte anwenden?, dachte er.

Sie lachte innerlich. *Ja, und nur dann, capito?*

Mit freudiger Erwartung folgte sie seiner Spur, während sie gedanklich mit ihm kommunizierte und versuchte, ihm Hinweise zu entlocken, was er geplant hatte.

Nick hatte noch nicht wirklich von ihr getrunken, bloß ein paar Tropfen ihres Blutes probiert, die Percy ihm unter strenger ärztlicher Kontrolle verabreicht hatte. Nick war nach seiner Genesung noch drei Tage zur Beobachtung im DPI geblieben, damit Percy ein paar Tests machen konnte. Nick hatte sie alle mit Bravour bestanden und konnte dank der wenigen Tropfen nun auch »hören«, was sie dachte. Shannon hatte heute morgen noch einen kräftigen Schluck von ihm genommen, als sie sich bei ihm zu Hause wild geliebt hatten.

Und ich bin immer noch der Meinung, dass du dich bereits auf den ersten Blick in mich verliebt hast, Lupa, auch wenn du das nicht zugibst.

Überheblicher Vampir, dachte sie und freute sich schon darauf, ihn wieder in ihre Arme zu schließen. Sie würde sich vor ihm verwandeln, ihm die Kleider vom Leib reißen und ihren kalten Körper an ihn schmiegen.

Nun hörte sie ihn in ihrem Kopf lachen. *Das wirst du nicht tun, sonst friert mein kleiner Freund ein.*

Dann halte mich doch davon ab, neckte sie ihn, während sie weiter durch den Schnee rannte. *Dich ärgert es, dass du mich nicht bezirzen kannst, stimmts?*

Ich habe ganz andere Mittel, um dich von etwas zu überzeugen, Lupa. Selbst in ihrem Kopf hörte sich seine Stimme tief, rau und sexy an, sodass sie wohlig erschauderte.

Oh ja, sie freute sich schon riesig auf seine »Überzeugungsarbeit«. Zwei Tage allein mit ihrem »neuen Vampir« in einer einsamen Hütte bedeuteten: gaaaaanz viel Sex und Kuscheleinheiten.

Diese seltsame Injektion von Wolkow hatte Nick zu einem etwas anderen Tagwandler gemacht. Er konnte sich zum Beispiel viel länger in der Sonne aufhalten als Gabriel, genau wie ein normaler Mensch, hatte aber trotzdem die Unsterblichkeit der Vampire behalten. Wolkow hatte dem Wandlerblut eine Essenz beigemischt, anders als damals bei Gabriel, den er mit kleinen Dosen reinem Wandlerblut immun gemacht hatte. Percy hatte nicht herausgefunden, was Wolkows neue Mischung beinhaltete, nur dass sie völlig anders konzipiert war. Nick hatte eine Mischung beider Seren bekommen, der neuen Injektion und dem Blut von Gabriel mit den Antikörpern. Diese hatten aus Nick anscheinend den perfekten Daywalker gemacht.

Percy stellte die Forschungen an seinem und Gabriels Blut nun ein, denn das Wissen um die Tagwandler-Sache barg zu viele Gefahren. Es könnte neue Kriege heraufbeschwören. Niemand durfte herausfinden, dass Nick ein Daywalker war, weshalb er überlegte, sein Apartment zu verkaufen und sich in New Jersey gemeinsam mit Shannon eine neue Wohnung zu suchen. Shannon fand die Idee prima. Auf neutralem Gebiet gab es für sie beide auch weniger Komplikationen, und ihre zukünftigen Nachbarn würden denken, sie beide wären ganz normale Menschen. Gabriels und nun auch Nicks Geheimnis musste um jeden Preis gewahrt bleiben, sie hatten es versprochen.

Natürlich wussten auch Shane und Jules, was Nick jetzt war, aber nicht, wem er seine Rettung wirklich verdankte oder dass in seinem und Gabriels Blut vielleicht ein Lösungsansatz verborgen war, um aus jedem Vampir einen Daywalker zu machen. Percy hatte ihnen erzählt, dass die Umwandlung bei Nick zwar geklappt hatte, er aber nicht wusste, wie sie zustande gekommen war und es wohl an einer Verkettung diverser Zusammenhänge gelegen hatte sowie an den beiden Blutmischungen, die er nicht aufschlüsseln konnte.

Von Wolkow waren keine Aufzeichnungen aufgetaucht und wahrscheinlich würden sie das auch nie. Sicher hatte der Magier all seine kranken Pläne nur in seinem Kopf aufbewahrt. Natürlich hätte Shannon versuchen können, gedanklich nachzuforschen, doch sie vermied es tunlichst, in die wirren, blutgetränkten Gedanken des Magiers einzutauchen. Ein gesunder Verstand fand ohnehin keinen Sinn in diesem Chaos. Zum Glück verblassten all die furchtbaren, fremden Erinnerungen in ihrem Kopf bereits, sodass sie ihn mit schönen, neuen Erlebnissen füllen konnte.

Für Nick war es natürlich schwer, die Wahrheit über seine Rettung zu verbergen, denn er wollte seinen alten Freund nicht anlügen, doch er musste es tun, um sich und Gabriel zu schützen. Also erzählte er Jules einfach nicht alles.

Der Fürst und ihr Bruder hatten ihre eigenen Gründe, um über die ganze Sache zu schweigen: Weder sollten noch mehr Vampire auf die Idee kommen, mit diesen Experimenten anzufangen, noch wollten sie Nicks Leben gefährden. Auch Homeland Security erfuhr nicht mehr, als in den Wesen-Nachrichten gebracht wurde. Diese bezeichneten Wolkow als Psychopathen und kranken Spinner, dem es Spaß gemacht hatte, Vampire zu quälen und den Wolfswandlern den Schwarzen Peter zuzustecken, weil er einen neuen Krieg entfachen wollte. In den Nachrichten wurde auch erwähnt, dass der mächtige Alpha des größten Wolfsrudels von Manhattan gemeinsam mit dem Vampirfürsten den irren Mörder zur Strecke gebracht hatte und mehrere Vampire sowie Wandler zusammengearbeitet hatten. Dieser Umstand verbesserte in Zukunft womöglich die Beziehungen zwischen den Arten.

Shannon war Nicks heimliche Heldin, schließlich hatte sie die Verschwörung aufgedeckt. Doch zu ihrem Schutz wurde ihr Name aus der Sache herausgehalten. Da draußen liefen zu viele Verrückte herum.

Mitchell nahm die Vertuschung der ganzen Angelegenheit auf seine Kappe. Er hatte schon das Sagen gehabt, lange bevor Homeland überhaupt existierte, und sah sich immer noch als erste Instanz, um die Wesengemeinde vor Unheil zu schützen. So war es für alle das Beste.

Als die mit Schnee bedeckte Blockhütte in Sicht kam, pumpte Shannons Herz noch heftiger. Der Kamin rauchte, die Fensterläden waren aufgeklappt und die Tür stand einen winzigen Spalt offen. Shannon schüttelte ihr Fell aus, bevor sie die wenigen Stufen zur kleinen Veranda hochtapste, und stieß mit der Schnauze die Tür ganz auf.

»Da bist du ja endlich, Fellnäschen.« Grinsend schloss Nick die Tür. »Ich dachte schon, du hättest dich verlaufen.«

Er hatte seinen Mantel ausgezogen und trug nur bequeme Jeans und ein T-Shirt. Sein Haar war vom Laufen verstrubbelt, seine Wangen von der Kälte – oder vielleicht der Sonne – leicht gerötet. Wie immer sah er zum Anbeißen aus! Zudem war er frech wie eh und je. Wie sehr Shannon ihn liebte!

Im gemauerten Kamin flackerte ein kräftiges Feuer, das den kleinen Wohnraum mit den gemütlichen, hellen Holzmöbeln schnell aufheizte, und davor lag ein sehr kuschlig aussehendes, großes Fell. Shane kannte den Besitzer der Blockhütte und hatte sie kurzerhand für ein paar Tage gemietet, damit sich Shannon und Nick von den Strapazen der letzten Zeit erholen konnten.

Schnell verwandelte sie sich, legte ihre Arme um Nicks Hals und schmiegte ihren nackten Körper an ihn. »Das sieht nach Mittagessen aus«, schnurrte sie und deutete auf die Sachen, die Nick vor dem Kamin auf dem Fell drapiert hatte. Sie roch den bereits geöffneten Rotwein und die blutigen Steaks, die er auf zwei geblümten Tellern mit Rosmarin angerichtet hatte. Sofort lief ihr das Wasser im Mund zusammen.

Nick fuhr an ihrem Rücken auf und ab und murmelte an ihren Lippen: »Wir sollten uns ausreichend stärken, denn wir werden all unsere Kräfte brauchen.«

»Ach?«, hauchte sie und fragte unbedarft: »Warum denn?«

Er krallte seine Finger in ihren Hintern, um sie fest an sich zu ziehen, und raunte: »Wirst du dann schon merken. Wahrscheinlich kannst du nach unserem Urlaub deine Beine nicht mehr schließen.«

Ihr verräterischer Schoß pochte sofort wieder heftig, doch sie klimperte unschuldig mit den Wimpern. »Warum? Hast du einen Reitkurs gebucht?«

Schmunzelnd hob er sie hoch und wirbelte mit ihr herum, um sie dann sanft auf dem Fell abzulegen. »Du darfst auf mir reiten, *cara mia*, stundenlang.«

Sie streckte sich neben den Tellern auf dem Rücken aus, während er sich über sie beugte und selig anlächelte.

Zärtlich fuhr sie ihm über die frisch rasierten Wangen. Shannon konnte noch gar nicht richtig begreifen, was alles passiert war. Nick war zwar immer noch ein Vampir, obwohl sie auch tagsüber ganz normal zusammen sein konnten, aber dennoch unsterblich. Sie würde sehr viel langsamer altern, wenn sie von ihm trank, und ewig an seiner Seite leben können. Alles, was zu ihrem Glück noch fehlte, war die Blutsverbindung.

Shannon wusste noch nicht, ob sie klarkommen würde, ihren Bruder zu überleben. Deshalb wollte sie sich über dieses Thema unbedingt mit Beth austauschen. Denn nicht nur für Nick hatte sich einiges geändert, auch auf sie würde viel Neues hinzukommen.

Beth und Gabriel hatten sie zu sich nach Norwich eingeladen, aber Shannon und Nick wollten jetzt erst ein paar Tage allein sein. Für sich. Ihre Gedanken sammeln.

Nick war jetzt nicht nur ein Daywalker, sondern auch beim DPI angestellt. Er war auch der einzige Ermittler, den Shannon den ganzen Tag an ihrer Seite ertragen konnte, und sie würden sich prima ergänzen. Er konnte Menschen immer noch bezirzen, aber nicht Shannon oder andere Wolfswandler.

Jules war nicht böse, weil sich Nick beruflich verändern wollte, sondern meinte sogar, dass es längst Zeit dazu wäre. Ihre Freundschaft würde deshalb nicht leiden.

Nick hatte verdammt harte Zeiten durchgemacht – vielleicht wurde jetzt alles gut.

Shannon verlor sich in seinen Augen und zerrte an den Jeans. Sollten sie erst essen oder gleich zum Nachtisch übergehen?

»In einer guten Beziehung hat niemand die Hosen an«, sagte sie süffisant. »Die stören nur.«

»Ich lasse sie aber noch ein Weilchen an«, raunte er und lehnte sich zurück in die Hocke, um seinen glühenden Blick über Shannon schweifen zu lassen. Sie wusste, was er dachte: *Wenn ich die Hose jetzt ausziehe, falle ich sofort über dich her.*

Er reichte ihr ein Glas Wein und verschüttete dabei etwas auf ihrer linken Brust.

»Ups.« Frech grinsend begann er, den Wein von ihr abzulecken.

Shannon erschauderte wohlig unter seinen Zungenschlägen, wobei sie an ihrem Wein nippte und Nick über den Rand des Glases beobachtete. Es machte sie heiß, dass er noch angezogen und sie splitternackt war. Leise stöhnte sie auf, als er spielerisch in ihren harten Nippel biss, und sich dann küssend bis zu ihrem Bauchnabel vorarbeitete.

Tiefer!, befahl sie gedanklich, aber da lehnte er sich wieder zurück, tat so, als würde sie ihn nicht mehr interessieren, und trank sein Weinglas genüsslich langsam aus.

Okay, mal sehen, wie lange du widerstehen kannst, dachte sie grinsend. Dann ging sie auf alle viere, um sich über das Fell zu beugen. In dieser Position schnitt sie sich Stück für Stück vom blutigen Steak ab. Es roch einfach zu lecker und es schmeckte köstlich.

Während sie Nick ihren nackten Hintern vors Gesicht streckte, aß sie langsam ihr Fleisch. Sie wusste, dass er ihr zwischen die Beine starrte, und hörte seine schmutzigen Gedanken. Dennoch aß er ebenfalls. Nick konnte seit seiner Verwandlung anscheinend etwas mehr normale Nahrung als früher zu sich nehmen und musste weniger Blut trinken. Wenn er erst einmal so richtig von Shannon probieren könnte, würde er keine Blutkonserven mehr von Percy brauchen oder sich einen Drink von anderen Menschen holen müssen. Bisher hatte er das noch nicht getan, ihr zuliebe, doch bevor er verhungerte, würde sie ihn persönlich ins Revival schleifen, damit er sich nähren konnte.

Als er plötzlich seine Hand zwischen ihre Schenkel schob, zog sich Shannons Schoß lustvoll zusammen.

»Du tropfst hier alles voll«, raunte Nick. »Du geiles Luder.«

Kaum hatte sie den letzten Bissen Steak geschluckt, drückte er das Gesicht von hinten zwischen ihre Pobacken, um durch ihre gesamte Spalte zu lecken.

»Ich will jetzt einen Nachtisch.« Seine Stimme klang dunkel vor Erregung und vibrierte an ihrer empfindsamsten Stelle.

Sie genoss eine Weile, dass er sie mit Fingern sowie Zunge verwöhnte und dabei besonders oft über ihre hintere Pforte leckte. Shannon hatte nicht gewusst, dass sie das mochte. Doch als ihre Lust immer größere Ausmaße annahm, drehte sie sich um und hockte sich auf die Unterschenkel.

»Zieh dich endlich aus«, befahl sie grinsend, »sonst gibt es keinen Nachtisch.« Sie wollte ihn endlich nackt sehen!

»Erpresserin.« Schmunzelnd stand er auf, und so schnell konnten Shannons Augen seinen Bewegungen gar nicht folgen – da war er bereits ausgezogen.

Während er vor ihr stand, groß, wunderschön und nackt, hockte sie vor ihm und schaute zu ihm auf wie eine Sklavin, die ihren Herren anhimmelte. Und wie sie Nick anhimmelte! Er besaß einfach alles, was ein Mann haben musste: Humor, eine faszinierende Ausstrahlung und ein verdammt attraktives Äußeres – um nur ein paar seiner besonderen Eigenschaften zu nennen.

»Ich habe solchen Hunger auf dich, Lupa, dass ich mich heute nicht mehr zurückhalten werde.« Er leckte sich über die Lippen, woraufhin seine verlängerten Eckzähne hervorblitzten.

Shannon atmete schwer. »Du weißt, was Percy gesagt hat. Du sollst nichts überstürzen.«

»Ich will meine Gefährtin endlich richtig zu der Meinen machen, und das hätte ich längst tun sollen.«

»Du sprichst von einem Blutschwur?«, fragte sie vorsichtig, wobei ihr Puls wild klopfte.

»Ich kenne eure Bräuche nicht«, raunte er, während er sich zu ihr herunterbeugte, um sie zurück auf das weiche Fell zu drücken. »Ich weiß aber, dass ich endlich von dir trinken muss, *cara mia*.«

»Bei einem Blutschwur«, erklärte sie aufgeregt, indes er über sie krabbelte, »trinkt man gegenseitig ein paar Schlucke vom Blut seines Gefährten, bevorzugt, während man intim miteinander ist.« Vor dem Rudel wurden sogar noch lateinische Verse gemurmelt und Liebesschwüre ausgetauscht. Die Hochzeitszeremonie musste vor aller Augen nach alten Ritualen vollzogen werden. Doch hier gab es kein Rudel. Aber sie musste Nick ja nicht gleich »heiraten«. Ihr reichte eine ganz normale Blutsverbindung aus.

Als er auf ihr lag, fragte er schwer atmend: »Wo soll ich von dir kosten, *mia anima*?«

»Wo du willst«, erwiderte sie genauso atemlos und genoss es, wie er mit kreisenden Bewegungen der Hüfte seine Erektion über ihre Mitte rieb.

»Vielleicht … hier?« Seine Fänge schabten über die dünne Haut an ihrer Kehle, doch Nick ritzte sie nur an und verteilte seinen Speichel darauf.

Sie wusste genau, was er machte: Er markierte sie, schloss seinen Speichel in ihrer Haut ein, damit jeder Vampir wittern konnte, dass sie nur Nick gehörte.

»Oder hier?« Er pikste sie mit den Fängen in ihre Brust, wobei er an einem Nippel saugte, und Shannon drehte fast durch vor Verlangen. Ihr Inneres kontrahierte unentwegt.

»Egal, wo, nur tu es endlich!«, rief sie und krallte die Finger in sein Haar.

Sie hörte ihn noch dunkel lachen – dann senkte er die Fänge neben ihrer prallen Brustspitze in die Haut und presste die Lippen auf die feinen Einstichstellen.

Der zarte Schmerz entlockte ihr einen kehligen Laut und brachte sie fast zum Höhepunkt. Behutsam saugte er, und als die ersten Tropfen ihres Blutes auf seiner Zunge landeten, wich er laut stöhnend zurück und ließ sich neben ihr auf den Rücken fallen. »Oh ... *Gesù*!«

»Nick! Was ist los?« Ihr Herz raste vor Panik. Shannon brauchte einen Moment, um zu verstehen, dass er nicht starb, sondern dass es ihm gut ging, zumindest fühlte sie, was er fühlte. Euphorie, Glückseligkeit, Ekstase! Direkt aus ihrer Ader zu trinken, hatte ihn schier überwältigt.

»Dämlicher, dämlicher Vampir!« Kopfschüttelnd setzte sie sich auf seinen Schoß und wollte ihm am liebsten ihre Hand ins Gesicht klatschen, denn das hätte er jetzt verdient. Ihr solch eine Angst einzujagen! Stattdessen führte sie sich seinen wunderschönen, harten Schwanz ein und ließ sich ganz auf ihn sinken, bis er tief in ihr steckte. Genau das brauchte sie jetzt.

»Du bist verrückt!«, rief sie. »Völlig ... *pazza*!«

Verträumt blickte er sie an, wobei er ihre Oberschenkel streichelte. »Denkst du, ich konnte noch länger widerstehen? Die wenigen Tropfen, die Percy mir verabreicht hat, haben mich angefixt.«

»Du solltest die Dosis langsam steigern!«

»Das werde ich«, raunte er. »Beug dich runter, ich will noch einen Schluck probieren.«

Sie drückte ihm ihre Brust an den Mund, weil sie wollte, dass er genau dort noch einmal saugte, und als er erneut die Fänge in sie senkte, begann sie einen sanften Ritt. Während er von ihr trank, steuerten sie gemeinsam auf einen gewaltigen Höhepunkt zu. Aber die Verbindung war noch nicht vollzogen.

»Jetzt ich«, befahl sie atemlos und musste ihm ihre Brust regelrecht »wegnehmen«. Er hatte sich ziemlich daran festgesaugt, ihr unersättlicher Vampir.

Während sie ihn weiter ritt, küsste sie ihn und trieb einen Zahn in seine Unterlippe.

Nick stöhnte in ihren Mund, als sie zu saugen begann und sein süßes Blut ihre Kehle hinablief.

Er biss sie ebenfalls in die Lippe, und ihr Blut mischte sich. Nicks und ihre Gedanken verwoben sich schlagartig zu einem. Sie spürte Lust, ein unglaubliches Hochgefühl und grenzenlose Liebe.

Kurz löste er den Mund, um sie herumzudrehen und unter sich zu bringen. Dann fuhr er wieder tief in sie und saugte erneut an ihrer Lippe. Je härter er sie fickte, desto mehr trank er von ihrem Blut und sie von seinem. Shannon öffnete weit die Schenkel für ihn, um ihn noch intensiver zu fühlen. Ihre gemeinsame Lust verschmolz zu einem gigantischen Orgasmus und tausende Funkelsterne explodierten vor ihren Augen. Der Höhepunkt wollte nicht enden, während sich Nick unaufhaltsam in sie trieb, nie den Blick von ihr nahm und wunderschön klingende, italienische Worte murmelte.

Ich liebe dich so sehr, mein sexy Vampir, dachte Shannon unentwegt. *Liebe dich so sehr.*

Nachdem die gigantische Lustwelle ausgelaufen war, blieb sie erschöpft, aber überglücklich, unter ihm liegen, wobei sie immer noch miteinander verbunden waren. Sie hatten es getan, hatten den Blutbund vollzogen! Shannon hatte nicht erwartet, dass er so intensiv sein würde, und vor allem hatte sie nie geglaubt, dieses ganz besondere Erlebnis einmal mit Nick teilen zu dürfen. Vor Freude wurden ihre Augen ganz feucht.

Was ist mit Kindern?, hörte sie Nick ganz deutlich in ihrem Kopf, wobei er leicht schockiert klang.

Er hatte recht, sie hatten überhaupt nicht bedacht, dass sie nun vielleicht von ihm schwanger werden könnte!

Ich und Kinder?, überlegte sie. *Was kommt wohl dabei heraus, wenn sich ein Daywalker und eine Wölfin miteinander paaren?*

Auf jeden Fall die schönsten Babys der Welt, antwortete er und grinste sie selig an.

Genauso glücklich grinste sie zurück. »Ich habe meine Freiheiten bisher immer geliebt und meinen Job über alles gestellt, aber nun weiß ich: Es gibt mehr im Leben als Arbeit, und man kann sich nicht immer aussuchen, in welchen Bahnen es verläuft. Sollten wir Kinder bekommen, dann ist es eben so. Ich werde jedes einzelne so sehr lieben, wie ich dich liebe.«

Sein Penis zuckte in ihr. *Lass uns ein ganzes Rudel gründen und gleich damit beginnen, Lupa.*

Sie lachte, diesmal laut. Shannon überhäufte ihn mit Küssen, immer noch high von ihrer Bindung, und fühlte sich glücklich, einfach nur glücklich. »Nach all den schlimmen Dingen, die dir widerfahren sind, hat dir das Schicksal doch noch ein Happy End beschert.«

»Ende?« Herausfordernd wackelte er mit den Brauen. »Das ist erst der Anfang, *amore mio*. Vor uns liegt die Unendlichkeit, und ich hoffe, sie reicht für all das aus, was ich noch mit dir geplant habe.«

Shannon konnte es kaum erwarten!

Happy End

Ihr Lieben, »Nicolas« soll nun der dritte und letzte Teil der Beast Lovers sein, obwohl ich schon Ideen für Shanes Geschichte hätte. Aber NEIN, jetzt sind erst andere Projekte an der Reihe, die auch noch abgeschlossen werden wollen :)

Die Geschichte mit Wolkow hat schon im Buch »Gabriel« ihren Anfang genommen, und endlich durfte ich sie zum Abschluss führen. Gabriel ist auch sehr froh, dass der Mistkerl endlich erledigt ist.

Dieser Teil mit Shannon und Nick ist länger geworden als die ersten beiden Teile zusammen, über 460 Seiten! Ich entschuldige mich, dass sich der Erscheinungstermin deshalb um zwei Monate verzögert hat. Es hat mir aber auch großen Spaß gemacht mit den beiden, und sie hatten so viel zu erzählen.

Ganz herzlich möchte ich mich bei Tania Chiazza bedanken, die mir nicht nur bei der Namensfindung meines Inkubus geholfen hat, sondern mir auch während des ganzen Schreibprozesses mit Rat und Tat zur Seite stand, wenn es um die italienischen Übersetzungen ging.

Manchmal habe ich aber auch seltsame Intuitionen, wenn es um Namen geht. Zum Beispiel habe ich nach einem Wesen gesucht, das in meiner magischen Behörde am Empfang sitzt. Es sollte sofort erkennen können, wer vor ihm steht, damit es im Notfall einen extrem lauten Warnschrei ausstoßen kann, der im ganzen Gebäude zu hören ist. Deshalb ist das Wesen eine Banshee geworden, und ich wusste sofort: Sie heißt Elvira. Und dann habe ich nachgesehen, was der Name bedeutet:

die Abwehrerin / Verteidigerin.

Na, das passt doch supi!

PS: Ich habe übrigens eine Tante, die heißt Elvira, aber die sieht ganz anders aus als meine Banshee ;)

Ansonsten habe ich wie immer viel recherchiert. Besonders wichtig war es mir, eine wissenschaftliche Erklärung zu finden, warum Vampire kein Wolfswandlerblut vertragen und weshalb sie in Flammen aufgehen, wenn sie damit in Kontakt kommen. Zuerst habe ich im Internet gesucht, weil ich dachte: Irgendwer wird das doch irgendwo schon mal erklärt haben? Schließlich gibt es Vampire und deren Feinde nicht erst seit gestern.

Pustekuchen. Ich habe absolut keine »wissenschaftliche« Antwort gefunden. Also musste ich mir selbst was ausdenken. Und wie ich halt so bin, muss bei mir immer alles Hand und Fuß haben, also logisch nachvollziehbar sein. Geholfen haben mir Theorien über die »spontane Selbstentzündung beim Menschen«. Dort wurden zum ersten Mal chemische Vorgänge erwähnt, die im Körper ablaufen, wenn ein Mensch spontan verbrennt. Der Rest war zwei Tage lang harte Recherche in diversen Biochemie-Foren und auf wissenschaftlichen Seiten, bis ich endlich alles hieb- und stichfest begründen konnte (also rein theoretisch ;). Mit Stolz kann ich verkünden, dass ich wohl die Erste bin, die eine logisch nachvollziehbare, wissenschaftliche Erklärung für das Phänomen liefern kann, die auf realen Fakten beruht, lach. Ich hoffe, Percys Vortrag hat euch nicht zu sehr verwirrt ;)

Aber auch über Wölfe und ihr Rudelverhalten zu lesen, war megaspannend. Shannon sagt mal, sie fühlt sich als so eine Art Omega, aber je länger ich darüber nachdachte, desto klarer wurde mir: Sie ist sogar das typische Beispiel für einen Omega Wolf. Ich hatte mich bei meinen Recherchen der Rudelstrukturen stundenlang festgelesen, weil das ein wahnsinnig interessantes Thema ist. Shannon hätte früher entweder gerne ihr eigenes Rudel angeführt oder wäre weggelaufen. Sie hat sich dann dafür entschieden, das Rudel zu verlassen. Denn der Omega ist ja der Gegenspieler zum Alpha (der ihr Bruder ist). Der Omega wird vom Alpha gezähmt und in seiner Position gehalten (Shane will ihr Leben vorschreiben, will sie an seine Seite zwingen (Job), um sie noch besser kontrollieren zu können. Er will sogar bestimmen, wen sie heiratet bzw zum Gefährten nimmt, ihr seine Regeln aufzwingen).

Omegas gibt es allerdings nur in Gefangenschaft (im Zoo etc). Denn wird ein Wolf in freier Wildbahn so von einem anderen Wolf bzw Alpha behandelt und an der kurzen Leine gehalten, hat er die Schnauze voll und zieht weiter. Er wird dann entweder zum Einzelgänger (wie Shannon) oder gründet ein neues Rudel und kann also vom Omega zum Alpha werden.

Wenn man den Gedanken weiterführt, weiß Shannon, dass ein Wolf ein Rudeltier ist und nur im Rudel die besseren Überlebenschancen hat. Deshalb ermittelt sie später auch zusammen mit Nick bzw duldet ihn an ihrer Seite. Nick und Percy sind dann sozusagen ihre »Rudelmitglieder«.

Aber nicht nur die Rudelstrukturen waren interessant, sondern auch die »Sprache« der Wölfe, die ich im Buch auch immer wieder erwähnt habe (Ohren-, Kopf-, Körper- und Rutenhaltung).

Das liebe ich an meiner Arbeit so sehr: Man lernt so viele neue Dinge. Das macht einfach irre Spaß :)

(Sagt die, die in der Schule nie Lust hatte zu lernen gg)

Vielleicht mache ich mich ja irgendwann mit den Wolfswandlern wieder auf zu neuen Abenteuern. Shane ist schon ein verdammt knuspriger Alpha und ich habe, wie zuvor erwähnt, so viele (heiße!!) Ideen auch für ihn, aber die muss ich mir erst mal verkneifen, sonst bekomme ich Haue von den ganzen anderen Charas, die schon so lange warten müssen, dass ich endlich ihre Geschichte aufschreibe. Sue & Tyler warten zum Beispiel schon ewig, genau wie meine Gargoyles aus »Wächterschwingen«.

Falls du Lust hast, erzähle mir doch, wie dir das Buch gefallen hat. Ich freue mich immer riesig über Feedback, egal wo. Du findest mich auf meiner Homepage inka-loreen-minden.de bzw meinem Blog monica-davis.de, Twitter (inkaloreen), Instagram (inkaloreenminden) und Facebook (Books by Inka Loreen Minden).

Und falls du das Buch weiterempfehlen möchtest oder Zeit findest, zwei kurze Sätze in einer Rezension / Bewertung zu schreiben, ist das für uns Autoren wie der Applaus für einen Schauspieler. Darüber freuen wir uns am allermeisten.

Haltet die Öhrchen steif und
make Love not War :)

Eure Inka

Über die Autorin

Inka Loreen Minden, die auch unter den Pseudonymen Ariana Adaire, Lucy Palmer, Mona Hanke und Monica Davis (Jugendbuch) schreibt, ist eine bekannte deutsche Autorin. Von ihr sind bereits über 60 Bücher, 12 Hörbücher und zahlreiche E-Books erschienen, die regelmäßig unter den Online-Jahresbestsellern zu finden sind. Sie schreibt u.a. für Bastei Lübbe, Blanvalet und Rowohlt.

Ihre Titel wurden in mehrere Sprachen übersetzt. Auf Englisch sind erhältlich: Hearts of Stone, Daniel Taylor – Demon Heart und Caprice.

Neben einer spannenden Rahmenhandlung legt sie Wert auf eine niveauvolle Sprache und lebendige Figuren. Romantische Erotik, gepaart mit Liebe und Leidenschaft, ist in all ihren Storys zu finden, die an den unterschiedlichsten Schauplätzen spielen.

Ihr findet die Autorin auch auf ihrer Homepage
inka-loreen-minden.de oder **monica-davis.de**
Twitter (InkaLoreen), Instagram (inkaloreenminden) oder
Facebook (Books by Inka Loreen Minden)

Kyr riss die Augen auf. Die Laken klebten an seinem schweißnassen Körper, der Puls klopfte hart in den Ohren und hämmerte schmerzhaft in seinem Schädel. Wie so oft, wenn er aus dem immer wiederkehrenden Grauen erwachte, von dem er seit über zwei Jahrzehnten träumte, wusste er für einige Sekunden nicht, wo er sich befand. Das war nicht gut.

Menschenwelt … Seufzend massierte er sich die Schläfen und blinzelte. Ein Zimmer. Sein Zimmer, sein karg eingerichtetes Apartment im obersten Stockwerk eines gläsernen Hochhauses in London. Dort besaß die Hexe Noir Hadfield eine Detektei für übersinnliche Fälle, die sie vor ein paar Monaten gegründet hatte. Hier lebten auch Vincent, Noirs Partner und Kyrians Klanführer, sowie drei andere ihrer Bruderschaft: Nicolas, Dominic und Akilah. Der Bruderschaft der Ausgestoßenen. Derjenigen, die keiner haben wollte. Weil sie anders waren. Nichts Halbes, nichts Ganzes oder einfach unerwünscht. Daher nannten sich die Hybriden auch Goyles, nicht Gargoyles.

Kyr streckte sich, bis seine Gelenke knackten, und rieb seine Stirn. Diese verdammten Kopfschmerzen hatte er immer nach den Träumen. Reflexartig griff er an sein Steißbein, wo sein Schwanzstummel unangenehm pochte. Er hasste das daumendicke Überbleibsel, das ihn daran erinnerte, wer er war. Außerdem sah es lächerlich aus.

Schwerfällig stand er auf, schnappte sich eine schwarze Cargohose sowie ein T-Shirt und ging ins Badezimmer.

Als er eine halbe Stunde später aus der Wohnung lief, stieß er im Flur beinahe mit Noir zusammen, obwohl sie kaum zu übersehen war. Kyr sprang zur Seite, um sie nicht umzustoßen, und rannte dafür fast in ihren Jagdhund. Papiere, Dokumentenmappen und seine Sonnenbrille flogen zu Boden.

Noir bückte sich. Sie war sehr groß für einen Menschen, so groß wie er, und ihr silberweißes Haar reichte ihr bis zur Hüfte. Unter ihrem engen Shirt wölbte sich ein Babybauch.

Der graue Hund stellte sich auf die Hinterbeine und legte die

Vorderpfoten auf seine Oberschenkel.

»Hey, Räuber«, murmelte Kyr und kraulte das Tier hinter den Schlappohren. Schließlich wollte er vor der Hexe nicht auffallen. Normalerweise gab Kyr nichts auf Streicheleinheiten.

Noir grinste und sammelte die Akten auf, die sie bei ihrem Beinahe-Zusammenstoß fallengelassen hatte. Dabei reichte sie ihm auch seine Sonnenbrille, die seine lichtempfindlichen Augen schützte. »Immer mit der Ruhe, Cowboy. Du hast erst in einer Stunde einen Auftrag, mein Klient hat mich versetzt.«

Gut, er hatte also nicht verschlafen. Kyr schob die Brille in sein Haar und versuchte, nach einem Dokument zu greifen, um so zu tun, als würde er der Hexe beim Aufsammeln helfen. Eigentlich wollte er einen Blick auf den Namen werfen, aber der temperamentvolle Hund ließ ihn nicht in Ruhe. Räuber sabberte ihm auf die saubere Einsatzhose und schleckte über seine Hand. Kyr hatte keine Ahnung, warum der Köter ihn mochte. Er war sehr verspielt und hielt sich gern in seiner Nähe auf. Dummes Vieh, es müsste eigentlich spüren, dass er seinem Frauchen und ihren Kunden an den Kragen wollte, doch so schöpfte die Hexe wenigstens keinen Verdacht.

Die Brauen nach oben gezogen, blickte Noir ihn an. »Alles in Ordnung mit dir?«

»Hm.« Er vermied es, viele Worte zu wechseln. Außerdem musste er sich ständig zurückhalten, sich nicht zu translozieren, denn er hatte sich an diese Art der Fortbewegung gewöhnt.

Ein weiterer Stich durchzuckte sein Gehirn. Ob die Hexe versuchte, seine Gedanken zu lesen? Sie konnte das, allerdings nur bei Menschen. Mit zwei Fingern rieb er sich über die Schläfen.

»Hast du Kopfweh?« Noir stand auf und balancierte den Stapel Akten in der Hand. Akten, die er zu gern durchsehen wollte.

»Geht schon«, erwiderte er.

»Komm mal mit in mein Büro. Ich geb dir ein Pulver dagegen.«

Hexenmagie – damit wollte er nichts zu tun haben. Dennoch folgte er ihr. Sie brachte ihn dorthin, wo er bereits ewig hineinwollte. Allein.

Die Tür war mittels eines Scanners und Zahlencodes gesichert. Noirs Freund, der Magier Magnus Thorne, hatte die oberste Etage des Hauses in eine Hochsicherheitszone verwandelt. Kein Dämon konnte hier ein Portal erschaffen, und die einzelnen Wohnräume ließen sich nur mit Daumenscan öffnen. Um in Noirs Büro zu kommen, musste man zusätzlich einen Code eingeben.

»Kannst du die mal kurz halten?«

Die Hexe drückte ihm den Stapel in die Hand, dann tippte sie auf das Bedienfeld. Räuber strich um ihre Beine, sodass sie anscheinend vergaß, das Eingabefeld mit ihrem Körper abzuschirmen. Kyr lugte an ihr vorbei. 23 – 5 – 99 – 2. Einen Fingerabdruck hatte er längst nachgebildet, jetzt kannte er auch den Code.

Die Tür ging auf. Räuber bellte ein Mal, wedelte und sah zu Kyrian auf, bevor er sich ins Büro trollte. Noir winkte ihn herein. Verdammt, die Frau vertraute ihm wirklich, wie all ihren Angestellten. Wenn sie wüsste, wer er war, hätte sie ihn längst getötet oder der Magiergilde ausgeliefert. Bisher war er nicht aufgeflogen und so sollte es noch eine Weile bleiben. Seit er vor ein paar Monaten in Vincents Klan gekommen war, hatte er sich unauffällig verhalten, Noirs Aufträge gewissenhaft ausgeführt und nebenher Namen von Hexen und Magiern gesammelt.

Noir bedeutete ihm, vor ihrem Schreibtisch Platz zu nehmen, und Kyr stellte den Aktenstapel darauf ab, bevor er sich setzte. Sie ging zu einem Metallschrank, der ebenfalls mit einem Code gesichert war. Nachdem sie ihn geöffnet hatte, erkannte Kyrian allerhand Fläschchen und Beutel darin. Während Noir ihm etwas zusammenmischte, blickte er sich unauffällig im Büro um. An einer langen Wand reihte sich ein Aktenschrank an den anderen. Sie waren nicht abgesperrt. Einige Schubladen standen offen und enthielten zahlreiche Ordner. Noir hatte seit der Eröffnung ihrer Detektei vor fast einem Jahr schon sehr viele Kunden gewinnen können. Das Geschäft lief gut, besonders Suchaufträge – verlorene Artefakte, Schätze oder Dinge von rein persönlichem Wert – kamen oft herein. Vincents Goyles besaßen verschiedene Eigenschaften, die Noirs Arbeit erleichterten. Sie beschäftigte die Außenseiter und die hatten ein Dach über dem Kopf und profitierten vom Leben in einer Gemeinschaft.

Kyrian würde, sobald die Hexe wieder einmal zu ihrer Vorsorgeuntersuchung ging, hier eindringen und sich alle Namen und

Adressen einprägen.

Sie schloss den Schrank und reichte ihm ein braunes Papiertütchen.

»Danke.« Er schob das Tütchen in eine hintere Hosentasche. Bei der nächsten Gelegenheit würde er es entsorgen.

»Eine Messerspitze voll in etwas Flüssigkeit gerührt, nach dem Aufstehen getrunken, müsste dir helfen«, sagte sie und setzte sich ihm gegenüber an den Tisch. »Du siehst furchtbar aus. Bist du krank? Mir ist schon öfter aufgefallen, dass du morgens recht zerknautscht aussiehst.«

Er schüttelte den Kopf. »Das hab ich bereits fast mein ganzes Leben.«

»Falls es nicht besser wird, lass dich lieber mal untersuchen.«

Noir drehte einen Bilderrahmen herum, der auf ihrem Schreibtisch stand. Das Foto zeigte sie und eine Frau mit blondem Haar, die fast zwei Köpfe kleiner war als Noir. Ihre Augen leuchteten so blau wie Lapislazuli. Ein weiterer Stich fuhr durch sein Gehirn und er sah Bilder von Personen, die er sich hatte einprägen müssen, weil er sie ausliefern musste. Sie war dabei: Isla. Blondes Haar, blaue Augen, spitzes Kinn – eine elfenhafte Schönheit.

Verdammt, wäre er doch zu dieser blöden Erstuntersuchung erschienen, zu der Noir all ihre Goyles bat, dann hätte er Isla längst gefasst und hätte mit ihr ins Dunkle Land zurückkehren können.

Seine Gedanken verschwammen, weil er den Blick nicht von ihr losreißen konnte. Was war nur los mit ihm? Mühsam unterdrückte er ein Zittern. Normalerweise zeigte er keine Regung, wenn ihm eine gesuchte Person unterkam, aber diese Frau war vielleicht seine und Myras Karte in die Freiheit. Jahrelang war er als Sucher durch die Menschenwelt gestreift und hatte es schon als glücklichen Zufall gesehen, dass Noirs Freund Magnus ihn für Vincents Klan aufgespürt hatte, doch nie hätte er geglaubt, hier Isla zu finden. Sein König wollte sie haben, um jeden Preis.

Noir stellte den Rahmen an seinen Platz zurück. »Das ist meine Freundin Jenna Fairchild. Sie ist Ärztin.«

»Jenna?« Er schluckte. Da musste ein Irrtum vorliegen, das war Isla. Wenn er sich einen Namen und ein Gesicht einprägte, dann war das unwiderruflich in sein Gehirn eingebrannt. Dafür hatten sie gesorgt. Er war einer ihrer besten Jäger, ein Meisterspion. Er irrte sich nie.